"十三五"国家重点出版物出版规划项目

思宫街

〔埃及〕纳吉布·马哈福兹 著
李唯中 译

华文出版社
SINO-CULTURE PRESS

قصر الشوق

نجيب محفوظ

致中国读者

《三部曲》译成中文,委实是件激动人心的事情。埃及和中国都是世界上最古老的国家,差不多在同一时期,各自建立了自己的文明,而二者之间的对话,却在数千年之后。埃及与中国相比,犹如一个小村之于一个大洲。《三部曲》译成中文,为促进思想交流与提高鉴赏力提供了良好机会。尽管彼此相距遥远,大小各异,但我们之间有着许多共同的东西。对于此项译介工作,我感到由衷的高兴,谨向译者表示谢意。我希望这种文化交流持续不断,也希望中国当代文学在我们的图书馆占有席位,以期这种相互了解更臻完美。

忠诚的

纳吉布·马哈福兹

1984年12月7日

纳吉布·马哈福兹"致中国读者"手迹

目录

第一章 / 001

第二章 / 009

第三章 / 025

第四章 / 051

第五章 / 063

第六章 / 071

第七章 / 081

第八章 / 099

第九章 / 109

第十章 / 119

第十一章 / 131

第十二章 / 141

第十三章 / 147

第十四章 / 155

第十五章 / 177

第十六章 / 185

第十七章 / 191

第十八章 / 217

第十九章 / 229

第二十章 / 239

第二十一章 / 253

第二十二章 / 267

第二十三章 / 277

第二十四章 / 287

第二十五章 / 299

第二十六章 / 311

第二十七章 / 319

第二十八章 / 327

第二十九章 / 337

第三十章 / 343

第三十一章 / 351

第三十二章 / 369

第三十三章 / 381

第三十四章 / 391

第三十五章 / 401

第三十六章 / 413

第三十七章 / 425

第三十八章 / 431

第三十九章 / 437

第四十章 / 443

第四十一章 / 449

第四十二章 / 461

第四十三章 / 475

第四十四章 / 481

第一章

艾哈迈德·阿卜杜·贾瓦德先生随手关上了街门。星光暗淡,他迈着方步,在庭院里踱来踱去。走累了,他撑住拐杖一站,于是,拐杖下端便插进土里。他周身火辣辣的,真想弄些凉水来,洗洗自己的手、脸和脖子,借以——哪怕是暂时地——消减一下这七月的酷热,扑灭那在他的心中、头脑里炽热的烈火。当他走进楼梯门时,发现一束微弱的亮光从楼上射下来;抬头望去,又见一只端着灯的手影在墙上晃动。他一手抓着楼梯扶手,一手拄着拐杖拾级而上,于是杖端发出嗒嗒的响声,连续不断,独具节奏,就像他的其他特征一样,与他形影不离。

阿米娜手端着灯,出现在楼梯的尽头。艾哈迈德·阿卜杜·贾瓦德来到她的跟前,停下脚步,胸脯一起一伏地喘着气,问候道:

"晚安……"

阿米娜走上前去,低声说:

"晚安,我的先生!……"

艾哈迈德·阿卜杜·贾瓦德一进房间,径直朝沙发走去,接着便一下倒在了沙发上。然后,他丢下拐杖,摘掉红毡帽,头倚在靠枕上,两腿前伸,于是长衫前襟和装在袜筒里的内裤管全都露了出来。他用手帕揩拭着前额、双颊和脖子,随之闭上了眼睛。这时,阿米娜将灯放在橱柜上,站在那里,静等着艾哈迈德·阿卜杜·贾瓦德站起来,以便帮助他脱掉衣服。她焦急不安地望着他。她真想鼓起勇气，求他再也不要熬夜去了。她惆怅难耐，因为他不注意身体，所以健康状况一直不佳。但是，她不知道该怎样吐露自己的想法。几分钟过去了，他睁开眼，从长衫口袋里掏出金壳怀表，摘下钻石戒指，一起放在红毡帽里，然后站起来，在阿米娜的帮助下脱掉了外袍和长衫。他的躯体露出来了，就像人们熟知的那样：高大、粗壮、丰实，只是鬓角挂上了白霜。当他的头脱出白长衫的圆领口时，禁不住突然微微一笑，因为他想起了阿里·阿卜杜·拉赫曼先生。今晚一起聊天时，阿里·阿卜杜·拉赫曼先生不时干呕欲吐，说自己因为胃着寒而体弱。人们都想戏弄他一番，说他不像个普通的男子汉，不能再饮酒作乐，无法与酒交友了。他还想起阿里·阿卜杜·拉赫曼先生大发雷霆的样子，那么认真……真奇怪！难道人们把这些小事看得这么重？其实，情况并非如此。那么，阿里·阿卜杜·拉赫曼为什么说他胃口好时，能把一家酒馆的酒喝个精光呢？

艾哈迈德·阿卜杜·贾瓦德又坐到了沙发上，伸出脚，让妻子给他脱鞋袜。片刻过后，妻子取来了脸盆和壶，倒了水。他洗过头、脸和脖子，又漱了漱口，而后盘腿而坐，安然沐浴在阳台和临院窗户之间那缓缓吹拂的微风里。

"啊，今年的夏天可真难熬哇！"

阿米娜从床上扯下一个薄垫子，席地坐在离艾哈迈德·阿卜杜·贾瓦德双脚不远的地方。

"安拉怜悯我们！"阿米娜叹了口气，又说，"整个世界是个蒸笼，面包房也是个蒸笼，日落之后，房顶上是唯一透气的地方了。"

她坐着的姿势与平素不同。她瘦了，脸也显得长了，或许因为面颊窄狭，所以脸显得格外长。她的头巾周围，露出束束白发，但她精神抖擞，健壮如常……她的面颊上有一块稍大的美人痣。她的眼睛里，除了旧有的温顺目光之外，还闪烁着彷徨与忧伤相交织的神情。面对着这些变化，她多么惆怅啊！为了得到自我安慰，她开始欢迎这种变化，但她总是忧心忡忡地问：在她的后半生，难道她不需要健康的身体吗？是啊！别人都需要她有个健壮的体格，可最终会怎样呢？再说，她的年龄确实也大了，尽管如此，可也不应该发生这样大的变化呀！无论如何，这一些总还是变化留下的痕迹。

就这样，阿米娜一连数夜，站在阳台上，透过栏杆缝隙，观看着楼下的马路。那马路一成不变，还是老样子。而她呢，种种变化却毫不留情地朝她袭来。咖啡馆招待员的高声喊叫，就像回声一样传入寂静的房间。阿米娜偷看着艾哈迈德·阿卜杜·贾瓦德先生，禁不住微微地笑了。

这条路夜夜与阿米娜谈心。多么可爱的一条路啊！但是，它是一位粗心的朋友，不知道栏杆里边有一颗羡慕着它的心。马路的容貌映在她的心中，马路的话语响在她的耳际。那位招待员声音嘶哑，叫喊不绝，不厌其烦地评论着当天发生的事件。他的喊声有些神经质，很想从"苦谜"和"乌来得"①中知道吉凶。他的女儿海妮娅患了百日咳。每当有人问起他女儿的病情时，他总是一次又一次、一天接一天地回答说："安拉会使她痊愈的。"唉……仿佛阳台变成了咖啡馆的一个角落，而阿米娜也成了咖啡馆的常客。阿米娜两眼直盯着靠在沙发扶手上的脑袋，不住地思索着马路上的景象，当她的思路中断时，便把全部注意力集中到自己丈夫的身上，只见他面孔呈深红色，一连几个夜晚，她常常看到这种模样。她感到不大放心，于是温情脉脉地问：

"先生，你有什么不舒服吗？"

艾哈迈德·阿卜杜·贾瓦德正了正脑袋，喃喃地说：

"还好，赞美安拉！……这天气真叫人难受！"

葡萄酒是夏天里最理想的饮料……人们都这么说，但他却接受不了。至于威士忌和其他酒类，他也喝不下去，无可奈何，每天夜里，他就只有像这样忍耐夏天的酷热了。今天晚上，人们笑得多么开心……

---

① "苦谜""乌来得"系音译，均为占卜用纸牌。

他呢，笑得连颈部的血管都感到疲倦了。但是，他们又在笑什么呢？他什么也记不得，而且他认为没有什么可记忆的了。夜下闲谈的气氛那么热烈，似乎带电，任何轻微的摩擦都会导致火焰。他记得易卜拉欣·法尔先生说："去亚历山大，从今天，萨阿德，去巴黎……"他好像是想说："萨阿德今天离开亚历山大去巴黎。"于是，引起一场哄堂大笑，被看作谈话史上的奇谈之一。

人们抢着讲话，有的说："他将在那里谈判到病好为止，然后漂洋过海，应邀去访问那个伦敦。"有的说："他将从拉姆齐·麦克唐纳[①]那里获许独立""他将为埃及带回独立"……人们议论着盼望已久的谈判，任意以种种耍笑的方式品评着……

是的……在友谊的广阔天地里，他有三位朋友：穆罕默德·伊法特、阿里·阿卜杜·拉希姆和易卜拉欣·法尔……没有他们，友谊的天地还会存在吗？看到他，他们便会满面春风。那是一种无法言状的幸福，无与伦比的快乐。艾哈迈德·阿卜杜·贾瓦德两只睡意蒙眬的眼睛与阿米娜那征询的目光相遇了，仿佛有一件什么要紧的事情要提醒她似的。他说：

"明天……"

阿米娜面浮微笑：

"我怎么能忘记呢？"

艾哈迈德·阿卜杜·贾瓦德口气中充满自负的神态：

"据说，今年学士学位成绩很差……"

她微笑之中充满了自豪感：

"安拉成全他的理想。安拉保我们长命百岁，直到我们看到他大学毕业……"

艾哈迈德·阿卜杜·贾瓦德问：

"你今天到甘露街去过了吗？"

---

① 拉姆齐·麦克唐纳，英国工党第一任首相。

"亚辛知道这件事吗？"

"他明天或后天就会知道的。你猜他会关心那些事情吗？庄重、体面的结婚，他一向是不赞成的……"

阿米娜惋惜地摇了摇头，而后问：

"里德旺呢？"

艾哈迈德·阿卜杜·贾瓦德生气地说：

"放在他舅舅那里，或者让他到他母亲那里去，如果他离不开母亲的话，谁使安拉为难，安拉也不会让他好过的……"

"安拉啊，这孩子真可怜：母亲在一处，父亲在另一处。栽娜卜能够忍受这骨肉分离的苦痛吗？……"

先生近乎蔑视地说：

"需要面前，无法无天！他年岁多大啦？……你不记得吗？……"

阿米娜沉思片刻，然后说：

"他比阿伊莎的姑娘努埃麦稍小一点儿，比赫蒂彻的儿子阿卜杜·蒙伊姆稍大一点儿，有五岁了吧。两年之后，他爸爸就该把他接回来了，是吗？先生？"

艾哈迈德·阿卜杜·贾瓦德打着哈欠：

"这位新丈夫究竟怎么样，谁也不知道。"

"他有孩子吗？"

"没有！他的第一位太太没留下孩子……"

"也许这正是穆罕默德·伊法特看得上眼的地方……"

先生不耐烦地说：

"不要忘了他的地位……"

阿米娜反驳道：

"如果单从地位考虑，任何人都不配和你的儿子同日而语，至少要看在你的面子上……"

先生感到不悦，暗暗地诅咒起穆罕默德·伊法特来，尽管他很敬重这位朋友。但他终于回到了原来的思想天地之中，那才是他聊以自慰的地方。他说：

"不能忘记！假如不是一心维护我们之间的真挚友谊，他是会毫不迟疑地接受我的意见的。"

阿米娜也有同感：

"当然喽！当然喽！那是毕生的友谊，绝不是一时的戏言、耍闹。"

先生又打了个哈欠，小声地说：

"把灯端到外边去……"

遵照他的指令，阿米娜站起身来，把灯端出去了。艾哈迈德·阿卜杜·贾瓦德闭了闭眼，然后一下子站了起来，似乎有意同懒神抗争，接着走到床边，倒在床上了……现在，他感到再舒适不过了。倦怠之后，安卧床头，何其甜美、舒展、惬意啊！是的，他的头脑虽在活动着，但却什么事情也不去想了。无论如何，还是赞美安拉吧！完美的忠诚，已成明日黄花；还有一种东西，只有我们独处幽居时，才会去寻觅它。可是，它再也不会回来了，只是从淡漠的记忆里，向我们招招手，酷似这束从扇形门上射进来的微弱亮光。不管怎样，还是让他感谢安拉吧！让他舒舒坦坦地享受那令人羡慕的安乐生活吧！依我之见，问题在于他是否接受邀请，或者要推至明天。至于亚辛，也有个昨天、今天或明天的问题。他年纪不算小，已经二十有八，虽然找个女人并不困难，然而安拉是不会改变人的作为的，除非自己去改弦更张。何年何月何日，安拉的启迪才能大放光芒、照亮大地、明人眼目呢？有谁又从心底里发出"万赞归于安拉"的呼声？穆罕默德·伊法特说了些什么？

亚辛游遍了艾兹拜基的大街小巷，也走过了隧道……当他漫游时，艾兹拜基还是另外一种意思。为了唤起记忆，他多次想到一些饮水处看看。赞美安拉！亚辛身子未到，安拉便知晓了他心中的隐秘。不然，那魔鬼定会暗暗讥笑他的。他们为儿女开拓了道路，儿女们已长大成人。起初，澳大利亚人阻止你走那条路；最后，还是这头澳大利亚骡子……

第二章

在神秘的寂静之中，伴随着高亢的雄鸡啼鸣，厨房里响起了和面的声音，时高时低，连续不断。乌姆·哈奈菲体躯肥胖，伏在面盆上，不住地晃动；炉台上的灯光在她的脸上，呈现出翠绿色。从她的头发和体态上看去，她并不老，但她的脸，却透出几分苍白，皮肤也显得粗糙。阿米娜坐在她身体右侧的凳子上，搭起面板，随时准备接过面团，一声不响地干活儿。乌姆·哈奈菲拔出双手，像是戴着一双白色的手套。她边挖起面团，边说：

"我说太太，今天，你可得辛苦了。苦中有甜嘛，安拉让我们的日子越过越快活……"

阿米娜头也不抬，边擀面饼，边柔声细气地说：

"我们该好好吃一顿。"

乌姆·哈奈菲微微一笑，朝女主人努了努嘴：

"向师傅祝福……"

之后，她再次把手伸进面盆，又和面团搏斗起来。

阿米娜说：

"我想把肉汤泡饼分给侯赛尼亚区的穷人享受……"

乌姆·哈奈菲用责备的口吻说：

"我们这里又没有外人。"

阿米娜有些不耐烦：

"不管怎样，那也算一次聚餐，一顿吵嚷。福阿德·本·贾米勒·哈姆扎维也得到了学士学位，可谁也没有看见，谁也没听说！"

乌姆·哈奈菲坚持说：

"那不过是和我们喜欢的人们相见的一次机会罢了。"

在内疚或疑惧面前，哪有什么欢乐可言！我曾向时光老人打听过，他回答说，这个孩子读完小学，相当于人家读完大学的时间。晚会没有能够举行，诺言未能实践……十九、二十、二十一、二十二、二十三，一直到二十四岁；青春少年时期匆匆闪过，一无所获，留下的只有忧愁、悲伤。啊，心哪，真要碎裂了。

"阿伊莎太太会喜欢这酸面点心的。太太，她不会忘记那些日子的……"

阿伊莎会高兴，她的母亲也会高兴的。不管白天黑夜，或饿或饱，或醒或睡，好像什么事情也没有发生。但有一种说法已被忘掉：说是你在他去世后，一天也活不下去，一定要用他的墓土裹身。一个地方发生地震，并不意味着全世界都要地震。好像他什么都忘到了脑后去了，只记得去游坟。孩子啊，过去，我们总是把你看挂在心上。而后呢，大家只是在过节时才想到你。人们哪，你们到哪里去了呢？每个人都在忙着自己的事情。赫蒂彻，你呢？你是你母亲的心和心灵。我终有一天会嘱咐你：要忍耐。阿伊莎没有这样做。且慢，我不该成为一个不仁不义的人。她的痛苦，理所当然，在所难免。凯马勒也不应该受埋怨。同情那些可怜的心吧！痛苦早晚会过去的。你的头发都白了，变得像一个幻影。乌姆·哈奈菲也是如此，既不健康，也不年轻，已接近半百了。而凯马勒呢，还不满二十岁。怀孕、挑食、生产、哺乳、爱情、希望。之后，这一切又化为乌有……难道我的先生什么也不考虑，头脑空空如也吗？随他去吧！不要管他！男人的苦痛不同于女人的悲伤。妈妈，是你这么说的。安拉将乐园变成了你的寓所。母亲呀，他又回来了。这真使我伤心，仿佛法赫米没有死。好像他从我的记忆中消失了；

每当我痛苦难堪时,他总是斥责我。难道不正像我是他的母亲那样,他就是他的父亲吗?"阿米娜呀,可怜的女人哪,你不要接受这些思想……倘若用母亲的心可以推断所有人的心的话,那么,人心也就变成了石头……他是一个男子汉。男子的痛苦与女人的忧伤大不相同……如果男子会向痛苦低头,那么,他们的肩膀就不配担负重任。因此,要与他和睦相处,共同生活,那么,你就应该设法解除他的痛苦……他是你的支柱,我可怜的女人!"那种充满温情的声音消失之后,留下来的还是那颗悲凉、凄楚的心,怎不叫人难过呢?一天夜晚将尽之时,有人看到先生酩酊大醉而归;走进房间,便一头栽倒在沙发上,继而号啕大哭起来。那时候,我希望他安然无恙,永久忘却这时日。难道你不是也很健忘吗?更可恶的是,你享受这种生活,留恋这种生活。这就是世界!这就是人间!人们都这么说,那你就重复人们的话语,相信那些说法吧!亚辛是无辜的,他过着平平常常的生活,你怎么对他发脾气呢?莫急!在安拉看来,信念与忍耐同等高贵。不论他如何对待你,"法赫米妈"这个称号是长存永在的。孩子啊,只要我活着,我永远是你的母亲,你永远是我的儿子……

　　和面的响声始终未停,伴随着晨光的降临,艾哈迈德·阿卜杜·贾瓦德先生睁开双眼,伸伸懒腰,打打哈欠;他打哈欠的声音高而且长,活像在发牢骚,又仿佛有意责备什么。而后,他坐了下来,两手摁着伸展着的双腿。他的背有些驼,白色大袍浸透了汗水,左右摇晃着脑袋,似乎想凭此摆脱困神的纠缠。片刻过后,他下了地,缓慢地步向卫生间,打算冲个凉水澡……冷水是唯一能改善他的肌体的药物,可使他的头脑保持清醒,身体保持平衡,心神得到安逸。他脱下衣衫,刚朝喷头下一站,便立刻想起了昨天发给他的那张请柬,于是他的心一动,同时也因为冷水的刺激,心跳加快了。阿里·阿卜杜·拉希姆对他说过:回顾一下,看看过去的那些情妇们,就会知道:"生活不会永远如此!我是最了解你的人。"难道他敢于迈出这最后一步吗?……五年来,他不愿意迈出这一步。难道他像一位蒙难的信士,已经向安拉忏悔了,还是竭力隐匿着懊悔之心，恐怕大声道出自己的忏悔之意呢？或者仅仅有悔过之心、实无悔改之意呢？……他记不得，也不想记起这些。他年龄即满五十五岁了，不算年轻。但是，他力图掩饰的东西露出马脚了吗？难道会像先前一样，有人请他喝酒，他慨然应之；有人邀他听唱，他一口答应；情妇们呼唤他，他也会应声而出吗？什么时候，悲痛才能唤醒死去的人呢？我们所喜欢的人长眠地下了，难道安拉会让我们为他们寻死吗？在服丧和禁欲之年，他悲痛欲绝。在那漫长的一年里，他滴酒未尝，没听过一首歌，不曾讲过任何笑话，连鬓发都白了……

是啊，就在那一年，我的头发全白了。亲朋至交们，和他同悲共苦，因此也中断了酒乐；如今，他同情他们，于是恢复了饮酒、听歌的习惯。他有时说实话，有时撒谎，明说他怜悯那三位老友，其实他也忍耐不住了，也开始饮酒作乐、听赏歌曲了。他们与其他人不同，也不责备其他人，只是和你共同分担痛苦，与你开始交往，这能怪他们什么呢？那三位朋友拒绝享受比你更优裕的生活。你渐渐回到了那些嗜好当中去，只是不靠近那个女人，因你嫌她的年纪太大了。由于你的拒绝，他们没有强求你。祖贝黛的使者没能打动你。你果断、严肃地回绝了玛丽娅的母亲。与此同时，你正同空前未有的痛苦搏斗着。我认为，你是绝不会倒退的。你一次又一次地自言自语道："法赫米身埋黄土下，难道我还能再回花街柳巷去？"啊……我们怯懦，我们不幸，我们多么需要同情和怜悯！但期望他百折不挠，不向痛苦低头。谁能保证活到明天？谁敢讲这个话？阿里·阿卜杜·拉希姆，或易卜拉欣·法尔也许敢讲。至于穆罕默德·伊法特贝克，他则有些不大通情达理，所以才拒绝了我的请求。那位姑爷有些奇怪，他竟用接吻来戏弄我。他没掩饰自己的怒容，但却竭力避免像以前那样看我。他对安拉忠诚、和善。在坟地里，他怎样和你一道流泪，你还记得吗？他却又说："我真担心你盛气凌人，可你没那样做……走吧，到水上酒家去吧！"当他发现你有些犹豫时，他就说："保你这次平安无事……绝不会有人扒光你的衣服，把你丢给一个女人。"法赫米的死，使我失去了大部分希望，因此，我的痛苦是难以言状的。随着他的死，我在这个世界上的第一个希望也丧失了、死亡了。我最善于忍耐，在这上面，还有什么可斥责的呢？我的心受到了无可弥补的损伤，即使他笑话我。她们究竟怎样？这五年，漫长的五年，她们是怎样熬过来的呢？

亚辛鼾声如雷，这是凯马勒醒来，从世界上得到的第一大收获。他不希望亚辛睡着，倒期望他醒着，于是，禁不住大声叫喊起来。他喊一句，亚辛则呼噜一声。喊声和呼噜声就像两个人发出的争执声和责备声，喊一声，敬一声。亚辛终于翻了翻他那肥胖的躯体，随之，床也发出"咯咯吱吱"的声响，像是呻吟，又似叹息。而后，他睁开那血丝密布的双眼，长长地叹了一口气。

亚辛认为，不必这么催促，因为他知道，只要父亲不出来，谁也别想到卫生间去。五年前，房间使用上做了新的调整、安排：楼下设有会客厅，外厅直通会客厅，放些简便家具，其余用房，全部安排在二楼。因此，一层的卫生间不便使用。虽然亚辛和凯马勒完全不乐意与父亲同住二层，但无能为力，只能安于现状。家中有客人来访时，一层的客厅才有人出入。亚辛闭上眼睛，但并未入睡，这倒不是因为他爱睡而合眼，而是因为头脑里闪现出一个人的形象，点起了他的欲火……一张白净的圆脸上长着一对乌黑发亮的大眼睛……哦，原来是玛丽娅！亚辛进入了梦乡……他陶醉了。这比睡眠还要香甜、舒服。

几个月过去了，好像时间十分短暂，根本不存在似的。一天晚上，他听见乌姆·哈奈菲和他的继母阿米娜在说话，只听她说："你没听什么消息吗？……玛丽娅太太被她丈夫休了，回娘家去了。"接着，他又听到她们在说玛丽娅、法赫米、英国大兵云云，还说到凯马勒的朋友，虽然没听清什么名字。后来，乌姆·哈奈菲又提起他所关心的那个人。自从那件丑闻传开之后，每当有人提到那个人，他的心总是"怦怦"跳个不停。亚辛得知玛丽娅被休之事，仿佛眼前亮起了一块夜间发光的广告牌，上面写着："玛丽娅……你的街坊邻居……与你家墙贴着墙……她是位被休的女人……你对她的经历满意吗？"然而他很快便打消了这个想法，因为她与法赫米的名字紧紧连接在一起。这使他感到痛苦，致使他关上这扇门。他感到后悔，悔不该产生这一闪念。在此之后，他曾在莫斯基遇见过玛丽娅及其母亲。那时候，双方的目光透过窗孔，不期而遇，只见她激动之情油然而生。满脸笑意，不住地望着他。亚辛的心为之一动。起初，他只是为对方的激情所动心；之后，留在记忆中的是那洁白如象牙的容面、明澈有神的眼睛以及那丰腴诱人的体态。当时，他想起了栽娜卜……不禁思潮翻腾，大踏步地朝着自己的目标走去。他刚刚走了几步，或许刚刚来到艾哈迈德·阿卜杜咖啡馆，一种令人难过的回忆便突然闯入他那充满忧郁的心灵：法赫米的件件往事涌入他的脑际，法赫米的相貌、仪表、言谈、举止纷纷浮现在他的眼前。他怒气平息下来，紧接着堕入了难以形容的烦闷之中。一切都应该结束了……可又为什么呢？……

几天之后，他又自问自答："法赫米、她……两人之间是什么关系？某月某日，他打算向她求婚，为什么不见他行动呢？……他父亲不同意，仅仅是这样？……至少，根本的原因在这里，那么，其次原因呢？……英国人的丑剧出现了，丁是褪了颜色的痕迹被抹掉了。褪了色的痕迹？……是啊，因为他很可能忘记了。难道说是先遗忘，最终抛到九霄云外去了？……是的！那究竟是什么关系呢？……没有任何关系。但是，但是什么？……我指的是兄弟关系，你对自己的情感有什么怀疑吗？……不能怀疑，一千个不能啊！那姑娘应该……正是！她的容貌、身材都值得人爱？……容貌、身材，除此之外，你还等待什么呢？……"

通过窗口，亚辛不时地瞧瞧她。之后，他登上屋顶……多次登上屋顶。

她为什么被休掉呢？……因为她的丈夫缺德。但愿她在离婚之后交好运。也许因为她道德欠佳；她被休，愿你有个好运气。

"站起来吧，不然要睡着的。"

亚辛打了个哈欠，用他那粗壮的手指挠了挠头发：

"假期这么长，你真幸福！"

"我不是比你醒得还早吗？"

"可是，如果你想睡，你是可以随时躺在床上的……"

"我不想睡……"

亚辛笑了。这是毫无含义的一笑。然后说：

"你的老朋友、那个英国兵叫什么名字？"

"哦！……朱伦……"

"你为什么问他呢？"

"不为什么。"

不为什么？多么荒谬的语言！难道亚辛不比朱伦好？至少朱伦是匆匆过客，而亚辛则是固守常驻。她的面孔常常对着你微笑，难道她没发现你不时地出现在楼顶上？他想起朱伦……他认为玛丽娅不同于别的女性。看哪，她回了礼……第一次，她笑着转过脸来。第二次，她冲着你的脸，笑了。她笑得多么甜美！第三次，她机警地指着楼顶……我鼓足勇气，说："日落之后，我再回这儿来。"朱伦不是站在马路上，向她打手势、发信号吗？

"小时候我很喜欢英国人，可现在，我对英国佬深恶痛绝……"

"你们的英雄萨阿德到他们那里寻求友谊去了！"

凯马勒愤恨地喊道：

"我对安拉起誓：即使只剩我一个人，我也痛恨他们！"

兄弟俩交换了一下眼色，目光凄清。一阵木屐声响传入兄弟耳际，父亲正朝自己的房间走去，口中念叨着："除安拉外，绝无应受崇拜的。别无他法，只靠安拉……"亚辛下了床，打着哈欠，离开了房间。

凯马勒侧过身，舒展地向后一仰，双腕弯曲，双手托着脑袋，两眼望着前方，但什么也看不到……到拉斯拜尔①去吧！那里会使你感到心旷神怡。你那天使般的面庞，生来就不是为了让开罗的骄阳炙烤的。

---

① 拉斯拜尔，埃及北部海滨的一处游览避暑胜地。

海滨的沙滩将因为印上你的足迹而欢欣；那里的水天将因为看到你英俊的面容而起舞。你会纵歌避暑胜地的秀美；你的眼神将会道出你的欢悦、思念之情。我望着你，心情无限向往。我的目光凄楚，在幽冥世界里，寻觅着你所喜欢的地方。我应该得到你的欢欣……可是，你何时才能回来？何日才能再赏你那动人的歌喉？避暑胜地情况如何，我颇想得知……据说，你是位云天般的自由神，伴随着沙石而降落，在水神的怀抱中与人们相会……许多人模拟着你的相貌而来到人间……至于我，我的心在剧烈地跳动，因遭受痛苦而呻吟。我正在经受着火焰的烧烤。看啊，真是天壤之别！你喜形于色，春风得意，信口扬声呼喊："明天，明天我们就要旅游去了……拉斯拜尔多美呀！"

莫怪我多愁善感！因为我从那闪烁着欢悦光彩的口中所听到的只是离别的呐喊，就像一个人得到了一束芳香四溢的鲜花，然而上面却撒满了毒药。莫说我忌妒心重！你那天赐的呆滞注定了你的福分，而我享受不到分毫，只能在我身陷危难之时，得到你的友谊。离别之时，难道你没有觉察到我满面愁云？不！你没觉察到，那并非因为我站在许多人中间。亲爱的，而是因为你视而不见……好像什么东西也引不起你的注意力……或者说，你是一位超尘拔俗之人，身居高天，在一个不为人知神晓的王国里，俯视人间……我们就这样面对面地站着：你，是一柄用幸福构成的炽燃的火炬；而我呢，却是以悲伤筑就的一堆冷灰。你获得了绝对自由，或只服从于我们感官之外的教律、法规；我受到你的巨大引力，在你的周围运转……

你像太阳，我像地球。你在海滨找到了阿巴西亚别墅中没有享受过的自由？……不，我有权评论你，我有权揣度你。你不同于其他女性……御花园中、马路上，留下了你的足迹；每一位朋友的心里，都留下了对你的记忆和希冀……你是位平易近人又凛然难犯的大家闺秀；你正带着我们做一次不平常的旅行。仿佛在那珍贵的夜晚，西天要向东方索取重利……在漫长的海滨前，广袤的天际间，当岸边挤满颂扬的人群时，你会献出什么新技艺呢？……我感到惆怅，我怀着希望。你将贡献出什么新东西?……那里尚有美景处处,然而不言不语,纹丝不动,宛如埋在未发掘的法老墓穴里的裸体女尸及其随葬品……没有什么地方能给予我以安慰、消遣或欢乐。有时候,我感到窒息;有时候,我如陷囹圄;有时候,我感到不辨方向,四顾茫然。难道说有你在,我就能得到已经失去的东西?……不会吧,生死由命。但是,你是有保障的。即使你得到了人间难觅的至宝,你也会要求平平安安地躲在保护伞下。期望天空黑暗的人,怎会歌唱地球另一侧升起的圆月呢?……绝对不会,哪怕他无意去占有月亮。我向往生活的真正乐趣,为此不惜承受巨大痛苦。你知道我的心为何剧烈跳动?功劳应归于这神奇的记忆力;我只是在同你结识之后,才渐渐忽略了它的功能。

今天,或明天,在阿巴西亚,或在拉斯拜尔,共同度过一些时光之后,即使我身临天涯海角,你那双安详的大眼睛将永远不会离开我的思想之宫。你那两道弯弯的柳叶眉,修长的脖颈,窈窕的身材,婀娜的体态,都将一一完好地铭刻在我的记忆之中。我知道,你不喜欢把一切都描述得像茉莉花那样令人迷恋。只要我活着,你的影子也就始终印在我的心上。等你百年之后,一切障碍便因之消失,命运完全由我掌握,我将独自享受这种爱情……你为什么不告诉我:我们梦寐以求的这种生活理想究竟在何处?且莫说你已经找到生活的真正乐趣。我的心啊,你可知道,对于那心中充满激情的人来说,只要静听、细看,那么,严肃、活泼、友谊和胜利,都是信手可得的快乐。仔细看她一眼,下马看景,不要走马观花。那是短暂的,但却是决定性的一瞬间。在这样的时刻,可以产生非凡的精神力量,足以震撼整个大地……安拉啊,我情难自禁。我的心猛烈地撞击着胸腔肋壁,销魂的秘密喷射欲出。我的思维呆钝,痴情横溢,欢乐之光径自与痛苦拥抱。我的躯壳和灵魂的琴弦演奏着无声的乐章。我的心在高声呼救,但无人知道它在喊什么。

瞎子复见光明,瘫子走起路来,死人又活了。我衷心地哀求你,你不要走了。我的神呀,你在天宫,而她却在人间。我相信,我所度过的岁月,只不过是爱情的序幕。我只进过福阿德一小;除了侯赛因之外,没有交过其他朋友……所有这一切，都是为了在某一天能被召入夏达德公馆。啊，多么美好的回忆！我的心几乎要跳出来了。有一次，我正和侯赛因、伊斯玛仪·拉蒂夫、哈桑谈天论地，一种温柔、甜润的声音突然传入我们的耳际，向我们发出亲切的问候。我一回头，禁不住惊异万分……她是谁？……一位姑娘怎敢闯入一群小伙子中间来？……转眼之间，我的一切疑虑便云消雾散了……我忘掉了一切习惯和传统……发现自己站在一位天外来客的面前。她，好像是在座的每位青年的朋友。侯赛因介绍说："这位是我的朋友凯马勒……这是我姐姐阿伊黛。"就在那天夜里，我明白了我为什么而生，也知道了为什么不去死，同时也晓得了为什么命运之神将我带到了阿巴西亚区、侯赛尼亚区和夏达德公馆。究竟在什么时间，十分遗憾，我已全然记不起来了。不过，我依稀记得是在一个星期日……那天，阿伊黛读书的那所法国学校正是假日，好像是先知穆罕默德诞辰，恰巧逢我的生日。日期又有什么价值呢？有意义的在于复活了我的记忆，纵然记忆之神没有带回任何东西。只要认真翻阅一下历史，你就会毫不迟疑地说：时间在小学二年级……十月或十一月……在萨阿德第二次被流放之前访问上埃及的时候……

　　回顾往事之余，你会失望地坚持索回逝去的幸福和时辰。相识之时，就像我握你的手时，你感触到了我的手那样，你总是会想到些什么。假若你向她伸出手，则似乎觉得她不像个有肉感的姑娘……就这样，时光匆匆闪过，一个梦一般的机会失掉了。而后，你朝你的两位朋友走去，只见他俩正与她亲昵地交谈着，无拘无束，坦然自如。你坐在凉亭下的椅子上，经受着侯赛尼亚区的传统所带来的磨难。于是，你又问道："哎呀！难道这是该公馆特有的习惯，还是从巴黎吹来的香风？……"此后，你便完全沉湎于悦耳的呼唤声中，美滋滋地欣赏着抑扬顿挫、如歌似唱的笑语，细细地嚼磨着每一个音符。也许你——可怜的年轻人——不知道自己正在脱胎换骨，不知道你自己像个婴儿，将用惊惧和泪水来迎接你的新生活。

阿伊黛声调甜润地说："今天晚上，我们将去拜见一下那位服饰摩登的花魁娘子！"伊斯玛仪·拉蒂夫笑着问她："你喜欢穆妮莱·马赫迪娅吗？"……她像一位巴黎小姐那样，起初支支吾吾、犹豫不决。后来才回答道："妈妈很喜欢她。"之后，侯赛因、伊斯玛仪·拉蒂夫一起谈了穆妮莱·马赫迪娅、赛义德·达尔维什、萨里哈、阿卜杜·拉蒂夫·白纳。

时隔不久，一个柔和的声音问道："凯马勒，你呢？难道你不喜欢穆妮莱·马赫迪娅？"那问话突如其来，出乎意料，你还记得吗？我是说，你还记得你夸过的那种天然歌声吗？简直不可言传，仅可意会。那甜蜜的歌喉、那销魂的音调，一直回荡在你的心中。别人听不到，只有你独自聆赏，沉醉在人所不解的天赐之福里。静赏这乐声之时，你是多么自在快慰，仿佛天上有一位神女，重复呼唤着你的名字。

此时此刻，你一口饮尽了荣华富贵美酒佳酿，其乐无边。然后，你高声喊叫："陪陪我吧……给我盖上毛毯！"我回答了你，但忘记回答了什么。几分钟之后，大家告别，我也离去了。她那乌亮的双眼里射出妩媚的目光，闪烁着诱人的纯美；坦然诚直，惹人喜爱；勇气有余，令人羡慕。这目光源于自信和自尊，毫无放肆无羁、厚颜无耻之嫌。仿佛她吸引着你，同时也排斥你……她确乎百里挑一，举世无双。我常想，所有这些，不过是她内在美的影子罢了……貌美与内秀相比，究竟哪个更为可爱呢？……都是个谜。至于第三个谜，则是我的爱情。日子一天天地消逝着，但那一天始终缠绕着我的心：事情发生的时间、地点、人物姓氏、言谈话语，在我心中上下翻腾；我甚至认为那就是我声明的全部，而且自问：今生今世，还会有比那天更美好的天日吗？……

在那之前，难道我就没有想过爱情？类似的神奇景象，压根儿没有在我的脑海里闪现过？也许幸福会使你醉意蒙眬，致使你回忆到无聊的过去便生忧伤之情；也许你遭受着痛苦恶魔的吞噬，致使你的惆怅之意渐渐消散。在这两者之间，你的心是无法平静下来的。于是，你四处寻方求药，以期痊愈：时而求助于大自然，时而求助于科学知识，时而借助于技术，然而更多的却是依靠顶礼膜拜……一颗心终于苏醒了，从心底里迸发出一种追求天神欢乐的欲望……亲爱的人们，要么去寻求爱情要么去觅寻死亡……一条多言多语的舌头，尽让你炫耀爱情的秘密……生活上的优裕使你傲气横生……铺满幸福玫瑰花的桥梁将你眼前的道路与云天接通。你，你呀，有时会陷入个人的小圈子里，染上一种对痛苦的过敏症，专门挑剔，并且将缺点置入你那狭窄的小天地之中……

主啊，你怎么能够自我脱身呢？这爱情无比强大，雄踞群峰之上；你心中的女神在它的峰巅光芒闪烁；四海美德不足以道其纯洁，天下缺陷无损其一根毫毛。任何短处，只要嵌在它那华丽的冠冕上，也会放射异彩，令你叹为观止。难道你认为向传统习惯势力开战可鄙？……不，恰恰相反，屈从于传统习惯，那才是最可鄙的。爱情常常要你自问："你对她的爱情寄托着什么希望？""我爱她！"你可以这样简单地回答。生活之河从人们的心中涌出，生活的目的何在？生活就是生活。习惯上，人们总是将爱情与结婚联系起来。然而由于年龄、阶级上的差别，有时结婚会变成不能实现的目标。但结婚却会将爱神从九天云霄召唤到人间大地……暗算你的人会问："你为什么要拼死拼活地追求她的爱情呢？"请你毫不迟疑地回答："我贪恋她那迷人的微笑，我爱听'哎，凯马勒'那清脆温柔的呼唤，我更难以忘怀游园盛景，我羡慕她身披朝露、乘车上学时的婀娜风姿。那时，她的思想便驰骋在赞颂安拉的晨礼呼喊声与半睡的梦境之间。"之后，你那颗热恋的心又会问你："难道女神就不为她的崇拜者着想？……"为了实现理想，请你坚决回答："女神回来之时，应该呼唤我们的名字……"

"快去洗澡吧，你不怕迟到？"亚辛呼喊凯马勒。

凯马勒两眼里闪现出惊异的神情。他望望回到房间的亚辛，只见他正用毛巾擦头。凯马勒下了床。他那修长的身材显得有些瘦弱，站在镜子前照了许久，好像在看自己的大脑袋、高鼻子、凸额头，活像一尊雕像。他从床边的窗子上取下毛巾，转身朝浴室走去。

艾哈迈德·阿卜杜·贾瓦德先生在做礼拜。他的祈祷声既高又粗，求安拉替孩子和自己降福祛灾辟邪……与此同时，阿米娜准备好了早饭，她走到先生的卧室，柔声细语地喊他进餐，接着又走进亚辛的和凯马勒的卧室，招呼他俩吃饭。

爷儿仨围着一只大盘子坐下来，父亲拿起一张饼，念过"奉至仁至慈的安拉之名"以后，开始用餐了。亚辛、凯马勒随着吃了起来。母亲则照习惯站在旁边。兄弟俩外表上文雅、谦恭，可心里对父亲再也不怀有或几乎没有先前那种畏惧之意了。亚辛年二十有八，一副男子汉气概，足以抵挡伤人自尊的辱骂或蛮横的侵袭。凯马勒已年满十七，学习成绩优异，从而得到了免受亚辛欺负的保证，至少在一些鸡毛蒜皮的小事上，是有把握得到原谅和宽容的。近几年来，他从父亲那里学到了那种待人接物的方式，这也在很大程度上削弱了父亲那种凶狠可畏的程度。

一家人进餐，在可怕的沉默之后，相互说上几句话并不算稀罕。但是，谈话的方式却很少见。只是父亲问到谁，谁就急忙应付两句，哪怕当时嘴里正嚼着食物。亚辛也和父亲说些一般的话，例如他说："昨天，我在里德旺外祖父家见到他，他问候你们了。"先生不再把这样的谈话看作胆大妄为、粗暴无礼，于是简单回答："安拉保佑他平安无事。"在凯马勒看来，这正是同父亲改善关系的重大转折，于是他彬彬有礼地问道："到什么时候，里德旺才能回来认他的父亲呢？爸爸？"先生答道："等他满七岁。"在此之前，父母亲一听孩子问些什么，总是开口便呵斥"住口！狗杂种！"凯马勒终于盼来了这一天，挨父亲辱骂的日子已经一去不复返了。这使他想起了一些往事：大约两年前，或者在他开始交朋友之后一年，当时，他认为结识了像侯赛因·夏达德、哈桑·赛里姆、伊斯玛仪·拉蒂夫这样的青年，用钱就要多了；只有用钱，才能和他们一道玩耍作乐。于是，他先把这个想法告诉了母亲，求母亲转告父亲。对母亲来说，要这样做，那也不是轻而易举的，虽然法赫米死后，父亲对母亲的态度毕竟温和多了。于是，母亲在父亲面前赞扬了凯马勒与那些高贵朋友建立起来的良好关系……就在这个时候，先生当即将凯马勒喊来，大发雷霆，厉声喝道："你以为我会屈从于你和那些狐朋狗友的命令？……真是可恶至极！"

凯马勒失望地离开了父亲，认为这码事到此为止，再也没有什么希望了……但是，他万万不曾想到，就在次日的早饭桌上，父亲竟问起他的朋友们的兴趣、爱好来了。父亲一听侯赛因·阿卜杜·哈米德·夏达德的名字，便立刻关切地问道："他就是你那位住在阿巴西亚区的朋友？"凯马勒点头示意，而心却在怦怦直跳。父亲又说："我认识他的祖父夏达德贝克，也认识他的父亲阿卜杜·哈米德贝克；由于与总督有些瓜葛，祖父被流放海外……是这样吗？"凯马勒做了肯定回答。父亲的这番问话勾起了凯马勒的某些心思，于是颇想问问他心中的女神阿伊黛的父亲情况如何……但他终于抑制住了自己的口舌。他还想了解了解几年来她一家在巴黎的生活。巴黎，光明之城，是他心中的女神成长的地方。凯马勒对父亲的一种崭新的敬意渐渐产生，他感到父亲可爱可亲了。在他看来，父亲认识她的祖父，这简直是一种神符，足以将他的家谱与名门大户、达官贵人"串联"起来，哪怕关系十分遥远。时隔不久，母亲便告诉凯马勒，说父亲同意给他增加零用钱了。

从那天起，凯马勒再也没挨过骂。也许他没有什么过错，也许因为父亲领悟到完全不应该再责骂儿子了……阳台上，凯马勒站在母亲身边，望着沿街步行的艾哈迈德·阿卜杜·贾瓦德先生，只见他表情严肃而温地向朋友们问安，其中有理发师侯赛因奈尼大叔、卖奶油花生豆的达尔维什哈吉、清凉饮料摊贩白尤密，还有炒豆店店主艾布·赛里阿。

凯马勒回到房间，发现亚辛正在照镜子，那么专心致志、仔细沉稳。凯马勒在两张床中间的沙发上坐下来，微笑地注视着哥哥那高大、粗实的身躯和那红润、丰满的面颊。他对亚辛一向怀着诚挚的兄弟情谊。但是，每当他想起或者看见哥哥，总觉得自己是站在一头"驯服、标致的小动物"面前，尽管是他第一次用诗的歌调、动听的故事击响了他双耳里的琴弦。也许你会问,有谁认为生命和灵魂的真谛寓于爱情之中呢?难道他会把亚辛视作情侣?……答案不免令人暗自一笑或放声大笑。是啊,这位大肚汉子与自强有何缘分?爱情与这个大块头毫不相干。这嘲弄的目光与爱情没有任何关系。他感到自己对亚辛怀着一种蔑视,其中还夹杂着怜悯、友好的感情,虽然有时候不是钦敬,而是妒忌,尤其是他的爱情遭受挫折、失败的时候。同时,他认为亚辛离文化园地太远。以前,他把亚辛看作通晓诗歌、小说艺术的学者,是他把自己引上了文化之路,成了一名粗浅的读书人。亚辛通常抽出一点儿时间闲坐,毫不费力地浏览一下《坚贞诗集》以及一些短篇小说,然后便朝艾哈迈德·阿卜杜咖啡馆走去。这是一种脱离爱情、远避求知欲的闲散生活。即使对亚辛怀有纯真的兄弟情谊,他也这样看。法赫米可不像这个样子,他才是凯马勒心中对待爱情和知识的楷模。而亚辛,则比凯马勒的理想范本要相差许多。是的,他怀疑,甚至相信像玛丽娅那样的姑娘是不会给予亚辛以真诚爱情的,不会给他像照亮自己心灵的那种爱情,而且,他也怀疑已故法赫米所追求的文明类似于他本人所贪恋的知识。凯马勒以怀疑和批判的目光审视着周围的一切,他细心钻研每一种学说和主义。然而他站在父亲门槛前,却不敢抬脚迈步。在他看来,父亲活像一尊巨神,盘坐在至高宝座之上。

"你今天真福气!今天是你的节日,是吗?你只是稍稍瘦弱一些,除此之外,没有什么可挑剔的……"

凯马勒微微一笑:

"我喜欢这样。"

亚辛最后照了照镜子,然后戴上红毡帽,精心地朝右边拉了一下,帽边几乎擦着眉毛,继而打着嗝儿,说:

"你学士证书在手,吃吧,玩吧!现在是假期,怎好要求自己在假日里读几倍于学期中间读的书呢?安拉啊,我在消瘦人面前是无可指责的!"

然后,亚辛手持象牙柄蝇拂离开房间,边走边说:

"别忘了给我挑选一篇好小说,像《浮士德》或……听到了吗?……以前,你要我读长篇,现在时间紧张,只能读读短篇!"

凯马勒喜欢独处幽居,于是站起身来,口中喃喃自语:他心不闲,哪会这么胖?他不大爱做礼拜,除非无事可干时。祈祷跪拜,颇费力气,而且要心、神、口、身一道活动。对于想纯洁心地的虔诚信士来说,那是不惜力气的,即使苦思冥想自己的过错。至于礼拜之后的祷告,则有着……

第三章

阿卜杜·蒙伊姆:"院子里比屋顶要宽敞。我们一定要揭开井盖,看看里面到底有些什么。"

努埃麦:"妈妈、姨和奶奶会生气的。"

奥斯曼:"那口井可吓人了,谁朝里面看谁就会死的。"

阿卜杜·蒙伊姆:"打开井盖,我们远远地看嘛!(然后提高声调)快,咱们下去吧!"

乌姆·哈奈菲:"(挡住平台门口)不能老是上上下下的!你们要上屋顶,我们上来了;你们又要到院子里玩,我们又下去了。说上就上,要下就下……你们想到院子里做什么?……下头热,这上边还有点儿小风,太阳也快要下山了……"

努埃麦:"他们想打开井盖看看……"

乌姆·哈奈菲:"我去喊赫蒂彻、阿伊莎太太。"

阿卜杜·蒙伊姆:"努埃麦说谎。我们不会去掀井盖的,也不会靠近井,我们只到院子里玩玩,然后就回来。你在这里等着,我们一会儿就上来……"

乌姆·哈奈菲:"我留在这里……我的腿脚跟不上你们,安拉陪伴着你们……在整个宅院里,没有比楼顶更好的地方了。你们瞧瞧这屋顶花园!"

穆罕默德:"你躺下嘛,我骑骑马……"

乌姆·哈奈菲:"够了,够了,别骑了!你自己找些玩意儿去吧!啊,我的安拉……你们去看看茉莉花、常春藤,看看鸽子去吧……"

奥斯曼:"你真难看,就像一头大水牛,气味熏得人难受……"

乌姆·哈奈菲:"安拉宽恕你。我老是追你们,跑得浑身是汗……"

奥斯曼:"让我们看看那口井去吧,哪怕一小会儿也好!"

乌姆·哈奈菲:"那口井里藏着妖魔鬼怪,所以才把它封死了。"

阿卜杜·蒙伊姆:"说谎!妈妈可没这么说过,我姨也没有这样说过……"

乌姆·哈奈菲:"我说的全是实话。我和太太都亲眼见过。我们看见那些妖魔鬼怪都钻进井里后,便用盖子把它封住了,上面还压了一块大石头。不要再提那口井了,跟我一起念'奉至仁至慈安拉的之名'……"

穆罕默德:"你躺下,我骑骑大马。"

乌姆·哈奈菲:"你们看,那常春藤、茉莉花多好看哪!但愿你们家也栽上这么好看的花木,可是你们家的屋顶上只有母鸡和羊,养肥是为了过节……"

艾哈迈德:"水……水……水……"

阿卜杜·蒙伊姆:"搬梯子,我们上去吧!"

乌姆·哈奈菲:"我的小祖宗、小神仙,就在地上玩儿吧,不要上天!"

里德旺:"我家阳台上和客厅里好多盆玫瑰花,有红色的,有白色的,还有粉红色的呢。"

奥斯曼:"我们家有羊,还有鸡呢。"

艾哈迈德:"水……水……水……"

阿卜杜·蒙伊姆:"我上学了,你们上学了吗?"

里德旺:"他会背'万赞归主'。"

阿卜杜·蒙伊姆:"赞颂赞颂,烤肉点灯……"

里德旺："当心点儿，你这个叛教徒！"

阿卜杜·蒙伊姆："学长在路上边走边这样唱……"

努埃麦："我不是对你说过一千遍了吗？你千万不要学着他唱……"

阿卜杜·蒙伊姆："（对里德旺说）你怎么不到你爸爸、我舅舅亚辛那里去呢？"

里德旺："我跟着妈妈呢。"

艾哈迈德："你妈妈在哪里？"

里德旺："在我外公家里。"

奥斯曼："你那外公在哪里？"

里德旺："在加马利亚区……那里的房子很大很大，还有客人玩的房间呢……"

阿卜杜·蒙伊姆："为什么你妈妈住在一家，你爸爸住在另一家呢？"

里德旺："妈妈住在外公家，爸爸住在爷爷家……"

奥斯曼："爸爸、妈妈为什么不住在一个家？"

里德旺："'人各有志，有啥办法！'可怜哪，可怜，只有依靠安拉了。你们玩儿吧……"

艾哈迈德："水牛说话了……"

穆罕默德："你趴下去，我骑骑马……"

里德旺："你们瞧，常春藤上有只小鸟儿……"

阿卜杜·蒙伊姆："小声点儿！它正看我们呢，它能听到我们说的每一句话……"

努埃麦："哦，真美丽，我认识它，昨天我看见它落在我们晒的衣服上……"

艾哈迈德："这一只鸟儿在甘露街，它怎么会认识去我外公家的路呢？"

阿卜杜·蒙伊姆："你真笨！这只鸟是从甘露街飞来的，天黑以前还要再飞回去的。"

奥斯曼:"它家里的人在甘露街,这里有它的亲戚……"

穆罕默德:"你趴下,我来骑骑大马;要不我就哭,让妈妈听见……"

努埃麦:"我们玩儿送新娘吧!"

阿卜杜·蒙伊姆:"比赛比赛……"

乌姆·哈奈菲:"不论输赢,可不许打架……"

阿卜杜·蒙伊姆:"你给我住口,胖水牛!"

奥斯曼:"呐啊……呐啊……"

穆罕默德:"我玩赛马,你躺下,我骑马……"

阿卜杜·蒙伊姆:"一……二……三……"

艾哈迈德·阿卜杜·贾瓦德先生热情款待高朋挚友,和他们一起度过了前半天时间,而后和他们一道共进午餐。同桌吃饭的还有易卜拉欣·肖凯特、哈利勒·肖凯特、亚辛以及凯马勒。之后,先生将易卜拉欣、哈利勒叫到他的卧室,在亲切、和谐的家庭气氛中,促膝谈心。主人完全没有谨慎小心的表现,两位女婿亦没客气拘束的感觉,确实像一家人叙家常,毫无内外之分,尽管先生与赫蒂彻的丈夫易卜拉欣年纪相仿。

孩子们一一被叫到祖父房间,吻手,接受巧克力、奶油饼之类的礼物。他们依年龄大小排队入内:首先进来的是阿伊莎的女儿努埃麦,接着是亚辛的儿子里德旺、赫蒂彻的儿子阿卜杜·蒙伊姆、阿伊莎的儿子奥斯曼、赫蒂彻的儿子艾哈迈德,最后一名是阿伊莎的儿子穆罕默德。艾哈迈德·阿卜杜·贾瓦德先生对孙子孙女们一视同仁,绝对公平,趁屋里没有外人——易卜拉欣、哈利勒除外——的机会,将他的笑容、温柔平分给每一个孩子,借以减轻在人们口中流传的严肃表情。他笑意盈盈地摇动着每一双小手,亲昵地拧一拧每一张红红的小脸蛋儿,亲切地吻吻每个孩子的前额,逗逗这个,又逗逗那个。他一直坚持到平等相待,就是对最应该得到他宠爱的里德旺也不例外。

按照习惯，每当艾哈迈德·阿卜杜·贾瓦德先生单独会见某一个孙子或孙女时，他总是先要仔细打量一番。一方面由于血缘关系所驱使，另一方面他也喜欢这样观察。察看下一代的面孔，他觉得其中乐趣无穷。然而孩子们对他，敬而远之。努埃麦的美貌使他喜不胜收：金黄色的头发，水汪汪的蓝眼睛，比她的母亲还漂亮。一家人个个生得容颜俊秀，有的像母亲，有的像肖凯特家人。努埃麦的两个弟弟奥斯曼和穆罕默德，容貌则明显地像他们的父亲哈利勒·肖凯特，尤其是那两只神色从容的大眼睛。相反，赫蒂彻的两个儿子阿卜杜·蒙伊姆和艾哈迈德，虽然肤色与肖凯特家人相差无几，但眼睛却像母亲或外婆，细小而温柔；鼻子则很像母亲，或更贴切地说像外公的鼻子。至于里德旺，那也是很标致的，生着父亲那样的一双眼睛，或者说像海妮娅那样的乌亮的大眼睛，穆罕默德·伊法特家人那样白似象牙的皮肤，亚辛那样的直鼻梁，脸上则闪烁着诱人喜爱的光彩。很久以来，孩子们都很喜欢先生，也不再怕他了。因此，他没必要像今天这样，在孩子们面前强装笑脸。啊，多么漫长的岁月！多么深刻的记忆！亚辛、赫蒂彻、法赫米，还有阿伊莎、凯马勒，谁没有在他怀里玩过，谁没坐过他的肩膀？他们可还记得吗？而他，却几乎完全忘记了。努埃麦，尽管她面带爽朗的微笑，但却是显得腼腆羞怯、彬彬有礼。艾哈迈德不断地要巧克力和奶油饼。这时，奥斯曼则心急火燎地等待着要糖的结果。穆罕默德从红毡帽里拿出金壳怀表、钻石戒指，死死抓住不放，哈利勒·肖凯特费了好大力气才要回来。过了一会儿，先生显得有些烦躁了，在众孙子孙女的包围下，不知如何是好……挨到晡时光景，他便离开家到店铺里去了。他的离去，给聚会在客厅里的合家长幼带来了充分的自由。大家相继离开狭小的客厅，来到了二楼的大客厅，铺上席子，放上沙发，天花板上挂起大灯，转眼之间，此处变成了留在家里人的咖啡厅。整整一天，家里人多拥挤，但却井然有序，平静如常。只是先生离家之后，客厅内外才散发出扑鼻的哥隆香水的芬芳，人人自由呼吸，个个笑语畅谈，种种活动相继开始举行。聚谈形式照旧：阿米娜盘坐在咖啡具前的安乐椅上，对面坐的是赫蒂彻、阿伊莎、亚辛及凯马勒分坐两侧。过了不大一会儿，易卜拉欣·肖凯特和哈利勒·肖凯特也来了；前者坐在岳母右侧，后者在她的左边安坐下来。

易卜拉欣刚刚坐稳，便讨好地对阿米娜说：

"安拉成全您的高妙手艺，您为我们做了那么多美味佳肴。"

说完，他转动两只微凸无神的双眼，朝大家扫视了一下，发表演说似的又说：

"油炸、油煎，是这家的传统技艺。油炸的东西可口，但不能一切都过油，首先应重视清蒸法。蒸煮最为重要，也是一门手艺，是绝招。请诸位评议一下，今天我们所吃的油炸食品好在哪里？"

赫蒂彻听到他的议论，如似堕入夹道当中；她一方面要他肯定母亲烹调技艺确实高超，另一方面还要责备他不理会母亲的好心善意。当易卜拉欣还要讲下去以证明自己的论点时，赫蒂彻按捺不住地说：

"这是公理，无须证明。但是，我想提醒你，并且希望你也考虑一下：你在家里常常用油煎食品堵塞肚子。今天你肚子已经填饱，就请闭上嘴，免评今天的饭食吧！"

阿伊莎、亚辛和凯马勒的脸上浮现出别有含意的微笑。母亲抑制着自己的羞惭表情，想说一句一举两得的话，既能向易卜拉欣表示感谢，又能使赫蒂彻感到满意。但是，不料哈利勒·肖凯特抢先开了口：

"赫蒂彻太太，你说得对！油炸食品对我们大家都有益处。老兄呀，可不能忘恩哟……"

易卜拉欣望了望妻子和岳母，歉意似的微笑着说：

"我忘记了大恩，但求安拉宽恕。我嘛，仅仅是想评论一下这位女大厨师。无论如何，我是赞扬了你母亲，而不是我母亲的功德。"

他的最后一句话，引起了一场哄堂大笑。笑声平息之后，易卜拉欣望着岳母，继续褒奖道：

"我们再谈谈油炸食品吧！为什么只说油炸食品呢？说实在的，其他一些品种的味道并不比油炸食品逊色，如清蒸土豆、菜叶包饭、煮锦葵、肝肚肉饭、种种夹馅食品以及鸡肉……岳母，请您告诉我，您喜欢哪种呢？"

赫蒂彻嘲弄地回答：

"喜欢吃油炸食品嘛！"

"我忘恩负义，我有罪，我将永远赎罪。但安拉宽宏大量。无论如何，还是求安拉多为我们增添一些欢乐的日子吧……凯马勒，我祝贺你荣获学士学位，愿安拉默助，早日拿到证书……"

阿米娜激动地站了起来，又害羞，又高兴，面颊顿时绯红：

"安拉保佑你为阿卜杜·蒙伊姆，艾哈迈德感到高兴！安拉保佑哈利勒先生为努埃麦、奥斯曼和穆罕默德感到欢欣！"

她把目光转向亚辛，说：

"亚辛，安拉保佑你为里德旺而感到快乐……"

凯马勒时而偷眼看着易卜拉欣，时而转脸望望哈利勒，双唇间绽现着呆滞的笑意。明眼人一看便知，他已经厌腻了这种平庸乏味、不合时宜的谈论，觉得实在听不下去了。真是无聊，一个堂堂男子汉，竟然一味谈吃论喝，似乎刚上餐桌，便立刻醉倒在食欲之中。食品……食物……饭食……何必用这么多溢美之词？这两位五尺男子汉，出奇得很，仿佛远离时代潮流，时代变迁与之毫无关系。今天的易卜拉欣仍是昨天的易卜拉欣，虽然年近半百，但眼边嘴角边尚不显皱纹。庄重的表情，并没有增加他的严肃，反而使他显得更加呆板。他的头发、胡须，确实没有一根白的。他那肥胖的身躯依旧结实健壮，毫无衰老征兆。两位同胞兄弟之间的相似之处，也只是在微不足道的一些特征上。他俩的头发有些不同：哈利勒蓄着长发，柔软下垂，而易卜拉欣的头发则很短，根根坚挺竖立。体躯粗实，目光呆滞，这是兄弟俩的共同点，也正是引人讥笑、蔑视的根源。哥俩都穿着白绸西服套装，脱下外套，露出了绸衬衫，袖口上的金黄色纽扣闪闪发光，体面豪华的外表，令在座的所有人的装束黯然失色。在两个大家庭往来的七个年头之中，兄弟俩不时地走访这个，探望那个，次数或多或少，但是，他们之间却从未进行过一次有意义的交谈……有什么可非难的呢？有什么可指责的呢？如果没有这一共同特点，那么兄弟之间哪会如此协调一致呢？……好在蔑视只在心中，并不伤害感情，也不影响友谊。啊……听来关于油炸食物的讨论还没结束呢。这不是吗，哈利勒·肖凯特又在发言了：

"我哥哥易卜拉欣的话没说到点子上。一把烹调好手，是我们不能缺少的，这桌饭菜正经不错……"

阿米娜打心眼里喜欢褒奖。她认为自己已在这个家庭中出了不少力气，而且心甘情愿为这家人服务，可是，她却常常遭到冷眼。她很希望听艾哈迈德·阿卜杜·贾瓦德称赞她一句，但先生不习惯于那样说，即使偶尔赞扬一句半句，也是十分简捷，而且百年不遇，她几乎记不起什么时候听到过先生的赞语。因此，在易卜拉欣和哈利勒面前，阿米娜深感快乐得意；与此同时，她又感到羞惭不安。于是，她竭力掩饰着自己的真实情感，说：

"哈利勒先生，你别过奖！你母亲手巧，很会做饭，除了她做的食品，别的你看不上眼……"

当哈利勒再次赞扬时，易卜拉欣的目光转向了赫蒂彻，发现她的双眼正凝视着自己。易卜拉欣仿佛预料到了这一点，而且早有准备，于是得意地微微一笑，对岳母说：

"岳母，可还有人不这么认为……"

亚辛明白这话中有话，于是朗声一笑，接着便是一阵哄堂大笑，就连阿米娜也笑了，上身颤动着，急忙低下头去，似乎想看看自己的衣襟。只有赫蒂彻面部表情呆滞，等笑的风暴平息下来，生气地说：

"我们之间的分歧不在于食物、烹饪，而在家庭问题的自主权上，不是别的什么……"

这使大家回想昔日的一次家庭战争。那还是在赫蒂彻结婚后的第一年，婆媳之间发生了一场"厨娘之战"。争斗的焦点在于：家中每个人必须依婆母命令行事，还是赫蒂彻有权独自做饭？一个重大分歧威胁着肖凯特大家庭的团结和统一。消息不胫而走，很快传到了宫间街，几乎人人皆知，只有艾哈迈德·阿卜杜·贾瓦德先生还蒙在鼓里，因为没人敢告诉他；不止这件事，就连日后婆媳之间出现的任何矛盾，也无人敢对他讲。赫蒂彻心里明白，要进行战斗，只能依靠自己。至于她的丈夫，确切地说，那是尊"睡罗汉"，有他没他一个样。每逢赫蒂彻催促丈夫索回自主权时，那"睡罗汉"总是开玩笑地说："我说太太呀……我们就别去伤那个脑筋了！"他不支持她，也不表示反对。赫蒂彻单枪匹马，披挂上阵，走到婆婆面前，奋力把头一昂，那派勇敢、倔强气概出人意料。面对着这位来自"幽冥世界"的女子，老太太禁不住吃了一惊。转瞬之间，只见那女子怒气冲天，雷霆大发，说什么要不是老太太的"恩德"，她做梦也不会嫁到肖凯特家来。尽管赫蒂彻怒火万丈，但她还是遏制住了自己的情感，决计避免口角，以理相争，得到自主权，一来考虑到婆婆的地位，二来也怕她到父亲那里去告状。之后，赫蒂彻想策动阿伊莎也去争闹，但发现懒散的阿伊莎不仅反对这种做法，而且还胆小怕事。阿伊莎确实也不喜欢婆婆，但在婆婆的强压训育下，变得温顺随和，贪图安逸，饱食终日。赫蒂彻甚是懊恼，斥责她懦弱、懈怠。自此以后，赫蒂彻一如既往，依旧独自"出战"，最后不得不把单独起伙的权利交给了这位"吉卜赛女郎式"的儿媳妇，并且对长子说："你自拉自唱，自顾自吧！你是个懦夫，连自己的婆娘都管不住，你永远别再吃我做的饭了！"赫蒂彻如愿以偿，随之要回了她那套铜质炊具，按她的设计，易卜拉欣为她备好了厨房。但是，她失去了婆母，破坏了自她还睡在摇篮时开始的两人之间的和睦关系。阿米娜经受不住这种争吵的刺激，等大家心平静下来时，便到亲家母那里，通过易卜拉欣和哈利勒从中调解，婆媳和解了。可和解在哪里呢？……和约字迹未干，舌战之火燃烧起来了，之后再和解，又争吵，如此时战时停，反反复复……不论婆婆或儿媳，都把责任朝对方身上推；阿米娜站在夹道里，左右为难；易卜拉欣或保持中立，或袖手旁观，似乎他与此事毫无关系，懒得干预，只满足于不紧不慢、不冷不热的劝解，对母亲的斥责和妻子的非难概不在乎。如果不是看在忠心耿耿、温柔厚道的阿米娜的面上，亲家母是非到艾哈迈德·阿卜杜·贾瓦德那里去告状不可的。但是,婆母终于改变了主意,为寻求自我安慰起见,逢人便是一席长谈,不管对方是亲属还是街坊邻居。她当着证婚人的面宣布,选择赫蒂彻做她的儿媳妇,是她平生所犯下的最大过错,理当承受这种报应。

易卜拉欣微笑着评论赫蒂彻的言谈,似乎想借笑容来消磨他的话语的棱角。

"如果我的记忆力还可靠的话,那么,你不只是想得到自己的权利,而且还出口伤了他人……"

赫蒂彻愤然抬起包着咖啡色方巾的头,目光咄咄逼人地盯着丈夫:"你为什么记忆力那么差?难道因为想得过多或过度劳累使你得了健忘症?但愿所有的人都像你似的,没心没肺,平安度日。易卜拉欣先生,不是你的记忆力不可靠,而是你把我忘到脑后去了。其实,我并没有伤害你妈。她不需要我,我也无求于她。赞美安拉,我对自己的全部责任一清二楚,也知道怎样很好地尽自己的义务。但是,我不愿意整天守在家里,不喜欢像住旅馆那样,饭菜全靠他人送来。此外,我不能像'某些人'那样,大白天里可以睡着觉的,而由别人代找操持家务……"

她所说的"某些人",阿伊莎心里明白指的是谁,于是未等赫蒂彻把话说完,她就笑了。而后,阿伊莎似有同感地说:

"你要怎样随你好了,不要去管他人或'某些人'!现在你就没有什么伤脑筋的事了,成了家庭主妇,像我一样,从日出忙到日落,厨房、卫生间、屋顶都得跑到,同时还要照看孩子,管好鸡羊……女仆人苏维丹连你的房门都不敢靠近,更不用说会帮你带孩子了。主啊……这么累,为什么谁都不来替我一下?"

赫蒂彻下颌微微一动,表示回答,竭力抑制着笑意。这足以证明她从阿伊莎的话中得到了若干安慰。正当这个时候,亚辛开口了:

"有的人生来就是主人,而另一些天生就是奴隶……"

哈利勒笑着,露出了门牙:

"赫蒂彻太太是模范家庭主妇,但她不会休息。"

易卜拉欣·肖凯特示意相信哈利勒的话：

"我也这样看，而且给她说过数次，她就是不听。这样，我干脆沉默起来，免得伤脑筋……"

凯马勒望望母亲，只见她为哈利勒加满杯子，然后拿来父亲的照片，谈起父亲如何威严，双唇间溢出快慰的微笑。而后，她把目光转向易卜拉欣，惊异地说：

"看起来，你也怕他。"

易卜拉欣·肖凯特摇晃着大脑袋，说：

"我嘛，只要太平无事，我绝不会自找麻烦。而我妈则相反，她是专找麻烦，不喜欢平安！"

赫蒂彻当即喊道：

"你们听听公断吧！"

接着，她愤怒地指着易卜拉欣说：

"你呀，你！你只要能睡，绝不醒着！"

阿米娜用告诫的目光凝视着赫蒂彻：

"赫蒂彻！"

易卜拉欣轻轻地拍着岳母的肩膀：

"像这种事，多着呢！……您老亲眼看看吧！"

亚辛的目光辗转于丰满健美的赫蒂彻与单薄瘦弱的阿伊莎之间，做着有意引人注目的动作，责备似的说：

"你们说赫蒂彻从清早忙到天黑，辛苦的痕迹何在？……她像个消闲自在的人，而阿伊莎才像劳苦功高的妇女……"

赫蒂彻伸出右手掌，张开五指，举到亚辛眼前：

"最可恶的是忌妒！"

阿伊莎听了这句话，感到很不舒服，两汪清澈的蓝眼睛里透出反感的神情，故作不解亚辛的意思，急忙为自己的瘦弱辩护道：

"胖并不一定好！"

当她觉察出赫蒂彻的面孔已转向自己时，又匆忙更正说：

"或者至少许多妇女认为,瘦些更摩登!"

"瘦"这个字眼传入凯马勒的耳里,他的心禁不住慌跳起来。随之,一个身材修长、匀称的女子的形象浮现在他的脑海中,他不由得心花怒放,醉意蒙眬,一阵欢喜之后,如堕入甜蜜的梦乡,全然忘记了自己所在的地点和时辰。这样不知道过了多久,又觉得一片愁云在梦乡天际骤现,看上去倒不像什么凶兆,但却悄悄笼罩了梦乡的晴空。他深深地吸了一口气,睁开他那懵懂的眼睛,扫视了一下熟悉的面孔,似乎人们在用各种方式赞叹自己的美貌,尤其是那张洁白、细嫩、红润的、被她的双唇亲吻过的面孔……想到这里,他感到有些羞涩、烦闷,自认为任何一位标致女子,除了塑像,都会激发他的情感,赢得他的怜悯和爱。

"我不喜欢瘦的,包括男子在内。"赫蒂彻继续说,"你们瞧瞧凯马勒!他可真应该关心一下自己的体重了。我说老弟呀,你千万不要把求学当作一切!……"

凯马勒不在意地微笑着,边听边打量赫蒂彻的身材,只见她肥胖粗壮,脂肪成堆,脸上的缺陷全被遮掩起来,打心眼里对她这种安于享乐、争强好胜的精神赞叹不已。但是,他没有心思去评论赫蒂彻的意见。

至于亚辛,则挑衅、嘲讽地说:

"那么,你是喜欢像我这样的了?你可真有独到之处。"

亚辛把右腿搭在左腿上,随手解开衬衫纽扣,宽大背心的凹口处露出一束汗毛,浓密乌黑。

赫蒂彻狠狠地瞅了亚辛一眼:

"就是你多嘴多舌。你的脂肪都移到大脑里去了,和别人不一样。"

亚辛失望似的长出了一口气,而后望着易卜拉欣·肖凯特,同情、关切地问:

"请你告诉我,你的妻子既然是这样,那么你是怎样在婆媳之间周旋的呢?"

易卜拉欣·肖凯特点着香烟,吸了一口,又朝外喷了口烟;坐在旁边的哈利勒,嘴里一直叼着烟斗,只有说话时才拿开来。为了调节客厅里的气氛,易卜拉欣·肖凯特朝哈利勒努了努嘴,然后慢条斯理地说:

"一个耳朵里塞上泥巴,另一个耳朵里抹上糨糊,充耳不闻,视而不见,这就是我从实践中总结出的经验。"

赫蒂彻怒气冲冲,高声喊道:

"别把经验扯出来!经验是无辜的,你的生活,我一清二楚,历历在目。安拉……"她转而对亚辛说,"安拉赋予他一种天性,就像白德尔·图尔基大叔卖的冰糕,总是冷的;即使侯赛因清真寺的宣礼塔晃动了,他的一根头发也是不会晃一下的……"

阿米娜抬起头,用责备、劝诫的目光瞥了赫蒂彻一眼。赫蒂彻不好意思地笑了,然后羞愧地垂下了目光。突然之间,哈利勒·肖凯特风趣、自豪地说:

"此乃肖凯特家族的天质、皇族的风度,不对吗?"

赫蒂彻以笑声来减轻话语的分量,而后话中有话地说:

"哈利勒,我的命苦哇!你母亲不具备这种皇族风度。"

阿米娜忍无可忍,抢白道:

"你婆母是女中豪杰,是一位了不起的贵妇人!"

易卜拉欣把脸扭到左侧,望着妻子,就像久病之夫,两只凸起的大眼睛黯淡无光,叹了口气,说道:

"岳母大人,有您做证,安拉保佑您安好。"

然后对大家说:

"哎呀呀,我妈可是位伟大的女性,年高德劭,理应得到关心和厚待。可我的妻子呢,对什么容忍哪、宽恕哪,简直是一窍不通。"

赫蒂彻高声为自己开脱:

"没有一点儿原因,我是不会动肝火的。我原先不知道什么叫发脾气,家人都在那里,你可以随意打听嘛!"

室内一片寂静。家人们不知说什么是好,直到凯马勒扑哧一笑,众人的目光才转向了他。只听他忍不住笑地说:

"赫蒂彻是我们所认识的最暴躁的和善女性。"

亚辛鼓起勇气:

"或者说,她是最和善的暴躁者,安拉最清楚……"

人们的笑声平息之后,赫蒂彻难堪地摇着头,朝凯马勒努了努嘴:

"他也和我作对!我抱他比他抱艾哈迈德和阿卜杜·蒙伊姆的时间还要长。"

凯马勒歉意地说:

"我不慎泄露了秘密……"

面对赫蒂彻的狼狈处境,阿米娜采取了新的辩护途径,微笑着说:

"金无足赤,人无完人嘛……"

易卜拉欣·肖凯特接过话茬儿:

"说得好,我的夫人有不容忽视的优点。安拉诅咒那伤人的急躁脾气。依我之见,在这个世界上,没有什么值得动肝火的事情。"

赫蒂彻笑了:

"你真福气!……所以你才这样过日子;不管世上发生什么变迁,你总是稳坐在城堡里,不动声色。"

阿米娜第一次真的露出了不高兴的表情,责备道:

"别这么说!安拉保佑他及伙伴永远年轻!"

易卜拉欣·肖凯特听到岳母的祝福,有掩饰不住的喜悦,笑着问:

"年轻?"

哈利勒面朝阿米娜,回答易卜拉欣·肖凯特:

"在肖凯特家族中,四十九岁算是青年!"

阿米娜担心地说:

"孩子,别这么说!让我们丢掉这种生活方式吧……"

看到母亲担心的表情,赫蒂彻微微地笑了,她深知这种表情的起因和动机。在旧家庭中,大声张扬身体健康如何如何,那是令人生厌的事情。至于"毒眼"①的害处，赫蒂彻并不清楚。如果不是因为赫蒂彻近六年以来是在肖凯特家族中度过的，她也是不会当众宣布她丈夫的健康状况的。在肖凯特家族中，如"毒眼"看人，能使人害病的迷信说法，已失去了市场，人们可以毫无畏惧地谈论各种话题，如妖魔鬼怪、疾病死亡等。而在原来的家庭中，这些话题都在禁止谈论之列，情况就是如此。夫妻之间的关系，比表面上密切。对赫蒂彻来说，无论言谈举止或待人接物，都是没有什么需要顾忌的。这是一对和睦夫妻，尽管有时发生某些争执，但各自都打心眼里感到谁也离不开对方。一天，易卜拉欣病了，这是少有的时刻，为了使丈夫早日康复，赫蒂彻倾注了自己的全部忠诚和钟爱。是的，两人之间的口角不会平息下来，至少她是不肯罢休的。其实，婆母并不是她锋芒的唯一所指。虽然男人专横、冷漠，但这并不影响她每天找些理由数落丈夫，比如嫌他睡觉过多、整天待在家里不干活儿，对他只想找个工作维持生计的想法竭尽挖苦之能事……没完没了地批评他。至于易卜拉欣，则对妻子与母亲之间发生的争执，全然不闻不问。许多天过后——照阿伊莎的说法——他什么也没说，甚至怀疑有没有那回事。也许他仅能这样，谁知道呢？有时候，争吵的原因很平常，甚至红辣椒能否开胃之类的话题，也会引起一场论争。夫妻俩的感情是稳定、牢固的，不受表面现象的影响，就像一条深河那样，水面上起伏涟漪、翻卷巨浪，都不能改变河水的流向。易卜拉欣看到自己的住宅堂皇、衣饰华丽、食品美味、儿女标致，正确地估计了一下自己的力量，对妻子开玩笑说："其实，你本是个弃婴，是捡来的吉卜赛女子！"婆媳吵嘴时，婆婆多次重复这个说法，并且嘲弄赫蒂彻说："这功劳应归于仆人，而不是太太们的功德。"赫蒂彻随即回敬道："你们都是些吃饱喝足不干活儿的人。真正的一家之主应是为家庭辛勤服务的人！"老太太继续挖苦她说："人们在你家里把这句话传授给你，为了不让你知道他们对你的真正看法——在他们看来，你只配去伺候别

---

① 毒眼，又叫凶眼、恶眼。阿拉伯人迷信毒眼能使人害病。

人！"赫蒂彻嚷起来："我知道你恨我，自打我在家里看不起你时，我就知道你憎恶我。"老太太大声喊道："安拉最明白！艾哈迈德·阿卜杜·贾瓦德先生可是个好人，但却养活了一个狐狸精。我应该挨鞋底子打，这就是我应得的报应。"赫蒂彻边走边嘟囔，老太太几乎听不清她在说什么："你该挨鞋底打……我不跟你争吵……"

亚辛望了望阿伊莎，微笑着，别有用意地说：

"阿伊莎，你真有福气，你和各党各派的关系都那么融洽。"

赫蒂彻听了觉得话里有话，便晃了晃肩膀，故作蔑视的样子：

"诽谤者企图在姐妹之间制造隔阂！"

"哦！哦！……安拉保佑，安拉最了解我的好意！"

赫蒂彻遗憾似的摇了摇头：

"你一向不怀好意！"

哈利勒·肖凯特引用亚辛的话，说：

"我们平平安安地生活吧！我们的口号是：你生活，也让别人生活！"

赫蒂彻笑了，洁白发光的牙齿整整齐齐，语气不无嘲讽地说：

"哈利勒先生的家里充满欢乐：夫君兴来弹奏四弦琴，太太静赏乐曲，或对镜相看容颜，或站阳台，或隔窗与东邻西里的朋友们谈天说地。努埃麦、奥斯曼、穆罕默德不是要凳子，就是玩枕头，欢乐无比。就连阿卜杜·蒙伊姆和小艾哈迈德，在我跟前玩厌了，感到不快活时，也跑到他们姨妈那里去，加入小伙伴行列中……"

阿伊莎微笑着问：

"你在我们那个幸福之家就看到了这些？"

赫蒂彻用同样的语调说：

"还有你唱歌，努埃麦跳舞……"

阿伊莎自豪地说：

"我感到心满意足。街坊邻里都很喜欢我，婆婆也喜欢我……"

"对那么一个多嘴多舌、唠里唠叨的女人何必客气！你那个婆婆呀，她就喜欢别人对她阿谀奉承、顶礼膜拜……"

"我们应该喜欢他人。我们喜爱他人，他人喜爱我们，心心相通，互喜互敬，我们该是多么幸福！可是，人家都怕你，常对我说：'你那个姐姐不大理睬我们，瞧不起我们！'……"

阿伊莎又转脸笑着对母亲说：

"姐姐总是给别人起绰号，回到家里也不离口，致使阿卜杜·蒙伊姆、艾哈迈德都背熟了，在胡同里的孩子们中间呼喊、传播……"

阿米娜隐隐一笑。赫蒂彻也笑了，一时不知所措，仿佛一些令人难堪的场面顿时一股脑儿地浮现在她的眼前。这时，哈利勒兴高采烈、毫无顾忌地说：

"简而言之，我们是个小乐队，有弹四弦琴的，有唱歌的，有跳舞的。但我们还缺少主歌手和副歌手，我想从孩子们中间挑选苗子，只是时间问题。"

易卜拉欣·肖凯特对阿米娜说：

"依我看，努埃麦是一位出色的舞蹈家！"

阿米娜笑了，憔悴的面孔上微现红晕：

"我见她跳过舞，真好！"

赫蒂彻话音里充满温情，说：

"是好！真像招贴画那么美。"

亚辛说：

"真漂亮，里德旺的新娘子[①]！"

阿伊莎笑道：

"努埃麦是头生女……在她的婚姻大事上，我不能重复其他母亲犯过的错误！"

亚辛不慌不忙地问道：

"为什么人们总是让新娘比新郎年轻呢？"

---

① 阿拉伯人习惯于堂兄妹、姑表兄妹成亲，至今依然保持着这种风俗。

没有一个人回答。

阿米娜说：

"把努埃麦许配给一个合适的新郎，不会等多久的！"

赫蒂彻说：

"安拉啊，努埃麦真标致！我从没见过这么漂亮的姑娘……"

阿伊莎笑着问：

"她妈呢？……她妈怎样？"

赫蒂彻皱起眉头，借以加强她言谈的严肃色彩：

"她比你漂亮，阿伊莎！在这方面，你无法自傲自满！"

但她马上打趣地补充道：

"我比你们娘儿俩都美！"

这些人还在奢谈什么美呢！她们懂得什么叫美？她们喜欢的颜色只是象牙的白、金子的黄。如果你们问我喜欢什么，我绝不会对你们说纯净的褐色、安详的目光、修长的身材、巴黎风雅……不！那都是美丽的。然而线条、形体、色调要服从于感官和尺度。美是人心里的欢乐和喜悦；美是灵魂中的顽强生命；美是狂热的爱，灵魂在它的广袤苍穹中遨游，直至拥抱九天。请谈给我听吧，倘若你能够的话……

"为什么甘露街的妇女对赫蒂彻表示亲近呢？……也许正像她丈夫说的那样，她有许多长处，可是人们注意的多是他的清秀面容、甜言蜜语！……"

亚辛之所以这样说，是因为他看到谈话风暴已经平息下来，想再度激起赫蒂彻的怒火。赫蒂彻瞪了亚辛一眼，似乎在说"我饶不了你"。

赫蒂彻叹了口气，小声说：

"安拉保佑，全靠安拉，我不知道这里还有一位婆婆。"

之后，她抛开亚辛，又回到了原先那个话题上，语气严肃地说：

"我没那么多时间花在访亲拜友上。家务、孩子，把我的时间占光了，尤其是我那一口子，他既不理家务，也不管孩子！"

易卜拉欣·肖凯特自我辩护道：

"安拉最伟大。你别把自己说得万能！事情是这样的：有像我这样一位妻子的男子汉，时刻应该站在卫士的地位上，保卫那些褪了色濒于破烂的家具，保卫那淘气的难以对付的孩子……你们不知道，阿卜杜·蒙伊姆还不到五岁，就把他送进了学堂！"

赫蒂彻感到自豪：

"要是依了你们的意见，那得把他一直留在家里，直到成人！仿佛你们与知识之间存在着敌意似的。不，不行啊，亲爱的！我的孩子将比他们的舅舅们成长得要好些，我每天总是亲自帮助阿卜杜·蒙伊姆复习功课。"

亚辛故作不知道：

"你帮他复习？"

"你不相信？就像妈妈给凯马勒温课那样，我每天晚上坐在阿卜杜·蒙伊姆的旁边，听他背诵在学校里学过的功课……"

而后，她笑了：

"通过这个办法，我也复习了一些读音、书写规则，唯恐随着时间的消逝把学过的东西全忘掉了……"

阿米娜又羞惭又高兴，霎时间面色飞红，眷恋地凝视着凯马勒，好像要他回忆、讲述一下已往的那些夜晚。凯马勒微微一笑：

"就让赫蒂彻把自己的孩子培养得出类拔萃，超过他们的舅舅吧！一个紧追凯马勒，直叩高校学府大门，一个像……唉，一个破裂的胸膛还要承受那剧烈的心脏跳动，多么可怜呀！我多次给你们讲过法赫米的理想和希望，倘若他能够多活一些年，那么，他今天也可以实现他的理想，或者说正在实现着自己的理想。这一切一切都到哪里去了呢？但愿他还活着，哪怕只有他自己，隐姓埋名，活在众人中间。"

易卜拉欣·肖凯特对凯马勒说：

"我们并不像你姐姐说的那么无能。我是1895年入小学的，哈利勒是1911年入学的。当时，上个初小就很了不起，几乎人人感到心满意足。我们没有继续升学，因为我们不想找工作，或者说，我们不需要工作……"

听到说"入小学",凯马勒感到其中含有讽刺意味,但却礼貌地说:

"这是自然的事情……"

在这条公牛面前,知识怎么会具有同等的价值呢?那是宝贵的一课,使我深深懂得,可以喜欢一个忽视知识的人,祝愿其幸福安乐;但他的生活原则,却使我感到厌恶,我只能打心眼儿里憎恨那种兽性;而自从天上的惠风吹入心田,那一切则变成了事实和真理!

亚辛热情风趣地喊道:

"老初小万岁!"

"总而言之,我们是多数党!"

亚辛感到很不高兴,因为哈利勒将自己连同他哥哥都划入了初小党;其实,他俩连初小也没有念完。虽然如此,但他发现不得不屈从他们。赫蒂彻说:

"阿卜杜·蒙伊姆和艾哈迈德将继续升学,直到取得大学毕业文凭,开创肖凯特家族史上的新纪元。你们仔细听听这两个掷地有声的名字:阿卜杜·蒙伊姆·易卜拉欣·肖凯特,艾哈迈德·易卜拉欣 肖凯特,难道不是与萨阿德·扎格鲁勒的名字一样响亮吗?"

易卜拉欣笑着喊道:

"你哪里来的这种雄心大志?"

"有什么不可以呢?……难道萨阿德帕夏就不是爱资哈尔大学出身吗?他从士兵当到国家元首,一言出口,决定乾坤,不是全靠安拉吗?"

亚辛奚落道:

"你不乐意他俩成为阿德利或赛尔沃特那样的人物吗?"

赫蒂彻求安拉保佑似的喊道:

"成为叛贼?不能,绝不能做众人日夜盼望垮台的那种丑角!……"

易卜拉欣从口袋里掏出手帕擦脸,因为天气炎热,他的脸呈深红色,同时喝冷饮及热咖啡,禁不住汗水直淌。他擦过脸,说:

"倘若严母能够训育伟大人物的话,那么,从现在开始,我可以静等你的两位公子光宗耀祖、功业永垂了！"

"你不想让我管他俩？"

阿伊莎温情脉脉地说：

"我不记得妈妈责骂过我们任何一个兄弟姐妹，更不用说是打了。难道你不记得吗？"

赫蒂彻歉意似的说：

"妈妈没有采取严厉管教办法，因为有爸爸在嘛，爸爸的威严足以制服任何人。至于我，或者你，情况相差无几，而父亲呢，实则名存人无用。"

说到这里，她也忍不住地笑了，然后继续说：

"情况既然如此，我有什么办法呢？如果父亲能起父亲的作用，那么，当然母亲也就只做母亲了！……"

亚辛高兴地说：

"我相信，你已经赢得了父权，你就是父亲。这个嘛，我早就觉察到了，但缺乏远见！"

赫蒂彻佯装得意地说：

"谢谢你，开花炸弹……"

赫蒂彻，阿伊莎，两种彼此不同的形象……请你仔细观察一下，你更崇敬哪一位呢？但求安拉宽恕！我心中的女神的扮相并不是这个样子，她不可能成为家庭主妇。一位身着家庭主妇衣饰的女神，怎么能设想去呵斥孩子或在厨房打转呢？啊，真是天渊之别！多么可怕，多么烦人！她是戴着华丽首饰的仙女，飘然下界，悠然自若，无所顾忌，乘坐汽车，到公园或娱乐场去游玩，宛如对人间进行幸福、短暂访问的天使。她不同于一般女性，只有我的心才了解她，没有一个女子能和她相比，阿伊莎及其子女也不能与她相媲美。我甘愿将我的生命献给她。还有比那更强烈的渴望之情吗？

"玛丽娅有什么消息吗？"

阿伊莎问起一位旧友来，这个名字惊动了在座许多人的心弦，表情各不相同：阿米娜面即改色，皱纹暴增，十分烦恼；亚辛佯装没有听到什么，一直瞅着自己的手指甲；凯马勒似乎想起了一件什么事，只见他突然惊了一下；而赫蒂彻则冷言冷语地回答道：

"你猜有什么新消息？离婚了，回娘家去了嘛！"

片刻过后，阿伊莎发现赫蒂彻陷入了狼狈境地，因为她的多嘴多舌伤了母亲的心。母亲早就认为玛丽娅及其母亲并不喜欢法赫米，就是艾哈迈德·阿卜杜·贾瓦德先生反对将玛丽娅许配给法赫米，母女两人也丝毫未动声色。起初，赫蒂彻对母亲这种猜测还有些怀疑，而母亲却坚持这种看法，两人对老邻居的感情很快就发生了变化，不久便疏远了。

阿伊莎感到有些不安，试图对自己的问题表示歉意：

"我不知道自己怎么问起她来了！"

阿米娜显然有些激动：

"你不该去想她……"

当时，阿伊莎就怀疑关于玛丽娅罪责的事实，并且辩解说订婚及有关事宜都是在秘密情况下进行的。但是，这个消息并没有传到玛丽娅本人的耳里，从而避免了姑娘及其亲属的咒骂……可是，母亲并不理会阿伊莎的意见，说像这样的大问题，难保不走漏消息，迟早要传入当事人的耳朵里。当时，阿伊莎担心自己为偏袒玛丽娅被责备，而对自己的同胞兄弟缺少热情，于是就没有坚持自己的看法。面对着母亲的激动表情，阿伊莎觉得应该缓和一下气氛，于是说：

"妈妈，真实情况，只有安拉知道……虽然我们那样说她，也许她是无辜的。"

和阿伊莎的预料相反，阿米娜更加生气了，她一反平素温柔、安详的面容，盛怒之情跃然五官七窍，声音颤抖地说：

"别对我谈玛丽娅了！"

赫蒂彻与母亲的情感是共通的，随喊道：

"我和玛丽娅断绝了关系！"

阿伊莎窘迫地一笑，什么也没说。亚辛始终在摆弄他的手，直至热烈的谈论结束，几次想鼓励阿伊莎再说"真实情况，只有安拉知晓"。只是由于母亲阻拦，而且声音颤抖得厉害，这才使亚辛没能开口。亚辛没有说话，但他从内心里感激沉默气氛的巨大功劳。凯马勒侧耳聆听着这些议论，脸上没有任何表示。许久以来，爱情道路上的重重波折，赋予他一种表演才能，他可以凭此来掩饰自己的真实情感。如果客观环境需要，他可以向人们展示与自己内心情感完全相反的外貌。他想起了以前听说过的关于玛丽娅家人"幸灾乐祸"的故事。虽然他没有认真思考那个罪过，但他记得那封秘密书信中的诺言。正是他把这封密信送到玛丽娅手中，并且把复信亲手交给了法赫米。那是一个秘密，过去他一直守口如瓶，因为是对哥哥的许诺，要遵从哥哥的遗愿，他仍然要保守这个秘密。他感到有趣的是，他怎么才能最终明白那封密信的意义呢？也许将在他的心中产生一种新的意义……按照他的说法，他是一块石头，上面刻着天书，只有爱神降临时，天书的符号才能为人所辨认。他看到母亲怒云满面，这在母亲的平生里，还是空前的、少见的表情。是的，她并没有明显的变化，但却不时地成为灾难的打击目标。灾祸还没有降临到她的头上，即使面临灾殃，她也不会屈服的。那么，他该说些什么呢？母亲的心真是伤透了，只有细心回顾一下她所经历的各个生活阶段，才能真切地了解她的生活。他多么为母亲感到痛苦啊！阿伊莎、赫蒂彻在想什么呢？阿伊莎能够忘掉法赫米吗？实在令人难以猜想。阿伊莎是位心地善良的女性，友情满怀，看来她有理由认为玛丽娅是无辜的，她以这种对所有的人都开放着的心期待着玛丽娅的友谊。至于赫蒂彻，则已与夫妻生活无缘，如今只是一位母亲和家庭主妇了，既不需要玛丽娅，也无求于他人，所剩下的，只有对娘家的固有感情，尤其是对母亲的情感。她原地打转，这一切是多么奇怪！

"亚辛，你光棍儿到何年何月呢？"

易卜拉欣出于真挚的关心，向亚辛提出了这个问题。亚辛开玩笑地回答道：

"等到青春逝去，一切都结束的时候！"

哈利勒·肖凯特可不认为亚辛是说笑话，于是认真地说：

"我大约像你这个年龄结婚的，你不是已经二十八岁了吗？"

提到亚辛的年龄，赫蒂彻感到不悦，因为这等于间接地道出了自己的年纪，于是不耐烦地对亚辛说：

"难道你就不能结婚，不要再让人说你是光棍儿不行？"

亚辛向阿米娜投以亲切的目光：

"多少年过去了，致使人们忘掉了自己的愿望！"

赫蒂彻的头朝后一仰，仿佛是挨了一拳，然后瞧了亚辛一眼，似乎对他说"鬼东西，你终于把我征服了"，接着叹了口气：

"唉，你呀，你就直说你不想结婚好啦！"

阿米娜说：

"亚辛是好样的。好样的是不会拒绝结婚的，除非迫不得已！其实，你现在应该考虑尽快完婚！"

考虑结婚，这不仅要重新考验一下他的命运，而且还要检验一下他还击侮辱的诚意，因为他是在父亲的督促下，为了"执行"岳父穆罕默德·伊法特的旨意，才被迫将栽娜卜休掉的。再说，似乎法赫米的夭折使得他不再考虑婚事，他甚至已经熟悉并习惯了这种单身生活。然而他自信地对阿米娜说：

"难免的事是一定要发生的，万事都有它的时机……"

一阵喧嚷夹杂着急促的脚步声从楼梯处传来，打断了他们的思路，询问的目光一齐转向楼梯口。片刻过后，乌姆·哈奈菲出现在门槛上，愁眉苦脸，喘着粗气，大声喊叫：

"太太，孩子们……阿卜杜·蒙伊姆和里德旺打起来了……我去拉架，他们用石子扔我……"

亚辛和赫蒂彻站起来，匆忙朝门口走去，下了楼梯。过了一分钟或两分钟，两人回来了：亚辛拉着里德旺的手；赫蒂彻推搡着阿卜杜·蒙伊姆，用拳头轻轻地捶着他的后背；其余的孩子神情紧张地跟在后面。

之后，努埃麦朝她的爸爸哈利勒跑去，奥斯曼则依偎在父亲易卜拉欣的身旁。赫蒂彻开始呵斥阿卜杜·蒙伊姆，并且警告他，再也不带他来姥姥家了。阿卜杜·蒙伊姆指着坐在父亲和凯马勒之间的里德旺，哭着喊叫道：

"他说他们比我们富……"

里德旺反驳道：

"他说他们比我们阔，还说他们有座穆泰沃里宝门！"

亚辛笑着劝慰说：

"原谅他吧，孩子，他像他妈一样，是个种田的庄稼人！……"

赫蒂彻禁不住笑了，对里德旺说：

"原来你们为穆泰沃里门打架？我的少爷，我们还有座凯旋门呢，就在你爷爷家附近，你拿去吧！不要再打架了，行吗？"

里德旺摇着头，拒绝道：

"那里埋的都是死人，没有宝贝，让他拿去好啦！"

这时候，阿伊莎说话了，口气中充满诱导和希望的成分：

"向先知祈祷、祝福吧！你们有个难得的好机会，咱们听努埃麦唱支歌好不好？"

赞扬、鼓励的话语从客厅各个角落飞来，哈利勒双手将努埃麦抱起来，然后让她坐在自己的腿上，说：

"这么多人想听你唱歌，安拉啊！安拉……你别害羞，我最不喜欢害羞的孩子。"

但努埃麦却把脸埋在父亲的怀里，人们只能看见一轮金黄色的光环。阿伊莎无意中一回头，发现穆罕默德正揪姥姥面颊上那颗美人痣，于是站起身来，伸出手，不管他奋力挣扎，将他拉到了自己的座位上，然后继续鼓励努埃麦唱歌。哈利勒也与阿伊莎一道鼓励努埃麦唱歌。努埃麦最后趴在爸爸的耳边，小声说，她要躲到爸爸身后，等大家都看不到她时，她才唱。爸爸答应了她的条件，于是努埃麦手脚并用爬去，紧紧贴在爸爸背后和沙发扶手之间……顷刻间，客厅内鸦雀无声，人人含笑，静心等候。寂静时间过得太慢，哈利勒几乎失去耐心。就在这个时候，一种细嫩、轻柔的声音耳语般地开始说话了，继而渐渐升高，终于形成了热情的歌声：

  请打这里转，
  快快来这边！
  我呀和你呀，
  彼此亲无间。

  一双双小手随着拍节欢快地鼓掌伴奏……

第四章

"现在,你应该告诉我,你想进什么学校?"

艾哈迈德·阿卜杜·贾瓦德盘腿坐在卧室的沙发上;凯马勒坐在沙发的另一端,面朝门,双臂交叉在胸前,表情温和、谦恭。先生很想听到青年爽快地回答"爸爸,听您的!"但是,先生也认为,在学校的选择上,父亲不应该拥有绝对权利,而儿子的意见才是决定性的因素,因为别人对他的了解毕竟是有限的。他常常与朋友们谈起此事,其中有职员,也有律师,他们一致认为,为了避免落榜,孩子有权选择自己的志愿。于是他没有继续与朋友们商议,而是将这件事交给了安拉。

"爸爸,承蒙安拉默许,当然也要征得您的同意,我打算报考师范学院……"

先生的脑袋吃惊一动,睁大两只蓝眼睛,诧异地注视着儿子,斥责说:

"师范学院?!……官费学校,是吗?"

凯马勒犹豫片刻:

"也许是的,我不大清楚……"

先生嘲笑似的挥了挥手,仿佛想对儿子说:"你自己都不太清楚,那你就应该耐心听听我的意见。"于是,他轻蔑地说:

"这种学校,我以前对你说过了,高贵门第子孙很少有人去投考;

再说，教师这个职业……关于这个，你是略有了解的，难道这不影响你报考师范的决心吗？这个职业很糟糕，得不到任何人的敬重，对此，我是很清楚的。至于你，你还年轻，不大懂得人情事理。教师，教师，天天和学生混在一起，这种职业谈不上什么伟大、崇高。我认识的一些头面人物、社会名流、高级职员，谁都不肯让自己的女儿嫁给教员，无论其地位有多高……"

他打了个饱嗝儿，继续说：

"福阿德·本·贾米勒·哈姆扎维，就是你送给他旧衣服的那个孩子，他就要穿着那件衣服进法学院读书了。他确实是个聪明出众的学生，但也并不比你出色。我已经答应他父亲，向他提供学费，以保证他安心读书。他升入一个令人仰慕的学校，我为之付学费，而我自己的孩子怎能免费去读那个劣等学校呢？……"

这种关于"教师及其使命"的重要报告突如其来，使凯马勒感到大伤脑筋。为什么如此不公平呢？那既然不能归罪于传授知识的教师，难道应该归罪于学校的免费教育吗？他不能想象以富或穷来估价知识，或者知识具有自身之外的价值。对此，他深信不疑，同时他也深信他从敬爱的名人著作中所读到的那些高明见地，如曼法鲁蒂、穆韦利哈等。他完全沉湎在"楷模"的海洋中。虽然父亲在他的心中威严、崇高，但在反对他的错误见解上，他是从不迟疑的。听父亲说他的想法是受了社会落后因素及他的"愚蠢"朋友们的影响，这让凯马勒不胜遗憾。但是，他对父亲说话时，却显得彬彬有礼、从容不迫，并且不时背诵他所读到的名言佳句：

"爸爸，知识高于金钱、地位……"

艾哈迈德·阿卜杜·贾瓦德坐在凯马勒与衣柜之间，头不住地左摇右摆，仿佛他的身后有一个无形的人，正在他的耳边陈述己见。之后，先生气愤地说：

"真的？我活到今天，才第一次听到这句废话，好像地位与知识之间还有什么差别似的。没有地位、金钱的真正知识是不存在的。再说，你为什么谈起知识来了，仿佛学问只有一门！你是个小冒失鬼，难道我没有说过你吗？学问多得很，岂止一门！穷人有穷人的学问，帕夏有帕夏的知识。傻瓜蛋，好好想想吧，免得一失足而成千古恨！"

凯马勒出于对父亲的敬重和对家人的爱戴，机灵地说：

"爱资哈尔大学的学生，统一免费读书，也从事教育工作，可谁也没有看不起他们的学问……"

先生蔑视地朝他努了努嘴：

"宗教是一回事，宗教人物是另一回事！"

凯马勒从失望中获得了一股力量，如同绝处逢生，与父亲继续讨论起来；往常，在父亲面前只能俯首帖耳，唯命是从。他说：

"但是，爸爸，您一向是很敬重宗教学者的！"

先生不耐烦地说：

"别把事情弄混了！我敬重穆泰沃里·阿卜杜·萨姆德谢赫，也很喜欢他。但是，在我看来，你当一名可敬的职员要比他那样的人更好，即使是能把吉祥带给世人，以护身符为人们禳灾祛难……每个时代都有英杰出现，但你不想明白这个道理！"

先生细心打量着青年，想察看一下他的话在青年身上究竟有何反应。这时，凯马勒垂下了眼帘，咬着下嘴唇，手指头不住地拨弄着左嘴角。唉，真怪呀！难道这位先生非把人带到明知有危险的地方去吗？先生几欲发怒，但想到自己正在处理一件超出个人绝对权利范围的事，于是强压怒火，问道：

"什么原因使你非读师范不可呢？难道只有师范才具备全部知识和学问？为什么不喜欢入法学院呢？难道那不是培养伟人、部长的学校？萨阿德帕夏等要人不是在那里接受教育的吗？"

说到这里，艾哈迈德·阿卜杜·贾瓦德先生的眼里闪出闷闷不乐的神色。而后，他低声说：

"已故法赫米，经过仔细观察、慎重考虑之后，选择了法学院。如果不是大限之神光顾得那么快，他今天该是检察官或法官了。你说，难道不是这样吗?"

凯马勒情绪激动地说:

"爸爸,您说得全对。但是,我不喜欢学法律!"

先生一拍手:

"不能单凭爱好!爱好怎么能同知识、学校混为一谈?告诉我,师范学院里有什么值得你喜欢的东西?我想了解一下,师范学院里究竟有什么美好的东西在吸引着你,或许你是一个喜欢仅仅得点儿糊口之资、贪图家道小康的人?你说吧,我仔细听着呢……"

凯马勒微微移动一下身子,似乎想集中注意力,弄清父亲的意图。但是,他的目的难以实现,同时也预料到,他将像以往与父亲讨论问题时那样,落到他头上的是更多的讽刺、挖苦和嘲笑。除此之外,他还没有一些确切的想法要对父亲讲。既然如此,他能说些什么呢?他只有稍稍思考一下,然后把自己不喜欢的学科告诉父亲。法律,不是他理想的学科。他也不想学经济、地理、历史和英语,虽然他认为最后两门是很重要的科目。所有这些,他都不想学,那么,他究竟想学什么?是的,他心中充满希望、理想,但必须及早确定目标。也许他尚不敢断定,在师范学院能否实现自己的理想,虽然他认为那是通往理想目标的捷径。各种读物,文学作品、社会评论、宗教文章,如《安塔拉史诗》《一千零一夜》《坚贞诗集》《曼法鲁蒂文集》《哲学法则》等都吸引着他。在此之前,亚辛曾经给他描绘过许多梦想,母亲也曾经给他的灵魂中注入过若干神话故事,也许那些书籍与此有着密切的关系……凯马勒很想随心所欲地给这个神秘世界取名叫"思想",将自己称作"思想家"。他相信,思想生活是人类的最高目标,其光辉本质要胜过一切物质、体面、地位、尊号以及形形色色的虚假荣誉……正是这样!他在师范学院里能实现这个目标吗?或者说学校只是实现目标的一个途径?他的思想绝不能离开这个崇高目标。但是,他不得不承认,有一种牢固的关系把目标和他的心,或更贴切地说,和他的兴趣爱好,紧紧联结在一起了。怎么会这样呢?"女神"与法律或经济毫无缘分,而与宗教、灵魂、天性、哲学等，却存在着多种媒介，虽则是细微、隐蔽的，如同他的"女神"与音乐、歌曲之间存在的秘密关系，致使他如痴如醉地探索、观察着。他心里是这么想的，而且也完全相信，可是怎么对父亲讲呢？凯马勒灵机一动，脱口答道：

"师范学院讲授的知识极为重要，就像人类历史一样，教益连篇，又像英语，津津有味。"

先生仔细打量着言谈委婉的儿子，一股无名火涌上心头。他仿佛第一次看见儿子，发现他体躯瘦、脑袋大、鼻梁高、脖颈长，外貌上的奇特与见解上的古怪完全相符；虽然性情含蓄，但情感、爱好却是纯洁、直率的。先生禁不住自问：消瘦是暂时现象，鼻子倒是随我，可那异乎寻常的大脑袋从何而来呢？莫非有位像我一样爱挑毛病的人给了他这么一个短处，以此取笑不成？想到这里，先生不胜难过，更加同情、怜悯儿子了，于是声调柔和地劝告说：

"知识本身无可责怪，教育定会带来成果。法律学将把你推上法官宝座；而历史、训诫诸课程，则只能使你成为一名可怜的教员。你还是等等看吧！"

说到这里，他的声音渐高，有些生气了：

"没有什么妙法，只有依靠安拉。历史、训诫、污垢……就不能给我谈点儿别的？"

听到父亲关于知识及自己所崇尚的科目的议论，凯马勒羞红了脸，感到十分苦闷：怎么能把各种知识与污垢相提并论呢？然而他并没有感到失去安慰，因为当时他觉得他所敬仰的思想家们在为自己辩护，而且嘲笑那些贪图虚荣、金钱和地位的愚夫之辈。啊，仿佛那些思想家们正同父亲一类的老夫子们争论呢！不过，且慢！他父亲并不是那样的一个傻瓜；无疑他是一位人物，但却因时间、地点、朋友的影响，成为旧思想的牺牲品。那么，还有什么必要和他谈论呢？不妨再凭机灵，测试一下自己的运气！

"爸爸，其实这些科学在发达国家里均享受极高评价，欧洲人尊崇它,并且为这些领域的天才学者造了塑像。"

艾哈迈德·阿卜杜·贾瓦德先生扭过脸去,说:

"安拉啊,你威力无边!主啊……"然而他并不是真生气,也许他认为事情突如其来、荒唐可笑,不足以引起他的注意。他又把脸转向凯马勒:

"我是你的爸爸,希望你有个美好的前程,期待你找个好职业。你我有什么分歧呢?我真正关心的是能看到你成为一名显赫的官员,而不要去当那个寒酸的教师。我希望看到人们为你建造的塑像,就像易卜拉欣·艾比·艾斯拜阿帕夏那样!赞美安拉,让我们活着亲眼看到、亲耳听到奇迹出现。我们与欧洲人有何瓜葛?你是生活在这个国家里,你看见过谁为臭教员树碑立像呢?给我举一个教员塑像的例子!"

说着说着,语调转为斥责:

"孩子,告诉我,你想谋职业,还是想建塑像?"

当他发现凯马勒沉默无言、茫然失措时,便有些气恼地说:

"你有些想法,十分离奇。我简直弄不清是从哪里来的。我期望你成为一个伟人,以荣誉和地位震惊世界。你心中的楷模,还有我不知道的吗?把你的心事给我讲个明白,也好叫我放心,弄清你的意图。其实,现在我对你的事全然不清楚,无从说起。"

为了让父亲进一步说明他的想法,凯马勒问:

"爸爸,我想成为曼法鲁蒂那样的人,你的意见如何?"

先生又惊又喜:

"穆斯塔法·鲁图菲·曼法鲁蒂谢赫?安拉怜悯他。我在侯赛因先生那里不止一次见过他。据我所知,他不是教员,他比教员伟大得多!他是萨阿德的座上客和文书。再说,他就学爱资哈尔大学,并非毕业于师范学院;爱资哈尔大学与他的荣誉无甚关系,完全是安拉的恩赐……人们都这样说。我们现在来研究你的前途,讨论一下你应该升入什么学校;至于成功与否,那完全托靠安拉了,即使安拉安排你名列末尾,那你也将与曼法鲁蒂比肩,当个次长或法官。既然如此,何乐而不为呢？"

凯马勒紧接着说：

"我不仅向往曼法鲁蒂的人品，而且羡慕他的文笔。至于学校，我并不认为它是实现我目标的捷径，或许可以通过师范学院走上达到目的的道路，因此我才选定了师范。我并没刻意要当教师，之所以当了教师，是因为那是通往思想文明之路……"

思想？……艾哈迈德·阿卜杜·贾瓦德先生的耳里响起了哈姆里的一段歌词："思想啊，思想，迷失了方向；眼泪啊，眼泪，快快救我危亡！"他喜欢这首歌，并且不时哼它几声，难道这就是他儿子所追求的思想？先生惊问：

"什么叫思想文明？"

凯马勒一时张皇不已，然后咽了口唾沫，声音低沉地说：

"也许我不大理解。"他微笑着，"假如我全明白，那也就没有必要再去学它了。"

父亲责问道：

"既然你都不大理解，可又为什么选定了它呢？……哦！……难道我们能面对安拉而酷爱低贱？"

凯马勒竭尽努力，克制着自己局促不安的表情，勇敢地为自己的看法辩解：

"师范学院要比其他院校重要得多，因为它是研究生命起源及其归宿的地方。"

父亲大惊失色，久久地凝视着儿子，好大一会儿才说：

"正是为了这个，你才决定牺牲你的前途吗？生命起源，生命归宿？人类之父是阿丹；人最后不是升乐园，便是入火狱。除此之外，还有什么新发现不成吗？"

"没有，这我知道。我是想说……"

父亲急忙打断他的话：

"莫非你疯啦？我问问你的未来打算，你就说想得知生命起源及其归宿……你还要怎样?……还要开个小店铺,好观察幽冥世界吗?"

凯马勒担心由于默不作声会把事情弄坏,或者被迫向父亲的观点屈服,于是他鼓足勇气,说:

"原谅我吧,爸爸!我不善于表达自己的意见。我是想继续已经开始了的文学研究,并且学习历史、语言、伦理和诗歌。至于未来,那就听候安拉的安排吧!"

先生仿佛要说出凯马勒尚未说出的话,怒气冲冲地喊道:

"还要学变魔术、耍皮影、占卜算卦……不是吗?安拉宽恕你!难道你真想给我个措手不及?我是无能为力,只有依靠至聪至睿的安拉啦!"

艾哈迈德·阿卜杜·贾瓦德先生发现实际情况远比他估计的严重,一时不知如何是好,禁不住自问:难道准许儿子言论自由是自己的过错?自己越忍耐、宽容,儿子则越发固执、抗争……时过不久,他的思想中便出现了矛盾斗争:究竟是专横独断好,还是把"选择学校"的权利交给儿子好呢?他一方面十分关心凯马勒的前途,另一方面又担心自己碰一鼻子灰。但是,这次却例外,理智占了上风,父子的谈论重新开始了。先生说:

"别那么轻率从事!你想的东西,即使我不明白,我可以求安拉为你觅寻解脱办法。前途不是儿戏,生命属于你只有一次,可要三思而后行啊!对你来说,学法律再好不过。我比你了解世界;我的朋友遍布各个阶层,在这一点上,他们没有异议。你是个不懂事的毛孩子,难道你连什么是检察、什么是法都不懂?这是了不起的职位,你完全有能力去占一席,怎好轻易抛开它,非去当那个教员不可呢?"

凯马勒十分苦恼,不仅仅是因为教师的尊严蒙受了耻辱,而且因为知识也遭到了粗暴践踏。知识——这才是他心中的光辉灯塔。他不认为有什么震撼地球的职位,他发现统治他的灵魂的那些文学家们都把这称为"虚伪的庄严""短暂的荣誉",并且用这样或那样的轻蔑字眼加以描绘。遵循他们的说法,他坚信安拉的荣誉富于知识与真理之中;

在他的脑海里，一切权势、地位、虚荣都与虚伪联系在一起。但是，凯马勒避免如实道出他的这个信条，谨防父亲生气动火，于是温顺、平静地说：

"总而言之，师范学院是好学校！"

艾哈迈德·阿卜杜·贾瓦德先生思忖良久，厌烦、失望地说：

"既然你无心攻读法律，别人操心也是枉费心机，那你就选择比较好的学校吧，如军官学校、警官学校。有总比没有要好！"

凯马勒惶恐不安：

"我已得到了学士学位，还要进军官学校、警官学校吗？"

"你没有这个福分，我有什么办法呢？"

这时，一束光线从镜子里反射出来，照在艾哈迈德·阿卜杜·贾瓦德先生的左腿上。他朝衣柜望去，只见太阳已经偏西，阳光穿过俯瞰庭院的窗子潜入房间，洒在床对面的墙上，照亮了镜子的一边，这表明他去店铺的时辰到了。他稍稍挪动了一下身子，躲开反光照射，而后长叹了口气，借以发散一下胸中的烦闷，同时也预告已近尾声。他愁眉不展地说：

"难道除了这个可恶的学校之外，别的没有什么可选择的了？"

凯马勒低垂目光，似乎很难满足父亲心愿地答道：

"只剩下商学院了，我无意报考这所学校。"

凯马勒的拒绝使父亲感到恼火，但先生对这所新学校也没什么兴趣。在他看来，这是培养"商人"的地方，他不希望自己的儿子成为商人。他早就想过，像他那样一个店铺，确实已经为他提供了美好生活，但若将其收入平分给儿子们，那就不可能让每一个继承者都过上同样的生活，所以，他不打算让任何一个儿子取代他的位置。其实，这并不是他冷落商学院的真正原因，真正原因在于他尊崇职务、敬重官员，了解他们在社会生活中的重要地位；无论是在他的官宦朋友之间，还是同政府部门打交道的过程中，他都亲身感受到了这一点。因此，他希望儿子有朝一日成为政府官员，并且为他做了安排。同样，他也知道，商家的地位不及官宦的四分之一，即使商人可以得到数倍于官员的金钱；虽然他口头上不承认这一点，可心里却极度尊崇官员，并且从"思想"方面做了当官的准备。但是，谁能够使他经商，同时又做官呢？他从何处为儿子们找来像他那样的个性呢？唉！多么失望啊！以前，他多么希望一个儿子当医生！他对法赫米寄托着无限希望，文学士是不能入医学院的，于是法赫米爱上了法学，父亲因此喜悦异常。后来，父亲又把希望寄托在凯马勒身上。凯马勒选择了文学，父亲盼望他以后再学法律。可是万万没有想到，由于家庭中"才子"的夭折，希望与天命之间的一场斗争发生了：凯马勒背离父亲意愿，执意要去当教师。希望化成了泡影，先生甚为苦恼。

艾哈迈德·阿卜杜·贾瓦德先生说：

"我对你的忠告都说尽了，你自由选择吧！但你不要忘记，我不同意你的观点，你要三思，不要草率决定，还有时间容你考虑。不然的话，你会对自己的错误选择抱恨终生的。我乞求安拉保佑，让你免遭愚昧、脆弱的欺凌！"

先生脚踩在地上，活动了一下，看上去像要站起来，准备离开房间了，凯马勒恭敬地站起身来，然后便告辞了。

凯马勒回到客厅，看到母亲正在和亚辛说话。他不能同意父亲的意见。尽管父亲那么宽厚、忍让、温馨，他仍然坚持反对父亲的看法。为此，他心情沮丧，闷闷不乐，于是他向亚辛简单讲述了与父亲讨论的情况。亚辛听着听着，脸上露出不满的神情，双唇间亦绽露出讥讽的微笑，接着便直言不讳地说他完全同意父亲的见解，为凯马勒如此不理解生命的伟大意义而感到惊讶，并且说他的向往纯系空想、荒谬绝伦。亚辛说：

"你想把生命献给科学？这意味着什么？在曼法鲁蒂们的行列和观点中，这无疑是高尚的、伟大的，但在世界生活里，却是地地道道的游戏。如今你生活在现实世界中，而不是生活在曼法鲁蒂的书本里……不是吗？书本上只讲些稀奇古怪、超乎寻常的事。比如说，你有时谈到

'教师几乎成了使者'之类的语句,可是,事实上你遇到的哪位教师变成了使者?你跟我到奈哈辛学校走一趟,或者说出你的一位老师,谁只配做人,而不配当使者呢?……你所向往科学知识是些什么?……伦理学、历史、诗歌,是吗?那些玩意儿,都是供消遣用的,又不是为了工作。你要留心,不要让高尚生活的良机从你手中溜走!我已经失却了继续学习的条件,这使我感到十分悲伤!"

父亲和亚辛走后,凯马勒与母亲单独谈起来。她有什么意见呢?……在这件事情上,她会不会同意他们的看法?但是,母亲听了他同亚辛的大部分谈话,知道先生执意让凯马勒入法学院,她很不高兴,认定此事凶多吉少。然而凯马勒知道如何通过最短途径取得母亲的同意,于是说:

"我想学的知识与宗教关系密切,它是宗教的一个分支,即哲学、伦理学,注重研究安拉的属性及万物的本质。"

阿米娜喜形于色,热情地说:

"这才是真正的学问!你外祖父知道,那是最高尚的学问。"

阿米娜思考片刻,凯马勒微笑地望着她,只听她又以同样的激情说:

"孩子,谁看不起教员?不是有这样一条谚语吗?说是'谁教我一个字,我就为他当奴隶'。"

凯马勒将父亲批评他选择志愿的话重复了一遍,似乎想从母亲那里得到支持。

"可是人们说,教师没希望得到什么地位!"

母亲摆了摆手,蔑视地说:

"教员有饭吃,不是事实吗?这就足够了。我向安拉为你祈祷平安、顺利、渴求知识。你外祖父说得好:'知识胜过金钱!'"

母亲的见解比父亲高明,岂非怪事吗?但那不是什么见解,而是真实感情的自然流露,活生生的现实生活未能腐蚀母亲的美好感情,却破坏了父亲的见解。也许母亲不了解当今世界,因此她那朴素的感情幸免被破坏。如果说这种感情源于愚昧无知,那么它的价值在哪里呢?难道这种愚昧对凯马勒思想的形成没有影响?……母亲的话使凯马勒深为感动。凯马勒从书本里方才懂得了人间的善与恶;从信仰出发,经过周密思考,决计避恶而从善。这也许是天生的朴素感情偶然得到正确见解,而不是本能地喜欢它。是啊,那无疑是坚信自己的见解,但谁知他究竟想干什么呢?教师职业本身并不吸引他,他只想著书立说,这是事实。著什么书呢?不写诗!如果在那个秘密小本里有一首诗,那也是阿伊黛把散文改写成的诗,绝非原作就是诗。他著的书将是散文,厚厚的一大卷,就像《古兰经》那样大小,每页上都有脚注。可是,他该写什么呢?《古兰经》不是包罗万象了吗?他不应该失望,终有一天会找到题目的;至于现在,只晓得书的大小、形状和脚注也就够了。一本震撼大地的书不比一种震撼大地的官职好吗?所有的读书人都知道苏格拉底[1],可谁又晓得审判苏翁的法官们呢?

---

[1] 苏格拉底(前469—前399),古希腊哲学家。

第五章

"晚上好!"

她没有回答。这是我早已预料到的,我判断得很正确。她总是那样……过去是,永远是背向你,离开墙壁,向晾衣绳走去,然后紧紧晾衣绳……难道她还没有紧过绳子?……不,她好似故意背向我的,这我心里明白。十年光景,多么有趣,使我的双眼欣赏够了她的背影。夜幕垂降之前,她变成了一个剪影,胖了,丰满了,比年轻时更漂亮了;过去,她像羚羊,没有这么丰腴的臀部。但是,她仍有着少女的苗条身段。灵巧姐呀,你多大年岁?以前,家人说你和赫蒂彻一样大,而赫蒂彻则认为你比她大好多岁,好多岁。我继母经过一番详细回忆,说你三十岁了:"我怀赫蒂彻时,她已经五岁。"年龄有什么用?会陪伴她到老吗?时隔不久,你就成了一位大姑娘,美貌动人,体态丰润。你走在路上时,她斜着眼瞅你,你看到她的眼睛了吗?漂亮的女子,我不会离开这个地方的。你何时才能完全了解他的英俊、威力和金钱呢?难道他不比那位英国佬好?……

"在你们这里,可以听到问安而不必回礼吗?"

她的后脑勺晃了晃……难道她没有微笑?不!谁能像她那样妩媚迷人?她已经笑了,这为最后一步铺平了道路,她最善于铺路。毫无疑问,我往日的一举一动,她是了如指掌的。一时你占上风……一时我扬扬得意……我还算走运：你并没有染上羞怯症。那个英国人……朱伦，如同站在你面前的一匹马，脊背上被踢了一脚，难道你听不见它的嘶鸣？

"你们不款待邻居街坊吗？……我衷心地向你问安啦！"

一个低微轻柔的声音传到他的耳里，他转过脸去细听，仿佛那声音是由远方传来的。他说：

"你不该像这样嘛！"

他听到似乎敲门的人听到了回答，接着门开了。"你听不到亲切话语，你非挨一顿斥责不可！站住！不许动……不许动……"他好像听到周围的人都这样对他喊。

"如果是我惹你生气了，那么只要我活着，我决不宽恕自己！"

她责备道：

"乌姆·阿里家的屋顶与我家屋顶差不多高。假如有人看到我晾衣服，你站在我旁边，人家会怎么想呢？"

而后又奚落地说：

"莫非你想把我耍成人们的话柄、笑料？"

你摆脱灾难了吗？过去，你与朱伦交往的时候，可曾倾听过人们的劝诫吗？不过没关系，你那美妙的眼睛和丰满的臀部是可以弥补你今昔过失的。

"如果我对你有半点儿坏心眼，安拉不容我在世上逗留半刻！我在茉莉花凉棚下一直藏到红日西沉，直到乌姆·阿里房顶上没人了，我才靠近了这堵墙……"

他喘着粗气，声音清晰可闻，继续说：

"以后，我还要找理由到这房顶上来，也还获得这幽会良机。如今时机已到，我高兴得简直要发狂，不管怎样，安拉总算成全了我……"

"真新鲜！……你何必如此劳神？"既然有意同你交往，你就痛痛快快地谈嘛！

"我想，你问我好，我问你安，这比什么都有滋味。"

她回头望望他,透过半明半暗的天色,可以隐约看到他那含蓄的笑意。

"你的舌头比你的身材还长。你还有什么说的?"

"还有什么说的?我已靠近墙了,还有许多话要说。几天前,我从家里出来,走过这条马路,只见一个手影在晃动,我立即朝上看,发现你正往下瞧,一幅难以忘怀的景色映入了我的眼帘……"

她原地转了一圈,并没靠近他半步,而后用饱含责怨的口气说:

"你怎么能朝上看呢?……假如真像你所说的我们是街坊邻里,那么,你是不该伤害邻居的。照你的说法,当时你就没怀好意!"

真的,他确实居心不良。难道淫荡习惯行为不都是出自坏心眼吗?坏心眼不正是你所喜欢的吗?啊,女人哪,过一会儿,你就明白了,而且你会将此作为你的权利,拼命追求它。两个小时以后,我要跑的,也许你还会追我去呢!无论如何,今晚,我们就……

"安拉教人们心诚意善。我之所以朝上看,是因为无法阻止自己的目光射向你站立的地方。你不知道,也感觉不出来吗?即使时间晚了些,邻居也是要同你谈话的。"

她嘲弄似的说:

"说吧!我给你的舌头以自由,声音高一点儿!假若你的继母突然闯到屋顶上来,发现你和我在一起,看你怎么办?!"

母狮子般的姑娘,你别躲躲闪闪!我将奇迹般地遮住你的身体。难道你真怕我的继母?啊……我们相处一晚胜过一生!

"我能听出她的脚步声,就这样吧……"

"就哪样吧?"

"你说的那个没什么可怕的!也许你是自己吓唬自己。"

"那,那是令人遗憾的!一颗想要说话的心,竟然听不到回答,多么叫人难过!你来我家玩耍的那些日子,迄今历历在目;那时候,我们就像一家人……想来,多叫人忧伤……"

她摇着头,喃喃地说:

"那些日子……"

何必回首往事？你犯了个大错误，我提醒你，别让痛苦之神伤害了你的身心！把你的注意力全部集中到现在来吧……

"后来，我终于看到了你的面容，发现你是位漂亮的姑娘——如花，妩媚娇艳；似月，悬挂中天，照亮夜空。我好像第一次见到你，不由得自问：难道这就是常和赫蒂彻、阿伊莎玩的邻家姑娘玛丽娅吗？不……这是一位丰润秀丽的姑娘！霎时间，我觉得周围的一切都变了样。"

她开玩笑说：

"那些日子里，你的两只眼睛谁都看不见。你真是一位好邻居！可是，岁月给你留下了些什么呢？一切都变了样，我们像陌生人一样，相见而不相识，仿佛从来没说过话，也从未在一个家里玩过似的……这正是你家的人所想的……"

"我们不谈这些！不要把我从一个愁村送到另一个苦店。"

"如今，你倒是用两眼看我了……透过窗子，立在马路上，又爬上了房顶！"

倘若你真的想念他，何不到他那里去呢？夜色下相会，更有一番滋味……

"你说的那些地方，不过是九牛一毛。其实，我还从许多地方看到过你，可是你并不知道。我在梦乡里见过你，恐怕你是想不到的。现在，我该把自己的话说明白些：我们要么就接近，要么就去死！"

她一阵轻微隐笑，使他心波荡漾。她又问：

"你这种话是打哪儿来的？"

他指着自己的前胸：

"打我心里来的！"

她脚踏了两下，拖鞋底子发出"沙沙"的响声，似乎要动，但并未离开原地：

"既然事情已回你心里，那我该走啦！"

"不！你应该来，到我这儿来，现在直到永远……"他着急了，随之声音变高,好容易才抑制住了自己,继而俏皮地说,"到我的心上来……"他指着胸口,"它和它的一切都属于你!"

她的语气中夹带着诙谐的训教成分:

"你不要如此滥用你的激情和自尊心。我无意占据你的心及其一切……"

你该如何理解这句话?我在和你——我所爱的那匹母狮交谈。你不是冷血动物,你有权怀念朱伦。姑娘啊,来呀,来吧!我真担心我体内炽燃的烈火会把黑夜照亮……

"我的心及其一切美好的愿望都属于你,它的幸福在于你接受、占有,在于你独自占有!"

她笑着说:

"狡猾鬼,我看透了,你只想得到,而不想付出什么,是吗?"

打哪儿学来的这句话?但用的不是时候。要知道,缺少你的世界是寂寞的……

"我想,你属于我,就像我属于你,一模一样,这有什么不公平?"

一阵沉默,两个影子相互对视着,直到她开口说:

"也许家人会问你为什么回家这么晚!"

他乞求地说:

"世上没有人关心我的事情。"

她声调顿改,严肃起来了:

"你儿子好吗?……还在外祖父那里?"

为什么提出这个奇怪的问题?

"是的。"

"他现在几岁?"

"五周岁……"

"她妈有消息吗?"

"我想她已经结婚了,或者最近就要结婚……"

"多大的损失!你为什么不要她,哪怕是可怜可怜里德旺呢?"

小母狮啊,你把话说明白些嘛……

"这是你的真实愿望吗?"

她隐隐一笑:

"愿你在合法情况下破镜重圆!"

非法情况下如何呢?

"但我决不走回头路……"

又是一阵沉默,十分离奇,充满各种思想活动。她终于用告诫的语调温和地说:

"你要当心,不要在房顶上拦截人!"

他果敢地说:

"遵命!房顶上不保险,难道你不晓得在思宫街有我的住宅吗?"

她故作不知道地喊道:

"你的住宅?欢迎啊,宅主先生!"

他沉默稍许,好像在提防着什么似的,遂问道:

"你猜,我正在想什么?"

"与我无关……"

沉寂,黑暗,幽静。夜色给神经带来的刺激是可怕的……

"我正在考虑我们两家屋顶的两堵墙,你对此有什么想法呢?"

"没什么想法!……"

"类似两位情侣相依偎……"

"我不喜欢听这种话……"

"彼此相连,表明没有什么东西可将二者分离开来。"

"你再说一遍!"

话里似乎充斥着威胁的成分。他笑了:

"好像两堵墙同时对我说:你跨过去吧!"

她急忙后退了两步,后背碰了搭在绳子上的女长袍,而后严肃低声警告说:

"我不许你这样!"

"这样！……这样什么？"

"这样说。"

"这样做呢？"

"我要生气了！"

言谈话语与你那高尚的生命相符合……

你的言语由衷吗？究竟是我猜不透，还是你比我想得更多？你为何问到里德旺和他的母亲？难道你要她马上结婚？你对她的要求多么强烈，简直是发狂般的渴望。

玛丽娅突然开口：

"哦……你有什么理由要待在这里？"

她原地转了一圈，而后低头从衣服下走过去，只听身后传来急促的喊声：

"连个招呼也不打就走！"

她从晾衣绳上探出头来：

"各进自家门，这就是我的告别话……"

她迅速朝屋顶门口跑去，身影转眼消失了。

亚辛回到客厅，因在外面逗留时间太久，特向阿米娜表示歉意，说室内太热，回自己房间更换衣服，所以耽误了一些时间。凯马勒惊奇地望着亚辛，思考着，然后又望望母亲，只见她神态从容、安详，刚刚喝完咖啡，正在注视着杯子。亚辛自问：假若她知道了刚才屋顶上发生的事情，会怎样呢？……凯马勒方才跟踪亚辛，探察他的情况，听到了两个人的窃窃私语，此时，他倒没有忐忑不安的表情。亚辛那样做，会使凯马勒想起法赫米吗？真是无法猜测。亚辛真诚地喜欢法赫米，并且为他的不幸痛惜万分。这种感情是真挚的，凯马勒没有怀疑过。此外，凯马勒不知道人们为什么经常把法赫米与玛丽娅联系在一起。法赫米当时就知道朱伦事件；随着时光的推移，好像完全忘记了，尽管这是件严肃、要紧的事。法赫米不幸夭折，也许玛丽娅命该如此，因为两人是不般配的。凯马勒自问：爱情会被遗忘吗？不会的？但是，谁会告诉亚辛，法赫米爱玛丽娅呢？当年，法赫米对玛丽娅怀着强烈的希望。他正值青春期，玛丽娅的形象总是搅动着法赫米的心，伴随着他的梦魂。

如今，也许亚辛对玛丽娅抱着某种希望，但却经受着期待与后悔之苦；两种痛苦力量相仿，只有玛丽娅结婚和消隐才能把他从痛苦折磨中拯救出来。凯马勒想知道亚辛痛苦和后悔的程度。但是，无论亚辛情绪如何，要估出这种痛苦深浅，总归是很不容易的。尽管凯马勒以宽怀、容忍的目光看待亚辛与玛丽娅幽会之事，但仍然感到懊恼、担心。他思来想去，总下不了断语，认为总不能将想象与现实等同起来。

亚辛穿好衣服，稍事打扮，走出房间，向阿米娜和凯马勒问安之后，便走了。片刻过后，有人敲门，直呼凯马勒的名字，凯马勒以为一定是朋友来访。但是，打开门一看，却是位青年人，年岁与他相仿，个子矮，面孔英俊，大袍外罩西装，径直走到阿米娜跟前，亲吻她的手，然后与凯马勒握手，随后挨着凯马勒坐了下来……尽管他举止端庄有礼，但显得十分亲热，如同一家人。阿米娜主动和他亲切交谈，直接唤他"福阿德"，问他的父亲贾米勒·哈姆扎维和他的母亲身体如何，福阿德十分高兴，一一作答，表示感谢。凯马勒让朋友先和母亲说着话，自己回到房间换衣服。一会儿，凯马勒走出房间，和福阿德一道出了家门。

第六章

两人肩并肩走着，故意躲开奈哈辛大街，沿着古尔木兹街行走，以免遇到正在店铺营业的父亲……凯马勒身材修长，形体消瘦；福阿德个子矮小，微粗壮实。这一高一矮，一胖一瘦，明显的差异吸引了过路人们的注意力。福阿德声音低微地问：

"你今晚到哪儿去？"

凯马勒语调有些颤抖：

"艾哈迈德·阿卜杜咖啡馆……"

通常是凯马勒决策，福阿德附议，虽然福阿德以见地高超著称。但在福阿德看来，凯马勒的提议总有些幼稚可笑，例如凯马勒提出到穆盖塔木山、古城堡和海伊米亚，以便游览那里的历史古迹与现代成就，福阿德就觉得奇怪、新鲜。尽管两人属于不同阶层家庭，差异明显，但并未影响两位朋友的关系。一个是店主的儿子，一个是店主代理的儿子，因此，福阿德从小时候起，便担负起为艾哈迈德·阿卜杜·贾瓦德先生一家采买日用品的杂务，听候阿米娜的使唤。阿米娜慷慨大方，待人厚道：福阿德常在午饭时到她家里，她总给他一份。因此，打一开始，这样一种感情便把两人连接在一起：一个自感高高在上，一个甘心处于附属地位……虽然这种感情已被友谊关系取而代之，然而痕迹却无法从心灵深处抹去。在整个暑假中，除了福阿德之外，凯马勒几乎找不到第二位朋友，因为住在本区的少年时代的朋友都没有继续升学：有的在初小就找到了职业；有的则为条件所迫，开始从事一些简单劳动，如去宫间街咖啡馆里当侍童，或到本街贾法尔市场做熨衣童工等。当侍童和熨衣工的那两位是凯马勒的小学同学；三人在街上碰面时，仍然相互问候，老同学对凯马勒能够继续升学很敬重，凯马勒则怀着谦虚、友好的感情。至于他在阿巴西亚区结交的那些新朋友，如哈桑·赛里姆、伊斯玛仪·拉蒂夫、侯赛因·夏达德，他们都到亚历山大和拉斯拜尔去度假了，所剩下的，仅福阿德一人而已。

两人走了数分钟，来到艾哈迈德·阿卜杜咖啡馆门前，然后走进赫利勒市场地下营业厅。找了个空包厢，在一张桌子旁，面对面地坐了下来，福阿德有些羞怯地说：

"我还以为你今晚去看电影呢！"

他的话道出了他想去看电影的愿望。也许找凯马勒之前，他就想去电影院，但见面后没有直说，那倒不是因为无法改变凯马勒的主意，而是因为看电影需要凯马勒掏腰包，所以他没勇气直言，只是随他来到咖啡馆。现在在这里重提一下自己的想法，当然是无可指责的。

"下周星期四，我们到俱乐部去看《查理·卓别林》。现在，我们玩牌吧……"

两人摘下红毡帽，放在第三个座位上，凯马勒喊来服务员，要了绿茶和骨牌。

地下咖啡厅，宛如一头绝了种的动物，肚腹中空，被埋在历史垃圾堆下，只有一个大脑袋留在地面上，张着大口，如同入口长梯通道，露着凸起的巨型犬齿。大厅里有一个正方形的大盘子，表面镶着雪白的瓷砖。方盘中央有一个喷泉，周围摆满了奇花异草；方盘的四周，摆放着沙发、长椅，上面铺着编花草席和枕头。四壁，则被分割成一个个的小包厢，好像在后壁上凿成的山洞，既无门，亦没窗；包厢内的陈设十分简单，只有一张木桌，四把椅子，一盏小灯悬挂在入口对面的墙上，日夜亮着。这座咖啡馆位置奇特，独具风格：馆内寂静，灯光暗淡，空气湿润,每一伙人都躲在自己那个包厢里,抽烟呷茶,没完没了地闲谈空聊,犹如一支连续不断的轻音乐曲,也许偶尔被咳嗽声和水烟袋的咕噜响声所打断。

在凯马勒眼里,艾哈迈德·阿卜杜咖啡馆是希望的寄托、理想的梦乡。至于福阿德,虽然初看一眼尚觉有趣,但仔细观察,却发现自己只找到了一个阴暗的坐处,潮湿不堪,空气污浊。然而他力不从心,往往每邀必来。

"那天,我们正在这里坐的时候,被你哥哥亚辛发现了,你还记得吗?"

凯马勒微笑着说:

"记得!亚辛宽宏大量,仁慈和善,我不觉得他是哥哥。但在那天,我求他不要把此事告诉家里,不是怕父亲,而是怕母亲担心。你想啊,假如我母亲知道我们出入这种咖啡馆,她一定会害怕,睡不着觉的。她认为这座咖啡馆的常客,多半是吸食麻烟、声名狼藉的二流子!"

"难道你母亲不知道亚辛也是这里的常客?"

"假如我对母亲这么讲,她准会回答我:'亚辛大了,用不着为他操心;你嘛,还小!'看来,我在家里永远被看作小孩子,直至耄耋之年。"

招待员送来了骨牌,用金黄色的瓷盘端着两杯茶,放在桌子上便离去了,凯马勒端起茶杯,不等茶冷一些,便急着喝起来,吹一吹,呷一口,再吹一下,再呷一口,因为太烫,便不时地舔舔双唇。茶水热并不能遏制住他,他顽强、贪恋地呷呀吮呀,似乎想一两分钟就把茶水喝光。而福阿德,则默不作声地望着他,间或看看别的什么,背靠椅子,庄重沉稳,显得比他实际年龄要成熟、老练,两只美丽的大眼睛里闪烁着深沉、从容的光芒。他还没伸手抓杯子,凯马勒便已将茶水喝光。福阿德慢慢端起杯子,缓缓地呷着茶,仔细品尝滋味,每喝一口,便说一声:"安拉啊……美哉!"为了立刻开始玩骨牌,凯马勒催命似的要他快点儿喝,并且警告说:

"今天,我非战胜你不可!你定要倒霉……"

福阿德微笑着，喃喃地说：

"我们试试看……"

两人随即开始玩牌了。

凯马勒异常重视比赛，仿佛在参加一次决战，他的生命与尊严将和战局成败息息相关。与此同时，福阿德则镇静自若，动作有条不紊，双唇含着笑意，似乎已将运气、成败及对手的喜怒哀乐完全置之度外了。凯马勒照例失去常态，喊叫着："哦！臭牌……来张好的！"双方仅仅报之以谦和的一笑，既无仇恨之嫌，亦无挑衅之意。凯马勒不时怒气冲冲地自言自语："有他就没我，有我就没他！"他不把玩牌看成是一种游戏、消遣，在他看来，严肃认真与玩耍嬉戏之间根本不存在差别。福阿德学业成绩超群出众，玩牌技术相当娴熟，名列小组第一，而凯马勒仅仅在前五名之内而已。凯马勒自有某种强烈的优越感，他怎么会分析这位青年取得优秀成绩的原因呢？他会认为那同样归于他智力上的天赋吗？看到朋友的优异成绩，凯马勒仍然找理由自我安慰，说什么福阿德把自己的大部分时间都用在复习课上了，还说什么假如他的智慧果真像人们所说的那样超乎寻常，也就无须那么多时间了。他又说，福阿德什么体育活动都不参加，而自己则项项运动出类拔萃；福阿德只局限于啃课本，即使假期里看些课外书，也选择那些与课本关系紧密的来读，而他自己则是博览群书，从不注意考试结果……总而言之，福阿德的成绩、名次比他好，那没有什么值得大惊小怪的。然而凯马勒动肝火、发议论并没给两人之间的友谊带来损伤。他喜欢福阿德，在同他的交往中，得到了许多安慰和快乐，而且从不否认福阿德的长处和美德。

玩牌继续进行着，与开局时情况相反，凯马勒胜了一盘，他顿时眉飞色舞，容光焕发，开怀大笑，而后问：

"再来一盘吧！"

但福阿德微笑着说：

"今天就到这里吧！"

也许福阿德讨厌这玩意儿，或者担心另一盘的结局会使凯马勒大失所望，转喜为悲。凯马勒惊异地摇着头：

"你像鱼一样，纯属冷血动物！"

说完，凯马勒用无名指和食指按摩着自己的大鼻子头，操着评论家的语调，说：

"我真佩服你，胸襟宽广，失败之后从不想报复。你热爱萨阿德，但却回避参加庆贺他组阁的游行行列，而向我们的侯赛因先生表示敬意；当我们得知侯赛因的遗体并未葬入附近墓中时，你是不动声色，泰然处之！妙哉！我实在对你佩服得五体投地……"

这冷落气氛使凯马勒感到恼火。人们称谓的那种"理智"，他忍受不了，仿佛他只喜欢狂放。他记得，有一天，他俩在学校里听人说"侯赛因的坟墓是个象征，仅此而已，别无意义"。两人一起回家时，福阿德重复着伊斯兰史老师的话，凯马勒惊恐自问：朋友怎么能忍得住这个消息呢？似乎此事与他毫不相干！至于凯马勒，则常常急躁发火，无法冷静思考。这个刺心的回忆使他感到恐惧，于是醉汉似的、跟跟跄跄地朝前走去，哭号着，幻想已经破灭，希望已经枯竭：侯赛因再也不会与他为邻了，他永远也不能与他做街坊了。墓门上那诚恳、炽热的亲吻印痕何处去了呢？作为邻里街坊的自豪感到哪里去了呢？这一切的一切都已化为乌有，只在清真寺里留下一个牌位，留在他的心灵中也只有寂寞与失望。他恸哭不止，泪水浸湿了枕头。那是一次沉重的打击。但是，当他那位富有理智的朋友仅仅重复历史老师的话语时，他只轻轻地品评了一句：啊，理智又是何等粗俗！

"你打算上师范学院，你父亲知道吗？"

朋友的冷淡以及与父亲商谈留下来的痛苦，从凯马勒的回答中一起表露出来：

"哦？"

"你父亲对你说了些什么？"

凯马勒采用间接攻击对话者的方法，自我宽慰地说：

"唉！遗憾啊！……我父亲和大多数人一样，迷恋于虚荣的表面，什么官职呀……检察官……司法官的……他只关心这些。我真不知道如何使他信服高尚的思想以及如何探求生活的真谛。但最后,他让我自由选择……"

福阿德的手指头拨弄着骨牌,谨慎地说:

"无疑,生活的价值高贵无比,然而将其抬举到合适地位的环境条件何在呢?"

"我不能把高尚的信仰抛到脑后,但是周围的人都不相信它呀……"

福阿德从容不迫:

"这种精神令人钦佩!但是,用现实的观点估计一下自己的前途,不更好吗?"

凯马勒满不在乎:

"你想,假如我们的领袖听了这个劝告,他还会四处奔波,要求独立吗?"

福阿德微微一笑,似乎在说"别看你能言善辩,其实,你的观点不适合于生活中的一般法规",然后说:

"还是学法律去吧!然后可谋个令人敬重的好工作。日后你仍可以按照自己的意愿继续深造!"

凯马勒发怒了:

"安拉没给人肚子里安上两颗心!另外,我要批评你把令人敬重的工作与法律联系在一起,好像教学就根本不是什么令人尊敬的工作!"

福阿德急忙自我辩解:

"我绝不是这个意思!谁说学习和传播知识不是令人尊敬的工作了呢?……也许我在重复人们的看法,而我自己却完全不知不觉。正像我说过的那样,人们被权势、地位弄得眼花缭乱!"

凯马勒轻蔑地晃了晃肩膀,坚持说:

"献身思想天地的生活,是最高尚的生活!……"

福阿德点了点头,表示赞同,但没有说话,一直沉默着。凯马勒问：

"什么原因促使你选定了法律专业？"

福阿德沉思良久，而后回答道：

"我不像你那样踏入了思想天地。单为前途着想，我就应该选择高级专业，于是选中了法律！……"

难道这不是理智的声音？是的，正是理智之声。但是，却激起了凯马勒的怨恨和反抗情绪。在这漫长的假期里，他一直被禁锢在这个老城区里，这里的朋友们与福阿德大不相同。他思念朋友们，思念阿巴西亚区的几位朋友，他首先思慕高雅的巴黎乐曲以及他那位心中的女神。啊……然而他的心却想闭门不出，躲到自己的房间，拿出讲义，复习历史或回忆、记录一下自己的种种想法。对他来说，难道还不到甩开座位、起身离去的时候吗？

"我看到许多人，他们纷纷向我打听你的消息……"

凯马勒费了好大力气，才收回了自己的注意力，遂问道：

"谁？"

福阿德笑着说：

"盖迈尔和奈尔吉斯。"

盖迈尔和奈尔吉斯是炒豆店店主艾布·赛里阿的两个女儿。她们住在古尔木兹街，那里狭窄拥挤，日落之后，黑暗不堪，充斥着污秽、猖狂的活动……对此，福阿德只字未提，也许因为感到厌恶而不想开口吧！那是一段旧历史，提起它，他会恼怒、害羞，但他应该享受爱情。

"你怎样遇见她俩的？"

"在庆祝侯赛因诞辰时，我毫不犹豫，或者说不慌不忙走到她俩面前，好像我们是一家人一起来参加庆祝活动的！"

"你真勇敢！"

"有时候是这样！我问她们好，她们也问候我，我们交谈了许久。之后，盖迈尔问起了你……"

说到这里，福阿德面色霎时飞红。凯马勒急忙问：

"后来呢？"

"我们说好由我代问你好，然后有机会一起见面！"

凯马勒不耐烦地摇了摇头，而后简捷地说：

"不可能！……"

福阿德一惊：

"不可能？我本猜想你会同意在穷巷破院里会面的。她俩已成大姑娘了，出乎意料的是，盖迈尔身着妇女长袍，但却露着脸面。我笑着对她说：'假如你戴着面纱，我是不敢和你说话的！'"

凯马勒坚持说：

"不可能！"

"为什么？"

"我再也不接触那些肮脏玩意儿！"

而后又饱含隐痛地说：

"我不能穿着龌龊内衣向安拉祈祷！"

福阿德天真地说：

"礼拜前洗小净、大净嘛！"

凯马勒摇着头，隐喻道：

"水无法洗掉灵魂上的污秽……"

一场旧的思想斗争在他的头脑中重新登台。往常，他每次会见盖迈尔，总是心神不安，兴冲冲而去，惶惶然而归，带着一颗受了伤的心开始礼拜祈祷，长久地乞求安拉宽恕。但是，时隔不久，心事复起，于是又是一次幽会……接着又是祈祷祈求饶恕……无情岁月使他饱尝折磨，许久之后，方才见到一线光明。至于爱情，他当然可以追求，因为爱情是宗教的一眼清泉。福阿德有些忧伤地说：

"自从奈尔吉斯被禁止到街上玩以后，我和她的关系就中断了。"

凯马勒关切地问：

"你是一位信士，难道你不为那种关系感到难过、痛苦？"

福阿德含羞地低下了头，说：

"有些事难以避免……"

而后,他好像企图掩饰自己的羞怯之意,问道:

"难道你拒绝捕捉这个机会?"

"正是!"

"仅仅顾忌到宗教原因?"

"这还不够吗?"

福阿德坦然一笑:

"你常常迫使你自己承受不能忍耐的事情……"

"是这样!我不能不如此!"

两人交换眼神,时间那么长久:凯马勒的眼睛里闪烁着固执、好胜的神色,而福阿德的眼里却放射着沉着、微笑的光芒。凯马勒继续说:

"我认为情欲是一种低级趣味,也许我的这种感情赋予我们一种反抗的勇气,凭此真正成为人,不然就是低级动物……"

福阿德还是那样镇静:

"我看情欲未必全坏,它可以促使人结婚,传宗接代!"

听福阿德这么一说,凯马勒的心一阵剧烈跳动。难道结婚就是人的结局?虽然他不知道人们怎样将爱情与婚姻统一起来,但他知道结婚这一事实。这是凯马勒在爱情中尚未碰到的难题。不知什么原因,婚姻常常居于他的一切愿望之上;尽管如此,但并不妨碍这是一个尚待解决的难题。他不能想象他与他的女神之间的幸福联系只能通过这么一条途径进行,即她对他怀着精神上的怜悯之情,而他对她抱着狂热的渴望之意。这像崇拜。不!简直就是顶礼膜拜!既然如此,还有什么夫妻前途可言呢?

"那些真心相爱的人是不会结婚的。"

福阿德惊愕不已:

"你说什么?"

凯马勒仔细琢磨福阿德的问话,终于悟出了其中的含义。但他的舌头却不听使唤,神情惶恐,不知所措,一时尴尬无言。在这句离奇的话音消失之前，凯马勒回想着福阿德的那句话，尽管刚刚听到，却还是费了一番脑筋，才想起了"结婚""后代"之类的词语。他决计掩饰自己那句话中的纰漏，尽力修改、完善一下，说：

"那些把爱情看作高于生活的人是不结婚的……我说的是这个意思。"

福阿德微微一笑，兴许他在竭力抑制着自己的情感，然而他那两只深沉的眼睛却道出了实情。他说：

"这是大事，现在谈为时尚早，到时候再说吧！……"

凯马勒满不在乎却又充满自信地耸了耸肩膀：

"等等看吧……"

福阿德在一个山谷里，凯马勒在另一个山谷中，虽然如此，两人却还是好朋友，福阿德不能否认，他与凯马勒有分歧，经过一番周折、辛苦之后，总要以服从凯马勒的意见而告终。难道还不到回家的时辰吗？他感到寂寞，心神不安，睡在抽屉里的课本激起他胸中波涛翻滚。在与现实的搏斗中，会疲倦的，一定要休息休息才行……

"现在我们该回去了……"

第七章

　　四轮轻便车沿着尼罗河岸继续前进,终于在乌穆巴拜路三分之一处,停在一座水上酒家门前。艾哈迈德·阿卜杜·贾瓦德先生立即下了车,阿里·阿卜杜·拉希姆跟着下了车。

　　夜神降临,黑暗笼罩了一切,只有加马利克大桥以北河岸边的船形住宅和水上酒家的窗子里闪烁着点点灯光。公路尽头的一个村落里微光成片,宛如乌云密布的天空中镶嵌着阳光凝聚的云朵。

　　尽管穆罕默德·伊法特在四年之前就租下了这座水上酒家,但艾哈迈德·阿卜杜·贾瓦德先生还是第一次到这里来,一方面因为主人是特意为债权人委员会准备的,另一方面则因为法赫米不幸去世,艾哈迈德·阿卜杜·贾瓦德先生难得出门。阿里·阿卜杜·拉希姆在前面引路,穿过通道,来到台阶前,提醒先生说:

　　"台阶狭窄,阶梯高,又没扶手,你把住我的肩膀,慢慢地下……"

　　两人相依而下,格外小心谨慎。潺湲流水拍打着堤岸和酒家房基,声音悦耳动听;草木芬芳夹带着九月初河水泛滥的淤泥香,浓郁扑鼻。阿里·阿卜杜·拉希姆边摸门铃按钮,边说:

　　"这是你和我生平中具有历史意义的夜晚,我们应该给它起个合适的名字,以示庆祝,就称为'谢赫复返之夜',您看如何?"

　　艾哈迈德·阿卜杜·贾瓦德用力摁着他的肩膀:

"可我不是谢赫。真正的谢赫是你的父亲呀……"

阿里·阿卜杜·拉希姆笑了：

"您马上就可以看到您五年以来还未曾见过的人了！"

先生踟蹰似的说：

"这并不意味着我要改变自己的举止，或者偏离我的路线！"

他沉默片刻，又说：

"已经……已经……"

"留在厨房里的狗会保证不接近肉？"

"你爸爸才是条真狗！……"

门铃响了。过了半分钟，门开了，一位努比亚人面孔的老者退让到门的一侧，双手高举过头，向来客致意。两人走进门，朝左拐，穿过一道里门，来到一条短廊下，只见顶上悬挂着吊灯，将廊子照得通明；两面墙上，各有一面玻璃镜，镜子下面放着桌子和凳子。在走廊尽头，另有一扇半开半闭的门，门里传出阵阵谈笑声，艾哈迈德·阿卜杜·贾瓦德不禁一惊。阿里·阿卜杜·拉希姆推门进去，艾哈迈德·阿卜杜·贾瓦德随后紧跟。刚一跨进门槛，艾哈迈德·阿卜杜·贾瓦德先生便看到人们纷纷站起身，迅速朝他走来，人人喜形于色，个个笑脸相迎，仿佛有什么喜讯相告。穆罕默德·伊法特捷足先登，扑上前来拥抱他，并且说：

"嘿，明月当空……"

接着，易卜拉欣·法尔拥抱他，并说：

"好啊！来得正是时候！"

众人退到一边后，阿里·阿卜杜·拉希姆突然看到了贾丽莱和祖贝黛；在离她俩两步处，还站着一个女人，他立即想起，那就是女琴手祖努白……啊，过去的一切，全都集中在一幅画面上了，他虽有些不安，但脸上的皱纹顿时舒展开来。贾丽莱一阵长笑，而后伸开双臂，上前拥抱阿里·阿卜杜·拉希姆，唱歌似的说：

"亲爱的，你到哪儿去了？……"

贾丽莱松开胳膊之后，阿里·阿卜杜·拉希姆发现祖贝黛站在一臂远的地方，精神恍惚，然而面部不乏欢迎、喜悦之情，于是立即向她伸出双臂，将她紧紧抱住；与此同时，她那两弯柳叶眉之间隐藏着责怪的神色，随后用不无奚落的腔调说：

"十三年啦……"

阿里·阿卜杜·拉希姆禁不住打心底里笑了。后来，他发现祖努白纹丝未动，依旧站在原地，双唇间含着羞怯的微笑，似乎他没有给予她取消相互交往中客套的权利，于是向她伸出手，客气地握着她的手，鼓励道：

"欢迎弹琴公主！"

人们相继回到各自的座位上。穆罕默德·伊法特挽着艾哈迈德·阿卜杜·贾瓦德的胳膊朝自己的座位上走去，让他坐在自己的旁边，笑着问道：

"是你自己倒下的，还是情弹击中了你？"

艾哈迈德·阿卜杜·贾瓦德先生支支吾吾：

"情弹击中我，我倒下了。"

艾哈迈德·阿卜杜·贾瓦德坐了下来，在热烈会见、朗朗笑语中隐去的那两只眼睛又出现在他的面前。他发现自己身临一个中等大小的房间，四壁油光锃亮，天花板呈宝石翠绿。两个窗子临着尼罗河，两个窗子面对马路，窗扇严丝合缝，玻璃晶莹明亮。房顶上垂着水晶圆盖吊灯，光线柔和悦目。房间正中央放着一张桌子，上面摆满了玲珑剔透的杯盏和数种威士忌。地上铺满地毯，与天花板的色调十分和谐。四面墙根，各放着一张长沙发，靠枕齐备，均罩着金银线刺绣的外套；四个角落里，则铺着做工精致的褥垫和枕头。贾丽莱、祖贝黛和祖努白坐在背靠尼罗河一面墙下的沙发上。三位男子则坐在对面的沙发上。各种乐器，如乌德琴、铃鼓、陶鼓、手镲等，均在褥垫上放着。艾哈迈德·阿卜杜·贾瓦德久久地扫视着房间各处，舒展地叹了口气，津津乐道地说：

"啊,安拉……安拉,一切都这么美!何不打开窗子,望望尼罗河的夜景呢?"

穆罕默德·伊法特回答道:

"等帆船过完,再打开吧!大家看厌了,就把它关上……"

艾哈迈德·阿卜杜·贾瓦德先生微笑着:

"把它关上,你们才受折磨呢!"

贾丽莱挑衅地喊道:

"让我们领教一下现代文明吧!"

艾哈迈德·阿卜杜·贾瓦德的话意在开玩笑。其实,数年过去,他又来到了水上酒家,不免忧心忡忡、踟蹰茫然。但是,另有一种东西,一种变化,他应该亲自探察。他看到了什么?看到了贾丽莱和祖贝黛。按照他的老话,她俩都像轿子一样,也许更胖了些,脂肪增加了。此外,他还感到,她俩的周围是一张张老年人的面孔。也许那些老年人不理会他的情感,因为他们与他不大相同,他和这两个女人中断了关系。她俩确实有了变化,难道他的身上没有发生类似的变化?艾哈迈德·阿卜杜·贾瓦德想来,不禁心灰意冷,精神沮丧。久别的故友是人的一面镜子。通过什么办法,他能找出自身发生的变化呢?她俩的头上没有半根白发……但白发与美女有什么关系呢?同时,一丝皱纹不见,你感到吃惊吗?不!请你看看那双眼睛,尽管光华四溢,然而放射出来的却是令人失望的黯淡的神色,时而隐藏在微笑和嬉戏的后面,时而夹带在二者之间,从中可以闻到青春的哀号、无声的挽歌。祖贝黛不是年已半百了吗?贾丽莱比她还要大几岁呢!虽然贾丽莱顽强地为自己辩护,但无论她多么能言善辩,她是绝辩不赢的。艾哈迈德·阿卜杜·贾瓦德的心理也起了变化,必须谨防颓废、畏缩情绪。他刚刚来时,并没有暴露这种情绪,只是因为行走急速,稍有喘息之意,那是没有什么好办法的,只有如此……痛快地喝吧,弹奏吧,笑吧!谁也不会强迫你做自己不乐意做的事情。

贾丽莱说:

"我真不敢相信自己的双眼会在这般天地里看到你!"

艾哈迈德·阿卜杜·贾瓦德急切地问:

"有什么异常之处吗?"

祖贝黛插进嘴来:

"如我所知,漂亮嘛,不算怎么样,红毡帽下露出根根银发,除此之外,其余没有不同!"

贾丽莱责怪道:

"我来答嘛!他是问我的。"

而后转向艾哈迈德·阿卜杜·贾瓦德先生:

"我看你没什么变化,还是那个老样子。我们都和昨天一样嘛!"

先生完全理解她的用意,故作认真地说:

"你们俩更加标致了!这是我不曾预料到的。"

祖贝黛仔细打量着他:

"什么原因使我们这么长时间没见面?"

她笑了笑:

"假若你有良心,你是能够清清白白地见上一面的。难道我们会面非在床上不可吗?"

易卜拉欣·法尔在空气中抖了抖胳膊,挽起长衫袖子,说:

"他不知道,我们也不清楚还有什么清白会面可以将我们与你们聚集在一起!"

祖贝黛烦躁不安:

"男人们,我求安拉保佑你们!你们只想把女人当牲口!"

贾丽莱咯咯大笑:

"我的太太哟,你就只管赞美安拉吧!假如你不想当牲口或床垫,那么,你何必还积攒这么多脂肪?"

祖贝黛责备道:

"你别多嘴!我就是要争个是非曲直!"

艾哈迈德·阿卜杜·贾瓦德先生微笑着:

"我被判处五年不工作……"

祖贝黛挖苦道:

"我说孩子呀!是你自己放弃了这种种乐趣,只知道吃、喝、唱、笑,夜谈每每到东方亮啊!"

艾哈迈德·阿卜杜·贾瓦德辩解似的说:

"对于一颗痛苦的心来说,这些都是不可避免的。至于另一个原因……"

祖贝黛向他摆着手,似乎在对他说:"说呀!"

"我现在才知道,原来你把我们看得比什么都坏……"

穆罕默德·伊法特打断他的话,像是忽然想起了一件重要事情,恐怕从头脑中溜掉似的说:

"难道我们打老远而来单单为了聊天儿?难道我们干让杯盏瞅着我们,谁也不去理睬?阿里·阿卜杜·拉希姆,把酒杯满上!祖努白,定准琴弦!被告阁下,脱下衣衫!在学校里要警惕,即使脱了外袍,摘掉红毡帽,也不要以为自己已经摆脱了被调查、问讯的命运。不过,你应该首先将法官、检察官用酒灌醉,然后再受调查。贾丽莱嘛,看来要稍稍迟一些,正如她说的,要等到快乐之神降临才行乐呢!这位无依无靠的女人像魔鬼贪恋迷路人那样,执着地盼着你。安拉为她祝福,也为你道喜!……"

艾哈迈德·阿卜杜·贾瓦德先生站起身来,脱掉外袍。阿里·阿卜杜·拉希姆照习惯行使侍奉的职责。四弦琴发出细微的声响,祖贝黛低声吟唱。贾丽莱用手指拢了拢头发,拉了拉连衣裙,目光眷恋地凝视着正在斟酒的阿里·阿卜杜·拉希姆。艾哈迈德·阿卜杜·贾瓦德先生盘腿席地而坐,举目环视着四周的人们,终于与祖努白的目光相遇,两人互相微笑致意。阿里·阿卜杜·拉希姆送酒来了。穆罕默德·伊法特端起酒杯,说:

"为你们的健康和友谊干杯!"

贾丽莱举起杯子,说:

"艾哈迈德·阿卜杜·贾瓦德先生,为您归来干杯!"

祖贝黛说:

"为迷失方向者重踏正道干杯!"

艾哈迈德·阿卜杜·贾瓦德先生高高举起酒杯:

"为那些驱散我们忧愁的人们干杯!……"

随后,大家畅饮起来。当艾哈迈德·阿卜杜·贾瓦德将杯子举到唇边时,目光穿过杯上口,发现祖努白面孔高仰,正望着他的酒杯,那妩媚红润的面颊,使他心荡神移,不胜向往。穆罕默德·伊法特要阿里·阿卜杜·拉希姆再给他满上一杯,易卜拉欣·法尔开口了:

"满饮三杯,才能奠个基础!"

阿里·阿卜杜·拉希姆边挽袖子边说:

"我是众人的奴隶,也是众人的主宰。"

艾哈迈德·阿卜杜·贾瓦德先生目不转睛地望着祖努白拨动琴弦的手指,询问着她的芳龄,估计在二十五岁到三十岁之间,然后又问她怎么学起了弹乌德琴……难道这是她的姨母祖贝黛为她安排的谋生之路吗?易卜拉欣·法尔说自己看尼罗河感到头晕眼花,贾丽莱当即呼之为"晕头主儿"。阿里·阿卜杜·拉希姆问,假如把贾丽莱或祖贝黛这样的胖女人丢到尼罗河里,究竟会沉底,还是将浮在水面上?艾哈迈德·阿卜杜·贾瓦德先生答道,如果身上没有窟窿,肯定会漂浮着。阿里·阿卜杜·拉希姆又问,假如他想与贾丽莱幽会一次,那将会发生什么事呢?艾哈迈德·阿卜杜·贾瓦德说,倘若立即行动,必然出现一幕丑剧;酒过五杯,尴尬局面尽消;酒足瓶干,也便理所当然了……穆罕默德·伊法特提议为萨阿德·扎格鲁勒和穆斯塔法·努哈斯的健康干杯;这两位阁下将于月底由巴黎飞往伦敦参加谈判。易卜拉欣·法尔提议为埃及人的朋友麦克多纳德的健康干杯。提起麦克多纳德,阿里·阿卜杜·拉希姆说:

"他只有喝完他手中的那杯咖啡,才会开始解决埃及问题。"

艾哈迈德·阿卜杜·贾瓦德先生说:

"那就意味着英国人喝完一杯咖啡需要半个世纪。"

他想起法赫米死后,他是怎样怒火万丈,义愤填膺;当人们将他作为光荣烈士之父赞扬、嘉誉时,原始的爱国主义激情怎样在他的心中萌发出来。随着时光的消逝,法赫米的悲剧又怎样变成了他不自觉炫耀的功绩……

贾丽莱将杯子举到艾哈迈德·阿卜杜·贾瓦德先生的眼前,开言道:

"为你的健康,我的骆驼……我常常自问,难道我们真的把艾哈迈德·阿卜杜·贾瓦德先生忘记了吗?但安拉知道你的忠诚和纯洁,我乞求安拉赋予你以耐心和慰藉。不要见怪,我是你的妹妹,你是我的兄长……"

穆罕默德·伊法特恶意地问:

"如你所说,你是他的妹妹,他是你的兄长。既然如此,那么兄妹之间能像你们那样行事吗?"

顿时,一阵哄堂大笑。1918年及在此之前的往事历历浮现在人们的心头。贾丽莱说:

"问问你舅舅去吧!"

祖贝黛望着艾哈迈德·阿卜杜·贾瓦德,灵机一动,说:

"我认为这是对久未见面的另一种解释……"

人们纷纷向她提出问题,使她应接不暇;与此同时,艾哈迈德·阿卜杜·贾瓦德求救似的说:

"收敛一些吧!……"

"看来,他也染上了那种壮年期衰老症,叫苦了,企图隐退了……"

贾丽莱学着风度地摇着头:

"他是最后一个步入老年的!"

穆罕默德·伊法特问艾哈迈德·阿卜杜·贾瓦德先生:

"哪个见解更正确些呢?"

艾哈迈德·阿卜杜·贾瓦德话中有话地回答道:

"前一种意见暴露了恐惧心理,后一种看法表达了希望!"

贾丽莱不胜得意:

"我对他们没有失望!"

艾哈迈德·阿卜杜·贾瓦德想说"考试面前,人见高下",但他怕立即被召去进行"考试",或者被人当作考试的前奏。同时,每当思考此事,总觉得烦躁,事前不想动任何脑筋,故没有说出口来。是啊,一切的一切都发生了不容否认的变化:昨天已经过去,今天不同于昨天;今天的祖贝黛不同于昨天的祖贝黛;昨天的贾丽莱不是今日的贾丽莱。贾丽莱口称兄妹情谊,他感到心满意足,自然也包括了祖贝黛,所以没什么值得冒风险的。于是,他温和地说:

"在你们中间,人是不会老的!"

祖贝黛望了望他们仨,问:

"你们仨谁大?"

艾哈迈德·阿卜杜·贾瓦德先生爽朗地说:

"我是阿拉比革命之后出生的……"

穆罕默德·伊法特反驳说:

"不……听说你还是阿拉比的士兵呢……"

艾哈迈德·阿卜杜·贾瓦德风趣地说:

"我是他们的腹中兵,用今天的话说,是他们的门生……"

阿里·阿卜杜·拉希姆吃惊似的问:

"你出入战场,你的高堂怎么办?"

祖贝黛咽下口中的酒,高声说:

"别开玩笑了!我是问你们的年龄……"

易卜拉欣·法尔抢先说:

"我们仨都在五十岁到五十五岁之间。你们俩能自报年龄吗?"

祖贝黛不在乎地耸了耸肩膀,说:

"我生于……"

她那两只抹着黑眼影的眼睛一眯缝,瞅着吊灯,仿佛回想似的,艾哈迈德·阿卜杜·贾瓦德立即接过话茬，补充说：

"萨阿德帕夏革命以后！"

众人一阵捧腹大笑。但是，贾丽莱不喜欢他们谈的话题，遂叫道：

"别谈这些啦！我们与年龄有什么关系，就让人们去问苍天、问安拉吧！我们女人中有年轻的，谁想找就找去嘛；你们男人中间也有年轻的，哪个女人想找去，悉听尊便好了……"

阿里·阿卜杜·拉希姆突然喊道：

"啊，真痛快！"

人们问他痛快何来，他喊叫道：

"我……我醉了……"

艾哈迈德·阿卜杜·贾瓦德说：

"他在酒天地里迷路之前，应该把他叫回来。"

贾丽莱叫大家不要管他，以示惩罚他的冒昧。阿里·阿卜杜·拉希姆躲到一个角落里，手里端着满满一杯酒，趔趔趄趄地说：

"你们找找别人的腿！"

祖贝黛急急忙忙走到自己的外衣前，检查提包里的可卡因盒子，直到肯定仍在原处后，方才放下心来。易卜拉欣·法尔趁祖贝黛离位之机，坐了过去，把头靠在贾丽莱的肩上，叹气的声音，清晰可闻。穆罕默德·伊法特站起来，走到临尼罗河的窗前，拉开窗帘，只见水面上游动着点点黑影。不眠的水上酒家射出的静谧光亮，洒落在缓缓荡起的浪脊上。祖努白拨动琴弦，弹奏起舞曲。艾哈迈德·阿卜杜·贾瓦德久久地打量了她一番，然后起来去添酒。祖贝黛回来时，身子擦过一排人的后背，而后在穆罕默德·伊法特和艾哈迈德·阿卜杜·贾瓦德之间坐了下来。贾丽莱高声唱道：

  有那么一天，
    命运故意捉弄我……

易卜拉欣·法尔喊道："妙，好极了！"贾丽莱唱到"人们送我一杯酒"时，穆罕默德·伊法特和祖贝黛也和声唱起来。随后，祖努白亦放开了歌喉。阿里·阿卜杜·拉希姆虽躲在角落里，但没有放弃唱歌的机会。易卜拉欣·法尔头倚贾丽莱的肩膀，说："六个人唱，我一个独自欣赏。"艾哈迈德·阿卜杜·贾瓦德边唱边想：她最后一定会欢天喜地地应允我……接着他又自问：今夜玩一玩即走，还是久留共枕？易卜拉欣·法尔猛然站起来，继而手舞足蹈；众人齐声拍手助兴，合唱着：

把我放在你的衣袋里，
将我留在你的腰带间。
……

艾哈迈德·阿卜杜·贾瓦德自问：祖贝黛能同意在她的家里幽会吗？……歌息舞停，人们相互逗笑，无止无休。艾哈迈德·阿卜杜·贾瓦德每说一句话，总要偷眼看看祖努白，很想知道她有何反应。一片喧哗，甚嚣尘上，时间偷偷地溜掉了……

"我该走啦……"

阿里·阿卜杜·拉希姆说着便站起来，然后朝自己的外袍走去。穆罕默德·伊法特生气地叫住他：

"我对你说过，我将和她一道走，以便继续谈天！"

祖贝黛扬起双眉：

"她是何人？"

易卜拉欣·法尔说：

"一位新朋友，了不起的女师傅，吉祥路的一位老板娘……"

艾哈迈德·阿卜杜·贾瓦德先生关切地问：

"哪一位？"

阿里·阿卜杜·拉希姆掸了掸外袍，笑着回答：

"你的老朋友赛妮娅·盖莉……"

先生的两只蓝眼睛顿时瞪大,闪烁出喜悦的光芒,笑着说:

"请代我问她好!……"

阿里·阿卜杜·拉希姆捻了捻胡子,准备起身,说:

"她问过你了,并且要我空闲时和你一道到她那里去聊天。我对她说,你的大儿子已经到年龄了,根据家规,可以到吉祥路之类的地方去了,因而父亲担心会遇上儿子……"

说完,他哈哈一笑,然后告辞,离开房间,朝短廊走去。穆罕默德·伊法特、艾哈迈德·阿卜杜·贾瓦德紧跟其后,将阿里·阿卜杜·拉希姆送至门外,相互笑谈几句话,他便离开水上酒家而去了。而后,穆罕默德·伊法特挽着艾哈迈德·阿卜杜·贾瓦德的胳膊,边走边问:

"你想要祖贝黛,还是贾丽莱?"

艾哈迈德·阿卜杜·贾瓦德直截了当地回答道:

"不要这个,也不要那个!"

"为什么?安拉能禳灾祛难!"

艾哈迈德·阿卜杜·贾瓦德知足地说:

"一步一步地来!今天晚上,我喝喝酒,听听琴乐,也就心满意足了!……"

穆罕默德·伊法特要求他再往前走一步,但艾哈迈德·阿卜杜·贾瓦德先生表示歉意,故没有再勉强他。两人回到纷乱的房间,在原来的位置上坐了下来。易卜拉欣·法尔开始行使招待职责。这时候,人人眼里血丝密布,一个个话多嘴碎,分明醉神已经降临了。人们随着祖贝黛的歌声,唱起来了:

　　大海呀,大海,
　　你在笑什么……

艾哈迈德·阿卜杜·贾瓦德嗓音洪亮,盖过了祖贝黛的歌喉。贾丽莱讲述她的冒险经历：

"自我看到你那时候，我感到不冒险，今夜是过不去的。瞧，小女子多美！你还是比她要大二十五岁！"

易卜拉欣·法尔叹息他在战争年代为了铜而耗去了他的黄金岁月。他用沉重的语调说：

"那时候，你们为了一磅铜而吻我的手。"

祖贝黛醉醺醺地站起来，摇摇晃晃，众人随着她那蹒跚步履鼓掌喊叫：

"嗒嗒，迈门槛吧……嗒嗒，迈门槛吧！"

酒能使肢体瘫软。贾丽莱喃喃地说："我喝足了！"随后，她站起来，离开房间，朝通往私室的大厅走去，不久便拐进濒临尼罗河的一间小房，紧接着传出一阵"吱吱"的响声，分明是她那笨重的躯体倒在了床上。看了贾丽莱的狼狈相，祖贝黛喜形于色，立即走进另一间小房子里，随后传出"咯喳咯喳"的剧烈声响。易卜拉欣·法尔说：

"床铺开口说话了！"

第一间小房里隐约传出嘶哑的吟唱：

"来吧，来吧，亲爱的朋友……"

穆罕默德·伊法特站起来，和声道：

"来吧，贾丽莱……"

易卜拉欣·法尔用征询的目光望着艾哈迈德·阿卜杜·贾瓦德。先生看出了他的心思，于是说：

"倘若你仍未尽兴，那就请便吧！"

而后，易卜拉欣·法尔站起来，说：

"水上酒家里没有廉耻可讲！……"

室内一片寂静。过了许久，祖努白把琴放在一边，盘腿坐下，扯了扯裙角，将交叉的腿部盖起来，一言未发，神情茫然。这死一般的沉静，令人难忍。她突然站起身，艾哈迈德·阿卜杜·贾瓦德先生问：

"你到哪儿去？"

祖努白瞧着浴室的门，口中嘟嚷了些什么，难以辨清。艾哈迈德·阿卜杜·贾瓦德先生移到她的位子上，拿起四弦琴，拨动琴弦，问道：

"难道没有第三间小房？"

啊！就像一个英国大兵把你拖到黑灯瞎火之处，你的心不应该这么剧烈地跳动。你还记得乌姆·玛丽娅度过的那个可怕的夜晚吗？是的！她仍然记忆犹新：那是一件惨痛的往事！片刻过后，她走出了浴室……啊，多么秀美的女子！……

"你在弹琴？"

艾哈迈德·阿卜杜·贾瓦德笑着答道：

"你教我弹吧！……"

"你会打铃鼓嘛，而且打得很好！"

先生叹着气说：

"那都是过去的事了，多么美好的岁月！那时，你还是个小女孩儿呢！你何不坐下呢？"

"第一次尝试，很有趣！"

"给你琴，弹一段，让我听听……"

"我们的人民能歌善舞，笑容常在。今天晚上我才知道，他们每天晚上聚会时，总要把你请来。"

艾哈迈德·阿卜杜·贾瓦德先生微笑着，眉宇间绽露出欢悦的神情。然后问：

"你没有喝足？"

祖努白笑着称是。艾哈迈德·阿卜杜·贾瓦德当即走到酒桌前，满满地斟了一杯酒，转过脸来递给她，然后又拿了一杯，坐下来，对祖努白说：

"来！我们一道干杯！"

杯酒下肚，祖努白的双眼里迸发出狂热的恋情。后来，那就不用问了！艾哈迈德·阿卜杜·贾瓦德向乌德琴女祖努白伸出有力的双臂，如同双手捧着一个水果似的……你貌美如花，理当得到幸福；至于高贵，那并不是我的天质。他发现她那只握着酒杯的手渐渐靠近自己的膝盖，于是伸手，轻轻地拍她后背，而她，却丝毫未动声色，头也没回，脸也没转地将手缩回了自己的胸前。艾哈迈德·阿卜杜·贾瓦德想：时已夜深人静，自己是主人，她是客人，如此舞弄恐怕不合时宜吧！然而他没有越过抚爱的界限。他弦外有音地说：

"难道这里没有第三个小房间？"

祖努白指着走廊门，故作不明白他的话：

"另一边……"

艾哈迈德·阿卜杜·贾瓦德捻了捻胡子，微笑着说：

"能容下我们俩吗？"

祖努白的话里没有卖弄风情的痕迹，艾哈迈德·阿卜杜·贾瓦德的话没有超越礼貌的界限。祖努白回答道：

"可容下你一个人睡觉。"

他感到惊奇：

"你呢？"

她语气依然很平静：

"我在这里照样休息。"

艾哈迈德·阿卜杜·贾瓦德稍稍靠近她，但她却站了起来，将杯子放在桌子上，然后坐到对面的沙发上，面孔上露出严肃认真、无声抗议的表情。艾哈迈德·阿卜杜·贾瓦德不禁为之一惊，欲火顿熄，仿佛他的自尊心被猛刺一针，望着她，唇上挂着勉强、难堪的笑意。他问：

"你怎么生气啦？"

她久久沉默不语，然后双臂交叉胸前：

"你怎么生气啦？"

他懊恼地答道：

"你不要明知故问……"

艾哈迈德·阿卜杜·贾瓦德突然一声大笑，表现出对祖努白无比蔑视，然后站起来，倒满了两杯酒，随后递给祖努白一杯，说：

"浇浇你的火气吧!……"

祖努白恭恭敬敬地接过杯子,放在桌子上,口中喃喃地说着"谢谢你"。艾哈迈德·阿卜杜·贾瓦德回到自己的座位上,将杯子举到唇边,一饮而尽,随后一阵大笑。

你能够预料到这意外之事吗?假若时间能倒退一刻钟,祖努白……祖努白……除了祖努白,你是什么也不想要的,是吗?打击来临,不要心烦意乱,也许那是1924年卖弄风情的形式。1900年的埃及豌豆商,你对我有什么猜忌吗?……没什么……但她是祖努白……难道那不是她的名字?每一个男子都会遇上拒绝他的女人。祖贝黛、贾丽莱、乌姆·玛丽娅都会喜欢你的;除了祖努白这个屎壳郎以外,谁会摈弃你呢?忍耐一下吧!总而言之,这不是什么灾难。喂,你看,你看哪,她那戴着脚镯的小腿多漂亮!她体态丰腴健美,你何必认为她真的回绝了你呢?……

"请喝吧,亲爱的……"

她彬彬有礼、语调坚决地说:

"我想喝时,就会喝的……"

他的目光盯着她,别有用意地说:

"何时才想喝呢?"

祖努白发怒了,看来她完全理解他的用心,于是只言未吐……

此时此刻,艾哈迈德·阿卜杜·贾瓦德感到十分扫兴,便问道:

"我的情谊不能接受吗?"

她深深地低下头,不让对方看到自己的面孔,语气坚决,乞求似的说:

"你还是不罢休吗?"

这种反问,使艾哈迈德·阿卜杜·贾瓦德气上加气,惊愕不已:

"那你为什么到这里来呢?"

祖努白指着身边的乌德琴,生气地说:

"为了这个才来的!……"

"仅此而已?……不要把弹琴和我约你来的目的对立起来……"

祖努白发火了：

"用武力吗？"

正遭受着失望与恼怒折磨的艾哈迈德·阿卜杜·贾瓦德，醉意蒙眬地说：

"不！但我找不出任何拒绝的理由。"

祖努白冷冰冰地说：

"也许我有许多理由……"

艾哈迈德·阿卜杜·贾瓦德一笑，随后便沉浸在悲愤之中。片刻过后，嘲笑道：

"也许你担心你的处女身份！"

祖努白目光严肃、冷静，久久地盯着艾哈迈德·阿卜杜·贾瓦德，然后愤愤地说：

"我只喜欢和我所爱的人……"

他真想再笑一声，但还是控制住了自己，因为这种苦笑使他自感难耐。他伸手拿起酒瓶，倒酒时心不在焉，酒满溢出了杯子。而后，他把酒瓶子放在桌子上，神情茫然地望着祖努白，不知如何才能从这条死胡同里逃脱出来……毒蛇，毒蛇的女儿，只喜欢和她所爱的人合欢，那意思是说除非她每天晚上看中一个男人才行喽！今夜的这场丑剧，无法从你的历史上抹掉。那些先生们都钻进了小房间里，而你却留在这里，身边只有一位不能接近的弹琴女……用你的牙将她撕裂……用你的脚踢她，硬将她推到小房间里去，而后便转脸就走，离开这个地方！我们的眼神里有一种征服脖颈的力量。你看，她的脖颈多么秀美、雅气！椰枣亦比不上她的甘甜。然而你太鲁莽，出言粗鲁，痛苦之果只能自食……

"我真没料到你如此淡漠无情！……"

艾哈迈德·阿卜杜·贾瓦德绷着脸，眉头紧皱，轻蔑地耸了耸肩膀，又说：

"我本以为你会像你姨母那样温柔、斯文，其实，我完全猜错了，我只埋怨自己不该……"

只听她咂了咂嘴,咽了口唾沫,抗议与斥责的神情显而易见。艾哈迈德·阿卜杜·贾瓦德先生朝挂外衣的地方走去,急急忙忙地穿起来。平时,他的动作总是慢条斯理。此刻,却只用了平常的一半时间就穿好了衣服。他满腔怒火,但并没有完全失望,仍然不愿意相信刚才发生的一切,或很难去承认这一切。他拿起拐杖,随时等待出现什么新情况,但愿能证明他的猜测是不对的,而发自他那受了挫伤的自尊心的愿望是正确的。他期待她嫣然一笑,揭下她那假正经的面具,或佯装不知他在生气,急速朝他走来,或赶到他前面,挡住他的去路……是啊,她咽唾沫往往是发怒的先兆,随之而来的便是妥协、退让……时间过去了,可是什么新情况也没发生。

祖努白一直呆坐着,目不斜视,仿佛压根儿就不知道艾哈迈德·阿卜杜·贾瓦德先生站在离她不远的地方。艾哈迈德·阿卜杜·贾瓦德离开房间,穿过走廊,走到门外,痛苦、遗憾、愤怒地长叹了一口气,然后上路了。他在漆黑的夜色中,一直步行到加马利克大桥。时值初秋,湿润的凉风轻轻地吹入他的内衣,只觉一阵清爽。而后,他乘上出租汽车,顿时酒性与愁思同时发作,禁不住心烦意乱,昏沉如睡;及清醒时,车子正绕行歌剧院广场,之后,便朝阿特拜车站驶去。车绕广场时,艾哈迈德·阿卜杜·贾瓦德先生偶尔一回头,望见灯光映照下的艾兹拜基公园围墙,他凝视了许久,直到车子转弯,方收回了目光,然后闭上眼睛,只觉万箭穿心,又感到一种呻吟似的声音响在耳边,仿佛有人在幽冥世界中呐喊,大声疾呼怜悯死去的亲人。但是他,因为舌头浸透了酒而未敢呼唤安拉的美名进行祈祷。

当他抬起眼皮时,眼里淌出了两滴伤心的泪水……

第八章

艾哈迈德·阿卜杜·贾瓦德先生弄不清是什么东西缠住了自己，不知道究竟是凶恶的魔鬼，还是难治的疾病？他睡下去了，期望前天晚上那种醉生梦死的夜生活一去永不复返。醉酒无疑是荒唐的，会使人身心受害，悲欢颠倒。晨光将他从睡梦中唤醒时，他感到精神恍惚，忐忑不安。透凉的水喷洒在他那赤条的躯体上时，他的注意力分散了，心怦怦直跳。祖努白的面容再次浮现在他的眼前，哑嘴的响声又响在他的耳边，痛苦的回声重新撞击着他的心。你呀，多像一个青春期的年轻人，她的美貌吸引着你那如饥似渴的心。倘若你走在大街上，向人们问好、致意，人们也会虔诚、友好地回礼；假若他们得知你的还礼纯系逢场作戏，你一心所想的只是歌伎、舞女、琴女以及红巷里卖淫的烟花女的话，他们定会废止对你的问候，代之一报以讥讽一笑。就让美女蛇去说"是"吧！到那时，你会毫不在意地将她抛掉。我还有什么为难的呢？我还盼望、等候什么呢？难道你老了？忘掉了贾丽莱、祖贝黛的遭遇了吗？那些令人难过的遗痕只有心才能领会，而手是感触不到的。但是，不要慌，要警惕，不要空想；不然，空想会把你送到崩溃的深渊……没有什么别的原因，只是因为一根白发，致使那个低贱的乌德琴女拒绝了你的要求……一只苍蝇钻进你的嘴里，你会顿感恶心；唾弃她，不过像啐出钻进嘴里的苍蝇而已。唉，多么可惜！你心里明明白白，却偏偏啐不出来。也许那是有意的报复行为，仅此罢了。那美女理应说"是"，之后，你应该愉快地离开她，没有什么可留恋的。你还记得她的腿、脖颈和眼神吗？倘若你能用半分忍耐医治一下你的高傲、威严，那么，那天夜里你一定可以得到应有的享受。还有比这更使你不安的事情吗？……我痛苦，是的！我为自己所蒙受的耻辱而感到忧伤。我用轻蔑威胁她，而她突生一计，使我脸面丢光了。还是懂得一点儿廉耻吧，莫把自己变成人们的笑柄，我以在世和夭折的孩子的良知恳求你……海妮娅弃离了你，你立刻追赶她去，可是你从她那里得到了些什么呢？难道你记不得了吗？看哪，英雄在手舞足蹈，对酒狂歌，蹒跚游荡，然后在灯火辉煌、鲜花盖地、笛笙高奏、宾朋满座的气氛中挥弄他的手杖，转瞬之间，一片嘈杂，淹没了歌声……那才是真正的男子汉！你就成为水上酒家里的英雄汉吧！运用突然袭击手段，制伏你的对手！你的对手懦弱而又强大；那松软的小腿几乎无力行走，然而却能够征服高山。九月的湿热令人难以忍受，只有傍晚天气凉爽宜人，尤其那水上酒家里，更是别有天地，令人大有苦尽甘来之感。

　　考虑一下自己的事情吧！在你所到之处，仔细看看，弄清进口、退路。在她还是黄毛丫头的时候，你曾多少次看到过她，但是没有将你从睡梦中唤醒；你与她常常擦身而过，仿佛她根本不存在似的。如今，你究竟着了什么魔，竟使你厌恶起你所爱过的人，反而爱上你所厌恶的人？她并不比祖贝黛漂亮，也不及贾丽莱标致。倘若她能和她的姨母相媲美，那么，她便不会作为陪伴而来。尽管如此，你还是舍不得她，竭尽全力，一心想把她弄到手。唉，强求有什么用呢？我只喜欢和我所爱的人在一起！我爱你，母狮的女儿……而她，却痛不欲生。这样的人多么卑贱！她配到水上酒家去吗？在家里出丑不更好吗？祖贝黛在那里，欢迎，欢迎！多么荒唐啊！不要开玩笑啦！难道你失去了理智？还是向易卜拉欣·法尔或穆罕默德·伊法特求援吧！艾哈迈德·阿卜杜·贾瓦德试图找人替他向祖努白求情……你自己放血不是更好吗？快让坏血流出来，以免毒害你的肌体。

夜幕笼罩大地，各家店铺相继闭门关张。艾哈迈德·阿卜杜·贾瓦德走出店门，上了锁，然后步履沉重地走了。他两眼扫视着大街和幢幢住宅，发现祖贝黛的窗里出现了亮光。但不知道为什么，他朝前走了一段路后，又顺着原路折回，继而向加马利亚区穆罕默德·伊法特家走去。在那里，他见到了四位朋友，稍坐片刻，便一道去消夜了。

艾哈迈德·阿卜杜·贾瓦德对穆罕默德·伊法特说：

"在水上酒家度过的那个夜晚真美，我一直没有忘怀！"

穆罕默德·伊法特高兴地笑着说：

"你随时都可以前往嘛！"

阿里·阿卜杜·拉希姆紧接着说：

"喂，阁下想祖贝黛了吧？……"

艾哈迈德·阿卜杜·贾瓦德严肃地说：

"不！……"

"贾丽莱呢？"

"除了水上酒家，什么也不想……"

穆罕默德·伊法特机灵地问道：

"你只想把她叫来和我们一道消夜呢，还是再请一些老的朋友？"

"你这个老滑头！要请她们，就在明天晚上，今夜时间太晚了。但是，对坐交谈的乐趣，我是不会放过的……"

易卜拉欣·法尔"哼"了一声。

阿里·阿卜杜·拉希姆说：

"对我的灵魂来说，我是个罪人。"

穆罕默德·伊法特诙谐地说：

"随便叫个什么吧，名称繁多，行为一个！"

第二天，艾哈迈德·阿卜杜·贾瓦德先生仿佛第一次找到阿里的咖啡馆，坐在壁洞里的沙发上，招待员立即走来表示欢迎。他对招待员说：

"我刚一结束工作，就想来喝你们的甜茶。"

看来，每一次访问都不是简单的、迟缓的重复行动。你想把自己的行动展示在人们的面前，用意何在呢？她隔着门缝看你，讥笑你老气横秋，你会欣然接受吗？你呀，你不知道自己干了些什么事！她人不露面，却将你弄得头晕目眩。更严重的是，她在门后戏弄你。这会为你带来些什么呢？你想用她的背影填补你眼内的空缺？你想用你的尺子去量她那肥胖的躯体？……你想欣赏她那微微笑貌，触摸她那染了指甲的白手吗？这又有什么乐趣呢？过去和她聊天、消夜的人没有想过这些，我劝你别为这些区区小事而忍受羞辱。不管你怎么想她，她是不会出来的……众人的眼睛都在盯着你……

艾哈迈德·阿卜杜·贾瓦德先生坐在阿里咖啡馆，不时偷眼从壁洞中往外看。谁告诉你她没有泄露你的秘密呢？也许天花板或沙发床知道，也许祖贝黛知道，也许人们都知道。"他把他那只戴着钻石戒指的手伸给我，我推开了。之后，他苦苦哀求我，我仍旧把他推开了……"这就是你们乐意称道、赞扬备至的艾哈迈德·阿卜杜·贾瓦德先生！你呀，你颓废了，堕落了，而且坚持继续堕落下去。你是个明白事理的人，你知道那些丢脸行为给人带来什么样的耻辱。倘若你的朋友和祖贝黛、贾丽莱知道了这个秘密，看你如何自容？诚然，你最善于用俏皮话、滑稽戏来掩饰你的狼狈处境，然而欢歌笑语中也会流露出你的苦闷……这叫人难过，纵然你感觉不出来！你不要欺骗自己，你会喜爱她吗？至死爱她吗？……

艾哈迈德·阿卜杜·贾瓦德叫了一辆轻便马车，很快便来到了歌女之家门前。门开了，铃鼓手阿尤莎走出来，紧跟在后面的是阿卜杜·贾努基，随后全乐队的人都走了出来。艾哈迈德·阿卜杜·贾瓦德马上意识到，他们要去参加晚会了。他眼巴巴地望着大门，心怦怦地跳，伸长脖子，仿佛周围没有人似的。这时，门里传出一阵爽朗的笑声，接着，一位怀抱乌德琴的歌女，连说带笑地走出大门，步履轻盈地走到马车旁，将乌德琴放在车前部，在阿尤莎的帮助下，她登上车，坐在阿尤莎和女仆之间，仅仅露出一个肩膀。艾哈迈德·阿卜杜·贾瓦德咬着牙，愁思交加，目不转睛地瞪着她，只见马车左摇右摆地上了路，留给他的只有惆怅和耻辱。他自问：还不快去追赶她！然而他纹丝未动，一声不响，又自我安慰道：到这里来简直是装疯卖傻。

一个约定好的夜晚，艾哈迈德·阿卜杜·贾瓦德先生来到了位于乌穆巴拜的水上酒家。因为他想的事情太多，所以没有想好这次来访究竟要干些什么；最后能做点儿什么事情，那也就只有见机而为了……也许能看到她，和她一起坐坐，夜半再与她幽会一番，也就心满意足、如愿以偿了。他将重新试探一下，也许能够抓住这个机会，采取种种引诱手段，发动一次新的攻势。他蹑手蹑脚地走进水上酒家。他暗自想，假如能单独和她谈谈，弄清她的心愿，那么定会喜上眉梢的。他见到了许多好朋友，也看到了贾丽莱和祖贝黛，但却未见到乌德琴女的踪影。他受到了人们的热烈欢迎，刚刚脱下外袍，摘掉红毡帽，选好位子坐下，周围便爆发出一片欢笑声。这里的气氛热烈而柔和，有的说，有的乐，谈笑风生，诙谐悠然，情趣动人，使他心中的一切忧闷和不安云消雾散。但是，他的恐惧感却依然隐藏在欢乐的浪花之下，良久不肯离去。与此同时，那痛苦之神也隐蔽在醉鬼的身后面，他多么期望门突然打开，乌德琴女姗姗而来，或者有个人对他讲明，她为什么没有露面，或者说她马上就来！时间悄悄地流逝，热情徐徐冷却，他的希望渐渐破灭了，晴朗的天空便布满了乌云。

哪种情况更加出乎意料呢？是她前天的突然出现，还是今夜的迟迟不来？无论如何，我不能去问任何人。看来，你的行踪并没有人知道；假设祖贝黛知道，那么，她肯定会尽力将这化为丑剧、笑料。艾哈迈德·阿卜杜·贾瓦德笑个不停，喝得很多，并且求祖贝黛为他唱一支"我口中在笑，我心中在哭"的歌。他时而想和穆罕默德·伊法特单独谈谈，让其解除他心中的疑虑，时而又想亲手去摸摸祖贝黛的脉搏。不过，他终于控制住了自己，既保住了心头上的秘密，又维护了自己的体面，从从容容地摆脱了困境。

午夜时分，阿里·阿卜杜·拉希姆站起来，人们预料到他会到吉祥路找他的女朋友去，但出乎意料，他说想回家，于是人们纷纷劝他多留一会儿。但是，阿里·阿卜杜·拉希姆毅然决然地离去了，人们不禁感到惊讶和失望，只得承认错误的判断。

星期五那天，做聚礼的时间还未到，艾哈迈德·阿卜杜·贾瓦德先生便朝侯赛因清真寺走去。当他行至贾法尔市场上，突然看到祖努白从沃塔维特胡同里出来，后朝侯赛因清真寺的方向走去。他的心没有像往常跳得那么剧烈，他全力抑制着自己，匆匆跟了过去。他感到精神恍惚，仿佛与心愿相反，脚步慢了下来，周围是死一般的沉静，如同汽车发动机停止运转，响声平息，然而车身还在凭着惯性，继续平稳前进。当他清醒过来时，发现自己已走了一大段路，于是不假思索地追赶着她，经过清真寺也没进去，紧紧跟在她的身后，转弯来到了铁路附近。

他站在这里有什么事，他也不知道。他盲目地屈从了反作用力。在以前，就是在青年时期，他也从来没有在马路上去尾追过一个女人。此时此刻，他真感到困窘难堪。而后，一种可笑而又可怕的想法闯入了他的脑际：亚辛或凯马勒定会揭穿这种暗暗跟踪的秘密。想到这里，他竭力使自己与她保持一定距离，于是瞪圆双眼，如饥似渴地欣赏她那秀美的身条，不由得心中翻起一道道思恋与痛惜的波浪，直到她下了坡路，拐进一家银匠铺。这家银匠铺主人是艾哈迈德·阿卜杜·贾瓦德的一位老朋友，名叫叶尔孤白。他放慢了脚步，以便仔细思考思考，于是感到更加困窘了：顺原路回去呢，还是从铺前走过去？或者仅朝铺子里望一望，静等即将发生的一切呢？一时左右为难，进退维谷。

他缓步靠近银匠铺。当距铺子仅有几步远的时候，艾哈迈德·阿卜杜·贾瓦德的头脑里突然产生了一个勇敢的念头，于是当即加以实施，丝毫没有犹豫，将一切危险全然置之度外。他上了人行道，慢慢来到铺子前，期望店主朋友能够看到他，将他请到里边去。他热切地朝铺子里一望，与叶尔孤白的目光正巧相遇。店主喊道：

"喂，艾哈迈德·阿卜杜·贾瓦德先生，欢迎，欢迎，请进，请进！……"

艾哈迈德·阿卜杜·贾瓦德笑容满面地步入银匠铺，两人热烈握手问候……店主请他喝茶，他欣然应允，然后在柜台一端的皮沙发上坐了下来，无拘无束，坦然自若，仿佛旁边根本不存在第三个人似的。这时候，祖努白出现在他的眼前，她与店主面对面站着，手中拿着一对耳环，故作喜欢的样子，翻过来、掉过去地仔细察看。就在这种情况下，两人的目光相遇了，她笑了，他也笑了。而后，艾哈迈德·阿卜杜·贾瓦德先生手捂胸口向她致意：

"早安！你好吗？"

祖努白的目光又回到了耳环上：

"我很好！安拉保佑您……"

叶尔孤白同意用手镯换耳环并付差价。艾哈迈德·阿卜杜·贾瓦德趁两人讨价还价之机，留心地观察着祖努白的面颊，在双方商讨过程中，他一直未能找到插话机会，也许……虽然祖努白不知道艾哈迈德·阿卜杜·贾瓦德心怀何意，但却无意之中打断了他的思路，只见她将耳环退给店主，并且说不再换，仅仅修理手镯。商妥之后，祖努白先向店主告别，接着向艾哈迈德·阿卜杜·贾瓦德行点头礼，然后转身离开了银匠铺。所有这一切都发生在一瞬间，未等艾哈迈德·阿卜杜·贾瓦德醒悟过来，事情便结束了。这使他感到灰心丧气，郁闷焦急。他和叶尔孤白说了一番平平常常的客套话，喝完杯中的茶，便告辞了。

艾哈迈德·阿卜杜·贾瓦德羞愧难言，想到聚礼的时辰即将过去，但究竟去不去清真寺，依然犹豫不决。要到清真寺去礼拜，没有勇气再继续追逐女人，这不就已经改掉了粗俗习气了吗？这不正好就得到安拉的保佑了吗？他难过地放弃了做礼拜的念头，沿着马路，漫无目的地溜逛了一个小时，而后回到家中，重新思虑起自己的罪过来了。但是，就连在这满心充斥后悔之意的时刻，他脑海的大门仍然对祖努白敞开着。众朋友来到之前，穆罕默德·伊法特首先来到艾哈迈德·阿卜杜·贾瓦德家中。他对穆罕默德·伊法特说：

"请你帮我个忙吧,明天晚上,把祖贝黛请到水上酒家去!……"

穆罕默德·伊法特笑着说:

"既然你想她,照直说嘛,何必兜这么个圈子!假如第一夜你就下手,那么,她准会向你张开双臂的……"

艾哈迈德·阿卜杜·贾瓦德先生颇有些难堪:

"我只希望你邀请她一个人!"

"她一个!好一个自私的男子汉!你只为你一个人着想,易卜拉欣·法尔和我怎么办?……我们应该将明天晚上变为生平中难得的一夜,让祖贝黛、贾丽莱、祖努白都来!……"

艾哈迈德·阿卜杜·贾瓦德责备似的说:

"祖努白?"

"为什么不要她?她是我的后备队员,年轻貌美,必要时我就找她……"

这使我多么难过!我怎样才能阻止这位姑娘来呢?又有什么理由不让她来呢?

"你不知道我的目的何在。其实,明天晚上,我并不想去。"

穆罕默德·伊法特诧异不解:

"是你让我请来祖贝黛,你又说你明天晚上不去,这究竟是个什么谜?"

艾哈迈德·阿卜杜·贾瓦德朗声大笑,借以掩饰他那惊慌的神色。之后,他不得不失望地说:

"你不要装傻,我之所以求你只把祖贝黛请出来,正是为了让祖努白一个人留在家里!"

"我说你呀……让祖努白一人留下?"

穆罕默德·伊法特笑着继续说:

"何必这么麻烦!在水上酒家的第一夜里,你为什么不找她?你只要用手指一点,她也就属于你了,会与你如胶似漆。"

艾哈迈德·阿卜杜·贾瓦德克制着自己的愤怒,淡淡地一笑,说:

"这正中我意!……"
穆罕默德·伊法特捻着胡子说:
"求者和被求者都是软货!"
艾哈迈德·阿卜杜·贾瓦德十分严肃地说:
"这是你我之间的秘密,切勿泄露!……"

第九章

一个漆黑的夜晚,路上已无行人,时针指着九点,有人敲门,片刻过后,门打开了,不见开门的人。只听到一声令人心惊肉跳的问话:

"谁?"

来者从容坦然地答道:

"是我。"

未等许可,便进了门,并随手将门关上。一个女人站在楼梯的最后一个台阶上,伸着胳膊,手上端着灯,目光惊异地凝视着来客,喃喃地说:

"哦,是你呀!"

他默不作声,在原地站了许久,嘴边上挂着温和而又不安的微笑。他从她的脸上没有发现任何反对或愤怒的神情,于是鼓足了勇气说:

"你就这样来迎接一位老朋友?"

她转过脸去,登上楼梯:

"请吧!……"

他一声不吭地跟着她上了楼。从刚才开门的情况判断,家里只有她一个人。女仆吉丽莉已于两年前过世,她的房间依然空在那里。他跟在她的身后,一直来到走廊。她将灯挂在离门不远的墙上,而后独自进了客厅。顿时,天花板上的大吊灯亮了。她的这些动作更加证明他的判断是准确无误的。之后,她出来示意让他进去。

　　他进了客厅,坐在昔日常坐的那张沙发上,摘下红毡帽,放在靠枕上,伸开腿,朝四周打量了一眼……他清清楚楚地记得这个地方,仿佛昨天还来过;三张沙发,几只凳子,波斯地毯,贝壳镶嵌的柜子……这里的一切如常。还记得最近一次在这里做客的时间吗?对于他来说,那娱乐室和卧室更熟悉一些。他更忘不掉在这个房间同祖贝黛第一次会面的情形,而且他就坐在现在坐的位置上。那天的谈话,迄今仍然响在耳边,欢快、自信的心情,至今依旧留在记忆之中。可是,她,什么时候才回来呢?她会如何看待这次突然的访问?她会很高傲吗?她知道他是冲着她来的,而不是找她的姨母的吗?也许凶多吉少,这次访问会失败的。

　　一阵轻微的拖鞋声传来,紧接着,祖努白出现在门口,身穿绣着红玫瑰花的白底连衣裙,腰系镶嵌金箔的饰带,头上朴实无华,两条粗辫子垂在背后……他站起来,笑眯眯地迎接她,双目中饱含对她那别致装束由衷赞叹的神情。她笑容可掬地向他问安,示意让他坐下,随后在他右侧的沙发上坐了下来,用不无惊奇的声调说:

　　"欢迎,欢迎!真是意外!"

　　艾哈迈德·阿卜杜·贾瓦德先生笑着问道:

　　"这属于哪一种意外呢?"

　　她扬了扬眉,动作神秘,令人难解,几乎看不出她是严肃,还是开玩笑:

　　"当然属于高兴一类的喽!"

　　我们靠着自己的腿和脚来到了这个地方,应该准备承担各式各样的风险,不管轻重大小。

　　艾哈迈德·阿卜杜·贾瓦德静静地打量着祖努白的身材,仿佛正从那里探寻着使他苦闷、焦急和有损于他的尊严、体面、身份的什么东西似的。室内被一片沉寂气氛笼罩。祖努白抬起头,但没说一句话。随后稍微动了动身子,看上去文质彬彬,实则充满孤寂,似乎要对他说:"有事尽管吩咐!"

艾哈迈德·阿卜杜·贾瓦德机警地问:

"我们还要等等苏塔娜吗?她还没有穿好衣服?"

她眯缝着眼睛,用奇异的目光注视着他:

"苏塔娜没在家!"

艾哈迈德·阿卜杜·贾瓦德故作惊异地问:

"到哪儿去啦?"

她摇了摇头,唇上绽出一丝神奇的微笑:

"我和你一样,不知道……"

他思考片刻,然后说:

"我以为她把自己的行动路线告诉你了。"

祖努白责怪似的摆着手:

"你想得太好了!"然后笑着说,"军人政权时期已经结束!假如你想弄清楚她的行迹,你去探听比我更合适。"

"我?"

"你有什么不可以的呢?难道你不是她的老朋友?"

"老朋友,新朋友,一个样!你的行踪,老朋友们都清楚吗?"

她努了努嘴,抬了抬右肩,说:

"我没朋友,不论老的,还是新的。"

艾哈迈德·阿卜杜·贾瓦德先生捋着胡须,说:

"这话没有道理。一个心明眼亮的人,竟然不去寻求友谊,那简直令人难以想象。"

"也许只有像你这样高贵的人才会想到这些,然而这不过是一种想象罢了。你不是这家的老朋友吗?某年某月某日,你乐意将你的友谊馈赠给我一份吗?"

他皱起眉头,显然有些不安,迟疑片刻,方才回答道:

"要看环境、条件……"

祖努白打了榧子,笑着说:

"亲爱的,也许我的条件与别人一样!"

艾哈迈德·阿卜杜·贾瓦德敏捷地一动,背靠沙发上,目光掠过高高的鼻梁,瞧着祖努白,摇头晃脑,像是乞求安拉保佑似的,而后说:

"这是个难题,我自认为无能为力!"

她微微一笑,然后故作惊奇地说:

"我不明白你的意思,看来你在一个山谷,我在另一道山谷里。你说是来找我姨母的,需要我转告她吗?……"

艾哈迈德·阿卜杜·贾瓦德笑了笑:

"告诉她,就说艾哈迈德·阿卜杜·贾瓦德来告你的状,但没见到你!"

"你告我的状?我有什么罪过?"

"你对她说,我是来向她诉苦的,就说我在这里遭到了冷遇,不应有的怠慢!"

"好一个能言善辩的男子汉,能把一切都化为开心、嬉戏的笑料!"

他改换了一下坐姿,郑重其事地说:

"拿你开心、耍闹,是安拉所不容的!我说的全是真心话,我想你是知道底细的。美人善于卖弄风情,当然有权那样行事,但也应该有怜悯之心……"

祖努白咂了咂嘴唇,说:

"怪哉!"

"没有什么可怪的!昨天在叶尔孤白银匠铺里发生的事情,你还记得吗?平素我和你们关系亲近,彼此情同手足,可是竟然当着我的面,发生那样不愉快的事,难道应该吗?倘若让我出面说个情,给我一个为你效力的机会,或者你退一步,让我来办这件事,只当是我的镯子,或者是我朋友的东西,你想,还会发生那样的事情吗?"

她有些不安地扬了扬眉,笑了,然后简洁地说:

"谢谢你啦!……"

艾哈迈德·阿卜杜·贾瓦德深深地吸了一口气,挺起胸,热情洋溢地说：

"像我这样的人是不满足于'谢谢'之类的词语的。乞丐来讨食，你说声'但愿安拉周济你'，这对于一个饥肠辘辘的人来说有什么用呢？饿汉子需要食物，可口的食物……"

祖努白双臂交叉在胸前，故作诧异的样子，然后打趣地说：

"先生阁下，你是个饿汉子？我们有锦葵和兔肉，理当供你美餐一顿……"

艾哈迈德·阿卜杜·贾瓦德朗声笑道：

"好！好极了！一言为定！锦葵、兔肉，再加上威士忌，配以琴乐、舞蹈，共度个把小时，正好消食化瘀！……"

祖努白朝他挥了挥手，似乎在对他说"去你的吧"，然后开口说：

"安拉啊，安拉，我们只言未发，他却牵着驴子跟在你身后进来了！"

艾哈迈德·阿卜杜·贾瓦德右手五指捏拢，缓慢地上下抖了抖，劝诫似的说：

"朋友，请不要把时间浪费在说话上了！"

祖努白卖弄风情、故作姿态地摇着头：

"你应该说，别和中年人在一起浪费时间了！……"

艾哈迈德·阿卜杜·贾瓦德先生张开手掌，缓慢地按摩着他那宽阔的胸脯，虽动作从容沉稳，但却暗示着一场新的挑战。

祖努白笑着耸耸肩膀，而后说：

"假如……"

"假如什么？小姑娘，在我把你应该知道的事情告诉你之前，你千万别打盹儿。去！把锦葵、威士忌、乌德琴、舞带一起拿来……快……"

她弯起左手食指，摁在左眉毛上，而后抖动了一下右眉毛，问道：

"难道你就不怕苏塔娜突然进来？"

"别怕嘛！今天晚上，苏塔娜是回不来了……"

她目光充满疑虑，盯着他问：

"谁告诉你的?"

艾哈迈德·阿卜杜·贾瓦德已感到自己惊慌失措、瞠目结舌,但他终于克制住了自己,而后斯文地回答:

"苏塔娜不会在外面待到这个时候,除非有事情需要她等到明天早晨再办。"

她久久地望着他的面孔,一句话也没有说。之后,她摇了摇头,露出讽刺的神情,并且十分自信地说:

"好个狡猾的壮年人!人们都开始走下坡路,唯有你例外。你以为我是个糊涂人?不!我什么都明白!"

艾哈迈德·阿卜杜·贾瓦德有些不愉快地拨弄着胡须,问:

"你明白什么?"

"我什么都明白!"

祖努白的迟疑使艾哈迈德·阿卜杜·贾瓦德更加不安,她继续说:

"那天你坐在阿里咖啡馆里,透过窗户偷看的事,你还记得吗?你的目光可真锐利,竟然把我们家的墙壁穿了个洞。当你和人们一起坐上四轮轻便马车时,我问自己:他会像个小孩子一样,高高兴兴地跟随在我们的后面吗?但是,你很聪明,终于等到了一个更好的机会!"

艾哈迈德·阿卜杜·贾瓦德先生哈哈大笑,脸色通红,求饶地说:

"安拉要我们节制不良行为……"

"可是,昨天,你完全失去了理智!在贾法尔市场前,你看到了我,便一直跟在我的身后,并尾随我走进了叶尔孤白银匠铺!"

"祖贝黛的外甥女嘛,你也知道这个情况?"

"是啊,美男子!但是,我万万没有想到你竟敢随我走进银匠铺。我看到你在沙发上坐下来,还好,并不是个妖怪。当你看到我而故作吃惊的样子时,我差点儿想当场戳穿你的把戏,但客观情况不允许那样失礼……"

艾哈迈德·阿卜杜·贾瓦德先生一拍掌,笑问道:

"我不是说过你是个难以解开的疙瘩吗?"

祖努白沉醉在欢乐之中,接着说:

"我只记得苏塔娜对我说,要我做好准备,然后一起到穆罕默德·伊法特的水上酒家去,于是我立即跑去更衣。但是,我听她又说,是艾哈迈德·阿卜杜·贾瓦德邀请的,到易卜拉欣·法尔那里去玩。我想,有安拉做证,艾哈迈德·阿卜杜·贾瓦德先生是提不出什么好建议的,于是我借口头晕而没有赴会。"

"我真可怜,竟然落入了没有良心的人的圈套里!此外,你还知道什么?"

"还有一点,那就是今天晚上的事,他们单单请去了苏塔娜。"

"倘若你们了解幽冥世界,那你们定会珍惜现实生活的。"

"多么美好的言辞!那就照格言行事吧,安拉造就的嫖客!"

艾哈迈德·阿卜杜·贾瓦德高声笑着说:

"安拉会宽恕你的!"

接着,他快活地毫无畏惧地说:

"我也明白了,你留下来,不离开家,把自己隐藏得严严实实……"

话未说完,他就站了起来,走到祖努白身边坐下,抓住她那嵌着金箔的饰带的一头,说:

"凭安拉起誓,这位女子比她的琴声更美。她的舌是鞭子,爱情似火,令情人为之倾倒。今天,将是生平中最有意义的一天!"

祖努白用手将他一推,说:

"不要打搅我!去,坐到你那边去!"

"从今以后,再没有什么东西能把我们分开!"

祖努白一下夺过饰带,站起身来,走到离他两步远的地方,默不作声地瞅着他,仿佛有什么事情要问似的。之后,她说:

"根据你的建议,那天穆罕默德·伊法特邀请我们去水上酒家聚会,但你为什么没有问我干吗去赴会呢?"

"为了让你的欲火烧得更旺!"

祖努白断断续续地笑了三声,然后沉默良久才开口说:

"这个想法还算可以,但有些陈旧,难道不是吗?嫖客先生!此事将永远是个秘密,除非我把它泄露出去。"

"我将为之献出生命……"

祖努白第一次露出清晰的笑容。一阵讽刺、挖苦之后,她的两眼里闪出和蔼的目光,就像风暴过后出现的平静气氛。

她的这种表现,预示着她将采取新的对策。于是,她突然靠近艾哈迈德·阿卜杜·贾瓦德先生,伸手拽住了他的胡须,小心翼翼地捻搓着,继而用一种从未听到过的腔调说:

"假若你要为之献出生命,那么,你将留给我什么呢?"

听她这么一问,艾哈迈德·阿卜杜·贾瓦德先生禁不住心花怒放。这是自水上酒家那次倒霉以来未曾享受过的快乐,仿佛是他生平中第一次接触女人。他拉住她的手,紧紧地攥住,温柔、激动地说:

"小姐,我醉了……你永远属于我,永远……除我之外,谁也不能满足你的欲望和要求。但求安拉降福给我,让我们永不离分。今夜不同于往常,值得我们同欢共度,一醉方休……"

她摆弄着被他攥着的手指头,说:

"今夜不同于往常,你会得到某种少量满足……"

少量满足?难道这笑颜的背后还隐藏着什么障碍吗?你失去耐心了吗?

艾哈迈德·阿卜杜·贾瓦德轻轻地拍拍她的手掌,出神地望着那变成了玫瑰红色的掌面,只听祖努白笑着问道:

"喂,谢赫先生,你会看手相?"

艾哈迈德·阿卜杜·贾瓦德笑了,说:

"这是众所周知的。让我给你看看手相,好吗?"

她谦敬地低下了头。艾哈迈德·阿卜杜·贾瓦德瞅着她的右手掌,故作深思模样,然后一本正经地说:

"在你前进的道路上,有一个男子汉,他将对你的生活产生重大影响……"

她笑问道：

"合法的吗？"

艾哈迈德·阿卜杜·贾瓦德双眉上翘，细细查看她的掌面，毫无开玩笑的意味，他说：

"不，非法的！"

"但求安拉保佑，他年龄多大？"

他抬眼望望她，说：

"不清楚。但是，如果衡量一下他的力量，则可知他正处在青春少年时代！"

祖努白明知故问：

"他是个高尚的人吗？"

啊，这种高尚并不能洗涤你在她们中间留下的罪孽。

"他的心胸开朗无比……"

"我作为仆人留在这个家里，能够使他满意吗？"

艾哈迈德·阿卜杜·贾瓦德立即回答：

"他将使你成为家庭主妇！"

"在他那里，我将住在什么地方呢？"

祖贝黛并没有给你添什么麻烦，他们会想到你的……

"一套漂亮的住房。"

"一套房间？……"

她这种责问的语气使他吃惊，于是，艾哈迈德·阿卜杜·贾瓦德问道：

"你不喜欢？"

祖努白指着自己的手掌，说：

"难道你没看见流水吗？你仔细瞧瞧……"

"流水？难道你想住在浴室里？"

"你没看见过尼罗河……水上酒家？……"

每月只付四五镑钱，唉，不要思慕那可怜的子孙。

"为什么选择离繁华街市那么远的地方呢……"

祖努白靠近艾哈迈德·阿卜杜·贾瓦德,膝盖碰着了他的膝盖。她说:

"你并不比穆罕默德·伊法特的地位低;只要你像你说的那样爱我,那么,我也不会比苏塔娜命薄。你可以和你的朋友们在她那里消夜,那也是我的梦想,请你把它化为现实吧……"

艾哈迈德·阿卜杜·贾瓦德先生抱住她的腰,一动不动,一声不吭,良久之后,艾哈迈德·阿卜杜·贾瓦德说:

"我的心肝,听你的!"

祖努白用手抚摩着他的面颊,说:

"千万不要以为自己只利于他人,而无求于他人!我说过,为了你,我将弃离我生长的这个家,而且一去不复返。你应该记住,我求你不要把我变成家庭主妇,除非万不得已!"

他紧紧搂着她的腰,致使他的脸贴住了她那丰满的胸脯,然后说:

"亲爱的,我全明白,你必将大喜过望。我喜欢看到你,就像你喜欢看到我一样,请马上做准备吧……"

她抓住他的手腕,歉意地一笑,温情脉脉地说:

"当我们相聚在我们自己的尼罗河水上酒家的时候……"

艾哈迈德·阿卜杜·贾瓦德警告说:

"你别惹得我发狂!你能够反抗我的武力吗?"

祖努白后退了一步,哀求而执拗地说:

"这里没有合适的地方。等我们有了新居,属于你,也属于我的新住宅,到那时候,我就永远属于你了,而不能在此之前。你的生命属于我,我的生命属于你……"

第十章

"好啊，如蒙安拉保佑……"

艾哈迈德·阿卜杜·贾瓦德望着朝店铺走来的亚辛，心里反复念叨着这句话……那是一次异乎寻常、莫名其妙的访问，使他想起许多年以前亚辛到铺子里见他的情形：那天，亚辛的已故母亲决计第四次结婚了，他特地跑来与艾哈迈德·阿卜杜·贾瓦德商量这件事。先生知道，他来这里并不是为了请安问好，也不是要谈能在家里议论的家常事。是的，亚辛没有要事相商，他是不来店铺的。父亲握过亚辛的手，让他坐下，然后说：

"好啊，如蒙安拉保佑……"

亚辛坐在写字台后面离父亲座位不远的一把椅子上，背靠着柜台。贾米勒·哈姆扎维站在柜台秤前，正为顾客称量东西。亚辛望着父亲，神情颇有些不安、倦怠。艾哈迈德·阿卜杜·贾瓦德先生合上账本，改换了一下坐姿，准备听儿子讲些什么。身子右侧的钱柜子半开半闭，身后的墙壁上挂着"奉至仁至慈的安拉之名"的旧镜框，下面便是身着元首制服的萨阿德·扎格鲁勒的肖像。亚辛不是心血来潮，而是经过深思熟虑才到店铺来的。在这里，他认为父亲一定会先开口，问他的来意；而贾米勒·哈姆扎维和许多顾客在场，为他提供了防备父亲突然找碴儿大动肝火的盾牌。随着亚辛年龄的增长，总的来说，父亲对他的态度渐渐好转起来,但对他发脾气却还是免不了的。

亚辛谦恭有礼地说:

"请允许我占用您一点儿时间。如无急事,我是绝不会打搅您的;如果我得不到您的指教和同意,我是不会迈出一步的。"

儿子如此谦敬礼貌,艾哈迈德·阿卜杜·贾瓦德禁不住打内心里笑了。他留心地打量着他那健壮、漂亮、文雅的儿子,只见他胡须独具一格,身着深蓝色的西服套装,衬衣领板板正正,别着蓝色蝴蝶领结,手拿象牙柄拂尘,皮鞋乌黑发亮。在父亲面前,他显得十分拘谨、谦恭,急忙藏起从上衣口袋里露出的绸子手帕,正了正习惯朝右歪斜的红毡帽。他说,得不到父亲的指示,他是不能向前挪动半步的!真有趣……他父亲常常醉醺醺的,或者出入吉祥路花街柳巷的痕迹依然留在脸上,儿子会从父亲那里得到什么呢?那天夜里,他偷偷跑到房顶上会见邻里闺秀,可曾请示过父亲吗?妙哉……妙哉……这场演讲之后,还会有些什么戏呢?

"当然喽,像你这样通情达理的人,这是起码应该做到的事嘛!但求安拉保佑……"

亚辛的目光迅速地朝贾米勒·哈姆扎维及其周围的人扫视了一眼,而后将自己的椅子往父亲的写字台边靠近了一些,鼓足勇气,说:

"在您同意和许可后,我打算完婚……"

真是突如其来,完全出乎父亲意料的喜事。不过,且慢!假如不符合几个条件,那还不能算作真正的喜事,还要等待倾听更加重要的谈话。难道真的没有令人担忧的事情了吗?亚辛的态度那样彬彬有礼、毕恭毕敬,而且选择店铺作为谈话地点,所有这些都是瞒不过聪明人的眼睛的。至于他的婚事,则是父亲久已盼望他办理的大事。当他苦苦哀求穆罕默德·伊法特为儿子找回妻子时,他心怀这个希望;当他祈祷安拉为他指出一条光明大道,让儿子婚配一位大家闺秀时,他仍然出于这种希望,因为儿子的婚事,他与穆罕默德·伊法特的良好关系受到了损害,所以,他担心这件事又会对他与其他朋友之间的关系带来影响。

倘若不是这些顾虑，他会毫不迟疑地同意儿子再次结婚。那就等着看吧！但愿不发生什么不测……

"这个决心好！我完全同意。你选定了哪一家？"

"我找到了意中目标，一个高贵门第，我们的老街坊，其家长是您的一位可敬的老相识……"

艾哈迈德·阿卜杜·贾瓦德先生征询地扬了扬眉，一句话也没有说。亚辛继续说：

"已故穆罕默德·里德旺先生！"

"不！……"

艾哈迈德·阿卜杜·贾瓦德先生竭力克制着自己，但终于流露出焦躁、责怨的神态。他很想找个什么理由为自己的焦急情绪辩护，但未能如愿，于是说：

"他的女儿不是离过婚吗？除了找这么一个结过婚的女人，难道无路可走？"

这种反对意见，亚辛并不感到意外。不久前，当他打算与玛丽娅结婚时，他也料到了这一点。但是，他有信心战胜父亲的异议。亚辛认为，父亲的意见不过是表明他重视处女，而瞧不起已婚女子，或者他有意避开那个使他回想起已故儿子悲剧的女人。他相信父亲的智慧，期望他最后抛弃那两个微不足道的理由。此外，他也想借助父亲的支持来战胜继母的反对……是的，继母的反对曾使他束手无策，致使他想脱离家庭，远走高飞，或者根据当时情况，匆匆了结婚事，只是怕因为此事触怒了父亲，他力不从心，这个想法才没有化为现实。因此，在他全力说服家人之前，他是不能无视继母乃至生母的感情的。亚辛说：

"不是无路可走，然而人各有缘分，不能勉强……我一不图金钱，二不图地位，单求出身良家，品行端正……"

在这些复杂的、令人遗憾的事情中，总还是可以找到一些安慰的。父亲完全相信儿子的话，因为儿子是不会撒谎的。这就是亚辛，不折不扣的亚辛。他就是这样的一个人，或一只动物，一切困难都会从他的手中溜走，从他的背后闪过。假如他会带来什么福音或喜讯，那么也就不是亚辛了，对他的估计和看法也就错了。

即使他冲着地位、金钱找妻子，也并不见得丢人；至于出身、品行，则是另一回事。看来，他并不知道未来岳母的名声。当然，那是他首先应该了解的事情，也许其他人已经一清二楚，唯有他本人至今仍蒙在鼓里。怎么办呢？是啊，也许那位姑娘通情达理，但没有一位好的母亲，也没有个尚好的环境、条件。遗憾的是，他不能公开阐明自己的意见，也无法为自己的意见找到证据，特别是那些让人一听便感到恐慌不安的见解。更严重的问题在于他担心暗示父亲会带来什么不测，于是迫使他自己进行探讨、觅寻。他终于发现了父亲的足迹，从而出现了一出绝顶的丑剧。

这个问题是深刻、细微的难题，其中隐藏着一个锐利的芒刺，那就是与法赫米有关的一段旧历史。难道亚辛不记得吗？他怎么能去喜爱一个已故弟弟爱过的姑娘呢？难道这不是可恶的行为吗？是的，正是这样，即使人们不会怀疑他对已故弟弟的忠诚。严酷的生活逻辑向他一类的人提供借口和辩护词。欲望是凶恶残忍的瞎眼暴君。这在他的头脑里是再清楚不过的了。

父亲大为不悦，说道：

"你的选择，我不大满意，而且说不出为什么。已故穆罕默德·里德旺先生真是一个好人，在他去世之前的很长一段时间里，因瘫痪无法照管家庭。我不去猜疑任何人，绝不会的。但是，我听许多人讲闲话，不是吗？我认为，最不理想的是她离过婚。她为什么被休掉了呢？像这样的许多问题，都有待于找到答案。你必须弄清全部情况，方能相信一个离过婚的女人。我就想说这么几句。天下大得很，良家淑女到处皆是。"

父亲的言谈只是讨论、规劝式的，这使亚辛颇受鼓舞。亚辛说：

"我自己调查了一下，也通过别人进行了了解，结论是：错在丈夫身上。因为他是个有妇之夫，但是却向人们隐瞒了这一点。此外，他无力同时支付两个家庭的费用，而且道德败坏。"

道德败坏！他毫无羞色地谈及了道德败坏。这向你提供了彻夜谈天的原始材料。

艾哈迈德·阿卜杜·贾瓦德先生说：

"照这么说，你已调查过了？"

亚辛躲避着父亲的锐利目光，含羞地说：

"那是不言而喻的一步……"

父亲低垂目光，问：

"难道你不知道那位姑娘会引起我们辛酸的回忆？"

亚辛惊慌失措，面色顿改，急忙说：

"这我是知道的。但是，那只是怀疑而已，并无真凭实据。据我所知，已故弟弟只是在有限几天里留心过此事，而后便全忘了。我几乎可以断定，他根本不想成就这桩亲事，因为他认为，那位姑娘压根儿就没有爱过他！"

亚辛的话究竟是真的，还是自我辩护呢？他本是已故法赫米的知心兄弟，也许他是唯一了解弟弟的人。有关法赫米的一些事情，没有谁比他更清楚，因此，但愿他说的是实话。是啊，但愿亚辛说的是实话！这样，可以免除父亲精神上所遭受的折磨：每当他回想起因为自己的过错而剥夺了法赫米的幸福时，他总痛感内疚，常常夜不能寐；每当想到儿子对他的专横家长作风愤懑不平、心情凄然地别离了人间时，他总感到痛苦揪心、悔恨交加。他希望亚辛能免除他的这些精神痛苦。

父亲语调凄切，为亚辛所不解：

"你相信她的话是真的？那可是实话？"

在亚辛的生平中，还是第二次看到父亲如此伤心。上一次是在法赫米去世的时候。

父亲又说：

"把事情真相原原本本地告诉我，我必须知道全部真相。对我来说，这比你想象的还要重要。"

父亲差点儿向儿子述说出自己的痛苦心情，但还是克制住了自己，话到舌尖，又咽了下去。他强调说：

"亚辛，我必须知道事情的全部真相！"

亚辛毫不迟疑地回答道：

"我相信她说的是真的，是我亲自问的、亲耳听的，绝对没有什么疑问。"

在别的任何情况下，这种话是绝对不能说服艾哈迈德·阿卜杜·贾瓦德先生的。但是，此时此刻，父亲热切盼望儿子讲真话，于是便信以为真了，而且心中充满了对亚辛的深厚感激之情。结婚一事不再是使父亲感到为难的问题了。艾哈迈德·阿卜杜·贾瓦德先生沉默良久，仔细品尝着心中那种太平安乐的滋味。慢慢地，慢慢地……他又回忆起刚才的情景。看到亚辛竭力掩饰着激动心情的外貌，于是又想起了玛丽娅、乌姆·玛丽娅、亚辛的婚事和自己的责任以及能说与不能说的一些话。艾哈迈德·阿卜杜·贾瓦德先生说：

"无论如何，我希望你慎重地考虑一下，不要着急，不可草率行事，要充分思考，周到安排。这是一件有关前途、尊严和幸福的大事。如果你愿意，我准备亲自为你重新选择一次。你要做个诚实的人。我参与此事，完全为了你好。我不参加意见，难道你不后悔吗？"

亚辛沉思着，一声不吭，因为谈话已陷入了充满艰难的夹道而闷闷不乐。虽然老父亲言谈异常容忍、温和，但却无法掩饰他的重重忧虑。如果亚辛继续坚持自己的意见，那么，讨论必将导致无法弥合的分歧。为了避免这个后果，他会退缩吗？不！他已经不是小孩子了，他将与他的意中人结配成双。但求安拉保佑，成全他对父亲的情谊。亚辛说：

"我不想为您增添新的麻烦，谢谢您，爸爸！我所期望的只是得到您的同意和欢欣……"

艾哈迈德·阿卜杜·贾瓦德先生不耐烦地挥了挥手，不无怒色地说：

"你不想睁开眼睛看看我的意见正确与否？……"

亚辛强烈地乞求道：

"爸爸，您别生气，我求安拉别让您发火。您的愉快便是吉祥如意。您不同意，我是无法行事的。让我碰碰运气吧，但求平安顺利……"

艾哈迈德·阿卜杜·贾瓦德终于被说服了。他觉得自己理应欢天喜地，于是承认了现实，虽然是痛苦的，失望的……正是如此！也许玛丽娅是位可敬的姑娘、贤惠的妻子，尽管她的母亲放荡无度。同样毋庸置疑的是，亚辛没有选到比她更贤良的女子，而且也没有攀上更高贵的门第。

一切由安拉做主。他发号施令没人敢于违逆的时代一去不复返了。如今，亚辛已是个堂堂的男子汉，谁想把自己的意志强加于他，必然会遭到强烈反抗……面对现实，安分守己，向安拉祈祷平安吧！

艾哈迈德·阿卜杜·贾瓦德先生并不甘休，又对亚辛进行了一番劝告、开导；亚辛没有退让，再次辩解、乞求，直到将话语掏尽。他自信得到了父亲的同意、欢迎，这才兴高采烈地离开了店铺。然而亚辛心里明白，一种严重的家庭危机在等候着他，他知道自己必将离开这个家庭，因为仅仅想把玛丽娅娶到家中来，本身就是一种疯狂行为，所以，他想平平安安离家而去，不希望留下任何敌对情绪或怨恨痕迹。他不能无视继母的存在，也不能背弃她对自己的好意和恩惠。他万万没有想到，随着岁月的流逝，他竟会落到这般地步。事情复杂化了，道路更加狭窄了，除了结婚之外，亚辛无路可走。奇妙的是，"女人政策"在他并不生疏，那是一种几乎专为打击他而制定的政策。这种政策用两个词便可概括：求爱和罢情。但是，他对那个姑娘的爱恋之情已融化在他的血液之中，他一定要千方百计和她结婚。他对玛丽娅的历史了如指掌，全家人也都知道，当然他的父亲艾哈迈德·阿卜杜·贾瓦德先生是个例外。虽然如此，这并没有能够遏制他对玛丽娅的强烈爱恋之情，更没有使亚辛对玛丽娅产生厌恶之感。亚辛自己想：过去的事情已经过去了，那并不是我的责任，我也不必为过去而忧伤；新的生活即将开始，我的责任将随之开始；我非常自信，倘若我的猜想破灭了，那么，我将像丢掉破烂鞋子那样将之抛弃掉。其实,在他下决心时,并没有求神启示,但他却用这来为他那驱赶不掉的强烈愿望进行辩解。这一次,他就要以结婚来取代友谊了,但那并不意味着对谁怀有敌意,或者只当作达到个人目的的一种手段。尽管他的想法反复无常,然而他打心底里向往夫妻生活、建立一个稳定的家庭。

亚辛边想着,边在凯马勒的旁边找了个位子坐下,喝起咖啡来。他仿佛是最后一天坐这个位子。他朝四周环视了一下,看了看沙发、彩色席子以及房顶上垂下的大吊灯,感到不胜惆怅。阿米娜像往常一样,盘着腿坐在先生卧室和餐厅门口之间的安乐椅上,不顾天气炎热,两眼盯着炭盆,专心致志地煮咖啡。她穿着紫色的长袍,头上包着白色的纱巾,显得消瘦、憔悴。她从容镇静,一言不发,但沉默之中却浸透着痛苦、悲切之情,就像岸边的潮水,一旦退去,水中夹带的东西也便沉积、显露出来。亚辛准备照实讲出自己的心事时,却又感到十分难堪,但他是非说出不可的。他呷了一口咖啡,连味道都没有尝出,之后说:

"妈妈,我有一个问题,想请教您一下……"

亚辛与凯马勒交换了一下眼色。看来凯马勒早就知道谈话的内容,而且急切地等待着谈话的结果。

阿米娜说:

"什么呀,孩子?"

亚辛简单答道:

"我打算结婚了!"

阿米娜那两只褐色的小眼睛里闪烁出微笑、关切的光芒。而后说:

"孩子,你的决心好,不能再等下去了!"

顷刻,她的眼里又泛出疑惑的神情,但她没有直接发问,仿佛还有什么难言的秘密似的。她循循善诱地说:

"你告诉你爸爸一下,或让我告诉他,兴许他会为你选择一位比原先那位更好的媳妇……"

亚辛异常庄重地说:

"我已对父亲说过,不想让他奔忙了,因为我已经选定好了,爸爸已经同意。我希望也得到您的赞许。"

亚辛如此看得起她,阿米娜十分高兴,禁不住羞红了脸,于是说:

"安拉默助你顺利、成功!可要快一些呀,以便早日让我们这个家族兴旺起来。你选中的那个姑娘是谁?"

亚辛又与凯马勒交换了一下眼色,而后好不容易才开口说:

"一位邻居,您是认识的。"

阿米娜双眉紧锁,哪里也不瞧,摆弄着食指,仿佛在挨家挨户地数算着邻里街坊,然后说:

"你在叫我猜谜呀?亚辛,难道不能痛痛快快地告诉我,让我也高兴高兴不好吗?"

亚辛微微一笑:

"我们的近邻!"

"谁?"

阿米娜目光盯在亚辛的面孔上,显出焦躁不安的样子。亚辛低下了头,双唇紧闭,愁眉苦脸。阿米娜用大拇指指向后面,声音颤抖地说:

"那一个?不可能!亚辛,究竟是谁呀?"

亚辛默不作声,眉头紧皱,致使阿米娜大声问:

"难道是那些见我们遭殃而幸灾乐祸的人?"

亚辛再也克制不住自己:

"我凭安拉恳求您别这么说了!那纯系想象,只能使我们的心得到一时的满足……"

"哦!你在为他们进行辩护。这种辩解骗不了任何人,不要试图让我们相信那种不可能的事情。安拉啊,有什么必要出这种丑呢?完全是灾祸,一点儿好处也没有。你说你已经得到了你爸爸的同意,他对此一无所知,是你欺骗了他呀!"

亚辛哀求道:

"您冷静些！我最担心惹您生气。您镇静点儿，我们慢慢地、平心静气地谈吧！"

"你给我带来这么大的打击，我怎么还能听得下去呢？这简直是开玩笑！你说的是玛丽娅吧！她是一个放荡的女人，谁不知道？难道你忘掉了她的丑恶历史？你真的忘记了？你想把这么一个女人领到我们家里来？"

亚辛长长地出了一口气，仿佛想把胸中的郁闷全吐出来：

"我没这么说，这无关紧要！要紧的是请您认真看看事情的全貌……"

"难道我说的是瞎话？……你说你爸爸同意了，你把她与英国兵鬼混的丑事告诉你爸爸了吗？我的主啊，这良家子弟究竟着了什么魔？"

"您冷静些，让我们心平气和地谈一谈。这样怒气冲冲的有什么好处呢？"

阿米娜从未这样生气过，她喊道：

"这件事与整个家族的尊严密切相关，我的心不能平，气无法和。"

然后，她声音啼哭似的说：

"这件事与你弟弟的声誉紧密相连，我是心平气和不了的！"

亚辛咽了口唾沫，说：

"我弟弟？安拉怜悯他，安拉将他安置在广阔的乐园里，这事与他的声誉毫无关系。相信我吧！我知道应该做什么，请不要牵连弟弟！"

"并不是我要牵连他，而是他那个热恋这个姑娘的哥哥。亚辛，你明白这个道理，不要装糊涂！"

接着，她十分激动地说：

"也许你早就迷上了她！"

"妈妈！"

"我什么都不相信了！如此背信弃义，我还能相信什么呢？难道说世界如此狭小，大地全荒芜了，致使你非找那么一个与你弟弟有关系的女人做妻子？当你弟弟和我们一道听说她与英国兵如何如何时，他苦恼得死去活来，难道你全都忘到脑后去啦？"

亚辛苦苦哀求，张开双臂说：

"我们改日再谈这个问题吧。日后，我将告诉你，弟弟过世时，他的心中没有留下关于这个姑娘的任何印记。现在，不是谈论这个问题的时候。"

阿米娜怒喝道：

"什么时候也不适于谈这个问题。你已把法赫米抛到九霄云外去了！"

"但愿您好好想想您的话对我造成的痛苦。"

阿米娜怒不可遏：

"什么痛苦？你根本不体谅你的弟弟，他比你痛苦得多！"

"妈妈！"

凯马勒想插嘴，但母亲用手势制止了他，并且怒喊道：

"你别叫我妈妈！我是你的母亲，可你不是我的儿子，也不是我儿子的哥哥！"

亚辛再也坐不下去了，忧烦交加地站起身来，离开客厅，回自己房间去了。凯马勒立即跟了过去，他的忧愁、烦恼也绝不亚于亚辛。他对亚辛说：

"我不是告诫过你吗？"

亚辛气恼难以平息：

"从此以后，我在这个家里一分钟也待不下去了！"

凯马勒急忙说：

"你应该原谅我的母亲。你知道，我的母亲不像原先那样了，就连父亲也常常宽恕她的过失。她生气是一时的，不久便会平息下来。她的话，你别计较，不要往心里去。这就是我对你的希望。"

亚辛叹着气：

"凯马勒，我绝不会计较她说的那些话。我也不会白白把青春年华葬送。她是应该得到宽恕的，这我已经说过了。但是，她既然如此看待我，我又怎能与她朝夕相处呢？"

一阵沉默，亚辛充满忧伤、痛苦，他又说：

"你不要相信玛丽娅迷住了法赫米的心。有一天，法赫米要求和她订婚，而父亲却拒绝了，于是法赫米忘掉了这件事，直到事情完全结束。那姑娘何罪之有呢？六年之后的今天，我想和她结婚，我又有什么罪呢？"

凯马勒哀求道：

"母亲现在不相信你的话，以后会相信的。我期望你这些话仅仅是说说而已。"

亚辛悲戚地摇了摇头：

"我是不愿意离开这个家的，我舍不得这家里的人。但是，只要玛丽娅不来这个家，我就要迟早离开的。你不要只从一个角度看我离家这件事。我将迁居到思宫街，幸亏我母亲那座房子依然空着。我将去店铺找父亲，向他说明我迁居的原因，以免造成误会。我不会生气，我将惋惜地离开这个家，辞别亲人，首先是母亲。你不要难过！水流千里，终归大海，时间不会很久的，这个家里没有不好的人，你母亲的心洁白无瑕。"

他走到衣柜前，拉开柜门，看着自己的衣物和日用必需品，迟疑了片刻，又回头望着凯马勒，说：

"我将像命中注定那样，和玛丽娅结为夫妻。但是，安拉是全知的，我绝不会败坏法赫米的声誉。凯马勒，你知道我是多么喜欢他，不是吗？如果有人因这种婚姻而被猜疑，那不是别人，正是我！"

第十一章

小女仆把亚辛领到客厅,自己便离去了。这是亚辛有生以来第一次访问已故穆罕默德·里德旺先生家。这里的房间有点儿像他父亲的卧室。室内宽敞,顶棚高,阳台下临宫间街,窗子俯视着一条小胡同,街门就冲胡同开着。屋地中间铺了一小块地毯,四周放着沙发、椅凳,灰色天鹅绒的窗门帘已陈旧褪色。对面屋门的墙上,挂着一个黑色大镜框,上写"奉至仁至慈的安拉之名"。右侧长沙发背后的一面墙上,挂着已故穆罕默德·里德旺先生中年时代的肖像。

亚辛在一进门靠右侧的第一张沙发上坐了下来,留心地打量着房间各处,目光终于定在穆罕默德·里德旺的肖像上,仿佛先生正用玛丽娅的目光望着他,他得意地微笑了,舞动起象牙拂尘来……自从他打算向玛丽娅求婚以来,就面临一个难题,即家里缺少男性,他也不乐意让任何一位女性代表他,无奈何他亲自上门求婚,照他的说法,他就像被砍断的树枝,因为他常以亲人和家庭而自豪,但这件事却使他颇感害羞。从另一方面来说,亚辛还是放心的,他认为玛丽娅已在她母亲面前为他铺平了道路。只要他一进门,便知其来意,并且为他完成任务创造了良好气氛。

女仆端着咖啡走来,将杯子放在亚辛面前的桌子上,并且告诉他,太太马上就来,之后,便退了出去。小姐知道他来吗?这在她那慈善的心灵中会有何反响呢？他一定要把她连同她的善和美带到思宫街去，任凭种种力量摆弄去吧！可是，谁会料到阿米娜能那么生气发火呢？她具有天使般的温顺，但期安拉赶走她的悲伤！父亲在店铺里得知他要离开家，也发怒了，但他却是慈祥的、怜悯的，只不过表明一下父亲受到刺激、多愁善感的心情罢了。那么，阿米娜会把玛丽娅的历史讲给父亲听吗？丧子之母的愤怒是可怕的，但凯马勒保证母亲不再说什么……在思宫街上，在这样狂风大作的日子里，我第一次意外幸福地遇见了你，那天正是法克汗尼下葬的日子……这时，门外传来清嗓子的声音，亚辛边把目光转向门口，边站起身来，只见白希洁太太侧身进了门；她身宽体胖，开着的一扇门容不下她正身步入。他下意识地望了她那庞大的粗线条，简直就像一个大气球。她拖着笨重的身体，缓步走到亚辛跟前，从宽大的白色连衣裙里伸出细嫩、雪白的手来，对亚辛说：

"欢迎，欢迎！欢迎光临，十分荣幸……"

亚辛恭恭敬敬地握过她的手，站立片刻，等她坐在旁边的沙发上，他也坐了下来……这是亚辛第一次在近处看到白希洁。鉴于她与他家素来交往甚密切，她年龄与母亲相仿，故竭力避免看她，不能像在大街上那样，打老远死死盯看一个女人。她穿的连衣裙又宽又大，从脖子一直盖到脚面。尽管天气暖和，但她仍穿着白袜子，长长的裙袖裹着大臂、小臂和手腕。她头上蒙的白纱包着脖子，长而宽，垂落下来，盖住了前胸和后背。她显得稳重、腼腆，与她的地位及她那接近半百的年龄相适应。她身体壮实，性情开朗。但是，亚辛发现她的容貌平平常常，朴实无华，尽管他知道她素喜涂脂抹粉、梳妆打扮，致使她成为许多酷爱华丽装束、佩金戴银的妇女们心中的模特儿。亚辛由此想起，当初人们议论这个女人过分打扮得花枝招展时，阿米娜总是千方百计为她辩护；然而近些年来，哪怕为什么区区小事，阿米娜就会斥责她厚颜无耻，更会讲她的所作所为与她的年龄大不相称。

"亚辛先生，这是很好的一步。"

"安拉令您荣幸……"

亚辛在句尾差点儿喊出"岳母"，只觉得刹那间一种本能的恐惧心理油然而生，尤其他发现她没有像预料的那样称他"我的孩子"。

白希洁又说：

"你们都好吗？你爸爸、法赫米妈、赫蒂彻、阿伊莎、凯马勒都好吗？"

"他们都好，并且要我代问您安好！"

自法赫米不幸夭折以来，白希洁在艾哈迈德·阿卜杜·贾瓦德先生家里受到冷遇，于是被迫中断了数十年的交往……无疑，她现在正思考着这些事。多么冷淡啊！不，简直是无声的敌对！有一天，亚辛的继母宣布，她感到玛丽娅和她的母亲根本不心疼法赫米！为什么？安拉是禳灾祛难的。白希洁说，既然艾哈迈德·阿卜杜·贾瓦德先生不同意法赫米与玛丽娅订婚，为何当时不通过这样或那样的途径告诉她母女俩呢？倘若母女俩知道此事而不恨他们，那才怪呢。白希洁不止一次重复玛丽娅哀悼法赫米时说过的话："你没有享受到你的青春，致使我遗憾难消！"而她又将之解释为"我惋惜你的青春，由于你家人挡路，致使你未能享受到！"亚辛的继母非常痛苦，什么办法都无法改变她的"感情"，于是对玛丽娅及其母亲的态度很快发生了变化，由冷漠而疏远，终于断了交往……亚辛带着害羞与惭愧的心情说：

"安拉诅咒魔鬼！"

白希洁相信他的话：

"一千个诅咒！我常常自问，我究竟犯了什么罪，致使我落到了这种困境？我再次为她祈祷，她是个不幸的女人，需要忍耐……"

"您品德高尚、心地善良，安拉会酬谢您的。是啊，她是位不幸的人，需要忍耐！"

"我有什么罪呢？"

"您没罪，都怪那可恶的妖魔！"

白希洁像无辜的牺牲品似的摇了摇头，沉默稍许，无意之中看到那似乎被遗忘的咖啡杯，朝亚辛努了努嘴，说：

"你还没喝咖啡?"

亚辛将杯子举到嘴边,喝下最后一口,把杯子放回碟子上,清了清嗓子,说:

"两家友好关系的中断,使我感到十分难过,但无计可施。不管怎样,我们应该忘掉那些不愉快的往事,将它们留给时光老人去解决吧!我不想召回那些痛苦的记忆。我不是为此而来,而是为了另外一件事,与辛酸的回忆有天渊之别。"

女人摇了摇头,仿佛在竭力驱赶那伤心的回忆,而后微微一笑,准备听亚辛讲些什么新的话语。她的微笑犹如伴奏的乐器,一旦重新响起,则预示着歌唱家将要再献歌艺。望着她的微微笑容,亚辛继续说:

"想起往事,我也感到伤心。我本想结配一位良门女子,安拉却没有助我如愿以偿。我不想去走回头路,我诚心依靠安拉,下定决心,揭开新的一页,于是来到您的门下,期待实现自己的愿望,以求万事如意。"

两人的目光即刻相遇了,从白希洁的目光中,亚辛看到了喜迎的神采……亚辛指的是他的第一次结婚,她听明白了吗?关于那次婚姻失败的真正原因,难道她一点儿消息都没听到?你别多猜想,她那俊秀的容貌标志着她的气度宽宏大量,倘若抛开年龄上的差别,那么,她比玛丽娅还漂亮;毫无疑问,黄金青春时代的白希洁一定胜过玛丽娅的美貌。尽管年龄相差许多,她还是比玛丽娅俊俏。

"我想您已经知道了我的来意,我是来向您的千金玛丽娅小姐求婚的……"

白希洁满面春风,容光焕发地微笑道:

"我只会说欢迎啊,欢迎!多好的家庭,多俊的小伙子!昨天,厄运把我们甩给一个不信造物主的人;今天,一个能使玛丽娅幸福的男子登门求婚。蒙安拉至恩,玛丽娅也将使他得到快乐。不论我们之间发生过多少次误会,但我们原是一家人。"

亚辛喜形于色,手指轻快而无目的地触摸着蝴蝶领结,清秀的褐色面孔略微泛红：

"我衷心地感谢您！您那甜美的语言已使我感到心满意足。正如您说的，无论如何，我们本是一家人。玛丽娅是个心地纯正、性情温顺的姑娘，我祈求安拉赐予她以耐心，等待安拉降予我们以吉祥！"

白希洁口中念着"阿敏"，站起来，拖着身子，走到茶桌前，端起咖啡杯碟，喊了声"赛米娜"，而后转身将杯碟递给匆匆走来的女仆，又扭过脖子，对亚辛说"仆人对我们真好！"这时，亚辛问白希洁：

"假若我的要求被接受了，那么，我就请您多指教，继续商量细节问题。"

白希洁微微一笑，脸上放射出青春的光芒，高兴地说：

"亚辛先生，你的要求怎会不被接受呢？俗语说得好：门当户对嘛！"

亚辛脸色飞红：

"感谢您的温情！"

"我说的全是真心话，安拉可以做证！"

白希洁沉默片刻，而后问：

"家里同意了吗？"

亚辛两眼里露出严肃的神情，然后从鼻孔里发出不冷不热的一笑，说：

"至于家里，随它去吧！"

"为什么？安拉是禳灾祛难的。"

"家里不同意！"

"你没和艾哈迈德·阿卜杜·贾瓦德先生商量商量？"

"爸爸是同意的……"

白希洁双手一拍，说：

"我明白了。法赫米妈呢？难道她不同意？你对我提起这件事时，我首先想到了她，那么，是她不同意啦？我真佩服那些执拗的人。你的继母是位少见的女人！"

亚辛轻蔑地耸了耸肩膀，说：

"这不碍事！既然事不能提前办，也绝不能推迟办！"

白希洁诉苦道：

"我常常扪心自问，我究竟何罪之有啊？我怎么得罪她啦？"

"我不喜欢谈那些令人伤脑筋、费心思的事情。任凭她如何猜疑吧，要紧的是实现我的目标，除了您的赞许之外，其他事情一律与我无关。"

"既然你家里容不下你，那么，就得听你的了。"

"谢谢！思宫街有我的住宅，那里远离闹市，幽雅僻静；至于我父亲那个家，几天之前，我就离开了。"

白希洁拍着胸脯喊道：

"把你赶出来啦？"

亚辛笑着说：

"不，事情还没有严重到这个地步。这是我自己的选择，因我的事与已故兄弟法赫米有些牵连，她感到难过……"

说到这里，他别有用意地望了望白希洁，继续说：

"虽然她的反对意见中没有什么能说服人的理由，但我认为应该为新人准备一座新住宅。"

白希洁扬了扬双眉，摇摇头，有些怀疑地问：

"你为什么不在家中住到婚期到来呢？"

亚辛一笑，说：

"我决心离开，担心分歧严重化！"

她嘲笑似的说：

"安拉可以改善现状！"

话音未落，白希洁又站起来，朝临胡同的窗子走去。因为天色已晚，只有阳台门口进来的光线，室内仍显得有些暗。白希洁打开窗子，顿时室内洒满了夕阳余晖。亚辛警惕地偷看她那丰厚的臀部，简直就像圆屋顶。她双膝靠在沙发上，而后朝窗边一斜身，将两个窗扇交叉在一起；此时此刻，亚辛看到了一幅奇妙的景象，久久映印在他的记忆之中。他感到喉咙干渴得厉害，自问：她为什么不喊女仆开打开窗子呢？究竟这意味着什么呢？他与女性打交道，总是感触灵敏，猜疑重重，常有一种怀疑之神出现，并且徘徊在他的思想意识的门槛上，既不想入门，亦不想退隐。白希洁直起身子，离开窗子，回到座位上，与此同时，亚辛眼望着"奉至仁至慈的安拉之名"的镜框，故作用心观赏的模样，头也没回，便听到沙发"咯吱咯吱"的响声。这分明是白希洁的声音。之后，两人目光相遇了。从白希洁的眼睛里，亚辛看到一种狡猾的微笑。

"天气还是这么湿热……"

白希洁的声音平稳自然，足以表明她想打破沉默局面。亚辛高兴地说：

"是啊，是这样的。"

亚辛又感到放心了。时隔片刻，刚才在窗边看到的那幅画面又浮现在他的面前，只觉得一股巨大的吸引力令他茫然若失，真想冒一次险，觅找到这种景象。倘若玛丽娅也有类似的体态，人们定会争而抢之。因为他默不作声，也许白希洁认为他仍然沉浸在与继母分歧的谈话里。她近乎开玩笑地说：

"不要忧虑、烦恼了！在这个世界上，没有什么值得费心思的事情！"

白希洁挥了挥手，摇了摇头，身体晃动了一下，仿佛在劝说亚辛抛弃忧愁、思虑。亚辛顺从地微微一笑，喃喃地说：

"您说得对！"

两人在沉默中微微一笑，似乎宣告沉寂气氛到此结束。白希洁微笑着说：

"亚辛先生，你的莅临为寒舍带来了光明！"

"太太，您家本不缺少光明，是您照亮了家里的一切！"

白希洁笑得前俯后仰，喃喃地说：

"安拉赏识你,亚辛先生!"

亚辛理当重复一下他的要求,或者告辞,另约时间继续谈,但他既不提正式话题,也没有告别的意思……而是用异常的目光,不时地望望白希洁,时间有长有短,但不间断,默不作声。这样的目光,内有含义,瞒不过任何一个明眼人!他只能用目光将他的思想与她联系起来,凭以观察她的反应……迈步之前,你应该弄清自己的脚所站的位置。收起你这火灼的目光吧!安拉啊,请你如实告诉我,究竟亚辛着了什么魔,致使他故作不知道白希洁的险恶用心,甚至说她是清白无辜的呢?请你看看她,仔细观察一下她那时高时低的目光,多像一个慌忙逃遁的女人,真是令人难以捉摸。现在,可以说洪水已抵阿斯旺,开闸放水已成不可避免之势,情况就是如此严重,可是你怎么还向她的女儿求婚呢?简直是绝世的狂人!现在,我最担心的还是你,你就让洪水日后再泛滥吧……你的堂堂仪表永远不会是失败、失望的标志!

"你单独住在思宫街?"

"是的。"

"我的心伴随着你……"

这句话兴许出自魔鬼之口,也可能发自天使的口里,正躲身在门后的玛丽娅听到了吗?

"你自己待在家里,真是难受。"

"真是难受?"

白希洁突然拉下自己头颈上的白纱,歉意地说:

"请勿见怪,人间是条窄胡同。"

这时,她的头上只剩下一条橙黄色的头巾,俏丽的脖颈外露出来。亚辛久久地眷恋、凝视着她的脖子,心神忐忑不安,望了望门口,好像在问有没有人藏在门后……救救那登门向姑娘求婚、却落在老娘圈套里的人吧!亚辛回答道:

"你宽舒一下吧,在您家里,又无外人……"

"玛丽娅在家里该多好,也该向她报喜啦!"

亚辛的心怦怦地跳,遂问道:

"她在哪儿?"

"在红巷我们的老朋友那里。"

智慧之神,再见吧!告诉你的女儿,说他思念你,并且说你也喜欢他。让安拉怜悯那些对女性怀着善心的人们吧!这个女人缺乏头脑,毕生至交,如今你才认识了她!五十岁的年轻女性……疯子一个!

"玛丽娅小姐何时才回来?"

"傍晚就回来。"

亚辛说:

"我觉得我待的时间太长了……"

"不长!你是在自己家里嘛!"

亚辛别有用意地问:

"您认为我会期待着您的回访吗?"

白希洁微笑着,仿佛对他说"我知道你请我的目的",而后害羞地低下了头。她这种做戏式的表演对亚辛来说并不生疏,但他并没有将之放在心上,便开始对她讲起他的住宅所在胡同及房间位置。白希洁低着头,含笑不语。她会感到亏待了自己女儿了吗?

"您何时来我家做客?"

白希洁抬起脸,喃喃地说:

"我不知道该说什么!"

亚辛坚毅、自信地说:

"我替您说,明天晚上我等您!"

"还有些事,我们该商量一下。"

"到我家去,一块商量吧!"

亚辛站起来,想朝她走去。白希洁朝门口望了望,暗示他留心,似乎有意躲开他:

"明天晚上!"

第十二章

白希洁成了思宫街上的常客。夜幕垂空,白希洁披上东方妇女长袍,前往加马利亚区的海妮娅家……在那里,她看到亚辛正在一间有家具和陈设的房间里等待着她。两人谈话中,只有一次提到玛丽娅。白希洁说:

"我来看你的事情,并没瞒着玛丽娅,因为我们的女仆认识你。我对玛丽娅说,你是克服了家庭的种种障碍,主动向她求婚的!"

听她这么一说,亚辛一时有些不知如何是好,于是急忙表示感谢,并且高兴地憧憬着欢乐生活的到来,认为自己如获"至宝",可以似脱缰骏马狂奔猛跑了。亚辛这个房间布置得匆忙,铺设简陋,只是位置较好,他本来不想在此结交朋友,但他却有意制造了一种充满吃喝的气氛,凭以维持他那贪吃恋喝的天性。第一个礼拜还没过去,他就感到腻烦了。在他纵欲的时候,常常神魂颠倒。难道他是受到突然袭击了吗?不,不是的!起初,亚辛对那种奇异的关系没有寄托任何美好希望,也没想到它会持久,至多不过在客厅里短暂逗留、欢笑一阵罢了。可是,他发觉那个女人对他怀有缠绵情思,并渴望他的欢欣,改变他的婚姻主张,无奈只有与她行止相随,以免伤害她的兴致,相信时光老人会把一切拉回原地去!对于亚辛来说,一切都迅速地回到了原地,也许比预想的还要快。亚辛和白希洁出入相携,并肩齐行,满以为她那漂亮的模样能够保持几周或月余,但他完全估计错了。她那甜润的外表,遮盖的是严重的愚昧、呆钝;华丽的服饰后面隐藏着壮年的衰老,如同虚假红润面颊下隐匿着巨热高烧。按照亚辛的说法,则是衣褶下的骨肉之躯,一旦细看,定将大失所望。人的肉体是记录生平疾苦痕迹的史册。亚辛自言自语说:

"现在,我才晓得女人崇尚衣饰的道理!"

从此以后,亚辛把白希洁称作"病症",因为他对她撒泼卖骚的习气深恶痛绝,下定决心与她中断来往。一阵狂热的冲动之后,玛丽娅在亚辛的心中恢复了原来的地位。不,她从来没有离开过自己,只是被暂时的冲动之波所淹没,宛如乌云遮月。怪哉!亚辛思念玛丽娅仅仅是为了满足他贪恋女性的欲望;从另一方面说,玛丽娅也能使他建立家庭的理想得以实现。这在亚辛看来是命中注定的,也是他梦寐以求的。然而事与愿违,白希洁依然死皮赖脸登门来访。随着日月的推移,亚辛感到这个女人自信有权占有他了,仿佛他已变成了她生命的轴心,手中的财宝。

是的,白希洁并不是以轻蔑或做戏的眼光看待此事的。此外,她在他面前的轻浮、鲁莽表现,足以使亚辛相信首次见面时的越轨举止绝非偶然、意外。亚辛看不起她了,开始嘲笑她了。她的缺点、毛病在亚辛的眼中也变得多而且严重起来,直至完全厌恶了她,下决心有机会就甩掉她。但是,亚辛想避免粗暴无礼,此外,也不能在玛丽娅前进道路上增添障碍,于是有一次,亚辛说:

"玛丽娅没问为什么总看不到我吗?"

白希洁摇了摇头,示意亚辛放心,然后,她说:

"她知道你家里不同意。"

亚辛犹豫片刻,说:

"实话告诉你,我俩常常在屋顶平台上交谈。我曾多次对她表示,不管谁不同意,我也要和她结婚!"

她用火辣辣的目光凝视着亚辛,问:

"你想干什么?"

亚辛故作清白地说：

"我想说，玛丽娅知道我的决心，也知道我拜访过你。因此，她应该晓得我隐匿起来的真正原因……"

白希洁满不在乎的言谈使亚辛感到吃惊。她说：

"你的行为无损于她。其实，并不是每句话都能达到求婚的目的，也不是所有求婚都能导致结婚。玛丽娅是懂得这个道理的。"

停顿片刻，她又小声说：

"你不娶她也无损于她。玛丽娅是个纯洁美丽的女子，今天没人来求婚，明天一定会有的！"

仿佛她在为自己的自私进行辩解，或者暗示他，只有她而不是她的女儿，失去了亚辛将有损于她自己。她的这番话更加重了亚辛的烦恼和厌恶。和一个比自己大二十岁的女人交朋友……想到这里，亚辛禁不住胆战心惊、惶恐不安。就在这种情况下，一天，亚辛看到了玛丽娅，于是便毫不犹豫地朝她走去，上前问候、致安，和她并肩走着，就像是她的亲戚。亚辛发现玛丽娅忧心忡忡、无精打采，便告诉她说他已说服了父亲，同意与她结为百年之好，并且已在思宫街准备好了新房。此外，还说因为工作繁忙，久久未能见面实在对不起，然后对她说：

"请告诉你母亲，就说我明天去拜访她，商量结婚事宜。"

这不期而遇，真是难逢的良机，使亚辛完全沉浸在幸福、欢悦之中，同时希望白希洁也为这高兴。

就在那天晚上，白希洁按时来到了思宫街。这次与往常情况不同，她情绪特别激动，气急败坏，面纱未揭，便高声嚷道：

"你背弃了我！"

接着她倒在床上，一边愤愤地摘面纱，一边说：

"我真没想到，你对我早怀背弃之心。你和别的男人一个样，是个背信弃义的胆小鬼！"

亚辛温和地道歉说：

"事情不像您想的那样严重。其实，我是碰巧遇上她的。"

白希洁面布阴云，怒气冲冲地嚷道：

"撒谎！骗子！你能证明你的话是真的吗？你以为从此以后我还会相信你吗？"

接着，她模仿着亚辛的语调，嘲笑道：

"其实，我是碰巧遇上她的！先生，这是哪一种碰巧？就算是碰巧，那么，你为什么当着那么多过往行人，在马路上和她说话？难道这不是心怀鬼胎？"

稍稍停顿后，她再次学着亚辛的腔调，颇有讽刺意味地说：

"其实，我是碰巧遇上她的！"

亚辛有些惊慌失措：

"我正走着，突然发现我和她面对面了，于是伸出手，向她问好。我们在屋顶平台说过话，所以不能装作不认识。"

白希洁面色顿时泛黄，怒喝道：

"伸出手，向她问好！手是不会自己伸出去的，只有它的主人才能把它伸出去、拉回来。你说，你把手伸给她，是不是想甩掉我？"

"没那回事！我是人，有脸面有血肉。"

"脸面！在哪儿？你这个不要脸的！"

白希洁咽下唾沫，又说：

"你应允她来商量结婚事宜，这话也像你的手一样自动从嘴里跑出来的吗？……说呀，有脸面的人！"

亚辛异常平静，从容不迫地答道：

"如今，全区的人都知道我搬出了父亲家，准备和您的女儿结婚。我这样说出去，再也不能假装对此一无所知了。"

白希洁嚷道：

"假如你乐意，你可以找种种借口，我又不是那种面对谎言束手无策的人。但是，实际上你是想把我甩掉。"

亚辛避开她的目光：

"安拉知道我的善良心意！"

白希洁久久地瞪了亚辛一眼，而后挑衅似的问：

"那么，你的意思是说，你答应她不是心甘情愿的啦？"

亚辛知道这种妥协的严重性，于是低下头，一声不响了。白希洁更加愤怒地问：

"你自己承认你像我说的那样，是个背信弃义的骗子吗？"

接着她又严厉地喊叫道：

"你说，是不是？你这个背信弃义的魔鬼！"

亚辛迟疑片刻，说：

"秘密不能永久包藏。您想想：如果有人揭露了我们之间的秘密关系，他们会说些什么呢？玛丽娅知道了，她又会说些什么？"

"你这个蠢猪！往常，你像狗一样，在我面前垂涎三尺，你为什么不说这话？哎呀呀……好个没有良心的男子汉，把你打入火狱，怕也是处罚轻了！"

亚辛淡然一笑。如果不是胆怯，他简直要大笑起来。之后，他和颜悦色、温情脉脉地说：

"我们共度过许多美好的日子，这将永远留在我的记忆中。我们也拌过许多嘴。玛丽娅是您的女儿，您是最关心她的幸福的人……"

白希洁嘲弄似的摇了摇头：

"你能使她得到幸福？谨小慎微的伪君子，你听着，那个可怜的女孩子根本不知道你要结婚的目的。你的事情你自己办吧！至于她，安拉会保佑她免受亏害的。"

亚辛镇静如旧：

"安拉自有良策妙计。我真想建立一个安定的家，期待一位良家女子做我的妻子！"

白希洁挖苦道：

"如果你说的是实话，那我就割断我的脉管。走着瞧吧！不要把我当成傻瓜。我女儿的幸福是我首先考虑的问题，要不是你欺骗、背弃我，我本无须为她指路！"

亚辛自问：危机平安地过去了吗？他等待着白希洁蒙上面纱，向她告别，但她却一动未动。时间过去好久，她依旧躺在床上，而亚辛则在对面的椅子上坐着。他真不知道这种奇特、紧张的对峙局面怎样结束。他偷眼望望白希洁，发现她心不在焉地看着地板，像是认输了，屈服了，企图换取亚辛的同情。她还会再侮辱他吗？不是不可能的！但她看上去正在考虑亚辛与玛丽娅之间关系的细节；在亚辛的急切要求下，无可奈何地屈从了。顷刻过后，又见她敞开长袍的上半身，口中嚷着"天气真热"，而后移动到床的一端，背靠床头，伸展双腿，连高跟鞋都没脱，就伸进了被子里，似乎还想做些什么。难道她还有什么话要说吗？亚辛用极为温柔的语气说：

"您允许我明天登门拜访你们吗？"

起初，白希洁故作不懂他的话，然后投来怨恨的目光，说：

"欢迎你，老小子！"

亚辛满意地笑了，但觉得她的目光灼热烫脸。闪过片刻，白希洁又说：

"别把我当作傻子！我知道，迟早会落到这个结局。要不是你用这种方法紧催快赶……"她的声音中同时包含着屈从和轻蔑的语气，"那么，我们不该……"

亚辛根本不相信她的话，但佯装坚信不疑，说他完全相信，希望得到她的原谅、关照。而白希洁，完全不听他说话，挪动到床边，把脚垂到地上，站起身来，穿好长袍，说：

"再见吧！愿安拉保佑你平安如意！"

亚辛默不作声地站起来，走去开门。他自己先迈步出门，冷不防，一个巴掌落在他的后脖颈上。这时，那女人闪过他的身边，径直朝楼梯走去。亚辛伸手去摸后脖颈。一时张皇失措，不知如何是好。那女人手搭在楼梯扶手上，回头斜瞟着亚辛：

"你不能和她一道生活！你把我折腾成这个样子，难道我不该用这一巴掌解解我心头之恨吗？狗崽子！"

第十三章

"艾哈迈德·阿卜杜·贾瓦德先生,请勿见怪!假如恕我直言,我敢说您在这些日子里真是挥金如土啦!"

贾米勒·哈姆扎维这样说,语调中包含着主雇之间的礼貌、朋友之间的诙谐。他年已五十又七,然而体格健壮,精神矍铄,只是头上已挂满白霜。年龄丝毫不妨碍他的行动,每日照常在店铺里忙个不停,就像初来时一样,迎送顾客,从容不迫。随着时光的消逝,由于他积极诚实,故赢得相应的信赖和敬重,艾哈迈德·阿卜杜·贾瓦德先生早已把他当作朋友看待了。贾米勒·哈姆扎维也不辜负主人的一片好心,按照艾哈迈德·阿卜杜·贾瓦德先生的旨意,将儿子福阿德送进了法律学院。不论是祸是福,他总是听从主人的劝告,忠心耿耿,坦荡率直。艾哈迈德·阿卜杜·贾瓦德也许说的是市场行情,语调颇为沉稳:

"好哇!赞美安拉!"

贾米勒·哈姆扎维笑着说:

"安拉使我们吉利、发财。不过,我还是得重复以前对您说过的那句话:假如您也像商贾那样做人从业,那么,您早就成了一名大富翁啦。"

艾哈迈德·阿卜杜·贾瓦德漫不经心地晃动着肩膀,得意地笑了。他赚得多,花得也多,尽力充分享受人生的乐趣,怎么会感到惋惜呢?

他既没有忽视收支平衡,也没忘记暗暗存款。阿伊莎、赫蒂彻已经完婚,凯马勒也叩响了学习生活的最后阶段的大门。在此之后,他安安乐乐地享受一下美好生活,又有什么不可以呢?其实,贾米勒·哈姆扎维还没有真正看到艾哈迈德·阿卜杜·贾瓦德的挥霍情况,因此,他的话远远不能正确反映近些天来的开支细节:赠送礼品上,花掉了一笔客观的钱;水上酒家榨出了他的油脂;他的姘妇要他献礼进贡。此外,祖努白还驱使他挥霍钱财……而艾哈迈德·阿卜杜·贾瓦德只能唯命是从,不敢稍有反抗,就连不见收入的日子,也是如此,致使他有些招架不住了。但是,仅仅一个女人是不能使他脱离正道,或者挥霍无度的。昨天,他还觉得自己实力非凡,不费吹灰之力,便可应允一切要求,仰仗着自己年富力强,风华未减,只要祖努白乐意玩,他二话不讲,奉陪始终;而今天,他却遏制住了自己的欲火。在他眼里,一切一切都变得平淡无味,似乎再也没有什么别的贪求,只留下了情人的友谊和心意。唉,多么亲密的情谊,多么冷酷的心哪!他并非不知道自己的处境,他深感烦闷、苦恼,不由得回想起自己经历的那些辛酸、悲哀的岁月。虽然他不相信这些岁月一去不复返,但他却未加防范,尽管他力所能及。

艾哈迈德·阿卜杜·贾瓦德有些开玩笑地对贾米勒·哈姆扎维说:

"也许你把我当作商人有些不大公平!"

然后,他口气缓和地说:

"安拉才是富翁!"

几个顾客来到店铺,贾米勒·哈姆扎维忙去照应。艾哈迈德·阿卜杜·贾瓦德刚得空闲,便看到一个人挤进门,大摇大摆地朝他走来,真是突如其来,出乎意料。在艾哈迈德·阿卜杜·贾瓦德的记忆中,似乎有四年多的光景没有见过这个人了,于是彬彬有礼地站起来,迎上去:

"欢迎,欢迎我们的贵邻!"

玛丽娅的母亲把手伸出长袍袖,握着他的手,说:

"您好,艾哈迈德·阿卜杜·贾瓦德先生!"

艾哈迈德·阿卜杜·贾瓦德请她坐下，她便坐在许久之前坐过的那把椅子上。艾哈迈德·阿卜杜·贾瓦德自己边问，边坐了下来……还是在法赫米夭折的第二年，她来到店铺里会见艾哈迈德·阿卜杜·贾瓦德先生，试图再把他拉到她家去。当时，艾哈迈德·阿卜杜·贾瓦德对她的勇气感到惊奇，但因还没有从丧子的痛苦中苏醒过来，于是仅仅冷漠地接待并送别了她。那么，今天是哪阵风把她吹来了呢？艾哈迈德·阿卜杜·贾瓦德仔细打量了她一番，只见她还是那个样子：体态臃肿，风韵不减当年，香气四溢，白面纱后闪着两只有神的大眼睛。她喜欢身着艳装、炫耀女色的习惯并没有随时光的推移而消退，只是眼眶下现出了年老的细皱纹。艾哈迈德·阿卜杜·贾瓦德想起了贾丽莱、祖贝黛。啊，这些女人在生活的搏斗中表现得多么勇敢！然而阿米娜，却迅速地跌入了忧愁的深渊，容颜过早地凋谢了。白希洁把椅子朝艾哈迈德·阿卜杜·贾瓦德的写字台靠近了一些，然后低声说：

"这次突然来访，请先生不要见怪！俗语说：需要面前，无法无天。"

艾哈迈德·阿卜杜·贾瓦德表情庄重、严肃，立即说：

"欢迎，欢迎！贵客光临，不胜荣幸！"

白希洁微笑着，语调中颇富感激之情：

"谢谢！赞美安拉，贵体可安哪？"

他谢过她，并祝她健康安乐。白希洁再次感谢主人，并为之祝福。如此相互祝愿之后，白希洁沉默稍许，殷勤地说：

"今天，我是特地为一件要紧的事情来的。听说您已知道了，还得到了您的同意。亚辛向我女儿玛丽娅求婚了，对吗？我正是为这件事来的。"

艾哈迈德·阿卜杜·贾瓦德边听她讲，边压垂目光，从他的两眼里可以看到他胸中那炽热的仇恨怒火。这种假殷勤是欺骗不了艾哈迈德·阿卜杜·贾瓦德的，还是请她去瞒哄那些不知她的心底秘密的人去吧！至于艾哈迈德·阿卜杜·贾瓦德，则全然明白，对白希洁来说，他同意与否是一样的。难道白希洁不知道艾哈迈德·阿卜杜·贾瓦德怎样与亚辛谈论她的来访吗?她是来逼迫艾哈迈德·阿卜杜·贾瓦德表示同意的,也许还有别的什么目的,不久便可得知。

艾哈迈德·阿卜杜·贾瓦德抬起安详、沉稳的目光,说:

"亚辛跟我说过他的愿望,我祝他成功,原来是玛丽娅,她仍然是我们的女儿。"

"安拉为您添寿,先生!这门亲事将给我们的脸上增光添彩!"

"谢谢你的好意!"

白希洁热情洋溢地说:

"我高兴地告诉您,我之所以这么晚才宣布我同意的消息,就是为了等您这句话的!"

好一个骗子!也许她还没有见到亚辛就宣布同意了。

"我再次谢谢你,玛丽娅她妈。"

"所以,我对亚辛头句话就说,我得首先听听你爸爸的意见;只要你爸爸同意,别的事情都好办。"

安拉啊……安拉!这女人刚刚偷走了骡子,便在骡子的主人面前玩耍丢缰绳的游戏了。

"您的话完全合乎情理!"

白希洁继续得意地说:

"先生,您是我们的主心骨,我们为您感到自豪!"

女人的奸诈狡猾、卖弄风情,使艾哈迈德·阿卜杜·贾瓦德不胜憋闷。可是,她曾想到过吗,面前这位堂堂大丈夫,为了贪求醉汉们弃绝的弹琴女,不惜低三下四、在泥里打滚?

艾哈迈德·阿卜杜·贾瓦德谦恭地说:

"我求安拉宽恕!"

白希洁语调有些哀伤,随之声音也提高了;艾哈迈德·阿卜杜·贾瓦德担心别人听到她的话,微微摇了摇头。她说:

"我听说他离开了父亲家,非常难过。"

艾哈迈德·阿卜杜·贾瓦德闻言色变，抢嘴说：

"其实，亚辛的做法也很使我生气。我感到很奇怪，不知道他怎么那么傻，没告诉我一声，便把行李搬到了思宫街，然后才找我道歉！这都是小孩子脾气，我已经说过他了，没有把他同阿米娜的所谓分歧放在心上。他所说的那些话，都是荒谬的托词，企图借此为他更愚蠢的行为辩解。"

"我也说过他了，但这小鬼聪明得很。我还对他说，阿米娜太太理当得到谅解，安拉赐予她以承受天降灾祸的力量。不管怎样，还求您宽恕，先生。"

艾哈迈德·阿卜杜·贾瓦德先生食指向上一指，仿佛说"别谈这些了！"白希洁温情地说：

"可我，只有得到宽恕，才能心满意足。"

唉，但愿艾哈迈德·阿卜杜·贾瓦德向她直言他是何等厌恶她、她的女儿以及那头骡子。

"不管怎样，亚辛是我的儿子，愿安拉默助他一帆风顺！"

白希洁头往后稍倾，这样待了许久，仔细品味着成功与欢快的乐趣。然后，她声音柔和地说：

"安拉嘉许您的见地，艾哈迈德·阿卜杜·贾瓦德先生！我在来您这里的路上自问：主人会使我大失所望、空手而归，还是像往常那样，将我当作老街坊款待一番呢？赞美安拉，您真善良！安拉为您添寿，让您福康常在！"

你认为她在嘲弄他吗？这是可能的。你呢，你是位失去希望的父亲；最有希望的儿子，夭折了；大儿子的吉祥兆头消隐了；三儿子不务正业，为所欲为。骗子啊，你可晓得，这些灾难都落在了我的头上了。

"你的好意，我不敢当！"

白希洁低下了头：

"无论如何，我也说不尽您的好处；过去，我就常常对您感恩戴德！"

啊，那都是过去的事情了。你这次来叩门，则是来探察那头骡子的财权的。艾哈迈德·阿卜杜·贾瓦德手掌贴在前胸，深表谢意。白希洁语调甘甜地说：

"我怎会不感激您呢？这种珍重、敬慕，只有您才配得上；除了您，前无古人，后无来者。不是吗？"

这就是她的要求，可为什么不一来便讲给艾哈迈德·阿卜杜·贾瓦德听呢？你既不是为了亚辛而来，也不是为玛丽娅叩门，而是打我的主意，完全为了你自己！你呀你，岁月蹉跎并没有给你带来什么变化，只是磨去了你的青春，然而进程却十分迟缓。难道你能让逝去的昨天复归吗？

艾哈迈德·阿卜杜·贾瓦德并没有评论她的话，只是淡然一笑表示谢意罢了。白希洁却笑得那么开心，透过面纱连牙齿都可以看得清清楚楚。她用抢白似的语气说：

"看来您什么也记不得了。"

艾哈迈德·阿卜杜·贾瓦德试图以疲倦为借口而不理睬她，于是说：

"我脑袋里没有帮助记忆的智力了！"

白希洁怜惜地叫道：

"您太伤心啦！生命是承受不了、吞食不下这些苦恼的。请勿责怪我出言不逊，您是位创造美好生活的男子汉大丈夫，假若悲伤能够对一般人造成一分刺激的话，那么，它则会为您带来二十四分的影响……"

训教是为训教者的利益服务的。亚辛一贯笃信饱食者的格言，可我为什么如此厌恶你呢？无疑，你比祖努白顺从，花钱也要少得多，但我的心却酷爱艰难、麻烦。

艾哈迈德·阿卜杜·贾瓦德机灵而又镇静地说：

"心苦怎有甜笑？"

白希洁如获一线希望，急忙热情地说：

"您笑，您的心就笑；不要等着心笑！长久苦闷之后，他自己是笑不出来的。喂，回到您的旧生活中去吧！那时，您自然会得到短暂的欢乐。快去寻找原来的快乐和旧伙伴吧！只要您履行自己的诺言，他们还是思念您的，虽然您抛弃他们时间已久。"

艾哈迈德·阿卜杜·贾瓦德感到不胜苦闷。他会这样的。他听不见狂欢夜里的碰杯声、弹琴女的演奏，到哪里消愁解闷呢？但是，遗憾的是你所不喜欢的人在重复着这句话。艾哈迈德·阿卜杜·贾瓦德说：

"我经历过那样的时辰。"

白希洁上半身朝后一仰，似乎在斥责地说：

"您仍年轻、英俊！"她有些不好意思地微笑着，"您很健美，就像一轮圆月。您的好时光没有过去，也不会过去的。您不要自己未老先衰，或者让人们去判断吧，他们不会用与您相同的眼光来看您的。"

艾哈迈德·阿卜杜·贾瓦德礼貌备至，但从温和的语调中可以觉察出他想结束谈话：

"玛丽娅她妈，你放心吧！我不会发愁的，我会利用各种办法消忧解愁的。"

白希洁热情稍减，问道：

"像您这样的人，这样娱乐一番够吗？"

他知足地答道：

"别的不需要了！"

看来，白希洁倒是烦恼了，然而她故作欢快地说：

"赞美安拉！我发现您喜欢心神清闲！"

再也没有什么可说的了，白希洁站起来，从长袍袖里缓缓地伸出手，握着艾哈迈德·阿卜杜·贾瓦德的手，说：

"祝您健康！"

她转过脸去，看上去并没有故意要掩盖她那失望的神色，慢慢地离去了。

第十四章

　　轻便马车穿过侯赛尼亚大街,车夫挥舞着长鞭,两匹瘦马飞快地奔驰在阿巴西亚大街上。凯马勒坐在车前头长座位的一端,紧靠着车夫,视线越过车夫的头,可以毫不费力地观赏街景。阿巴西亚大街相当宽敞,在老区是首屈一指的,而且很长,一眼望不到尽头;路面平整,两侧排列着楼房瓦舍,有的门前是一面空场,有的门藏在茂密的花木丛中。

　　凯马勒对阿巴西亚大街素来怀着钦敬之意,简直达到了崇拜的程度。之所以如此,则因为它干净整洁,建筑别致,恬静宜人,在这喧嚷嘈杂的老城区里是难以觅寻的。除此之外,还因为它是凯马勒心田的故乡、爱情灵感之源泉以及他心中女神的宝殿坐落之地。

　　四年以来,凯马勒怀着一颗脆弱的心和敏锐的感官,在这条街上出入往返不知多少次,这里的一切,他已了如指掌。目光所到之处,就像故友的面孔,无不熟悉之至。这里的景致、路标及其居民,都带着思想感情和想象力融会在他的记忆中了。总而言之,这条街成了他生命的根本、幻梦的终结。似乎他把脸转向哪里,哪里就爆发出欢呼声,人们纷纷叩首致意。

　　凯马勒从口袋里掏出一封信。这是前天邮差送来的,寄信人是侯赛因·夏达德,信上说他和他的两位朋友哈桑·赛里姆、伊斯玛仪·拉蒂夫已经从避暑地回来了，并且邀请他去会面。此时此刻，凯马勒坐着马车，正在赴约会的途中……他看看信，目光中充满着激动、敬慕、崇拜的神情。这不仅仅因为寄信人是他心中女神的同胞兄弟，而且因为他认定这封信在侯赛因·夏达德寄出之前，一定在家里的某个地方放着。同样，另一种可能性也是有的，那就是女神那双美丽的眼睛已经看见过这封信，或者因为这个或那个原因，她的手指已经触摸过这封信，或者还有他没有想到的其他情况。想着想着，他确定这封信就放在女神安身之地，由于她看过摸过这封信，于是也就变成了他的灵魂、思想、信念所崇拜的神圣符号。凯马勒已是第十遍阅读这封信了。当他读到"我于十月一日晚上回到了开罗"这句话时，他停了下来：这就是说，她已于四天之前回到首都，而他却全然不知，为什么不知道呢？无论从直观还是从触觉、视觉上，怎么都没有感觉出她的存在呢？整个一个夏天里，凯马勒一直沉没在寂寞之中，怎么这吉利的四天也被寂寞的沉重阴影笼罩了呢？难道是无穷的忧郁压倒了他的愚钝？不管怎么样，现在他的心正在欢快地跳动，他的灵魂正在幸福的云天盘旋！他正站在崇山之巅俯瞰人间，只见整个世界坐落在绚丽多彩的光环之中，宛如天上的幻影。此时此刻，他的心中充满了青春活力、快慰和喜悦的醉意；或许在同一时刻，痛苦之神正在他头上盘旋，与欢乐形影相吊，就像声音与回声互不分离。以前，他坐着马车行驶在这条街上，他的心中并没有这种爱慕之情；如今，他究竟找到了什么新的希望呢？爱情开始之前的生活，在他头脑里没有留下什么印象，只有单纯的记忆而已，还不懂得爱情的力量。如今，他已强烈地感到了自己的存在，原来的那种记忆几乎成了神话故事，开始了以爱情作纪元的新时期，动辄便说：那是爱情之前的事，而这是爱情之后的事。

　　车子行至瓦伊里停了下来，凯马勒把信放回衣袋里，下了车，沿着赛拉亚特大街走去。他边走边望着右侧的第一座公馆，公馆后面接阿巴西亚沙漠，这座公馆是座两层建筑物。看上去很雄伟，前临赛拉亚特大街，后临宽阔的花园。公馆与花园之间隔着一道不高的灰色围墙，伸向沙漠。护卫着公馆东面和南侧。公馆美景如画，深深刻在他的心间；公馆宏伟壮观，使他为之倾倒；公馆富丽堂皇，使他为之着迷。这一切使得凯马勒对公馆的主人怀着深深的向往、思念、敬慕之意。公馆楼房上的窗子出现在他的眼帘里，有的紧紧关闭，有的吊着窗帘。透过紧闭的垂帘的窗子，他看到的是公馆高贵、非凡、神秘；宽阔的花园和伸入天际的沙漠也道出了同样的内涵。眼望着公馆里高大的枣椰树、攀墙的常春藤以及向墙上垂下来的花枝条，历历往事一齐涌上他的心头，宛如树上的累累硕果，杂乱纷纭，窃窃私语，向他倾诉着快乐、悲伤、崇敬等种种情感。那历历往事已经变成了情人的身影、心灵和容貌的写照，使他从中得知，公馆的主人被流放到了巴黎。这个事实又为公馆增添了纯美、风雅、神奇的色彩，与他那崇尚显贵、豪华、富丽的性格恰相合拍。

凯马勒走到公馆门口，看见门卫、厨师、司机像平日一样，坐在离门不远的一张长椅上。当他来到他们跟前时，门卫站起来，说：

"侯赛因贝克正在亭子下等着你呢！"

凯马勒走进去，只觉一股浓香扑鼻而来；抬眼望去，在离大门口不远的迎宾客的走廊台阶两侧摆放着一盆盆茉莉花、丁香花、玫瑰花，群芳竞艳。他朝右手一拐，步入楼房与围墙之间的边廊，沿之走去，一直来到花园长廊，紧接长廊的便是公馆后廊。

身临如此豪华的庭院，凯马勒的心禁不住猛烈跳动起来。他的脚从未踏过这样的地面，不由得肃然起敬，几乎想停下脚步，或伸手抚摩墙壁，祈祷祝福，就像在侯赛因陵墓前那样虔诚备至，尽管知道那仅仅是个标志或象征。此时此刻，他的意中人究竟在公馆的哪个地方玩耍呢？假如她那诱人的目光落到他的身上，他该怎么办呢？但愿能在凉亭下看到她，借以慰藉他那朝思暮想、望眼欲穿之情。

凯马勒朝整个花园扫视了一眼，目光直抵濒临沙漠的后墙，但见日已平西，阳光抹过公馆楼顶，射向大街，洒落在树梢、藤萝架及长廊包围着的圆形、长方形的百花坛上。他沿着通往园中凉亭的人行道继续走去，打老远便看到了侯赛因·夏达德以及他的两位客人哈桑·赛里姆和伊斯玛仪·拉蒂夫。三个人坐在藤椅上，中间放着一张圆桌，桌上堆满玻璃瓶子和水杯，只听侯赛因一声"欢迎"呼喊，大家的注意力一齐转到凯马勒的身上，随后便都站起来迎接他。凯马勒和他们一一拥抱，他们一整个夏天没有见面了。感谢安拉，平安无恙。凯马勒对侯赛因说：

"没有你，我们实在寂寞无聊。你的肤色深多了。现在，你和哈桑·赛里姆与伊斯玛仪·拉蒂夫的肤色没有什么差别了。"

侯赛因说：

"而你呢？在有色人种之间，你简直成了欧洲人。"

"不久，一切都会复原！"

接着，大家谈论着开罗的太阳为什么不把他们变成有色人种。谁敢在开罗的太阳下暴晒，谁就要中暑。但是，造成褐色皮肤的秘密何在呢？记得他们曾在某些课程中讲过有关知识。是的，也许是化学课中。他们在许多课程中研究过太阳，如天文、地理、化学、自然等。在这任何一门课中，都能学到关于夏天加深褐色秘密的分析！这是个过了时的问题，因为他们已经结束了中学学业。

"那么，你给我们谈谈开罗的消息吧！"

"你应该跟我们讲讲拉斯拜尔！"

"哈桑·赛里姆、伊斯玛仪·拉蒂夫应和我们聊聊亚历山大！"大家等着，时间一到，自有精彩话题。

这座凉亭，是几根大柱子撑着一顶圆形的大木伞，地面上铺着沙石，周围摆放着玫瑰花盆；家具单调，只有一张木桌，几把藤椅。四个人围坐成半圆形，靠桌子坐着，面对着花园。他们显得十分欢乐，庆贺这次会面。每当夏令来临，大家总是各奔东西，哈桑·赛里姆和伊斯玛仪·拉蒂夫习惯赴亚历山大避暑。大家谈论着，常常因为点滴小事，便齐声大笑一场。有时仅因为交换一下眼色，仿佛想起一件往事，也禁不住笑一通。三位朋友都穿着丝绸衬衫、灰色长裤，唯独凯马勒身着淡灰色西服套装。凯马勒认为，此次拜访公馆之行，具有正式访问性质，不同于在本区内漫步街市，仅仅穿着长袍、外套夹克衫，随随便便，无拘无束。

  周围的一切都在和凯马勒交谈着，深深地打动了他的心。就在这个凉亭下，他接到了情书；只有花园知道他的这个秘密。过去，他喜欢这些朋友，意在追求友谊；如今，他再次向他们表示友好，为了向他们讲述他的爱情故事。一切都在谈论着他的爱情和心思。他自问：她何时会来呢？他那两只渴望的眼睛看不到她，怎么能在这里坐下去呢？为了弥补这个空缺，他久久注视着侯赛因·夏达德。他不仅仅以朋友的目光望着他，因为他是女神的同胞兄弟，所以他的身上又加了一层神奇的色彩，除了爱，又对之怀有敬佩、崇尚之意。侯赛因长相颇似他的同胞姐姐：两只黑黑的大眼睛，身材修长，头发乌黑浓密，举止文雅谦和。姐弟俩之间没有什么大差别，只是侯赛因生着个鹰钩鼻子，白色皮肤外罩上了一层淡褐色。那一年，凯马勒、侯赛因·夏达德和伊斯玛仪·拉蒂夫都顺利地通过了学士学位的考试。当时，凯马勒只有十七岁，伊斯玛仪·拉蒂夫也仅仅二十一岁。因此，考试便成了他们的话题。此外，还谈些有关前途的事情。伊斯玛仪·拉蒂夫首先发言。他每逢开口说话，总是先把脖子伸一伸，凭此掩饰他的矮个子和小身躯。与其余三位朋友相比，他是最矮的。但是他的体质健壮，肌肉坚实。他那两只狭小的眼睛里闪烁着锐利的光芒，生着一副尖鼻子、两道浓重剑眉和一张大嘴巴，显得凛然难犯，足以告诫人们休得随意拿他开心取笑。他说：

  "今年，我们得了满分，在以前，至少是我没有得到过这么好的成绩。我应该像哈桑·赛里姆一样，升入大学最高年级。我是和哈桑·赛里姆同年同日进入福阿德一小读书的。当时，我父亲看到报上刊登的录取号码，逗笑地问我：'安拉会赐福给我，让我亲眼看到你获得大学毕业文凭吗？'"

  侯赛因·夏达德说：

"你不会使你父亲失望的。"

伊斯玛仪·拉蒂夫打趣地说:

"你说对了,兄弟!两年之中的季节不会有多大差异!"

然后他又对哈桑·赛里姆说:

"至于你嘛,也许从现在开始就该为拿到学士学位之后的事情奔忙了,对吗?"

哈桑·赛里姆已升入法学院毕业班。他完全明白,伊斯玛仪·拉蒂夫是要他发表关于毕业之后去向的想法,但侯赛因·夏达德抢先回答了伊斯玛仪·拉蒂夫的问话:

"不必让他自找烦恼嘛!他必然会在检察系统或政界谋个差事。"

哈桑·赛里姆冲破他那自负的安详,清秀细嫩的面孔上现出了准备出战的征兆,挑衅地问道:

"你有什么把握可以使我高枕无忧呢?"

他对自己的聪慧和勤奋感到由衷的得意,也希望大家赞美他一番。谁都不否认,谁也没有忘记他是法院顾问赛里姆·萨布里贝克的儿子。父亲的聪明、智慧、勤奋在儿子的身上留下了明显的痕迹。可是,侯赛因·夏达德偏偏避开使他高兴的话题不谈,而是说:

"你智力超群就是保证。"

伊斯玛仪·拉蒂夫没容他仔细品味侯赛因·夏达德的溢美之词,便说:

"还有你父亲嘛,我认为他比智力超群还要重要得多!"

但是,哈桑·赛里姆以出乎意料的轻蔑态度来应付这种攻击,也许他不愿意与伊斯玛仪·拉蒂夫交锋,因为在亚历山大度夏期间,两人始终形影不离;也许他认为这位朋友是位"职业争吵家",对待他的言谈话语,不可过分认真。当然,朋友之间交往不可能没有争论,甚至有时吵闹,然而并不损伤友谊。侯赛因·夏达德嘲笑地望了望伊斯玛仪·拉蒂夫,问:

"你的奋斗结果如何?"

伊斯玛仪·拉蒂夫朗声一笑，露出满口黄牙齿；因为他打中学就开始抽烟，黄垢便牢牢地固定在了牙齿上。他回答道：

"不大鼓舞人心！因总分不够，医学院、工程学院都没录取我，那么，便只剩下了商学院和农学院，我只能任选其一了。"

凯马勒心绪难平：他的朋友怎么不提师范学院，仿佛师范根本就不在他的考虑范围之内，而他自己却选定了师范学院，虽然他完全有资格进入众望所归、竞争报考的法律学院。他从师范学院中找到了精神力量，足以消除他的痛苦和寂寞。

侯赛因·夏达德咯咯一乐，文雅而轻柔，越发显现出他那朱唇和明眸的俊美。他说：

"啊，你选择农学院该多好！你们想啊，伊斯玛仪·拉蒂夫置身田野，在农民中间度过平生，那……"

伊斯玛仪·拉蒂夫心满意足地说：

"假如土地已接受过宗教洗礼，那倒也美妙欢乐。"

这时，凯马勒望着侯赛因·夏达德，问：

"你呢？"

侯赛因·夏达德望着远方，沉思着，没有立即回答，这倒给了凯马勒以仔细端详的机会。凯马勒想：他是她的同胞兄弟，那就是说，他与她之间就像自己同赫蒂彻、阿伊莎那样亲密、和睦；他能拥抱侯赛因·夏达德，那么他能和她促膝谈心、单独相会吗？能摸摸她的手、和她同桌共餐吗？她究竟怎样吃饭呢？会品尝锦葵、焖蚕豆的味道吗？难道他想象不出来？啊……要紧的是：侯赛因·夏达德是她的胞弟，自己想摸摸侯赛因·夏达德的手，因为她也摸过这只手。倘若他能闻闻侯赛因·夏达德呼出的气，那该多好！无疑，同胞姐弟呼出的气是一模一样的。侯赛因·夏达德回答说：

"暂时上法学院……"

他会和福阿德·贾米勒·哈姆扎维交朋友吗？为什么不会呢？无疑，法学院是真正的高等学府。只要侯赛因·夏达德入法学院，那么，试图束缚人们去笃信抽象标本的价值，终究是徒劳无益的。

伊斯玛仪·拉蒂夫讥笑道：

"我还没听哪个学生说过暂时上某某学院的话。劳驾你给我们讲一讲吧！……"

侯赛因·夏达德认真地说：

"在我看来，所有学校全一样。不管是这个或那个学校，都没有什么吸引我的东西。我只是想学习，不想马上工作，同时也不想到学校去学习那种今后工作用不上的知识。但是，我的想法没得到家中任何人的支持。我只有听他们安排了。我问他们：'你们想让我进什么学院？'我父亲回答：'除了法学院，还能选其他学院吗？'于是我就说：'好吧！那我就上法学院吧！'"

伊斯玛仪·拉蒂夫模仿着侯赛因·夏达德的动作和语调，说：

"暂时……"

大家一齐笑了起来。然后，侯赛因·夏达德接着说：

"争吵英雄……正是，暂时的……假如事不如愿，我有可能中断国内学习，然后前往法国，不惜以赴异乡学习法律为借口；在那里，我可以不受任何约束，自由自在地痛饮文化源泉，边想、边看、边听……"

伊斯玛仪·拉蒂夫照旧模仿着侯赛因·夏达德的语调、动作，以为别人已经把话说完，说：

"边尝、边摸、边闻！……"

又是一阵哄笑，侯赛因·夏达德继续说：

"请相信，我绝不会像你想象的那样！"

凯马勒完全相信侯赛因·夏达德，尊重他，认为他绝不会说谎，坚信他所神往的法国生活足以引人入胜。然而伊斯玛仪·拉蒂夫却不明白这个朴素的真理，不仅仅是他一个人，就连那些与他相近似的、只重视数字和表面的人也不理解这个事实。侯赛因·夏达德的思想驰骋在自己的美妙梦想中。他的梦境开阔，艳丽，充满生机，令人耳目一新，心旷神怡。"我在睡时和醒时做过多少梦啊！在强烈向往与长久努力之后，我和他终于梦游到了师范学院"。

凯马勒问侯赛因·夏达德：

"你说你不愿意工作，此话可当真吗？"

侯赛因·夏达德那两只炯炯有神的眼睛里闪烁着斯文的光芒：

"我不能像我父亲那样，在交易所里当一名投机商，因为我忍受不了那种以工作为手段、以金钱为目的的生活。我不想当官员，因为官职是谋生的枷锁，而我的生活是宽裕的。我想自由自在地生活在人间，读书、观赏、聆听、思想，从高山来到平原，由沃野转向峰峦……"

哈桑·赛里姆始终以轻蔑的态度瞅着侯赛因·夏达德，目光中不乏贵族式的顽固保守因素。他反驳道：

"官职并非一定就是谋生手段。比如我，我是无须去谋生的，但无疑我想干一个高尚工作。人应该工作，高尚工作是人自身向往的目标……"

伊斯玛仪·拉蒂夫表示相信哈桑·赛里姆的话：

"对！是这样的。法律工作和外交工作都是最大的富翁乐意从事的工作！"

他望了望侯赛因·夏达德，又说：

"你何不从这里边选择自己的职业呢？而你又是完全有能力的。"

凯马勒对侯赛因·夏达德说：

"政界确实为你准备好了高尚而自由的工作！"

哈桑·赛里姆却话中有话地说：

"那个门太窄了！"

侯赛因·夏达德说：

"政界无疑有许多长处，但那种职业太高贵了，常常与我厌恶工作枷锁的情绪发生矛盾。我不否认，那工作是很自由自在，可以向我提供我所喜欢的精神生活和美好的享受。但是，我并不感兴趣，哈桑·赛里姆说的那个门窄，这是一个原因。此外我一心想接受完整的正规教育。"

伊斯玛仪·拉蒂夫恶意地一笑：

"我猜想,你向往法国是为了一些与文化完全无关的什么事情。你干得好!"

侯赛因·夏达德否认,笑了笑,然后说:

"不!你是根据自己的爱好考虑的。我之所以厌恶学校的教育,还有别的原因:其一,我对法律学习不感兴趣;其二,没有一所能够让我接触各种知识和艺术的学校,如戏剧、摄影、音乐、哲学等。所有的学校都是一个模式,无不是把你的头摁到沙土中去,让你寻找黄金。至于巴黎,则是另一番天地。在那里,你可以听取关于各种艺术和知识的讲座、报告,不受任何规矩或考试制度的约束,为你准备了崇高、美好的生活。"

他继而声音变低,如同自言自语:

"也许我在那里结婚,以便在现实和幻想的两个世界中自由自在地度过自己的一生!"

从哈桑·赛里姆的脸色上看,仿佛他并没有留心这些言语,而伊斯玛仪·拉蒂夫则扬起两道浓眉,两眼闪烁着机警与嘲笑的目光……只有凯马勒显得有些激动,他心中怀着同一希望,其中也夹杂着一点儿未触动实质的修正。在法国旅居、结婚,这与他毫不相干,可是谁告诉侯赛因·夏达德在那里不受任何规矩与考试制度的约束呢?无可争辩,法国当然比把他的头埋在教室中、最后才能获得金子的沙土要好。巴黎?自从他得知巴黎开创了他的女神生活的新时代起,巴黎就成了他梦寐以求的地方。巴黎仍然以它的神秘色彩呼唤着侯赛因·夏达德,以它的种种魅力吸引着侯赛因·夏达德的想象力。他怎么才能从希望烦恼中解脱出来呢?

凯马勒犹豫片刻,说:

"依我之见,在埃及要实现你的理想,哪怕是部分地实现,最佳捷径便是师范学院!"

伊斯玛仪·拉蒂夫把脸转向凯马勒,显然有些不安地说:

"你究竟选择了什么学校?别提师范学院啦!安拉啊,你忘掉了,你身上有近似于侯赛因·夏达德的缺陷。"

凯马勒坦然一笑,显得两个鼻孔颇富于弹性:

"由于我提到的若干原因,我选定了师范学院!"

侯赛因·夏达德注视着他,笑着说:

"毫无疑问,在你选定志愿之前,你为自己的文化爱好费了许多脑筋。"

伊斯玛仪·拉蒂夫责备道:

"你在很大程度上应对他的爱好负责。其实,你说话多,读书少。这位可怜的兄弟,对待事情总是那样认真,读书达到了盲目的程度。由于你的坏影响,最终还是把他推到了师范学院中去,你看看!"

侯赛因·夏达德打断伊斯玛仪·拉蒂夫的话:

"你断定师范学院里有你所期望的东西吗?"

凯马勒听到第一句问到师范学院的话,而且并不包含轻蔑或责怪的意味,感到很高兴,于是热情地说:

"我想,在那里可以学习英语;英语是日后博览的有效工具。此外,还可以有机会学习历史、教育学和心理学……"

侯赛因·夏达德思考片刻,然后说:

"我学专业课时,认识了师范学院的许多同学,他们并没有成为出类拔萃的有识之士,也许那应归罪于教育制度……"

凯马勒热情不减:

"我认为问题在于方法,真正的文化要靠人去掌握,而不在于学校!"

哈桑·夏达德问:

"你想当一名教师?"

虽然哈桑·夏达德发问彬彬有礼,但凯马勒对他并不十分放心,因为讲究礼貌是他的天性,不到万不得已,或者要怂恿别人参加斗争之时,他是绝不肯放弃他的这种文雅风度的。这一方面是他庄重严肃的自然结果,另一方面,则归于他所受的贵族高等教育。因此,凯马勒不

容易判断出这发问当中有没有责备或轻蔑的成分,于是不在意地耸了耸肩膀,说:

"唉,没办法,因为我决心学习我所喜欢的东西嘛!"

伊斯玛仪·拉蒂夫偷偷地打量凯马勒的神色……看看他的脑袋、鼻子、长长的脖颈和细瘦的身材,似乎这都是一般学生,尤其是可怜学生的象征,禁不住喃喃地说:

"凭我的宗教起誓,那是一场灾祸!"

至于侯赛因·夏达德,则有些倾向于凯马勒,温和地说:

"官职,对于一个志向远大的人说来,则是次要的东西。但是,我们不应该忘记,埃及许多出类拔萃的天才人物都是从这个学校毕业的!"

关于学校的谈论,至此中断了,继而一片寂静,鸦雀无声。凯马勒试图将自己的灵魂投入花园的怀抱,然而这些谈话使他的头脑有些发热,理应等待冷却下来。他无意之中看了看,发现桌子上放着冰水瓶子,于是想起了往常日子里,每逢这种情况,他总有一种难言的幸福感;那时,他斟满杯子,自己先喝一口,然后她伸手接过这杯冰水,双唇触到杯口部位正好是自己双唇触过的地方。他站起来,走到桌前,倒了杯冰水,一饮而尽,而后回到自己的座位上,将注意力完全集中到自己的身上,仿佛在急切地等待时来运转,从自己的心灵中迸发出一股前所未有的魔力,凭此攀登通往幸福七重天的云梯。然而,为时已晚!他也只有满足于冒险的情趣与希望的欢乐了。之后,他心神不宁地自问:她何时才会到来呢?她曾许诺离别时间仅三个月,难道她会超越这个期限?凯马勒的目光又回到了冰水瓶子上,于是,他和伊斯玛仪·拉蒂夫以前的一次谈话又响在他的耳边。那次谈论的是水瓶子的事,更确切地说,谈的是冰水。他们来到夏达德公馆做客,除了冰水以外,别无其他招待。当提到冰水招待时,伊斯玛仪·拉蒂夫便谈起了公馆里从上到下沿用的一套严格的财务制度,问道:"难道这不算是一种吝啬?"凯马勒不愿意让他的女神家丑外扬,便以种种理由排除这个恶名,说什么陈设豪华、仆人、侍卫成群，家有两辆高级轿车，一辆慕尼莱瓦，一辆菲亚特，后一辆几乎专供侯赛因使用……如此看来，怎么能说这家吝啬呢？伊斯玛仪·拉蒂夫是个多嘴多舌的人。他说吝啬有多种多样，夏达德贝克既然是真正的富翁，那么，他应该加倍讲究排场、体面，但他的身边仅仅准备一些日常必需品；而家庭中的任何成员都必须遵循的原则是：不可将一分钱花在不当之处……仆人拿最低的工资，吃最坏的饭菜，打碎个盘子，也要照价从工资里扣除。侯赛因·夏达德是家中唯一的男孩子，他是得不到什么钱的，简直是那些习惯乱花钱的孩子的楷模。诚然，每逢节日，父亲也许给他购买股票或证券，但从来不给他一分钱……儿子的朋友来访时，除了冰水之外，别无其他待客之物。这难道就不叫作吝啬吗？凯马勒边注视着冰水瓶子，边回想着这些谈话，就像过去那样惊骇地问：女神的家庭能否改善一下待客习惯呢？哦！我不能这样想！即使这样做轻而易举，但鲜花不能离根呀！想着想着，好像有人用一种令人快慰的声音对他耳语道："你不要担心……也许这样做能够降低或提高她的一分身份，难道这不是缺欠？"虽然他对伊斯玛仪·拉蒂夫的那种看法有些保留与怀疑，但认为他的眼光远，而自己却并不知道吝啬的"缺德"，于是将吝啬分为两类：其一，是低贱的吝啬；其二，是明智的政策，可以为经济生活奠定坚实基础。一切挥霍浪费行为才是吝啬，或缺德。怎么不是呢？他既不阻止建造宫殿，又不反对购置汽车，更不去遏制那些奢侈现象，怎么不算吝啬或缺德呢？高贵心灵里发出来的尽是邪恶气息，怎么不叫吝啬或缺德呢？

伊斯玛仪·拉蒂夫伸手抓住凯马勒的胳膊，晃了一下，凯马勒这才从沉思中苏醒过来，只听他对哈桑·赛里姆说：

"你听啊，他是华夫脱党代表，他来回答你！"

虽然凯马勒没有注意他们，但却当即知道他们要谈政治了。政治话题难谈但有趣。伊斯玛仪·拉蒂夫把他称为"华夫脱党代表"，也许是开玩笑，那就随他的便吧！华夫脱党是他的一种信仰，是他从法赫米那里接受来的，并且因为法赫米的牺牲而在他的心里扎下了根。他望着哈桑·赛里姆，微笑着说：

"喂，富贵、豪华的朋友，你对萨阿德有何看法？"

看上去，哈桑·赛里姆并没有留心"富贵""豪华"两个词，这也是凯马勒意料之中的事。以前，他和凯马勒争论过，谈了他对萨阿德·扎格鲁勒的看法，也许他原封照搬了他那位顾问父亲的意见。而在哈桑·赛里姆的眼里，萨阿德不过是个普通小丑，他一反平素文雅、温和常态，反复用"小丑"这个词来描绘萨阿德·扎格鲁勒，语气里充满憎恶、蔑视的成分，然后便开始嘲笑其政策和言论。与此同时，他却大加赞扬阿德利、赛尔沃特、穆罕默德·马哈茂德以及其他立宪自由党人的伟大、高尚。在凯马勒心目中，这些人不过是"叛徒"或戴红毡帽的英国佬。

哈桑·赛里姆从容不迫地答道：

"我们正在谈那个仅仅持续了三天便中断了的谈判！"

凯马勒热情地说：

"萨阿德的民族主义立场值得称赞，他毫不妥协地要求维护我们的民族权利。谈判应该中断时，便中断了，萨阿德发表了不朽的讲话：'英国人把我们召到这里来，是让我们自尽的，但我们拒绝自杀，这就是所发生的一切。'"

伊斯玛仪·拉蒂夫认为有一条政策纯系胡闹，于是说：

"假如他当时就自杀了的话，那应该算他对自己的祖国做了最大的贡献！"

哈桑·赛里姆一直等到伊斯玛仪·拉蒂夫和侯赛因·夏达德的笑声停下来，然后说：

"我们能从这种话中得到什么益处？萨阿德的民族主义只不过是哗众取宠的雄辩而已。什么'自杀'云云、'笃信某某学说'云云……说呀，讲呀，无休无止……另外，还有一些人，他们不说话，但却在默默地工作，他们为祖国做出了特殊贡献……"

凯马勒心中怒涛澎湃，若不是对哈桑·赛里姆的品格素怀钦敬之情，他非大发一顿脾气不可。他感到疑惑不解：一个像他一样的"青年人"，无论如何也应该属于新一代，可是怎么会追随他父亲的政治偏见呢？

"你低估了演说的作用，似乎它没有什么用途。其实，人类史上发生的桩桩伟大事件，最终都要归功于言谈立论，一篇不朽的讲话包含着希望、力量和真理。我们是遵循言论而前进的，而萨阿德不仅仅是位演说家，而且他的生平史册上充满了业绩。"

侯赛因·夏达德用细长的手指，梳理着他乌黑的头发：

"抛开萨阿德不谈，我同意你关于演说价值的意见！"

哈桑·赛里姆打断侯赛因·夏达德的话，对凯马勒说：

"世界各民族是依靠智慧、英明的政策和人的奋斗而生存、前进的，而不能靠演讲和廉价的玩笑……"

伊斯玛仪·拉蒂夫望着侯赛因·夏达德，挖苦地问：

"那些夸夸其谈改造这个国家的人们，不是跟那种往漏洞皮球里充气的人们相同吗？"

凯马勒注视着伊斯玛仪·拉蒂夫，但因为听到哈桑·夏达德对自己的意见有些疑问，于是生气地说：

"你呀，政治与你毫不相干！从你说的笑话上看，你是站在不关心埃及人痛痒的那伙人的立场上说话的，你像是他们的代言人，他们对祖国复兴完全失去了信心。那是自叹无能、甘拜下风者的失望，而不是雄心勃勃、蓬勃向上者的失望。假如不是政治利益在吸引着他们，他们早就像你一样，把政治抛到脑后去了！"

侯赛因·夏达德嫣然一笑，伸手用力抓住凯马勒的胳膊，说：

"你能言善辩，倔强固执，我佩服你的热情、勇气，虽然我们俩的政治立场不同。但我，正如你所知道的，是个中立主义者，既不是华夫脱党人，也不是立宪自由主义者，更不像伊斯玛仪·拉蒂夫那样看问题入木三分。我认为政治会腐蚀思想，影响身心。我认为，你应该站在政治之上，那样你才会发现生活是个无边无际的广阔天地，那里充满智慧、纯美和宽恕，而不是一个争抢拼搏的战场……"

凯马勒对侯赛因·夏达德的话感到满意，心中怒火顿时消了。每当侯赛因·夏达德看法和他一致时，他总有一种说不出的快乐和兴奋。他感到，表面上看去，侯赛因·夏达德在为自己的中立立场寻找理由，其实是在为他的爱国激情进行辩护，虽然这辩护欠缺力量。因此，凯马勒并不怨恨侯赛因·夏达德，也不会从他身上发现伊斯玛仪·拉蒂夫的那些弱点，即使发现了，也会原谅、宽容的。这时，凯马勒回答说：

"生活，生活是争抢拼搏、阴谋诡计、通达事理、力图完美的总和。这几个方面，缺一不可，忽略了任何一面，你就无法全面理解生活，也就没有力量赢得尽善尽美的生活。你可别轻看政治！政治是生活的一半，或者说是整个生活，假如你把智慧、完美放在生活之上的话……"

侯赛因·夏达德歉意似的说：

"关于政治，我坦率地告诉你，我不相信那些人……"

凯马勒善意地问：

"什么原因使你对萨阿德失去了信心呢？"

"什么原因使我对他失去了信心？这个问题，倒应该问问你……萨阿德、阿里、阿德利，这些人多么虚伪！确实，在政治方面，萨阿德、阿德利是一样的；就是作为两个人，我看不大一样。当然，阿德利出身名门，地位显赫，而且有着高尚的文化修养；至于萨阿德，请你不要生气，他不过是位爱资哈尔大学的老毕业生罢了。"

啊！侯赛因·夏达德不顾人民感情，信口雌黄，使凯马勒无比伤心。他沉痛地感到，仿佛侯赛因·夏达德也不把自己放在眼里，似乎他在代表他全家人讲话，又好像在代表异国人发言。他究竟错在表达上，还是错在礼貌上呢？凯马勒既没有激起他的阶级敌对感，也没有唤醒他的爱国热情……在一张清秀、含笑、坦率、善良的面孔前，所有这些感情都平息下去了。在不会导致任何成见和事件发生的敬慕面前，所有的这些感情都溃退了……与此相反，虽然凯马勒与哈桑·赛里姆、侯赛因·夏达德平素友谊深厚，但面对着两人对国民的高傲态度，禁不住替祖国感到气愤。凯马勒对萨阿德·扎格鲁勒的演说满怀敬仰之意，而且在吐露自己的感情时十分谨慎。在这方面，没有人能和他相比。也许他从两位朋友那里得到了某种启发，增强了他的责任感，激发了他反对贵族的意识。

凯马勒对侯赛因·夏达德说：

"高贵、显赫、伟大，并非就是头巾、红毡帽，或者穷困、富裕，这难道也需要我提醒你吗？我觉得，有时政治迫使我们去讨论那些不用证明的公理！"

伊斯玛仪·拉蒂夫说：

"我敬佩像凯马勒这样的华夫脱党党员们的顽强精神！"

他朝在座的人扫视了一眼，又说：

"但是使我伤脑筋的，同样是他们的顽强精神！"

侯赛因·夏达德笑着说：

"你很幸运！无论你在政治上发表什么意见，对你前进的道路无任何妨碍！"

哈桑·赛里姆问侯赛因·夏达德：

"你说自己不屑理睬政治，难道事情牵涉前总督，你也坚持那种立场吗？"

众人的目光一齐转向侯赛因·夏达德。大家都知道，因为他父亲夏达德参加了前总督的党派，从而被驱逐出国，在巴黎一住数年。但是，侯赛因·夏达德满不在乎地说：

"这些事情跟我没有关系。我父亲过去和现在都是总督的人，但我无须信从他的见解。"

伊斯玛仪·拉蒂夫两只小眼睛含笑地问侯赛因·夏达德：

"你父亲也是一位高呼'安拉至大！……阿拔斯万岁！'的人吗？"

侯赛因·夏达德笑着说：

"我只是从你们的口中才听到了这个消息。无疑，我父亲与总督之间有着良好的友谊关系，但是，并不像你们所知道的有个什么党在呼唤总督。"

哈桑·赛里姆说：

"总督及其时代都已进入史册了。至于现在，用两句话便可概括：萨阿德不希望埃及有一个他以外的人以埃及的名义讲话，哪怕是位出类拔萃、英明果敢的人物！"

凯马勒听这么一说，当即回答道：

"现在可用一句话概括：除了萨阿德之外，埃及没有第二个人能以埃及的名义讲话，只要全民族团结在他的周围，埃及的希望必将化为现实！"

凯马勒双臂交叉在胸前，双腿前伸，鞋子边碰到了桌腿。一句问话声从身后传来，人们这才中断了谈话，只听有人问："喂，布杜尔，不想来问候你的老朋友？"凯马勒的舌头突然变得沉重起来，心"怦怦"直跳，猛烈地撞击着胸膛。起初，他感到害怕、痛苦，顷刻之间，便又沉醉在无限欢乐之中。由于过分激动，他几乎闭上了眼睛。他发现那些使他心神恍惚的念头又一一朝蓝色天空飞去。他和朋友们一道站起来，随着大家一起转过身去，只见阿伊黛在距凉亭仅一步远的地方站着，手拉着仅三岁的小妹妹布杜尔，她俩正在用安详、微笑的目光望着他们……啊！这就是她，凯马勒已等待她三个多月了！啊！这就是"根源"，她的形象占据着他的心田和灵魂，搅得他日夜不安。如今，她已站在他的眼前，凯马勒的心中有说不出的痛苦、难以形容的欢乐。这感情使人醒时烈火灼心，睡时梦游云天，也正是这种感情让他的足迹留在公馆花园的土地上。

凯马勒久久地凝视着阿伊黛。阿伊黛的神秘磁力完全吸引住了他，使他忘记了时间、地点、人物和心灵。此时此刻，他仿佛变成了一个纯洁的灵魂，翱翔在空中，正向着它所崇拜的人飞去……然而他接近她并不是躯体上的，而是精神上的。仅此而已，凯马勒就已经沉浸在神奇的醉意、非凡的欢乐和美妙的幻梦之中了。这时，他的疲倦也消失了，仿佛精神上的兴奋激发起了他的全部活力，他的智力、观察力都消失在近乎冬眠的状态之去了。她经常出现在他的记忆之中，却不被他的感官所觉察。她在时，他几乎什么都看不到；她不在时，她那苗条的身材、皓月般的容貌却常浮现在他的脑海中。她的头发乌黑发亮；前额留着梳理整齐的刘海；两只大眼睛里闪着静谧的光芒，像晨曦一样柔和、迷人。他常常用记忆而不是用感官欣赏这幅画像。她像一支神妙的曲子，从我们的耳边消失之后，没有任何痕迹；但当我们醒来或出门时，又会突然出现在我们的面前，重新响在我们的耳边，令我们喜出望外。凯马勒想：难道她已经改变了习惯，会伸出手来，和他握手？——哪怕生平中只握那么一次手呢！但阿伊黛只是恬然一笑，微微点头，向他们致意。然后，她用凯马勒最喜欢的声调问：

"你们都好吧！"

话音刚落，大家齐声向她致意、问候，祝贺她平安返回。阿伊黛用手轻轻地晃动着布杜尔的头，说：

"和你的朋友们握手呀！"

布杜尔紧紧咬着双唇，含羞地望向他们，目光最后落到了凯马勒的身上，于是她笑了，凯马勒也笑了。侯赛因·夏达德知道妹妹与凯马勒平素友谊深厚，便说：

"她在向着她喜欢的人微笑呢！"

"你真的喜欢这一位吗？"阿伊黛说着，把布杜尔推到凯马勒面前，"那么，你就向他问好吧！"

凯马勒高兴得涨红了脸，朝小姑娘伸出手。小姑娘向他扑来，他双手将她举起，而后抱在怀里，激动、爱恋地亲吻起她的面颊。他为此感到幸福、自豪。小姑娘是整个家庭的心肝。凯马勒一心要拥抱整个家庭，眼下，他已将其主要部分抱在怀中了。难道奴隶与他所崇拜的女神进行联系只能通过这种方式？多奇怪呀！小姑娘与姐姐的相貌这样相似，她偎依在他的怀里，就像同样年龄、身材和容貌的阿伊黛躺在他的怀里一模一样。他注视着她，尽情地享受着这纯真的爱、亲切的拥抱、深情的亲吻，真让人心荡神移！凯马勒心里明白他为什么喜欢布杜尔，为什么喜欢侯赛因·夏达德，为什么喜爱这公馆、花园及其仆人们……所有这些，都表达了他对阿伊黛的敬重；至于他不知道的，则是阿伊黛的爱情！

阿伊黛望了望哈桑·赛里姆，又瞧了瞧伊斯玛仪·拉蒂夫，问：

"亚历山大怎么样？"

哈桑·赛里姆回答：

"好极了！"

伊斯玛仪·拉蒂夫问道：

"拉斯拜尔怎么对你们有那么大的吸引力呢？"

阿伊黛的声音柔和动听，似乐曲那么甜美悦耳：

"我们曾多次在亚历山大度夏，但最好的避暑地却在拉斯拜尔，那里幽雅、恬静，这在家里是享受不到的！"

伊斯玛仪·拉蒂夫笑着说：

"真倒霉！要知道，幽静的气氛可不合乎我们的要求！"

这情景，这谈话，这声音使凯马勒感到异常幸福。他注视着……难道这不就是幸福吗？她是一只彩蝶，乘着清晨的微风，采着百花甘露，将种种欢乐遍洒人间。啊！但愿这良辰美景永驻！

阿伊黛说：

"那真是一次有趣的旅行！侯赛因·夏达德还没和你们说过吗？"

侯赛因·夏达德说：

"他们在谈论政治呢！"

阿伊黛回头瞧了瞧凯马勒，说：

"这位就喜欢谈这个！"

一束怜悯的目光从她的两眼里朝你射来，洁净如天使的灵魂，你就像向日葵沐浴在阳光中一样，尽情享受着她那目光的温暖。

"今天这场讨论是我挑起的……"

阿伊黛笑着说：

"你有机会便抓住不放。"

凯马勒屈从地笑了。阿伊黛把目光转向布杜尔，喊道：

"你想睡在人家怀里吗？行了，够舒服的啦……"

布杜尔害臊了，于是把头埋在凯马勒的胸脯上，凯马勒爱抚地拍着她的后背。阿伊黛却吓唬她说：

"把你丢在这儿，我自己走啦！"

布杜尔抬起头来，把手伸向阿伊黛，喊叫着：

"不！……不！……"

凯马勒亲了她一下，然后让她下了地，她当即跑去，抓住了姐姐的手，阿伊黛朝大家环视了一眼，挥了挥手，然后便顺原路回去了。大家各自回到自己的座位上，继续谈论起来。就这样，阿伊黛来凉亭的访问匆匆过去了，出其不意，美好而短暂，但凯马勒却感到很满意。几个月的耐心等待，终于没有白熬。为什么人们不像逃避灾难那样，因舍不得幸福而自杀呢？为了得到感官、神智和精神上的享受，你不必像侯赛因·夏达德那样到处漫游，只要原地不动，转瞬之间，便可以得到一切！人从何处才能获得这种力量呢？政治上的冲动、辩论上的热情、激烈争论、阶级冲突在哪里呢？……我的女神啊，所有这些都在你的目光中融化、消隐了。梦想与现实之间的界限何在？此时此刻，我对哪一个更为渴望呢？

"赛球的季节马上就要来了！"

"每年比赛，艾海里队都是独占鳌头，没谁可与他们分享胜利！"

"尽管联队里有许多名将，但他们还是败北了……"

凯马勒就像为萨阿德辩护一样，高声为联队辩解，反对哈桑·赛里姆的攻击。他们四个人都是球员，技术水平、比赛热情各有差异：伊斯玛仪·拉蒂夫最为出色，在业余爱好者们中间，他简直成了一位高超的职业球星；侯赛因·夏达德，则是最差的一名；凯马勒和哈桑·赛里姆介于两位之间。凯马勒与哈桑·赛里姆争论激烈，一个把联队的败北归结为运气欠佳，另一位则认为艾海里队里的新队员技术高明……争论无止无休，互不相让。

凯马勒不由得自问：为什么自己总是与哈桑·赛里姆站在对立面呢？不管是评论华夫脱党，还是谈到联队、艾海里队，或者评议希贾兹·穆赫塔尔,两个人的观点总是不一致,就连看电影时,双方也是各执己见,一个推崇查理·卓别林,另一个喜欢马克斯·林代尔!

傍晚时分,凯马勒离开座位,走到通往大门的走廊下时,突然听到有人喊道:

"就是他。"

凯马勒猛一抬头,只见阿伊黛出现在一楼的一个窗户旁,双手搂着坐在窗台上的布杜尔,是布杜尔指着他在喊叫。他仰着头,站在窗下,面孔微微带笑,望着向他招手的小姑娘,同时也不时地瞅瞅另一张面孔;在那张面孔上,寄托着今世和后世的希望。他的心跳得特别厉害,布杜尔又向凯马勒招手,阿伊黛问:

"你想到他那儿去吗?"

小姑娘点头称是,阿伊黛为这难以实现的愿望笑了。凯马勒从阿伊黛的笑中得到了勇气,于是仔细打量着她,心儿完全沉没在她那两汪清泉似的明眸和眉宇之间,回味着她那甜蜜的笑声和柔和的话语,只觉得神志轻飘、目光迷离、呼吸急促。情况如此,他非得说话不可了,于是指着布杜尔,问女神:

"她记得避暑地的事情吗?"

阿伊黛的头稍稍往后一仰,回答道:

"问她自己嘛!这事和我无关。"

未等凯马勒开口,阿伊黛又说:

"你还记得她吗?"

哦!当时你站在玛丽娅与法赫米之间的高台上。凯马勒热情地说:

"我一天也没有忘记……"

正在这个时候,室内传来了呼唤声,阿伊黛改变了姿势,双手举起布杜尔,临扭头时说:

"多么稀奇古怪的爱情!"

话音未落,阿伊黛的身影便消失在窗口了……

第十五章

咖啡桌旁只剩下阿米娜和凯马勒。时近傍晚,凯马勒出门了,便只剩下了母亲独自坐着。阿米娜把乌姆·哈奈菲叫来,一直陪伴她到上床时分。

亚辛走了,这个家庭留下了空缺。虽然阿米娜不想再提起他,但凯马勒却因缺了亚辛而感到寂寞,使他在咖啡桌旁得到的最佳享受也乏味了。

过去,咖啡是大家围坐在一起的饮料;而今天,在阿米娜的手里,咖啡竟代替了一切,喝个不止,究竟喝了多少,她自己也弄不清楚,甚至将煮咖啡、喝咖啡都当成了她消忧解闷的手段。有时一连喝上五六杯,多时一连十杯。凯马勒常为母亲过多地饮用咖啡而担心,并且告诫她要警惕不良后果。然而阿米娜却总是以微笑回答他,仿佛在对他说:"不喝咖啡,又有什么事做呢?咖啡,没什么坏处!"

有一天,母子俩面对面坐了下来。阿米娜坐在卧室与餐厅之间的沙发上,凯马勒坐在卧室和书房之间的椅子上。阿米娜专心注视着火盆,咖啡壶的一半埋在火炭里,凯马勒则沉默不语,睡眼迷离。母亲突然问道:

"你究竟在想什么?我总看着你心里有什么事似的……"

从母亲的声音里,凯马勒依稀觉察出有些责备的语气,于是说:

"长着脑袋，就得思考嘛！"

母亲抬起她那两只褐色的小眼睛，征询似的望着凯马勒，有些愧意地说：

"时间过得好快，连说话的时间都没有！"

真的，那都是过去的事情了，讲宗教、先知和魔鬼的故事，而你恋恋不离母亲的时代已经过去了。今天，母子俩还有什么可谈的呢？难道母亲不能把那些毫无意思的呓语隐藏起来吗？实在没有什么必要再讲那些胡话了。凯马勒微笑着，似乎想以此对刚才的沉默和敷衍态度表示歉意。他说：

"有什么要说的就说吧！"

母亲温柔地说：

"只要想说，可说的事多啦！但是，好像你常常心不在焉，或者说像个掉了魂儿的人……"

她思考片刻，又说：

"你读了很多书，现在放假了，你还像平时那样读个不止吗？一天也不休息？我真担心你要累坏头……"

凯马勒似乎不喜欢母亲这样询问，于是说：

"一天的时间，长得很，读几个小时的书，累不着人，读书只是一种消遣，一种有益的消遣！"

母亲迟疑片刻，又说：

"我怕你因为老是读书，会变得沉默寡言……"

沉默寡言可不是读书造成的。读书可以避免疲劳，而长久使他心神不宁的则是另外一件事；那是他读书时也放不下的一件事，他自己无法解决，母亲无法解决，谁都会感到束手无策。那是一种心病，就连凯马勒自己也不晓得辛苦奔波一场之后，会有什么结局在等待着他。

凯马勒机警地说：

"读书像喝咖啡一样，没有任何坏处。难道您不希望我像祖父一样，成为一名'学者'吗？"

阿米娜那瘦长的脸上浮现出欢乐与豪迈的神情：

"是啊，我满心希望那样！但是，我愿意常看到你高高兴兴、快乐的样子。"

"我正像您所喜欢的那样高兴、快乐呀！请您不要为我费心劳神啦！"

凯马勒觉察到，近几年来，母亲对他的关心有些过多，比他所希望的要多得多。母亲对他的挂念和关爱，使他感到大大束缚了自己的手脚，甚至使他有些生厌，几乎要逼迫他起来反抗了。然而，凯马勒并没有让自己的行为超出温柔、礼貌的界限。

阿米娜说：

"听你这么说，我感到高兴，但愿如此。我不是为了别的，全是为了你的幸福着想。今天，我已经在侯赛因清真寺为你祈祷过，我乞求安拉保佑你！"

"阿敏！"

凯马勒抬头望望母亲，只见她拿起咖啡壶，第四次酌满杯子，禁不住微微一笑……他回想起，母亲每每都是带着难以实现的愿望去拜访侯赛因清真寺的。每当她去盖拉法大街或甘露街时，也总要顺路去侯赛因清真寺礼拜、祈祷一次。但是，为了换取这么一点儿小自由，她付出的代价实在太大了！他自己也有许多类似的愿望，然而必须付出代价，有时要经过一番辛苦，才有可能实现。

凯马勒笑了笑，说：

"对侯赛因清真寺的访问，留下了难以忘怀的记忆吧？"

母亲用手摸了摸自己的锁骨，然后微笑着说：

"印象仍在，永不消失……"

凯马勒有些激动：

"现在，您不像过去那样总被关在家里了。只要您想出门，随时都可以去看望赫蒂彻、阿伊莎或去清真寺礼拜。您想啊，倘若不是父亲解脱了您身上的桎梏，您的一切愿望都是难以实现的！"

阿米娜抬眼望望儿子，显得有些不安和羞愧，仿佛因为失去了一个儿子而得到的特权使她的思想负担过分沉重。她低下头，不胜惆怅，口中喃喃地说：

"但愿像过去一样，儿子留在我身边。"

但是，她竭力避免吐露她痛苦的心情，似乎想对自己获得的自由进行辩解，于是满心欢喜地说：

"我不断地外出一趟，只是为了图个新鲜、清闲；去清真寺，是为了替你祈祷；到你俩姐姐那里瞧瞧，也好不挂心。都不是要解决什么难题的，我也不知道谁能解决这个难题。"

凯马勒很想知道母亲所说的难题是什么。鉴于她今天去了甘露街一趟，于是问：

"甘露街有什么新消息吗？"

母亲叹了口气：

"还是那个样子！"

凯马勒遗憾地摇了摇头，笑着说：

"赫蒂彻天生爱吵嘴。"

阿米娜难过地说：

"她婆婆对我说，和她说什么都不行，都没有什么好结果。"

"看来，她的婆婆已年老昏聩了！"

"她年纪大了，这倒不算什么。可你姐姐，怎么说她好呢！"

"究竟是谁不讲道理呢？"

凯马勒别有含意地一笑，阿米娜又叹了口气，说：

"你姐姐性情太暴躁，连诚恳的劝告都听不进去。唉……假若她能顾及婆婆年高，能够善待婆婆，那该多好啊！可是她红着眼睛问我：'你究竟站在我一边，还是站在她一边？'我没办法，究竟站在哪一边，只有依靠万能的安拉了！孩子，你说说，我们是打仗吗？她婆婆确实有时脾气怪一点儿，但你姐姐却没完没了地纠缠，强词夺理，非自己占上风，才肯罢休！"

凯马勒不会生赫蒂彻的气,她过去和现在都是他的第二位母亲。是不竭的抚爱之源泉。至于阿伊莎,她长相漂亮,无忧无虑,周身浸透了肖凯特家族的气息,就连她的刘海都不例外。

"因为什么事啊?"凯马勒问。

"这一次吵架是她男人引起的。我去她家时,两口子正吵得不可开交。我感到奇怪,不知道这个平时和气的男子汉为什么发那么大的火。我上前劝说了一番,双方冷静下来之后,才弄清了缘由。原来,赫蒂彻要打扫房间,而她男人要睡到九点钟才醒,赫蒂彻执意要把他叫醒,这一下可惹恼了她的男人,别扭劲儿一上来,坚决不起床。老太太听到吵嚷声,于是匆匆赶来,这一来正好是火上浇油,事态严重化了。两人吵得正激烈时,小艾哈迈德从外面回来了,弄得满袍子泥点,赫蒂彻迎上去举手要打,并要他马上洗澡。孩子急忙向父亲求救。父亲一意护着孩子,到这时,两口子的争吵才算了结。这一吵就是半天!"

凯马勒笑了,问道:

"您做了些什么吗?"

"我尽了自己的最大努力,可到头来并没落什么好,赫蒂彻还埋怨我站在中间立场上说话,对我说:'您应该像他母亲站在他那一边那样,站在我这边,替我说话!'"

阿米娜叹了口气,又说:

"我对赫蒂彻说:'难道你不记得在你父亲面前,你是怎样看待我的?'她一听我这么一问,生气了,说:'您认为在这个世界上,还有像我父亲那样的男人吗?'"

突然之间,阿卜杜·哈米德·夏达德贝克及其妻子赛妮娅太太的影子浮现在凯马勒的脑海里:夫妻俩并肩步出公馆,朝等在门前的轿车走去。没有尊卑之分,宛如两位平起平坐的挚友。她挎着他的胳膊,谈笑风生,无拘无束,一直来到车旁边,贝克在一旁躬身站立,让夫人首先上车。你的父母双亲相携出门时,你能够看到这样的景象吗?简直不能设想!可是那夫妻俩呢,举止稳重,落落大方。他心中女神的言谈风貌酷似她的父母双亲。赛妮娅太太已入中年,并不比凯马勒的母亲年轻,然而她却穿着一件色彩艳丽、款式别致、耀人眼目的高级大衣,神采奕奕,大模大样。虽然她的容貌不能与天使相比,但还算俊美、清秀,而且周身散发着扑鼻的香气……凯马勒真想知道那夫妻俩是怎样亲切交谈,而在遇到分歧时,又是如何进行争论的。此外,他还想探讨一下,他的生命怎样才能与他的女神紧密连接在一起。你还记得,她怎样用仰慕教堂里的大祭司、大神父的目光望着父母的吗?

凯马勒从容地说:

"假如赫蒂彻具有您的一些品质,那么,她准会有幸福日子……"

阿米娜眉开眼笑,皱纹顿展,然而她的欢乐却与苦涩的现实纠缠在一起。尽管她天性温柔敦厚,但这并没有保证她的幸福常在……她的嘴边一直挂着微笑,以此掩饰着她那阴沉的愁思,免得儿子看出来会同情、怜悯。

阿米娜说:

"只有那样才会平安无事!愿安拉使你的天质更加温柔,使你成为一个既爱人们、又被人们爱的人!……"

凯马勒问:

"您看我怎么样?"

阿米娜深信不疑地说:

"像我,有过之而无不及……"

可是,你怎样才能赢得天使的喜爱呢?你要来她那安逸的肖像,稍稍看上一眼,你能想象她是一位被爱情、被忧愁抛弃了的夜不成寐的人吗?这距离想象何其遥远!……你忍耐一下吧!不要自寻烦恼!看看她的笑貌、听听她的歌声也就够了。从女神身上发出一种光芒,在它的照耀下,万物呈现出一个崭新的面貌:茉莉花、常春藤一阵沉默之后,又开始窃窃私语;宣礼塔、圆屋顶越过晚霞铺成的地毯,飞向广阔云天;老城区的路标在吟唱着历代的名句、格言;宇宙的管弦乐重新开始演奏;怜悯之情从巢穴里飞出,素雅装点着大街小巷,欢乐之鸟在荒冢上吟唱；万物在沉默中迷失了路途，彩虹落在你双足踏着的草席上……这就是女神的世界！

阿米娜问：

"我去侯赛因清真寺的路上，经过爱资哈尔大学，碰上游行队伍，呼喊声之大使我想起了可怕的往事。孩子，又出了什么事了吗？"

凯马勒说：

"英国佬不愿意平平安安地离去！"

阿米娜眼里闪烁着愤恨的光芒：

"英国人……英国人……安拉什么时候才惩罚他们这些坏人？"

幸亏凯马勒提醒母亲不能憎恨法赫米最崇敬的人，这才说服了母亲。不然的话，阿米娜也同样会恨萨阿德的。

阿米娜显然有些不安地说：

"凯马勒，你说的是什么意思？难道我们还要回到灾难年月？"

凯马勒感到为难，遂答道：

"幽冥世界的事情，只有安拉知道！"

阿米娜神态困窘，面色苍白，说道：

"安拉握有惩治大权，就把他们交给万能的安拉吧！这是最好的办法。而我们去送死，那才是发疯。愿安拉保佑！"

"您放心吧！人固有一死，不是死于这个原因，就是死于那个缘故，绝不会无缘无故而死！"

阿米娜很不高兴地说：

"我不否认你说的是真理。但是，你的语气使我听了不舒服！"

"您想让我怎样说呢？"

阿米娜有些激动：

"我希望你能同意这么一个说法：人不该自投死神。"

凯马勒掩饰着笑意，屈从地说：

"我同意……"

阿米娜半信半疑地望着儿子，哀求道：

"你应该用心说,而不能只用嘴讲!"

"我是用心说的!"

理想与现实之间何其遥远!

你热情地憧憬着宗教、政治、思想、爱情;而母亲想的却仅仅是平安无事,她又何尝乐意五年前葬送一个儿子呢?

理想生活的实现,必然要付出代价和牺牲……肉体、智慧和灵魂便是理想生活的祭品。法赫米为理想付出了宝贵的生命,死得其所!你能够像他那样去迎接死神吗?面临这种抉择,你是不会迟疑的,即使又会撕裂这位不幸母亲的心肝。死尸上的伤口依然在流着鲜血,同时也包扎着千万个伤口。

啊!多么美好的爱情……是啊,但不在我与布杜尔之间。这,你是知道的!真正美妙的爱情,正是我对你的爱,它是抗击世间悲观主义的武器。这爱情告诉我:死亡,并不是我们所畏惧的最大凶神;生存,也不是我们贪恋的至高欢乐。有的人虽然活着,但却挨近了死神;有的人虽然死了,却飞向了永生世界。女神呼喊你的声音多么悦耳、动听,使你不知道如何形容。那不高不粗的声调,好像小提琴奏出的"Fa"的音,铿锵悠扬,响彻晴空。倘若你设想一下它的颜色,恰似深蓝色的苍穹……

第十六章

"下礼拜四,我将举行婚礼,愿安拉保佑……"

"安拉默助你!"

"很合适!赞美安拉……"

"宾客只限于亲戚,不会有什么使阁下不愉快的事情。"

"好!好!"

"我盼望着母亲也来,但……"

"没关系,要紧的是今晚平平安安……"

"当然我是知道的,我最了解你的脾气。今天嘛,不过是写个文书、喝点儿饮料而已……"

"好!安拉为你指路……"

"我已托付凯马勒,让他向他母亲转达我的问候,希望她一如既往,不要中止她那良好的祝愿,期待她宽宏大量、既往不咎……"

"当然……当然……"

"我希望常常听你说你喜欢我。"

"我喜欢你。凭安拉起誓,我乞求安拉助你成功,安拉能听到你的祈求……"

就这样,事情的发展完全与艾哈迈德·阿卜杜·贾瓦德先生的愿望背道而驰,他被迫接受现实,从而导致了父子关系的破裂。

虽然艾哈迈德·阿卜杜·贾瓦德先生以严肃的争论反对并且疏远了亚辛，但他的出发点是善意的。他终于同意亲自将自己的大儿子婚配白希洁的闺女，并且祝贺这种关系的确立，从而使得他的前情妇和他成了一家人。阿米娜曾经向艾哈迈德·阿卜杜·贾瓦德先生表示过，希望他以法赫米的名字阻止亚辛同玛丽娅结婚，但艾哈迈德·阿卜杜·贾瓦德没有接受这个意见，而且口气坚决地对她说：

"这是个荒谬的想法。出于对同胞兄弟的热爱和忠诚，和兄弟的遗孀结配，也是人之常情。再说，玛丽娅并不是法赫米的妻子，就连未婚妻也算不上。那都是过去的事了，距今已有六年之久。我不否认亚辛没有选择好，但他也是一片好心，尽管他是头骡子。他自己不大愉快，可也没有伤害别人。他本来可以选择一个更好的门第，而不去娶那么一个被休的女人。但是，万事不从人心，全是由安拉安排的，罪过在他自己的身上。"

阿米娜听了这番话，沉默下来，仿佛已经被先生说服了。

随着时光的推移，阿米娜虽有了发表意见的勇气，但并没有与先生商讨、争辩的能力，因此，当赫蒂彻来告诉她说亚辛请她参加婚礼、她说自己打算装病不去的时候，阿米娜没有同意赫蒂彻的意见，相反却劝她接受亚辛的邀请。

星期四那天，艾哈迈德·阿卜杜·贾瓦德先生来到已故穆罕默德·里德旺家里，看到亚辛和早已到来并迎接他的凯马勒。过了不大一会儿，易卜拉欣·肖凯特、哈利勒·肖凯特在赫蒂彻和阿伊莎的陪伴下到来了。至于玛丽娅的娘家人，则仅仅来了几位妇女，艾哈迈德·阿卜杜·贾瓦德先生自感放心，相信今天会平安过去的。

艾哈迈德·阿卜杜·贾瓦德先生朝客厅走去，发现这家的面貌与昔日路经这里时大相径庭，禁不住历历往事一一涌上心头，种种愤慨、烦恼油然而生，无声无息地嘲弄着这位作为新郎庄严之父而来的新角色。他开始诅咒起亚辛来，正是亚辛把他，同时也无意识地把自己推入了这条小胡同。然而客观现实迫使先生自我反省、自我安慰说：

"有其母未必一定有其女！玛丽娅正是亚辛的贤惠妻子，其母的轻率无妨于亚辛。"之后，他默默乞求安拉保佑！

亚辛经过一番用心打扮，尽管婚礼简陋，但他显得兴致勃勃，尤其值得高兴的是兄弟姐妹们全都来了；他本担心继母会对他们施加影响，会有人拒绝参加婚礼的。亚辛能够不求玛丽娅出来招待他们吗？不能，当然不能，因为他爱她。他只有通过结婚，才能得到玛丽娅，所以结婚是势在必行的了。父亲及继母的反对意见并不公正。经过一番了解和观察，他感到玛丽娅是第一位他乐意娶为妻子的女子……想到这里，亚辛对自己的婚姻十分乐观，满怀期望夫妻生活幸福稳定，难道不是这样吗？正是！他想：自己将成为一位好丈夫，她将做一个善良妻子；在未来的岁月中，里德旺将会有个幸福家庭，在那里发育、成长，自己游荡许久之后，也应该稳定下来的……

在他独身的时候，不管遇上什么吉庆、欢乐日子，亚辛总要张罗庆祝一番，从不迟疑。他不是个壮年人，也不是穷汉子，更不是那种将可恶夜晚称为良辰美景的荒唐鬼，怎会满足于这种孤寂、阴郁得近乎殡仪的结婚典礼呢？不过，有道是：需要面前，无法无天。那么，就让他这样从简办事，以纪念法赫米吧！

分别多年之后，玛丽娅和赫蒂彻、阿伊莎相见了。面对着这样的会见，亚辛显得态度谨慎，但并不窘迫、尴尬。她们相互亲吻、问候、祝贺，从早上一直谈到天黑，但谁也不提往事。相见的最初时刻，她们都很拘谨，每一个人都预料会提及往事，引起种种责备、埋怨。不管什么原因中断了她们之间的来往、侵害了她们之间的友谊，但毕竟一切安然地过去了。后来，玛丽娅谈起赫蒂彻的衣饰如何漂亮，说阿伊莎虽然生了三个孩子，但体形依然苗条、轻盈。最后，玛丽娅和她的母亲问起阿米娜，回答都只说"好"，一个字也没多说。

阿伊莎望着她的老朋友，目光中充满友爱、怜悯之情，出于慈悲、珍爱，没有把话题引到往事上去，嘴角上一直挂着微笑。赫蒂彻不时地偷偷打量玛丽娅。她虽然多年不提玛丽娅，然而她同亚辛结婚的消息却引起了赫蒂彻许多苦涩的议论；她对阿伊莎提起"英国人"事件，问亚辛为什么装聋作哑、不闻不问。但是，赫蒂彻的家庭观念强，除了她的丈夫之外，并没有跟肖凯特家族中的其他任何人谈过此事，只是提醒母亲："无论我们乐意与否，玛丽娅都要成为我们家的人！"……这也难怪，赫蒂彻生下阿卜杜·蒙伊姆·肖凯特和艾哈迈德·肖凯特之后，还在某种程度上把肖凯特家人当作"外人"。

夜幕初降，全权证婚人到来了。紧接着，举行结婚典礼，水杯酒盏轮番传递，妇女们发出阵阵欢呼。亚辛走来穿去，接受宾客们的祝贺。新娘子被请去见"老先生"及丈夫的亲属，于是玛丽娅在母亲、赫蒂彻和阿伊莎的簇拥下来到艾哈迈德·阿卜杜·贾瓦德先生跟前，先吻先生的手，接着和其他人握手。这时，艾哈迈德·阿卜杜·贾瓦德先生把一副镶嵌着绿宝石的金镯子赠给玛丽娅作为结婚纪念。

这样的家庭式典礼活动一直持续到九点钟，宾客们相继告辞而去，一辆双座轻便马车载着这对新人驶往思宫街的亚辛住宅，新房就设在那座楼的三层。所有的人一致认为，不管结果如何，亚辛第二次结婚幕帘已经落下来了。

结婚典礼过去两个星期之后，在已故穆罕默德·里德旺家里又举行了一次新婚盛典。这不仅在艾哈迈德·阿卜杜·贾瓦德先生家和甘露街、思宫街是件意外的新鲜事，就是在宫间街所在的整个区里，也是绝无仅有的奇闻！真是出人意料，也没有任何先兆，人们一无所知，白希洁与白尤密·谢尔巴特里成亲了……人们为这桩奇妙姻缘惊愕不止，仿佛他们第一次弄清白尤密·谢尔巴特里的小店就在本胡同口上。如今木已成舟，人们面面相觑、挤眉弄眼。人们有权感到新奇：新娘子是位寡妇，其原配丈夫是一位以善良、勇敢闻名的男子汉，而她虽已年过半百，却素喜华丽服饰，是本区有数的几个贵妇之一；新郎是位穿大袍的平民百姓，开着一个小铺子，卖些豆子、椰枣之类的东西，虽年岁不到四十，却已结婚二十年，养育过九个子女。所有这些，都是人们谈论的话题。他们无所顾忌地议论着这桩出乎意料的奇妙的姻缘。究竟是打什么时候、怎样开始，而后又如何趋于成熟，终于完婚的呢？究竟是哪一方主动提出，谁又是积极的响应者呢？

　　侯赛奈尼的理发店位于宫间街附近的一条路旁。侯赛奈尼师傅说，他常常看见白希洁太太在白尤密店前喝茶，有时也交谈上片刻，但他出于善意，并没有对此事多想什么。艾布·赛里阿的炒豆店每天总是最后一家关门，店主说，他多次发现许多人夜入白希洁住宅，但不知其中是否有白尤密。卖豌豆的达尔维什及奶豆商贩都这么说。虽然他们故作可怜这位子女众多的父亲，辛辣地批评这位和一个与他母亲同龄的女人结婚的昏庸男子汉，但是，他们都打内心里忌妒他交上了好运，憎恨他以这种"不合时宜"的手段跳出了他们那个阶层。他们中有的估计女人的家中有一笔可观的"遗产"，有的认为她家存有金币、首饰。

　　在艾哈迈德·阿卜杜·贾瓦德先生的家里和甘露街、思宫街的住宅里，发生了强烈地震。啊！多么丢脸呀！……家人们都这样惊呼、哀叹。艾哈迈德·阿卜杜·贾瓦德先生大发雷霆，吓得全家人心惊肉跳，一连数天不敢和他说话。难道白尤密·谢尔巴特里不该从现在起佯装与先生家亲近吗？亚辛真是该死！由于他的行动，致使白尤密成了他的"继岳父"，尽管家人唾弃、鄙视这个小店主。

　　听到这桩奇妙姻缘，赫蒂彻惊叫道：

　　"大事不好！"

　　阿伊莎接着说：

　　"今后，还会有谁责怪妈妈吗？妈妈有先见之明。"

　　亚辛在父亲面前发誓，说他对此事一无所知，玛丽娅也不清楚，因此她非常难过，可又有什么办法。

　　丑事并未到此止步。白尤密的原配妻子一听到这个消息，神经顿时失去控制，领着孩子，疯子似的离开家，径直来到了店铺，怒目痛斥白尤密，一场激战开始了，双方破口大骂，继而拳打脚踢，吓得孩子连哭带叫，纷纷向过路人求救……刹那间，白尤密的店铺前人山人海，围观人群中有行人、店主，也有儿童和妇女，将大街堵了个水泄不通。人们将厮打的原配夫妻俩拉开，把女人拖到了马路上，正好站在白希洁的阳台下。只见她外衣已被撕破，长袍扯开了口子，披头散发，鲜血顺着鼻子直淌。片刻过后，女人抬起头来，望着那紧闭的窗子，又是一阵痛骂，就像一条浸透油的铅头鞭子。更可怕的是，一阵骂声刚刚停息，那女人又径直朝艾哈迈德·阿卜杜·贾瓦德先生的店铺走去。那女人哭着哀求艾哈迈德·阿卜杜·贾瓦德先生施加影响和权威，说服白尤密迷途知返、回心转意。艾哈迈德·阿卜杜·贾瓦德耐着性子，听她哭诉，竭力压抑着家务事为他带来的痛苦、烦恼。他尽量和气地向她解释，说与她想象的相反，此事是他力不能及的。但那女人死皮赖脸，没完没了，最后艾哈迈德·阿卜杜·贾瓦德先生怒不可遏，将她赶出了店铺。

艾哈迈德·阿卜杜·贾瓦德先生思考许久，还是弄不清是什么原因使白希洁接受了这种姻缘。他知道，假若他站在白尤密一边说话，全然不顾她丈夫新婚给她带来的愁闷，她当然不会高兴的。白希洁置白尤密妻儿于不顾，简直是发疯！可是她为什么这么傻呢？难道说因为感到年纪已大，为了追回青年时代失去的幸福，才付出这么大牺牲而急于结婚吗？他沉思着，痛苦、忧愁，一齐朝他扑来。这时，他不由得想到了自己在乌德琴女祖努白眼中的地位。祖努白拒绝给予他以同情的目光，除非他把她接到自己的水上住宅里去。那是一种屈辱，动摇了艾哈迈德·阿卜杜·贾瓦德先生的自信心，但却使他认真地回顾起往日辛酸的岁月，一下心情平静下来了。

无论如何，白希洁的新婚生活并没有享受多久。

就在新婚后的第三周末，白希洁的腿上出现了脓肿，医生检查结果表明，她患了糖尿病，于是被送往艾尼宫医院，不久病情日益恶化，她一命呜呼了……

第十七章

　　凯马勒夹着小手提包站在夏达德公馆门前。他穿着一套雅致的灰色西装，皮鞋乌黑锃亮，大脑袋上顶着土耳其红毡帽……他显得瘦高，细长的脖颈看上去几乎支撑不住他的脑袋和鼻子。

　　天气温和，时有阵阵凉风吹拂，预示着九月即将来临。天空中飘浮着洁白的云朵，缓缓地移动着，晨光在云朵间时隐时现。凯马勒站在那里，眼睛不住地望望车库，好像在等什么人。时隔不久，侯赛因·夏达德驾驶着一辆菲亚特小汽车出来了，在赛拉亚特大街兜了个圈子，停在凯马勒的面前。侯赛因·夏达德从车窗里探出脑袋，问道：

　　"他俩还没有来？"

　　他连摁了三声喇叭，然后打开车门，说：

　　"上来吧，坐在我旁边……"

　　凯马勒只把小手提包放到车里，说了声"等一等！"这时，布杜尔的喊声从花园传到他的耳朵里，他回头一看，发现小姑娘正朝他跑来，跟在她后面的是阿伊黛……女神！她昂首阔步，身材苗条，下身穿着一件最新式的灰色短裙，上身穿着一件黑色绸短袖衫，两个匀称的赤褐色肩膀露在外面。乌黑的发髻盘成的圆环绕着后脑勺和面颊，随着那蹁跹脚步，波浪起伏，摇摆舞动。整齐的刘海安稳地搭在前额上。发环的中间，一轮皓月似的面孔，俊秀和善，如同幸福梦境中某国的高贵使节。在一股强大的磁力吸引下,凯马勒像被钉子钉在了原地,似醒似睡,纹丝不动。他心情激动无比,难以描绘。

阿伊黛大模大样、步履轻盈地朝凯马勒走来,宛如一支甜美的抒情歌曲,随之一股巴黎香水的清芳扑鼻而来。当两人的目光相遇时,阿伊黛明净的双眸和含蓄的双唇间溢出甜滋滋的微笑,那样从容、喜悦、文雅;而凯马勒的笑容却显得拘谨,接着便躬身还礼。侯赛因·夏达德对阿伊黛说:

"上来吧!让布杜尔坐在后排座上……"

凯马勒往后退了一步,打开后车门,侍卫似的笔直站立一旁,然而得到的报偿只是微微一笑和用法语讲的一句"谢谢"。他一直等到布杜尔上了车,接着阿伊黛也上了车,方把后门关上,然后在侯赛因·夏达德身边坐了下来。侯赛因·夏达德望望公馆,又鸣了一次喇叭,只见门卫提着一只小篮子走出来,将篮子放在凯马勒和侯赛因·夏达德之间的小提包旁,并且说:

"外出旅行,不带吃的怎么行呢?"

喇叭一声鸣叫,车子开动了,然后朝阿巴西亚大街驶去。

侯赛因·夏达德对凯马勒说:

"关于你的情况,我知道得很多。别看你体态瘦弱,但你学问不少,我说的对吗?"

凯马勒感到幸福、欢乐过望,笑着说:

"稍等片刻,你会亲自了解到的!"

他和她同乘一辆汽车,共享着除了在梦乡中很难有的乐趣,只听愿望之神低声细语:"假若你坐在后排,她坐在前排,那么一路之上,你可以不受任何人监视能把她看个够!你不要贪得无厌,见利忘义!你就顶礼膜拜、赞颂感谢吧!愿你清除掉头脑中的杂念,挣脱忧愁思潮,抓住时机,尽情地享受吧!难道这不是难以觅寻的时辰吗?"

"我还没能找到哈桑·赛里姆和伊斯玛仪·拉蒂夫,好让他俩一道参加我们这次旅行!"

凯马勒征询似的望着侯赛因·夏达德，虽然没说什么，但心却在欢快地跳动着，并且为给予他这样的特权感到有些羞愧。侯赛因·夏达德歉意地说：

"你看，车子也容不下所有人……"

凯马勒小声地说：

"显而易见……"

侯赛因·夏达德又笑着说：

"如果非精选不可的话，那就选取你和相似的人。无疑，我们的生活爱好彼此相近，对吗？"

凯马勒乐在心里，脸上漾着欢快的微笑。他说：

"是的！"

然后又笑着说：

"但我喜欢思想旅行。至于你，好像不大喜欢，除非思想旅行可带着我们绕地球一周。"

"难道你不喜欢遍游地球各个角落的旅行吗？"

凯马勒思考片刻，说：

"似乎我迷恋安稳的爱情而不想旅行，当然我是指那种行色匆匆、忙乱不堪的外出。假如条件许可，我真想原地不动周游世界一次。"

侯赛因·夏达德会心地和蔼一笑：

"如有可能，你就坐在一个原地不动的飞船上，来观望在你脚下转动的地球！"

凯马勒久久地欣赏着侯赛因·夏达德那诱人的笑声。哈桑·赛里姆的形象油然浮现在他的脑海里，于是他开始比较这两种贵族风貌：一位是和颜悦色，满面春风，另一位却是谨小慎微，傲气横生。但是，两个人都统一高贵可敬。

凯马勒说：

"思想旅行好在不需要移动……"

侯赛因·夏达德疑问似的扬起双眉，中断了原来的话题，兴致勃勃地说：

"要紧的是：我们正在进行一次短途旅行。在这个方面，我们的爱好彼此相近……"

不知不觉间，一种甜美的话音从背后传来：

"一句话，侯赛因·夏达德就像布杜尔那样喜欢你……"

这句话散发着爱情的芳香，似天使的音调那样和谐，凯马勒的心为之陶醉，飘飘欲飞；它又像一支迷人的歌曲，使一切绝唱黯然失色，让听者半痴半醉。女神纵情地将爱的词语撒向你，她忘记了，这等于向炽热的心上投放镁粉。任何人听听那情思的回声，便会领略到爱的琴弦铿锵作响的乐趣。爱情是一支古曲，然而却会不断地迸发出新的生命。啊，主啊，我真幸福！侯赛因评论姐姐的话说：

"阿伊黛以她们女人特有的语言解释了我的想法……"

汽车穿过赛卡基尼街，行至纳兹丽皇后大街，然后穿过福阿德一世大街，由此驶往加马利克，速度之快，在凯马勒看来简直达到了疯狂的程度。

"天上阴云密布，我们正好在金字塔下痛痛快快地玩上一天。"

侯赛因·夏达德提高声音，好像在对布杜尔说话：

"等我们到了金字塔，你可随心所欲地和他坐在一起玩！"

侯赛因·夏达德又笑着问阿伊黛：

"布杜尔要什么？"

"她想和你的朋友坐在一起！"

你的朋友！她为什么不直呼"凯马勒"？难道你的朋友不想听你呼唤他的名字？

侯赛因·夏达德对凯马勒说：

"昨天，爸爸听到她问我：'凯马勒和我们一道去金字塔吗？'于是爸爸问我：'谁叫凯马勒？'我回答爸爸之后，爸爸又问她：'你想和凯马勒结婚？'她十分简捷地回答道：'是的！'"

凯马勒回头望了望，只见阿伊黛背靠后座，并且把脸埋在了妹妹的背后面。凯马勒瞅了一眼便回过头，满怀希望地说：

"但愿当真！但愿她不要忘掉自己的话！"

车子奔驰在通往吉萨的路上，侯赛因·夏达德加大了油门，"呜呜"的响声骤然增大。车内一片沉默。

凯马勒喜欢这种沉默，正好静下心来，独自安享幸福。昨天的谈话是家庭中的谈话，家长将他选为女婿，多么幸福，多么光彩！请你记住那一句甜蜜的话语！用巴黎香水的芬芳填满你的心灵，让你的耳际响彻鸽子和羚羊的叫声。当不眠的夜晚来临时，愿你回到女神的身边，她的话胜过先哲们口中的格言，强似文学家笔下的妙语。她拨动了你的心弦，幸福泉水奔流在你的心田。正是这些，将幸福化为秘密，令神志、思想辨不清方向。渴望幸福的人们啊，我发现幸福就在言谈话语之中，在深奥的外国语里，而且也在沉默寡言、虚无缥缈之中。啊，安拉啊！路两旁的高大树木多么壮观！树枝在路面上空彼此亲吻拥抱，构成了鲜嫩碧绿的云天。滔滔流淌的尼罗河水，在太阳光照耀下，披着亮晶晶的绫罗衫。你何时再次飞驰在这条大路上？……我读三年级的时候，曾到金字塔一游。我每次旅行归来，无不暗下决心，独自回到他的身边。你猜呀，坐在你背后的是谁？在她的眼中，仿佛一切都变得那样美好、清新，就是住在老城区，也觉得幸福。你还有更高的愿望吗？……倘若汽车载着我们永远行驶下去，那该多好！安拉啊，如果有人问你："你对这爱情寄托着什么希望？"这难道使你难以开口对答吗？其实，谁也无法体会你此时此刻的心境，因为这是最幸福的时刻。看哪！金字塔在不远的地方向我们招手了！过一会儿，你就像蚂蚁来到了树根前那样站在金字塔下了……

"我们去拜谒先人的陵墓吧！"

凯马勒笑着说：

"我们用楔形文字念《开端章》吧！"

侯赛因·夏达德开玩笑说：

"先人留下来的祖国只是一片荒冢、几具干尸！"

他又指着金字塔：

"看哪，这白费了多少力气！"

凯马勒热情、激动地说：

"那是不朽的古迹啊！"

"哦！你一如既往，积极辩护。你是位病态的爱国主义者，在这方面，我们之间存在着分歧。我在法国也许比在埃及更加热爱它……"

凯马勒的微笑下掩盖着内心的痛苦：

"在那里，你将发现法国人是地球上最富有爱国主义的民族！"

"是的，爱国主义是世界通病。但是，我喜欢法国，喜欢法国人的一些与爱国主义毫无关系的优点、长处……"

这言谈确实令人痛苦、遗憾，但并不能使凯马勒恨侯赛因·夏达德，因为二者是不分彼此的……伊斯玛仪·拉蒂夫对他怀有戒心，有时看不起他……哈桑·赛里姆常以傲慢的态度冲他发火……至于侯赛因·夏达德，不管怎样，总还是喜欢他的。

汽车在距大金字塔不远的地方停了下来，加入了长长的空车行列。那里到处是人，三五成群，或行或止，有的骑着毛驴，有的骑着骆驼，有的正在攀登金字塔，还有许多商贩、驴夫和驼夫。土地宽广，一眼望不到边，金字塔就像神话里的巨人，巍然屹立在大地中央。站在高坡上回望，城市轮廓清晰可辨，树木枝头、纵横沟渠、高楼塔顶尽入眼帘。宫间街在何部位？老宅子在哪里？在常春藤架下喂鸡的母亲又在何方？

"我们把所有的东西都放在车子里，自由轻松地游逛吧！……"

离开汽车，四个人呈"一字"横排朝前走去：左起第一人是阿伊黛，侯赛因·夏达德、布杜尔依次排列，最右边是凯马勒，他紧紧拉着布杜尔的手。他们绕着金字塔，边走边仔细观看塔的基脚，之后朝沙漠走去。这里沙地松软，行走起来颇为困难，然而微风习习，令人精神抖擞。太阳时隐时现，天边挂着片片彩霞，构成了一幅美丽的图画，任凭风神挥手摆布。

侯赛因·夏达德深深地吸了一口气，说：

"美……真美啊！……"

阿伊黛口中嘟囔着法语，凯马勒虽对法语懂得不多，但听出她正在翻译侯赛因·夏达德的话。阿伊黛习惯于讲外语，一方面想通过多说来减轻母语腔调的影响，另一方面，她是把讲法语作为女性的贤良标志之一而强迫自己领受的。

凯马勒环视了一下，感慨地说：

"真美……万赞归于伟大的安拉！"

侯赛因·夏达德笑了：

"你开口必称安拉，必称萨阿德·扎格鲁勒……"

"安拉在上，这点上我们是没有分歧的！"

"安拉常挂在嘴上，为你增添了特有的宗教色彩，仿佛你成了一位宗教人士。"

侯赛因·夏达德语气稍稍温和，他问：

"宗教中有什么令人兴奋的东西吗？"

这句话后面隐藏着什么讽刺、奚落的含义吗？阿伊黛能和他一起挖苦凯马勒吗？他们俩究竟对老城区有什么看法？阿巴西亚大街怎样看待宫间街和奈哈辛大街呢？你感到害羞吗？不要忙！侯赛因·夏达德几乎对宗教毫无兴趣。至于女神，看来还不如侯赛因·夏达德。她不是给你说过吗：有一天，她到教堂去听基督教课，并且在那里做礼拜、唱圣歌。她是一位穆斯林，尽管她并不了解关于伊斯兰教的事情，但她的确是一位穆斯林。你对此有什么看法？……我爱她，我爱她达到了崇拜的程度。我爱她的宗教，尽管那宗教刺痛了我的心。我承认这些，但求安拉宽恕！

侯赛因·夏达德手指着周围的美丽景色，说：

"真叫我流连忘返啊！至于你呢，凯马勒，你则沉浸在爱国主义之中。不妨将政治与这美丽的大自然比较一下吧！"

凯马勒笑着说：

"大自然、政治，都是壮丽的……"

侯赛因·夏达德仿佛想起了一件重要事情似的，突然问道：

"我差点儿忘掉：你的领袖已经隐退了！"

凯马勒苦苦一笑，没有回答什么。侯赛因·夏达德有意触怒他，说：

"失去苏丹①和宪法②之后，他才隐退了，是这样吗？"

凯马勒沉着镇静，从容不迫，丝毫不露声色，这完全出乎侯赛因·夏达德的意料。凯马勒说：

"西里塔克帕夏被害，对萨阿德内阁是个重大打击……"

"我还是重复一下哈桑·赛里姆说过的话吧！他说：'这种敌对情绪是部分人——包括被害者在内憎恶英国的表现。而萨阿德·扎格鲁勒应该首先对挑起这种敌对的情绪负责！'"

哈桑·赛里姆的论断使凯马勒气在心里。凯马勒强压怒火，以应有的稳重态度说：

"这是英国人的观点，你读过《金字塔报》上的电讯吗？立宪自由党人重复这样的观点，那是不足为怪的，值得骄傲的是，正是萨阿德·扎格鲁勒点燃了反英的火炬……"

阿伊黛两眼里闪烁着责备、告诫的光芒，并且掺杂着诱人的微笑，插话道：

"是游玩，还是上政治课？"

凯马勒指着侯赛因·夏达德，歉意地说：

"给你介绍一下，这位便是该项话题的负责人……"

侯赛因·夏达德用他那细长的手指，梳理着乌黑发亮的头发，笑着说：

---

① 苏丹1898年开始由英国和埃及"共管"，萨阿德·扎格鲁勒任内阁首相时要求废除英国在埃及的特权，未成功。
② 1923年4月19日，埃及公布了历史上的第一部宪法，确定为君主立宪国，但1924年11月19日，英国驻埃及军队总司令李·斯科特在开罗遭到暗杀，英国派兵占领政府大厦，实际取消了埃及宪法。

"领袖退隐,理应致以慰问,难道不是这样吗?"

接着他又严肃地问道:

"你们那个区里举行了纪念革命大游行,你没参加吗?"

"那时,我还不到规定的年龄!"

侯赛因·夏达德的话语中带着温和的讽刺意味,说:

"总而言之,那是旨在参加革命的豆蔻商店事件!"

三人一起大笑,就连布杜尔也学着他们笑了起来,于是出现了四重奏:两把号,一把小提琴,一支笛子。片刻过后,又是一阵静默。

阿伊黛打破沉默局面,似乎为凯马勒进行辩护:

"够啦,够啦!他已经失去了哥哥……"

凯马勒打内心里感到自豪,还想得到阿伊黛更多的同情:

"是啊,我失去了家庭中最优秀的人……"

阿伊黛关切地问:

"他原在法学院,是吗?如果活到现在,该有多大了?"

"二十五岁……"

凯马勒语调悲伤地接着说:

"他是个很有才华的人……"

侯赛因·夏达德把手指摁得噼啪作响,说:

"原来如此……这就是爱国主义!那之后,你怎样评价它呢?"

凯马勒笑着说:

"我们都将成为明日黄花,然而死与死之间却有着天壤之别!"

侯赛因·夏达德的手指又是一阵噼啪响,然而未加评论,好像他不明白凯马勒话中的含义。为什么又谈论起政治来了呢?人民结党反抗英国佬,他不再认为是件轻而易举、微不足道的事情了。为了逃避这些,倘若感到地球上的生活不大舒适,当然可以飞向乐园,哪怕暂时也好。

啊……你和阿伊黛并肩行进在金字塔的荒漠之中,尽情观赏这美妙景致,放声呐喊吧!让那些建造金字塔的人们也听听你的喊声!

女神及其崇拜者并行在大漠之上；崇拜者张皇失措，微风几乎将他吹走；女神呢，却一直在数石头子消遣解闷，自由自在，兴趣正浓。倘若爱情是一种传染病，那么，她也是不会关心他的痛痒的。和风戏动着她的裙角，摇曳着她的发环，悄悄潜入她的心房……风神啊，你多么幸福！两位情侣的灵魂飞上那高耸的金字塔顶，向往来的驼队衷心地祝福，盛赞女神，怜惜崇拜者，重复着时光老人的至理名言："除了爱情之外，再没有比死神更强大的了！"你看看她，近在咫尺，然而她实际上却像地平线；你以为在紧贴着她，但她却在天空盘旋……在这次旅行中，你多么渴望摸摸她的掌心；可是，看来你还没摸到，你就会离开人间，你何不勇敢地快步走到她在沙上留的脚印旁，吻上一吻？……或者抓起一把沙土，将之筑成不眠之夜拒绝爱情痛苦的屏障？啊，多么可怜！一切都已表明，与女神联系只有用赞美之歌或变痴发疯。于是他唱起了歌或成了狂人……

沉思之余，凯马勒觉得一只小手在拽他，回头望望布杜尔，只见她伸开双臂，示意求他抱抱。于是，凯马勒弯下腰去，双手将她举起。这时，阿伊黛阻拦说：

"不！看来我们都累了，休息一会儿吧……"

在通向狮身人面像的斜坡路边的一块大石头上，与刚才行走时的排列顺序一样，大家依次而坐：侯赛因·夏达德伸展双腿，鞋跟踏入了沙土之中；凯马勒一只脚搭在另一只脚上，并将布杜尔拉到他的身边；阿伊黛坐在侯赛因·夏达德的左边，随手取出梳子，梳理了一下头发，并用手轻轻地拍拍发环。

侯赛因·夏达德朝凯马勒的红毡帽瞟了一眼，批评似的问：

"这次旅行，你为什么要戴红毡帽？"

凯马勒摘下红毡帽，放在怀里，而后说：

"不戴着它走路不大习惯……"

侯赛因·夏达德笑着说：

"你是保守派的典型！"

凯马勒自问：侯赛因·夏达德的话究竟是表扬、赞叹，还是批评、责怪？他真想追问明白。但是，阿伊黛稍稍往前倾了倾身子，望了凯马勒的头一眼，于是凯马勒的思路中断了，注意力完全转到了自己的头上，心里有些忐忑不安。这时候，他的头上既无盔甲，又无缠头巾，光秃秃的大脑袋，没有半点儿装饰，那两只水汪汪的大眼睛盯住不放，会给她留下什么印象呢？

阿伊黛唱歌似的问：

"你为什么不留发呢？"

凯马勒万万没有料到她会提出这样的问题。福阿德·贾米勒·哈姆扎维的头是光的，老城区里的所有朋友都是这样的；亚辛既未蓄须，也没留发，但被录用了。难道每天早餐桌上还要让父亲看看他的分头吗？

"为什么要留发呢？"

侯赛因·夏达德思考片刻，反问道：

"留起发，不是更漂亮些吗？"

"我没想到这些……"

侯赛因·夏达德笑了：

"我想，你天生就该当教师！"

赞扬还是责备呢？无论如何，就让你的脑袋接纳这崇高的关怀吧！

"我生来为了当一名学生……"

"答得好！……"

侯赛因·夏达德把音调提高一度，问道：

"你还没跟我好好谈谈关于师范学院的事情呢！如今两个月已经过去，你觉得师范学院怎么样？"

"我期望师范学院能成为我走向理想世界的大门。现在，我正通过英国的老师们了解若干疑难词语的意义，如'文学''哲学''思想'等。"

"这正是我们梦寐以求的人类文明！"

凯马勒有些为难地说：

"但那酷似浩瀚的海洋，我们应该弄清它的边际，以便更好地了解我们想知道的东西，可这的确是个难题啊！"

侯赛因·夏达德一对漂亮的眼睛里透出关切的目光。他说：

"对我来说，这倒算不上什么难题。我读过大量的法国小说和戏剧，如果原文中有难懂的地方，就问阿伊黛。我还和她一道欣赏过许多东西方乐曲，有些是用钢琴演奏的，美妙极了。最近，我读了一些古希腊哲学的简明读物。我之所以这样做，目的很简单，只不过是进行智力、体力旅行；可你呢，你想著书立说，当然需要弄清界限、目标！"

"更困难的是：我自己不知道到底要写什么……"

阿伊黛笑着问：

"你想当作家？"

一股幸福的热浪顿时涌入凯马勒的心间，他喜不胜收地说：

"也许……"

"想当诗人，还是散文家？"

阿伊黛边说，边朝前移了移，刚好能看到凯马勒，接着说：

"让我给你相相面吧！"

在同你的幻影悄声低语时，耗尽了我的诗歌。诗歌是你的神圣语言，我本来不敢鄙视低估。在漆黑的夜色里，我泪如泉涌。你那丹凤明眸望着我，我是多么幸福，又多么难看！在你的目光下，我如同大地沐浴阳光，禁不住羞怯、腼腆……

"诗人！是的，你是一位诗人！"

"真的？你怎么知道？"

阿伊黛变了变坐姿，隐隐一笑，宛如低声吐露什么希望似的，然后说：

"相面准确无误，结论无须解释！"

"那是戏言。"

侯赛因·夏达德笑着插了这么一句。

大自然造就了一只蜜蜂为蜂王，它选择茂密花园为住所，博采百花，酿造蜂蜜；倘若有人对它的王位虎视眈眈，那么，他必然得到一螫的报应……但是她却说："不！"

阿伊黛又问：

"你读过法国小说吗？"

"我读过米什莱①的一些东西，都是翻译过来的。我不能读法文原著，这，你是知道的……"

阿伊黛满怀热情地说：

"不通法语，难成作家。读读巴尔扎克、乔治·桑②、斯塔尔夫人③、洛蒂④的作品吧！然后再写小说……"

凯马勒不解地问：

"小说？那是边角艺术，而我心仪的是严肃作品……"

"在欧洲，小说是一种严肃的作品，有许多作家专门从事小说创作，不涉足于其他艺术领域，他们一样跻身于不朽人物行列之中。我不是胡乱编造，这是法语先生亲口对我讲的……"

凯马勒疑惑地晃了晃他的大脑袋。侯赛因·夏达德插话说：

"你小心惹得阿伊黛生气！她是非常酷爱法国小说的，而且是小说的女主人公之一！"

凯马勒稍微往前移动了一点儿，将目光投向阿伊黛，一来想亲自查看她对侯赛因·夏达德的话有何反应，二来想乘机仔细瞧瞧她那俊俏的面容。然后他说：

"怎么会那样？"

"说来也怪，她完全沉醉在法国小说里了。她的头脑里充满了幻想

---

① 米什莱（1798—1874），法国史学家。
② 乔治·桑（1804—1876），法国女小说家。
③ 斯塔尔夫人（1766—1817），法国作家。
④ 洛蒂（1850—1923），法国作家。

生活。有一次，我看到她在镜子前大摇大摆地走来走去，于是问她怎么啦，她回答我说：'阿佛洛狄忒[①]就像我现在这样在亚历山大海边踱来踱去的！'"

阿伊黛微笑地皱着眉头：

"别信他的话！没那回事，他比我还富于幻想，是他编造的；只有那样，他才开心……"

阿佛洛狄忒？我的女神啊，阿佛洛狄忒是何许人？你把自己任意想象成任何一个人，使我不胜难过。

侯赛因·夏达德直率地说：

"你别不安！曼法鲁蒂[②]、莱代尔·希贾德小说里的主人公激发了我的想象力……"

凯马勒扑哧一笑，喊道：

"为什么不把我们编在一本书里呢？既然我们如此喜欢幻想，那么，何苦留在地球上呢？你应该将这个理想化为现实！我不是作家，也不想当作家。但是，假如你愿意的话，是可以把我们写在一本书当中的……"

阿伊黛就在你写的那本书里！究竟是祈祷，是加入苏菲派[③]，还是发狂？

"我？"

布杜尔突然高声发问，似乎在抗议，于是，三人一齐朗声大笑起来。侯赛因·夏达德提醒说：

"别忘了给布杜尔留个位置！"

凯马勒亲昵地抱住小姑娘，说：

"你将在第一页上……"

阿伊黛望着地平线，问：

[①] 阿佛洛狄忒，古希腊神话中爱和美的女神。
[②] 曼法鲁蒂（1876—1924），埃及现代作家。
[③] 苏菲派，伊斯兰教神秘主义派别。

"你写我们的什么呢？"

凯马勒不知道说什么好，只是淡淡一笑，以掩饰他的惊慌失措。但是，侯赛因·夏达德代他做了回答：

"就像作家那样，写一部炽烈的爱情小说，以死亡或自杀终结。"

瞧，他们拿着你的心当足球踢。

"我希望这仅仅是男主人公的下场！"阿伊黛笑着说了这么一句。

主人公不愿意想他心中的女神会死去。凯马勒问：

"难道非以死亡或自杀收尾不可？"

侯赛因·夏达德笑着回答道：

"这是炽烈爱情小说的必然结局！"

为了逃避痛苦，一死也许便表达了愿望。凯马勒揶揄地说：

"实在令人遗憾……"

"难道你连这一点也不明白？好像你还没尝过爱情的滋味！"

在现实生活中，有那么一个时刻：在进行手术的时候，啼哭可以代替氯仿做麻醉剂。侯赛因·夏达德又说：

"我最关心的是：在你的著作中，请不要忘记给我留个位置，即使那时我已远离祖国……"

凯马勒凝视了他许久，然后问：

"你仍然想出去吗？"

侯赛因·夏达德语气严肃地说：

"每时每刻，我都想活动。我想纵横驰骋，上天下海，然后终结生命……"

倘若死神不期而至呢？会发生这样的事情吗？你为什么痛不欲生？难道你把法赫米忘记啦？生命不能用长和宽来丈量。你的生命只有那么短暂一瞬，但却完美无缺。或许你会问："美德与永恒有什么用？"你的痛苦还有别的原因，好像你与你那想远走的朋友难舍难分。假若他走了，那么，你的生活天地会怎么样？你和朋友们的公馆之间会出现什么意外呢？啊……今天的微笑多么虚假！现在，她的话音响在你耳边,她的香气扑鼻,难道你能够让时光的车轮停止转动?在你的余生中,难道你将像狂人一样,老远老远地徘徊在公馆的周围?

"假若你听我的意见,那么,你就结束学业后再外出……"

阿伊黛热情、诚恳地说:

"爸爸多次跟他这样讲过……"

"这个意见是正确的!"

侯赛因·夏达德嘲弄似的问:

"难道我只有背诵过民法和罗马法律才能领略到生活天地的美吗?"

阿伊黛又对凯马勒说:

"我爸爸狠狠地挖苦过他的那些梦想,希望看到他成为一名法官,或者在金融界和爸爸一道工作……"

"法官……金钱!我绝不去当那个法官。我获得学士学位之后,在认真考虑选择职业时,政界将是我奋斗的方向。至于金钱,你们还有什么更多的贪图吗?我已经是最富的人了……我的财富已超出了人的容量!"

多么奇怪!人的财富之多竟然超出了自己的容量!早先,我曾经想过,你将像你父亲一样,也有个像他那样的大商店,那时候,财富再也不是你梦寐以求的东西。可是,你不愿意从精神冒险中解脱出来吗?在谋求生计的苦海里生活是多么难熬啊!

侯赛因·夏达德接着说:

"全家人都不理会我的志愿,他们把我看作一个娇生惯养的孩子。一次,舅舅嘲笑我道:'偌大家庭,孤独一子,这样再好不过了!'这是为什么?就因为我不崇拜金钱!就因为我把生命看得比金钱还重!你说对吗?在我们这个家庭里,把一切不增加财富的活动都视为虚假的游戏。他们一心梦想的是尊号、头衔,好像那就是失去的乐园。你知道他们为什么那样敬重总督吗?妈妈常对我说:'如果我们的老爷子还在世的话,你爸爸早就当上帕夏了!'每逢亲王、头领登门来访,我家便盛情款待，慷慨无比，挥金如土……"

说到这里，侯赛因·夏达德笑了笑，继续说：

"当你得空儿撰写我建议的那本书时，可不要忘记把这些奇妙花絮描绘在你的笔下！"

侯赛因·夏达德话音刚落，阿伊黛便对凯马勒说：

"但愿侯赛因·夏达德的言谈不影响你的著述！不要把我们家写得一团漆黑！"

凯马勒谦恭地说：

"愿安拉保佑，我的笔绝不会亏待你们家的。再说，侯赛因·夏达德也没有出什么家丑啊！"

阿伊黛满意地笑了。同时，侯赛因·夏达德的唇边也绽出了欣慰的微笑，尽管他双眉上翘，现出惊奇的神情。

听了侯赛因·夏达德对自己家庭的抨击，凯马勒并不完全相信那些话。是的，侯赛因·夏达德说自己不崇拜金钱，凯马勒对此并不怀疑，并且相信侯赛因·夏达德把生命看得比金钱重。此外，凯马勒不赞成将这种品格单单归于经济充裕，认为这首先是因为朋友眼界开阔，站得高，看得远，而钱财本身是不会反对人们去崇拜它的。但是，侯赛因·夏达德关于总督、尊号、头衔、款待之类的谈话，凯马勒则认为那是一种充满强烈炫耀色彩的批评，是批评自家，同时也是在炫耀自家。侯赛因·夏达德认为，在凯马勒面前批评自己的家庭并不失体面；无论说什么，凯马勒也不会以为他在有意用花言巧语捉弄人。

侯赛因·夏达德从容地笑问道：

"我们当中谁将成为小说的主人公，是我，还是阿伊黛、布杜尔呢？"

"我！"布杜尔大声喊道。

凯马勒紧紧拉着她的小手，说：

"那我们就算说定啦！"

然后他问侯赛因·夏达德：

"选个什么题目呢?"

"《侯赛因周游世界》吧!"

三个人齐声大笑,因为这使他们想起了正在上演的一台话剧:《野蛮人周游世界》。侯赛因·夏达德趁此机会问凯马勒:

"你还不认识去剧场的路吧?"

"只去电影院也就够了!"

侯赛因·夏达德对阿伊黛说:

"晚上九点钟之后,我们的作家是不许在外边聊天的!"

阿伊黛嘲笑地对侯赛因·夏达德说:

"无论如何,他总比那些被准许周游世界的人要好!"

她回头望望凯马勒,语调十分柔和地说:

"父亲想按照自己的行为举止、仪表风貌来培养自己的儿子,难道这是什么丢脸的事吗?我们在生活中追求金钱、地位、头衔,难道这有什么可耻的吗?"

你站在原地不动,金钱、体面、地位、尊号就会自动送上门来,众人会在你面前低头弯腰,亲吻你的脚背。动辄你就希望我自杀,叫我如何回答呢?愿你那颗不怀好意的心难受。

"这没什么丢脸、可耻!"

凯马勒稍稍停了停,接着又说:

"不过有个条件,即看其是否适合个人的性情!"

阿伊黛问:

"什么样的性情与之不相适合呢?令人不解的是:难道侯赛因·夏达德真的淡泊这种生活,贪恋着更高级的生活吗?不,我的先生!他所梦想的是工作、赋闲、事业!这不是咄咄怪事吗?"

侯赛因·夏达德讥讽道:

"你们所崇拜的亲王公子不都是这样生活着吗?"

"那是因为他们花天酒地、富贵荣华,别无向往了!侏儒呀,你怎好将自己与他们相比呢?"

侯赛因·夏达德回头望望凯马勒，不无懊恼地说：

"我们家所奉行的原则是：工作旨在增长家财，结交有权有势的高朋。因此，你必须全神贯注地盯着贝克品级，而后，你就得加倍努力发财致富、结交名流，直到取得帕夏尊号。你生活的最高目标就是当首相、大臣，只要得到一个不用体力或脑力劳动的官位，那就算到头了。你知道亲王最近一次来访时，我们家破费了多少吗？……单单从巴黎购买新家具和珍奇古董，就用掉了数万镑！"

阿伊黛反驳说：

"花那么多钱去迎接一位亲王，并非单单因为他是亲王，而因为他是国王的同胞兄弟。之所以那样盛情款待他，是出于忠诚、友谊，而不是讨好、献媚，那是不容争议的体面、威风、排场……"

侯赛因·夏达德坚持说：

"但是，爸爸不遗余力加强与阿德利、赛尔沃特、鲁希迪以及那不能够被认为是忠于国王的人之间的关系，这不正好证明了那句格言'欲达目的，不择手段'吗？"

"侯赛因·夏达德！"

阿伊黛的这种喊声，侯赛因·夏达德未听到过。那喊声中充斥着自负、愤慨和责备，仿佛在提醒他不该说出这种话，或至少不该在"外人"面前这样声张。

侯赛因·夏达德顿时满脸通红，既害羞又痛心，一时间，生活在这个可爱家庭中的幸福感消失了。阿伊黛昂着头，双唇紧闭，眼里闪着愤怒的光，虽然额头上并没有什么气恼的征兆，但她确实生气了，而且就像古代皇后那样不动声色。侯赛因·夏达德没见她发过脾气，也想不到她真会动感情，胆战心惊地呆望着她的面孔尴尬不堪，真想找个话茬儿，继续说下去。但是，没过几秒钟，侯赛因·夏达德从昏迷中苏醒过来，开始欣赏天使怒容的俏丽。这时，阿伊黛又对他说：

"父亲对你谈到的和那些人的友谊应归到总督被革职后的一段历史中去……"

此时此刻,凯马勒颇想驱散这片乌云,于是打趣地问侯赛因·夏达德:

"你既然有这样的见解,那么,你为什么瞧不起爱资哈尔大学出身的萨阿德呢?"

侯赛因·夏达德爽朗一笑,说:

"我厌恶去讨好上等人,但这并不意味着我敬重普通人。我喜美而厌丑,遗憾的是一般人很少具有我所喜爱的那样的美……"

阿伊黛插了嘴,声调温柔地说:

"你所说的讨好上等人指的是什么?一般来说,那无疑是可耻的行为。但是,我认为我们也属于上等人,人家对我们表示好感,我们是不会以等礼相待的!"

凯马勒完全同意:

"这是毋庸置疑的真理!"

侯赛因·夏达德立即站起来,说:

"我们坐的时间很长了,起来朝前走走吧……"

大家站起来,朝狮身人面像走去。天空中片片白云集聚,太阳被一层纯白色的薄暮遮盖起来,但仍然清晰可见。迎面走来一群学生和一伙欧洲男男女女,也许侯赛因·夏达德想间接地与阿伊黛和解,于是指着那伙人对她说:

"欧洲女士们都在留心你的裙子呢,你高兴吗?"

阿伊黛的唇上浮现出惊奇、喜悦的笑意,悠然自得地抬起头来,满怀信心地说:

"当然喽!"

侯赛因·夏达德笑了,凯马勒也随之微微一笑。之后,侯赛因·夏达德对凯马勒说:

"在我们整个区里,阿伊黛被当作巴黎审美观的权威……"

凯马勒微笑着说:

"这是自然的了。"

阿伊黛报之以轻轻的笑声，宛如鸽子"咕咕"鸣叫，从而抹掉了贵族式的争执在侯赛因·夏达德心上留下的浅淡痕迹……

有智者，抬脚迈步之前，便知道自己的脚所在的位置。那么，请你了解一下自己在这些天神中间所处的位置吧！从云霄之上俯瞰你的那位神灵在向其亲属靠近，这有什么新鲜？她不该有亲人或家庭，也许她把他们当作她与她的崇拜者之间的中介人。凯马勒敬佩女神温和与暴躁兼备、谦和与自负俱全、善攻而且善守、知喜同时知忧。所有这些品质都吸引着你那颗干渴的心。你瞧瞧她吧！松软的沙土使她难以行步，轻快、敏捷的步履消失了，步子加大了；上身宛如柔嫩的枝条，在微风中悠悠荡荡。但是，她向人们展示了一种新的妙姿，就像在花园里马赛克地面上轻盈漫步。你回头看看那留在沙漠上的脚印，便知是她在无名路上立下的一个个路标，来者可以循之前行，一步步迈入爱情的天地、幸福的乐园。

你曾多少次在这片沙漠上逗留、游览，然而都是在玩耍、嬉戏中度过了天日，不解其中妙趣，因为你心中的花儿尚在含苞……今天，蓓蕾的叶片上覆盖着一层爱情的薄霜，滴落而下的欢乐，也有悲伤；既然它已夺去了因愚昧而造成的沉默安稳，那么必然赐予你新的生活与光明的颂歌。

"我饿啦！"

听到布杜尔喊饿，侯赛因·夏达德说：

"我们该回去了，你们看呢？不管怎么样，我们面前还有一大段路，走完之后，不饿的也要饿了……"

来到汽车跟前，侯赛因·夏达德取出提包和篮子，放在车头前，随手打开了篮子盖，但阿伊黛建议到金字塔台阶上去进餐，于是大家朝金字塔走去，登上塔基的一个台阶，将提包、篮子放在台阶中间，大家坐了下来。凯马勒从提包里取出一张报纸，摊展开来，遂将自己带来的食品放在报纸上：两只鸡，几个土豆，还有奶酪、香蕉和橙子。接着，侯赛因·夏达德从篮子里取出了天使的食品：高级夹心面包，四只杯子，还有一只保温瓶……虽然他的食品好,但缺乏华丽包装,侯赛因·夏达德不免有些不安与害羞。他用欢迎的目光望着那两只鸡,问凯马勒是否带来了餐具,但见凯马勒从容不迫,从提包里取出刀叉,动作娴熟地把食物切成块和片。阿伊黛急忙打开保温瓶,往杯子里倒,只见金黄色液体顿时注满杯子。凯马勒不禁吃了一惊,问道:

"这是什么?"

阿伊黛笑了笑,但没有回答什么。侯赛因·夏达德朝姐姐使了个眼色,照直回答:

"啤酒!"

"啤酒!"凯马勒一声惊叫。侯赛因·夏达德指着夹心面包,挑衅地说:

"这里边还有火腿呢!"

"你逗我!我不相信……"

"全是实话!你真呆,我们给你带来了美味的食品和最可口的饮料!"

凯马勒翻转着眼睛,张口结舌,不知该说什么。最使他伤脑筋的是,这些食品、饮料是在家里人知道和允许下准备好的!

"以前,你从未尝过?"

"这无须回答……"

"那就开开戒吧!我们感到荣幸。"

"这是不可能的……"

"为什么,为什么无须回答、不可能呢?"

侯赛因·夏达德、阿伊黛、布杜尔同时举杯,一饮而尽,然后又满上,继而微笑着望望凯马勒,似乎在对他说:"瞧呀!我们都喝下去了,什么事也没有!"

侯赛因·夏达德说:

"宗教!什么宗教!一杯啤酒醉不倒人;猪肉味香可口,营养丰富。我真不明白,宗教的哲理为什么竟干涉到饮食领域来了!"

听到这句话，凯马勒的心不由得一缩，但他没有迁就退让，而是责备道：

"侯赛因·夏达德，你不要亵渎教规！"

自打就餐以来，阿伊黛还是第一次开口：

"你别误解！我们喝点儿啤酒只是为了开开心，并没有别的什么意思，也许布杜尔和我们共饮，足以使你相信我们的诚心善意……"

其实，她的话与侯赛因·夏达德的话本质上并没有两样，但却给凯马勒那颗痛苦的心带来了某种安慰。此外，他还从中得到了一种深刻的启示，即不要去扰乱他们的安乐或损伤他们的感情。想到这里，凯马勒宽心地笑了，遂拿起食品说：

"那就让我吃自己最爱吃的东西吧！请尊重我的习惯！"

侯赛因·夏达德笑了，指着姐姐对凯马勒说：

"在家里，我们已经商量好，如果你不吃我们的，那我们也不吃你的。但现在看来，我们对你的情况估计错了，因此为尊重你的习惯起见，我宣布我们那个协议作废，希望阿伊黛响应我的行动……"

凯马勒乞求似的望着阿伊黛……阿伊黛微笑着说：

"但你得答应不猜疑我们……"

大家开始吃饭了。侯赛因·夏达德、阿伊黛首先拿起刀叉，凯马勒在两人的鼓励下紧紧跟上，亲手给布杜尔递送食品，但布杜尔只要了块夹心面包、一块鸡胸脯，之后便吃起了水果来。凯马勒控制不住自己，不时地偷看侯赛因·夏达德和阿伊黛，想知道他们究竟怎样吃饭。他发现侯赛因·夏达德狼吞虎咽，旁若无人。尽管如此，但在凯马勒看来，这并不损害他那可爱的贵族气质。至于阿伊黛，则展示出一种新风度：聪敏机灵，温文尔雅，彬彬有礼；无论是用刀切肉，还是用手拿夹心面包，或是咀嚼的动作，都显出一种天使风貌。这一切都在轻松气氛中顺利地进行着，没有丝毫客气或忧虑的痕迹。实际上，凯马勒一直在焦急地等待着这样的时刻，仿佛他不相信阿伊黛也会像平常人那样吃饭……虽然那种食品深深地刺痛了他那颗宗教之心，但发现这食品出自熟人手里，吃法也没两样，而且还请他一道吃，于是疑问消除了，心情也平静下来。凯马勒看到阿伊黛用人和动物都有的那种"吃"的功能时，起初两种相互矛盾的感情打搅着他的心，令他忐忑不安；但正是这种功能使他与她接近了，哪怕仅仅一个台阶，凯马勒又觉得快活多了。然而他心头的疑云并未全消，他发现她正引导他问，她是否从事其他正常职业。他不能说"不"，也无法说"是"，只有默不作答，于是一种从未有过的感觉涌上他的心头：无声地谴责大自然规律！

"我佩服你的宗教感情和道德观念……"

凯马勒半信半疑地望着侯赛因·夏达德，只听他强调说：

"我说的是实话，不是开玩笑……"

凯马勒羞涩地笑了，而后指着剩下的夹心面包和啤酒，说：

"尽管如此，但你们家里斋月的庆贺盛况不减，家中宾客济济，灯火通明，客厅里朗诵《古兰经》的声音与宣礼声此起彼伏，热闹非常……这是为什么？"

"斋月里，我父亲遵循祖父留下的传统习惯，总是喜欢熬夜，因此，他和母亲都坚持封斋……"

阿伊黛微笑着说：

"我……"

侯赛因·夏达德语气庄重，但却饱含讽刺意味地说：

"阿伊黛每个月封斋一天，开斋常在傍晚！"

阿伊黛报复说：

"侯赛因·夏达德斋月里每天吃四餐，三餐时间照旧，外加一顿封斋饭！"

侯赛因·夏达德耐不住地笑了，若不是急忙仰头，那嚼在嘴里的食物真要掉出来。他说：

"与我们有关的宗教，我们倒不了解什么，这不是怪事吗？难道爸爸、妈妈的知识欠缺？原先，我们的保姆是位希腊人，因此，阿伊黛对基督教及其仪式、典礼了解得比伊斯兰教还要多。我们与你不同，迄今还在信奉着偶像崇拜者的格言……"

他稍许停顿后,又对阿伊黛说:

"他读《古兰经》和《先知传》……"

阿伊黛的语调中也许包含着敬佩之意:

"好!真好!但希望你不要怀疑我,我能背诵的也不止一章……"

凯马勒像说呓语似的:

"妙,妙!你能背出哪一章?"

阿伊黛放下食品,想了想,然后笑着说:

"我是说,原先能背诵部分章节,但不知现在怎么样……"

她突然提高嗓门,仿佛想起了思考许久的一件事情那样:

"比如那一章说:我们的主是独一的……"

凯马勒笑了,随手递给她一块鸡胸脯上的肉丝,阿伊黛接了过去,并且表示感谢,但她说已经超出了平时的饭量。之后,她又说:

"假若人们总是像在旅行中这样吃饭,那么,也就看不到苗条身材了……"

凯马勒犹豫片刻,然后说:

"我们这里的女性看不上瘦男子……"

侯赛因·夏达德表示同意凯马勒的说法:

"母亲也有同样的看法,但阿伊黛自命巴黎女郎……"

你胆敢蔑视我的女神,愿安拉宽恕你。

这句话就像你昔日在书中碰到的疑难问题那样,强烈地摇撼着你那颗信士的心。遇有疑点,你总是蔑视它,可是你能以同样的轻蔑目光看待女神吗?不能,绝不可能!你对她怀着纯洁的爱情,就连她的缺点,你也发狂般地爱着。缺点?她没有缺点,即使她在宗教方面有些轻率,无视至亲。假如别人身上有那些缺点,那么,我最担心的是自此以后,你在美女的眼里就不那么清白无辜了,即使这位美女重视宗教与至亲,你有些不安吧!但求安拉宽恕你和她。你会说这一切如同狮身人面像那样奇异,你的爱情多么像它,或者说它多么像你的爱情!狮身人面像和爱情都是谜，同时也都是永恒的！

阿伊黛把保温瓶中剩下的饮料倒在第四个杯子里，然后鼓励凯马勒喝下去：

"喂，还是不改变你的观点？这仅仅是普通提神饮料！"

凯马勒微微一笑，深表道歉、感谢之意。正在这个时候，侯赛因·夏达德抢过杯子，举到唇边，说：

"我替凯马勒喝！"

说完，他便一饮而尽，而后叹了口气，说：

"我们应该节制食欲，不然会撑死的。"

吃罢饭，尚且剩下半只鸡和三块夹心面包，凯马勒很想把这些食品分给几个游玩的儿童，但发现阿伊黛正将夹心面包连同空杯子、保温瓶一起朝篮子里装，于是也只得把鸡放在提包里，他自然而然地想起了伊斯玛仪·拉蒂夫说过的话："夏达德家族素有勤俭持家的精神。"

这时，侯赛因·夏达德说：

"现在，我向你们报告一个意外的好消息：我们还带来了留声机和一些唱片，酒足饭饱之余，听听歌曲，也好帮助消化。我们将欣赏阿伊黛挑选的一些欧洲唱片，此外，还有埃及唱片，如《猜谜》《日落之后》《打这里转弯》……诸位觉得怎么样？"

说完，侯赛因·夏达德径直朝汽车走去，取留声机去了。

第十八章

　　时值九月中旬,数日来狂风大作,阴雨连绵。尽管这样,气温却降低无几。凯马勒步履轻快地走进夏达德公馆,左手臂上搭着大衣,外貌高雅非凡。尤其是在天气开始渐凉之际,他带着大衣,显示出对天气变化的敏感,更增加了几分雅气。

　　今天朝阳灿烂夺目。凯马勒想到朋友们又将在花园凉亭下聚会,一定有机会见到阿伊黛,感到很高兴。他知道,也只有在花园里相会,只能在临边廊的窗子间或迎门口的阳台上远望她的面孔和身影,在这儿或那儿,在他来时或走时,也许能看见她胳膊肘倚着墙,或两手托着下巴,那时,凯马勒便抬眼崇拜地望着她,这时,阿伊黛则以闪光的笑容向他致意,那笑容上的光则为他照亮了昼夜间的美好梦境。

　　凯马勒渴望看到她,于是在进公馆大门时,朝迎面阳台上偷看了一眼,过走廊时,又朝窗户里瞟了一眼,但连她的踪影也没看到。于是,他便带着花园相会的强烈愿望,来到凉亭下。只见侯赛因·夏达德异乎寻常地独坐在园中。凯马勒走上前去,两人热烈握手。侯赛因·夏达德高兴地欢迎他说:

　　"欢迎教师兄弟!红毡帽,长大衣!下次,可不要忘记带缠头巾、文明棍啊!欢迎,欢迎……"

　　凯马勒摘下红毡帽,放在桌子上,又把大衣丢在椅子上,然后问:

"伊斯玛仪·拉蒂夫、哈桑·赛里姆呢？"

"伊斯玛仪·拉蒂夫和他父亲一道回老家去了。今天，你是见不到他啦。至于哈桑·赛里姆嘛，早上他对我说，他要晚到个把钟头，他要写个什么论文……你也知道，他和你一样，是位模范学生，决心今年取得学士学位。"

两人背向公馆楼房，在两张相邻的椅子上坐了下来。两人静静地坐在那里，听不到争辩，只是你看看我，我看看你，既不会发生哈桑·赛里姆主张的那种劳神、有趣的斗嘴，也不会出现伊斯玛仪·拉蒂夫频频掀起的那种辛辣、诙谐的评论。

侯赛因·夏达德说：

"与你们俩相反，我是个劣等生。当然，听听讲座，确实有益于增强注意力，但我无心复习功课。他们常对我讲，学习法律需要特殊才智，其实呢，我看需要愚昧和耐心。哈桑·赛里姆胸怀大志，学习刻苦努力。我常自问：究竟是什么原因使他能够承受工作、熬夜之苦呢？如果他像其他王室顾问、公子哥儿们一样，想找个好工作的话，那么，单单依靠他父亲的权势也就足够了，最后定能如愿以偿。正是那种高贵促使他发愤不懈、出类拔萃。你看呢？"

凯马勒信服地说：

"哈桑·赛里姆性情善良，聪明伶俐，是一位值得钦敬的青年！"

"有一次，听我爸爸谈起他父亲赛里姆·萨布里贝克，说他是一位十分正派的顾问，只有在政治问题上例外。"

这个意见与凯马勒的想法正相合拍，因为赛里姆·萨布里贝克曾鼓励他加入自由立宪党。凯马勒讥笑道：

"这就是说，他是位出色的法律学家，但不是法官。"

侯赛因·夏达德朗声一笑：

"我忘记了自己正在和一位华夫脱党人说话……"

凯马勒耸了耸肩膀，说：

"但你父亲不是华夫脱党人。你仔细想想赛里姆·萨布里贝克坐在那里决定阿卜杜·拉赫曼和尼格拉士问题时的情形吧！"

听了凯马勒关于赛里姆·萨布里贝克的谈话，侯赛因·夏达德会高兴吗？会的！这在他那两只善于欺骗撒谎、表里不一的美丽眼睛里显示得一清二楚。也许那归于物伤其类的斗争，虽然这斗争总在文质彬彬气氛中进行着。夏达德贝克是位百万富翁，有钱有势有地位，此外，还与阿拔斯国王有些历史老关系；而赛里姆·萨布里贝克是最高法律机关的顾问，是一个被地位所吸引达到了崇拜程度，因此，他必然有时要以火辣辣的目光朝尊位、金钱望上几眼。

侯赛因·夏达德目光安详地望着宽旷的花园，神色中不免夹杂着几分遗憾：枣椰树上挂果的辫子光秃秃的，百花凋零，绿色的枝叶已变枯黄，随风飘落，含苞刚刚绽开，也微笑地低下了头。面对着悄然降临的冬季，整个花园沉浸在隐痛之中。侯赛因·夏达德望着这景色，说：

"看哪，冬季来临了，这是我们最后一次在花园相聚了，但你是喜欢冬天的……"

是的，凯马勒确实喜欢冬天。虽然他喜欢春夏秋冬四季，但他更喜欢阿伊黛，因此，他决不允许冬翁阻止他来凉亭相会。他表示赞同侯赛因·夏达德的看法，于是说：

"冬天，美好而短暂。寒冷、云雾和蒙蒙细雨当中，有一种令人心旷神怡的生活……"

"在我看来，好像喜爱冬天的人都具有非凡的精力、超人的勤奋，你如此，哈桑·赛里姆也是这样……"

听到这一赞扬，凯马勒心花怒放，但他想把哈桑·赛里姆排除，好独占这一盛誉。他说：

"学校里的作业，我只付出一半精力也就够了。实际上，智力生活要比学校宽广得多……"

"人每天上班工作，耗磨时间甚长，我认为哪一所学校也不会这样，虽然我有时很羡慕你，但我不同意你这样安排时间。请你告诉我，你现在正在读什么书？"

听侯赛因·夏达德这么一问,凯马勒喜不胜收。除了阿伊黛之外,最喜欢这样问他的,就是侯赛因·夏达德了。凯马勒答道:

"我可以告诉你,我读书有一定之规,而不是随便读翻译小说、诗选和评论文章。我自己摸索出了一条路子,倒还可以,就是每天晚上抽出两个小时,到图书馆看书,翻百科全书,查找一些深奥、难解的词义,如文学、哲学、思想、文化等,同时也抄录一些书目。那真是个奇妙的世界,令人心驰神往!"

侯赛因·夏达德双手插在英式黑夹克口袋里,背靠藤椅,聚精会神地聆听凯马勒陈述,双唇间洋溢着下意识的清甜微笑。他说:

"好极了!往常,你有时间问我应该读些什么书;今天,轮到我问你了。你的方向明确了吗?"

"渐渐地……慢慢地……看来,我八成要攻读哲学!"

侯赛因·夏达德征询似的扬起双眉,然后笑着说:

"哲学?这是个动人心弦的名词,可千万别当着伊斯玛仪·拉蒂夫讲呀!以前,我常以为你要攻读文学呢!"

"这不怪你!文学,是一种高尚的乐趣,然而它不能一饱我的眼福。我的第一个追求是真理。什么是安拉?什么是人?何为精神?何为物质?如你所知,哲学将所有这些概念集中到一个光辉、合理的统一体里。这是我一心想了解的领域,也是一次真正的旅行,你所梦想的环球旅行与此相比,应该居第二位。这将使所有的问题都得到圆满答案……"

侯赛因·夏达德的脸上浮现出激动、向往的神情。他说:

"妙哉!妙哉!实在太妙了!我将毫不迟疑地跟随着你游览这个神奇的世界。我已经读了几章古希腊的哲学,虽然没有什么收获。我并不像你那样发愤上进,只是这儿摘朵花,那儿拔棵草,在这里和那里之间踏出一条路来。我应该坦率地对你谈出我的忧虑,我真担心哲学会中断你与文学之间的联系。你不但要博览,而且还要思考、写作。我想,你不可能成为哲学家,同时又成为文学家!"

"我与文学之间的联系是不会中断的。热爱真理与美的欣赏并不矛盾。但工作是一回事,休息则是另一回事,我要将哲学当作我的工作,而把文学作为休息。"

侯赛因·夏达德突然笑了起来,然后说:

"照么说,你要丢掉为我们写小说的许诺了?"

凯马勒禁不住也笑了起来,说道:

"但我期望自己能有一天写本书,取名'人类',把你们全都包括进去!"

"我并不像关心我们几个人那样关心人类。你等着,我要到阿伊黛那里去告你的状。"

听到阿伊黛的名字,凯马勒的心怦怦直跳,有说不出的激动、思念,顿时心潮澎湃,就像一支迷人的乐曲,令他心魂俱醉。难道侯赛因·夏达德果真能说出一件值得阿伊黛责怪的事情?侯赛因·夏达德多傻呀!他完全不知道,此时此刻,凯马勒的每一丝感情、每一点思想、每一线希望,都闪烁着阿伊黛及其灵魂的光芒!

"你耐心等着,时光老人将向你证实,我是决不放弃我的诺言的!……"

片刻过后,凯马勒口气庄重地问:

"你为什么不想当个作家?现在和未来,都为你提供了专心从事这门艺术的条件!"

侯赛因·夏达德不以为然地耸了耸肩膀,说:

"我来写给他们读?为什么他们不写给我来读呢?"

"哪个更伟大些?"

"别问我哪个伟大,而应该问谁更幸福一些。我把工作看作人类共同诅咒的东西,这并非因为我是懒汉。不,绝不是的,而是因为工作浪费时间,禁锢了个性,妨碍了生活。幸福的生活,应该是愉快的赋闲……"

凯马勒瞅了侯赛因·夏达德一眼,似乎并没有认真听他讲话,然后说：

"假如人的生活中没有工作，我简直不知道世界该成什么样子。绝对空闲的一个小时，恐怕要比工作的一年还难熬……"

"多么不幸！假如你说的话是正确的话，那么这话本身便证实了这种不幸。难道你以为我能忍受那种绝对空闲吗？不！真可惜呀！我仍在有益也有害地消磨着自己的时间。但我期望有一天能够与绝对空闲和平共处。"

凯马勒想评论一下他的言论，但背后传来了一声问话：

"你们俩究竟在谈什么呢？"

与其说这是话，不如说是歌更为贴切，刚刚传入凯马勒的耳际，他的心弦便与之共鸣起来，宛如一支乐曲的两个部分，顷刻之间，他的灵魂从活跃的思想天地中跳了出来，飞入绝对空闲世界里去了。难道这就是侯赛因·夏达德梦寐以求的那个绝对空闲？难道他真的来到了这绝对空闲世界之中了？那就是完美的幸福？

凯马勒回头一看，发现阿伊黛离他只有几步远了。布杜尔在面前走，阿伊黛后面跟，来到凯马勒跟前时，姐妹俩停下了脚步。阿伊黛身穿淡绿色连衣裙，外罩蓝色毛料上衣，上缀着金黄色纽扣。褐色的皮肤似晴朗的天空，又像清澈的流水。布杜尔慌忙扑向凯马勒，凯马勒伸出双臂，将她抱在怀里，仿佛有意以此掩饰他那狂喜的表情。正在这时，仆人匆忙赶来，站在侯赛因·夏达德面前，恭恭敬敬地说：

"您的电话。"

侯赛因·夏达德站起告辞，转身朝客厅走去，仆人也跟着离去了。

就这样，凯马勒平生第一次感到自己与她单独相会了，虽有小布杜尔，但并不影响幽会的兴致。他急切地自问：她会留，还是会走开呢？只见她朝前迈了两步，走到凉亭下，和他只隔着一张桌子了。凯马勒抬手示意请她坐下，但她摇了摇头，微笑着谢绝了。凯马勒站起来，双手举起布杜尔，让她坐在桌子上，随后不知所措地抚摸着小姑娘的头，竭力克制着自己激动的心情……

周围静无人声，只有树枝"沙沙"作响，风吹着地上的黄叶"哗啦哗啦"，间有鸟雀吱吱鸣唱。寂静过去了，这里的大地、天空、树木以及花园与沙漠之间的隔墙方才重现在凯马勒的眼前。女神前额上的刘海及两汪清泉射出来的光芒也出现在凯马勒的眼帘，在凯马勒看来，这一切宛如美梦里的旖旎景色突然显现，他简直辨不清究竟是真情实景，还是海市蜃楼，他不由得声音柔和却又近乎警告似的对布杜尔说："布杜尔，你别打搅我啦！"而回答则是，他边把布杜尔紧紧地抱在怀里，边说："倘若这也叫作打搅，那么，我是多么留恋它呀！"

凯马勒满怀思念之情，久久地凝视着阿伊黛。这一次，他可不必担心有人监视，可以从容不迫、放心大胆地看看她的外貌，仔细瞧瞧她那苗条的身材，仿佛想把她的秘密、面容、特征一一记录并铭刻在他的脑海里。啊……仙女般的姑娘，令他茫然不知所措，醉悠悠，失魂落魄。阿伊黛一声发问，将凯马勒从梦中唤醒：

"你怎么这样看我？"

凯马勒似从梦中猛醒过来，蒙眬双目中透出惊恐不安的神色。阿伊黛微笑着问：

"你想说些什么呢？"

他想说些什么？他不知道自己要说什么。是的，他不知道自己想什么。凯马勒问：

"你从我眼睛里看出了什么？"

阿伊黛双唇间溢出奥妙莫测的微笑，回答道：

"是的……"

"你看出什么啦？"

阿伊黛疲倦似的扬了扬眉，说：

"这正是我想知道的……"

不如干脆向她吐露自己心中的秘密，照直说："我爱你！"不管后果如何！但这样吐露有何益处呢？假若永远不承认两人之间的友好情谊，那又会怎么样？凯马勒望着阿伊黛，从她那双动人的眼睛里看到她神态坦然、安详,毫无慌乱、羞涩之嫌。尽管她近在咫尺,而目光却似凌空俯瞰。于是,凯马勒愈感不悦,更加彷徨了。这之后,究竟还会出现什么情况呢?凯马勒认为有蔑视的意思,也许会发生成人逗孩童那种嬉戏。她不能单单用年龄的差别为她的高傲辩护,因为她至多比他大两岁。赛拉亚特大街上的高楼大厦俯视宫间街的低矮旧房不正是用这般目光吗?但是,为什么以前他没有从她的眼中看到这样的目光呢?也许因为没有单独接触过,或者也没像这样仔细瞅过她。凯马勒不禁感到痛心疾首,欢快之意几乎消逝一光。布杜尔向他伸出双手,他抱起她来。阿伊黛突然开口道:

"嘀,真新鲜!为什么布杜尔这样喜欢你呀?"

凯马勒盯着阿伊黛的双眼,说:

"因为我更喜欢她嘛!"

阿伊黛怀疑地问:

"难道这是定律?"

"俗语说得好:'心心相印'嘛!"

阿伊黛手指敲着桌子,问:

"比如说,有一个漂亮的姑娘,许多人都爱她,难道她能爱许多人吗?在这种情况下,你这条定律能成立吗?"

这种离奇的问话,使凯马勒忘掉了悲欢,随口答道:

"那么,她应该爱那个最爱她的人!"

"怎么区分呢?"

如果这种谈话能继续下去,那该多好!

"我再给你复述一下那句俗语,叫作'心心相印'!"

阿伊黛短暂一笑,颇似琴弦铿鸣,逗乐地说:

"照这么说,那就不会有失恋的人了,对吗?"

就像现实无情地冲击着单单热衷于理论的人那样,阿伊黛的话给了凯马勒当头一棒。假若他的理论正确无误,那么,他无论爱人或是被人爱,他都应该成为最幸福的人。但是,他如今又处在什么境地呢?实际上，在他那漫长的恋爱史里不乏勾魂摄魄、充满希望的时刻：看到情人的甜蜜微笑，或者听到对方一句可以任意解释的话，或沉思、难眠之夜的一场美梦，或读及"心心相印"之类的成语、格言，这时候，他心上的昏暗便顿时被幻想的幸福光芒照亮，总是怀着不切实际的希望，挣扎拼搏，直至恢复理智、绝望失意为止。现在，他听到她这句辛辣的话，如同尝到了苦口良药，足以防止自己跌入失望无益的泥坑，并且能够确确切切得知自己所处的位置。阿伊黛那挑衅性的问话，使凯马勒一时不知如何作答。于是，女神便以胜利者的口吻，故意折磨他似的喊道：

"我胜利了！"

又是一阵沉默。树枝沙沙，枯叶哗啦，鸟雀叽喳，不断传到凯马勒的耳里，然而此时此刻，他心烦意乱，忐忑不安。他发现她在细心地打量自己，目光里充满着勇气和自负，分明是有意拿人开心取乐，完全不同于一般女性的表情，禁不住心突然一缩，周身发冷，自问：我的梦想会顷刻之间破灭吗？

阿伊黛觉察到了他的不安神色，于是嫣然一笑，指着凯马勒的头，打趣地说：

"好像你仍然没有开始留发？"

凯马勒简捷地回答：

"不……"

"你不喜欢留发？"

"不……"

"我告诉你，那样更漂亮些！"

"男子还要漂亮？"

阿伊黛感到愕然：

"当然喽！爱美之心，人皆有之！"

凯马勒想背诵几条格言，如"男子之美在于品格"等，但他当即本能地感到，像他这样的人，在她的面前重复此类格言，除了换来她的讥讽、嘲弄之外，别的不会有什么收获。于是，凯马勒用强装的笑容掩饰着内心的伤痛，说：

"我不同意你的说法！"

"或许你像讨厌啤酒和猪肉那样厌恶美！"

凯马勒笑了一声，凭以医治他心灵的创伤。阿伊黛又说：

"长发是一顶天然帽子，我相信你的头是很需要的。难道你不知道自己的脑袋大？"

两个脑袋！难道你忘记了那个老号？多不幸啊！

"是这样的！"

"为什么？"

凯马勒不耐烦地摇了摇头，回答道：

"你亲自问它去吧！我不知道……"

阿伊黛轻声一笑，然后沉默不语了。你的女神容颜俊俏，体态诱人，颇具实力。请你检验一下她的力量，陈述你的种种痛苦吧！看起来，她不怜惜你。她那两只美丽的眼睛正盯着他的面孔，目光固定在他的鼻子上了，是的！

凯马勒的心在发抖，毛发倒竖，低垂着目光，恐惧难耐地等待着。突然，他听到了她的笑声，于是抬起眼睛，问：

"你笑什么？"

"我想起了一些激动人心的场面，那是我在法国名剧中看到的。你读过《西拉努·迪·拜尔吉拉克》吗？"

痛苦过去之日，也便是忽略痛苦之时，凯马勒从容、轻松地答道：

"不必兜圈子！我知道自己的鼻子大，但我求你不必再问为什么；如果你想问，那就请亲自问它吧！"

布杜尔突然伸手抓住凯马勒的鼻子，阿伊黛笑得前仰后合。凯马勒也不由得笑了起来，竭力掩盖着他那惊慌失措的神色，遂问布杜尔：

"布杜尔，你也这样？你也怕我的鼻子吗？"

侯赛因·夏达德下楼梯的脚步声传入他们的耳际，阿伊黛立即改变了语调，乞求间有告诫地说：

"我是开玩笑,你可别生气!"

　　侯赛因·夏达德回到凉亭,坐在椅子上,并请凯马勒也坐下。凯马勒犹豫片刻,模仿着侯赛因·夏达德的姿势坐了下来,将布杜尔搂在怀里。过了一会儿,阿伊黛拉着布杜尔,向他俩告别,临走时,又回望了一眼,仿佛内含特别意义,劝告凯马勒不要生气。凯马勒完全失去了谈话的欲望,只是听,或假装听对方说话也就够了;有时也应付一下,或问,或表示吃惊,或褒奖一言,或贬低半语,不是为了别的什么目的,仅仅证明自己人还在这里。幸好侯赛因·夏达德还是谈那个老话题,故无须更多的注意力。他说他想去法国,但父亲反对,并且表示希望最近能够说服父亲。让凯马勒颇伤神的是方才与阿伊黛的幽会或近似幽会时所看到的那种新情景,其中饱含轻蔑、奚落甚至冷酷的意味,实在叫人心酸。她无情地戏弄他,耍笑他,就像画师那样,信手挥笔,任意描绘人的面目,抛出一幅幅高妙的漫画像,丑陋与忠实感并俱共存。想到这里,凯马勒不胜茫然。虽然痛苦就像毒汁浸入血液那样浸入了灵魂,散播着绝望、悲伤的毒素,但他并没有发现自己的心中留下什么愤恨、不满的痕迹。难道那不是阿伊黛的一种新品性吗?也许那是奇特的品性,例如,她喜欢讲外语、喝啤酒。但是,这像她的其他品性一样,同样值得她引以为荣。在她看来,除此之外,都是缺点。放荡或叛逆,她的这种品性给凯马勒带来了苦闷,那么,罪责并不在于她。由于凯马勒自身的缺点而造成的失望,这与她并没有什么关系。难道是她让他的脑袋长得那么大,鼻梁生得那样高?难道你认为她以玩笑向现实和忠诚挑战?无须只言片语,便排除了别人对她的责难。

　　至于凯马勒,他确实感到痛苦。他应该像信士领受天命那样,以苏菲派的屈从精神接纳这种痛苦,因为他相信天命公正无比,不论它何等残酷;因为它来自完美之神,而完美之神的品质、意志是无懈可击、无可置疑的……就这样,凯马勒从短暂、残酷的灾难中挣脱出来了。他难过不堪,没有从爱情和情侣那里得到一丝力量。

　　事到如今,凯马勒懂得了一种新的痛苦,一种服从严酷判决的痛苦，自叹没有能力，没有资格。在此之前，他通过爱情明白了分离的痛苦、姑息的痛苦、告别的痛苦、怀疑的痛苦、失望的痛苦，而且也晓得了可以忍耐的痛苦，令人感到愉快的痛苦，还有那种用呻吟和眼泪都无法平息的痛苦……这一切痛苦，仿佛要和他一道载入关于"痛苦"的词典之中去。但是，他借着痛苦相撞迸发出来的火星之光，看到了自己，也明白了许多事理。你不仅应该懂得什么是安拉、灵魂、物质，而且还应该懂得什么是爱情、什么是嫌恶、什么是美、什么是丑，何为女性、何为男子……这一切，你都应该懂得。死亡的最后一级台阶与逃生的第一级台阶是彼此紧相接连着的。我笑着提到，或提起时笑着说："你打算向她吐露你心中的隐秘！"我哭啼着对你诉说："卡西莫多①同情怜悯他的情人，但却使她的心中充满了恐惧；只有在他临死时，才激起了情人的真挚怜惜。"还记得那句话吧："我是开玩笑，你可别生气！"……她连失望的欢乐也舍不得给你。就让女神公开自我表白吧！让我们走出这凄凉的地域，安居于失望的坟墓中吧！失望不能拔掉我心中的爱情之根，然而却是摆脱骗局的手段。

侯赛因·夏达德回头望望凯马勒，想问问他为什么沉默寡言，不料瞥见一个人走来，于是扭头便喊道：

"嘿！哈桑·赛里姆来了！现在几点啦？"

凯马勒朝后一扭脸，只见哈桑·赛里姆大步朝凉亭走来。

---

① 卡西莫多，法国作家雨果的名著《巴黎圣母院》中的教堂撞钟人。

第十九章

哈桑·赛里姆和凯马勒离开夏达德公馆时,时针正指着一点钟。凯马勒试图在公馆门口就与朋友告别,但哈桑·赛里姆乞求道:

"你能和我一起散散步吗?"

凯马勒欣然答应了哈桑·赛里姆的要求,于是两人肩并肩漫步在赛拉亚特大街上……凯马勒身材高大,哈桑·夏达德的头刚刚齐他朋友的肩膀。哈桑·夏达德不停地提问题。这个时候,不是散步的理想时间,故两人漫无目的地往前走着。哈桑·赛里姆回头望望凯马勒,问道:

"你们俩谈了些什么?"

凯马勒回答说:

"像往常一样,无事不谈:政治、文化……"

哈桑·夏达德声调平和得出奇:

"我是指你和阿伊黛!"

凯马勒惊异不已,久久没有说话。过了一会儿,他克制着自己的情感,反问道:

"你没和我们在一起,怎么知道的?"

哈桑·赛里姆面不改色地说:

"我是在你们俩正谈得热乎的时候到的,怕打断你们的谈话,我暂时走开了……"

假如情况真如哈桑·赛里姆所说，那么他会离开那里吗？凯马勒感到狼狈不堪，他认为哈桑·赛里姆是来打听那些动人心弦的言谈话语的。

凯马勒说：

"我真不明白：你为什么那样做？假如我看到了你，那么，我是决不让你走的！"

"礼貌自有法规嘛！我认为，在这方面，我十分敏感……"

贵族的礼貌，你哪里懂得！

"请勿见怪！如果恕我直言，我敢说你过分谨小慎微……"

哈桑·赛里姆微微一笑，但笑意转瞬即逝。然后，他好像在等待着什么话，许久许久之后，方开口发问：

"哦？当时你俩正谈什么？"

既然讲到文明礼貌，怎么能这样问呢？面对着这种目光，凯马勒思考了片刻。他对哈桑·赛里姆素怀敬意，这敬意与其说归于哈桑·赛里姆的年龄，不如说归于凯马勒的个性。凯马勒精选了与敬意相称的词句之后，说：

"事情很简单，无须这样问。但是，我想问问你，究竟有无必要回答？"

哈桑·赛里姆急忙抱歉地说：

"我希望你不要说我是不请自来，也不要说我是不速之客，更不要说我干涉你的私事。我之所以提出这个问题，自有许多理由。我有一些事情要对你说，过去没有机会跟你谈这些事。我们之间的友谊是深厚的，因此，我相信，你不会因为我提出这样的问题而感到不愉快。"

紧张的气氛缓和下来了，也许因哈桑·赛里姆语气温柔使凯马勒感到高兴。在他眼里，哈桑·赛里姆是尊贵、高尚的典范；此外，他还想听哈桑·赛里姆讲讲关于女神的事情。倘若伊斯玛仪·拉蒂夫问及此事，不论问得应不应该、合不合适，那是无须如此拐弯抹角的，兴许在笑谈之中早把一切告诉他了。但是，哈桑·赛里姆却总是不放弃他的保守习惯，有意将友谊与客气分开来，以证明他那保守态度的价值。

凯马勒说：

"感谢你正确理解我的意图！请相信，有必要的话，我是绝不会瞒你的。我们谈的都是一般事情，没有什么重要的内容。你很想了解一下我的内心想法，我当然可以问问你为什么提出这个问题；我不是强求你回答，与之相反，如果你不欢迎这么问，我随时准备撤回自己的问话！"

哈桑·赛里姆不慌不忙地说：

"我将回答你的问话，但希望你稍等一下。看来，你不想把你们谈的话告诉我。这是你的权利，不会影响我们的友谊。但是，我想提醒你注意：有许多人不大理解阿伊黛的话，因而做些与事实毫无关系的分析，以致给他们带来了一些不必要的麻烦！"

想说什么，你就说清楚些！天空中布满乌云，顷刻就会化作飓风，横扫你那颗被刺伤了的心，似乎你心上还有一块未被刺伤的地方。你呀，你被骗了！羞怯感阻止我向你吐露真情，难道你不明白？如果你甘心，那就让雷公轰击我吧！

"你说的话，我一句都不明白……"

哈桑·赛里姆略微提高嗓门：

"阿伊黛口齿伶俐，亲切和气，人听了总觉得有别的什么意思，或夹带着某种感情。其实呢，仅仅是礼貌斯文而已，无论个别谈话，还是在众人面前，都是这样，让很多人产生误会！……"

事情已经明朗化了：你的朋友染上了曾经折磨过你的那种病症。谁又能冒充懂得内心隐秘呢？这激起了我的极大愤恨。

凯马勒微笑着，佯装满不在乎地说：

"看来，你是相信自己喽！"

"我很了解阿伊黛，我们是多年的街坊邻居！"

一个本应该私下秘密呼唤的名字，如今被这位小伙子信口高声喊了出来；似乎成了千百人当中的一个普通人名！这种勇气，使哈桑·赛里姆在凯马勒心目中的地位降低了数级，而在想象中却升高若干级。"我们是多年的街坊邻居！"这句话，像一把匕首刺在凯马勒的心上，突如其来，使他不知所措。凯马勒彬彬有礼，但不无讽刺地问：

"难道你就不会也像其他人那样爱她？"

哈桑·赛里姆自负地把头一昂，自信地说：

"我可不像其他人！"

他的高傲令凯马勒大为恼火。他是一位高级顾问的娇惯公子，而那位顾问的政治原则是令人生疑的。只听哈桑·赛里姆"嘻嘻"一声，仿佛是笑的尾声，但面无笑容，想借此为从高傲过渡到温和铺平道路。之后，他说：

"她是位洁白无瑕的好姑娘，即使她的外表、言谈有时会招致人的猜疑！"

凯马勒热情地抢白道：

"她的外貌、举止超出一切猜想！"

哈桑·赛里姆满意地点点头，仿佛在说："说得好！"然后，他说：

"有眼力的人应该这样看。然而有许多事令人费解，为了把问题说得明白些，我举几个例子给你听：她和她弟弟侯赛因·夏达德的朋友在花园里玩，一部分人认为这破坏了东方传统，另一部分人则反对她和这个谈话、和那个客气，还有一部分人则认为这笑谈后面隐藏着重要的秘密。你明白我说的意思吗？"

凯马勒热情未减：

"当然明白，但我担心你的猜疑有些过分。至于她的行为，我从未怀疑过。她的言谈、玩笑都是无辜的。另外，她刚刚接受纯粹的东方教育，便要她保持或责备她突破传统，我认为这是另一些人的见解……"

哈桑·赛里姆点点头，仿佛希望他与"另一些人"的看法相同。但是，凯马勒无心去评论他那无声的意见，只是感到替女神辩护是幸福、欣悦的。

凯马勒的热情并不是真诚的，这倒不是因为他表里不一，而是因为他相信女神远远超出一切猜测。他想到女神的欢声笑语、冷嘲热讽后面定有什么"秘密"隐藏，不免有些痛苦。于是，就像刚才在凉亭下谈话时那样，他奋力驱逐自己的梦幻，虽然他那颗受伤的心还在暗暗地缠着她，哪怕还有一线微弱的希望。为了掩盖他的尴尬处境，佯装不知自己已大失所望，并且向别人表白只有他才"了解"女神，竭力说服哈桑·赛里姆相信他的说法。

　　哈桑·赛里姆说：

　　"毫无疑问，你是很了解她的，因为你是一位聪明的小伙子。如你所说，阿伊黛纯洁无瑕，但是……很遗憾，假若你晓得了她的习惯、癖性，那么，你会把她看成一位怪人。也许在很大程度上，许多人对她有些误解。也许你不大清楚，她希望自己成为每个与她有联系的小伙子心上的'梦中姑娘'……不要忘记，那是无辜的希望！我敢说，像她这样善于维护男性尊严的姑娘，我还只见过她这么一位。她酷爱法国小说，常常评论书中的主人公，头脑里充满了幻想。"

　　凯马勒安然地微微一笑，以表示他再没有听朋友讲什么，之后有意触怒哈桑·赛里姆，说：

　　"我全知道！我和侯赛因·夏达德、阿伊黛一起说话那天，就谈到了这个问题！"

　　他果然使哈桑·赛里姆抛弃了贵族式的庄重严肃，哈桑·赛里姆顿时现出惊异神情，惶惶不安地问：

　　"什么时候？我不记得我参加那次谈话嘛！阿伊黛当面表示她希望成为小伙子心上的'梦中姑娘'了吗？"

　　凯马勒春风得意，眉飞色舞，目光紧盯着哈桑·赛里姆表情的变化，谨防他固执己见，于是小心翼翼地说：

　　"倒不是特意说的，只是在谈到她酷爱法国小说、沉浸在幻想之中时偶尔提到的！"

　　哈桑·赛里姆恢复了平日的镇静、安详外貌，久久地不说一句话，仿佛在努力集中一时被凯马勒搅乱了的思想,显得有些犹豫。凯马勒认为哈桑·赛里姆很想了解他与阿伊黛、侯赛因·夏达德之间的谈话,究竟在什么时间,为什么提起这种敏感的问题,谈话的细节情况如何等问题。出于自尊,哈桑·赛里姆没有直言,之后说:

"我的看法正确,你是能证明的。但不幸的是,很多人并不像你这样了解阿伊黛的性格,因此有一个重要事实,他们不清楚,那就是,阿伊黛喜欢某个人爱她,但她并不爱某个人!"

弄清了这个事实,就连一个傻子也绝不会付出无谓的辛苦的。难道他不知道我不希望她爱我吗?你看看我的脑袋和鼻子,我是个心慈手软的人!

凯马勒声调中不无讽刺地说:

"她喜欢某人爱她,但并不爱某个人!好一个奇妙的逻辑!"

"事实如此!我对她了如指掌!"

"但你不能保证她在任何情况下都是这样。"

"可以!可以保证!我闭着眼睛都知道。"

凯马勒压抑着心中的痛苦,故作惊奇的样子,问道:

"你能肯定地说她不爱甲或乙吗?"

哈桑·赛里姆自信、从容地回答说:

"可以向你肯定,在常想象着她爱自己的那些人当中,她是不爱其中任何人的!"

我是个信士,不是傻子,又没有听到什么新消息,何必感到苦恼呢?实际上,我今天真是痛苦不堪,简直可以说是爱情岁月中的苦难日。

"但你不能肯定她绝对不爱!"

"我没有说绝对……"

凯马勒像注视观相师那样盯着哈桑·赛里姆的面孔,而后问:

"那么,你知道她爱谁?"

"我约你一起散散步,正是为了跟你谈这个问题!"

凯马勒的心深藏在胸膛底部，试图逃避痛苦侵袭，不料却被卷入了痛苦洪流之中。在那之前，他感到苦闷，因为她不能爱他；可是现在，他的密友又肯定地说出了她爱他……哦！女神爱哈桑·赛里姆！……她那天使般的心屈从于思念、怜悯、爱慕、渴望的规律，所有这些情感，都向一个人张开胸怀。是的，他的心，而不是他的感情，有时候是能够安于现状的，但就像单纯思想、而不像强壮躯体那样安于死亡，因此，这个消息使他惊愕不已，仿佛第一次相信了躯体与思想是同在共存的。凯马勒仔细观察这些现实，方相信人间果有痛苦。往日经历了许多苦闷，但却未曾留心过。

哈桑·赛里姆继续说：

"开头我就对你说了，我找你谈话是有原因的。不然的话，我绝不容许自己干预你的事情！"

神圣之火应该把他吞噬，直至灰烬荡然无存。

"我很乐意听你讲，我侧耳聆听着呢……"

哈桑·赛里姆微微一笑，仿佛那最后一句话使他显得有些犹豫。凯马勒忍耐片刻，尽管洞悉到了冷酷的现实，但还是赶忙问：

"你说你知道她爱谁，是吗？"

哈桑·赛里姆抛掉了犹豫的表情，说：

"是啊！我们之间关系密切非常，应该告诉你！"

主啊，阿伊黛有着自己的爱情。你的心弦在颤动，发出的却是凄婉的送殡曲。阿伊黛对这位幸福青年的爱慕也像你对她怀有的情感那样深厚吗？事实果然如此，那么世界岂不要毁灭？你的朋友不会撒谎，因为真正高尚的人是不撒谎的。据我所知，你和她追求的爱情截然不同。假如悲剧是不可避免的，那么，她爱上哈桑·赛里姆，还是令人感到安慰的，因为痛苦与忌妒都磨灭不掉你眼前的事实。瞧，这位富家子弟是多么神奇古怪！凯马勒知道哈桑·赛里姆心虚，于是，他就像扣着枪扳机那样，说：

"这一次，看来你对她爱一个对她不怀爱情的人是完全放心了！"

哈桑·赛里姆"嘻"的一声,凭以表达他的信服之意。他很快地打量了凯马勒的神色,想知道他究竟信不信,而后说:

"我和她的谈话绝对不是那种让别人承受不了的东西!"

究竟是哪一种谈话呢?我愿以生命换取其中一句话。我了解全部真实情况,我将连同沉渣一起喝下这杯苦酒。当她说"我爱你"时,他可曾听到过这甜美的声音?是用法语讲的,还是用阿拉伯语讲的?这种残酷的折磨,使凯马勒满腔怒火,但他还是镇定自若地对哈桑·赛里姆说:

"我为你祝福!你们应该交朋友!"

"谢谢!"

"但我想问你,究竟什么原因促使你向我吐露这宝贵秘密呢?"

哈桑·赛里姆扬起双眉,说:

"当我看到你俩单独谈话时,便感到你像许多人一样受骗了,于是下决心把实际情况告诉你。我不忍心你也被骗!"

凯马勒被这高贵的真挚感情所深深打动,连忙低声说了句"谢谢"。一位被阿伊黛爱上的青年,不愿意让朋友受骗,出于同情心,才把真情实况告诉了他。在向他吐露秘密的动机之中,难道没有忌妒的成分吗?难道他生着两双眼睛,同时可以看到自己的脑袋和鼻子吗?

哈桑·赛里姆继续说:

"她和她的母亲常来我家做客,我们交谈的机会是很多的。"

"单独谈吗?"

凯马勒无意之中问了这么一句,他后悔不已,慌张难堪,随之也涨红了脸。但是,哈桑·赛里姆照直回答道:

"有时候可以……"

凯马勒多么希望有这样的机会见到她!这是谈情说爱的良辰,也是他梦寐以求的美景。那时候,钟爱、思恋的目光将怎样从她那美丽的眼睛里射向他呢?那的确是一幅迷人的景色!神圣之光照亮了头脑,但却扼杀了心灵,因此,他永远诅咒那叛教思想。啊,你的灵魂动个不停，活像笼中之鸟，一心展翅归林。世界是废墟的集合体，只有死人才会从中尝到香甜。假若你以为亲吻无可非议的话，那么，绝对安稳的乐趣不在旋涡之中。一种自尽的念头涌入凯马勒的脑海，他心里明白，但却无力抗拒，于是问哈桑·赛里姆：

"你怎能同意阿伊黛和侯赛因·夏达德的朋友们在一起玩耍呢？"

哈桑·赛里姆踟蹰片刻，而后回答说：

"也许并非出于我自愿，但我毫无办法。她在弟弟及所有人面前，无拘无束，那是按照欧式教育行事的。不瞒你说，有时候，我真想把我的苦恼告诉她，但我担心引起她的忌妒。你知道，她是多么想激起我的忌妒啊！当然，你知道这是女人的伎俩。我应该向你承认，我认为她是不大容易叫人接近的！"

毫不奇怪，地球自转及其绕太阳公转规律的发现，推翻了许多幻想，征服了许多人的头脑。

"好像你在故意跟自己过不去！"

哈桑·赛里姆信心十足地说：

"但是，只要我有决心，常常能够迫使阿伊黛服从我的意愿！"

这种话和这种口吻，气得凯马勒简直要发疯，他真想找个理由打哈桑·赛里姆一顿，如果有能力，非把他打翻在地不可。顷刻之间，他俩之间的高矮差别显得比实际大多了。凯马勒感到奇怪：阿伊黛怎么会爱上一个比她自己身材还要矮的男子呢？他痛苦难耐地自问：为什么阿伊黛不爱一位比她年龄小的男子呢？他觉得失去了世界。

哈桑·赛里姆请凯马勒一道吃午饭，凯马勒婉言谢绝了，于是，两个人握手告别了。

凯马勒心灰意懒、满腔怒气地回到家里，真想独自躲藏在一个地方，回忆一下当天发生的事情，认真想一想，以便弄清全部真情。整个生活仿佛穿上了丧服。难道他不是打开始就知道这种爱情迟早要失去的吗？事到如今，这有什么新奇的呢？无论如何，有一点使他感到自慰：他满心忠于爱情，照亮他的心灵的爱情，除了他，谁也得不到。这是他的特点，他绝不会抛弃昔日的旧梦，梦想在天上与他心中的女神相会。在天上，没有人为的差别，没有大脑袋、高鼻子。根据天规，阿伊黛将属于我一个人所有……

第二十章

仿佛凯马勒不复存在,要了解他的情况,可真是不容易。赛拉亚特大街那次谈话一周之后的星期五早晨,在夏达德公馆凉亭下聚会时,哈桑·赛里姆才弄清了这件事。

朋友们之间谈得正起劲时,像往常一样,阿伊黛领着布杜尔来到了凉亭下。她时而和这个说说话,时而和那个开开玩笑,就是不看凯马勒一眼。起初,凯马勒以为就要轮到和他说话了,但等了许久,发现她压根儿不想看自己一眼,或者有意避开他。他终于挣脱了消极立场,开始在她说话时插上一句半句,以引起她和自己说话。但是,她继续说她的话,故作看不见他,不去理睬他。虽然谁也没有注意到凯马勒一次又一次的尝试,因为他和阿伊黛都像他们一样,正在津津有味地聊着天,但这并没有减轻凯马勒所遭受的无名打击。凯马勒佯装不知自己的行动目的,竭力掩藏着内心的种种疑虑。

凯马勒极为细心地等待机会,打算重新检验一下自己的命运。突然之间,布杜尔向凯马勒招手,想挣脱阿伊黛的手,于是凯马勒立即走过去,把她抱起来。但阿伊黛拉住布杜尔的手说:"我们该走了!"说完,向大家告别了一声,姐妹俩便离去了。

唉……这是什么意思?阿伊黛很生凯马勒的气,之所以到这里来,正是向他表露愤怒之情的。可是,凯马勒究竟怎么啦?他有什么罪过？不论大小，他究竟有何过失？好一个令人为难的事情，他进退维谷，这无情地嘲弄着他的思想，损害着他的自尊心。

尽管凯马勒有着难以言状的悲伤，但他依然紧紧握着自己心灵的把柄，足以克制住自己。他成功地表演了他所熟悉的角色，没有让同伴们看出他遭受严重打击的一丝痕迹。朋友们散去之后，他心想：无论现实多么残酷，他也要勇敢地面对现实；今天，阿伊黛存心不让他享受友谊的甘甜，他应该平心静气、甘愿忍耐这种冷遇……在他那多情的心中，有一架精密记录仪，可以把情人的悄声低语、一举一动或一顾一盼全部记录下来，就连所见星点小事以及陌生人的言谈话语都不遗漏。不知什么原因，凯马勒心中的秘密就像难以施治的疾病。如今，他认为自己活像一片树叶，被疾风从树枝上抽打下来，而后将被抛到垃圾堆里去。

凯马勒发现，他的思想一直在围绕着哈桑·赛里姆打转；哈桑·赛里姆不是对他说过"只要我有决心，常常能够迫使阿伊黛服从我的意愿"吗？但是，今天阿伊黛还是来了。对于凯马勒来说，难过的是她故作不知道他在场，假如她不来，那倒没有什么可难过的。再说他和哈桑·赛里姆分手时，双方都还是愉快的，因而哈桑·赛里姆也没有理由要求阿伊黛佯装不认识自己，而且就她本人来说，无论如何也不会随便屈从一个人的命令。他没有过错！苍天之主啊，罪孽的秘密究竟在哪里？他与她凉亭下的那次会面，尽管冷清，她竟拿他的脑袋、鼻子甚至尊严开心取乐，但不乏友情、嬉戏之甜味，最终还是在道歉似的气氛中结束的；也许那次会面切断了他对爱情的希望，然而他的爱情本来也就不存在什么希望。今天的会面，却使凯马勒经历了种种折磨：她对他置之不理，不闻不问。不管怎样隔阂、疏远或虐待，情人总比仆人好，因为主人从仆人身边走过，就像仆人不存在似的。多么可怜啊！一种新的痛苦又收入了他的痛苦词典中去了，沉重地压在了他的心上。这是爱情的一种新税，多么沉重的税啊！他将以此来偿还照耀并烧毁他的光的代价。

凯马勒胸中充满愤怒之情，倘若不采取妄自尊大的冷淡回避态度，他是很难得到伟大爱情的。他的愤恨来自爱情和友谊，这使他感到由衷的难过，他只有用祈祷的办法来回应这种打击。假如造孽者是另外一个人，比如说是侯赛因·夏达德本人，那么，他会毫不犹豫地同他断绝交往。但是，这不是别人，正是他的女神，而且已将恼怒的弹片投在了他的胸膛，打击的目标就是他本人。于是，他放弃了惩治作孽者的报仇愿望，随之一种强烈的痛苦感淹没了他的心，并且暗示他永远躲着她为好！

凯马勒十分珍视阿伊黛的友谊，将之看得高于他的梦想，尽管爱情使他感到天狭地窄。他对她的爱情却完全失望了，出于勉强的情感，仅仅满足于甜蜜的一笑，或淡薄的只言，哪怕是分手时的一笑，辞别时的言语。但那种置之不理、故作不知的态度，却使凯马勒茫然失措、方寸混乱，只觉得整个世界抛弃了他，自己像个活着的死人。

凯马勒一刻也没有停止思考。在夏达德公馆外度过的一个星期之中，他一直在想着这个问题。失望和挫折的重锤不时地击打着他：早上与父亲同桌进餐，他食不知味；走在路上，他的感官常常产生错觉；在师范学院听课，他人在心不在；夜晚读书，注意力难以集中……他无可奈何，只有躺下睡觉，但次日清早一睁开眼睛，那种情感又朝他袭来，仿佛它一直在意识的门槛候着他，或者像一直在敲击着他，以便把他一口一口地吃掉。啊，心灵啊，一旦背叛了它的主人，它是何等的可怕！

星期五，凯马勒动身到爱情和折磨共生的公馆去，比平时约定的时间稍早一些来到了目的地。他为什么心急火燎地盼着这天呢？他对此有什么希望呢？难道他还想从冰冷的尸体上摸到哪怕是缓慢、微弱的脉搏，凭以幻想希望的生命尚未离去吗？难道他梦想着出现一种奇迹，女神将像原来给予他烦恼那样，无须等待，也不要任何条件，便把欢乐还给他？或者，他想从火狱里借到更多的干渴之火，借以为寒冷的灰烬加热升温？

凯马勒穿过长廊，来到了花园。突然，阿伊黛的身影映入他的眼帘，只见她坐在藤椅上，布杜尔坐在她面前的桌边上，整个花园，除了她俩再没有别人。他立刻停下脚步，想趁她尚未发现自己马上走出公馆。但是，他终于抛弃了这个念头，在一种勇敢面对折磨、揭开隐谜的强烈欲望驱使下，大步朝凉亭走去。好一个温柔、清秀的女人！好一个隐藏在连衣裙里的灵魂！她可知道疏远为他带来的苦闷吗？倘若他把自己的遭遇告诉她，那么，她能够安卧终夜吗？他和她之间多么类似于地球与太阳的关系：地球必须永远在一个固定的椭圆形轨道上绕着太阳转，不能因为关系亲密而靠近太阳，也不能因为不和而疏远之。难道他不可用微笑来掩饰他的一切痛苦吗？

凯马勒渐渐走近她，脚下故意发出声音，以期引起她的注意。阿伊黛询问似的扭过脸来，脸上并无一丝喜悦表情。在距她两臂远的地方，凯马勒站住了，恭恭敬敬地低下头，面带微笑地说：

"早晨好！"

阿伊黛微微低头，然而一言未发，然后又朝前方望去。

凯马勒毫不怀疑，他的希望已是僵尸一具。他想，阿伊黛无疑要大声对他喊：离我远点儿，莫让你的脑袋、鼻子遮住阳光！像往常一样，布杜尔朝他挥动着一双小手，于是，凯马勒的目光转到了小姑娘那漂亮、红润的面孔上，正好借助她那天真无邪的表情，掩盖自己失意的神色。他朝布杜尔走去，小姑娘立刻抓住了他的胳膊。他微微弯腰，温情地亲吻她的面颊……突然，一种冷漠的声音叫道：

"请不要吻她！接吻是一种不卫生的问候方式！"

凯马勒尴尬地一笑，他也不知道自己为什么会发出这样的笑，继而面色顿改，沉默无言了。片刻过后，凯马勒灵机一动，说：

"在我的印象中，这已经不是第一次亲吻了！"

阿伊黛双肩一耸，似乎在说："这丝毫不能改变现实！"难道他又要遭受一番新的折磨，却不准许他自我辩解半句吗？

"请允许我问一问，这种奇异变化的秘密何在呢？在过去的一周里，我自问数次，但始终找不出答案。"

阿伊黛似乎没有听到这句问话，而且也无意回答。凯马勒的声音中充满着窘迫和痛苦之情，他又说：

"使我难过的是：我清白无辜，但却没有得到应有的后果。"

阿伊黛依旧默不作声。凯马勒担心在她说出真实原因之前侯赛因·夏达德会来，于是急忙用委屈、乞求的语调说：

"像我这样的一位老朋友，难道不应该弄清自己的罪过吗？"

阿伊黛抬起头，瞧了凯马勒一眼，目光凄清阴暗，好像天空乌云密布，暴风雨即将来临，只听她愤怒地说：

"你不要假装无辜！"

"苍天之主啊，难道说人不知不觉就犯下了大罪？"

凯马勒声调急促，机械地轻轻拍着布杜尔的手；布杜尔一直想把凯马勒拉过去，究竟发生了什么事，她一无所知。

凯马勒接着说：

"我猜对了！多么叫人难过啊！我是这样想的，我欺骗了自己。在你的眼里，我是一个罪人，是吗？可是，我究竟犯了什么罪？请你告诉我吧！不能期待我轻易承认，你并没有给予我自守的权利。我检查了自己的心灵、生活的历史，没发现我对你怀过丝毫的恶意，没有敌视你的想法、言论和行动。使我不明白的是，你怎么不把这些作为处事的根据呢？"

阿伊黛轻蔑地说：

"我不会做戏，还是问问你自己吧！"

凯马勒惶恐不安：

"我说过你什么？对谁说过？我敢向你起誓……"

阿伊黛不耐烦地打断了他的话：

"发誓对我没用，你留着它自己用吧！背后说人坏话者的誓言是不值得让人信服的。要紧的是，想想你说了些什么！"

凯马勒把大衣甩到椅子上，好像要上阵拼搏了。之后，他往后退了一步，挣脱掉布杜尔那天真可爱的纠缠，诚恳、热情地说：

"羞于在你面前重复的话,我没说过半句。在我的生平中,我没说过、也不能说你一句坏话,即使你听到过什么。假若有人告诉你我有什么使你生气的举止言行,那么,那个人肯定是个善于造谣中伤的卑鄙小人,不值得你信任!我随时准备在你的面前与他对质,让你亲自领略一下这种人的'忠诚',或更贴切地说是欺骗程度。我说他们,对你没有什么妨害,但你把我猜想得太坏了!"

阿伊黛嘲笑道:

"谢谢你的高看,我受之有愧。我不认为自己十全十美,我至少没有受过纯粹的东方教育!"

最后一句话,引起了凯马勒的注意,于是他回想起哈桑·赛里姆说这句话时的情景,其用意在于排除女神心中的疑虑。难道哈桑·赛里姆在她面前重复过?难道哈桑·赛里姆怀疑他这句话的用意?哈桑·赛里姆不是很高尚吗,为何如此轻率?一个又一个的问号,使凯马勒费尽心思,头晕目眩。

凯马勒眼里透出惊讶与遗憾的神色,说:

"这是什么意思?我承认,我说过这句话。你可以问问哈桑·赛里姆,他会告诉你的,或者说他应该告诉你,我是在列举你的优点时讲到这句话的……"

阿伊黛冷漠地瞟了他一眼,问:

"我的优点?难道我乐意凭这些优点成为青年男子心上的'梦中姑娘'吗?"

"这是哈桑·赛里姆的话,可不是我说的!能否等他来了,当着你的面对质?"

阿伊黛继续嘲讽道:

"那么,我对你的善待、礼貌也包括在我的优点之中喽?"

面对着河水决口似的控诉,凯马勒已无力解释,他失望地说:

"你对我的善待、礼貌?在哪里?什么时候?"

"就在这亭子下,难道你不记得了?你没有如实对哈桑·赛里姆讲,你欺骗了他,这你能否认吗?"

这无情的奚落,令凯马勒痛心疾首,尤其"难道你不记得了"这句话,更使他难耐。他明白了,定是哈桑·赛里姆对凉亭相会产生了什么猜疑,然后便将其臆想告诉了阿伊黛,或者他想把阿伊黛弄到手……好一个毒辣的计谋,而自己却成了牺牲品!

凯马勒悲愤交集地说:

"我否认,我断然否认!我后悔,我把哈桑·赛里姆想得太好了!"

在阿伊黛看来,这最后一句话是冲她来的,她大模大样地说:

"哈桑·赛里姆还有想法呢!"

她一把土扬起了漫天尘埃。恍惚之中,凯马勒似乎看到狮身人面像抬起它那千年来未动的巨大石爪,正迅速地朝他扑过来,顷刻之间,将他撕得粉碎,把他永远地踩在爪下。他声音颤抖地说:

"如果哈桑·赛里姆在你面前说了这么多假话,那么,他就是个下流的骗子。背后说我坏话的是他,而不是我背地里说你的坏话!"

阿伊黛两只美丽的眼睛里闪出冷酷的光,怒气冲冲地问:

"在哈桑·赛里姆面前,你批评我与侯赛因·夏达德的朋友们厮混,这你能否认吗?"

贵族的高雅能够如此曲解话的原意吗?凯马勒非常激动地说:

"不,没那回事!安拉知道我没讲那种话。但他却撒了弥天大谎,他说……他说你爱他!他还说,如果他愿意的话,就禁止你和我们一起谈话!我无意……"

阿伊黛傲气十足地站起身来,猛一仰头,乌黑的长发荡起层层波浪。她打断了凯马勒的话:

"你在说梦话!他说我,那倒没什么关系;其实,他说得还很不够。我认为,我只是把友谊慷慨地奉献给每一位朋友,不分亲疏,一视同仁。除此之外,我并没有任何过失!"

她边说,边把布杜尔抱下地,然后拉住她的手,转身离开了凉亭。凯马勒乞怜似的喊着:

"你等等,好……"

但她已经走远了。凯马勒的高声喊叫,震撼了整个花园。树木、凉亭、椅子都用呆钝、嘲弄的目光注视着他。他抿上嘴,手撑着桌子,修长的身体弯着,仿佛被悲伤压弯了腰。

凯马勒独自待了没有多久,侯赛因·夏达德来了。他一如既往,春风满面,和气可亲,向凯马勒问过好,两人在两把相邻的椅子上坐了下来。片刻过后,伊斯玛仪·拉蒂夫也来了。最后到来的是哈桑·赛里姆,只见他举止潇洒,步伐缓慢。凯马勒感到不解:会不会像上次那样,哈桑·赛里姆打老远就看到了他俩?但是,在什么时候,他又是怎么样听到他和阿伊黛谈话的?想到这里,凯马勒的胸中怒气就像火药一样爆炸开来。但他决计不把哈桑·赛里姆看作仇敌,对他既不冷嘲热讽,也不疏远慢待,不让任何人从他脸上看出恼恨的痕迹,于是他和大家一道谈论起来。听了伊斯玛仪·拉蒂夫的高见,大家报之以笑声,并且就统一党的组成、背弃萨阿德·扎格鲁勒分子的出走、华夫脱党及奈什艾帕夏在其中的作用等问题,进行了一番评论……总而言之,他出色地扮演了自己的角色,直至聚会终结。

中午时分,凯马勒、伊斯玛仪·拉蒂夫和哈桑·赛里姆离开夏达德公馆,仿佛凯马勒再也忍耐不下去了,于是叫住哈桑·赛里姆:

"我想跟你谈谈……"

哈桑·赛里姆从容地说:

"请吧!"

凯马勒歉意似的望着伊斯玛仪·拉蒂夫:

"要个别谈……"

伊斯玛仪·拉蒂夫想走,但哈桑·赛里姆打手势将他叫住:

"我没有什么事情要瞒着伊斯玛仪·拉蒂夫。"

这个举动,使凯马勒分外恼火,他认定这话后面定有什么蹊跷。但是,他却装着不在意地说:

"那就让他听吧!我也没有什么事情要瞒着他的。"

离开夏达德公馆稍远之后,凯马勒说:

"你们到来之前,我在凉亭下单独见到了阿伊黛,进行了一场奇怪的谈话。从中得知你把我们在赛拉亚特大街的一些谈话传给了阿伊黛。那次的谈话,想必你还记得,但你传走了样,歪曲了,使她误认为我对她进行了恶毒攻击!"

哈桑·赛里姆反复嘟囔着"走样""歪曲"两个词,然后瞧了凯马勒一眼,仿佛在提醒他:"你是在和哈桑·赛里姆,而不是别人说话!"之后,他冷冰冰地对凯马勒说:

"你最好再选另外两个词儿!"

凯马勒感情冲动地说:

"你干得好哇!其实,我一听她的话,便知道原来你企图挑起我与她之间的谩骂、诽谤。"

哈桑·赛里姆顿时怒色满面,遂用更加冷淡的语调说:

"非常遗憾,我错看了你,高估了你的身价!"接着他又嘲笑道:

"你何不说我想从这谩骂中捞点儿什么呢?其实你是行事鲁莽,孤陋寡闻,欠缺思虑!"

凯马勒气上加气,喊叫道:

"你受私欲怂恿,竟干出了如此可耻的勾当!"

见势不妙,伊斯玛仪·拉蒂夫急忙插嘴:

"我建议你俩都冷静一下,另找时间再谈!"

凯马勒固执地说:

"事情显而易见,用不着商讨,他清楚,我也明白!"

伊斯玛仪·拉蒂夫又说:

"把那次谈话讲给我听听,也许我们……"

哈桑·赛里姆傲气十足地打断了他的话:

"我不接受裁决!"

凯马勒愤怒地呼了一口气,明知他在说谎:

"不管怎样,我已把真相告诉了阿伊黛,就让她判断谁说的是实话吧！"

顿时，哈桑·赛里姆脸色大变，他高声喊道：

"就让她去权衡商人的儿子与顾问的少爷的言谈吧！"

凯马勒攥紧拳头，举起就往哈桑·赛里姆身上打，伊斯玛仪·拉蒂夫急忙将两人隔开，虽然他个子小，但却是三人中最强壮的一个。伊斯玛仪·拉蒂夫说：

"不许这样！你俩是好朋友，怎么耍起小孩子脾气来啦？"

凯马勒怒火中烧，伤心透顶，他愤恨地跺着地朝前走去。哈桑·赛里姆的话刺痛了凯马勒的心，伤了他的自尊心，同时也波及了自己的父亲。那么，在这个世界上，他还有什么希望呢？

哈桑·赛里姆这个人，他不像别人尊重他的人格、钦佩他的品德那样敬重别人，然而开口伤人却并不是常见的。虽然凯马勒恨哈桑·赛里姆，但并不完全相信加给自己罪名的就是他。他反复思考着这件事，不时自问：究竟是哈桑·赛里姆歪曲了他的话，还是阿伊黛误解了他的话，或者因为她疑心重、爱发脾气呢？但是，权衡"商人的儿子与顾问的少爷的言谈"这句话，把凯马勒抛入了愤恨与痛苦的火狱。此外，劝说哈桑·赛里姆维护公正，那也是徒劳无益的。

过了几天，凯马勒按约定时间来到了夏达德公馆。哈桑·赛里姆没来，托人带口信说他有急事。散席之后，伊斯玛仪·拉蒂夫告诉凯马勒，说哈桑·赛里姆表示歉意，那天盛怒之时，不应该说什么"商人的儿子""顾问的少爷"之类的话，认为凯马勒想得太多，误解了他，希望不要因此中断两人之间的友谊，并且委托他向凯马勒转达这个意思。此后不久，凯马勒又收到哈桑·赛里姆的一封信，内容大体如此，信中强烈希望再次见面时，不要再提此事，让遗忘的幕布永久垂下，结尾说："想想你伤害我和我伤害你的那句话，也许你、我认识到双方都错了。谁也不应该根据这一点来拒绝朋友的道歉！"

看完信，凯马勒的心平静下来了。但是，他仔细一想，觉得又有些不对头：哈桑·赛里姆素以高傲自负著称，今日却如此谦恭，表示了出乎意料的歉意。是的，确实出人意料！究竟是什么因素使他道歉，凯马勒一时想不出来：仅仅是友谊，那绝不会对他那种高傲态度发生什么效用。与其说哈桑·赛里姆想恢复友谊，毋宁说他更想挽回他富有教养的好名声。也许他希望隔阂不再扩大，免得消息传到侯赛因·夏达德的耳朵里，使他因为姐姐引起争执而感到不愉快，或者因为听到"商人的儿子""顾问的少爷"之类的话而大动肝火，要知道，他也是商人之子呀！以上种种猜测，哪一种更合乎哈桑·赛里姆的逻辑呢？难道他仅仅为友谊而道歉吗？一切都无所谓，无论和好，还是争执。真正要紧的是要弄明白阿伊黛是否已下定决心，深藏不露，既不在他们聚会的地方转来转去，又不出现在窗子里，也不站在阳台上挥手了。哈桑·赛里姆的话已传入她的耳际，说他想阻止她会见任何人，但凭着她那高贵气质，她会继续到凉亭下去的。如果这样，凯马勒就不愁没机会见到她了。

　　但是，她还是消失了。仿佛她离开了家，离开了这个区，远离了整个世界，再也找不到她的踪影了。难道这种分别没有尽头吗？凯马勒很想去找她，请她先惩罚而后宽恕自己，或者侯赛因·夏达德把她不露面的原因告诉他，以便解除他的忧虑。他苦思冥想，长久等待，但是毫无结果。

　　凯马勒每次访问夏达德公馆，不安的眼睛里总是闪现着矛盾的神色，失望中夹带着希望。时而偷眼望望门口迎面的阳台，时而瞅瞅边廊的窗子，然后再看看临花园的凉亭，边朝凉亭或客厅走去。当坐在朋友中间时，则久久梦想着幸福场面突然出现在眼前……聚会结束了，离开公馆时，他又总是用疲惫、忧伤的目光向窗子、阳台望去，尤其是朝她常出现的那个窗子里望上几眼。在他想来，那个窗口就是女神肖像的镜框。他充满惆怅，忍受着失望的折磨，缓步向公馆告别。

　　凯马勒非常难过，简直想开口问侯赛因·夏达德：阿伊黛为什么隐避不出？但是，他满脑子陈旧传统习惯，不敢直接发问，只是胆怯地探问侯赛因·夏达德对导致女神不露面的原因究竟知道多少。至于哈桑·赛里姆，他则只字未提"过去"。从他的面部表情上看，他也没有考虑往事。毫无疑问，每次聚会当中，哈桑·赛里姆总能目睹凯马勒的失败，这使凯马勒不胜苦闷。是的，他受尽折磨，伤透了脑筋。他感受到分离的焦灼、失败的苦涩、绝望的烦恼。比这一切更难堪的是：凯马勒感到蒙受了奇耻大辱，被赶出了乐园，被禁止聆听女神的歌声，领略女神的光彩。他开始踟蹰彷徨。他的灵魂在淌着伤心的泪水，被丑化了的人啊，在幸福的人群中，永远找不到你！

倘若女神永远隐去，那么他活着还有什么意义？他的眼睛到哪里去寻找光明？他的心从何处得到温暖？他的灵魂到何处领受欢乐？让女神自由地表示她的喜怒哀乐吧！她究竟爱哈桑·赛里姆，还是爱他人，也让她自己去表白吧！就让她随意拿自己开心逗乐吧！他多么渴望看到她那俊秀的容貌，听听她那悦耳的话音！他怎样才能看到她，哪怕只有一眼呢？就让她自由地去表达自己的爱情吧，哪怕她故意装作不认识他！即使得不到她所给予的幸福，但在她的光芒照耀下，看到她，幸福感就不会失去。但是，假若没有她，那么，生活只能是连续的日日夜夜，其中饱含痛苦、惆怅。女神离开了他的生活天地，岂不像脊柱脱离了肌体，人就失去了平衡和完整，变成只会说话的尸体了吗？

凯马勒忧心忡忡，坐卧不宁。他实在忍耐不下去了，好容易才挨到星期五，一大早便和朋友一道来到了阿巴西亚区，远远地围着公馆打转转，期望能从窗间或阳台望见她的身影。然而等待的结果只有失望，他没有看见阿伊黛，却见一位仆人走来走去。他用诧异、搜寻的目光跟踪着那位仆人，仿佛在求问苍天之主能否给仆人一个机会，靠近女神，代他观察一下她的情况，她在静卧床头，还是在歌咏吟唱。啊，这位仆人真是幸福！

在一次绕行中，凯马勒看到阿卜杜·哈米德·夏达德贝克及其尊贵的夫人正步出公馆，庄重可敬，落落大方。父母有时向阿伊黛发号施令，她则唯命是从。这位神圣的母亲怀胎九个月，阿伊黛无疑也像他在阿伊莎、赫蒂彻的床头看到的婴儿一样,先是胎儿,后落地为女婴,所以没有一个人能比这位母亲更了解女神的童年!只要活着,这些记忆将永远存在!

一个月以来,凯马勒的两只明亮的眼睛一直埋在枕头里,长夜漫漫,尽头何在?他向空中伸展手掌,打心底里祈祷说:安拉啊,请对这种爱情说:"愿你化为灰烬!"就像您对着烧死易卜拉欣的烈火说:"火啊!你对易卜拉欣变成凉爽的和平的吧!"[1]他希望,假如爱情的地位人人皆知,那么,但愿人像动手术割去肢体的有病部分那样,将爱情切除。他呼唤着她那可爱的名字,召唤她到这寂静的房间会见一个谦恭、虔诚的人,仿佛呼唤者不是他,而是别人。当她呼唤他的名字时,他模仿她的声音呼叫,期望失去的幸福之梦如愿而归。他的眼睛盯着回忆录,肯定过去的全是事实,绝非幻梦。

几年以来,凯马勒还是第一次像囚徒回想失去的自由那样回顾爱情之前的岁月。是啊,除了他以外,再没有人像他那样被牢牢地监禁起来。然而监牢的铁栅栏是可以打碎的,与爱情的锁链相比,铁栅栏显得纤细脆弱。爱情的锁链既能影响思想感情,也能触及体内神经,而本身却不会崩溃。

有一天,凯马勒暗暗问自己:法赫米经历过自己所遭受的折磨吗?……已故胞兄的往事就像一支哀曲响在耳边,他禁不住深深地叹了一口气。他想起了法赫米给他讲述玛丽娅与朱伦冒险的事,说他怎样趁朱伦不防时,将一把涂着毒药的匕首插到了这个英国大兵的心上。法赫米的面容又浮现在他脑海里,那样从容不迫、泰然自若。他又想起独处时的法赫米:那英俊面容一反常态,顷刻间愁云布满前额……无疑就像自己现在这样,沉浸在唉声叹气、痛苦呻吟之中。他感到心中一阵难过,他想:法赫米中弹身亡之前,他的痛苦是无可比拟的。奇怪的是,他在政治生活中,发现了一张个人生活的放大相片,

---

[1]《古兰经》众先知章:69节。

那是在报纸上看到的,就像他路经宫间街和阿巴西亚区时所看到的情景一样:萨阿德·扎格鲁勒也像个囚犯,是一切无耻诽谤、恶毒攻击的目标。他俩,他和萨阿德·扎格鲁勒,正在同来自身为贵族、行径卑劣的人们的闪电战搏斗。一位领袖人物陷于苦战泥潭,就像祖国沉沦在屈辱之中。面对政治局面和个人处境,他与萨阿德的心情和感受是一致的。凯马勒像要表白自己那样评论萨阿德·扎格鲁勒:"如此虐待一位忠贞的伟大人物,合乎情理吗?"他仿佛意指哈桑·赛里姆而谈及祖尤尔:"为了抢夺政权,他背信弃义,丑态百出!"他好像暗指阿伊黛而谈论埃及:"他是一位忠诚的战士,勇敢地保卫着祖国的权力,祖国能抛弃他吗?"

第二十一章

甘露街肖凯特家里，终日没有个平静的时候。这倒并非因为三层楼住的全是肖凯特一家人，而是首先因为有个赫蒂彻。年迈的母亲住在底层，哈利勒、阿伊莎及子女努埃麦、奥斯曼、穆罕默德住中层，易卜拉欣、赫蒂彻及两个儿子阿卜杜·蒙伊姆、艾哈迈德住在三层。但是，所有人嘈杂声的总和与赫蒂彻直接发出或由她引起的吵嚷声相比，那真可谓小巫见大巫了。家里发生了变化，吵嚷本应该局限在最小范围内，比如：赫蒂彻的居室、厨房已经独立，她的家禽养在楼顶平台上了；婆婆撤出平台之后，她按老宅花园的式样，在一侧造了个小花园……所有这些，都有利于减轻噪声。但是，嘈杂声并未减弱。

今天，赫蒂彻有些懒散，原因显而易见，因为阿伊莎和哈利勒已来到她的房间，试图共同努力，解除由于赫蒂彻造成的危机。他们坐在客厅里的沙发上，个个表情严肃，只有赫蒂彻愁眉不展。他们相互交换着眼色，各有不同含义，但谁也不想开口破题。赫蒂彻终于说话了，用令人窒息的诉苦声调说：

"这样的争执，哪家都免不了，生活就是如此，这并不是说我们想把麻烦转嫁给别人，尤其是那些不该说废话的人。但是，这些争执将导致我们的家丑外扬……"

易卜拉欣动了动大衣，似乎想坐正一些，然后发出"嘻嘻"一笑，

谁也不知道他笑什么。赫蒂彻疑惑地望着他,问:

"你嘻嘻什么?在这个世界上,难道你什么事也不想?"

她的眼光避开易卜拉欣,然后对哈利勒、阿伊莎说:

"难道老太太到商店找父亲告我的状,你们俩就开心啦?难道能够强迫男子汉,尤其像我父亲那样的人来参加女人的争执?他不该知道这样的事情,哪怕一星半点儿。不用多说,父亲是肯定讨厌她的打扰、告状的。倘若不是出于礼貌,他肯定会直言回绝她的……但是,老太太仍然苦苦哀求我父亲干预此事,直到他答应下来,她才罢休。这老太太可真不像话!我父亲很忙,不能整天应付这些微不足道的小事儿。哈利勒先生,这种行为你感到满意吗?"

哈利勒眉头紧皱,气愤地说:

"我母亲错了,我已经说过她,但她却对我大发雷霆。她是上了年纪的人,人到了她这个年纪,你也知道,就像小孩子一样,需要奉承、宽容、原谅……"

易卜拉欣不耐烦地打断了他的话:

"好啦……好啦……这话,你重复了多少遍,我都听腻了。正像你说的,母亲确实上了年纪,但重要的是她的命不好,遇上了个无情无义的人!"

赫蒂彻狠狠地瞪了他一眼,愁眉苦脸,鼻子也变了形,她说:

"安拉啊……安拉!你把这种话当着父亲的面说一说!"

易卜拉欣打手势表示歉意,说:

"父亲?他没在这里,即使他来了,也不会听我说话。但是,我说的全是实话,大家尽管相信,你也无法否认。你呀,你容不下我母亲,受不了她的脾气。我乞求安拉保佑。我说老祖宗啊,所有这些都是为什么?你该对母亲宽容一些,谅解一些;可是呢,要你忍让真比上天揽月还难!我说的这些话,你能否认一句吗?"

赫蒂彻看看哈利勒,又瞧瞧阿伊莎,试图让那两口子当面证实这种明摆着的"虐待"。看起来,大家感到颇为难,一时真假难断。最后,阿伊莎出于同情、怜悯，喃喃地说：

"易卜拉欣先生是说，你对婆母的宽容少了些……"

哈利勒满意地点了点头，表示赞成，同时也感到有了台阶可下，于是说：

"是这样！我母亲爱发脾气，毕竟她是母亲，你只要稍微宽容一点儿，也就可以避免争吵了！"

赫蒂彻反驳说：

"更确切地说是她容不下我，她毁坏了我的神经。每次见面，她总是说一些伤人的话。或是明言，或是暗语，而后，我再乞求她宽恕！我变得像个冰人似的。阿卜杜·蒙伊姆和艾哈迈德耗尽了我的耐心，难道这还不够吗？主啊，我到哪里去找个公道人呢？"

易卜拉欣微笑着嘲弄道：

"也许你能从父亲那里找到公道人！"

赫蒂彻喊道：

"你幸灾乐祸！我全明白！虽然如此，可还有安拉呢！"

易卜拉欣用屈从而又含有挑衅成分的语调说：

"是啊，还有安拉呢！"

哈利勒怜悯地说：

"你安静一些，也好让父亲放心。"

她怎么能安静下来呢？老太太狠狠地报复了她一下，不久，便借口去见她父亲而不与她见面了。

这时候，从房间里传出阿卜杜·蒙伊姆、艾哈迈德的叫喊声，接着又听到艾哈迈德哭了起来。赫蒂彻尽管体态肥胖，还是急忙站起身，朝房间走去。只听她推门便喊：

"怎么回事？干吗又打架？哎呀呀……我的小冤家，你俩……"

她刚走，易卜拉欣便说：

"真可怜……一大早，赫蒂彻就开始战斗了，一忙一整天，直到上床睡觉才能安静下来。家里的一切都必须屈从于她的意思，阿卜杜·

蒙伊姆、艾哈迈德，包括我在内，都得听从她的指挥。我心疼她、同情她！我敢向你们肯定，我们家完全可以更条理一些，不需要窃窃私语、吵嚷猜忌！"

哈利勒笑着说：

"安拉默助她……"

"默助我和她平平安安在一起！"

易卜拉欣说完，摇着头也笑了。他从大衣口袋里掏出烟，站起来，将烟递给哈利勒。哈利勒抽出一支烟，也让阿伊莎拿一支，但她笑着拒绝了，而朝赫蒂彻隐去的屋门努了努嘴，说：

"平安一会儿吧！"

易卜拉欣回到自己的座位上，点上烟，指着那间屋门说：

"法庭……现在里面正在开庭审判，但她会以怜悯的态度对待两位被告，即使出于无奈……"

赫蒂彻回到客厅，烦躁不安地说：

"在这个家里，我怎能尝到休息的滋味呢？有什么法子，到什么时候，我才得安生？"

她边叹气，边坐了下来，然后对阿伊莎说："我从阳台上向下看了看，发现昨晚那场雨冲下来的泥仍然盖着胡同的地面。看在安拉的面上，父亲怎么来走这段路呢？……他为什么如此任性？"

"天气呢？天气怎么样？"

"雨还在下个不停！天黑以前，胡同就会变成海。情况是这样，能迫使老太婆晚些策划坏事，哪怕推迟一天？不！不能啊！尽管道路这样泥泞难走，她还是到店铺去了，一直纠缠到父亲答应她的要求，她才回来。在这么艰难的条件下，还有人去告我的状，那么人们准会把我猜测成是洪水或刀子了！"

所有人都笑了，感谢赫蒂彻终于给了大家一次喘息的机会。易卜拉欣问：

"难道你认为自己还比不上洪水或刀子吗？"

听到有人敲门,原来是女佣苏维丹,只见她神色惊惧地望着赫蒂彻,说:

"老先生来了!"

说完,女佣走了。

赫蒂彻面色苍白,站起身来低声说:

"你们可不要把我丢下……"

哈利勒笑道:

"赫蒂彻太太,我们奉陪到底!"

赫蒂彻的语调中充满希望和乞求:

"你们可要在我的身边……"

阿伊莎照了照镜子,看看脸上有无色斑。之后,大家便离去了。

艾哈迈德·阿卜杜·贾瓦德坐在房间正堂的一张沙发上,后上方墙壁上挂着已故肖凯特先生的巨幅肖像。哈利勒的母亲坐在附近的椅子上,身上穿着一件厚厚的大衣。大衣虽厚,却仍掩盖不住她那瘦小而且驼了背的身躯。消瘦的面颊上,皱纹深而密集,皮肤干燥,唯一令人注目的就是她那几颗金牙了。对于艾哈迈德·阿卜杜·贾瓦德先生来说,这间房并不生疏,虽然破旧,但无损其堂皇色彩:窗帘已经褪色,一些椅子、沙发套也已脱落,有些扶手、靠背处已经断裂;波斯地毯依然保持着它的典雅风格,或者因之变得更加贵重了。室内充满宜人的香气,使老夫人不胜迷恋。老夫人握着伞,说:

"我自己想,如果艾哈迈德·阿卜杜·贾瓦德先生不像他答应的那样到这里来,那么,他就不是我的儿子,我也就不是他的妈!"

艾哈迈德·阿卜杜·贾瓦德微笑着说:

"但愿不这样!我听您的吩咐,我是您的儿子,赫蒂彻是您的女儿!"

老夫人努了努嘴,说:

"你们都是我的孩子,阿米娜太太是我的女儿,你是众人的先生!至于赫蒂彻……"

说到这里，她瞪大了眼睛，凝视着艾哈迈德·阿卜杜·贾瓦德，说：

"她，她没有继承母亲的任何品性！"然后她摇了摇头，继续说：

"唉……真有意思！……"

艾哈迈德·阿卜杜·贾瓦德先生道歉似的说：

"我感到惊奇，她怎么会惹您生这么大的气。事情来得突然，我转不过弯来，何不把事情对我谈谈呢？"

老夫人颇为懊恼地说：

"这是件旧事。为了尊重她母亲的请求，我们一直瞒着你。如今，她母亲已无法管教她，就像在店铺里跟你说过的那样，没办法，我只能把话明说了！"

这时，大家都进来了：易卜拉欣第一个进门，接着是哈利勒，阿伊莎，最后进来的是赫蒂彻，他们一一和先生握手，轮到赫蒂彻时，只见她恭恭敬敬地弯下腰去亲吻父亲的手。看到这情景，老夫人禁不住惊讶地说：

"安拉啊，这是什么礼节？你就是赫蒂彻吗？艾哈迈德先生，表面现象是欺骗不了你的！"

哈利勒责怪母亲说：

"您怎么也不让爸爸休息一下？这里是没什么官司可要断的！"

老夫人提高声音问道：

"你来做什么？你们都来做什么？只叫她一个人，你们都走开！"

易卜拉欣温情地乞求说：

"除安拉外，绝无应受崇拜的……就留下我吧！"

母亲喊道：

"我自己比你在好，蠢货！假若你是个真正的男子汉大丈夫，本不该去请这位先生。你应该像往常一样，睡你的觉去！哪股风把你吹起来啦？"

听到这段开场白，赫蒂彻得意极了，顿时心花怒放，只盼着事态愈演愈烈,好把她的问题遮掩起来。但事与愿违,艾哈迈德·阿卜杜·贾瓦德先生发话了,声音响亮,一下堵住了她所期待的战争之路,只听他问:

"赫蒂彻,我听到了关于你的某些消息,你知道吗?难道你果真不是你母亲的孝顺女儿?求安拉宽恕,她不仅是你的母亲,也是我们大家的母亲!"

赫蒂彻大失所望,低垂下目光,双唇微微颤动,既没点头承认,也没摇头否认。老夫人对大家招了招手,示意大家仔细听她说:

"这是一段历史,我不能对你重复了。自打她来到这家的第一天起,动辄就要和我吵一顿。她舌头长,话语多,是我活了这么大年纪看到的第一个人。五年多的时间里,我所听到的那些话,无法对你重提,实在是多得很,怪得很!她诬蔑我对这个家的管教,嘲弄我的烹饪手艺……先生,这些事情你能够想象吗?这还不算,她还将她住的房子与我隔开,一家变成了两家,就连女仆苏维丹,她也不许进她家门,因她是我的用人,她自己另雇了一个人。楼顶平台虽然宽敞,但却容不下我,无奈我把鸡窝挪到了院子里来!孩子啊,我还能再说什么呢?这些仅仅是九牛一毛而已,可叫我怎么过?我常想,过去的事就让它过去吧,我忍了,我受了。我想:分开家之后,该不闹纠纷了吧,但愿如此!可实际上,不是那么回事!我的主啊……"

说到这里,老太太因为咳嗽中断了谈话。她连连咳嗽,连颈静脉都鼓胀起来了。赫蒂彻望着她,心中暗求安拉在她结束谈话之前就把自己召走。但是,老太太咳嗽停止了,她咽了口唾沫,口中念叨着:"我做证除安拉外,绝无应受崇拜的;我做证穆罕默德是安拉的使者。"然后抬起两只泪汪汪的眼睛,久久地望着艾哈迈德·阿卜杜·贾瓦德,声音嘶哑地问:

"艾哈迈德先生,难道你也不屑喊我一声母亲吗?"

艾哈迈德先生不顾易卜拉欣和哈利勒嬉笑,故作愁眉苦脸地说:

"求安拉保佑,我的母亲!"

"你做得好,艾哈迈德先生!但你的女儿却做不到。她叫我'娣仔'①,我多次让她喊我'妮娜'②。她说:'我称宫间街的母亲什么呢?'我对她说,我是'妮娜',你的母亲也是'妮娜'。她说:'我只有一个妮娜,是安拉赐予我的!'先生,你听听,是我亲手把她从幽冥世界接出来的呀!"

艾哈迈德·阿卜杜·贾瓦德愤愤地瞥了赫蒂彻一眼,气冲冲地问道:

"赫蒂彻,是这样吗?你说!"

赫蒂彻像是失去了说话的能力,又愤怒,又恐惧,对商讨的结果也完全失去了希望。在自卫本能的唆使下,她决定采取恳求、央告措施,力争讲和,于是低声说:

"我冤枉,爸爸。他们都知道我受尽了虐待。凭安拉起誓,爸爸,我冤枉……"

艾哈迈德·阿卜杜·贾瓦德不禁大吃一惊。他素知老夫人架子大,傲气足,从易卜拉欣、哈利勒的脸上也看出了开玩笑的迹象。虽然如此,他们仍然要装出认真、严肃的样子,一来让老太太开开心,二来也吓唬一下赫蒂彻,但事出所料,赫蒂彻表现得固执、暴躁。艾哈迈德·阿卜杜·贾瓦德想:难道她在家时就这样?他不知道,阿米娜可知道吧?难道像看到亚辛的现在那样,他终于看到了女儿的新面目,和自己心中的形象完全相反?他说:

"我想了解真实情况!我想知道你的实际表现!我们的母亲说的与我知道的女儿判若两人,究竟哪位是实在的人?"

老夫人五指捏拢,抖动了一下,示意先生稍等,让她把话说完:

"我对她讲过:'是我亲手把你从幽冥世界接出来的!'而她却用我从未听到过的狠毒口气对我说:'照那么说,我是奇迹般地死里逃生喽!'"

---

① 娣仔,音译,埃及方言,意为"婆婆"。
② 妮娜,音译,埃及方言,意为"妈妈"。

易卜拉欣和哈利勒都笑了。阿伊莎低下头，掩饰着自己的笑容。老太太对两个儿子说：

"你俩笑？笑吧！笑你们的母亲吧！"

艾哈迈德·阿卜杜·贾瓦德先生却面浮愁云，虽然他笑藏心中。难道他的女儿也和他一样？难道不该把这些讲给易卜拉欣·法尔、阿里·阿卜杜·拉希姆和穆罕默德·伊法特听听吗？他暴怒地对赫蒂彻说：

"不……不行！我知道怎样和你算这笔困难账！"

老夫人接着说：

"就说说昨天吵架的原因吧！易卜拉欣请他的几位朋友来家里吃饭。我给他们做了赛加西亚抓饭。晚上，易卜拉欣、哈利勒、阿伊莎和赫蒂彻来我这里谈天，说起宴请之事，易卜拉欣说宾客们都说赛加西亚饭好吃，赫蒂彻高兴极了，她说这做饭的手艺是她从娘家带来的。我听了，善意地对她说，是亚辛的第一位太太栽娜卜将这种饭的手艺带到你们家的，而赫蒂彻呢，无疑是从栽娜卜那里学来的。我对你起誓，我的话完全出于善意，绝无心去伤害任何人。可是，亲爱的，安拉保佑你平安无恙，赫蒂彻勃然大怒，冲着我就喊：'难道你比我更了解我们家？'我说，我了解你们家要比你早许多年。她大声喊叫道：'你不希望我们好！我们有一点儿长处，你都受不了，就连做这么顿饭，你也打主意。在栽娜卜降生之前，我们家就会烧这种饭。你这么大年纪，说谎也不害羞！'安拉啊！先生，说到哪儿去啦？这就是赫蒂彻，当着大家的面骂我！凭安拉、凭良心起誓，我俩究竟谁在说谎话？"

艾哈迈德·阿卜杜·贾瓦德先生怒火难忍：

"她当面说你撒谎？主啊，这……这不是我的女儿！"

哈利勒生气地说：

"妈妈，您就为这么一场小小争论，就把父亲喊来啦？为了这赛加西亚饭，搅乱了人家的思想，浪费了人家的时间，合适吗？妈妈，这太过分了！"

老太太怒气冲冲地盯着哈利勒的面孔，喊叫道：

"你住口！离我远点儿！我没说谎，任何人也不该说我说谎。我知道自己说了些什么，没有什么害羞的。栽娜卜来他们家之前，他们并不熟悉赛加西亚饭，这无损于任何人的面子，也不会使任何人感到难堪，而是事实。先生就坐在面前，倘若我撒了谎，就让他说我是个骗子吧！他家的拿手饭食，首先是油炸饼，其次是菜叶包饭。至于赛加西亚饭，在栽娜卜太太进门之前，压根儿没上过餐桌。艾哈迈德先生，你说话吧！只有你才能裁决！"

老夫人说话的时候，艾哈迈德·阿卜杜·贾瓦德先生一直在奋力抗拒着笑神的引诱。片刻过后，他语气暴烈地说：

"但愿她的罪过只限于诡辩，而不是因为缺乏教养、不通文礼。赫蒂彻，既然你的言行如此越轨，难道还想逃避我的拳头的威力吗？真叫人遗憾！一位父亲发现他的女儿已长大成人，并且做了妻子、母亲之后，仍然需要父亲的训教和惩罚！"

先生挥了挥手，继续说：

"你呀，真气死我了！凭安拉起誓，看到你这样在我面前，我感到难过！"

赫蒂彻突然放声大哭。一方面因她受了刺激，另一方面她也是做戏。现在，除此之外，她再也找不到自卫的措施了。过了一会儿，她声音颤抖、抽抽噎噎地说：

"我冤枉。凭安拉起誓，我冤枉。她一见我的面，就要数落我一顿，言辞冷酷，令人难以忍受。她对我说：'如果不是我，你就当老闺女了！'我没有对不住她的地方，他们可以做证……"

这种逼真而虚假的表演，并没有给人们留下什么印象。哈利勒·肖凯特气得浑身发抖；易卜拉欣·肖凯特低下了头。艾哈迈德·阿卜杜·贾瓦德先生虽面未改色，但听她又谈起"老闺女"云云，心"怦怦"地猛烈跳。至于老太太，白色眉毛下的两只眼睛则久久注视着赫蒂彻，仿佛在对她说：狐狸精啊，你就表演吧，绝打动不了我！但当她感到室

内确实有同情那位"女演员"的气氛时,便愤怒地说:

"阿伊莎,这就是你的亲姐妹!我要你凭着你的良心起誓,凭着尊贵的《古兰经》起誓,以你的所见所闻做证:你姐姐是不是当面说谎?关于赛加西亚饭争执,我是不是丝毫没有夸大?女儿啊,你说。你说呀,也好让先生明白谁在欺负人,谁又在忍屈受辱……"

阿伊莎惶恐不安,担心这个袭击会把她拖入争论的旋涡,让她做证到底。她感到进退维谷,左右为难,于是眨了眨她那两只水汪汪的大眼睛,求救似的望了望她的丈夫和丈兄。易卜拉欣想插嘴,但艾哈迈德·阿卜杜·贾瓦德先生抢先开了口,他对阿伊莎说:

"阿伊莎,你妈妈要你做证,你应该开口说话!"

阿伊莎茫然失措,面色苍白,咽了口唾沫后,双唇才动了动。然后,她又闭上眼睛,躲避开父亲的目光,依旧保持沉默,一言不发。

哈利勒责备说:

"让妹妹为姐姐做证,压根儿没听说过!"

母亲呵斥道:

"像你们那样,儿女说母亲的坏话,我压根儿也没听说过呢!"

她回头望望艾哈迈德·阿卜杜·贾瓦德先生,又说:

"她不说话,我已经满意了。阿伊莎沉默就是我的无声证据,我的先生!"

阿伊莎猜想,对她的折磨该到此为止了吧!谁知赫蒂彻擦干了眼泪,乞求似的对她说:

"阿伊莎,你说呀,你听我骂过她吗?"

阿伊莎打内心里诅咒赫蒂彻,她神经质地摇着头。

老太太喊道:

"真是喜从天降!她也求人做证了!阿伊莎,再没有什么理由推辞了,说吧!安拉啊,假若真像赫蒂彻说的那样,我是个暴虐的人,那么,我为什么不虐待阿伊莎?为什么我与她之间和和睦睦?为什么?我的安拉啊,为什么?"

易卜拉欣·肖凯特站起来，然后走到艾哈迈德·阿卜杜·贾瓦德身边，坐下之后，对先生说：

"爸爸，打搅您了，白白浪费了您的许多宝贵时间，实在抱歉！我们暂且把'控告'和'证据'放在一边，把过去的事情全抛到一边去，看看什么最重要、最有益。您的到来，本应该是吉星高照，平安如意。就请我母亲与我妻子签订'停战协议'吧！让她俩当面向您保证：和睦相处，地久天长！"

艾哈迈德·阿卜杜·贾瓦德先生虽然对此提议满心欢喜，然而却摇着头，温和地反对说：

"不！绝不是什么'停战协议'！'停战'只限于敌对双方，而现在的情况呢，我们的母亲为一方，另一方则是我们的女儿；女儿是不能与母亲相提并论的。首先，赫蒂彻应该向母亲道歉，并对往事深表悔改之意；至于母亲嘛，则要宽恕、原谅女儿。在此之后，我们再谈和好事宜……"

老夫人眉开眼笑，皱纹顿时舒展开来。但是，她小心地瞧了赫蒂彻一眼，目光又转到了艾哈迈德·阿卜杜·贾瓦德的身上，一句话也没说。艾哈迈德·阿卜杜·贾瓦德先生继续说：

"看来，我的建议不受欢迎。"

老太太感激地说：

"你说得对！你的话有理，安拉为你添岁增寿！"

先生指了指赫蒂彻，只见她毫不迟疑地站起身来，胆战心惊、失魂落魄地朝父亲走去。有生以来，她还是第一次感到如此怯懦。父亲态度严厉地对她说：

"吻吻你母亲的手，说：'妮娜，请饶恕我吧！'"

啊……她万万想不到，即使是在噩梦中，她也会永远地这样站着。但是，这是她所崇敬的父亲的判决，是无法驳回的判决，这是安拉的意愿。赫蒂彻朝老夫人走去，弯下腰，捧住已向她举起的手——凭安拉起誓，老太太毫无反对意思地将手伸给她，即使是勉强的，表面上

的——然后亲吻起来,而心中却感到不胜厌恶、难过之至。然后,她喃喃地说:

"妮娜,请饶恕我吧!"

老太太久久地望着她,脸上浮现了欢悦的笑意,她说:

"我饶恕你啦,赫蒂彻!看在你父亲的面上,我宽恕了你,接受你的忏悔。"话音刚落,又发出一阵稚童般的笑声,她继而告诫赫蒂彻说:

"从今以后,不要再争论土耳其菜的事情了!你们活在油炸饼、菜叶包饭的世界里还不满足吗?"

艾哈迈德·阿卜杜·贾瓦德兴高采烈地说:

"赞美安拉,和好实现了!"

他抬头望着赫蒂彻,说:

"你要喊'妮娜',而不能叫'娣仔'!这位'妮娜'与另一位'妮娜'一样!"

接着,他又声音低沉、语重心长地说:

"赫蒂彻,你这种性格是从哪儿来的?我们家的其他人都不具备它。难道你忘记了你的母亲,忘掉了她那彬彬有礼、娴熟温良的性情?你的任何过错,都是朝我脸上抹黑,难道你不懂得这个道理吗?凭安拉起誓,听到你母亲的谈话,我感到吃惊,这种惊讶将长久地留在我的脑海里!"

第二十二章

艾哈迈德·阿卜杜·贾瓦德先生离去之后,大家上楼各回各的房间。赫蒂彻走在最前面,满面阴云密布,饱含愤恨之情。大家都感到幸福、安乐离人们的心怀尚远,担心赫蒂彻从此沉默寡言,因此,哈利勒、阿伊莎陪赫蒂彻、易卜拉欣上了楼,不顾努埃麦、奥斯曼和穆罕默德的吵闹,一直将两人送回他们的房间。他们在客厅里坐下来,哈利勒用探听意见的口吻对哥哥说:

"你的结束语是决定性的意见,因而取得了最佳效果!"

赫蒂彻第一次激动地说:

"取得了和解,是吧?正是这个办法,使我蒙受了前所未有的屈辱!"

易卜拉欣责备似的说:

"吻吻母亲的手,或者向她谢罪、告饶,那算什么屈辱可言!"

赫蒂彻满不在乎地说:

"她是你的母亲,但却是我的劲敌。假若没有爸爸的命令,我是绝不会喊她'妮娜'的。是的!她是爸爸命令下的'妮娜',仅此而已!"

易卜拉欣失望地叹了口气,身子靠在了沙发的扶手上。阿伊莎心神不安,不知道自己拒绝做证会给姐姐留下什么印象;赫蒂彻躲避着她的目光,更加重了她的忧虑。她决心和姐姐谈谈,让她好好发泄一下心中的闷气，痛痛快快地埋怨她一顿，于是温柔地说：

"你俩已经和解，没有什么屈辱的。除了好的结果之外，不要再想别的什么了！"

赫蒂彻一动不动，只是向阿伊莎投来愤怒的目光，她懊丧地说：

"阿伊莎，你别再说我啦！你是世界上最后一个有权说我的人！"

阿伊莎故作吃惊，翻转着双眼，望望易卜拉欣，又瞧瞧哈利勒，问：

"我？为什么安拉不宽恕我呢？"

赫蒂彻语似枪弹出膛，冷酷、愤恨地说：

"因为你背弃了我，以沉默来做证！因为你想讨好另一个人，而佯装不认识你的手足姐妹。这是不折不扣的背叛！"

"赫蒂彻，你可真怪！我沉默是对你有利的。"

赫蒂彻用同样或更强烈的语调说：

"倘若你果真注意到有利于我的话，那么，你应该为我做证，是真是假，倒没有什么关系。但是，你却宁可偏向管你吃饭的人，而不惜抛弃你的同胞姐妹。你不要说我啦，一句也用不着，我们的母亲自有话说！"

第二天上午，赫蒂彻不顾道路泥泞，回到娘家。她走进厨房，母亲高兴地站起身来迎接她。乌姆·哈奈菲满面春风地朝她走来，但她却以一句简短的话回了礼。母亲用征询的目光望着她，只听她开口便说：

"我是来求您管教管教阿伊莎的。我再也忍受不下去了……"

阿米娜的脸上泛出忧伤的神情，摆了摆头，示意她到厨房外面去谈，并且问：

"安拉禳灾祛难！究竟发生什么事啦？你爸爸把甘露街的事情告诉了我。阿伊莎怎么啦？"

两人边说边上楼梯。母亲继续说：

"赫蒂彻，我常盼你胸襟开阔一些。你婆母已上年纪，应该照顾她。昨天，天气那么不好，她独自跑到店铺去，足以证明她智力衰退，可有什么法子呢？你爸爸多生气呀！他不相信你会说出那种伤人的话。阿伊莎有什么事使你生气？她一声没吭，是吗？除了沉默之外，她是没有什么法子的！"

母女俩来到咖啡馆，肩并肩坐在一张沙发上。赫蒂彻说：

"妈妈，我求您不要和他们站在一边！我究竟有什么罪过，致使我在这个世界上一个伙伴也找不到？"

母亲责备似的微微一笑，说：

"可别这么说，也别这么想，孩子！你告诉妈妈，阿伊莎怎么啦？"

赫蒂彻手向空中一挥，仿佛在向敌人打去，气愤地说：

"坏透啦！她做证，使我遭受了最沉重的失败！"

"她说什么啦？"

"什么也没说！"

"赞美安拉！"

"灾难正是缘于她什么也没说！"

阿米娜微笑着，温情脉脉地说：

"她能说些什么呢？"

母亲的问话仿佛使她十分为难，她惆怅、烦恼地说：

"她本来可以证明我没欺负过婆婆，可她为什么不做证呢？即使她做了证，也并没有超过兄弟姐妹之间应尽的责任、义务。她至少能够说她没有听说过什么。实际上，她甘愿袒护婆婆，而不想为我说半句话。她背弃了我，将我抛到幸灾乐祸的狡猾鬼的脚下，我一辈子也忘不了她干的好事！"

阿米娜怜惜地说：

"赫蒂彻，别说得这么吓人！不管什么事情，到了明天早上，一切都会忘掉的！"

"忘掉？昨晚我整夜都没有合眼，头就像火烧似的。如果这灾难不是来自阿伊莎——我的同胞姐妹，那么，任何打击也不在话下。她甘愿与魔鬼为伍，好哇，那就走着瞧吧！一个老婆婆，一个阿伊莎，两个人合起来和我作对，而且婆婆总是袒护着阿伊莎。假若我也像她那样无情无义,那么,我早就把她缺乏教养、不懂礼貌的表现告诉爸爸了。她想让别人把她当作高贵的天使,把我看成可恶的妖魔。不!我比她强千倍,我享有尊严和体面,一尘不染!"

说到这里,她更加重了语气:

"如果不是我爸爸,那么,世界上再没有任何力量能迫使我亲吻劲敌的手,或者喊她'妮娜'!"

母亲轻轻拍着她的肩膀,怜悯地说:

"你是个急性子人,常爱发脾气。你镇静一些,在这里多待会儿,我们一道吃午饭,然后慢慢地谈……"

"我的头脑是清醒的,我知道自己说了些什么。我想问问爸爸,究竟是杜门不出的人好呢,还是走门串户唱歌,并且还让自己的女儿跳舞的人好呢?"

阿米娜叹了口气,难过地说:

"你爸爸对这种事情的看法,那还用问吗?但是,阿伊莎已经结了婚,成了家,关于她的言谈举止,最后的结论要由她的丈夫来下。只要她丈夫允许她走东串西,知道她爱在女友们中间唱歌,那么,我们又有什么好说的呢?赫蒂彻,你心有安拉,难道你说的缺乏教养、不懂礼貌的行为就是这些吗?你真的为努埃麦跳舞而感到生气?她才六岁,跳舞不过是玩耍。赫蒂彻,这不值得生气,安拉宽慰你!"

赫蒂彻固执地说:

"我对自己说的每句话负责。您的女儿到街坊邻里家唱歌,您的外孙女去跳舞,您喜欢这样也罢。可是,您也乐意让您的女儿像男人那样吸烟吗?您知道了,会大惊失色的!阿伊莎她吸烟,并且成了一种嗜好,达到了欲罢不能的地步。她的男人一给就是一整盒,并且十分简捷地说:'阿伊莎,你的一盒,接着!'我亲眼看到过她大口大口地吸,嘴里和鼻孔上冒一道冒烟。鼻子里能冒烟,您听说过吗?她再也不像开始那样瞒着我们了,而且还引逗我们吸呢,说什么吸烟能消热安神。这就是阿伊莎,您还说什么?我爸爸还会说什么呢?"

屋里一片寂静。阿米娜显得有些为难，但她决心照自己的想法办，于是说：

"吸烟，就是对男人来说，也不好。你爸爸从不吸烟。女人吸烟，我能说什么呢？她的男人教她吸烟，我又能说什么？赫蒂彻，我有什么法子呢？她只属于她的男人，而不是属于我。假若有机会，我也仅能劝一劝罢了。"

赫蒂彻默不作声地望着母亲，显得也有些犹豫了。她说：

"她男人把她惯坏了，使她染上了许多毛病。她的男人不仅吸烟，还在家里喝酒，不知羞耻。他们家里老是摆着酒，似乎酒成了他们的生活必需品。他终有一天会像把阿伊莎抛入烟云中去那样，把阿伊莎也领入酒缸。怎么不会呢，就连老太太也知道她儿子的房间是酒馆，而阿伊莎却满不在乎，她男人会灌她喝酒的，而且我敢断言，这样的事情已经发生过。有一次，我就闻到她嘴里呼出一种怪气味，我问她怎么啦，尽管她矢口否认，但表情煞是难堪。我敢说她喝酒了，而且像吸烟一样，习以为常。"

母亲失望地喊道：

"主啊，原来如此！赫蒂彻，你怜悯怜悯自己，也宽恕宽恕我们吧，敬畏安拉吧！……"

"我敬畏全知全能的安拉。我既不会吸烟，也不会从我的口中喷出可疑的气味！我不准酒进入我家！另一个傻瓜试图劝我去接近这种禁忌品，您不知道这回事吧？但我坚决回绝了他，开诚布公地对他说：'我决不与酒瓶子住在一个房间里！'在我的决心面前，他退缩了，开始把酒藏在他弟弟那里，也就是放在昨天背弃我的那位太太的房间里。每当我大声诅咒酒及饮酒者的时候，这个该割舌头的就对我说：'你这拘泥、呆板劲儿是从哪里学来的？你爸爸把酒看作欢乐源泉，哪个晚会少得了杯盏、琴曲？'妈妈，您听见了吗？他在肖凯特家族中竟议论起我爸爸来了！"

阿米娜双眼里闪现出悲伤、焦躁的神色，手掌一张一合，局促不安，然后诉苦似的说：

"安拉啊，求你怜悯我们！我们可没有做过这种事情，你是宽宏大量的。多灾多难的女人，全都是男人惯坏的。我不能沉默，不应不开口说话，我非找阿伊莎彻底算账不可！赫蒂彻，我不相信你说的那些事，因为你猜疑她，于是想出了许多没有根据的事情。我的女儿纯洁无瑕，她会永远洁白无辜，即使她的丈夫变成魔鬼。我将和她坦率地交谈一番，如有必要，还要找哈利勒谈谈。他可以畅饮，只要安拉饶恕他；至于我的女儿，但愿安拉设置屏障，将她与魔鬼隔开。"

清凉的微风第一次吹进了赫蒂彻的心田。她得意地打量着母亲那焦急的神态，自信阿伊莎将很快得到报应，亲口品尝"背叛"给她自己带来的苦果。

赫蒂彻明明知道易卜拉欣和哈利勒没有酒瘾，即使偶尔喝上一次，也是数量有限的，绝不会到醉倒的程度。但是，她并没有注意到自己是否言过其实，甚至在盛怒之下，竟然说妹妹的房间成了酒馆。至于说到酒是父亲的"欢乐源泉"，则是以责备易卜拉欣的口气向母亲重述的，以便让母亲相信阿伊莎真的变了。其实，不久之前，赫蒂彻已屈从于易卜拉欣、哈利勒及老母亲的一致意见，特别是他们将自己所知道的关于她父亲的事情告诉了她，其中并没有批评父亲的意思，与此相反，他们在赞扬艾哈迈德·阿卜杜·贾瓦德先生的宽厚、慷慨、豪爽，旨在树立其在家族中的尊长地位。起初，赫蒂彻硬着头皮接受了这个一致看法，之后逐渐有些怀疑，虽然没有公开宣布。赫蒂彻认为，她平生最敬重的父亲，会染上这些习性，那真是不可思议的。但是，虽然有些疑问，但并未影响她对父亲的尊崇，也许反而因之更觉得父亲文雅、高洁、豪爽。

赫蒂彻并不满足于已经取得的胜利，遂用煽动的口气说：

"阿伊莎不但背弃了我，而且背叛了您……"

她开始深谈了，于是沉默片刻，然后接着说：

"她还到思宫街去看亚辛和玛丽娅呢！"

阿米娜神情忧伤地望着赫蒂彻的面孔，问：

"你说什么？"

赫蒂彻自感登上了胜利的顶峰，得意地说：

"这是令人痛心的事实！亚辛和玛丽娅不止一次来看望我们，看阿伊莎和我。老实说，我是被迫接待他俩的，不得不对亚辛进行有限的招待。亚辛邀请我去访问思宫街，我无须对您讲我没去，他们多次来访也未能改变我的决心，致使玛丽娅对我说：'原先我们情同手足，你为什么不来看我们呢？'但我仍以种种借口谢绝了她的邀请，想方设法摆脱掉她的引诱。之后，她开始对我讲亚辛对她如何不好，行为怎样不端，又怎样抛弃她，试图以此来软化我的心。但是，我没对她客气……而阿伊莎呢，却恰恰相反，不但热烈欢迎她，而且还亲吻她呢！最明显不过的是她们互相访问：一次哈利勒陪着她去，另一次，她还带着努埃麦、奥斯曼和穆罕默德去呢！和玛丽娅恢复了友谊关系，阿伊莎显得那样幸福、快活！我告诫过她，说她那样做太过分了，但她对我说：'玛丽娅没有什么可指责的。只因为她是已故兄弟的未婚妻，我们就拒绝接近她，这合乎情理吗？'我问：'难道你忘掉了那个英国大兵？'她说：'我们不应该再提那件事了，因为她已经是我们长兄的妻子了！'妈妈，您以前听到过这样的话吗？"

阿米娜忧愤交加，低下头，默然不语了。赫蒂彻久久地望着母亲，又说：

"这就是不折不扣的阿伊莎。她昨天为我做证，在昏聩的老太婆面前玷辱了我！"

阿米娜长长地出了一口气，两只疲惫的眼睛望着赫蒂彻，声音低沉地说：

"阿伊莎还年轻，没有脑子，无论活到多大，她也是那个样子。除此之外，我还能说什么呢？我不想，也不能再说她什么。她会提起法赫米吗？我简直无法相信。在那个女人面前，就是看在我的面子上，她也控制不住自己的感情吗？对此事，我不能保持沉默。我将对她讲，那个女人伤了我的心，看到她，我就会生气、痛苦、难过的！"

赫蒂彻抓住自己的一缕鬓发，说：

"如果她能改好，我就把这缕鬓发剪掉！她和我们不是生活在同一个世界里，我一点儿也没有冤枉她，安拉做证，自打我结婚后，我就没有和她拌过嘴、斗过气。每当她不好好照管孩子，或者自打我结婚后，或者奉承婆婆及遇到其他事情时，我总是及时地提醒她，但我的话从未超出过善意劝说或诚挚批评的界限。这一次是我第一次感到不愉快，于是才公开与她争吵起来。"

母亲面带怒色，然而却乞求地说：

"赫蒂彻，这件事就交给我吧！至于你，我则不希望你因争吵而与阿伊莎隔阂、疏远。你俩生活在一个家庭中，你俩的心不应该分道扬镳。不要忘记，她是你妹妹，你是她的姐姐。你的心肠好，赞美安拉，你的心充满了对所有亲人的爱。每当我心神不宁时，总能在你的身上找到安慰。至于阿伊莎，不论她有多少过失，总还是你的同胞姐妹。这一点，你千万不要忘记啊！"

赫蒂彻激动地喊道：

"她的所有过失，我都可以宽恕，只是做证这件事例外！"

"她并没有为你做证，一来怕触犯你，二来怕得罪婆婆，只好默不作声。她不愿意惹任何人生气，这你是知道的，尽管她常常因为轻率、糊涂而得罪了许多人。她无意亏待你，你不必过分抱怨她。明天，我去看你们，再和她算账，但是我要劝你们俩和好。我要劝告你，不要拒绝和好！"

赫蒂彻的眼里第一次闪出不安的神情，她干脆闭上双眼，不看母亲了。沉默片刻之后，她才低声说：

"您明天就来？"

"是的。事情紧急，不能拖延。"

赫蒂彻好像在自言自语：

"她将会控告我泄露了她的秘密！"

"就是那样说也无妨！"

当母亲发现赫蒂彻焦灼不安时,她说:

"总而言之,我知道该说什么,不该说什么。"

赫蒂彻满意地说:

"这样再好不过了！但是,要让她承认我的善意,那真是比登天还难！"

第二十三章

啊……

凯马勒看到阿伊黛走出公馆门口，惊喜不已，一股激动的热流顿时遍及全身。每天傍晚，他总是站在阿巴西亚大街的人行道上遥望公馆，希望看到她的身影出现在阳台上或窗口间。他身穿雅致的灰色西服套装，仿佛要与阳春三月的温和天气竞赛争雄。每逢他感到苦闷、懊恼时，总是格外地讲究穿着打扮。

自打凉亭下发生争执以来，他一直没有看见过她。对他来说，日子是难熬的。每日傍晚时分，他便来到阿巴西亚大街，远远地绕着公馆转呀转的，坚持不懈，似乎不知失望的滋味。他高兴地等待着美梦的来临，暂时满足于重游故地，追忆往事的欢乐。分别初期的痛苦，仿佛使他染上了孤独疯狂症，夜眠不宁，呓语联翩。倘若长此以往，非要他的命不可。后来，他终于挣脱了那个危险阶段，然而痛苦之神却在他心灵深处安居乐业了，在不妨害其他生理机能的情况下，尽其职责，宛如体内固有器官，或像灵魂的基本力量，或似一种经久难愈的疾病，固着在了他的心底上。他延误了生活向他吐露的秘密，又怎么可能从爱情中得到安慰呢？但他深信爱情是永恒的，因此，他应该忍耐，就像一个人命中注定那样，伴着病神，直至临终。

看到阿伊黛步出公馆大门，凯马勒发出了这样的叹息。他的两只眼睛一直从远处跟踪着她那轻盈的步履。许久以来,他就憧憬着这良辰美景,如今已收眼底,禁不住心荡神移,热血沸腾。女神朝右一拐,走上赛拉亚特大街。这时候,凯马勒的心中突然刮起一阵风暴,顿时开始横扫三个月以来压在心头的失意尘垢,他巴不得这风暴迅速地将自己的烦恼卷到女神的脚下,听候她的摆布。他迈开步子,毫不迟疑地朝赛拉亚特大街走去。以前,他总是敏于事而慎于言,唯恐失去她;如今,他心底坦荡,再也没有什么可怕的了。过去三个月中所遭受的折磨,不容许他再踟蹰、退却了。过了不大一会儿,阿伊黛便注意到他的脚步声渐渐近了,于是回头一望,只见他离自己只有几步远了。但是,她毫不在意地扭过头去,并没有理睬他。凯马勒责备道:

"老朋友相遇,何至这样!"

阿伊黛头也没回,立刻加快了步伐。这就是回答。凯马勒从中得到了力量,也加大了步子。等走到几乎与她平行时,他说:

"你不要假装不认识我,这使我难以忍受,也没有什么必要,哪怕你认为天经地义!"

凯马勒最怕的是她坚持装作不认识他,直至达到自己预定的目标。正在这个时候,一种柔和、悦耳的声音传入他的耳际:

"对不起,请离我远点儿,让我平平安安地走吧!"

凯马勒口气坚定又夹带着央求的意思,说:

"你会平平安安走的,但必须算清账之后!"

从她的话音里可以明显感觉出犹豫不决的成分,贵族式的沉默转而化为乌有。她说:

"什么账?我一点儿不知道,也不想知道。我希望你遵循绅士、先生的德行!"

凯马勒热情地说:

"我向你保证,我这是标准式的绅士行为。除此之外,我一概不通,因为这是你亲自传授给我的!"

阿伊黛头都没扭,说:

"我是说，请你放我走！"

"不能！你把罪名强加给我，未听我自我辩护，便惩罚了我。在你宣布我无罪之前，我是不能放你走的！"

"我惩罚了你？"

霎时间，他装作听不懂她的话，任凭久享这美景良辰。她愿意同他对话，而且放慢了脚步。不论是她想听他说些什么，还是有意拉长距离，以便在到达目的地之前将他甩掉，但改变不了既成事实：两人肩并肩漫步在赛拉亚特大街，路旁的高大树木将两人亲切环抱；水仙花的目光安详、温柔，越过宫墙，眷恋凝视着这一男一女；茉莉花咧着嘴，对着两人笑。在静谧的气氛中，他那颗炽热的心正渴望着浓郁的芳香。

凯马勒说：

"你给了最严厉的惩罚，整整三个月不和我见面，使我饱尝了对一个无辜被告者的折磨。"

"我们最好不提那些！"

凯马勒激动地恳求道：

"我们应该回顾一下……我受尽了折磨，再也没有力量忍受更大的折磨了。"

阿伊黛从容地说：

"我有什么罪呢？"

"我想知道，是否你仍然把我看作敌人？有一件事我敢担保，我是不会害你的。倘若你能记住我们过去几年中的友谊，那么，你肯定会相信我的话。请允许我坦率地把事情给你讲清楚。凉亭下谈话之后，哈桑·赛里姆约见了我……"

她乞求似的打断了他的话：

"不谈这些好吗？那都是过去的事情，一切都结束了！"

听到最后这句话，凯马勒不禁哀痛，倘若死人能够听到，也会悲伤的。他有些激动，话音随之颤抖起来，宛如歌曲已近尾声。他说：

"结束了……我知道结束了，但希望有个完美的结局。只要你把我看作背信弃义的人,我就不让你走。我是无罪的。你猜疑一个对你素怀敬意、竭尽赞美言辞的人,真使我难以理解。"

阿伊黛瞥了凯马勒一眼,然后把脸扭到另一边,似乎讽刺他说:"打哪儿学来的这种口才?"之后,话语间略带温情地接着说:

"看来发生了意想不到的误会……过去的就让它过去吧!"

凯马勒满怀热情和希望地说:

"不过我心中还有些疑问……"

阿伊黛屈从地说:

"我不否认我有时犯猜疑病,但以后的事实却证明了我的想法!"

凯马勒的心霎时间漂浮在幸福波浪之上,宛如醉汉,左右摇摆,他问:

"你什么时候知道的?"

"时间不说了……"

凯马勒感激地注视着她,高兴的泪花伴着隐隐哭泣飞溅。他追问道:

"你知道我无罪?"

"是的。"

"哈桑·赛里姆能够挽回自己的尊严吗?"

"你怎么知道的?"

阿伊黛急忙开口,想结束这种调查:

"我知道了这件事。"

凯马勒竭力避免纠缠给她带来不愉快,但突然想起了一件事,于是心上又罩起一片愁云。他诉苦说:

"虽然如此,你仍然不露面。你已经宣布我中伤了你,但尚未声明宽恕我,哪怕是只言片语;倘若你的理由正确,我是可以接受的!"

"什么理由?"

凯马勒声调凄凉地说:

"你不懂得什么是痛苦,我衷心地乞求安拉,愿你永远不懂得它!"

她辩解似的说：

"我本猜想，即使有人告你的状，你也不会在意的！"

"安拉宽恕你。我的思想比你想象的沉重。我发现你我之间有很大隔阂，这使我十分难过。你不知道我对你怀有的深厚情谊……但世事难料，竟然达到给我罗织罪名的地步。请你仔细看一看，你在哪里，我又在哪里？我可以坦率地告诉你，不公道的控告比我遭遇的种种痛苦还要难忍！"

阿伊黛笑了：

"那么，这不是一种痛苦喽？"

她的微笑给凯马勒带来了莫大鼓舞。于是，凯马勒就像天真的孩子偶得表扬那样，激情难禁，口若悬河：

"是的。罗织的罪名，是一种最轻的痛苦，最难忍受的痛苦还是你杜门不出，深守闺房。过去三个月之中的每时每刻，我都是像狂人那样熬过来的，因此，我虔诚地乞求安拉不要再考验我了。经历过痛苦折磨的人，才会这样祈祷。我所经历的苦难数不胜数。惨痛的经验告诉我：倘若目前这种生活注定要弃离我的话，那么，我应当寻求另一种新生活。在我看来，一切东西都充满了诅咒、谩骂。请不要讥笑我，我从你口中就常常听到类似的话语。但是，痛苦远比嘲弄、咒骂难耐。我不相信像你这样一位高贵天使会幸灾乐祸，嘲笑一个饱受折磨的人，更何况原因就在你的身上。可是有什么办法呢？……命中注定我早就深深地爱上你了……"

一片寂静，只能听到他的呼吸声。阿伊黛望着前方，凯马勒看不到她的眼睛，但从她的沉默中得到了一丝宽慰，因为默然不语总要比肆无忌惮的言辞好些。他感到自己得胜了。他想象着，他听到了她那表达同样感情的声音，柔和而甜美。好一个疯子！他为什么要把藏在心中的秘密倾倒出来呢？充其量不过像个爱蹦爱跳的人，一心想的是高，待到脚离开地面时，却发现自己已盘旋在云端。但是，在那之后，还有什么力量能够使他哑口无言呢？

"你不要再说那些我不爱听的事情!我不需要那些!我不会忘掉自己的脑袋,因为我日日夜夜都把它扛在肩上。我不否认自己每天看它许多次。但是,我有别人所不具有的东西,那就是我的爱情。我的爱情举世无双,我引以为自豪,也值得你为之自豪,即使你讨厌它。自从我在花园第一次见到你时起,我就对你怀着这样的爱,难道你没有感觉出来?以前,我未曾想过承认它,因为担心因之中断我们之间的友谊,更怕我自己被驱逐出乐园。我不能轻易拿着我的幸福冒险。如今,我已被赶出天国,那我还怕什么呢?"

秘密终于说出来,宛如血涌,难止难停。人间万物,多不胜数,而出现在凯马勒眼帘里的,只有阿伊黛那窈窕的身影,仿佛街道、树木、房屋、行人俱荫翳在乌云背后。他心中的女神走在阴影下,默默无语,只见她身材苗条轻盈,发髻乌黑发亮,面孔清秀美丽。当她穿过马路时,在夕阳余晖的映照下,显得更加格外俊秀。凯马勒想,就是和她一直谈到第二天早晨,也没什么……

"我不是对你说过吗,我从未想过要认错,这有些过分。其实,凉亭下会见的那一天,我就想承认错误,并且给侯赛因·夏达德打个电话。如果不是你拿着我的头和鼻子开玩笑,我早就认错了。"

说到这里,凯马勒笑了笑,接着又说:

"我就像一位演说家,刚刚想开口,听众便向我投石子了!"

阿伊黛泰然自若,一声不吭,好像是理所当然的。她是来自另一个世界的天使,不便用人类的语言说话,或关心人间的事情。高贵的人,难道不应该保守自己的秘密吗?她难道就是高贵的人?在神灵面前摆架子,乃是一种背叛;被杀者面对凶手,却是一门哲学艺术。她做过幸福美梦,清晨醒来之时,竟然泣不成声,她可曾记得此事吗?那个梦,很快被她忘到脑后去了;至于泪水,或更确切地说,她的记忆,则已成了永恒的符号。

阿伊黛突然开口说话了:

"我不是对你说过,那是开玩笑吗?当时我就劝你不要介意、生气……"

这种温情值得回味,就像牙齿剧疼刚过的片刻舒服。凯马勒心中的歌消失了,只留下一支清脆的曲子。此时此刻,女神脸上的皱纹如同天使面孔上的天曲的音符。

"无须乞求,你会感到心满意足,因为我已对你说过:我爱你……"

阿伊黛敏捷地回过头,朝凯马勒投去微笑的目光,未等他发现,便转过脸来。这目光意味着什么?是中意的目光?激动的目光?温情的目光?响应的目光?礼貌的目光?她是看他的脸,还是专门瞅他的脑袋和鼻子?

阿伊黛说:

"我只能感谢你的好意!我在无意之中伤害了你,实在抱歉。你是个和善、仁慈、高尚的人。"

听到这么一番美言,凯马勒如坠幸福梦境之中。阿伊黛又低声地说:

"现在,我想问问那后面还有什么?"

这究竟是女神的声音,还是他自己话音的回声?这句话曾伴随着凯马勒的叹息声在宫间街上空盘旋,他回答此问的时间到了吗?凯马勒为难地说:

"你是问爱情的后面还有什么?"

看哪,她微笑了。那微笑有什么含义?但他却只盼望看到微笑。阿伊黛说:

"认错仅仅是开始,而不是终结。我问你打算怎样?"

凯马勒依然感到为难:

"我想……我想让你允许我爱你……"

她禁不住笑了,然后问:

"你真这么想?但是,假若我不愿意,那你怎么办呢?"

凯马勒叹息道:

"我仍然爱你!"

阿伊黛近乎开玩笑地问他，使他感到吃惊：

"那么你请求我允许你什么呢？"

果真不假！三寸不烂之舌是何等恶劣！最可怕的是它时而像要高升云天，顷刻之间又落到地面。她又说：

"你使我进退两难！看来，你也被折腾得狼狈不堪！"

凯马勒焦急地说：

"我？……狼狈不堪？也许吧……但是，我爱你。请告诉我，这意味着什么？请你开导一下，有什么办法能把我从尴尬境地里拯救出来？"

阿伊黛微笑着：

"我没办法。你本应该讲给我听，你不是一位哲学家吗？"

凯马勒的脸霎时飞红，闷闷不乐地说：

"你讽刺我，挖苦我！"

阿伊黛急忙说：

"不！绝没这个意思。我离家的时候，没有预想到会谈这些，实在是突如其来。无论如何，我很感谢你，不能忘掉你那高尚的友谊。至于说什么讽刺、挖苦，我压根儿没那么想过……"

这是一支迷人勾魂的歌曲，甜美优雅的吟唱，但不知女神说的是真心话，还是戏言。凯马勒弄不清希望之门已经打开，还是受微风轻推已关闭了。她问有何打算，他没有回答，因为他胸中无数。假若他说他打算把两个灵魂结合在一起，想以拥抱或亲吻叩击关闭的秘密之门，那会怎样呢？难道这不就是回答吗？

行至赛拉亚特大街尽头的路口，阿伊黛停下脚步，温柔而果断地说：

"这儿……"

凯马勒也停下来，惊愕地注视着她的面孔。"这儿……"意思是"我们应该在这儿分手"吗？然而并不像"我爱你"那句话明白，无须发问，一听便知。凯马勒未加思索，说：

"不!"

话音刚落,她似乎突然明白了对方的意思,立即说:

"爱情之后还有什么,这不是你问的吗?答案有了:我们不分手!"

阿伊黛坦然自若,沉着镇静,微笑着说:

"但现在我们应该分手!"

凯马勒热情地问:

"没有烦恼,也没有怀疑了吗?"

"没有啦!"

"你不再到凉亭下去玩了?"

"如果条件允许……"

凯马勒有些不安:

"过去的条件是允许的呀!"

"过去不等于现在!"

这回答使凯马勒感到失望:

"看来,你不会再去了!"

她好像提醒他应该分手:

"条件允许,我就到凉亭去。"

阿伊黛离开凉亭,朝学校大街走去。凯马勒着魔似的站在那里,眷恋地凝视着她的背影。她行至转弯处时,回过头来,微笑着望了凯马勒一眼。刹那间,她便从他的目光中消失了。

他究竟说了些什么?又听到了些什么?过不了多久,他会醒来,将发现自己独立原地。他何时会醒来呢?他会独自走去,伴随他的只有心脏的搏动、灵魂狂热、歌曲回音吗?虽然如此,他仍感到有一种力量在动摇着他的决心。茉莉芳香扑鼻而来,沁人心脾,而他的兴趣何在呢?那香气多么像爱情,神秘莫测,迷心醉人!也许这个秘密会被那个人弄去,而他则永远解不开这个谜,除非他唱完困惑、心酸的歌……

第二十四章

侯赛因·夏达德说：

"这是告别聚会，可惜……"

提起告别，凯马勒感到烦恼，遂瞟了侯赛因·夏达德一眼，看看他的面部表情与他口中的惋惜表示是否吻合。一个多星期以来，凯马勒已经闻到了惜别的气息，因为六月的来临，通常预示着朋友们即将到拉斯拜尔、亚历山大去避暑，过不了几天，花园、凉亭、朋友都会在他的眼帘中消失。至于女神，则早已见不到了，尽管在赛拉亚特大街上的那次谈话时已达成谅解协议，但她一直没有露面。难道她将不辞而别？一去就是三个月，连看一眼朋友的工夫都没有吗？难道人情竟如此之薄？

凯马勒微笑着说：

"你为什么哀叹'可惜'呢？"

"我希望你们和我一道去拉斯拜尔，不然，夏天如何度过呢？"

凯马勒无疑会感到奇怪的，因为他只盼望女神不再隐藏。伊斯玛仪·拉蒂夫对侯赛因·夏达德说：

"在这里，你怎么受得住夏天的酷热呢？夏季尚未开始，就热成了这个样子了！"

尽管太阳光的尾巴已经离开花园及围墙外的沙漠，但气温依然很高。凯马勒不动声色地说：

"生活之中，没有什么忍受不了的！"

话刚出口，他便暗自嘲笑起自己的答话了。他自问为什么那样回答。究竟怎样才能恰如其分地表达自己内心的想法呢？他朝四周环视了一下，发现人们快乐无比，个个穿着短袖衬衣、灰色长裤，仿佛正在向炎热挑战；只有他身着西服套装，好在套装轻薄呈白色，而且土耳其红毡帽已放在桌子上。

突然，伊斯玛仪·拉蒂夫赞叹起考试结果来：

"考试成绩很好，百分之百：哈桑·赛里姆荣获学士学位；凯马勒·艾哈迈德·阿卜杜·贾瓦德顺利升级；侯赛因·夏达德、伊斯玛仪·拉蒂夫升级成功！"

凯马勒笑着说：

"只要你报出最后一名的成绩，其余的不说也知道。"

伊斯玛仪·拉蒂夫轻蔑地晃了晃肩膀，说：

"你艰苦奋斗了一年，我仅仅花了一个月的工夫，我们达到了同一日的。"

"这证明你天资聪颖嘛！"

伊斯玛仪·拉蒂夫开玩笑说：

"在一次谈话中，你不是曾经说过吗，萧伯纳当时是最次的学生？"

凯马勒笑了：

"如今我才相信，我们这里有与萧伯纳同等水平的人，至少与他的最次的成绩等同！"

这时，侯赛因·夏达德说：

"我有条新消息，长谈之前，应当敬告诸位！"

他发现自己的话并未引起大家的注意，于是突然站起来，用演讲的语调说：

"诸位，请允许我向你们报告一条新的、吉庆的消息……"

说到这里，他先望着哈桑·赛里姆，征询似的问：

"难道不是这样吗?"

之后,他又把脸转向凯马勒、伊斯玛仪·拉蒂夫,说:

"昨天,哈桑·赛里姆与我姐姐阿伊黛正式订婚……"

听到这个消息,凯马勒不由得大吃一惊,就像一个人被碾在电车下,他的最大希望就是平安无事了。他的心猛烈地跳起来,就像飞机闯入真空,突然下跌,一落千丈,又像一声巨吼,冲破了胸腔肋骨,但没发出声响。他感到奇怪,尤其事过之后,简直弄不清自己当时如何克制住了自己的感情,竟然含着祝福的微笑,与侯赛因·夏达德对座谈笑。也许当时他的内心与外界气氛展开了剧烈搏斗,凭此渡过了暂时的灾难。

伊斯玛仪·拉蒂夫望望侯赛因·夏达德,又瞧瞧像平素那样安详、稳重的哈桑·赛里姆——虽则他这次显得有些害羞或惊慌,然后问:

"真的?多么令人高兴的消息啊!突如其来,令人欢快,令人欢快,突如其来,然而却是背信弃义!姑且不谈其背弃一面,我谨致以诚挚的祝贺……"

伊斯玛仪·拉蒂夫站起身来,和侯赛因·夏达德、哈桑·赛里姆一一握手。凯马勒随之当即站起,表示祝贺,虽面带微笑,然而内里却被这不测事件、离奇谈话惊呆了,自以为身处噩梦之中,大雨滂沱,劈头盖脸而降,惶惶然正觅寻着避身之处……他握着两位青年的手,说:

"真叫人高兴!我表示衷心的祝贺!"

大家回到各自的座位上,谈天照旧进行。凯马勒偷看了哈桑·赛里姆一眼,发现他沉稳、庄重,完全没有趾高气扬或幸灾乐祸的表情,实在出乎意料,他感到一阵宽慰的热流涌入心间。他开始集中全力掩盖自己那淌血的伤口,不让人们看出自己的苦闷,以便摆脱大家的讥笑与嘲弄。我的心灵啊,你忍耐点吧!总有一天,我们会得到失去的一切。让我们共悲同苦,直至大祸来临;让我们一道思考这一切,直至精疲力竭。这就是我的许诺,时值夜阑更深,万籁俱寂,没眼盯视,无人倾听,任凭我们诉衷情、发呓语、泪纵横,无人探访,就没人责怨我们。那里有口旧井,我去揭开井盖,对着井呐喊,同泪海交谈。那是苦恼者淌出的眼泪，渗入地腹，汇集成了浩瀚泪海。我的心灵啊，要警惕，莫屈服！在你的眼睛里，世界像火那样鲜红。

伊斯玛仪·拉蒂夫抱怨地说：

"且慢！我们还要和你俩算账。这么大的事，怎么也不事先通知一声？暂且不谈这些，请问：订婚吉庆，怎么没有我们参加就过去啦？"

侯赛因·夏达德自我辩护道：

"既未举行大宴，也没举行小晚会，只请了几位亲戚。蒙两位好意，待到结婚典礼之日，两位理当做主人，而不是宾客。"

结婚典礼之日！这好像是一支哀乐的曲子，将一颗裹着冰凉躯壳的心，在送殡妇女的叫声中，把它送到最后安息的地方。在爱情的名义下，巴黎女郎屈从于一位缠头巾的诵读《开端章》的谢赫；在高贵的幌子下，魔鬼逃到了乐园。

凯马勒笑着说：

"辩词可信，许诺有望！"

伊斯玛仪·拉蒂夫抗议道：

"这是爱资哈尔式的雄辩，倘若天际间出现一餐美味佳肴，便将一切责备之词尽弃一旁，高唱赞歌，这不过是为了一口饭而已！是的，你是一位文学家，或哲学家，或类似于乞丐；至于我，则与你不同……"

之后，他继续抱怨、挖苦侯赛因·夏达德和哈桑·赛里姆：

"你俩可真聪明！久久沉默之后，突然宣布订婚，妙哉，妙哉！哈桑·赛里姆先生，看来日后你真要成为赛尔沃特帕夏的接班人了！"

哈桑·赛里姆道歉似的笑着说：

"侯赛因·夏达德只是在事前几天才知道此事的。"

伊斯玛仪·拉蒂夫问：

"订婚难道也像'二·二八声明'[①]那样一厢情愿吗？"

---

① "二·二八声明"，第一次世界大战结束后，埃及人民进行了三年长期的革命斗争，英国人被迫于1922年2月28日发表声明，承认了埃及独立，但保留了苏丹和埃及防务等权利。

被压迫民族坚决拒绝那个声明，可是声明却强加在了被压迫民族的头上。

凯马勒朗声一笑。伊斯玛仪·拉蒂夫朝哈桑·赛里姆使了个眼色，说：

"求助于天命吧！我不暗提什么事情。这是欧麦尔·本·哈塔布①或欧麦尔·本·艾比·拉比阿②、欧麦尔·阿凡提③的名言。安拉是全知的！"

凯马勒突然开口说：

"照惯例，像这些事情都是在不动声色中成就的。但我记得，在一次谈话中，哈桑·赛里姆向我暗示过类似的事。"

伊斯玛仪·拉蒂夫半信半疑地望着他，哈桑·赛里姆也瞅了他一眼。伊斯玛仪·拉蒂夫说：

"他的话类似给文章加标题！"

凯马勒感到惊奇：他怎么能说出那样的话？那是撒谎，最少也是半撒谎。他怎么能采用这种不正当手段说服哈桑·赛里姆相信他早知道朋友的意图，而且不感到意外呢？

伊斯玛仪·拉蒂夫又用责备的目光望着哈桑·赛里姆，说：

"我可没有得到过这样的消息！"

哈桑·赛里姆严肃地说：

"我可以肯定地告诉你，假若凯马勒从我的谈话中发现过什么有关订婚的暗示，那么，他定是凭着自己的想象力得出的结论，而不是从我言谈中听到的。"

侯赛因·夏达德放声大笑，而后对哈桑·赛里姆说：

"伊斯玛仪·拉蒂夫是你的老同学。他想对你说，如果你比他早三年拿到学士学位，那么，这并不意味着你不肯向他泄露秘密，或者你以

---

① 欧麦尔·本·哈塔布（584—644），伊斯兰教历史上的第二任正统哈里发。
② 欧麦尔·本·艾比·拉比阿（644—720），阿拉伯著名诗人。
③ 欧麦尔·阿凡提，19世纪土耳其历史学家。

此来影响别人。"

伊斯玛仪·拉蒂夫好像故意掩饰自己的不快表情,笑着说:

"我不怀疑他的老同学情谊,但我想提醒,以防他在举行婚礼时再次粗心大意、礼节不周!"

凯马勒笑道:

"我们是男女双方的朋友,即使新郎忽视了我们,但是,新娘是不会把我们忘掉的!"

凯马勒之所以开口说话,目的在于证明他仍然活着,然而却是一个正遭受痛苦磨难的活人。他多么难过啊!他可曾想过,除此之外,他的爱情还会有什么别的结局呢?他断然没有想到过!他只相信人必有一死,死神极为残暴,丝毫不通情理,不知怜悯。假如他能仔细观察一下,便会晓得自己的处境,或能够弄清究竟哪种细菌使自己染上了胸腔疾病。在痛苦的折磨下,他神情呆滞,筋疲力尽。

"什么时候举行婚礼?"

伊斯玛仪·拉蒂夫信服凯马勒的想法,而且要问个底细,于是说:

"是啊!这一点非常要紧,免得再出现突然袭击。何时办喜事?"

侯赛因·夏达德笑着反问:

"你俩何必这么着急?还是让新郎痛痛快快地享受为时不长的单身生活吧!"

哈桑·赛里姆平静如常:

"我应该首先决定是否留在埃及。"

侯赛因·夏达德接过话茬儿,说:

"不当检察官,就在政界嘛!"

侯赛因·夏达德对这桩亲事如此满意!可以说,我讨厌他,尽管我刚刚才恨起他来。仿佛他背弃了我。难道还有谁离弃我吗?各种事情潮水般涌来,但无论如何,今晚我要静一夜……

"哈桑·赛里姆先生,你喜欢哪一行?"

让他任意挑选吧!议会……政界……苏丹……叙利亚,如果可能的话……

"检察官粗俗平庸,我还是喜欢政界……"

"和你父亲好好谈谈,让他荐你入政界嘛!……"

这样的话都讲出了口,无疑正中目标。凯马勒应该克制自己的感情,不然,会与哈桑·赛里姆先生公开争执的。此外,还应该留心侯赛因·夏达德的举止,因为现在他俩成了一家人。这个痛苦的芒刺何等难耐啊!

伊斯玛仪·拉蒂夫惋惜似的摇了摇头,说:

"喂,哈桑·赛里姆,我们长期交往之后,正度过彼此相处的最后岁月,真叫人伤感啊!"

多么愚蠢!他以为这种痛苦已经波及神灵的乐园和绿洲!

"伊斯玛仪·拉蒂夫,这确实令人难过……"

这是谎言之中的谎言,就像你对他表示的祝贺。在这个问题上,商贾犬子与顾问少爷并驾齐驱了。

伊斯玛仪·拉蒂夫问:

"照这么说,你的一生将在国外度过啦?"

"打算这样。即使有机会回埃及,恐怕也是千载难逢的。"

伊斯玛仪·拉蒂夫惊异不已:

"好新鲜的生活!难道你没想过尚有千难万险在等待着你的子嗣?"

主啊!能这样开玩笑吗?这个调皮鬼想到女神怀了身孕,接着肚子隆起,阵痛之后,婴儿呱呱落地……还记得赫蒂彻、阿伊莎孕期最后几个月的情景吧?实在是不够虔敬!你为什么不加入盲人协会?欺骗比不敬好,而且更有好处。终有一天,你会发现自己被关在被告席的栅栏里,而坐在审判席上的,却是你的外交官朋友的父亲、你的女神的公公赛里姆·萨布里贝克,他的手中拿着统帅杀人的手谕。好一个叛逆之徒!……

侯赛因·夏达德笑了:

"国际间的政治外交关系中断之后,难道外交官的子女们也要在自己的国家里受教育?"

而且有的还要掉脑袋呢!

阿卜杜·哈米德·阿那伊特、海拉特、马哈茂德·拉希德、阿里·易卜拉欣、拉伊卜·哈桑、舍菲克·曼苏尔、马哈茂德·伊斯玛仪、凯马勒·艾哈迈德·阿卜杜·贾瓦德……

以上 X 人,处以绞刑。

此令

埃及法官　赛里姆·萨布里贝克
英国法官　凯尔舒先生

暗杀便是答案。你想杀人,还是想被杀?

伊斯玛仪·拉蒂夫对侯赛因·夏达德说:

"我的问题正在顺利解决中……"

阿伊黛、侯赛因·夏达德旅居欧洲。暂时,他失去了情侣和挚友。你的灵魂在觅寻你的女神,可是找不到她;你的眼睛在寻找朋伴,还是看不见。你生活在老城区里,孤身一人,形影相吊,宛如一只徘徊数代的渴鸟[①]。密切注视着伏候你的痛苦之神吧!时间已到,你轻率种在心中的那颗种子已经结出了苦果,该是收获的时节了。祈祷安拉吧!乞求安拉将泪水化为医治痛苦的灵丹妙药。假如可能,将你的躯体挂在绞索上,或者置于摧毁性的武器前端,用来消灭敌人。明天,你的灵魂将与旷野相会,就像昨天拜谒侯赛因陵墓。多么令人失望!忠心耿耿者惨遭杀害,而叛子逆孙却荣升外交使节。

伊斯玛仪·拉蒂夫像是自言自语:

[①] 渴鸟,猫头鹰。蒙昧时代的阿拉伯人相信被杀者的头会变成猫头鹰,夜间在坟上叫喊:"用人血饮我!用人血饮我!"直到亲属替他复仇为止。因此,他们将猫头鹰称为渴鸟。

"留在埃及的,也就只有我和凯马勒了。凯马勒不安心,他的老朋友就是证人,不论以前、以后,或同侯赛因·夏达德相处的岁月中……"

侯赛因·夏达德满怀信心地说:

"远隔千山万水,但割不断我们之间的联系。"

凯马勒虽然精神疲惫,但他的心却猛烈地跳动。他说:

"我想,你不会永远忍受背井离乡的孤独生活。"

"这有可能。但是,我走之后,会给你们写信的。今后,我们将通过书信进行联系。"

话是这样说,然而侯赛因·夏达德的远行结束了凯马勒专心致志的一件事。凯马勒为结交侯赛因·夏达德这样一位朋友而感到由衷幸福;只要在他面前,纵然他一言不发,也是一种享受。女神的离去,将使凯马勒知道如何蔑视婚约,即使那婚约冠冕堂皇、庄重严肃。他亲爱的祖母的去世,并未使他感到过分悲伤,因为他的心因法赫米遇难而整日如遭火焚。但是,他应该记住自己身在告别聚会,眼睛里必须充满喜悦的光芒,不让他人看出任何苦闷迹象。此外,还有一个难题亟待解决:凡人怎样才能升天,与天神同乐?或者天神如何下界,与凡人共欢?倘若找不出方法解决,那么,他只有拖着沉重的镣铐,在忧愁、悲伤的圈子里行走。

爱情是一件沉重的东西,需要两个人才能抬起来……那么,他一个人怎么能拿得动呢?

朋友们话音不绝,天南海北,无所不谈。凯马勒望着侯赛因·夏达德,点头答话,从容自然。这足以表明:女神和哈桑·赛里姆订婚一事,并没有将凯马勒压倒,希望生存的列车向前,一直向前,直到死亡车站。看哪,夕阳就要沉下去了……黑暗、寂静的时刻即将降临。你爱拂晓,亦爱黄昏。"阿伊黛"与"痛苦",同一个意思。自今日起,你应该爱痛苦,你应该为失败感到欢乐。

谈论的车轮依旧滚滚向前。朋友们依旧谈笑风生,仿佛谁也不解爱情的真谛……侯赛因·夏达德笑声爽朗、洪亮；伊斯玛仪·拉蒂夫笑容咄咄逼人；哈桑·赛里姆笑意神秘、高雅。侯赛因·夏达德只谈拉斯拜尔。我向你许下诺言：总有一天，我要去拉斯拜尔。我将屈身下跪，亲吻女神踏过的海滩沙地。另两个人唱着《桑斯蒂法诺》①。人们说汹涌的波涛，像大山一样高，难道当真？你自己想吧！一具尸体被波涛抛上海岸，可怕的大海已将它的美丽与高洁吸干。在这一切之后，我们承认万物被厌烦包围，也许幸福隐藏在死亡之门的后面。

分手时刻，大家相互热烈握别……凯马勒和侯赛因·夏达德紧紧握着手，边走边说：

"十月……再见！"

往年同样的时刻，凯马勒总是热切地问朋友们何时回来；如今，他的热情不再放在任何人的归来上。不论十月到来与否，也不管朋友们是否返回，他的热情总是如火炽燃。从此以后，他将不再埋怨夏令漫长，因为阿伊黛相隔遥远，两人之间的鸿沟远比时光深长。时光能够解忍耐、希望之渴。但是，今天，他正与一个无名敌人交战，和一种神奇、玄妙的力量拼搏，而敌人的咒符，他连一个字母都辨认不出……无可奈何，只有沉默、忧伤，直至安拉做出应有的裁决。他发现，爱情像天命一样，悬在他的头上，他用一根痛苦拧成的绳索将它拉住，用充满崇拜、苦闷的目光望着它。

三位朋友在夏达德公馆前分手了。哈桑·赛里姆朝赛拉亚特大街走去，凯马勒、伊斯玛仪·拉蒂夫沿着那条老路走向侯赛尼亚大街，行至尽头，两人再告别之后，伊斯玛仪·拉蒂夫回埃姆拉，凯马勒返回老城区。

凯马勒、伊斯玛仪·拉蒂夫刚开始并肩行走，只听伊斯玛仪·拉蒂夫一阵高声大笑，凯马勒问他笑什么，他回答说：

"你有许多理由和办法让他尽快宣布订婚，难道你还不晓得？"

---

① 桑斯蒂法诺，土耳其欧洲部分的一个村名。1909年废黜阿卜杜·哈米德国王的协议在此处达成。

"我?"

凯马勒不禁一愣,两眼圆瞪,茫然不已。

伊斯玛仪·拉蒂夫又说:

"是啊!正是你。哈桑·赛里姆忌妒你俩之间的友谊,我看这是自然的,尽管他没吐露过一句话。如你所知,他这个人傲气十足,但我知道如何达到自己的目的。我敢肯定,他不喜欢你俩好。你还记得那天你俩之间发生的事情吗?表面上,他要求阿伊黛节制自由,不要随便与朋友交往,但她呢,则提醒哈桑无权向她提出这种要求。他之所以这样做,目的在于干涉他人的自由。"

凯马勒的心"怦怦"直跳,说:

"我并不是她唯一的朋友。阿伊黛是我们大家的好朋友。"

伊斯玛仪·拉蒂夫开玩笑说:

"然而她选中了你,从而使得你惶惶不可终日!也许她从你的友谊中得到了从别人那里得不到的激情。无论如何,她不会是没有思想准备的。我想,她早就决心得到哈桑·赛里姆。如今,久久忍耐之后,她终于摘到了理想之果。"

"得到哈桑·赛里姆"?"理想之果"?这与"日出西方"之类的荒谬、愚蠢说法何其相似!凯马勒由衷难过地说:

"你把人猜想得多坏!她不是你所想象的那种人!"

伊斯玛仪·拉蒂夫不理解朋友的感情:

"也许是巧合,也许是哈桑·赛里姆想错了。不管怎样,结果对阿伊黛有利……"

凯马勒生气了,喊道:

"对她有利?你想到哪儿去啦?赞美安拉!照你这么说,她与哈桑·赛里姆订婚,好像只是阿伊黛的胜利,而并不属于哈桑·赛里姆?"

伊斯玛仪·拉蒂夫用奇异的目光注视着凯马勒,而后说:

"像哈桑·赛里姆这样的人,家庭好,地位高……这样条件的人并不多，难道你不相信？而像阿伊黛那样的姑娘，比你想象的要多得多，你相信吗？哈桑·赛里姆家里对他的婚事很满意，我想是因为阿伊黛的父亲拥有万贯家财。其实呢，她……"说到这里，伊斯玛仪·拉蒂夫迟疑了片刻，继续说：

"她是一位普通的姑娘，无论如何也算不上出色的女子……"

要么伊斯玛仪·拉蒂夫是个疯子，要么你是一个狂人！以前，凯马勒曾听到过一句攻击婚姻制度的话，尖酸刻薄，使他痛心不已。

凯马勒竭力保持镇静，以此掩盖他的苦涩表情：

"那么，为什么那么多人围着她转呢？"

伊斯玛仪·拉蒂夫的下巴微微前举，胡子翘起来，轻轻颤动着，说：

"也许你有意指我！我不否认她的性情乖巧可爱，外表温文尔雅，再加上她那副欧式风姿，确乎具有诱人的魅力。但是，如今她变得又黄又瘦，再也没有什么值得令人追慕的了。你还是和我一道去埃姆拉吧！到了那里，你可一饱眼福，尽赏绝代佳人的美色：洁白柔嫩的面孔，高高隆起的胸脯，丰满引诱的臀部……这无疑是你所期待的美……而她，则没有什么可留恋的！……倒是盖迈尔、玛丽娅那样的女子值得一看……"

啊……多么痛苦！如今，命中注定凯马勒必须饮尽杯中的苦酒。倘若打击接踵而来，那么，最好你就拍手笑迎神……

行至侯赛尼亚大街，两人分手，各自上路了……

第二十五章

时光悄悄流逝，而亚辛对这条路的兴趣和恋情仍不减当年。他朝四周冷冷地打量了一眼，自言自语地说："假如我也像爱这条路那样爱我选定的女人，那么，我何至于遭受这么大的磨难！"奇怪的是，这条路近似迷宫，走不出几米，便是一道拐弯，时而左转，时而右斜；行至任何一处，只能看到一个转弯，后面有些什么，全不能得知。路两侧的房舍相距极近，显得十分亲热，就像驯服的动物。人似乎坐在右侧店铺里就可以与左侧店铺里的人握手。店铺门前的帆布棚子彼此相接，遮住了灼热的太阳光，凉爽的空气中充盈着阵阵欢声笑语。店铺里的长椅、壁架上，货色齐全，琳琅满目：碧绿的指甲花，鲜红的辣椒，黑亮的胡椒，喷香的玫瑰露，各色的彩纸。空中悬挂着大小不同、色彩各异的蜡烛，五光十色。空气中散发着醉人的芳香……在五彩缤纷的梦乡里自由漫步，当然是一种快乐的神游，不过我苦于心神不济，眼睛疲惫。

这里的女子多不胜数，可是，此处如此狭小，竟然也容得下她们！见此情况，你会打心底里呐喊："亚辛，正是你破坏了家庭！"你会听到有人在回答你：在泰尔比阿开了铺子，安心经营生意吧！你父亲是个商人……但他只顾自己，为了个人的欢乐，挥金如土。你自己开个店铺，独立经营，哪怕卖掉奥利亚邸宅和哈姆扎维的店铺。此后，你可以像君主一样，不受时间约束，踏着朝霞姗姗而来；不惧任何头领、王子，稳坐秤台后面,妙龄女子成群结队,从四面八方蜂拥而至,问候声此起彼伏:"早晨好,亚辛先生!""亚辛先生,您请坐!"她们的去留约期,任你自由选择。毕生留在奈哈辛学校当督学的想法何等有趣,又何等可悲啊!热恋是一种疾病,常使人感到肚肠饥饿、心中翻腾。试图按照哈里发①和君主意愿创造学校规章的人多么可怜!希望破灭了,撒谎又有何用?一天,你把玛丽娅接到了思宫街,实指望过安稳、舒适的生活。愿安拉诅咒厌倦心理!它怎么会像生病的苦水渗进唾沫一样,渗进我的心里呢?你死死追求她达一年之久,然而此后几周之内,你便厌恶了她。你的小家庭在蜜月之中就诉起苦来。你问问自己:玛丽娅在哪里?……使你染上相思病的美女又在何方?……有人叹息似的对你一笑,说:"我们吃饱了,喝足了,闻到食物气味,就感到恶心。"她多么狡猾!和她在一起,没有什么乐趣。她尖酸刻薄,还不及一个烟花女。你想过世人的美德吧!难道你的母亲不比她的母亲强过百倍?她不像栽娜卜那么容易欺负,她发起火来,脾气多大呀!她不是那么容易应付的女人,你也不是轻易知足的男性。任何一个女人都无法解除你那如火炽燃的饥渴。

你永远不能理解什么叫安静。虽然如此,我想你总可得到幸福的夫妻生活!你父亲多么伟大,而你又何其渺小!你很难成为他那样的人。安拉啊,我看到的这是何人?难道是一个女人?她究竟有几堪他尔②重呢?主啊,我从前没有看到过这样高、这样胖的人,她怎么占有这么一个大庄园?……我告诉你,我一旦落入了这样一个女人的手中,我能够让她赤身裸体地躺在房间中央,再绕着她转上七圈……

"原来是你!"

话音从背后传来,亚辛的心不禁一颤,目光立刻从胖女人身上转向身后,只见一位青年女子,身穿洁白风衣,于是情不自禁地喊道:

"祖努白!"

---

① 哈里发,原意为继承者,伊斯兰帝国元首的称号。
② 堪他尔,埃及重量单位,1堪他尔约等于44.928千克。

她笑着，两人热烈握手，但亚辛催促她快些走开，免得人们把目光集中到他俩身上。于是，两人穿过拥挤的人群，肩并肩地朝前走去。就这样，久别之后，两人不期而遇了。在过去的长长一段时间里，由于工作忙，亚辛很少想过她；如今邂逅，发现她依然像分别之时那样漂亮可爱，或许更加丰润多姿了。祖努白脱去了长袍，换上的这件新衣服该叫什么名字呢？一阵幸福、欢快的浪涛涌入亚辛的胸怀，只听祖努白问：

"你可好哇？"

"好！你呢？"

"正像你所看到的！"

"很好！赞美安拉！你改换了装束，我几乎认不出你来了。头一年，你身穿东方妇女长袍行走的姿势依旧印在我的脑海里，让人难以忘怀。"

"你没有什么变化，和原先一样，只是胖了一些，就这样……"

"你可与先前大不相同了，变成了一位欧式女郎！"

亚辛谨慎地一笑，又说：

"不过……臀部还是奥利亚式的！"

"当心你的舌头！"

"你可把我吓坏啦，仿佛你已向安拉忏悔，或者结婚了。"

"没什么可向安拉忏悔的！"

"这件白色风衣足以证明忏悔是假……由于缺少主见，你终有一天会走上结婚之路！"

"留神点儿！我快要结婚了！"

两人朝莫斯基街拐去。亚辛笑着问：

"和我一样？"

"你结婚了？真的？"

"你怎么知道的？噢！我忘记了，你们知道我的秘密。"

亚辛又是一笑，笑中别有含义。祖努白微微一笑，神秘莫测，然后说：

"你是说素丹王后家？"

"或说我父亲家，亲密关系不是仍然在吗？"

"大概如此。"

"如今，我们这里的一切事情都是大概。我也是大概结婚了，是说我想结婚，正在寻找女友……"

祖努白挥手赶走落在脸上的一只苍蝇，随之手腕上的金镯子发出"叮叮当当"的响声。她说：

"我是情人寻夫！"

"情人？这个狗崽子！"

祖努白打断他的话，劝诫说：

"别骂！他是个有地位的人。"

亚辛望着她，讥笑道：

"有地位？哈哈……祖努白！我想劝劝你……"

"你还记得我们最后一次相会的时间吗？"

"啊……我儿子里德旺现在六岁，也许最后一面是在七年之前……大概差不多！"

"时间很长了！"

"但是，只要活在世上，见面总还是不难的。"

"分别也容易啊！"

"看来你把友谊、忠诚连同长袍一齐甩掉了！"

祖努白生气地望了他一眼，然后说：

"你这头公牛，还要谈什么友谊、忠诚？"

谈话如此无拘无束，亚辛感到很受安慰。

他说：

"看到你我高兴极了，安拉做证。我常常想你，可是，世界……"

"女性世界，是吗？"

亚辛装作激动的样子：

"死神世界、艰难世界……"

"看上去,你并没有为灾难发过愁。瞧!骡子都忌妒你的健康……"

"如果不是因为眼睛美,本来也不会惹人忌妒的!"

"你为自己感到过忧虑吗?你身高肩宽全像阿卜杜·哈里姆·米苏里。"

亚辛自豪地笑了。他沉默片刻,语调庄重地说:

"你到哪儿去啦?"

"你没到泰尔比阿吗?人们认为,像你这样的人只会跟女人眉来眼去!"

"凭安拉起誓,这可冤枉死我了!"

"冤枉?我看到你时,发现你像门卫一样,双眼死盯在一个女人的身上。"

"不!我心并不在那里,并没想我眼前的人和事!"

"你口口声声不离安拉……"

"我把最重要的事情都忘掉了,你现在到哪儿去?"

"到市场买点儿东西,然后回家。"

亚辛犹豫似的沉默片刻,然后说:

"我们一块儿玩玩,好吗?"

她用那双多情的眼睛望了望亚辛:

"后面有个吃醋鬼跟着……"

他仿佛没有悟出她拒绝的用意,于是说:

"找个好地方,喝上两杯!"

她提高了声音:

"我说过了,有吃醋鬼盯梢……"

亚辛满不在乎地说:

"到图瓦比阳花园,你看如何?那个地方很高雅,而且店主善良好客。我喊出租车……"

祖努白面带怒气,责备似的问:

"动用武力吗?"

她看了看手表,动作新奇,差点儿把亚辛逗笑,接着讲起条件来:

"我不能误时间!现在是六点整。八点之前,我务必赶回家里!"

汽车载着这一男一女飞驰在大路上。亚辛想:从泰尔比阿到莫斯基,有人瞧见他和她吗?但他毫不介意地晃了晃肩膀,举起象牙柄拂尘,将歪到右眼眉上的红毡帽向后推了推。即使有人看见,又有什么关系?玛丽娅孤独一人,身后又没有像穆罕默德·伊法特那样拆毁自己第一个家庭的人。至于他的父亲,只是个文雅的男子汉,知道他是个受了骗而离开老宅的孩子,仅此而已!

来到图瓦比阳花园,两人在一张桌旁面对面坐了下来。这里是一家咖啡馆,坐满了男男女女。钢琴演奏的乐曲,千篇一律,单调乏味,然而熏肉的香味却伴随着傍晚的微风阵阵飘来。祖努白神态有点儿窘迫,但因是头一次在公共场合落座,不禁感到喜悦,于是往事幸福的回忆,一幕幕浮现在眼前。亚辛叫了一瓶科纳克白兰地①,又要了烤肉,然后摘下红毡帽,露出乌黑的头发,整整齐齐,和他父亲的发型一模一样。祖努白一看,双唇间绽出一丝微笑,令人难解。这是亚辛第一次在吉祥路以外的小馆里和女人对坐,也是再婚之后的首次冒险,除了在阿卜杜·哈立格那里的一次小过错。也许他是第一次在外边喝科纳克白兰地,在家里是喝不上这种高级酒的。按照他自己的说法,在家里只能"合法"地饮用仅有的酒。

亚辛自信、舒展地斟满了两杯酒,然后抬起头来,举着杯子说:

"为祖努白的健康干杯!"

祖努白神情略显高傲:

"我常和贝克一起喝迪瓦里斯酒……"

亚辛烦躁不安:

"别提他啦!安拉默示我们,不要提他了。"

---

① 科纳克白兰地,因产于法国科纳克,故得此名。

"今后呢？"

"等等看吧！喝上一杯，大门就向我们打开了，疙瘩也随之松解……"

两人都感到时间短暂，所以加快了喝酒的节奏，满上两杯，随之一饮而尽。就这样，科纳克白兰地开始在两人的胃里伸展火舌，纵情歌唱，血管温度计里的酩酊水银柱急剧向上升腾。这时，花园木栅栏后的红花绿叶探出头来，张着嘴，展现着闪闪放光的笑脸。钢琴终于找到了知音，温顺与暴躁的目光在和谐、友好的气氛中会合交融，傍晚的天空沐浴在音乐无声波涛之中，一切都显得那样美妙绚丽！

"今天，当我发现你发狂般地盯着一个女人时，一刹那，你知道我想说什么？"

"什么？……你先喝下这杯酒，我也好再给你满上……"

她拿起一片烤肉，说：

"我差点儿喊：喂，狗崽子……"

亚辛爽朗地一笑，说：

"我说才女呀，你为何不喊呢？"

"我是除了好友不骂！那时，你还是个生人，或半生人！"

"现在呢？"

"六旬老翁了！"

"哎呀呀，你要知道，骂有时比酒还能醉人。今夜令人难忘，明天会见报的。"

"安拉保佑！你想创造事件？"

"安拉啊，求您怜悯我与她吧！……"

祖努白颇留心地问：

"你怎么不对我谈谈你的新欢？"

亚辛手摁胡子，说：

"她是个忧闷、可怜的女人。她的母亲刚刚去世……"

"愿你走运！她很富有吗？"

"留下一座房子,和我们的宅子相邻。我是说与我父亲的家一墙之隔,但同时也留下了老伴儿,现在由我的妻子照顾。"

"你太太一定很漂亮!你是只俊鸟,非良木不栖!"

亚辛谈吐谨慎:

"她有她的美,但与你的美无法相比。"

"啊……你真会说话!"

"你听我说过谎吗?"

"你?我有时怀疑你的名字是不是真叫亚辛。"

"那么,我们把这杯酒也干下去吧!"

"你想把我灌醉,好叫我相信你,是吧!"

"如果我对你说,我喜欢你、思念你,那么,你会相信吗?请瞧瞧我的眼睛,按按我的脉搏……"

"碰上任何女士,你都可以这么说。"

"俗话说:'饥不择食',但锦葵却是择地而生的!"

"真正爱一个女人的男子,他会毫不犹豫地和她婚配成双的!"

亚辛吹了口气,说:

"你错啦!我真想站在这桌子上大声呼喊:'爱上一个女人的男子,是绝不会同她结婚的。'是的。婚姻是爱情的坟墓。请相信我!我是有经验的人,我是第二次结婚了,我深信自己的话。"

"也许你还没有找到一个合适的女人。"

"合适?哪有这样的女人?如何去找?到何处去找呢?"

祖努白淡然一笑,说:

"仿佛你只想当牛圈里的公牛,正是如此!"

亚辛眉开眼笑,打了个榧子,说:

"安拉啊,安拉!过去,只有我父亲把我叫作公牛。安拉给我父亲送来了平安如意,娶了个百依百顺的夫人,他自由自在,生活一帆风顺,没有艰难困苦,还高朋满座……这就是我的理想!我多么想成为我父亲那样的人啊!"

"他多大年纪？"

"我想是五十五岁了。但是，他的体格强似年轻人。"

"六旬不算老！安拉使他健康长寿。"

"但我父亲贪恋女色，难道你没有发现他就在你家里吗？"

祖努白把一块骨头丢给脚下"咪咪"直叫的花猫，笑着说：

"我几个月前就离开了那个家。如今，我有了自己的家，我就是主妇！"

"真的？我猜你是开玩笑。难道你也离开了烟馆？"

"是的。你正在与一位真正的主妇交谈。"

亚辛坦然地"咯咯"大笑，然后说：

"那么，请你干一杯，我也畅饮一番！安拉慈悯我们。"

心海里恋情之波汹涌；天空中漫天清风微荡，究竟哪是原声，哪个又是回音呢？更奇妙的是，生命却融合在没有生命的万物之中：花盆站立不稳，踉踉跄跄；篱笆桩交头接耳，窃窃私语；夜空繁星密布，睁开那睡意蒙眬的眼睛，眷恋地俯视着大地，仿佛在说什么。空中五光十色，有的举目可见，有的神眼难觅，但同样动人心魂，耀人眼目。就在这种气氛中，亚辛和他的女友互送秋波，倾吐温情。世上有一种逗人发笑的东西，只要一出现，所有的面孔、言谈、动作都会因之展笑颜。

时间像青春一样迅速闪过。人们面孔阴沉，随时将细菌散布在桌子之间。远方传来的钢琴乐曲，几乎被电车的喧嚣声湮没。人行道上的少年和捡烟头的人吵嚷不息，颇似苍蝇嗡鸣。黑暗大军在人群上空集结，并且安营扎寨，仿佛正在等待着酒保来问你："这里没有醉汉坐的地方吗？"这问话与你无关，因为你是个色情狂。假如玛丽娅出现在你的面前，对你低声细语："我要一间房子就心满意足了，完全服从你的意志，其余房间，可以聚满你所喜爱的女人。"假若校长每天早晨都拍着你的肩膀问你："孩子，你爸爸好吗？"……假若政府在哈姆扎维店铺和奥利亚邸宅前另开一条新路，假如祖努白对你说：明天我就逃出朋友家来投奔你……倘若这一切都化为现实，那么，人们会在礼拜之后相互亲吻。至于今天晚上，则是你稳坐沙发，祖努白在你的面前裸身跳舞，你还可以择机细看她肚脐上的那颗美人痣。

"那颗可爱的美人痣怎样啦？"

亚辛指着自己的肚子，微笑着问。

祖努白笑了：

"正等着吻你的手呢！"

亚辛朝四下环视了一眼，说：

"你看到这些人了吧？净是嫖客和奸夫之子，所有的醉汉都是这样的人。"

"行了，我的大脑都飞了！"

"我希望你的朋友占据的那一部分飞走！"

"哦！如果他知道了，那还了得？总有一天，他将用胡子扎你。"

"他也是一位长着胡子的沙姆①人？"

"沙姆人？"

而后，她喝起来：

"……拜尔胡姆，拜尔胡姆……"

"别作声，看到有人在注意我们吗？"

"谁？剩下的人很少了……"

亚辛摸着自己的肚子，呼了一口气：

"酒呀，酒呀，真是个疯婆！……"

"疯婆是你妈！"

"你的声音太大了，我们走吧！"

"到哪儿去？"

"你的年龄比我大，就看脚把我们带往哪里了。"

"听凭脚任意移动的人能到达目的地吗？"

"无论如何，脚总比头脑忠诚可信！"

---

① 沙姆，指叙利亚及周边地区。

"你想一想……"

亚辛歪歪斜斜地站起来,打断她的话:

"我们应该不假思索地安排我们的事情,因为明天天亮之前,思想是不会服从我们的。站起来,我们走吧!"

第二十六章

　　夜。家家插门闭户,路上只留下无家可归的流浪汉以及显得困倦疲乏的街灯。寂静之神张开双翅,将整个夜空笼罩。旅店倒是有的,但是,假若店主连瞧都不瞧你一眼,旅店又有什么用途呢?你像一位病人,摇摇晃晃,人们竭力躲避着你。是啊!你蔑视名誉、体面,自然你没有安身之地。情人共枕,一觉醒来,却不知向何方去,幸而遇上一辆马车,车夫抬起被困神重压的脑袋,用欢迎的目光望着你。啊!可怜可怜这个深夜领着情妇的汉子吧!

　　亚辛问:

　　"去哪儿?"

　　车夫笑着回答道:

　　"听候尊命……"

　　亚辛对车夫说:

　　"我不是问你。"

　　车夫说:

　　"不管怎样,听从命令……"

　　这时候,祖努白开了口:

　　"别问我,问你自己吧!你喝醉之前,为什么不考虑这个问题?"

　　车夫见两人站在车前,于是鼓起勇气说:

"去尼罗河吧！那是最好的地方。我把你们两位送到尼罗河河畔好吗？"

亚辛生气了：

"你是车夫，还是水手？夜这么深，到尼罗河河畔干什么？"

车夫引诱说：

"那里灯光暗淡，地方空旷……"

"天气正适于遛马路！"

祖努白恐惧地说：

"真叫人担惊受怕，我的耳朵、脖颈、手腕上全是金首饰！"

车夫摇晃着双肩说：

"如今天下太平无事，每天夜里，我都要送许多像你们这样的善良人到那里去，然后平安而归……"

祖努白怒气冲冲：

"你别说尼罗河了！听你一说，我浑身发抖！"

"伤不着您的贵体……"

亚辛登上车子，坐在祖努白的身边，说：

"和我说话吧！她的身体与你何干！"

"贝克阁下，为您效劳！"

"夜深人静，一切事情都变得复杂起来了。"

"安拉禳灾祛难！如果您想去旅馆，那我就送您去嘛！"

"我们已在三家旅馆打过嘴仗。祖努白，是三家，还是四家？看看别的旅馆吧！"

"我们回尼罗河吧！"

祖努白勃然大怒：

"金子，我的欧麦尔……"

亚辛把双腿搁在后排座上，说：

"再说那里也没有合适的地方呀！"

车夫说：

"要离开那里,有车子吗!"

祖努白喊道:

"你俩存心和我过不去,是吗?"

亚辛捻着胡子说:

"你说得对。车子总不是个合适的地方,最后像儿童做游戏那样,我也不甘心。你听啊……"

车夫伸长耳朵,只听亚辛命令道:

"去思宫街!"

"嗒嗒"的马蹄声打破夜色的沉寂,看不到一个人影,只有繁星陪伴着他们疾驰……天边突然闪现出一种令人不安的景象,但时过不久,又像令人难堪的往事一样,沉没在了遗忘的海洋里,因为思想已经溶入了酒杯。如果女友结结巴巴地问到思宫街什么的,他则回答:"去我从母亲那里继承来的住宅,那里是你为爱情而宿身的地方!"母亲死后,他才懂得了爱情,怀着一颗火热的心,去迎接玛丽娅和她的母亲。可是,今天夜里,他就要拥抱一个夜游女郎了!醉汉啊,你的妻子正在梦乡酣睡……一切账目都要清算的,不是吗?……你和一个不知害怕的男子在一起,从苍穹摘取繁星装饰你的前额,对着我的耳朵吟唱:"夜妈妈,请把我的爱情带给我……"

"我在哪儿过夜呢?"

"你想去哪儿,我就把你送到哪儿!"

"不能把我送到船上……"

"北边的巴黎……"

"倘若不是因为我怕他……"

"谁?"

祖努白的脸往后一扭,声调沮丧地说:

"谁认识我呢?我忘记了……"

漆黑的夜幕笼罩着加马利亚区,就连咖啡馆也关紧了门……车子在思宫街街口停了下来,亚辛打着饱嗝儿下了车,祖努白挎着他的胳膊紧紧跟随,虽小心翼翼,却不免一步三晃,踉跄摇摆,送别他俩的只有车夫的咳嗽和巡警的皮鞋"咯咯吱吱"的响声。祖努白说道路高低不平,亚辛对她说家里安全、保险,劝她不要担心。祖努白提醒他,说他的妻子就在他俩要去的那一套间里,其实她这样做只是装模作样而已,她边说边在黑影中发出憨笑,上楼时,祖努白先后跌倒两次;到套间门口时,两人已是气喘吁吁,上气不接下气了。四周黑洞洞的,阴森可怖,吓得两人魂不附体,都竭尽全力,试图集中自己的注意力。亚辛小心谨慎地转动着钥匙,然后轻手轻脚地将门推开;在一片漆黑之中,亚辛好容易贴近祖努白的耳朵,小声告诉她脱掉鞋子。亚辛赤着脚前面走,祖努白手搭着他的肩膀后面跟上。摸到客厅门口时,亚辛轻轻推门,两人相继进去,这才同时长出了一口气。亚辛关上门,把祖努白领到沙发前,两人坐了下来。

祖努白不高兴地说:

"这么黑!我不喜欢黑暗!"

亚辛把两双鞋放在沙发下,然后说:

"过一会儿,就习惯了。"

"我的头都在打转……"

"只是刚开始?"

亚辛并没有留心她回答什么,突然站起身来,若有所失地低声说:

"外门还没关呢!"

亚辛伸手企图摘头上的红毡帽时突然叫道:

"我的帽子!……究竟丢在车上了,还是落在图瓦比阳花园里了?"

"红毡帽在精明人手里,快去关门,欧麦尔……"

亚辛溜出客厅,轻手轻脚地关上了外门。转身时,突然想起一件事,于是走到橱柜跟前,把胳膊长长地伸了出去,唯恐碰倒餐桌旁的凳子。一会儿,他提着半瓶科纳克白兰地回到客厅,伸手将瓶子递到祖努白怀里,说:

"我给你带来了包治百病的灵丹妙药……"

祖努白的手一摸便问：

"酒？……够了，够了！你想再灌一顿？"

"喝一杯吧，恢复恢复元气，我们太累了。"

喝着，喝着，亚辛认为自己已成了一个万能的人，只觉天旋地转，狂神暴怒，大海咆哮，波涛翻滚，顷刻间，身沉汪洋，继而在无底的旋涡里打转，依稀看到无数条舌头从房间的各个角落里伸出，在黑暗之中喋喋不休，语无伦次，接着，伴随着市场嘈杂声似的喧闹，发出一阵狂笑，就连歌声也变了调子。这时，酒瓶子突然跌落在地，一声巨响震动了整个房间。亚辛面前还有一段路，他要走完，哪怕踏着汗海。

时间究竟长还是短，亚辛没有计算。黑暗在悄悄地运动着，只有一个人使亚辛担心，而其余沉睡的人们是不会理睬他的。就像做了美梦的人，醒来想伸手摘取新的欢乐之果时那样，亚辛闻声惊醒，睡眼蒙眬，仿佛看到灯光和人影在墙上翩翩起舞。他转脸朝门口一瞅，原来是玛丽娅站在门槛上，只见她手里端着灯，皱眉蹙额，面色阴沉，两眼里迸发着愤怒的火星，久久地凝视着躺在沙发上的一男一女，她故作茫然失措的同时，犹见怒不可遏之情，沉默的局面再也保持不下去了。祖努白恐惧万分，急忙开口自辩，但她什么也没说出口来，反而大笑不止，继而双手把脸捂起来了。亚辛舌头沉重吃力地喊道：

"别笑了！这是一个可敬之家！"

玛丽娅似乎想说些什么，然而笨嘴拙舌，也许因为过于生气而说不出话来。

亚辛不知道该对玛丽娅说些什么，只听他说：

"我发现这位'太太'醉得不省人事，于是，我就把她背到这里来了，好让她醒醒酒……"

祖努白岂肯沉默，当即反驳道：

"你看看，他才是个醉鬼呢！他用武力把我弄到了这里来！"

玛丽娅做了个危险动作，似乎要举灯往他俩身上砸，亚辛周身顿时僵直，望着她，静待挨砸时刻的到来；但玛丽娅为这个勇敢举止所感动,立刻恢复原来的姿势,愤恨地咬着牙,把灯放在桌子上了。玛丽娅第一次开口说话,声音干哑、颤抖,饱含憎恶、恼怒之情。她说:

"在我家,就在我的家里吗?罪犯,鬼崽子,这是我的家!"

她的声音似雷鸣在空中回荡,将种种咒骂一股脑儿地加在亚辛的头上。她呼喊,她叫骂,声音凄厉,穿墙凿壁,惊动了街坊邻里。她发誓,一定要当众揭穿这两个人的鬼混丑态。亚辛千方百计劝她不要大声喊,两眼乞求似的望着她,连连打手势,直至厉声呵斥。在一切努力失败之后,亚辛愤怒地站起来,跌跌撞撞,身体几乎失去了平衡,好容易才走到玛丽娅跟前,伸出手,想捂住她的嘴。但是,玛丽娅冲着亚辛的脸,像只绝望的母猫发出凄惨的吼叫,同时抬脚朝亚辛的肚子猛踹,只见亚辛跟跄后退,面布阴云,额头紧皱,随后像一具僵直的尸体,仰面朝天倒在地上。祖努白见此情景,禁不住一声刺耳的尖叫,玛丽娅立刻扑了过去,一把将她推倒在地,右手揪住她的头发,左手掐住她的脖子,边破口大骂,边朝她脸上啐唾沫。亚辛马上爬起,用力摇晃着脑袋,仿佛想尽快赶走醉意,而后走到沙发旁,朝正揪打着他情妇的妻子的背上狠狠击了一拳,玛丽娅一声大叫,往后退了几步。亚辛跟上去,一连数拳打过去,直到碰着餐桌,他俩才罢手。这时,玛丽娅伸手脱下拖鞋,用力投去,击在亚辛的前胸上;亚辛当即扑过去,两人开始在客厅里追打起来。亚辛边追边喊:

"你给我滚出去!你是个被休的女人……被休的女人……"

突然有人敲门,原来是住在二楼的邻居在喊:

"玛丽娅太太……玛丽娅太太!"

亚辛这才停下脚来,喘着粗气……玛丽娅打开门,高声喧嚷,震动了整个楼梯。她说:

"您到屋里来看看,好新鲜的事啊!一个婊子,喝醉了酒,闯进我家,胡作非为。您快进来瞧瞧!"

这位女邻居腼腆、羞怯地说:

"玛丽娅太太,你镇静点儿,跟我到我家来,天明再说吧!"

亚辛满不在乎地说：

"你跟她走吧！你没权利留在我家……"

"你这个淫荡鬼、罪犯，竟敢把一个娼妇带到一个有妇之夫的家里来！"

亚辛挥拳打在墙上，喊道：

"你才是娼妇！你和你妈都是娼妇！"

"我妈已离开人世，你还骂她？"

"你就是娼妇，我一清二楚。难道你忘记了那个英国大兵？都怪我，我没有听好心人们的规劝。"

"我是你的太太，是你头上的冠冕，比你的亲戚、你的母亲都高贵。还是问问你自己吧！一个男子汉明明知道一个女人是娼妇，为什么还要娶她为妻呢？"

玛丽娅指着客厅，继续说：

"你和这样的贱货结双配对吧！她与你正好情投意合。"

"你敢再说一句，我叫你的血流在原地！"

但玛丽娅仍然骂不绝口，语似怒火，直冲亚辛喷射。女邻居来劝架，将两人分开，然后轻轻拍着玛丽娅的肩膀，苦口婆心地劝她先到自己家中去，等到天明，再来解决此事。亚辛恼怒至极，对着玛丽娅喊道：

"把你的衣物全部拿走，滚得远远的！你既不是我妻子，我也不认识你。现在，我在我的家里，我告诉你，假若你再回来，你绝不会有好结果！"

亚辛转身进了客厅，随手猛力将门关上，只听"咚"的一声，震得墙都颤抖了，然后他擦着额头上的汗珠，一下倒在了沙发上。祖努白低声细气地说：

"我怕……"

亚辛声音粗壮，说道：

"别说了！怕什么？"

然后他又提高声音说：

"我是个自由人……要怎样就怎样，为所欲为！"

祖努白仿佛自言自语：

"我究竟着了什么魔，竟然从了你，来到了这个地方？"

"住口！过去的事就过去了，我什么都不后悔……呸……"

人们的话音从门缝中传来，你一言，我一语，足以表明围着他那盛怒的妻子的不止一位女邻居。亚辛听到玛丽娅哭着说：

"你们以前听说过这样的事吗？一个在马路上卖淫的婊子宿到我们家，两人笑呀唱的，把我都给吵醒了。安拉啊，这两人喝醉之后，还恬不知耻地唱呢。你们说，这里究竟是民宅还是妓院？"

一个女人说：

"你收拾衣物，要离开你的家吗？这是你的家，玛丽娅，你不该离开它！要让那个女人走开呀！"

玛丽娅喊道：

"这里不再是我的家了，人家把我抛弃啦！"

另一位妇女说：

"他神志不清，你现在跟我们来吧！明天早晨再说别的事情。不管怎样，亚辛是个好人，善良人家的后代。安拉诅咒那个可恶的妖魔！来吧，孩子，你别难过！"

玛丽娅喊道：

"不用说，不用劝，罪犯是不知道什么叫天明的……"

脚步渐远，再也听不到女人们的话音了，只有一种莫名其妙的响声传来，不久便是一声巨响，分明是外门关闭了。亚辛这才长长地出了一口气，随后躺了下去……

第二十七章

亚辛睁开双眼时，晨光已经洒满了整个房间。他觉得自己的头空前沉重，尽管这是他醉酒之夜过后第一次苏醒过来。他毫无目的地转了转脑袋，目光落在了祖努白的身上，发现她依旧深眠梦乡，鼾声震耳，于是立刻想起了昨夜发生的事情；此刻，祖努白睡在玛丽娅的床上，玛丽娅又在何方呢？丑事，是吗？难道已经传遍了每一个地方？好致命的一跃呀，一下跌进了堕落的深渊。事到如今，发怒或后悔又有何用！过去的就过去了吧！一切事情都可能发生变化，唯有昨天例外。把她叫醒吧？急什么呢？还是让她睡个够吧！让她留在这里，直到夜幕降临之后，才让她离开这个家。他一定要恢复一下体力，也好迎接难熬的一天。

亚辛掀掉身上的薄被，下了床，步履沉重地朝室外走去，头发乱蓬蓬的，眼皮浮肿，两眼通红。走到门厅，他用牛哞般的声音打了个哈欠，望了望敞开着的客厅门，依然感到头沉重得厉害，叹了口气，闭上眼睛，而后朝卫生间走去。

在亚辛的眼前，真有着难过的一天：玛丽娅现在邻居家里躲避着，另一个女人占着她的床；罪恶的痕迹还未来得及掩盖，天色已经大亮。唉……简直是发疯了！本该在自己上床之前就把祖努白放走，可是他为什么没有那样做呢？是哪方妖魔缠住了他的心魂？什么时候、又怎么把她从客厅拖进了卧室？他什么都不记得了，也忘记了自己怎样和何时睡着的。总而言之，这是一幕毫无价值的丑剧。无辜、清白的一夜，就像他的头那样，变得昏昏沉沉，忧烦无穷……但没有什么值得大惊小怪的，因为这套房子是母亲的遗产，早先这里曾经宿过娼妓；母亲去了，留下了儿子，倒成了众人口中的笑料。毫无疑问，这消息明天就会传到宫间街去……往前走，前面就是荒淫堕落的无底深渊，但愿这浴身的冷水能够纯洁灵魂，冲刷掉那令人悲伤的记忆。谁知道呢？也许你从窗口向下看，会发现你的家门口站着一个男子，正在等待着这位赶走了你的妻子、占了她的床位的女人。不！不管怎样，你不能放她走。至于玛丽娅，则已被你遗弃；你本不想这样做，因为她母亲坟头上的土还没有干。出口伤人的男子汉，人们将如何议论你呢？

亚辛颇想喝杯咖啡提提神，于是离开卫生间朝厨房走去。他穿过门廊时，又看到了那只橱柜，立刻想起了放在那里的科纳克白兰地，霎时，心血来潮，想看看地毯损坏了没有，而后又一想，颇感好笑，因为房中的家具都还不属于他，不久过后，均应归还给它的女主人。过了不大一会儿，他端着满满的一杯咖啡回到卧室，发现祖努白正坐在床上伸懒腰、打哈欠。祖努白瞧了亚辛一眼，说：

"美好的早晨！但愿我们能在小房间吃早餐！"

亚辛呷了口咖啡，目光掠过杯子望向祖努白，说：

"你求助安拉吧！"

祖努白挥动着双手，腕上的金镯子发出"叮咚"的响声，说：

"就怨你！因为你才出了这种事！"

亚辛坐在床边，靠着她的双腿，一筹莫展地说：

"法庭！不是吗？我对你说过了，你求助于至仁至慈、全知全能的安拉吧！"

祖努白用脚跟敲着亚辛的脊梁，叹息道：

"你破坏了我的家庭，只有安拉才知道什么样的结果在等着我！"

亚辛将一条腿跷到另一条腿上，露出一片浓密的黑汗毛。他说：

"你的丈夫,是吧?安拉使他失去了希望!我抛弃了我的妻子,你破坏了我的家庭,同时我也破坏了自己的家庭……"

祖努白似乎在自言自语:

"好黑的夜,我简直摸不到自己的头和脚,嘈杂声依旧响在我的耳边。但我是有权利的,当初我不应该顺从你……"

亚辛认为,虽然她后悔,但她还是乐意的,或许在佯装诉苦。他在艾兹拜基公园认识过一些女人,为了自己,她们常常拼死拼活,并且以此进行自我炫耀、吹嘘。他没有发火,事情已到如此绝望地步,无力站起来处理,只能笑着说:

"灾难的尽头便是欢笑。你笑吧!正是你破坏了我的家,占领了我的房子。你站起来,考虑一下自己的事情吧!你在这里一直要挨到天黑。夜幕降临之前,你万万不可离去!"

"真可怜!我变成了一个女囚犯。你妻子在哪里?"

"我再也没有妻子了……"

"在法庭上,如果我没猜错……"

"也许……"

"我害怕你在我出门时谋害我……"

"你害怕?求安拉怜悯!昨夜尽管可怕,但丝毫没有减弱你的奸猾、狠毒,祖贝黛的外甥女……"

祖努白一阵欢笑,仿佛完全同意亚辛加给她的罪名,显得忘乎所以、得意忘形,遂伸手抓过咖啡杯,喝了一点儿,复又还给亚辛,并且问道:

"现在呢?"

"如你所见,我知道的并不比你多。但是,使我感到痛心的是,昨天夜里,我在人们面前暴露了自己,同时,你也败露了。"

祖努白毫不介意地耸了耸肩膀,说:

"别把这些事放在心上!男子汉大丈夫,能屈能伸,哪个男子胡子下不隐藏着大地都容纳不了的羞辱?"

"尽管如此，羞辱总归是羞辱。你想呀，黎明之前，竟然闹出吵架、吼叫、离婚之类的丑事，惹得街坊四邻急忙跑到我的家中来，亲眼看到了所发生的一切。"

祖努白气愤地说：

"是她挑起的！"

亚辛不禁哑然失笑。祖努白却坚持说：

"她本可以明智一些对待这件事情，如果她的头脑清醒的话。在马路上，那些陌生人见了肆无忌惮的醉汉们都能原谅，而她呢？因为被休就要发疯。你对她说了些什么？……什么娼妇呀，娼妇的女儿呀，甚至还提到了英国大兵……你怎么好说这些呢？……"

现在，亚辛回想起来了，遂用含恨的目光凝视着祖努白，询问她怎么还记得这些话。亚辛不胜难过，喃喃地说：

"我当时正在火头上，也不知道自己说了些什么。"

"哼！"

"哼什么？都怨你！"

"英国人兵？难道你是从酒吧把她带回来的啊？"

"求安拉宽恕。她是一位邻居的女儿。唉！发脾气、动肝火，实在可恶！"

"不发脾气，秘密还不会泄露呢！"

"生活令人难以捉摸！够了……"

"英国大兵是怎么回事，你告诉我吧！"

亚辛声音高，气愤难平地说：

"我说了，那是发脾气。够了，够了……"

"你还为她辩护？……去，把她请回来吧！"

"不害臊的傻瓜，真可恶……"

"可恶……"

祖努白离开床，来到镜子前，拿起玛丽娅的梳子，边急急忙忙梳头，边问：

"如果那个男人和我中断了关系,那怎么办呢?"

"对他说再见!至于我的家嘛,则经常为你敞开大门。"

祖努白望了望亚辛,惋惜地说:

"你不明白你的话意味着什么。我们重新认真考虑一下结婚问题吧!"

"结婚?看了昨夜发生的事情,你仍然想结婚吗?"

祖努白机灵地说:

"你不了解我!我已被这种罪恶生活弄得无可奈何,等待着我的只有死亡。像我这样的人,一旦结了婚,我就会把夫妻生活看得高于一切。"

究竟谁是个粗心大意的人?乐队只不过是把她当成一个乌德琴女;娼妓生活,年过三十就要走下坡路,而她已经接近这个年龄了;结婚,倒是个有指望的前景。她为什么要对你说这种话呢?好一个绝妙的鬼算盘!我不否认我想娶她,而且全力要把她弄到手。昨夜的丑剧便是有力的证据。

"你爱他吗?"

祖努白发火似的说:

"假如我爱他,现在就不会被囚禁在这里了。"

尽管亚辛对她的话半信半疑,但他还是动心了。是的!即使弄不清她是否心口如一,但这无疑是带有明显倾向性的表示。

"祖努白,我不能没有你。为了你,我不顾后果,甚至到了发狂的地步。许久以来,你就属于我,我也属于你。"

室内鸦雀无声,仿佛祖努白还在等待着更亲昵的表白,但亚辛没再说一句话。祖努白问道:

"我与那个人断绝一切交往,行吗?我不是那种脚踩两只船的女人!"

"他是什么人?"

"城堡区的一个商人,名叫穆罕默德·盖来利。"

"他结过婚吗?"

"有孩子,但他很有钱……"

"他答应你结婚了吗?"

"他用结婚引诱我,但我很犹豫。因为他的条件不好,当丈夫,又当父亲,这必然要带来许多麻烦。"

望着她那双美丽的大眼睛,亚辛尚且能够承受得住她的狡猾,于是说:

"我们为什么不恢复原来的关系?不管怎样,我并不穷……"

"你穷富与我无关。我只是厌恶了醉生梦死的生活。"

"工作呢?"

"这正是我要问的。"

"你说吧!"

"我说完了。"

这是一次出乎意料的进攻。是啊,叫人一听,未免觉得有些可笑。亚辛一心想把她弄到手,因此无意采取以牙还牙的办法进行反击。他沉默片刻,说:

"不瞒你说,我认为结婚是个凶兆。"

"我以为不正当的生活是凶兆。"

"昨天你可不这样看。"

"昨天,我是在一个有妇之夫的手中;而今天,则……"

"想得完全一样!但还有一点不能瞒着你,那就是无论与你相处时间多久,我也不会把你抛弃。"

祖努白愤怒地喊道:

"但你的过去却已经证明了你的言谈!"

亚辛语调严肃,竭力掩饰自己的软弱:

"人嘛,学什么都要付出代价!"

"这种话我听得多啦!你们这些男人……"

你们这些女人,难道就不该加上"哎呀呀……"吗?祖贝黛的外甥女,安拉怜悯你。她夜半时分,醉醺醺地来到了这里;晨光刚刚洒满房间,她却厌弃了醉生梦死的生活。也许她在想:如果亚辛的第二个妻子是个娼妇,那么,我何不当他的第三个妻子呢?……喂,亚辛,你低三下四,难道你忘记了门外的麻烦?就让麻烦在那里等着你吧!可是,你不能像甩掉玛丽娅那样,仅仅因为一句不适当的话就把祖努白抛弃!如今,我赎了自己的罪,我的兄弟!

亚辛从容不迫地说:

"不应该中断我们的联系!"

"中断或联系都由你决定!"

"我们应该常见面,多思考……"

"从我这方面来说,再没有必要进行新的思考!"

"要么我就说服你服从我的意见,要么你就坚持自己的看法。"

"我不服从你的意见!"

祖努白掩饰着自己的笑容离开了房间,亚辛用奇异的目光送别她的背影。

是的,一切都显得异乎寻常。玛丽娅在哪里呢?无论如何,她是孤独的,尝不到快乐与平安的滋味。明天,亚辛将到宫间街打听一下,后天去法院,他俩的生活就是连绵不断的战争,致使玛丽娅坦率地对他说:"我讨厌你!我厌恶了你的生活!"我天生不该结婚!难道我的祖父就像这样生活吗?这里像神话中的家。尽管如此,那个女疯子还是想和我结婚……

第二十八章

当艾哈迈德·阿卜杜·贾瓦德先生走过通往水上酒家的木桥时，夕阳就要落山了。他摁门铃之后不多时，祖努白开了门，她身穿白绸连衣裙，细薄透明，身条的美凸现，看到艾哈迈德·阿卜杜·贾瓦德先生，便说：

"欢迎……欢迎！昨天你干什么去了呢？我以为你仅仅露露面，摁摁铃，一无所求，站一会儿就走呢！"

她笑了笑，又说：

"你昨天到哪儿去啦？你说呀！"

虽然艾哈迈德·阿卜杜·贾瓦德先生外表装束文雅、周身香气扑鼻，然而脸上却是愁眉不展，两眼发直，怒容满面。他反问道：

"你昨天到哪儿去啦？"

祖努白把他领到会客厅。他走进房间，站在面向尼罗河的两个窗子之间，但没有坐下，祖努白则坐在两窗间的一张沙发上，故作从容镇静、泰然自若的样子，微笑着说：

"昨天，如你所知，我外出办货去了。我正在路上走，遇到了雅斯米娜，她请我到她家做客。到了她家，说什么也不让我回来，非要我在她家过夜不可。自打我乔迁水上酒家以来，我还是第一次见到她。我们之间的友谊十分深厚。她还问到了那个使我忘掉我的同伴和邻居的男人的情况。"

实话还是谎言？艾哈迈德·阿卜杜·贾瓦德先生昨天吃了苦头，直到今日找不出半点原因，他能甘心吗？他决不无缘无故地赚取或亏损一分钱，怎能不明不白地忍受那无名的痛苦呢？好一个难以捉摸的尘世……他至死也不会相信这种鬼话。他一定要证实一下她的话，哪怕断送余生。恢复理智的时间到了吗？且慢……

"你什么时候回这里的？"

祖努白把腿跷到沙发上，凝视着她那红底上绣着白玫瑰花的拖鞋和染红的指甲，然后说：

"你不能先坐下，摘掉红毡帽，让我看看你的分头吗？先生，我是上午回来的……"

"撒谎！"

此话像子弹弹出枪膛似的，充满愤怒、绝望的火药气。趁祖努白还未开口，艾哈迈德·阿卜杜·贾瓦德又说：

"骗子！你既不是上午回来的，也不是下午回来的。白天，我到这儿两趟，却没有找到你……"

祖努白沉默片刻，然后不耐烦地屈从了：

"实际上，傍晚前我才回来，到家才半个小时。从你的眼神里，我发现你很生气，这没什么必要。我想开开玩笑，消消你的气，才撒了那个谎。其实，一大早，雅斯米娜非要我去逛市场。当她知道我脱离了姨母，便要求我加入她那个乐队，并委托我代替她伴唱。当然喽，我没有同意，因为我知道你是不乐意让我去乐队熬夜的。再说，我也知道你不会在晚上九点之前来这里，所以我和她一起多玩了一些时候。这就是事情的全部经过。请坐，向先知穆罕默德祈祷吧！"

这经过是捏造的，还是真有此事？假若朋友弄清了你的真实情况，又如何是好呢？事情就是这样无情地嘲弄你！但是，为了获得一点儿快乐，我是能够原谅一切的。你正在乞讨快乐，而一切你是不习惯于向人乞讨的；为了乞讨快乐，你不惜在一个弹琴女面前低三下四、卑躬屈膝。过去，这弹琴女靠伺候你维生，每当宾朋云集，为你送水果，而后彬彬有礼、默不作声地离去。至于那一时的欢乐，不过是盛燃的火狱之火罢了。

"歌女雅斯米娜？她又不在麻鹅山①上，我去找她问问实情。"

祖努白满不在乎却又闷闷不乐地挥动着手，说：

"随便问去吧！"

艾哈迈德·阿卜杜·贾瓦德先生的神经陡然紧张起来，坚持说：

"我今晚就去，现在就去！我满足了你的一切愿望，你应该完全尊重我的权利！"

艾哈迈德·阿卜杜·贾瓦德先生的暴怒撒在了祖努白的身上，她愤然道：

"且慢！你不要往我脸上抹黑！我是个宽容的人，但任何事情都有个限度。我也是个有血有肉的人。睁开你的眼睛，看看法蒂玛的父亲吧！"

艾哈迈德·阿卜杜·贾瓦德惊慌失措地问：

"你就用这样的口气对我说话？"

"是的。你既然如此，我就以牙还牙！"

艾哈迈德·阿卜杜·贾瓦德紧握手杖，喊叫道：

"我有资格这样对你说话。正是我把你变成了阔太太，为你安排了连祖贝黛也忌妒的美好生活！"

这话触怒了祖努白，只见她像头盛怒的母狮，咆哮道：

"是安拉使我变成了阔太太，而不是你！我是在你百般乞求之后才接受这种生活的，难道你全忘掉啦？我仅仅是你的俘虏或奴隶，可以调查，有据可考。你把我当成什么啦？难道你用钱把我买下了？如果我这样生活不能满足你的欲望，那么，我们可以各奔前程！"

"苍天之主啊！难道说娇生惯养的指甲就这样变成了利爪？假如你

---

① 比喻难以到达的地方。

对昨夜的事情有怀疑，请仔细听听这厚颜无耻的强调。你正在经历着一场磨难。这是一杯苦酒，你必须连同残渣一道喝下去。这是一种侮辱，你只有无条件地承受。事到如今，你还有什么话好说呢？冲着她的脸，放声喊吧："滚你的吧！滚回我把你捡来的那条红巷中去吧！"你喊哪，有什么能阻碍你呢？安拉诅咒那种阻碍你呼喊的东西！心灵上的背叛是最可恶的。这正是人心的卑鄙，是你听过并嘲笑过的。我的心竟然爱她，何等可憎啊！

"你要赶我走？"

祖努白以同样的愤怒的声调说：

"假如你把我当作奴隶，并且随意加罪于我的话，那么，我们最好结束这种生活！"

祖努白一侧脸，艾哈迈德·阿卜杜·贾瓦德只能看到她的面颊和脖颈，发现她神情镇静，但不自然，近似不知所措。向安拉祈求的最大幸福就是毫不惋惜地把她甩掉。是啊！她是那样一个女人，你是如此恨她；但是，当你来到这个地方时，竟找不到她的一丝踪迹，你可忍得下去吗？

"我并不认为你有什么高贵。可是，我也万没想到你会忘恩负义到如此地步！"

"你希望我成为一块石头，既无知觉，也没尊严！"

岂不知，你比石头还低贱。

祖努白的语气由愤怒转为诉苦，她说：

"我为你付出了你意想不到的牺牲，我离开了亲人，抛弃了工作，在你所希望的地方隐居起来；为了你的欢乐，我不惜掩饰着内心的苦楚。不瞒你说，'有的人'答应我生活得比现在还要好，但我丝毫没有动心，婉言谢绝了他们的善意！"

难道还有什么难言的东西？艾哈迈德·阿卜杜·贾瓦德受了伤似的问：

"这话是什么意思？"

祖努白低头玩弄着手腕上的金镯子,说:

"一位可敬的男子想和我结婚,毫无希望地苦苦哀求我!"

炎热、潮湿、憋闷,几乎让你窒息,而烦恼,活像猛兽,张着血盆似的大口,欲将你吞噬。多么幸福的水手啊,就要在窗前卷起风帆了。

"谁?"

"你不认识他,随便起个名字吧!"

艾哈迈德·阿卜杜·贾瓦德后退一步,在沙发之间的椅子坐了下来,两只手掌叠起,摁在手杖顶端,然后问道:

"他什么时候见到你的?你怎么晓得他的心意?"

"我和姨母住在一起时,他常常见到我。近来,每当他在路上碰到我,总想和我说话;我不理睬他,他便托我的一位女友向我转达他的心意。就这样……"

你的故事可真多!昨天,我找到你时,仅有一种痛苦感,还不理解这所有痛苦和磨难。如果有可能的话,你就把她抛弃掉吧;抛弃她,乃是一条和平之路。人们不是错把死亡看作最大的灾难吗?

"我喜欢坦诚直率,你乐意接受这个要求吗?"

祖努白神经质地垂下手腕,盛气凌人地凝视着艾哈迈德·阿卜杜·贾瓦德的脸,肯定地说:

"我对你说过,我没有理睬他。你应该懂得我的话是什么意思。"

今天夜里,你不应该带着致命的想法上床,以免重蹈昨夜的覆辙。抛掉你心中的悬念和恐惧吧!

"你说实话,有一个人来找你吗?"

"一个人?哪一个?除你之外,任何人都没有到这儿来过。"

"祖努白,没有不透风的墙,什么事都瞒不过我。事大事小,只要讲明白,不管怎样,我都能原谅你!"

祖努白愤然斥责道:

"如果你一味怀疑我的忠诚,那么,我们最好就此分手,各奔东西……"

你还记得今天早晨看到的那只身落蛛网、行将灭亡的苍蝇吗？"

"好哇！现在我问你：昨天，你见到过这个人吗？"

"昨天我在哪儿，已告诉过你。"

艾哈迈德·阿卜杜·贾瓦德克制着自己，呼了一口气说：

"你何苦折磨我呢？除了想让你安享幸福之外，我是别无贪图的。"

祖努白双手一拍掌，仿佛他的猜疑使她万分为难。她说：

"你不理解我，也不想理解我，为什么？为了你，我拒绝了任何贵人的追求。"

多么委婉动听的歌！但悲在她口是心非，就像一个歌唱家那样，口中哼着悲凉、凄婉的歌，而心中却充满了欢乐和幸福。

"我求安拉为你做证！你坦率地告诉我这个人是谁？"

"他与你有何相干？我对你说过，你不认识他。他是一个商人，不住在我们这个区，但常去阿里咖啡馆坐……"

"他叫什么名字？"

"阿卜杜·图瓦卜·亚辛，你认识他？"

你租下了这座水卜酒家，希望过上美好、安乐生活，可是乐在何处呢？人间啊，世界啊，你可记得那位风流潇洒的艾哈迈德·阿卜杜·贾瓦德？还有祖贝黛、贾丽莱、白希洁……向他们打听一下他的情况吧！无疑，他绝不是眼前站着的这个狼狈不堪、两鬓斑白的老翁！

"烦恼的魔鬼最可怕！"

"最活跃的要算怀疑魔王，因为它什么也创造不出来！"

艾哈迈德·阿卜杜·贾瓦德用手杖击打着地面，语调深沉地说：

"我不想长生不老！不，绝不想！同时，也没有任何力量能够迫使我忽略自己的男子气概和尊严。简而言之，你昨天在外过夜，我是不能忍受的！"

"我们又回到老话题上了。"

"要再三、再四！我不是个小孩子，你也是个有经验的女人，就对我谈谈那个人吧！难道他真用结婚的许诺哄骗你？"

祖努白自负地说：

"我知道他不是欺骗我，因为他答应我，不同我接近就和我结婚。"

"你满意这种婚姻？"

她有些生气，惊异地问：

"你没听我说？你今天的表现使我感到惊讶……总之，你不像我了解的那样高贵。我劝你快从自寻的烦恼中苏醒过来吧！听我说最后一遍：出于对你的敬重，我没理睬那个男人！"

艾哈迈德·阿卜杜·贾瓦德想了解那个人的年龄，但不知如何发问是好。究竟是青年，还是壮年，他实在猜想不出。迟疑了片刻，他又说：

"也许他是一个说话毫不思考的冒失鬼。"

"他不是个孩子，已经三十岁了。"

那就是说，他比艾哈迈德·阿卜杜·贾瓦德晚生二十五年。晚生，仅仅是年岁上的差别，而忌妒心，则在无情地残害着人们。

祖努白又说：

"尽管他应允下我所期望的生活，但我最终还是没理睬他。"

好个老成的女人！祖贝黛没学到你这种本领。

"真的？"

"我坦率地告诉你，这种生活，我再也忍受不下去了！"

艾哈迈德·阿卜杜·贾瓦德又想起了苍蝇和蜘蛛。

"真的？"

"是的。我期望合法的安定生活。难道你认为我的想法不对？"

你是找她做调查的，你现在站到哪里去了呢？她想把你赶走，你为什么还如此宽容？在余生中，你惭愧去吧！她那种种表现的真实含义，你懂得吗？日落时分的云天多么壮丽！沉默许久之后，祖努白平心静气地说：

"这不会惹你生气的！无论如何，你是一位可敬的男子汉，不能在女人和理想的合法家庭之间犹豫、徘徊。我跟姨母不同，不想当任何一个骑士的驮鞍。我有一颗信士的诚心,敬畏安拉,决计弃离醉生梦死的生活!"

听到她这最后的一句话,艾哈迈德·阿卜杜·贾瓦德不胜恐慌,烦恼难言。他望着她,惊愕的微笑后面掩藏着极度的憎恨。之后,他说:

"以前,你没对我讲过这种话,直至前天,我们的关系还是好好的。"

"我不知道怎样把自己的心事告诉你。"

她突然躲开了你,动作那样迅速,表情那样狠毒。失望了,我准备忘掉昨天那个倒霉的夜晚……忘掉我的怀疑和痛苦……你也应该中止你那狡猾的伎俩。

"我们本来生活得幸福、和睦。难道你认为我们的交往低贱、卑鄙吗?"

"不低贱,但我希望更好些。合法不是比非法更为妥善些吗?"

艾哈迈德·阿卜杜·贾瓦德的下嘴唇往回一缩,微微一笑,似乎没有任何含义,然后低声说:

"对我来说,事情可就不大一样了……"

"怎么会呢?"

"我是个有妻室的人,儿子也已经结婚,姑娘早已成家立业,因此,事情十分微妙……"

接着,他又殷切地说:

"我们这样生活不是很幸福、美满吗?"

祖努白煞是烦躁,说:

"我不是对你说过,休掉你的老婆,与儿女断绝关系?多妻的男人比比皆是,何止一二!"

艾哈迈德·阿卜杜·贾瓦德乞怜地说:

"像我这种条件,结婚谈何容易,况且容易遭受人们的议论非难!"

祖努白哈哈大笑,嘲笑道:

"谁都晓得你是个好色之徒,只是你不了解他们而已;一旦你决计结婚，又合情合理，又何必要计较他们的议论？"

艾哈迈德·阿卜杜·贾瓦德局促不安、闷闷不乐。他说：

"很少有人晓得我的秘密，就连我的妻子也不对我产生任何怀疑。"

祖努白那两条描画的细眉一扬，颇不以为然地说：

"这只是你的猜想而已！其实呢，除了安拉，谁都清楚，哪有什么不透风的墙呢！什么秘密都骗不了人的。"

未等艾哈迈德·阿卜杜·贾瓦德开口，她发怒地叫道：

"或许你认为我压根儿没资格和你攀亲！"

求安拉宽恕！这两句话使艾哈迈德·阿卜杜·贾瓦德如坐剑刃矛锋。

"祖努白，这是什么意思？"

祖努白怒火难抑：

"你的真实感情不能总瞒着我，今天不知道，明天我就会清楚。假如结婚会给你带来什么耻辱，那就再见！"

你来找她，她却要把你赶走；你还没有弄清她在哪里，而她却要逼你在结婚与再见之间进行选择。那么，你该怎么办呢？不斗争，你如何以图生存？那是一颗叛逆的灵魂；而你呢，宁可从你的肉体里抽骨头，也绝不肯离开这个烟花女！你年事已高，不涉足这种无价值的爱情，不就没有痛苦了吗？

艾哈迈德·阿卜杜·贾瓦德责问道：

"难道这就是我在你心中的地位？"

"认为我不屑一顾，把我看成一口茶水的人，在我这里是没有地位的！"

艾哈迈德·阿卜杜·贾瓦德痛惜、冷静地说：

"你比我的灵魂还要宝贵。"

"这种话，我听得多啦！"

"但这是实话……"

"现在，应该让我知道一下它不仅仅停留在口头上！"

艾哈迈德·阿卜杜·贾瓦德沮丧、绝望地低垂下目光,不知该如何接受或拒绝这句话。他实在离不开她;为此,他强压怒火,力图分散自己的注意力。他声音低沉地说:

"给我点儿时间,容我考虑一下!"

祖努白从容不迫,掩饰着狡猾的微笑,说:

"假如你真心爱我,那么,你是不会犹豫不决的。"

艾哈迈德·阿卜杜·贾瓦德急忙说:

"不是这个,我指的是别的事情……"

他摆动着手,仿佛欲借此手势来说明自己的意思,虽然对祖努白的意图并未完全弄懂。祖努白微笑着说:

"如果是这样,那我等着你。"

艾哈迈德·阿卜杜·贾瓦德突然感到宽舒,就像一个即将倒下的拳手,当他听到并非最后一个回合的结束铃声敲响时,所感到的宽舒一模一样。他心里忽生一念,想驱散心中的惆怅,清除精神上的不安,于是向她伸出手,说:

"来,到我这儿来……"

祖努白的身子连同椅子一块儿向后退去,并且说:

"等安拉默许的时候……"

第二十九章

艾哈迈德·阿卜杜·贾瓦德先生离开水上酒家。夜幕下，他沿着尼罗河河畔的一条人迹罕至的小路，朝加马利克大桥走去。凉风习习，吹着他那灼热的脑袋，高大树木的枝条相互交织着，随风舞动，沙沙作响。在黑暗之中，这些大树像是堆堆沙丘或朵朵乌云，每当他抬头望去，便觉得它酷似忧愁之神，死死地压在他的胸口上。座座水上酒家闪烁着灯光，难道那里没有忧愁？然而他们的忧愁毕竟与你的愁思不一样，死亡不同于自尽，无疑你选定了后一条路。

他继续朝前走去。他最喜欢的莫过于散步，以便在见朋友之前，放松放松神经，好在见到他们时，将实际情况一一禀告，即使料到他们会议论些什么，也要和他们认真商量，听听他们的高见。无论如何，他要将自己的强烈愿望告诉朋友们，颇像一个溺水者，面临即将吞噬自己的巨浪而发出的求救呐喊。他决心同意与祖努白结婚，也不否认祖努白的低贱、可怜，但不知怎样才能通过正式结婚的办法实现这个愿望，也不知如何将喜讯送到亲属和街坊的耳中。虽然他想多散会儿步，但却不觉加快了速度，仿佛在急忙赶赴某个目的地似的。祖努白拒绝了他的要求，并且避开了他的拉扯，难道他没有看到过这种情景？他周身酸软，自知已入罗网，虽然想借用散步在凉风中寻些安慰，然而依旧思绪混乱，只觉得忧愁的重锤没有规律地敲击着自己的脑袋，简直无法忍受。他感到，如果问题得不到妥善解决，即使竭力控制着自己的迷惘情绪，也会变成疯子的。

在这沉静的夜色之中，他可以毫不犹豫或毫无愧色地自言自语：天空，浓密的枝叶遮蔽着他的身与首；右边，无际的原野隐藏着他的种种念头；左侧，滔滔流淌的尼罗河河水吞噬着他的无穷忧愁。但是，他怕光，担心一时被光环包围，他就会招来喜欢猎奇的人。至于荣誉、地位、尊严，那只有托付给安拉了。过去和现在，艾哈迈德·阿卜杜·贾瓦德先生都是一位具有双重个性的人：在朋友、伙伴中间，他是一种人；在家眷和其他人面前，他就变成了另外一种人。这后一重个性，则使他显得威风凛凛，庄重严肃，享有任何人都望尘莫及的崇高地位。

走着走着，大桥出现在他的面前。见桥面上灯火辉煌，艾哈迈德·阿卜杜·贾瓦德先生不禁自问：到哪儿去呢？……但他更喜欢黑夜、孤独，于是走过桥前，拐到了通往吉萨的公路上。哦！亚辛！想起他，你胆战心惊，额头羞得发热，这究竟为什么？亚辛将是第一个理解并且原谅你的人呢，还是见你这等模样而幸灾乐祸、怪话满口呢？你常常呵斥他，教训他，然而他的脚至今还没有滑入你已居身的深渊之中去！凯马勒呢？他还想从你的掌纹上相看你的罪过，你应该给他点儿颜色看看。赫蒂彻、阿伊莎呢？在肖凯特家族中，她俩将永远抬不起头来。哦！祖努白变成了你父亲的老婆，无聊之辈为这种婚姻鼓掌喝彩，你有什么话好说！请吧，请在你的天地之外为她选个舞台吧！难道在远离人间的地方，还有供你发泄纵欲的黑暗王国吗？明天，你再去看看蜘蛛网，便知那只苍蝇的结局了。静听一下青蛙的鼓噪，聆赏片刻蟋蟀的唧鸣吧！这些小虫子何等幸福啊！假如你变成了一只虫子，就会得到无限的欢乐。生活在地球上，你是得不到幸福的，除非你变成艾哈迈德"老爷"。如有可能，今夜就把你的家眷全部撵走：你的妻子、凯马勒、亚辛、赫蒂彻、阿伊莎，一个不剩，通通赶走，然后再向他们说明你的意图，而后立即举行结婚典礼。

海妮娅！可还记得，你怎样弃绝了她的爱情？你从没有像爱她那样爱过任何一个女人，但遗憾的是，看来年少气盛，仿佛令你失去了理智。今夜，你就开怀痛饮一场吧，直到众人把你抬到肩上。酒是多么香甜！好像你许久以来还未沾过酒。你今天下肚的苦酒，却将淹没你平生享到的所有幸福。

艾哈迈德·阿卜杜·贾瓦德手杖拄地，停下了脚步，已经厌倦了那黑暗、寂静及树木掩映的马路，一心想去求助朋友。他不能长久地独处一方，因为他是集团的一员、整体的一部分。到了朋友们中间，那么，困难定会得到解决。他转身想趱回大桥，禁不住怒火中烧，周身颤抖，仿佛他的声音也被痛苦、牢骚、怨恨撕裂了："在旷野过一夜吧！在无名之地栖身……而后和她结婚！"突然，一种自卑感朝他袭来，重重地压在他的身上，狠狠拧搓着他的心。

啊！雅斯米娜！真是天大的笑话！她在那个男人的怀里度过了一整夜，直到次日傍晚还没有分开。她明明知道他何时光临水上酒家，可是她还不告别那个男子……这意味着什么？啊！后世的火狱啊！无非是爱情使她忘掉了时间！也许因为你已经习惯发脾气了吧！着了魔的男子汉呀，今后你如何和她说话言欢呢？今世、后世都要蒙受耻辱的男子汉，你怎么带着与她结婚的许诺迈步呢？重重忧虑压迫着你的大脑，仿佛你对这种结合并不中意。你将这种婚姻当作桂冠戴在家庭的头顶上，让世代蒙受耻辱，人们看到你那俊美的头上顶着这样的冠冕，他们会说些什么呢？愤怒、厌恶，就是血和泪也不足以赎回你的屈服、懦弱之罪。

此时此刻，祖努白已在水上酒家安卧，她会怎样开怀讥笑你呢？也许她还没有洗刷掉脚上的汗污，有意以此耍笑你。明天不应该再来，你承认自己懦弱。人们还要笑话你吗？假如将此事讲给朋友们，定会听到他们"咯咯"大笑不止。请原谅他吧，因他已年老昏聩；请宽恕他吧，因为他还未尝到过这种失败的滋味。祖贝黛对他说过："你拒绝在我家当主人，却甘心在我那个乌德琴女家里当龟奴！"贾丽莱对他讲："你既不是我的兄长，也不是我的弟弟！"在这沉静的黑夜，望着枯老的树木，沿着这阴森可怕的大道，像稚童一样地哭泣着，奔跑吧！赔上这一夜吧，以便把耻辱还给雷神！她拒绝你了，为什么？因为她讨厌了罪恶的生活。你还没有脱离那醉生梦死的生活，她再也忍受不下你对她的折磨。够了，够了！那么叫人痛心的事情啊！其实那是我的权利和尊严，就像撞墙的人那样，为了赎罪，他宁肯碰得头破血流。穆泰沃里·阿卜杜·萨姆德自以为知道许多事情，但有意瞒着他的事情例外。

艾哈迈德·阿卜杜·贾瓦德再次从大桥前走过，拐上去乌穆巴拜的大路，开始加快脚步，决心去洗刷掉自己所蒙受的耻辱。每当他被痛苦纠缠，便用拐杖狠狠地戳打地面，仿佛在用三条腿走路。

过了不多时，水上酒家又出现在眼前，他望见窗中透出的灯光，禁不住心潮翻滚。他重新唤起了自信心，唤起了男子汉大丈夫的自尊心，而后，心绪便平静下来了，于是顺着台阶下去，走过大桥，举起拐杖敲门，一连猛击数次，方才听到里边有人惊慌地问：

"谁敲门？"

艾哈迈德·阿卜杜·贾瓦德用尽力气地叫道：

"我……"

门开了，祖努白面浮惊异神色，边喃喃地向他问好，边让开身子叫他进门。艾哈迈德·阿卜杜·贾瓦德走进客厅，站在中间，转身望望她；她走到艾哈迈德·阿卜杜·贾瓦德面前，打量着他那副一筹莫展的面孔，问道：

"你好，安拉保佑！什么风又把你吹回来啦？"

艾哈迈德·阿卜杜·贾瓦德冷静得令人生疑：

"安拉保佑！这你是知道的……"

祖努白用征询的目光瞧着他，一句话没说。艾哈迈德·阿卜杜·贾瓦德继续说：

"我想告诉你，我说的那些话，请你不要多虑，都是荒唐的戏言……"

祖努白瘫坐下去，失望至极，脸上透出愤恨、憎恶的神色，喊叫道：

"荒唐的戏言？我怎么把荒唐的戏言同你口中的堂皇言论区分开来呢？"

艾哈迈德·阿卜杜·贾瓦德的面色愈加阴沉：

"你最好以应有的礼貌和我谈话——像你这样的女人，在我家只配当奴仆！"

她目不转睛地瞅着他的脸，说：

"你回来，难道就是为了对我说这些废话？你以前为什么不说？为什么一再许愿、百般乞怜地表露情欲？你以为这些话能吓住我吗？我再也容忍不下这些荒唐的戏言了！"

艾哈迈德·阿卜杜·贾瓦德愤怒地朝她摆手，这才制止了她的话。他说：

"我回来是要告诉你，和你这样的女人在一起，那是耻辱，是与我的尊严、荣誉和地位大不相称的。我们的交往只能算是见不得人的游戏。就你现在的思想而言，那是不配与我攀亲结缘的，因为我不应该和疯子交朋友……"

祖努白仔细地听着他说话，激愤的火星不时地从她的眼睛里迸发出来。她没有像艾哈迈德·阿卜杜·贾瓦德所希望的那样向他屈服。但是，也许祖努白望着他那盛怒的面孔有些害怕，并且担心导致不测，于是语气变软、声音也变低了，说：

"我不会采用武力与你结婚的。我的想法已告诉过你，供你考虑、选择。假如你现在想废除你的诺言，那就请便吧，没有必要来谩骂、侮辱我，让我们平平安安地分道扬镳、各奔前程吧！"

难道这就是她贪恋你的最大努力吗？为了得到你，时刻想着你，那样，她不是更幸福吗？她从你的痛苦中得到的只有愤怒。

"我们将各走各的路！"艾哈迈德·阿卜杜·贾瓦德说，"但是，在我离开你之前，我想把自己对你的看法坦率相告。我不否认，我的心是向着你的，也许人有时候热衷于卑劣行为，我离开了那些女仆，完全为了使你能够过上现在这种舒适的生活。在你这里,我并没有得到那种从她们那里得到的爱和赞美,这并不奇怪,因为只有劣等人才赞美劣等人。如今,已到了不必顾你的时候了,我该回自己的老窝啦!"

祖努白显得有些悲伤,那是从燃烧的心中喷射出来的悲伤火焰,随之声音颤抖地说:

"好吧!再见,请走吧!让我安静一会儿!"

艾哈迈德·阿卜杜·贾瓦德压抑着心中的苦闷,懊丧地说:

"我下流,我低贱……"

祖努白突然变成了一匹脱缰的野马,大声呼喊道:

"够啦,够啦!你怜悯、提防一下肮脏的虫豸吧!想想吧,你是怎样目含谦恭之情,屈身求爱的吧!你下流,你低贱?……再说一遍呀!……其实,你很高贵。正因为你高贵,我才接受了你的苦苦哀求。看哪,如今我真的得到了报应……"

艾哈迈德·阿卜杜·贾瓦德挥舞着拐杖,气冲冲地喊道:

"狗女人,住嘴!下贱货,闭上你的臭嘴!收拾你的衣物,滚出这座房子吧!"

祖努白抽搐似的抬起头来,对他喊道:

"竖起你的耳朵,听我说一句!我要让水上酒家、尼罗河、大马路都听到我的喊声,让警察局倾巢出动,你听到了吗?我不是一口美味的食物,我是祖努白,属于安拉的人!你走你的,这里的住宅,租房合同上写的是我的名字。走你的吧!平平安安走你的吧!不要等丢了面子再走!"

艾哈迈德·阿卜杜·贾瓦德踟蹰片刻,用蔑视的目光望着祖努白。为了避免丢脸,他终于抛弃了冒险的想法,朝地上啐了口唾沫,而后迈着坚定的大步朝门外走去……

第三十章

艾哈迈德·阿卜杜·贾瓦德像个迷失方向的人来到兄弟们中间，看到了穆罕默德·伊法特、阿里·阿卜杜·拉希姆、易卜拉欣·法尔和其他朋友。他像往常一样，不，简直是有过之而无不及，直至酩酊大醉，不住地笑，逗得大家也笑个不停。到五更天，他才回到家中，很快便进入了梦乡。

伴随着晨阳初照，艾哈迈德·阿卜杜·贾瓦德迎来了平静、安然的一天，什么也不再想了。他不愿意回顾近期的生活，但有一幅景象，还是难以忘怀的，那就是压倒了那个女人，同时也克制住了自己的最后一场戏。他肯定地对自己说："一切都结束了，赞美安拉。在来日的生活中，我一定要加倍谨慎小心。"

刚刚开始的一天，他显得格外平静。艾哈迈德·阿卜杜·贾瓦德想到自己所取得的"卓著胜利"，不由得进行一番自我祝贺。但时过不久，他又沉默起来，继而失声失色；他未找出原因，只认为是两天来神经过度紧张所致，同时也是近几个月以来身体过分劳累的结果；此时此刻，他认为与祖努白的交往自始至终完全是一出折本的悲剧。在他的生平中，类似的挫折还是第一次，要他甘拜下风，并不那么容易。因为极度珍视自己年轻力壮、英姿美貌和生机勃勃的岁月，所以他每当想到自己的青春已逝，总是痛心疾首，苦恼难言。最后，他还是坚持昨天对那个女人表白的那一条：只有劣等人才会赞美劣等人，故她不会爱他。

艾哈迈德·阿卜杜·贾瓦德终日渴望着与朋友们聚会。约会的时间又到了，他再也忍耐不住，于是急忙上路，径直朝加马利亚区奔去。朋友们尚未到来，见到穆罕默德·伊法特，艾哈迈德·阿卜杜·贾瓦德劈头第一句话便说：

"我和她结束了……"

穆罕默德·伊法特问：

"祖努白？"

艾哈迈德·阿卜杜·贾瓦德努嘴代替答话。主人又问：

"这么快？"

艾哈迈德·阿卜杜·贾瓦德苦苦一笑，然后说：

"如果我对你说，她要求和我结婚而使我弃绝了她，你相信我的话吗？"

穆罕默德·伊法特笑了：

"就连祖贝黛都没有那样想过！真是出奇！但她是情有可原的。因为她发现你对她的纵容、溺爱超出了她的梦想，所以她才敢于得寸进尺！"

艾哈迈德·阿卜杜·贾瓦德轻蔑地一哼：

"简直是疯子！"

穆罕默德·伊法特又是一笑：

"莫非她对你垂涎三尺，落入了你的情网？"

艾哈迈德·阿卜杜·贾瓦德哭笑不得，说：

"我说过了，她是个疯子，仅此而已。"

"你怎么啦？"

"我坦率地告诉她，我走了，将一去无回！"

"她怎么回答的？"

"先是辱骂，继而威胁，最后是狡辩。我甩掉了她。她像个疯子，开始就错打了算盘！"

穆罕默德·伊法特得意地摇晃着脑袋，说：

"是的。我们这些人只不过和她睡睡觉罢了，谁会想什么别的事情？就连普通交往也不需要……"

你呀，你在黑灯瞎火中漫游、徘徊，终于败在一只耗子的面前。快把耻辱掩藏起来吧！赞美安拉，一切总算都结束了！

其实，有一件事还没结束，尚未离开艾哈迈德·阿卜杜·贾瓦德先生的脑海。确实，在过去的岁月中，他对祖努白的思念并不是单一的，而是伴随着深重的痛苦，并且日益加重、日渐明显，不仅损伤了他的尊严，而且有可能导致他自我毁灭。但是，他十分珍惜自己的胜利时刻的记录，希望自己能够征服自己的暴躁情感，哪怕是暂时的。可惜他失去了自控力，沉浸在对往事的回忆之中，经受着痛苦和折磨。他有时变得过分软弱，甚至想向穆罕默德·伊法特吐露心中的苦闷，有时又想去求助于祖贝黛。懦弱心理占上风时，他像是发疟疾；及恢复正常时，不由得自己摇头说奇道怪，百思不得其解。

艾哈迈德·阿卜杜·贾瓦德的不安情绪为他的平日举止染上了一种冷酷、严厉的色彩，虽然他竭力克制着自己，然收效甚微。就是这种微弱效果，也只有那些知道他性情温顺、宽宏大量、慈祥谦恭的朋友、相识们才看得出来，而家人对此一无所知，因为在他们面前，他的行动几乎没有什么变化。其实，真正发生了变化的，还是他的内心情感，其程度之深，只有他一个人明白。他在遭受着自我折磨，也许这便是祖努白的首要用意，迫使他自己斥责自己，自己侮辱自己，从而使其渐渐地承认自己低贱屈辱、时运不济、青春已逝。

艾哈迈德·阿卜杜·贾瓦德自我安慰说："我再也不动了。我绝不让自己再受侮辱。任凭思想驰骋、情感变幻，我将固守原地，纹丝不动！只有至仁至慈、宽宏大量的安拉才晓得我的苦衷。"但他不知不觉地又自言自语："究竟她仍在水上酒家，还是已经离开了那里？假设她还在那里，我给她的钱还没有用完，如今她谁也不依靠呢，还是有人紧追着她不放呢？"他反复自问，无休无止；每问一次，他都要经受一次痛苦的折磨，只有想起水上酒家的最后一幕戏时，方才得以逃脱。他回忆着历历往事：在水上酒家，他抛弃了她，制伏了她；也是在那里，他那样怯懦，受尽斥责、屈辱，当然喽，还有一些难忘的幸福场面。他幻想着新的景象：他和祖努白相遇了，于是吵起架来，相互责备，之后彼此休战议和、握手言欢了……他梦幻连绵，没有尽头，展现在他面前的，是一个奥妙无穷、斑斓多彩的世界，那里充满了数不胜数的心酸和幸福。他何不亲自去水上酒家走一趟，也好察看一下那里的变化，特别是主顾更迭的情况呢？趁黑灯瞎火之时，他可以悄悄出发，谁也不会发现的。

在夜幕的笼罩下，艾哈迈德·阿卜杜·贾瓦德像小偷一样走去。他路过那座水上酒家门前时，只见窗缝间闪烁着灯光，但不知掌灯人是祖努白，还是新房客。艾哈迈德·阿卜杜·贾瓦德自己认为这盏灯就是祖努白点燃的，绝不会是别人，于是他眼望着烟雾笼罩着灯光，心里正在畅饮着女友灵魂的甘泉。他之于她，仅仅远处望望是不够的，应该像往常那样，敲开门看到她的脸庞；到那时，无论走运还是倒霉，其实没有什么差别。可是，万一另一个男子突然出现在他的眼前，那会出现什么情景呢？是的，她确实近在眼前，但同时也远在天边，他永远无法靠近她了……他曾在梦中与她相遇，只听她说："走开！"这话发自她的心中，之后便飘然而去，不见踪影，再也看不到她了，仿佛她压根儿就没有感到他的存在似的。假若一个人遇上如此冷酷的场面，那怎能渴求怜悯或宽恕呢？

他一次又一次地漫步在水上酒家门前。每当夜幕垂空，会晤朋友之前，他总习惯于到这里徘徊一阵儿。看上去，他并没想要达到什么目的，仅仅满足于发呆似的远远望望而已。一次，他刚想离去，突然，门打开了，从里面闪出一个人影。因为天黑，看不清那个人的面孔，于是他的心惶惶不安，骤然打起鼓来。之后，他迅速跨过马路，站在一棵大树下，目不转睛地盯着那水上酒家，只见那个黑影穿走小木桥，上了马路，然后朝加马利克大桥方向走去。他发现那是一个女人……心想一定是她，祖努白，于是不顾夜色漆黑，拔腿跟踪而去。是祖努白，或者不是祖努白，他究竟有何打算呢？他没多考虑，只是脚不停步，目光紧盯着那个女人的背影。当那个女人行至大桥灯光下时，他的猜想得到了证实，那正是祖努白。但她穿着一件长袍，这是她和他交往以来长时间里不穿的那件东方妇女长袍，他感到迷惑不解，猜想其中必有缘故。只见她朝吉萨电车站走去。于是，他便抄小路，过田垄，赶到了她的前面，然后，在离她不远的地方站了下来。电车进站停稳后，祖努白上了车；艾哈迈德·阿卜杜·贾瓦德一个箭步跳上车，在车门旁边的一个空位上坐下来，这个位置正好能观察下车的乘客。车子每到一站，他总是捂着脸朝窗外看，谨防别人认出他来。直到下车，祖努白也不知道他在水上酒家门口就盯住了自己。车子开到阿特拜站，祖努白下了车，他也随之下来了，见她徒步朝莫斯基走去，趁天黑路暗，他不声不响远远地跟在她的后边。祖努白究竟是来找姨母，还是想寻找新的顾主呢？她拥有水上酒家，尽可招徕情伴，何苦到这里来呢？过不多时，两人前后脚到了侯赛尼亚区。艾哈迈德·阿卜杜·贾瓦德便格外留心了，唯恐她的身影消失在拥挤的长袍妇人群中。他不知道自己为什么要暗暗跟踪她，只是想察看一下这位不幸然而顽强的女人……她经过清真寺前，便朝沃塔维特胡同走去，那是行人稀少、乞丐聚集的地方。最后，她向加马利亚走去，接着拐入了思宫街。艾哈迈德·阿卜杜·贾瓦德提心吊胆、轻手轻脚地尾随着她，恐怕在路上碰上亚辛，或者亚辛从窗口看到他，如果不巧而遇，他也想好了逃身之计，说是看老朋友、亚辛的邻居、榨油厂老板埃尼姆·哈米杜来了。突然，她拐进了头条胡同，那里除了亚辛，不会去访第二家，他不觉心跳骤然加速，双腿亦沉重难拔了。一楼、二楼的户主，他全认识，断然不会与祖努白有任何联系；想到这里，艾哈迈德·阿卜杜·贾瓦德更加惶恐不安，但不管怎样，他还是拐进了胡同，走向门口，一直到听到上楼梯的脚步声。艾哈迈德·阿卜杜·贾瓦德走进梯井，仰起头，仔细听着"咚咚"的脚步声，断定祖努白过了第一个门口、第二个门口，然后便开始敲亚辛的门……

艾哈迈德·阿卜杜·贾瓦德气喘吁吁，像钉子钉在原地，一动不动了。他感到周身酸软、筋疲力尽。他深深地吸了一口气，转身顺原路而回；因思绪杂乱，连路也认不出来了。

啊……那个男子就是亚辛！祖努白知道他与亚辛是父子关系吗？艾哈迈德·阿卜杜·贾瓦德竭尽全力往自己心里注射镇静剂，如同往狭窄的缝中揳粗大的楔子。他想，在祖努白的面前，他从未提及过他的任何一个儿子；再说，亚辛也不可能知道他的秘密。几天之前，他听到了玛丽娅被休的消息，而亚辛来看他时，显得局促不安，像是犯了什么罪似的。艾哈迈德·阿卜杜·贾瓦德想到许多方面，只是未考虑到亚辛得知他的作为时，是否会背弃他；可是，亚辛又是从哪里能够知道他的父亲与一个女人有什么关系呢？在这一方面，艾哈迈德·阿卜杜·贾瓦德完全可以放心，即使祖努白已经或者总有一天会得知他与亚辛的关系，她也绝不会把这个威胁着她与亚辛之间关系的秘密告诉亚辛。

艾哈迈德·阿卜杜·贾瓦德继续朝前走，错过了朋友们聚会的时间。待他呼吸恢复了正常情况，心绪平静下来时，他才拖着疲惫的身躯，迈着沉重的步子，向阿特拜车站走去。

事情的真相，你已全然明白了，至此罢手，甘心忍耐，岂不更好吗？赞美安拉吧！感谢安拉的巧妙安排，庆幸你没和亚辛面面相对于丑剧的前台。亚辛……她什么时候认识亚辛的？……在什么地方认识他的？难道说她背着他与亚辛多次幽会吗？……这一连串的问题，都找不到答案，即使做最好的设想，又有什么用？亚辛是同玛丽娅离婚之前认识祖努白的，还是在此之后，或者正是由于这个女妖精的插足才导致离婚的呢？其他问题，也找不出答案，而且永远不得而知。为了使你那发昏的头脑清醒一下，还是做最坏的设想吧！

亚辛也是个男子汉。他之所以休掉玛丽娅，是因为玛丽娅粗野无礼。至于栽娜卜的离婚案，如果不去追究真正原因，那么，也可以用同样的理由去解释；当然，你总有一天会弄清事情的真相的。可是，栽娜卜的事情与你有什么关系？难道你也想追查事情的真相？你心绪烦乱，遭逢挫折，难道你能够忌妒亚辛吗？不！这不是什么忌妒，恰恰相反，倒是值得你引以自慰的。如果一定要抓住一名凶手，那么就让你的儿子亚辛充当吧！亚辛是你的一部分。你的一部分失败了，另一部分胜利了；你是被征服者，也是征服者。亚辛成了斗争的中心。你喝下这杯酒吧，其中浸泡着痛苦、侥幸、胜利、失败和忍耐，自今日始，你不要为祖努白感到悲伤了。你要自信，应该立下誓言：自此之后，绝不让岁月蹉跎。但愿你能向亚辛发出这种规劝，以便在事临他头上时，使他不感到突然。你是个幸福的人，没有必要后悔。你应该以全新的计划、新的心灵、新的头脑面对生活。把旗子交给亚辛吧！到那时，你就会从眩晕中苏醒过来，一切事情都会一闪而过，就像根本没发生过一样。你再莫像先前那样，把近几天的事情和盘托给朋友！这些可怕的日子使你懂得了：应把许多事情藏在心中。啊……我多渴望痛饮一场……

艾哈迈德·阿卜杜·贾瓦德先生认为过几天，自己的身体就会好起来。想到这里，他便大步朝前走去。从阿里·阿卜杜·拉希姆那里，他得到了亚辛离婚的消息。阿里·阿卜杜·拉希姆则是从埃尼姆·哈米杜和其他朋友那里听到这个消息的。虽然那些传送这个消息的人们并不知道那个女人的真实情况，却说是因为那个女人的冒险行动而导致被休……艾哈迈德·阿卜杜·贾瓦德笑了……他感到一切都是好笑的。他笑了许久。

一天晚上，艾哈迈德·阿卜杜·贾瓦德感到头重背沉，呼吸有些不便，于是去找穆罕默德·伊法特。这种事情并不新鲜。前些日子，他一直头晕，只是没像现在这么严重。他向穆罕默德·伊法特述说自己的情况时，请他喝了一杯冰镇柠檬水，两人一直谈到尽兴方休。次日醒来，艾哈迈德·阿卜杜·贾瓦德病情比昨日更重，心中烦闷不堪，于是想求医问药。其实，不到万不得已时，他是想不到求医的。

第三十一章

事物随着环境的变化而发展，词语伴着岁月的推移而更新。凯马勒认为夏达德公馆富丽堂皇，豪华备至，已无须增光添彩。但是，就在九月的一天晚上，公馆却换上节日的盛装，光怪陆离，灯火辉煌。妙啊……每堵墙壁，无不佩戴着璀璨夺目的光环；从楼顶到墙根，整个垣墙和大门上，彩色灯盏，比比皆是；花园树上的花和果，在灯光的映照下，姹紫嫣红，五光十色；所有的窗子，无不灯火通明……这里的一切都沉浸在欢乐之中。看到如此壮观的景色，凯马勒感觉来到了光明王国。公馆门口对面的人行道上，挤满了少年儿童；门口前，铺满了金黄色的沙子，两扇门敞开着，客厅的门也敞开着，站在门外，就可以看到天花板上垂下来的枝形大吊灯，仿佛在招手迎接道喜的宾朋。高高的楼顶平台上，站着一群衣饰华美、体态轻盈、婀娜多姿的姑娘；夏达德贝克和家里的几位男性站在门口，迎候着客人；而在客厅的阳台上，则坐着管弦乐队，乐曲悠扬缠绵，直飞沙漠边缘。

凯马勒仔细打量着，暗暗自问："难道阿伊黛站在平台上的那群姑娘之中？也许她已经看到了我？"他身材修长，服装雅致，大衣在胳膊上搭着，跟随贺喜的宾客们徐徐步入公馆。当然，引人注目的，是他那大脑袋和高鼻子。他走进大门后，依然有些慌乱不安的感觉，没像其他人那样进客厅，而是步入了通往花园的走廊。他照侯赛因·夏达德以前的提醒,直奔花园凉亭下,以便与朋友们尽可能地多聚会一些时辰。穿过走廊,仿佛沉入了光的海洋:客厅的背后与正面一模一样,厅门大开,灯光闪耀,人声鼎沸;高处的平台上,同样挤满了花枝招展的美女。但是,在凉亭下,却只有伊斯玛仪·拉蒂夫一个人站在那里。他身穿一套讲究的黑色西装;好斗的面孔上,罩着一层温和宽厚的淡雾。这是凯马勒从未见到过的庄严仪表。伊斯玛仪·拉蒂夫瞥了他一眼,然后说:

"高!为何还带着大衣?……侯赛因·夏达德仅仅在这里坐了一刻钟,便接待宾客去了,过一会儿就回来。哈桑·赛里姆也玩了不多时,当然,他不会在这里待多久,更不会像我们希望的那样和我们聊天,因为今天是他的日子,许多事情等着他去做。侯赛因·夏达德本想邀请一些同学到这里来,我阻止了他,于是他打算只请他们会餐,并答应专门为我们摆一桌。这就是今天晚上我要告诉你的最重要的消息。"

还有更重要的消息呢!我感到奇怪:为什么要接受这种邀请呢?仿佛你还满不在乎呢,或者你喜欢那种令人生畏的冒险活动?

凯马勒说:

"好!但是,我们为什么不到大客厅去?哪怕只在那里停留片刻,也好看看挚友高朋。"

伊斯玛仪·拉蒂夫蔑视地说:

"你即使去了,也不能如愿以偿,因为帕夏、贝克们独占了前厅,你只能到后厅的青年人中间站一站,这自然不是你的理想。如有可能,我真想溜到楼上去看一看,那里佳人济济,欢声笑语……"

有一条教训使我难忘,那是自忏悔之日以来,我还没有得到过的。是他,揭开了我的秘密,之后扬长而去了。

"不瞒你说,我很想见见那些大人物。侯赛因·夏达德说,他父亲邀请的那些人的名字,都是常常见报的……"

伊斯玛仪·拉蒂夫朗声大笑:

"你想看见一位生着四只眼睛或者六条腿的大人物吗?他们都是和你、我一样的人,而且他们均已年迈,面孔并不那么英俊。我知道你为什么一心想见他们，因为你非常关心政治。"

我不应该关心这个世界上的任何东西，她不属于我，我也不属于她。但是，我关心大人物，因为我追求尊严和荣誉。你毫不隐讳地说，你想成为一个伟大人物；你是有希望的，因为你具有苏格拉底的天资和贝多芬的苦闷。你一心想见到女神，可是这灯火却剥夺了你以前对她拥有的权利；明天，在整个埃及，你将找不到她的踪影。是啊，你确实有着难以言状的痛苦！

凯马勒殷切地说：

"侯赛因·夏达德对我说，各个政党的要人都要参加今天这个晚会。"

"是的。昨天，萨阿德邀请立宪自由党和祖国党人参加了在萨阿德俱乐部举行的茶话会。今天，夏达德贝克请他们一起出席他千金的婚礼。我看到了华夫脱党的朋友，其中有法塔赫·阿拉·巴拉克、哈姆德·巴希尔，此外，还有赛尔沃特、伊斯玛仪·西德基、阿卜杜勒·阿齐兹·法赫米。夏达德贝克工作积极，卓有成效。我们的国王的时代已经过去了。夏达德贝克为自己的未来而工作是合乎情理的。他每隔几年，总要到瑞士走一趟，向居住在那里的国王献殷勤，回来之后，继续自己的工作。"

你会打内心里憎恶这种哲理。萨阿德昨天所经历的考验足以证明：在这个国度里，到处都有这样的哲学家。难道夏达德贝克就是其中的一位？他是女神的父亲啊！莫忙！女神自天上来到人间，正是为了与一位凡人结缘。就让你的心碎成百瓣吧！心碎百瓣，四分五裂，不要再期望它复原了！

"你想想，像这么一个盛大晚会，既没有一位男歌手，也没有一位女歌星，怎样进行得下去呢？"

伊斯玛仪·拉蒂夫用讽刺的口吻说：

"夏达德家属都是半个巴黎人，他们看不上传统的欢乐方式，不让任何一个舞女凑近他们的家庭晚会，也不承认我们这里的任何一位歌手。今晚那个管弦乐队，委实是我平生奇观。听侯赛因·夏达德说，这个乐队每周星期日晚上在古鲁比音乐厅演出。今天吃完晚饭，将移入客厅为大人物们奏乐。不谈这些了，今晚的精彩节目在晚餐和香槟酒宴上。"

贾丽莱、萨比尔和阿伊莎、赫蒂彻的婚礼与今天的相比，真是两种不同的气氛。那些日子里，你是多么幸福！而今天晚上，管弦乐队奏出的将是哀乐，把你的美梦送往坟茔。还记得你从门缝里看到的那个人吗？我真为在泥土里打滚的那位神灵而深感惋惜⋯⋯

"这没什么！但有一件事使我深感遗憾，而且久难平息，那就是不能在近处看看那些大人物。我十分渴望聆听一下他们的教诲，以期弄清两件大事：其一，关于政局的真实情况，联合实现之后，能否恢复宪法和民主生活；其二，在这样幸福的场合中，他们所谈的都是平常事，听听赛尔沃特帕夏说笑，不是十分有趣吗？"

伊斯玛仪·拉蒂夫故作漫不经心，而举动甚不协调。他说：

"我不止一次与我父亲的朋友坐在一起，其中有哈桑·赛里姆的父亲赛里姆贝克和夏达德贝克；我敢说，他们并没有什么值得你佩服的东西！"

那么，顾问少爷与商贾之子的区别究竟来自何处呢？一个人酷爱着女神，而女神却与另一个人成双配对，这又怎么解释？难道这种姻缘不正好表明这些人的本质并不一样吗？你可知道，你的父亲将怎样在亲朋挚友面前讲话！

"无论如何，赛里姆贝克并不是我所说的那种伟人！"

听到这句话，伊斯玛仪·拉蒂夫微微一笑，未加任何评论。一种笑声发自心灵深处，充满了欢乐。一种笑声从高高的阳台而降，散发出女性的神奇芳香。两种笑声，此呼彼应，就像时而听到远方传来的歌声，时而听到近处演奏的乐曲。之后，这笑声和歌声变成了一个玫瑰花框，中间嵌着一颗苦闷、寂寞的心，就像一束鲜花上放着一张黑色的名片⋯⋯

不一会儿，侯赛因·夏达德来了。他容光焕发，趾高气扬。当他走近大家时，张开双臂，与凯马勒热烈拥抱。随后到来的便是哈桑·赛里姆，他身穿制服，英俊潇洒、彬彬有礼的外表下掩藏着天然的傲岸性格，只是站在身材修长的侯赛因·夏达德旁边显得稍稍矮一些。他和凯马勒握手，凯马勒向他表示热烈祝贺。

伊斯玛仪·拉蒂夫素来言谈直率，有时简直与恶意的狡诈很难区分。他说：

"凯马勒颇感遗憾，因为他没有机会与赛尔沃特帕夏及同僚们一起坐坐、谈谈！"

哈桑·赛里姆非常高兴，一反平常的保守情态，说：

"等一等，等他的大作问世，那时他将发现自己跻身于伟大人物行列之中。"

侯赛因·夏达德责备说：

"你严肃点儿，好吗？今夜，让我们在享受充分自由中度过！"

未等侯赛因·夏达德坐下，哈桑·赛里姆便告辞而去了；其实，他像一只蝴蝶，在任何一处都停站不久。侯赛因·夏达德伸开双腿，说：

"明天，他俩就要去布鲁塞尔了，在我之前赶到欧洲。但我也在这里待不了多久，来日我将往返于巴黎与布鲁塞尔之间……"

你呢？你将在奈哈辛和奥利亚两个街区之间徘徊、游荡，没有情侣，也没有伙伴。这正是渴望升天者的报应。你的目光将在城市的各个角落茫然张望；思念之情，令你望眼欲穿。张开你的肺部，尽情地呼吸这芳香四溢的空气吧！明天，你便会痛惜、怜悯自己了。

"我想，我终有一天会追你去。"

侯赛因·夏达德、伊斯玛仪·拉蒂夫异口同声问：

"怎么会呢？"

就让你的谎言像你的痛苦一样巨大吧！

"我已与父亲商定，我毕业之后，他将特意给我一笔钱，让我出国旅行一次……"

侯赛因·夏达德兴高采烈地喊道：

"但愿你的理想化为现实！"

伊斯玛仪·拉蒂夫笑着说：

"我真担心几年之后只留下我孤身一人！"

管弦乐齐鸣，节奏轻快，若清泉流淌。每一件乐器的音色无不刚柔适度；轻重缓急，相得益彰；仿佛在参加一场激烈赛跑，争先恐后，互不相让。乐曲进入高潮、到达顶峰就预示着接近尾声了。凯马勒的心沉浸在哀伤、烦恼之中，然而他的情感却被热烈、甜美的乐曲吸引住了，热血沸腾。他轻易地失去了女神，不由得长吁短叹。时隔不久，一股怜悯之情在他的心中油然而生。一股芬芳的馨香使他如痴如醉，于是把他的苦恼化成了垂泪的小憩。随着乐曲的终了，他长长地叹了一口气。乐曲的回声，使他无限感慨，遂自问：他那波澜起伏、如火如荼的炽热情感会随着乐曲的收尾而终结吗？难道爱情不能像乐曲和其他事物一样有终有尽吗？历历往事一幕幕浮现在他的眼前，只觉得四肢无力，疲倦不堪。如今，对他来说，阿伊黛已名存实亡了。她可记得这些时辰吗？凯马勒茫然地摇晃着脑袋，又问：难道一切真的全完了？他做了个梦，或看到了一种场面，于是从小憩中苏醒过来，戴着囚徒的枷锁，自沉于爱情之海。如果具备条件，你就尽力把她抓住，千万不要让她脱逃，以便愈合你的伤口。是啊！你就戳穿所谓"爱情永恒"的神话吧！

侯赛因·夏达德微笑着说：

"婚礼开始，首先朗诵《古兰经》以示吉庆。"

《古兰经》？多么有趣啊！这位巴黎女郎有证婚人和《古兰经》才能举行婚礼，而你认为婚礼上有《古兰经》和香槟也就够了。

"给我们讲讲晚会仪程吧！"

侯赛因·夏达德指着楼房，说：

"婚礼马上就开始，一个小时之后，请大家就餐，直到结束。今晚，阿伊黛在我们家里度过最后一夜，明天早晨去亚历山大，后天搭船去欧洲……"

你将失去许多值得记忆的场面，那些景象足使痛苦之神饱餐一顿：具有法律效力的证件上闪烁着两个美丽的名字；渴望宣布幸福消息的那张笑脸上春风荡漾；新郎新娘相会，乐在心中……这时候，就连你的痛苦之神恐怕也找不到食粮了。

"有证婚人主持婚礼吗？"

"当然喽！"

侯赛因·夏达德斩钉截铁地回答。

伊斯玛仪·拉蒂夫朗声一笑，说：

"牧师主持！"

你的问话多么荒唐！何不问洞房花烛之夜，新人是否同眠共枕呢？

一个证婚人，很不起眼的一位男子汉，然而却堵塞了你的生命之河，怎不叫人难过！一条可怜的小虫，吞噬了一位大人物的坟墓，当判决宣布之后，你的殡仪如何对外举行呢？这是一个拦路的庞然大物，还是同行的旅伴？

假如整个公馆一片沉寂，只有灯火，没有歌声，那么，他定会感到恐惧、郁闷。现在，她在某一个地方，在这个房间，或那个房间。妇女们发出格外响亮的欢叫声，经久不息，勾起人们对往事的回忆；这是他所熟悉的欢叫声，并非她要去巴黎才响起的。紧接着，又是一阵欢叫声。今夜的这座公馆，就像开罗的任何一家那样，处在狂欢之中。凯马勒的心伴随着欢叫声剧烈地跳动，不由得呼吸节奏也加快了，听到伊斯玛仪·拉蒂夫贺喜，亦连忙表示祝贺。此时此刻，他真想独自待一会儿，然而他又自我安慰说，过了今夜，他将离群索居数日数夜，让痛苦之神吃个饱。这时，乐队奏出一支曲子，他十分熟悉，那是《请原谅，美男子》。这曲子唤起了他的巨大忍耐力，告诉他一切一切都已结束，他的每一滴血都在猛烈地撞击着他的血管壁。历史已经结束，生活已经完了，生活的梦也已到了尽头。他所碰上的都是有棱有角的顽石，除此没有别的什么。

侯赛因·夏达德凝神注视着远方,说:

"先是致辞,之后便是欢呼,我们其中一人先入新世界;终有一天,我们都会尝到那种滋味……"

伊斯玛仪·拉蒂夫说:

"我将尽可能地避开那一天!"

我们?除了安拉,谁也逃不脱那一天!

"我永远不向那一天屈服!"

仿佛侯赛因·夏达德、凯马勒都没留心听伊斯玛仪·拉蒂夫的话,或者没有认真听之。伊斯玛仪·拉蒂夫又说:

"不到我认为结婚必不可少之日,我是不结婚的!"

一位努比亚人送来冷饮,紧接着来的另一个人,手捧着一只精致的玻璃糖果盒子,深蓝色的底上,刻着白色花纹,下有四条镀金腿,上系着一条绿色缎带,新月形的结子上绣着新娘、新郎名字的第一个字母"A. H."。凯马勒接过糖盒,一阵喜悦涌上心头,也许这是他那天第一次感到高兴。这只华丽的盒子告诉他,它是奇异的象征、幸福的梦幻、珍贵的经验、可畏的挫折。他感到自己是一次突然袭击的牺牲品,而策划这次进攻的则是天命、传统、等级制度,是阿伊黛、哈桑·赛里姆和一种神奇的无名力量。凯马勒看到了自己的形象:独自站在这种联合力量面前,伤口淌着鲜血,得不到包扎医治。面对着这种进攻,他无能为力,只能压抑着内心的愤怒,不但不能表白,反而要装出高兴的模样。他仿佛正在养精蓄锐,准备反击,欲将痛苦赶出人类世界以外。他对阿伊黛怀有永久的仇恨。是的。他感到自决定性的欢叫声爆发时起,他的生活再也不会像原来那样快乐了,既不能和她友好,也不能与她达成真正谅解。他面前的道路将是艰难、曲折的,必定充满悲伤、疾苦。但是,在开战之前,他没有想到退却,他拒绝调和、警告、恫吓;至于抗击的对手及斗争的方法,则将抉择权交给天命。

侯赛因·夏达德呷了一口冷饮,说:

"你不必对抗婚姻！我想，如你所说，倘若有机会出国留学，那么，你一定会找到一位称心如意的妻子！"

看来你在这里并没有找到称心如意的人，那就寻求一个新的国度吧，那里的女性不会嫌恶自己不同寻常的大脑袋和大鼻子。不上天，便是死。

凯马勒点头表示同意：

"我也这么看！"

伊斯玛仪·拉蒂夫嘲笑说：

"你明白和一个欧洲女人结婚意味着什么吗？简而言之，就是说从最下层人民中得到一个女人，这女人愿意居于一个男人之下，但她打内心里感到他是一名奴隶。在你亲爱的祖国就能得到这种奴隶，何必要到欧洲去求！"

侯赛因·夏达德反对说：

"言过其实！"

"你不信？那就看看那些英国教员如何对待我们的吧！"

侯赛因·夏达德热情而近乎乞求地说：

"欧洲人在他们国内与在我国不一样。"

能够找到一种消灭不公道和暴虐者的巨大力量吗？世界的主宰，你那天赐的公正在哪里啊？

主事人呼喊大家就餐，三位朋友便朝客厅走去，之后拐入后厅的一间厢房，那里有个小餐厅，至少可容纳十个人。跟随他们进来的是几位青年，都是夏达德家族的亲眷，还有几个校友。来宾数目少于小餐厅的容量，侯赛因·夏达德打心里感到高兴。紧接着，大家便冲向食品，个个争先恐后，一片竞赛气氛。大伙本应及时动一动，以便尝到长桌上摆放的种种食物。每组食品之间，都放着一把鲜艳的玫瑰花。侯赛因·夏达德示意招待员，当即送来了威士忌酒和苏打水。伊斯玛仪·拉蒂夫喊道：

"我早知道，侯赛因·夏达德的手势是个好兆头。"

侯赛因·夏达德贴近凯马勒的耳朵，哀求似的说：

"看在我的面上，来，干上一杯！"

他内心里说："请喝吧！"但他没有喝酒的嗜好，不会喝，只想动火发怒。他的理智终于战胜了他的苦闷和怒气，微笑着说：

"这……我不……谢谢……"

伊斯玛仪·拉蒂夫举着满满的一杯酒，说：

"不能这样！就连虔诚的信士，遇上结婚大典，也要喝个一醉方休嘛！"

凯马勒慢条斯理地吃着可口的食物，不时地望望他人，或者和他们谈笑上一两句。一个人的幸福感与他参加欢宴的次数密切相关。难道帕夏们聚餐的地方和我们这里一样？吃的饭菜一样？喝的都是香槟？……这是品尝香槟的好机会，夏达德公馆的香槟是一流的，毋庸置疑。凯马勒先生不是不沾醇酒吗？也许他的肚子已经填满，再也容纳不下了。是的，我吃得很香，无人可与我相比，仿佛我的胃神经不受痛苦的影响，或者恰恰受到相反的刺激……在法赫米的葬礼上，我就是这样吃的午饭。你们还是劝伊斯玛仪·拉蒂夫少吃少喝些吧，不然他会丧命。曼法鲁蒂和赛义德·达尔维什之死以及苏丹的失陷，都是为我们时代抹黑的严重事件。而众党联合和这个小餐厅，则是我们时代的大好消息。我们要吃下三只火鸡，第三只还没有动手……这就是……安拉啊，又有人指着我的鼻子，大家笑起来了。他们都已喝醉，请你不要生气，就和他们一起笑吧，佯装满不在乎，快慰无比。至于我的心，则在发怒。假如你能够袭击世界，那就请发起攻势吧！今夜的欢乐景象，你则永远难以逃避。听啊，人们在议论福阿德·本·贾米勒·哈姆扎维的名字，说他天资聪明、出类拔萃，你可对他怀有忌妒之心？你对他的言论必将招致人们对你的赞扬，即使方式不同。

"他自小就是一个勤勉的学生！"

"你认识他？"

侯赛因·夏达德回答道：

"他父亲是凯马勒父亲店铺里的雇员。"

你心中很高兴。愿安拉诅咒人心！

凯马勒说：

"他父亲过去、现在都很勤劳、忠诚……"

"你父亲做什么生意？"

你傲气十足。在你看来，"商人"是何等低贱，致使你信口说出"商人之子"与"顾问少爷"云云。

"经营食品、杂货批发……"

撒谎是逃生的低劣手段。你看看他们吧，以便弄清假面具后面的真面目。但是，在这个家里，有谁能和你父亲比容貌、比实力呢？

离开餐桌之后，大部分人回到客厅坐着，也有许多人来到花园散步。时光平静地过去了，宾客们相继离去，本家人则上二楼，向新娘、新郎贺喜。不久，管弦乐队也来了，开始在充满喜庆的气氛中，演奏起优美、动听的乐曲。凯马勒穿起大衣，带着那只精致的糖果盒，拉着伊斯玛仪·拉蒂夫的胳膊，离开了夏达德公馆。伊斯玛仪·拉蒂夫望了同伴一眼，说：

"现在十一点了，我们先在赛拉亚特大街上散散步，让我醒醒酒，你看如何？"

凯马勒欣然表示同意，因散步消磨时间正是远离阿伊黛家的好机会。两人沿着大街走去；就在这条大街上，他曾和她肩并肩漫步，向她表露了爱情，也向她吐露了心中的苦闷。这条街的景致绝不会从你的脑海中消失：静默无声的高大公馆傲立一旁；高大的树木，怀着安详的灵魂、高尚的幻想，仰望着青天。每当你双脚踏上或想起这条街时，你的心便"怦怦"猛跳，其中浸透了思恋、钟爱及苦恼、悔恨之情，宛如随风摇曳的树，不时地甩下叶和果实。他昔日在这条街上的旅行失败了。无论如何，这些也不会从记忆中消失，其中包含着过去的梦想、失却的希望、虚幻的幸福、充沛的情感和沸腾的生活，即使对之做最低的评论，总比无聊的休息、离别的寂寞、情态的沉默要好。在幻想与你喜欢听的名字之间，有你向往的地方，你为自己的心找到未来的寄托了吗？

凯马勒问：

"现在，二楼的人们正在做什么呢？"

伊斯玛仪·拉蒂夫提高了声音，冲破了夜的沉寂。他说：

"管弦乐队正演奏曲子，新郎新娘站在台上微笑，周围站着夏达德和赛里姆的家眷、亲属。这样的场面，我见得多啦……"

阿伊黛穿着结婚礼服，该是多么漂亮、俊美！你见过这样的情景吗，哪怕是在梦乡？

"晚会要继续到什么时候？"

"最多一点钟，好让新人及早安歇，因为他俩明天早晨还要去亚历山大呢！"

这句话犹如锋利的匕首，毫不怜惜地刺入了你的心中……

而凯马勒又问：

"你知道洞房花烛之夜新人几时入睡吗？"

伊斯玛仪·拉蒂夫一阵放声大笑，而后打了个饱嗝儿，呼了一口气，充满酒腥味。他看上去心烦意乱，焦躁不安，说：

"安拉是不会把新人上床的消息告诉你的。亲爱的，他们是不睡觉的。哈桑·赛里姆虽然保守，但他绝不会欺骗自己。他精力旺盛，必将辗转反侧、飞翔遨游到晨阳东升！"

你正品味着一种新的痛苦，灵魂的苦，或苦中之苦；不过值得欣慰的是，只有你尝到了它，前无古人。假若命中注定你总有一天会被管理火狱的天使携走，并且领着你在火舌上跳舞的话，那么，这种痛苦将为你入火狱打开方便之门。这并不是因为你失去了情人，其实你从未奢望过占有她，只因为她是天仙，久久在云天烦恼难言，之后逃出云端来到人间……可是，她甘心让他亲吻面颊，情愿将自己的血和肉献给他……我是多么悲伤，多么苦恼！

"说洞房之夜最为贴切。"

伊斯玛仪·拉蒂夫喊道：

"凭安拉起誓，你不明白这些事情。"

他们为何崇拜污秽？

"我并不生疏。不久之前，我对此一无所知，之后有许多事情传到了我的耳边……"

伊斯玛仪·拉蒂夫笑道：

"可你有时显得呆头呆脑……"

"请允许我问你：假如你所敬重的一个人有不轨行为，你感到光彩吗？"

伊斯玛仪·拉蒂夫又打了嗝儿，熏人的酒腥气直扑凯马勒的鼻腔。他说：

"世上没有一个值得敬重的人。"

"比如他女儿——假设有女儿的话……"

"如果没女儿、母亲，我们打哪儿来呢？这是自然规律嘛！"

我们？真理照亮了心房，他垂下了眼睛。君不见他们毕生顶礼膜拜的神圣幕幔后面，他们像天真的孩童一样，为所欲为，无所顾忌。看来，一切都是虚无的！母亲……父亲……阿伊黛，就连侯赛因陵墓……商人的卑贱，包括夏达德贝克的贵族风度在内……无不如此，多叫人痛心疾首！

"自然规律多么肮脏！"

伊斯玛仪·拉蒂夫第三次打饱嗝儿，说话声中夹杂着笑音，虽然不大容易听出来。他说：

"其实你的心是痛苦的。你的心在随着新歌星乌姆·库勒苏姆唱：'不论爱情得与失，我愿为赎身……'"

凯马勒烦恼地问：

"什么意思？"

伊斯玛仪·拉蒂夫故作醉态：

"我是说，你爱阿伊黛！"

主啊,他怎么了解他的秘密?

"你喝醉了!"

"那是事实,人人皆知。"

"人人?谁?谁在造谣中伤我?"

"阿伊黛!"

"阿伊黛?"

"阿伊黛把你的秘密都张扬出去了……"

"阿伊黛?我不信,八成是你醉了!"

"是的。我醉了,这也是事实。醉汉的特点之一,就是不说谎话……"

伊斯玛仪·拉蒂夫淡然一笑,接着又说:

"这使你生气吗?如你所知,阿伊黛是位斯文、清秀的姑娘,她那两只美丽多情的大眼睛常常向你暗送秋波,而你却全不理会;这并不是有意开玩笑,而是因为她在恋人面前不知如何表示爱情。起初,哈桑·赛里姆提醒我注意观察你,他又把秘密告诉了侯赛因·夏达德。我从赛妮娅太太那里听过一个关于傻情郎哥哥的故事,他们就是这样称呼你的。说不定仆人们偷听了太太们议论你的谈话,都晓得了傻情郎的故事……"

凯马勒感到周身酸软,四肢无力,认为那些人粗暴地践踏了他的尊严,不觉闭住了双唇,痛惜秘密泄露无遗。

伊斯玛仪·拉蒂夫又说:

"你别激动!这都是开玩笑,他们全是好意,就连张扬你的秘密的阿伊黛,也是出于炫耀之心,她为你感到自豪……"

"我想错了,受骗了!"

伊斯玛仪·拉蒂夫笑道:

"掩饰你的爱情,无异于想遮盖晴天的太阳……"

凯马勒默默无语,无声中浸透了忧愁与屈服。他突然问道:

"侯赛因·夏达德说什么?"

伊斯玛仪·拉蒂夫高声说：

"侯赛因·夏达德？他是你的忠实朋友，常常对姐姐的做法表示异议，又常常在她的面前赞叹你的长处。"

凯马勒宽舒地长出了一口气。如果说他在爱情上已失去了希望，那么，在友谊上的希望还是存在的。啊，今夜之后，谁还会允许他进夏达德公馆呢？

伊斯玛仪·拉蒂夫口气变得严肃起来，仿佛在鼓励他的朋友面对现实。他说：

"其实，阿伊黛在同哈桑·赛里姆宣布订婚前几年就有婚约了。再说，她的年龄比你大，恐怕感情不和，所以不必后悔、难过！"

感情不和？凯马勒担心而毫不掩饰地问：

"她赞美这种爱情，想以此耍笑我吗？"

"没那个意思。其实，她是因谈论自己的情人而自豪。"

你的女神冷酷无情、掌管奚落的神灵，专以挖苦她的崇拜者为乐。你还记得她取笑你的脑袋和鼻子的那一天吗？在暴力和残酷性上，她多么像自然规律！其后，她怎么能像别的姑娘一样，满面春风地迎接洞房花烛之夜呢？至于你的母亲，她的天性则是怕羞，仿佛也已察觉出了自己的过错。

两人相伴走得远了，于是便不声不响地往回走，仿佛他俩已经谈累了。之后，伊斯玛仪·拉蒂夫声音沙哑地哼唱起来："但愿安拉默助……"凯马勒依然处于沉默状态，好像他没有听伊斯玛仪·拉蒂夫在唱什么。凯马勒感到害羞，苦于自己成了话柄、笑料，家人、朋友、仆人在背后挤眉弄眼，而自己却完全蒙在鼓里。这是他不应该得到的粗暴待遇。难道这就是爱情和崇拜的报酬？多么残酷的女神！多么难耐的痛苦！也许尼禄①唱歌时，罗马城正遭大火烧。凯马勒正以同样的手段进行报复。你当个无敌大将军，神气十足，骑着骏马，或者成

---

① 尼禄，罗马暴君，曾火烧罗马城。

为一名统率万人的领袖,或成为街头的一尊钢铸塑像,或成为一位随心所欲的神奇魔术师,或成为一位高翔云端的天神,或成为一名索居大漠的僧侣,或成为一名动摇信士诚心的罪犯,或成为专逗人笑的小丑,或成为惊动围观者的自刎人……倘若福阿德·哈姆扎维知道了这件事,他定会将讥笑之意隐藏在平素的礼貌仪表之下,反而说你是正确的。因为这些人,你抛下了我们,看不起盖迈尔和奈尔吉斯,那么,也请你尝尝女神弃离你的苦涩吧!要么上天,要么什么也不要,这就是我的回答。那么,就听任女神按自己的理想配偶,去布鲁塞尔或巴黎吧!但愿她伴着岁月成长,直至绿枝凋零,她也得不到像我这样的真挚爱情。不要忘却这条街!死一般的沉寂夺走了希望。我饮下绝望、烦恼酿成的苦酒,再也不是这个星球上的居民,我成了一位天外来客,理当过异域人的生活。

两人回转经过夏达德公馆门前,看到人们正忙于拆除墙和树上的装饰,取下了灯具,偌大公馆顿失节日欢乐,裹上了一层黑幕,只有一些房间的窗口、阳台还亮着灯光。晚会结束了,众人散去了。如此看来,任何事情都有终尽。你瞧他,带着那只精致的糖果盒回来了,就像一个小孩子,因为得到了几块巧克力,即刻终止了哭泣。

两人继续漫步走开,一直来到侯赛尼亚大街口,相互握手之后,就告别了。

凯马勒沿着侯赛尼亚大街走了没有几米,便停下了脚步,而后返回阿巴西亚大街,发现那里人踪已绝,都已进入梦乡,于是加快步子,直奔夏达德公馆。他靠近公馆时,便朝右一拐,向公馆墙外的沙漠走去,一直来到花园垣墙下。从这里,他远远地望着公馆的楼房,发现夜幕黯然,谁也不会看到他,尽可放心观看一番。

今天夜里,站在那无遮无盖的旷野上,凯马勒第一次感到寒冷,于是将大衣紧紧裹在瘦弱、修长的身体上……从高墙上看去,公馆的黑影活像一座巨大的城堡。他凝神搜索着目标,目标终于落在二层楼右角的一个窗子上,只见窗扇紧闭,缝隙间闪着亮光。那就是洞房,是公馆中唯一亮着灯的房间。昨天,这里还是阿伊黛和盖迈尔的卧室;今晚,它交上了红运,被装饰一新。他久久地凝视着那个房间,殷切、渴望之情难以表述,宛如一只折断了翅膀的鸟儿,眼巴巴地望着树上的巢,不由得一阵心酸,仿佛亲眼看到自己被埋葬在了幽冥世界。窗里边正在演什么戏呢?他多想爬上花园里的那棵大树上看个明白!在他的余生中,最高的理想也就是朝窗里看一眼。新人怎样上床,目光如何相遇呢?小两口又会谈些什么?此时此刻,阿伊黛的傲气又隐藏到世间的哪个地方去了呢?凯马勒心急如焚,一心想看个明白,记录下新娘新郎洞房中的一言一行,面纹的一皱一展,头脑的一思一想、感情的吐露、天性的勃发……一切的一切,他都想知道,哪怕因之失魂落魄。等这一切实现之后,纵然生命告结,他也绝不会感到半分遗憾。他呆呆地站在那里,时间悄悄流逝;人不离去,灯不熄灭,他的幻想亦无休止。倘若他与哈桑·赛里姆换个位置,那会怎样呢?思来想去,茫然不知作何回答。崇拜安拉的人,就缺乏不了这样的花烛夜。阿伊黛是个虔诚的信徒,而哈桑·赛里姆则属于无拘无束的人。就这样,他在旷野沙漠之中饱受折磨的同时,人们所熟悉的亲吻则在彼地频频进行。这就是虚幻的世界、空洞的希望、放肆的幻想……在你面前,女神失去了光彩;同时,你的心里却充满惆怅情思。四年以来,照亮你心的那种美好情感何方而去了呢?那不是幻觉,也不是幻想的回声,而是活生生的现实。如果说人的身躯为环境所制约,那么,什么力量可以深入人的灵魂之中去呢?女神,还是他的女神;爱情,是苦闷的避难所;惶惑茫然,就算他的嬉戏。终有一天,他要站在造物主的面前发问,究竟是什么原因弄得他如此狼狈不堪?啊!凯马勒多么想看看窗内的戏呀!多么想揭开那里的秘密!寒冷不时地迫使他想到自己的处境,想起那空空逝去的时间。但是,何必急于回转呢?难道他真的期望睡神不来关闭他的眼帘?

第三十二章

一辆四轮轻便马车在艾哈迈德·阿卜杜·贾瓦德店铺前停了下来,车轮上沾满了从奈哈辛大街带来的污泥,车身上的缝隙里仍积存着污水。穆罕默德·伊法特下了车,身罩毛料披风,走进店里,笑着说:

"坐马车不如乘船来拜访你更稳妥些。"

滂沱大雨,下了一天半,雨水遍地,流满了大街小巷。虽然天公不再垂泪,但仍然愁眉不展,笑脸依旧隐蔽在乌云后面。天空阴暗昏沉,大地罩着一顶黑伞,仿佛预示着夜幕的降临。

艾哈迈德·阿卜杜·贾瓦德热烈迎接朋友,忙招呼他坐下。穆罕默德·伊法特刚刚坐在桌旁,便开口说话了,好像急于道出自己的来意。他说:

"天气这么坏,我还来拜访,不要感到奇怪。虽然几个小时之后,我们就照惯例聚会了,但我仍想单独会你一面。"

话音刚落,他自己笑了,仿佛在为他这离奇的言谈辩护。艾哈迈德·阿卜杜·贾瓦德先生也笑了,而他的笑声则带着询问的意思。贾米勒·哈姆扎维的头巾包着头顶,裹着下巴,只见他走到门口,呼唤格拉汶咖啡馆的侍童送几杯咖啡,而后回到自己的座位上;由于下雨,他已经无法工作,只是静静地待在那里。艾哈迈德·阿卜杜·贾瓦德先生想:穆罕默德·伊法特不期而至,必有要事相商,而且来得正是时候，因为数天以来，他心事重重，如染百病，致使他终日忐忑不安，如坐针毡；但是，他却笑意盈盈，和蔼可亲，借以掩盖他的慌乱神态。而后，他说：

"你进门时，我还在回想昨晚聚谈的情景，易卜拉欣·法尔手舞足蹈的形象还在我的头脑里晃动，这位活宝！"

穆罕默德·伊法特微笑着：

"我们几个都是你的门生。借此机会，请允许我告诉你，阿里·阿卜杜·拉希姆说了你的坏话。他说，过去几周里，你之所以头痛眼花，就是因为你的生活里缺少女人！"

"缺少女人？……除了女人，还有其他原因吗？"

侍童用黄色盘子端来了几杯咖啡、几杯水，放在桌子上，转身便离去了。穆罕默德·伊法特喝了口水，说：

"冬天饮冰水，别有一番风味，你说呢？当然无须问的，因为你就是一位冬令骄子，每日清晨进行冷水浴，二月天也不例外……请你现在告诉我，在穆罕默德·艾哈迈德家里举行全国代表大会的消息使你感到惊奇吗？我们再次看到萨阿德、阿德利和赛尔沃特站在一条战线上了！"

艾哈迈德·阿卜杜·贾瓦德先生喃喃地说：

"安拉至恕至慈，接受忏悔……"

"我不相信这些走狗。"

"我也不信任他们，可有什么办法呢？萨阿德是他们手中的一块泥，听凭捏塑。令人痛心的是，战斗已不在我们与英国佬之间进行了。"

两人开始默默无声地喝起咖啡来。如果说这种沉默意味着什么，那么可以说刚才的谈话还没有步入正题。穆罕默德·伊法特应该继续说下去。他改换了一下坐姿，语气严肃地问艾哈迈德·阿卜杜·贾瓦德先生：

"你知道亚辛的消息吗？"

听这么一问，艾哈迈德·阿卜杜·贾瓦德那两只大眼睛里闪烁着关注却夹带着忧虑的神采。顿时，他的心也"怦怦"猛跳起来。他说：

"很好啊！他不断来看我，上礼拜还来过一趟呢！有什么新情况吗？与玛丽娅有关吗？不知她到哪里去了。最近我听说，白尤密·谢尔巴特里买下了她娘家属于她的那份财产。"

穆罕默德·伊法特强装笑脸，说：

"事情与玛丽娅无关。不大清楚，也许玛丽娅早就从亚辛的记忆中消失了。唉……不用兜圈子了，我照实告诉你吧，亚辛结婚了！"

艾哈迈德·阿卜杜·贾瓦德心跳再次加剧，惶恐不安地说：

"又结婚了？他和我谈话时，可从来没有提过这件事。"

穆罕默德·伊法特遗憾地摇了摇头：

"他真的结婚了，有一个多月了。一个小时之前，埃尼姆·哈米杜告诉我，他还以为你全知道呢！"

艾哈迈德·阿卜杜·贾瓦德的左手神经质地摆弄着自己的胡子，仿佛自言自语道：

"到了这程度？我不相信！他怎么会瞒着我呢？"

"此事需要保密！听我说！我决定将事情的真相告诉你，免得你感到惊讶；但不宜将此事看得过重！总之，你不能发脾气、动肝火。你已经受不住盛怒的冲击。你近来疲惫过度，关心、怜悯一下自己吧！"

艾哈迈德·阿卜杜·贾瓦德先生失望地说：

"有什么难言的丑事吗？我心想……穆罕默德·伊法特先生，有什么话，尽管说！"

穆罕默德·伊法特抱歉地摇了摇头，然后低声说：

"艾哈迈德·阿卜杜·贾瓦德先生，我们是了解你的。亚辛和乌德琴女祖努白结婚了！"

"祖努白？"

两人交换了一下眼色。顷刻之间，艾哈迈德·阿卜杜·贾瓦德的脸上浮现出惊慌失措的神色，而穆罕默德·伊法特则现出极为同情他的样子。此时，结婚已不是头等重要的问题了。艾哈迈德·阿卜杜·

贾瓦德先生渴望地问：

"祖努白可知道亚辛是我的儿子？"

"这是无疑的。但是，我相信，为了让亚辛落网，祖努白断然不会向亚辛透露你的秘密。她终于成功了，应该得到祝贺！"

艾哈迈德·阿卜杜·贾瓦德用同样的语气说：

"或许因为亚辛早知道，所以才瞒着我？"

"不！我不这样认为。如果亚辛早知道，他不会同她结婚的。虽然亚辛是个鲁莽大胆的青年人，但他并不是胆小鬼。他之所以不告诉你，只是因为他没有勇气对你说竟同一个乌德琴女结婚。放荡的儿子，对父亲说来是一种灾难。其实，我也很难过，但我再次希望你不要生气。罪过在儿子身上，你清白无辜。亚辛也不应该埋怨你。"

艾哈迈德·阿卜杜·贾瓦德叹了口气，声音清晰可闻，他问：

"请告诉我，埃尼姆·哈米杜是如何评论这件事的？"

穆罕默德·伊法特满不在乎地摆动着手，说：

"他问我：'艾哈迈德·阿卜杜·贾瓦德先生怎么会赞同此事呢？'我对他说：'先生对此事一无所知！'他感到遗憾，对我说：'你看看，这父子俩之间距离多大呀！愿安拉默助！'"

艾哈迈德·阿卜杜·贾瓦德痛惜地说：

"难道这就是我对他们教育的后果吗？穆罕默德·伊法特先生，这真使我为难啊！问题在于：该管教他们的时候，我们没有去管教。按年龄说，他们该是自己管自己的时候了。但是，由于我们没有及时纠正他们的缺点，致使他们管不住自己。我们是堂堂的男子汉，但我们生养的不是堂堂的男子汉。他们这些缺点究竟打何而来？这头骡子！那是个逢男人手便拉的浪女人，他怎么可以和她结婚呢？让我们自己哭自己吧！无能为力，只有依靠万能的安拉！"

穆罕默德·伊法特温情脉脉地轻拍着朋友的肩膀，说：

"我们已经尽到了自己的责任。此后的事情，就要由当事者去料理了，与我们无关，谁也不能埋怨我们。"

贾米勒·哈姆扎维难过地说：

"像这样的事，怨不着你，艾哈迈德·阿卜杜·贾瓦德先生。但是，我想他改邪归正的希望不是没有的。你劝劝他吧，先生！"

"在你面前，亚辛就像一个顺从的孩子，只要你说说他，他明天或后天就会把那个女人抛掉的。俗语说：'行善之道，贵在及时！'"

艾哈迈德·阿卜杜·贾瓦德先生担心地问：

"假若她已经怀孕了呢？"

贾米勒·哈姆扎维急忙说：

"但愿不是这样！"

如像穆罕默德·伊法特有许多话要说，他怜悯地望了望艾哈迈德·阿卜杜·贾瓦德，说：

"真正令人惋惜的是，他卖掉了哈姆扎维区的那个店铺，所得收入全用在新房的陈设上了。"

艾哈迈德·阿卜杜·贾瓦德注视着穆罕默德·伊法特的面孔，额头紧蹙，情绪激愤，怒冲冲地喊道：

"好像我已经不在人世了！……像这样的事情，他根本不和我商量一句！"说着，他一拍巴掌，又说：

"无疑，众人会笑话他的！我会把他当作马路上的一件弃物，他真是个身着贵人衣饰、没有人牧放的一头骡子！"

穆罕默德·伊法特十分激动：

"都是些孩子的行为！他既忘掉了自己的老子身份，也忘记了他的儿子角色！可是，生气又有什么用呢？"

艾哈迈德·阿卜杜·贾瓦德喊道：

"我想应该狠狠地惩罚他一下，不管后果如何。"

穆罕默德·伊法特伸出双臂，仿佛在劝架。他央求似的说：

"儿大当结为友。你是知名人士，千万别出差错，劝劝他也就够了。还是让安拉去裁决吧！"

穆罕默德·伊法特垂下眼皮，认真地思考着，显得有些犹豫不决，然后说：

"还有一件事，与你我都有关系，那就是里德旺！"

两人久久对望着，穆罕默德·伊法特接着说：

"里德旺过几个月就七岁了，我真担心他落到祖努白的手里，这是一场灾难，应该谨防。我不认为你会赞同把孩子交给她，但期望你说服亚辛，让孩子留在我们这里，听候安拉的安排！"

艾哈迈德·阿卜杜·贾瓦德生性怪僻，他素来不喜欢其继续待在外祖父家里，但在孙子度过法定抚养期之后，他也无心将之接到自己家中来，以免为阿米娜增加负担，因为她的年纪毕竟大了些。他表示勉强屈从地说：

"不应该把里德旺放在祖努白的家里！我同意你的意见。"

穆罕默德·伊法特宽舒地叹了一口气，说：

"他外婆满心喜欢他。如果日后条件不济，那就把孩子送到他母亲那里去，也可以算得上有个好着落，因为他母亲的丈夫已四十岁，或许还要大些，而且没有后嗣。"

艾哈迈德·阿卜杜·贾瓦德求情说：

"依我看，最好留在你身边。"

"当然，当然！我是讲各种可能性，但求安拉不要迫使我们那样做。现在，我只希望你耐心地和亚辛谈谈，并且和他商量一下，尽力说服他把孩子留在我这里。"

贾米勒·哈姆扎维插嘴说：

"艾哈迈德·阿卜杜·贾瓦德先生通情达理，他了解亚辛。亚辛和其他男子汉一样，有权自由处理自己的事情和财产。先生心中有数，只能劝上一劝。至于其余的事，那就全托付给安拉了！"

当日后半天，艾哈迈德·阿卜杜·贾瓦德完全陷入了沉思与痛苦的旋涡之中。他心想：亚辛，一句话，是个没有指望的儿子，再没有比他更令人绝望的了。他的结局显而易见，想来叫人多么悲伤！不要多想了，他将走下坡路，一天不如一天。愿安拉怜悯他。贾米勒·哈姆扎维希望先生明天再找亚辛谈；先生答应了，同时感到自己还是有把握说服儿子的。

次日下午，艾哈迈德·阿卜杜·贾瓦德召见亚辛。亚辛按时来见父亲，不愧为顺从的儿子；实际上，他一直也没有中断与家人的联系。宫间街上的老宅子，尽管亚辛很想回去看一看，但始终没有勇气。他不止一次见到父亲、赫蒂彻或阿伊莎，可是从没有让他们向继母问好。是的，他没有忘记阿米娜生他的气；她那固执的表情依旧留在亚辛的脑海中。同样，他也不能忘记自己的誓言。亚辛还是经常去看赫蒂彻和阿伊莎，也常在艾哈迈德·阿卜杜咖啡馆里遇到凯马勒，有时也请弟弟到自己的家里坐坐。他就是在这个咖啡馆里先后认识玛丽娅和祖努白的。至于父亲，他每周至少要去店铺里走访一次；在这里，亚辛有机会得以了解父亲的另一种品格。于是父子之间建立起密切的联系，一方面因为父亲怜悯儿子；另一方面，则是父亲想了解一下儿子的真实情况。那天，亚辛发现父亲脸上有一种平素鲜见的惊惧神情，但他没问，因为他认为父亲早晚会知道自己的秘密，而且断定自己是来日风暴的中心。父亲开头就说：

"这么不光彩的事，真使我难过。假如别人知道了我的儿子是这样的话，那如何是好呢？"

亚辛低下头，一句话没说。父亲望着儿子假惺惺装出的可怜样，喊道：

"揭下这层假面具吧！抛掉你的两面嘴脸，让我听听你的声音吧！我指的什么，你当然知道。"

亚辛的声音低微，勉强可以听见：

"我没勇气告诉你……"

"想掩盖罪过或丑事的人，都是这样的。"

亚辛本能地感到，他不应该有任何反对表示，于是屈从地说：

"是的。"

父亲茫然不解地问：

"你既然明明知道，为什么还干那种事呢？"

亚辛又不说话了。父亲则认为他在默默地说："我明知道那是丑事，但在爱情面前，我无能为力！"亚辛的沉默使他想起了自己与一个女人的可耻行为。多丢人呀！你大发雷霆，借以洗刷你的耻辱；但时隔不久，你却又在觅寻她了！至于这头牛，他的损失有多大呀！

"你甘心丢丑，不计后果，也让我们大家经受一场磨难！"

亚辛天真地叫道：

"你们大家？但求安拉保佑！"

父亲勃然大怒，喊叫道：

"你不要装傻！不要故作无辜的样子！为了你的私欲，不顾你父亲与妹妹的名誉，竟然把一个乌德琴女接到这个家庭中来，让她及她的女儿成为我们家庭成员。以前，我提醒过你，你不是不明白，但为了你自己，什么都不考虑，整个家庭的尊严都被你断送了！你在挖我们家的墙脚，拆下一块又一块的石头，你终将发现自己是个败家子！"

亚辛垂下目光，沉默不语，像是屈服、认罪了。照我说，你既然出了丑，只要逢场作戏一番也就足矣。是的！足够了。至于我，明天我将得到一个孙子，祖努白是他的母亲，祖贝黛是他的姨外婆。啊，多么有趣，知名商贾艾哈迈德先生与蜚声遐迩的舞女祖贝黛结为亲家了！也许我们正在赎罪呢！

"每当想到你的前途，我总是周身战栗。我告诉你，你颓废了，堕落了，而且日甚一日。告诉我，哈姆扎维区的店铺怎样？"

亚辛抬起他那双无精打采的眼睛，犹豫多时之后，说：

"当时，我急需些钱……"然后他低下眼睛，又说：

"假使情况不是那么紧迫，我会找您要钱的。可是，时间太紧，我不敢找您……"

父亲发怒道：

"好一个口是心非的东西！难道你不为自己感到害臊？我敢说，你找不出任何理由为你的行为辩护。我对你一清二楚，不要欺骗我了。

我只有一句话告诉你，即使你早就知道，但这句话大有好处：你在自我毁灭，前途黑暗！"

亚辛故作悲伤，又沉默下来。你是头牛，而她却是一个妖魔，你怎么和她结为夫妻了呢？我本以为她要求和我结婚，是因为看着我的年纪大了，没想到她连这头年轻的牛也不放过。她从我这里得到了一些便宜，打算不惜一切代价结婚，但她选中了另外一个人，想不到勾上的就是这个傻瓜。

"休掉她！她真叫我们丢脸！生下孩子之前就甩掉她！"

亚辛迟疑了许久，喃喃地说：

"没过错，不能休她。"

好个狗崽子！今晚聚会时，人们会笑话我的。

"迟早要休掉她！等生下孩子，不是成了你的累赘，也增加了我们的负担了吗？"

亚辛又叹了口气，但没有说什么。父亲打量着儿子，显得十分为难：法赫米不幸夭折；凯马勒近似白痴或者狂人；亚辛也没什么希望，但却是和我最亲近的……唉……一切交给安拉吧！安拉啊，假如我在婚姻上失了足，那情况会怎样呢？

"那个店铺卖了多少钱？"

"二百镑……"

"它值三百镑，位置非常好，你这个傻瓜！把它卖给谁啦？"

"一个杂货零售商，叫阿里·图伦。"

"好哇，好哇！所有的钱都花在购置新家上啦？"

"还剩下一百镑。"

父亲挖苦说：

"干得好啊！新郎官儿不是不需要钱的！"

然后，他说话的语气变得严厉、哀伤：

"亚辛，你听我说！我是你父亲，我可要谨慎些了，改改你的生活方式吧！你也是个做了父亲的人，难道就不为你的儿子想一想吗？"

亚辛情绪激昂，辩解说：

"他的费用，我一分钱没少他的！"

"那是做生意吗？我说的是他的未来，而且还有那些未出生者的未来！"

亚辛放心地说：

"安拉最伟大！人既生，必得养之！"

父亲大怒：

"既生必养？可你呢，挥霍无度，倾家荡产！你说……"

他动了动身子，两道锋利的目光直盯在亚辛的脸上，问：

"里德旺马上就满七岁，你打算怎么办？难道想把他弄到你那个女人跟前生活？"

"那么，我怎么办呢？我还没有想过这件事呢！"亚辛惊慌失措，遂问道。

父亲摇着头，痛惜、嘲笑之情兼而有之：

"安拉保佑你免受坏思想的侵害！你没时间，还是让我替你想一想吧。依我说，应该把里德旺放在他外祖父那里。"

亚辛思考片刻，然后低下头，顺从地回答道：

"您说得对，爸爸！这无疑对孩子有好处！"

父亲嘲笑道：

"看来对你也有好处嘛，免得你整天忙于琐碎事，是吗？"

亚辛笑了，未加任何评议，仿佛对父亲说："我知道你在说笑话，这没什么。"

"我还以为很难说服你把里德旺留在外公家呢！"

"你的意见很好，我得赶快表示赞同。"

父亲惊问：

"你真赞同我的意见？可是，为什么在别的事情上相反呢？"

他继而惋惜地叹了口气：

"克制一些吧！责任在你的肩上，愿安拉指引你步上正道。我今晚就和穆罕默德·伊法特谈照顾里德旺的事。你应该负担他的一切费用，但愿穆罕默德·伊法特先生欣然同意此事。"

亚辛站起来，告别了父亲，朝门口走去。刚刚走了几步，便听父亲喊道：

"难道你不像每一位父亲那样喜欢自己的儿子吗？"

亚辛停下脚步，回头望去，说：

"难道这还需要立个字据吗？爸爸，里德旺是我生活中最可宝贵的了……"

父亲扬起双眉，微微点着头：

"再见！"

第三十三章

出门参加星期五聚礼前一个小时，艾哈迈德·阿卜杜·贾瓦德想叫凯马勒到自己的房间里；没有重要的事情，他是从不把别人往自己房间叫的。这时候，他思绪紊乱，急于想从儿子那里得知他关心的问题。昨天晚上，一些朋友将杂志上的一篇署名为"青年作家凯马勒·艾哈迈德·阿卜杜·贾瓦德"的文章指给他；虽然谁也没读过文章，仅仅知道标题是《人类的起源》，再加上文章署名是"凯马勒·艾哈迈德·阿卜杜·贾瓦德"，于是便成了大家评论的目标，也成了向艾哈迈德·阿卜杜·贾瓦德先生祝贺并且拿他开心的材料，致使先生想找穆泰沃里·阿卜杜·萨姆德谢赫为青年挡驾。穆罕默德·伊法特对艾哈迈德·阿卜杜·贾瓦德说："你儿子的名字与大作家的名字同时出现在一本杂志上，你该高兴了吧！我乞求安拉赋予他像其他作家一样光辉的前程。"阿里·阿卜杜·拉希姆说："一个可敬的人物告诉我，已故曼法鲁蒂以他的高妙文笔买了一座庄园。我向你贺喜了！"其余的人纷纷发表评论，以邵基①、哈菲兹②、曼法鲁蒂等文豪为例，谈及文章如何为许多人开辟了通往高官厚禄、有权有势的道路。当轮到易卜拉欣·法尔说话时，他拿艾哈迈德·阿卜杜·贾瓦德开心说："从一个文盲的脊椎骨里

---

① 邵基（1868—1932），埃及著名文学家、诗人。被阿拉伯诗界尊为"诗王"。
② 哈菲兹（1871—1932）埃及著名诗人。被誉为"尼罗河诗人"。

造化出学者的人，真值得赞美！"艾哈迈德·阿卜杜·贾瓦德看了看文章标题，又瞧了瞧署名"青年作家"几个字，遂将杂志放在外袍上。因六月天气，再加上威士忌，艾哈迈德·阿卜杜·贾瓦德刚刚脱下外袍。然后，他和朋友们开怀畅饮起来，打算回家之后或在店铺里独自细读那篇文章。此时此刻，他感到不胜自豪、兴奋，而且第一次为自己不支持儿子上师范学院而感到内疚。他心想：看来这"孩子"将来要成个什么"人物"，尽管他的志愿选择欠成功。于是，他便将梦想建立在所谓"文笔"、名人地位和曼法鲁蒂的庄园上。是啊，谁知道呢？但愿他不仅仅成为一名教师，而且能够独辟蹊径，通往未曾想过的一种生活天地。

今天早上，艾哈迈德·阿卜杜·贾瓦德先生做完晨礼，吃过早餐之后，盘坐在沙发上，小心翼翼地翻开杂志，开始高声朗读，认真揣摩文章的含义。可是，他从中发现了什么呢？读政治文章，他一看便懂，毫不费力，而这篇文章，却使他头晕目眩、心慌意乱。他回过头来仔细读时，发现一段话谈到一位名叫"达尔文"①的学者及其在一些岛屿上的辛苦劳动，经过对各种动物进行全面比较，终于提出了一个惊人的报告，断言人类是动物的后裔，而人则是从一种猿进化来的。先生读着这些文字，心里不胜烦闷，然而时隔不久，便在那些令人伤感的事实面前束手无策了：文理通达，正确无误，不容反驳，无须证明，人类是动物的后裔！先生心中恐慌，半信半疑地问：官办的学校怎么向孩子们传授这种危险的知识呢？想着，便喊人去叫凯马勒。

凯马勒闻声来到父亲房间，但不知父亲要跟他说什么。前几天，父亲曾叫过他一次，祝贺他升入三年级，故这次又叫他，想必定有好事。凯马勒面孔憔悴，形体消瘦，看得出来，他为准备考试，付出了巨大辛苦。但是，真正的奥秘，家人却是一无所知的。五个月以来，他经受了精神巨大的痛苦和折磨，几乎沦为置人死地的暴虐感情的俘虏。父亲示意凯马勒坐下，于是他便在沙发一端坐下来，与父亲面面相觑。他看

---

① 达尔文（1809—1882），英国博物学家，进化论的奠基人。

到母亲坐在衣柜前,正忙着整理、缝补衣服。父亲则把那本杂志丢在父子合坐的沙发中间。父亲故作镇静地说:

"这杂志上有你的文章,是吗?"

杂志的封面引起了凯马勒的注目,他出神地望着,足以说明事情完全出乎他的意料……父亲怎么会认真去读人文杂志呢?

以前,凯马勒曾在《早晨》杂志上发表过一篇题为"展望"的散文诗,其中包含着朴素哲理与感慨情思,让父亲看看,他是完全放心的。但是,在全家人当中,只有亚辛知道这篇文章,而且是凯马勒亲自读给他听的。亚辛听完之后,评论说:"这多亏了最初我对你的指导,你是从哪里学来的?"亚辛又开玩笑地说:"大概是从谙熟这种说教的女子那里学来的吧?你终有一天会认识到:对待那些女人,只能将她们当牲口骑,其余办法,都无济于事。"现在,父亲读到了他的文章。文中的观点在父亲的脑海里掀起了轩然大波,同时又像一炉火,在他的心中燃烧。怎么会这样呢?看来只有去问他那些喜欢订阅报纸、杂志的华夫脱党友们,才能弄明白。凯马勒想从这个胡同里安全脱身,于是目光离开杂志,并未表现出惊恐的神色,然后说:

"是的。我想写篇文章,巩固一下自己学过的知识,勉励自己继续研究下去……"

艾哈迈德·阿卜杜·贾瓦德先生强作镇静:

"没有什么不好。在报刊上发表文章,过去、现在都是大人物获取荣誉、地位、尊严的途径和手段。但是,要紧的是内容,你写这篇文章的用意何在呢?我不大明白,你来读一读,解释一下……"

真为难啊!难道这篇文章不是公开发表的吗?难道唯独不让父亲听到?

"爸爸,文章很长,你还没读吗?我在文章中解释了一条科学理论……"

父亲目光犀利,直盯着儿子。难道这就是现在被他们称为科学的东西？该死的科学和科学家！

"这条理论说了些什么？一些新鲜的词语引起了我的注意，说什么'人类是动物的后裔'等等，此话当真？"

昨天，凯马勒同自己、自己的信仰进行了激烈的斗争，致使他心神疲倦；今天，他应该和父亲展开斗争了。但是，在第一个回合中，他已受尽折磨，周身热辣辣的；这又是一个回合，他感到恐惧，浑身颤抖。安拉对他的惩罚推迟了，而父亲却急于找儿子算账了。

"这正是理论所要证明的！"

父亲提高声音，不耐烦地说：

"人类之父阿丹是安拉用泥土创造的，然后吹入灵魂。这个理论如何解释阿丹？"

凯马勒也常向自己提出这个问题，因此，听父亲这么一问，他没有任何厌烦的表示。一天晚上，他整夜没有合眼，辗转反侧，直到东方破晓，不时地思考着阿丹、造物主和《古兰经》。他不止一次对自己说："《古兰经》，要么是真理，要么便不成其为《古兰经》。"你是强我所难，因为我不知道我所遭受的折磨；假如不是我习惯了折磨，我那天夜里就会死去的。

凯马勒低声说：

"提出这个理论的达尔文没有谈到'我们的祖先'阿丹。"

父亲怒道：

"达尔文离经叛道，堕入了魔鬼的圈套。假如说人类的祖先是猿猴或别的什么动物，那么阿丹也就不是人类之父了……这是不折不扣的不虔不敬，是对安拉的地位及其尊严的无耻亵渎！我认识许多科普特人和犹太人，他们都信仰阿丹，所有的宗教都信仰阿丹！那么，这个达尔文又属于哪个教派呢？他是个异教徒，疯狂地亵渎神明、传播他的主张，则是放荡行为。告诉我，他是你们学校的教员吗？"

假如心里有笑的仓库，那么这最后的一句话该让你大笑不止了。

然而他那颗心中只有痛苦：失恋之苦，彷徨之苦，信仰危机之苦。宗教与科学之间的可怕对峙状态，令你大有燃眉之急。但是，有志之士怎么能够佯装不懂科学呢？凯马勒语调谦恭地说：

"达尔文是一位英国学者，很早以前就死了！"

这时候，传来了母亲的颤颤巍巍的声音：

"安拉诅咒所有的英国佬！"

父子俩回头一看，只见她已放下衣服和针，还想继续说些什么，但两人很快转过脸去。父亲说：

"你们在学校里就学这种理论吗？"

凯马勒仿佛突然间抓住了救命绳索，撒谎说：

"是的！"

"怪事！以后你就向你的学生传授这种理论吗？"

"不！我要当文学教师，与科学理论毫无关系。"父亲一拍巴掌，此时此刻，他想检验一下自己在这个家庭中的权威究竟如何，于是大怒道：

"那么，他们为什么要向你们传授这种东西？这岂不是往你们头脑里灌输叛教思想吗？"

凯马勒抗辩说：

"安拉保佑，它不会影响我们的信仰……"

父亲将信将疑地打量着儿子：

"但你的文章散布了这种叛教思想！"

凯马勒说：

"愿安拉宽恕！我阐明这一理论，旨在让读者了解，并不求他们相信。叛教的见解，在信士心中是发挥不了作用的！"

"难道你就不能在这个罪恶理论之外找个题目写文章吗？"

他为什么要撰写文章呢？在寄往杂志社之前，凯马勒曾犹豫多时，但是，仿佛有意要向人们宣传自己的信仰。过去两年中，凯马勒回顾艾布·阿拉·麦阿里①和欧麦尔·赫亚姆②掀起的怀疑风暴，感到自己的信仰被证明了。科学的铁拳自九天而下，那才是确立他的信仰的决定性力量。然而，我不是叛教者，我依然信奉安拉。宗教？……宗教在哪里？就像侯赛因·夏达德的头那样，已去矣！就像阿伊黛和我的自信心一样，已经离去了。凯马勒含悲地说：

"也许我错了。不过，我有理由，因为我是研究这个理论的。"

"这算不上什么理由。你应该改正自己的错误看法。"

艾哈迈德·阿卜杜·贾瓦德先生是个好人。他想迫使儿子攻读科学，为神话辩护。凯马勒确实受过许多折磨，但神话、迷信毕竟已从他的头脑中消逝了，不能重新接受这些东西。我受尽了折磨，受够了欺骗，自今日起，我再没有任何幻想了。阿丹不是我的祖先。假若证据确凿，我甘愿承认猿猴就是我的祖先，因为它比无数的阿丹都好。如果我真是先知的后裔，那么，他们不会讥笑我……

"我怎样改正错误呢？"

父亲简单而懊恼地说：

"安拉用泥土创造了阿丹，阿丹乃人类之父，《古兰经》上就是这样写的，这是毋庸置疑的真理。你不应该解释错误的理论，纠正错误并不难；不然，你学的文化知识还有什么用？"

母亲又开口了：

"对反对安拉言论的错误做说明，那很容易嘛！你告诉这个英国异教徒：安拉在尊贵的经典中说，阿丹是人类之父。你爷爷就是一位经不离手的人，你应该沿着他的路走。听说你想成为他那样的学者，我真高兴……"

父亲有些不悦，呵斥她说：

"什么'经典''学者'，你懂什么？别说他爷爷了，做你的活

---

① 艾布·阿拉·麦阿里（973—1058），阿拔斯王朝著名盲诗人，三岁失明，自幼从父学习。著有约七十部诗歌和散文。

② 欧麦尔·赫亚姆（约1040—1123），波斯著名诗人、哲学家、天文学家。

儿吧！"

阿米娜羞怯地说：

"先生，我想让他成为他爷爷那样的一位学者，用安拉的光芒照亮人间。"

父亲怒道：

"看哪，他已经开始散布黑暗了……"

母亲怜惜地说：

"求安拉保佑，我的先生！也许你不了解他！"

艾哈迈德·阿卜杜·贾瓦德先生凝视着妻子，目光那么严酷。假使他对他们温和一点儿，结果会怎样呢？结果有了：凯马勒已在宣传人类的祖先是猴子；阿米娜要和他讨论什么问题了，还说他不了解儿子！

艾哈迈德·阿卜杜·贾瓦德喊叫说：

"听我说，不要打断我的话！不懂的事情，就甭插嘴！做你的活儿吧！安拉会惩罚你的。"

之后，先生满面愁云，回头望着凯马勒：

"告诉我，你按我说的做了吗？"

在家里，有人监督你，在社会上，自由者则不受同类人的监察。但你，既怕他，又爱他，你的心是绝不会任意虐待他的。你既然选定了斗争的生活，那么，你就喝下这杯苦酒吧！

"我怎能反对这种理论呢？假使我们讨论时只引证《古兰经》，那能讨论出什么新的东西来呢？！人们都晓得我的看法，相信我的见解。至于对该理论进行科学的讨论，那都是有关学者、专家的事情。"

"你为什么学与你无关的东西呢？"

这话本身就是一种反对表示。但遗憾的是，凯马勒没有勇气向父亲承认，他相信这理论是真理，凭此可以创造适用于万物的哲学。至于艾哈迈德·阿卜杜·贾瓦德先生，则认为凯马勒不吭声就表示默认，于是愈加感到气愤。在这个领域内迷失方向，十分危险，后果不堪设想；但在这方面，父亲对儿子没有丝毫权威。在一个迷失方向的青年面前，也许艾哈迈德·阿卜杜·贾瓦德先生感到束手无策了,就像以前那样,亚辛对他的劝告置之不理,他毫无办法。在这不平常的几天里,难道他也要经历其他父亲们所遇到的事情吗?"今日"青年们的新闻就像神话接二连三地传到艾哈迈德·阿卜杜·贾瓦德的耳朵里:有的学生养成了抽烟的习惯,有的学生破坏师道尊严,还有的背叛了家父。是啊,他的威严虽未遭受凌辱,但那漫长的残酷历史又说明了什么呢?看吧,亚辛已经颓废堕落,不可救药;瞧呀,凯马勒开始了顽强争辩,跃跃欲试,想从他的手中挣脱出去。

"你好好听我说,我不想害你,你是个懂礼、听话的人。我们谈的问题虽一时说不透,但我只想劝劝你。你应该记住,不听我的劝告的人,没有一个不摔跤的!"

先生沉默片刻,接着又说:

"亚辛就是一个例子。我曾劝说法赫米,希望他不要自投罗网。假若他能活到今天,该是一个有才的人。"

母亲的声音近似呻吟:

"英国佬杀害了法赫米。可恶的英国鬼子,不是杀害善良,便是亵渎圣明!"

艾哈迈德·阿卜杜·贾瓦德先生接着说:

"如果在课程中发现了违反宗教、为了考试还得背诵的东西,你可千万不要相信它,更不应该在报刊上张扬它;不然的话,那会成为你的负担的。对待英国人的科学,就应该像对待英国佬的占领那样,不要承认它是合法的,不惜动用武力反对之!"

阿米娜的温柔声再次传来:

"要揭露这种东西的欺骗性,把你的力量全使上去,积极宣传安拉的光辉吧!"

先生喊道:

"够了,够了!不需要听你的意见!"

阿米娜又忙起手中的活儿来了。艾哈迈德·阿卜杜·贾瓦德怒目

视之,直至她再也不吭声,然后回头问凯马勒:

"明白了吗?"

凯马勒颇有信心地说:

"完全明白!"

如果他今天还想撰写文章,他应该为《政治周刊》写,那是他父亲的华夫脱党人的手所伸不到的地方。至于母亲,凯马勒则暗暗许诺她:他将把自己的生命献给传播安拉光辉的事业。难道那不是真理的光辉吗?是的!真正的宗教就是科学,是揭开宇宙秘密、探讨乾坤奥妙的钥匙。假若先贤们能够复活的话,他们会选择科学作为他们的神圣使命。就这样,他从神话中苏醒过来了,面对纯洁无邪的现实,离开了那场风暴。在风暴中与愚昧搏斗,战胜了愚昧,在迷信的过去与光辉的未来之间画出了一道分界线,一条通向安拉的路出现在凯马勒的面前,那是科学之路、幸福之路、善美之路,以此同充满迷梦、幻想、疾苦的过去告别……

第三十四章

凯马勒迈步朝夏达德公馆走去,边走边仔细观看着映入眼帘的房舍、花木。他走近公馆门口时,对周围的一切更加留心,自信这是他最后一次访问这家人了。侯赛因·夏达德已征得父亲同意,即将启程奔赴巴黎了。

凯马勒凝神注视着通往花园的边廊和俯瞰花园的那扇窗子,仿佛女神的俏丽身影出现在窗间,她正望着他,甜润的目光若明星闪烁,但没任何含义;或似温柔的问候,但并不是给予他的。她就像一只夜莺,自我欣赏,鸣唱不息。他朝整个公馆扫视了一眼,前起大门口,后至濒临沙漠的围墙,满园的茉莉花、玫瑰花及三五成林的枣椰树,最后,他的目光终于落在了那座别致的凉亭上,那是充满爱情和友谊的地方。他想起了一句英国谚语:"莫把你的鸡蛋放在同一只篮子里。"禁不住苦苦一笑。尽管他早就将这句名谚背得滚瓜烂熟,但他对此并不相信。不知是因为粗心,还是呆傻,或天命难违,他却把自己的心全部放在了这一家中,其中一部分献给爱情,另一部分赠予友谊;如今,爱情已经失去,而朋友呢,业已备好行装,即将登程远走高飞;明天,他将孑然一身,既无情侣,也没伙伴了。风物依旧在,安慰又到何处寻呢?楼房、花园、沙漠,无论整体还是局部,都像阿伊黛、侯赛因·夏达德的名字一样,深深地铭刻在凯马勒的脑海中,牢牢地挂在他的心上。思念、留恋之情在他的脑中似江河奔腾不息。他怎么能和这里断绝交往，或像其他路人一样，仅仅满足于打老远的地方一看了之呢？他强烈地留恋着这座公馆，甚至有一天，自我取笑、自称偶像崇拜者。

侯赛因·夏达德和伊斯玛仪·拉蒂夫面对面坐着，桌子上照例放着玻璃水瓶和三只杯子。像平素一样，夏日里，两人都穿着翻领衬衣、白色法兰绒长裤，但两人的面孔却大相径庭：侯赛因·夏达德眉清目秀，笑意盈盈；伊斯玛仪·拉蒂夫则面浮阴云，目光呆滞。就在这时候，凯马勒朝两人走来，他身着白色西服套装，头戴土耳其红毡帽，帽缨随着脚步移动摇来摆去。大家相互握过手，凯马勒一反常态，背向楼房，坐了下来。时过片刻，伊斯玛仪·拉蒂夫笑中含着某种意思地对凯马勒说：

"从现在起，我们应该设法找个新地方聚会了！"

凯马勒惊异地笑了。伊斯玛仪·拉蒂夫拿别人开心，又是何其得意呢！他和福阿德·哈姆扎维是凯马勒的好朋友，相处和睦，心心相通，素来是不跟他开玩笑的；为了避免寂寞，凯马勒常去找他俩玩儿。但是，面对着天命的挑战，凯马勒无计可施，只有听之任之。

"侯赛因·夏达德决计离开我们了，我们只有在咖啡馆或马路上相见聚谈了。"

侯赛因·夏达德缓慢地点了点头，饱含歉意与惋惜之意；不过，那是胜利者的歉意与惋惜，因为他如愿以偿，眼下只是客客气气地表白一番惜别之情罢了。而后，他说：

"我将告别埃及了，我的心因别离而感到难过。友谊是一种神圣的感情，我衷心地珍惜它。朋友是一面镜子，可以映出你的影子，让你听到自己思想、情感的回声。只要我们的本质相似，其余方面的差异都是不足挂齿的。我永远忘不了这珍贵的情谊。分别之后，书信将把我们的心紧紧连接起来。"

美好的话语，对于被伤害、被遗弃的心来说，倒是一个莫大的安慰。他的姐姐为凯马勒带来的忧伤还不够吗？就这样，她把我抛弃了，使我孤独寂寞，没有知心亲朋。明天，对神奇友谊的渴望之情将杀死这个被遗弃的人。

凯马勒惆怅地问：

"我们何时再能相见呢？我向往着自由自在的旅行。谁能向我保证你不是一去不复返呢？"

伊斯玛仪·拉蒂夫相信凯马勒的话：

"我的心告诉我：俊鸟出樊笼，十去九不归……"

侯赛因·夏达德短暂一笑，但笑中却充满欢悦之情，然后说：

"我答应继续攻读法律之后，父亲才同意了我的出洋想法。但是，我不知道自己能恪守诺言到几时。我与法律没什么缘分。严重的问题在于，我忍受不了正规学习的约束。我多次说过，我只想学我所爱学的东西，志在百科，并非一校一院可以包容。我想听有关艺术的哲学、诗歌、小说方面的讲座，遍访博物馆、音乐厅，交友结谊，玩耍娱乐……哪个学院能包括这些学科呢？此外，还有一个现实问题，正如两位所知，我重听而轻阅览，希望别人讲给我听，然后，我再带着自己的敏锐感官、清晰头脑到山脚下、大海边、冷饮店、咖啡馆、跳舞厅……等着吧，你们定会看到我这方面的卓越报告。"

仿佛侯赛因·夏达德所描述的是凯马勒的信念所弃绝了的乐园；那是一种消极意义上的乐园，入之不出，不是凯马勒所贪求的那种乐园。假如侯赛因·夏达德投身在那样一种鲜花环抱的生活之中，再想念旧宅，就比登天还难了。

伊斯玛仪·拉蒂夫思来想去，对侯赛因·夏达德说：

"你是不会回来的，别啦，侯赛因·夏达德！我们的梦想大体相似，把艺术的哲学、博物馆、音乐、诗歌等，通通丢在一边去吧！我们是一样的人。我最后说一遍：你是不会回来的！"

凯马勒用征询的目光凝视着侯赛因·夏达德，仿佛想让他谈谈对伊斯玛仪·拉蒂夫断言的看法。于是，侯赛因·夏达德说：

"我会经常回来的。埃及在我的漫游范围之内，回来也好看看亲人、朋友……"

接着他又对凯马勒说：

"从现在起，我就盼着你出洋远行。"

谁知道呢？也许他的话是可信的，因为他确实想漫游一些地方。不管怎样，凯马勒认为侯赛因·夏达德总有一天会回来，深厚的友谊不会随着时间流逝。他的心那样纯真，就像相信爱情之根永远不会从他心中拔除那样，相信侯赛因·夏达德一定会回来。啊，多么令人惋惜！凯马勒乞求似的说：

"你去吧，从事自己喜爱的事业，然后再返回埃及，把祖国作为你的久居之地。至于旅行，随时都可以实现心愿。"

伊斯玛仪·拉蒂夫表示赞同：

"假若你真善于解决疑难问题，那么，你就接受这个主意。凯马勒所言，真是个万全之策，既符合你的愿望，又满足了我们的要求。"

侯赛因·夏达德低下头，似乎已经心悦诚服：

"我想……就这么办吧！"

凯马勒一面留心听他说话，一面望着他英俊的面容：两只黑黑的大眼睛，与阿伊黛的眼睛一模一样；神态高雅而和蔼。这位挚友离去了，那么友谊的恩泽、爱情的记忆还会留存吗？友谊来自侯赛因·夏达德，使他心旷神怡，幸福快乐；爱情源于侯赛因·夏达德的胞姐，令他尽享乐园之乐，也尝够了火狱之苦。这一切，凯马勒怎能忘怀呢？

侯赛因·夏达德分别指着他俩，说：

"当我再回埃及之时，你成了财政部的会计师，你成了一名教师，你俩都做了父亲……这合情顺理，岂不美哉！"

伊斯玛仪·拉蒂夫笑着问：

"我当了职员，凯马勒当上了教师，你能够想象吗？"

他又对凯马勒说：

"喂，凯马勒，见学生之前，你应该吃胖些。遇上一代小鬼，与他们相比，我们就是天神了。你是个坚定的华夫脱党人，由于职位的关系，你终将要惩治那些对华夫脱党的工作玩忽职守的人！"

伊斯玛仪·拉蒂夫的话使凯马勒中断了自己的思路，他于是自问：自己的脑袋大、鼻子高，尽人皆知，如何和学生见面呢？不觉一阵苦闷缠心。鉴于亲眼所见教师们的越轨行为，他认为，只有对学生严厉，才能维护自己的尊严。能够像对待自己那样对待学生吗？凯马勒毫无准备地说：

"我不认为自己一生都会从事教育工作。"

侯赛因·夏达德的两眼里闪出诱人的光芒，说：

"从教育界步入新闻界，我猜是这样，对吗？"

凯马勒思考着未来，长久憧憬的著书立说念头浮现在他的脑海中。原来那个题目如何？先知不再是先知，乐园不再是乐园，火狱不再是火狱，人类学不过是动物学的一部分，因此，他应该选一个新题目。他仍然不假思索地说：

"我真想有那么一天能创办个杂志，以便宣传新思想！"

伊斯玛仪·拉蒂夫用启示、指导的口吻说：

"政治是热门货，若想在最后一页上占一栏，思想也要受到特殊的限制。在这个地方，正对华夫脱党作家进行新的中伤……"

侯赛因·夏达德朗声一笑，说：

"看来，我们这位朋友不像一位活跃的政治家，他的家庭已经为革命做出过牺牲。至于思想，他面临着广阔的天地。"

接着他又对凯马勒说：

"你有言必行。你的反宗教革命就是一次突飞猛进，完全出乎我的意料。"

听到这些新评语，凯马勒不胜兴奋，终于发现有人向他的革命致以敬意了。他面色飞红，随后说：

"一个人毕生追求真、善、美，那该是多么幸福啊！"

伊斯玛仪·拉蒂夫吹了三声口哨，各有含义。然后，他开玩笑地说：

"听吧,真令人茅塞顿开!"

侯赛因·夏达德严肃地说:

"我同意你的看法。但是,我却只满足于知识和享乐!"

凯马勒语气热情而诚挚地说:

"比此更加伟大、壮丽的还有,那就是为真理而斗争,为实现全人类的幸福而斗争。离开这一点,我认为人生就没有什么意义。"

伊斯玛仪·拉蒂夫一拍巴掌,这使凯马勒想起了父亲的类似动作。他说:

"生活,本不应该有什么意义。你付出了多少辛苦,经受了多少磨难,方才从宗教桎梏下解放出来了!我没有尝过那份辛苦,但也没有遭受过宗教的纠缠。你不是将我看作一位通晓天性的哲学家吗?其实,我能过上普通生活,也就心满意足了,无须知识与教育。但是,我认为天性所追求的东西,不通过艰苦的斗争是得不到的。安拉保佑,你至今也没有得到。一直在你进行反宗教革命之后,你仍然相信所谓真、善、美之说,而且你决计为之献身。难道那不正是宗教所主张的吗?既然如此,你何必舍本逐末呢?"

且莫将喜欢开玩笑的朋友放在心上。但是,令人信服的东西为什么经常遭到嘲弄呢?阿伊黛和美好生活同在你的眼前,让你任择其一,那么,你选哪一个呢?然而阿伊黛时常出现在我的眼前,趾高气扬,风度翩翩。

凯马勒许久没有开口,侯赛因·夏达德回答伊斯玛仪·拉蒂夫说:

"信士通过宗教而喜欢这些天性追求的宝贵东西,而自由者则直接爱其自身!"

凭安拉起誓,我何时才能看到你呢?伊斯玛仪·拉蒂夫笑了笑,说明他正在想别的什么。他问凯马勒:

"请告诉我,你还做礼拜吗?来年斋月,你还封斋吗?"

我为阿伊黛祝福,是礼拜中最有趣的事情。公馆之夜,是斋月中最幸福的时刻。

"我不做礼拜,也不封斋了。"

"你宣布开斋吗?"

凯马勒笑着说:

"不!"

"你是阳奉阴违了!"

凯马勒不高兴地说:

"没必要去非难我所敬重的人们。"

伊斯玛仪·拉蒂夫挖苦似的问:

"难道你以为有一天能够以这样的心面对社会?"

《卡里来与笛木乃》①?欢乐掩盖了烦恼。安拉啊,难道我已经找到了著述的素材和基础?

"和读者说话是一回事,靠天性与父母对话则是另一回事!"

伊斯玛仪·拉蒂夫指着凯马勒对侯赛因·夏达德说:

"我向你推荐一位古代哲学家吧!"

找些朋友玩耍聊天并不难,然而却很难找到一位能同你的心灵对话的挚友。于是,你只能默不作声,或像狂人似的自言自语。

又是一阵沉默。整个花园里鸦雀无声,连一丝风都没有。玫瑰花、丁香树、紫罗兰是夏令的欢乐;太阳神已从花园里收起了它那华美的衣饰,只有东墙顶端还残留着一抹余晖。伊斯玛仪·拉蒂夫回头望了望侯赛因·夏达德,然后冲破沉寂,问道:

"你有机会拜访哈桑·赛里姆和阿伊黛太太吗?"

主啊,是心脏跳,还是我的胸中开始了一场骚乱?

"我在巴黎落脚之后,当然要考虑到布鲁塞尔去看看他们。"

然后他又微笑着说:

"上周,我收到了阿伊黛的来信,从信上看,她好像正遭受着怀孕之苦呢!"

---

① 《卡里来与笛木乃》,阿拉伯著名寓言故事集,源于印度《五卷书》。

就这样，痛苦与生命交织在一起。如今，我的身上只留下了痛苦。阿伊黛真的肚子隆起了？每日晨吐吗？这究竟是生活的悲剧，还是喜剧？生活的恩赐便是死亡。但求追究一下这种痛苦的根源。伊斯玛仪·拉蒂夫问：

"她的子女将成为外国人吗？"

"过了童年，照惯例应送回埃及来。"

那些孩子有一天会成为你的学生吗？当他们问你时，难道心猛烈地跳着然后回答他们，说阿伊黛以前就在这里住吗？假若他们又要笑话你的大脑袋和高鼻子，你将怎样惩罚他们呢？忘掉吧，难道你也相信神话？

侯赛因·夏达德又说：

"她不厌其烦地描绘了她的新生活，毫不掩饰她的欢快之情，仿佛说什么思念亲人云云，完全是出于礼貌。"

她在理想的国度里，找到了这样的生活。和她共人性，纯系天命的嘲弄；不记得吗，天命损害了你的崇高尊严。在她那长信中，难道也没有提及一下老朋友？但谁又能告诉你，她至今还在想着朋友们呢？

大家又一次沉默起来了。时近黄昏，西天垂下暗褐色的烟幕，一只归巢的鹞鹰掠过地平线飞去，继而传来隐约的狗吠声。伊斯玛仪·拉蒂夫端起杯子喝水，侯赛因·夏达德打着口哨，凯马勒面孔沉静，心悲欲碎，不时地偷看一下侯赛因·夏达德。

"今天天气热得叫人难过！"

伊斯玛仪·拉蒂夫边说边用绣花手帕擦着嘴唇，随后打了个嗝儿，接着把手帕装进裤兜里。

朋友离别叫人更难过。

"你何时去避暑地？"

"六月底。"伊斯玛仪·拉蒂夫得意地回答道。

侯赛因·夏达德又说：

"明天，我们将去拉斯拜尔，在那里逗留一周，然后我爸爸送我去亚历山大，六月三十日乘船赴欧洲……"

一段历史结束了，也许心也随之而去了。侯赛因·夏达德久久凝视着凯马勒，而后笑着说：

"我就要离开你们了，你们团结、联合，情况很好，愿你们早把独立的消息传到巴黎。"

伊斯玛仪·拉蒂夫指着凯马勒，高声对侯赛因·夏达德说：

"我们这位朋友不喜欢联合，他不能和卖国贼握手言欢，更不能躲避同英国人冲撞，所以才抛弃了内阁，投奔了他的老对手阿德利，从而更加靠近了他的神圣领袖本人！"

和敌人、卖国贼讲和是你尝到的又一种失败。在这个世界上，你对什么没有失去希望呢？然而凯马勒高声一笑，说道：

"而他企图代表立宪自由党人将这种联合强加在我们头上！"

三人齐声大笑。这时，一只青蛙跳入了他们的视线，很快又隐没在青草之中了。凉风习习，预示着夜晚的来临。喧闹的世界渐渐平静下来，聚会已接近尾声了。凯马勒感到焦急不安，眼睛贪婪地观望着周围的景色。放射出爱情之光的女神，第一次就出现在这里。天使的甜美喊声"喂，凯马勒！"也是在此处首次传入他的耳际。关于脑袋、鼻子的令人心酸的谈话，也是在此间进行的。同样是在这里，女神挑起了轻蔑的争论。就在这种气氛中，精神、感情的记忆通通泯灭了。这里如能蒙嬉戏之手触摸，可使沙漠复活，让花园变得更美。你睁大眼睛，好好看看这里的一切吧，它全部在你的记忆之中。世界上的许许多多事情，若不用年、月、日记录下来，则仿佛一切都根本没发生过一样。让日月沿着时光的直线倒行吧，以使那些消逝了的记忆重新回到我们的头脑中来。但是，一切的一切都一去不复返了，不是溶在眼泪中，就是随着微笑悄悄逝去。

伊斯玛仪·拉蒂夫站起身来，说：

"现在，我们该回去了。"

凯马勒让伊斯玛仪·拉蒂夫首先拥抱侯赛因·夏达德，之后，凯马勒和侯赛因·夏达德拥抱了许久，相互亲吻面颊。凯马勒从朋友的身上嗅到了夏达德家人的气息，那么鲜美、清香，似乎一般人不具有。此时他像沉浸在梦幻当中，其中充满着欢乐，也夹杂着痛苦。他尽情地呼吸着那种清香，直至完全陶醉。凯马勒久久没有开口，终于克制住了自己的情感；刚要说话时，声音却变得颤抖起来：

"再见吧，哪怕隔一段时间……"

第三十五章

"除了服务人员,什么人也没有。"

"天还早,顾客们通常伴着夜色而至。这里空空荡荡,你感到难过吗?"

"不!空空荡荡正鼓励人们逗留,尤其是第一次……"

"这里的酒馆有着不可估价的优越性,地处僻静街道,除了追求低级趣味的人,谁也不会到这里来。所以,既不会有谁责怪你,也不会有人阻拦你……假如遇上你所敬重的人,如你爸爸,或好朋友,那么他应受到责备,最好装不认识你;如有可能,他最好躲着你走……"

"单单这条街的名字,就够丢丑的了。"

"虽然如此,但却叫人放心。假若我们到其他大街上的酒馆去,例如乌勒菲大街、伊马德丁大街、穆罕默德·阿里大街……我们就会担心被人发现,或是父亲,或者兄弟、叔伯和其他熟人。但我想,他们是绝不会到吉祥路来的。"

"你说得头头是道,但我仍然惶恐不安。"

"你忍耐一下,第一步总有些难迈嘛!但是,酒是打开欢乐之门的钥匙,因此,我敢对你说,在我们所到之处,你将发现世界比我们以前所了解的要美妙得多!"

"你谈谈酒的种类吧!我先喝哪种好呢?"

"科纳克白兰地很凶,不过加上点儿啤酒喝,那就平和多了;威士忌里要冲入苏打水,味道鲜美,有益健康;至于葡萄酒……"

"也许葡萄酒最可口,你没听到萨里哈唱吗?他唱道:'让我饮一杯葡萄酒……'"

"我常说你,除了富于幻想,别的没有什么毛病。虽然萨里哈的歌声动人,但最次的要算是葡萄酒了,其中有股什么味道,不合我的胃口。请不要打断我的话……"

"对不起!"

"还有一种啤酒,那是一种热性饮料,九月为最佳饮用季节。此外,还有椰枣酒,其后劲相当凶猛……"

"那……那么,就来威士忌!"

"妙哉!我早就知道你有超群出众的才智。过一会儿,你就会同意我的主张:你的玩耍、嬉戏之心要胜过你为真善美、爱国主义以及人道主义的献身精神。注入真善美之类的神话和幻想,使你空费心思,徒劳无益……"

伊斯玛仪·拉蒂夫喊来招待员,要了两杯威士忌。凯马勒说:

"从理智出发,我要一杯就够了。"

"也许这就是理智。但是,我们不是来追求理智的。你将自由体验狂放要比理智有趣,生活要比书本重要。请你记住今天,不要忘记引领你的恩人!"

"我不喜欢失去知觉,担心……"

"当你自己的哲学家吧!"

"对我来说,最重要的是要有勇气,毫不犹豫地在小路上走下去,需要时就进去……"

"喝!一直喝到你不把那些事放在心上!"

"好!但愿我日后不为自己的作为后悔。"

"后悔?以前,我邀请过你,你以自强、虔敬为理由而拒绝我的好意。之后,你宣布自己不再信教,我又一次请你,你又以品德为名而不来。真是奇怪！但是，我应该承认，你终于顺从了伦理！"

是啊！终于……在艾布·阿拉·麦阿里和欧麦尔·赫亚姆之间，在禁欲主义和纵欲哲学方面犹豫、徘徊、担惊受怕一段时间之后，他终于顺从了伦理。他的天性使他思念起原来的信仰，尽管那是宣传生活无情的，然而无情的生活却符合他赖以成长的传统。他什么都不知道了，一心想死，仿佛一种低沉的声音在他耳边悄声细语："没有宗教，没有阿伊黛，没有希望，只有死路一条。"这时候，赫亚姆借这位朋友之口呼喊他；尽管如此，他还是保证维护他的崇高原则，这不仅包括善的意义，而且囊括了生命的全部欢乐。凯马勒对自己说："真、美和人道主义是最高尚的善。因此，伊本·西那①往往以琼浆和美人来终结他一天的思虑。"无论如何，除了这种有希望的生活之外，他没有找到使他摆脱死神的救星。

"在这方面，我和你有同样的看法。但是，我没有丢掉自己的原则。"

"我知道你不会抛弃自己的理想。读书倒没有什么不好，但如果写作，就难以找到读者。可以把写作当作通往名利的途径，但不要把此看得太重。你本来是位虔诚的教徒；而今，却变成了一位极端叛教徒。你多么急躁、激进，仿佛是全人类的负责人。生活比这一切都要简单。在政府里混一个差事，保持一定的生活水平，心神愉快、无忧无虑地享受生活乐趣，并且拥有一定的实力，以备必要时，用之保卫你的尊严……假如这样生活完全符合宗教要求，那么，你可以舒舒服服地生活；不然的话，那么，罪恶便在于宗教上……"

莫把自己拘禁在一件事情上，即使是幸福本身，因为生活远比此宽广、深刻。我向往欢乐，同时也仰慕高大。阿伊黛已经离去了，那么，我应该创造另一个阿伊黛，或者让一生毫无遗憾地度过。

"难道你没想过生活以外的东西？"

---

① 伊本·西那（980—1037），阿拉伯著名哲学家、医学家。

"是的，我只想过生活本身，或更贴切地说，只想我自己的生活。在我们家里，既没有叛教徒，也没有信士。我正是如此。"

一位必不可少的朋友，就像空闲时间一样，也像你的容貌那样特殊。对阿伊黛的思念，仅仅留在心中。在这条路上，歌声引导着你在幸运和灾难面前寻找欢乐。这里没有灵魂的位置；灵魂和智慧隐没在大海之后……福阿德·哈姆扎维聪明伶俐，但不通哲理，自私自利，唯利是图，即使在审美观点上也不例外……他在文学作品中寻找好词佳句，只是为了用来修饰自己的辩护词？谁又能为我再现侯赛因·夏达德的精神风貌呢？

招待员走来，将两只多棱高脚杯放在桌子上，打开苏打水瓶盖，斟满杯子，金黄色立即变成银白，然后又将冷拼盘、奶酪、橄榄、红腊肠盘碟摆放好，便离去了。凯马勒看看杯子，又望望伊斯玛仪·拉蒂夫，只见他笑着说：

"照我这样，为你的健康，先干一杯！"

但凯马勒仅仅喝了一口，品味着，然后观望起来……一口下肚，人并未像预料的那样魂飞神离，于是又举起杯子，一饮而尽，随手拿起一块奶酪送到嘴里。

"不要催我嘛！"

"不要着急！重要的是要为自己留有余地，以期实现预期目标……"

他有什么目标呢？他头脑清醒，难道想找个不三不四的女人，将苦汁加入甘露之中？原先，他用宗教和阿伊黛抗拒本能；如今，他却为本能提供了广阔的天地。此外，他还有另一个冒险动机，打算揭露女人——包括阿伊黛在内的，虽然他很讨厌这么说——这种奥妙生物的秘密。也许能从这里得到一些安慰，因为近一段时间以来，凯马勒常常夜不成寐，暗自垂泪，回想所受折磨，不禁大失所望，束手无策。如今，他可以说，自己已经离开屈服、投降的牢笼，在解脱痛苦的大路上迈出了第一步，虽然那是一条充满诱惑、磨难的醉生梦死之路。凯马勒又喝了一杯，片刻过后，微微地笑了……此时，他的心中有了一种新的感觉，周身发热，神志恍惚，仿佛听了一支醉人的乐曲那样快活。伊斯玛仪·拉蒂夫目不转睛地望着他，笑着说：

"侯赛因·夏达德在哪里能亲眼领略这番景象呢？"

侯赛因·夏达德今在何方？

"我将给他写信。他最近来过一封信，你给他回信了吗？"

"回过了。不过我的回信很短，就像他的来信一样。"

他一个人絮絮叨叨，说个没完，一直到将自己的所有想法和盘托出。他多么高兴啊！但他不该泄露信中机密，免遭"教练员"的忌妒……

"除开你知道、但不喜欢的那些话语以外，他的信也是很短的！"

"思想！"伊斯玛仪·拉蒂夫笑着说，"无须如此行事！他将继承大笔财产，足以填满海洋。可是他为什么偏爱这些神话传说故事呢？是装模作样或自负清高，还是二者兼而有之？"

轮到侯赛因·夏达德挨敲打了。我不在时，你会说我些什么呢？

"思想与富裕之间并不存在像你猜想的那种矛盾。在古希腊，一些学者并没有因为谋生计而耽误做学问，所以一时间，思想空前繁荣。"

"喂，亚里士多德[①]，为你的健康干杯……"

凯马勒喝尽杯中的酒，等待、观望起来了。他暗暗自问，以前可有过类似的感觉吗？他觉得周身热血沸腾、汹涌澎湃，猛烈冲刷着隐藏忧愁、烦恼的角落；他的心灵在诉苦、抱怨，痛苦的筋骨分崩离析，欢乐的鸟雀唱着歌展翅飞出。这是迷人歌曲的回声、美好前程的启示、瞬息欢乐的幻影，但美酒，却是浸透幸福的蜜糖。

"再喝两杯，好吗？"

"你一定比我长寿！……"

伊斯玛仪·拉蒂夫边笑边朝招待员打手势，然后高兴地说：

"你是位懂得感恩的人！"

[①] 亚里士多德（前384—前322），古希腊哲学家。

"全凭安拉恩赐……"

招待员送来了两杯酒和一盘凉菜。顾客们相继进来,有戴土耳其红毡帽的,有戴礼帽的,也有戴缠头巾的。招待员用长毛巾揩拭着桌面笑迎他们。夜幕已经垂降,酒馆里灯火亮了,嵌在墙壁上的玻璃镜闪闪发光,镜面上画着"迪瓦利斯""约翰""沃克尔"等几种牌号的汽水瓶子。响亮的笑声从门外传来,乍一听像是有什么喜事,实际上是烟花女在招徕嫖客。有许多小商贩从门前走过:有来自埃及叫卖河虾的,后面跟着一个镶有两颗门牙的卖蚕豆的女人,还有擦皮鞋、卖烤羊肉串的少年,也有拉皮条的在那里招引过往行人。此外,尚有看手相的印度人在那里摇头晃脑,念念有词。此处或彼处,不时可以听到"为你的健康干杯"的喊叫或哈哈大笑的声音。在镜子里,可以看到凯马勒的脸,只见他满面通红,目光明亮,笑容可掬;凯马勒的身后,坐着一位老年人,正把杯子举到唇边,像小兔那样咂摸两下,然后倾杯入肚,继而与邻桌坐的人小声说:

"咂摸酒味是我祖父的遗训,他是醉酒而死的。"

凯马勒转过脸,对伊斯玛仪·拉蒂夫说:

"我们家庭非常保守,我是全家第一个尝酒的人。"

伊斯玛仪·拉蒂夫满不在乎地耸了耸肩膀,说:

"你怎么能对一无所知的事情下断语呢?你了解你父亲的青年时代吗?我父亲午饭时喝一杯酒,晚饭时也喝一杯。但他在外边不喝,也许在我母亲面前说的不是真话……"

幸福蜜糖悄悄渗入了精神王国。这种瞬息之间发生的奇异变化,是几代人也无法实现的,正好用"魔术"一词的新含义来形容它。奇怪的是,它并不全新,仿佛他想到过一次,什么时候在什么地方又是怎样想到的,一时说不出来。那是发自灵魂的一支乐曲,已知的曲子与它相比,就像苹果皮和苹果肉之间的关系。试问,在如此短暂的时间里,这种金黄色液体就有了这样的奇迹,究竟秘密何在呢?也许这金黄色液体冲走了生活河道中的沉渣、淤泥,被遏制的生活开始活跃起来,第一次跳入了绝对自由的境地。当生命从躯体的牢笼、社会的桎梏、历史的教训、未来的恐惧中解放出来时，人自然会有这种感觉。一支清新、幽婉的乐曲从欢乐的心中飞出，又给人带来欢乐，仿佛以前他听到过，可是在何时、何地又如何听到的呢？啊！多么美好的回忆！……那就是爱情！她喊"喂，凯马勒！"那天，你酩酊大醉，但你不知道什么是醉，还以为你自己是个早就醉了的汉子呢！在透明的露珠变成污浊的水滴之前，你一直驰骋在用香草、鲜花铺成的爱情之路上。美酒，剔除其痛苦部分，剩下的便是爱情的灵魂；沉到爱情中去，你就会醉，或当你醉酒之时，也便是沉入了爱情之中。

"不论你怎么说，又怎样反悔，总而言之，生活是美好的！"

"哈哈，说了又反悔的正是你呀！"

厮杀者朝敌手的面颊上轻轻一吻，和平便降临大地，夜莺高唱枝头，情侣谈笑风生。恋鸟儿从开罗起飞，经巴黎抵达布鲁塞尔，迎接它的是温情和歌声。哲学家的笔蘸足心海的墨水，记录下造物主的启示，然后将经过验证了的真理收入暮年著述之中，于是浸透泪水的记录便为他的心带来了春天。至于垂到前额的青丝，则是酒馆里的醉汉们心驰神往的天房。

"书本、酒杯、美女，通通抛到海里去吧！"

"哈哈，书本会把酒杯、美女、大海腐蚀、毁坏掉的。"

"我们对快乐的理解完全不同，你将之看作玩耍、嬉戏，我却认为它是勤勉、发奋。这种勾人神魂的微醉，则是生命的秘密及其崇高的目标；而酒，不过是它的报喜者及触摸到的标本、模型。人们看到鹞鹰翔天，于是造出飞机，见到鱼儿游水，又造出了潜水艇。同样道理，酒应该成为人类幸福的先驱；问题在于，如何不用酒而把人生变成醉酒那样长醉不醒？这在斗争、建设、战斗和劳动之中是找不到答案的。所有这些都是手段，而不是目的。只有用尽一切手段，幸福才能得以实现，我们才能过上没有烦恼、忧愁的高尚纯洁的精神生活。这就是酒给予我们的幸福。一切劳动都是通往幸福的大路，而幸福却不是得到任何东西的手段。"

"安拉将毁掉你的一切!"

"为什么?"

"我本希望你在醉酒时信口开河,胡乱说些有趣的话语,然而你却像个病夫,因喝了酒,病情更重了,假如你喝下第三杯酒,那会怎样呢?"

"我不再喝了。我现在很快活,想找个我所喜爱的女人……"

"等一会儿,可以吗?"

"一分钟也等不下去了!"

话音未落,凯马勒挎起朋友的胳膊,毫不犹豫地走了出去。酒馆门外,行人来往,川流不息。凯马勒被夹在人群之中,行走在一条曲折、狭窄的路上。行人的头左顾右盼;路旁的女招待,或坐或站,个个花枝招展,脸上挂满了闪光的箔片,向他们频频送去诱人的目光。走不上几步,就有人被她们拉进门里去。住宅和咖啡馆门前灯火通明,将大街照得如同白昼一般。香炉、椰子烟、水烟袋冒出缕缕云雾,袅袅上升;各种声音响成一片,其中有嬉笑声、欢叫声、门窗响声、钢琴声、手鼓和跳舞人的鼓掌声、警察的吼叫声、马嘶驴鸣声、临终人的咳嗽声、醉鬼们的喊声、棍棒的敲击声、独唱与合唱声……此起彼伏,无止无休。在这一切之上,便是笼罩破烂屋顶的天空,眼都不眨地凝视着大地。这里的美女个个俊俏妩媚,伸手可得,只用十个基尔什[①],便能一饱眼福。不亲眼领略这番情景,谁会相信呢?

凯马勒对伊斯玛仪·拉蒂夫说:

"哈伦·拉希德还在女人房里踱来踱去呢!"

伊斯玛仪·拉蒂夫笑着问道:

"喂,信士的长官,难道你哪个女人都看不上?"

凯马勒指着一家说:

---

① 埃及的辅币,一埃镑为一百个基尔什。

"她原来就站在这个门下,究竟到哪里去了呢?"

"信士的长官,她正在里面接客呢!请阁下等一等吧,等到顾主欲火熄灭了再说吧!"

"难道你没发现自己迷路啦?"

"我熟悉这条路,认识这里的人,不把你送到你的女友手里,我是不会离去的。她有什么值得你留恋的呢?比她漂亮的女人多着呢!"

一位褐色皮肤的女人,闪闪发光的豪华服饰未能遮住她的褐色皮肤。她的脖子上仿佛系着一条琴弦,这使凯马勒想起了那些不朽的乐曲。而眼睛所看到的面孔,是介于被窒息的人的肤色与晴朗天空之间的颜色。

"你认识她吗?"

"她在这里被称为'玫瑰花',而她的真名叫阿尤莎。"

阿尤莎——"玫瑰花"!

如果能像改换一个人的名字那样改变他的本性那该多好!阿伊黛本身及关于宗教、阿卜杜·哈米德·夏达德、希望的看法,都与阿尤莎——"玫瑰花"相近……真令人叹息!但是,酒把你推上了神灵的宝座,当你回头再看看这些矛盾时,便会发现它们都沉没在了笑语的波涛之中。凯马勒感觉到伊斯玛仪·拉蒂夫在用胳膊肘撞自己的腰部,并且说:"喂!轮到你了!"于是朝那个门口一看,只见一个男子匆忙、慌张地离去,一个女人站在了门口。仿佛他是第一次见到这个女人,于是大步朝她走去,她微笑着迎接他。之后,凯马勒迈步进了门,女人随后跟着,嘴里哼唱着:"放下那微风荡起的窗帘……"一个狭窄的楼梯出现在眼前,凯马勒拾级而上,心"怦怦"跳个不止,一直来到通往客厅的走廊里。那女人跟在后面,不时地说着"左转弯""右转弯""这是装饰门"。

两人终于来到了一个很小的房间,四壁全用报纸裱糊,室内有床、梳妆台、衣帽架、木椅、脸盆和水壶。凯马勒站在房中,六神无主,目光呆滞地望着女人。女人走去关上门和窗子,铃鼓、口哨、鼓掌声顿时消失了。女人的面孔表情严肃，简直接近于冷酷，致使凯马勒笑着问她为什么留他过夜。这时，女人把脸转向凯马勒，目光咄咄逼人，上下左右地打量着他，当目光落到他的脑袋和鼻子时，凯马勒不由得精神紧张起来。但是，凯马勒想战胜自己的紧张和忧虑，于是向她靠近，张开了双臂，而她则望着他的面孔，做手势，并且说："稍等！"凯马勒愣住了，仿佛被钉子钉在了原地，一动不动了。但是，凯马勒决心扫除一切障碍，近乎天真幼稚地微笑着说：

"我叫凯马勒……"

女人用惊愕的目光注视着他，说：

"幸会！"

"你呼唤我吧，说'喂，凯马勒！'"

她更加吃惊地问：

"你像仆人一样站在我面前，为什么还要喊你呢？"

安拉保佑！难道她想耍弄我？凯马勒一心想摆脱这种处境，于是问：

"你说'稍等'，让我等什么呢？"

"在这方面，你是有权利的……"

话音刚落，她像杂技演员那样动作灵敏、潇洒，脱下衣服，跳上了床……凯马勒睁大眼睛，目光有些呆滞，事情突如其来，他感到自己和她各在一个山谷。享乐山谷与劳作山谷之间相距何其遥远啊！……几天以来，他幻想的大厦，顷刻之间土崩瓦解了，继之，愤怒的苦汁和着口水同流。但是，他那探险的欲火并未熄灭。他眼花缭乱，忧烦交加，最后感到恐惧惊慌。究竟这就是现实，还是他错选了标本？不论选错与否，这不能改变事情的本质吗？我不是佯装热爱真理吗？人们对你的脑袋和鼻子是何等不公正！凯马勒想逃离这里。他快要靠近她时，突然自问：那个男子为什么不逃跑呢？和伊斯玛仪·拉蒂夫再见面时，怎样向他交代呢？不能，绝不能逃跑！考验临头，不能退却。

"你为什么像石雕泥塑那样站着呢？"

这语调勾心夺魂,他没有听错,呆滞神态完全是虚假的。你会得意而笑,因为你是胜利者,不是逃兵。让生活化为悲剧吧!无论如何,你该发挥自己的作用。

"你想这样站到天明?"

凯马勒意味深长地说:

"关上灯吧!"

她坐起来,语气尖刻地说:

"我得在灯光下看看你!"

凯马勒感到不解:

"为什么?"

"看看你的健康情况……"

他脱下衣服,接受"健康检查",显得非常瘦弱。之后,灯熄了,室内一片漆黑……

当他往回走时,胸中跳动的却是一颗萎靡、倦怠、充满痛苦的心。他认为,仿佛其他人和他一样,都在遭受着堕落之苦,想要摆脱,真比登天还难。伊斯玛仪·拉蒂夫朝他走来,春风得意,面带嘲弄地问道:

"哲学情况如何?"

凯马勒挎住他的胳膊,边走边认真地问:

"所有的女人都一样吗?"

伊斯玛仪·拉蒂夫用征询的目光望着他。凯马勒这简单的问话道出了他心中的疑虑和恐惧。伊斯玛仪·拉蒂夫微笑着说:

"一般地说,基本相同,特点各异。你的问题真是天真可笑!由此看来,今后你再不会到这里来了,是吗?"

"不!我来得将比你想象的多。我们再去喝一杯吧!"

接着他像是自言自语:

"美……美!什么是美啊?"

这时,他的心向往着廉洁、幽居,思恋着与女神相处的甜蜜生活。之后,仿佛他才开始相信现实将永远如此残酷。难道他应该以逃避现实作为自己的信仰吗？他沉思着，漫步在这条酒馆路上，简直无心听伊斯玛仪·拉蒂夫的唠叨。假若现实是残酷的，那么撒谎便是丑恶的。真理并不残酷，而摆脱愚昧却像生产一样令人痛苦。追求真理，直至停止呼吸！安于痛苦吧，直到脱胎换骨！这些知识，需要耗费毕生的精力，才能通晓。人的一生是辛苦的，但也有着短暂的微醉时刻……

第三十六章

晚上，凯马勒独自来到吉祥路。他喝得酩酊大醉，边走边低声吟唱，毫不胆怯，在喧闹拥挤的人群中劈开路朝前走去。他发现"玫瑰花"门前没有人，于是没有像第一次光顾这里时那样犹豫不决，而是径直朝她的门前走去，未经许可，便闯了进去，登上楼梯，一直来到走廊。他抬起眼一望，发现门紧闭着，只有钥匙洞中透出一线光，于是朝等候间走去。幸运得很，那里空无一人，他在一张椅子上坐下来，双腿舒展前伸。几分钟过后，只听"咯吱"一声响，门开了，只见一个男子离开那个房间，迈步朝楼梯走去。凯马勒迟疑片刻，然后站起身，来到走廊，见门敞开着，"玫瑰花"正在整理床铺。她回头看见了凯马勒，微笑着示意他先回等候间坐一会儿，于是凯马勒笑着回到了原来坐的地方，刚刚坐下不久，便听到有人上楼的脚步声，他感到很不愉快，因为他讨厌和别人一起等在这里。但是，出乎意料，来客径直朝"玫瑰花"房间走去。时隔不久，便听到女人温柔地对来客说：

"我有顾客，请到那个房间等一等……"

然后，那女人提高了声音：

"请吧！"

凯马勒毫不犹豫地离开等候间，来走廊一看，却发现自己与亚辛面面相对，不期而遇。兄弟俩目光交会了，凯马勒局促不安，羞愧地闭上了眼睛。若不是亚辛拦得快，他真想撒开腿，赶快逃离这里。亚辛一声大笑，震得走廊的天花板发出一种奇怪的响声。凯马勒睁开眼，见亚辛张开了双臂，并且高兴地喊道：

"千夜放光，万日生辉！"

亚辛哈哈大笑，凯马勒茫然失措地望着他，见他兴致勃勃，方才苏醒过来，双唇间浮现出了征询似的微微笑意，虽然仍有些害羞，但心终于安定下来了。亚辛像是发表演说似的说：

"今天是1926年10月30日，这是个幸福的夜晚，真正幸福的夜晚，我们应该庆祝一番。今夜兄弟相聚了。事实证明，家庭中的幼小者正在高举家中光荣传统的旗帜，大踏步地向着欢乐世界迈进……"

这时，"玫瑰花"走来，问亚辛：

"他是你的朋友？"

亚辛笑着说：

"不，他是我的同父同……不，仅仅是我的同父弟弟。姑娘，难道你喜欢这个家庭？"

"玫瑰花"口里嘟囔着："巧极了，妙极了！"而后对凯马勒说，"照礼貌，你应该先把机会让给你的哥哥，我的宝贝！"

亚辛朗声一笑，说：

"照礼貌？谁教你懂得了交往的礼节？仿佛你想到了弟弟等着哥哥，哈……哈……"

"玫瑰花"用告诫的目光盯着亚辛，说：

"你的笑声真吓人，当心让警察听见，醉鬼！你弟弟总是醉得摇摇晃晃，跟跟跄跄，还要请你原谅！"

亚辛惊奇地凝视着凯马勒，说：

"你也认识了这个地方？安拉啊，我们都是好人，真正的好孩子。你靠近我一点儿，让我闻闻你的嘴！不过没有什么用，因为醉鬼是嗅不出醉鬼的气味的。告诉我，你对从生活中而不是从书本里学到的这个哲理有什么看法？"

然后，他又指着"玫瑰花"说：

"拜访这样一位被鞭打的女人，等于看十本禁书。凯马勒，你也是个醉汉，真是万日生辉呀！我们老早就是朋友。我是第一个……"

"安拉，安拉啊！难道我要一直等到天亮？"

亚辛推着凯马勒，说：

"你先跟她进去，我等……"

但凯马勒摇着头，拒绝了，然后第一次开口说话：

"不！……不，今天不！"

凯马勒把手伸到口袋里，取出十个基尔什递给"玫瑰花"，亚辛一旁赞叹说：

"义气万岁！但我不能单把你丢下……"

亚辛轻轻拍了拍"玫瑰花"的肩膀，示意告别，然后挎着凯马勒的胳膊，兄弟双双离去了。亚辛说：

"今夜值得庆贺一番，我们到酒馆里坐些时辰吧！我常和职员朋友一起到穆罕默德·阿里大街去喝酒，你去不大合适，因为离这里很远，我们就在附近找个地方，也好早点儿回家去。自打我结婚以后，就不像你那样每天早早回家了。喂，英雄，你在哪里喝醉的？"

凯马勒羞怯地说：

"范舍……"

"好！我们就去那儿吧！你可以快快乐乐地度过一个美好的夜晚，以后当了教师，就很难找到机会访问这个区的房舍、酒馆了！"

他笑了笑，接着又说：

"那时，在这里会碰到你的学生。当然，玩乐的天地是广阔的，你将会从美好境界进入更加美好的境界。"

兄弟俩默不作声地朝范舍走去。值得庆幸的是，自从亚辛搬出老住宅以来，兄弟俩之间的关系并未冷淡下来。他俩在一起，各自没有拘束、客气的感觉，因为亚辛素不关心自己在家庭中的地位和权利。在与凯马勒相处中，听其言，观其行，亚辛认为他喜欢风流，但在"玫瑰花"

家里的巧遇，使亚辛感到十分意外，完全没有想到弟弟会醉醺醺地闯入红巷中来。他在人行道的一侧找了张空桌子，尽量离人们远一些，兄弟俩面对面、笑嘻嘻地坐了下来。亚辛问：

"你喝了很多吗？"

凯马勒稍稍迟疑，答道：

"两杯。"

"我们这次意外见面扫除了那两杯留下的痕迹。我们再来喝点儿吧！刚才我喝了一点点，不过七八杯的样子。"

"我的主啊！这还一点点？"

"别像小孩子那样大惊小怪！你仍然很幼稚……"

"两个月之前，我还不知道酒的味道呢！"

亚辛责怪似的说：

"两个月？看来我对你的尊重有些过度。"

两人一齐笑了起来。然后，亚辛叫了两杯酒，又问：

"你什么时候认识'玫瑰花'的？"

"我是在同一个夜晚认识'玫瑰花'和威士忌的。"

"关于女人，你还知道些什么？"

"没什么了。"

亚辛强装微笑地望了望他，低下了头，仿佛在对他说：别兜圈子了！然后说：

"你别装傻，我早就看出来了，你与炒豆商艾布·赛里阿的闺女常常调情斗嘴，时而暗送秋波，时而指手画脚。嘻，鬼东西，这些事情，你能瞒得过内行人吗？但是，无疑你只满足于表面嬉戏，不会甘心与艾布·赛里阿认亲的，不是吗？你瞧，他如今已成了万贯富翁，成了你们的邻居。玛丽娅究竟到哪里去了，一点儿消息也没有。她父亲是个好人。你还记得那个穆罕默德·里德旺吗？他品德高尚，除了卑鄙的女人，谁也不会蔑视他！"

凯马勒禁不住笑着问道：

"难道男子就不会遭到丝毫蔑视吗?"

亚辛一声大笑,说:

"喂,长舌头,男人可不同于女人!请告诉我,你母亲好吗?她是一位善良的太太。我与玛丽娅离婚之后,她还厌恶我吗?"

"我看她把那些事早忘得一干二净了。母亲的心纯洁无比,你是知道的。"

听到这句话,亚辛叫了声"阿敏",而后歉意地摇了摇头。招待员送来了酒和菜。亚辛当即举起杯,说:

"为艾哈迈德家族干杯!"

凯马勒端起杯来,喝了一半,但愿恢复失去的兴致。亚辛满口嚼着黑面包和奶酪,说:

"我本以为你性格就像法赫米,最接近于你的母亲,正直、诚实、无邪……但是,你……但是,我们……"

凯马勒征询似的凝视着亚辛,只听亚辛又说:

"我们的生性却像我们的父亲……"

"我们的父亲那么严肃,使我们无法和他在一起生活!"

亚辛"咯咯"大笑起来。犹豫片刻之后,他说:

"你不了解我们的父亲!我本来也像你一样不了解他。后来,我发现他一反常态,完全变成了另外一个人。"

他中止了话语,凯马勒却留心地追问:

"你知道些什么事情吗?"

"我知道他仁慈、厚道、快乐、谦恭。你不要把我当作白痴,也别以为我是条醉汉!你父亲也是个幽默、放纵、贪情的人!"

"我父亲?"

"我在舞女祖贝黛家里第一次了解到了他的真实情况。"

"祖贝黛,什么?……哈……哈哈……"

从表情看,亚辛完全没有开玩笑的意思。凯马勒虽然笑容依在,然而笑声却中止了,嘴角也渐渐收拢起来,而后双唇紧闭,默不作声地呆呆凝视着哥哥的面孔。亚辛真正看到了父亲的作为,还是想编造谣言?造父亲的谣?什么动机会驱使着他这样做呢?不!不会的!他不知道的东西,他是不会说叨的。那么,这就是他父亲的真实情况?主啊!严肃、庄重、威风凛凛、一本正经……这些又如何理解?又说明了什么呢?假若你明天听说地球是平的、人类的祖先是阿丹,你千万不要感到奇怪、恐慌!

凯马勒问:

"我母亲知道那些事情吗?"

亚辛笑而答之:

"无疑,她知道他常喝酒……"

那将在母亲的心中留下什么痕迹呢?难道母亲也像我一样,乐在脸上,苦在心间?凯马勒想为父亲辩护,所说的理由,恐怕连他自己都不敢相信。他说:

"人们喜欢言过其实,万万不可相信他们说的那些话。再说,父亲的健康情况也证明他在生活上是规矩的。"

亚辛边挥手招呼招待员,边赞叹说:

"奇迹!真是奇迹!他的身体好,精神更出奇。他的一切都令人难以想象,包括他能说会道……"

兄弟俩一齐笑起来。亚辛接着说:

"尽管如此,他却控制了全家的人,而且保住了他庄重、严肃的外表……多么叫人难过啊!"

看看这些怪事吧!你和亚辛对坐畅饮,而你的父亲却是个厚颜无耻的老朽。世上还有什么真正的人和非真正的人呢?客观现实与我们所想的有什么关系呢?历史的价值何在?女神阿伊黛与孕妇阿伊黛有什么关系?自己又算什么人?我寂寞、痛苦,至今脱不出身,这是为什么?笑吧,一直笑到生命终结!

"如果父亲发现我们在这里对饮,那会怎么样?"

亚辛打了个榧子,然后说:

"但乞安拉保佑！"

"祖贝黛确实漂亮吗？"

亚辛打着口哨，挥动着眉毛，说：

"我们的爸爸吃香喝辣，而我们只能拣点儿残羹剩饭。这公道吗？"

"等着好运气来临吧！现在，你不过是刚刚上路。"

"得知了爸爸的秘密之后，你对他的态度也没发生什么变化吗？"

"仅此而已！"

凯马勒的眼睛显得无精打采。他说：

"但愿他对我们温和一些。"

"但愿如此！"

"我们的所作所为并不比他的行为更腐败！"

"贪恋酒色并不算什么腐败！"

"根据他的虔诚信仰，你如何分析他的举止言行呢？"

"我是叛教徒吗？你是叛教徒吗？哈里发们是叛教徒吗？父亲是个宽厚、仁慈的人……"

父亲会如何作答呢？我多么想和他讨论讨论！只要他不是个伪善的人，一切事情都是可能的。不，他绝不是个伪善人。我爱他，我只能更加爱他。随着后一杯酒下肚，一种开玩笑的欲望突然涌上他的心头，凯马勒说：

"遗憾的是他没有学过表演艺术！"

亚辛朗声一笑，说：

"假如他知道一个演员的生活中充满了酒和色的话，那么，他无疑会把自己的一生献给艺术事业！"

难道这话是讽刺艾哈迈德·阿卜杜·贾瓦德先生吗？他不是比人祖阿丹还严肃吗？偶然的机缘使你了解到他的真实情况，这偶然机缘在你的生活中起了最重要的作用。要不是在红巷中遇上亚辛，我的无知眼罩怎样才能够揭掉？尽管亚辛愚昧，但若不是他引导我去攻读文学，那么，现在我就会按照父亲的愿望，正在医学院读书。假如我到赛阿迪亚了,便不会结识阿伊黛;如果不认识阿伊黛,我也不是今天的我,宇宙也不是今天的宇宙。难怪有些人讥笑达尔文仅仅根据偶然现象来解释他的进化论。亚辛假用哲学家的口吻说:

"岁月将教你学会你所不懂的事情。"

而后,他又自嘲地说:

"岁月教我尽早享乐,以便不引起妻子的怀疑。"

他摇了摇头,望着凯马勒那微笑的面孔,接着说:

"祖努白是我三位妻子中最强的一位。我觉得无论如何也摆脱不掉她。"

凯马勒指着红巷的方向,关切地问:

"你结过三次婚,为什么还要到这儿来?"

亚辛重复着一首著名的歌曲中的一句词"为了那……为了那……为了……"凯马勒还是在阿伊黛的婚礼晚会上第一次听到这首歌的。

亚辛微笑着,有些不安地说:

"有一次,祖努白对我说:'你没有真正结过婚。你本来把结婚看成是一种恋情;现在,你应该认真地对待这个问题了!'这样的话,出自一个乌德琴女的口中,岂不是咄咄怪事?但是,看来她比先前两个女人更加珍惜夫妻生活,决心与我白头到老。可是,我不能高估女人的价值,往往很快爱上她们,不久便讨厌了她们,所以才早早地来到了这花街柳巷,满足一时的欲望,以免堕入恋情泥潭。如果不是因为厌烦,我是不会来红巷找一个女人的。"

凯马勒更加关切地问:

"莫非她是一位胜过群芳的女人?"

"不!她是个无心的人。在她那里,情欲只是一种商品。"

凯马勒双目中闪烁着希望的光芒,又问:

"你发现她与其他女人有什么不同?"

这句问话,将亚辛推到了意外的高椅子上,他禁不住自负地点了点头,用行家的口气说:

"女人的等级取决于她的品格,而不能只看她的家庭及其地位。比如祖努白,我认为她比栽娜卜好,因为她情感深邃、忠诚,而且珍惜夫妻生活。但是,你将发现她们没有什么差别。和白勒基斯①王后交往过,你就会发现她的相貌一现再现,并且一再听到她的歌声。"

凯马勒眼中的光芒消失了。阿伊黛的面容还会再现吗?还能再次听到她的歌声吗?幻想与现实之间相距何其遥远啊!但是,你却完全屈从了现实,就连嘲弄她一言半语,你也不肯开口。更令人难以理解的是,女神的离去为他的心带来了忧伤,而岁月竟然会使女神的相貌和歌声再现。这是完全不同的两种情况,你究竟喜欢哪一种,能告诉我吗?有时候,我因为极度留恋爱情而感到悲痛难耐,可是亚辛则相反,因为极度忧伤而寻求爱情。抬起头来,面向苍天之主,求赐解救良策吧!

"难道你从来没接触过爱情?"

"那么,我如今沉迷其中该叫什么?"

"我指的是真正的爱情,而不是这种瞬息即逝的情欲!"

亚辛喝下第三杯,伸开手掌,擦了擦嘴,然后捻着胡子,说:

"别见怪!爱情只是停留在我身上的某些部位,如嘴、手等。"

容貌漂亮的亚辛,没有女人嘲笑他的头和鼻子,但根据他的言谈举止,显得他忧虑重重、闷闷不乐。人们仿佛离开爱情也就不成其为人。我从爱情中所得到的只有痛苦,可有什么办法呢?亚辛催促凯马勒饮尽杯中的酒,说:

"不要相信小说中讲的那种爱情。爱情只不过是随美好幻想存在几天或几个星期的一种感情罢了。"

我已否定了永恒之说,但能够否认爱情吗?我已和原来不同,因为我是从苦闷火狱中溜出来的。然而现实生活却常常召唤我回到火狱里去。死亡是我最终的归宿,但我还活着,没有希望地活着。每当忘却之神来临时,你总是发火,仿佛你的良心正遭受着责备,或许担心你所崇

---

① 白勒基斯,即赛伯邑王后,《古兰经》(蚂蚁章:23—44)故事中的人物。

拜的人再现在你的面前，或者你不乐意以赤贫之手来舞动这舒适生活，因为你与未出世的人一样处于没有舒适生活的环境中。你曾伸开双掌，祈祷安拉把你解救出来，赐予你健忘的本领，难道你不记得为什么这样祈祷吗？"

"但是，真正的爱情是存在的，可在报纸上见到，而在小说中是读不到的。"

亚辛嘲弄似的一笑，然后说：

"尽管我深深地落入了女人的情网，但我不承认这种爱情。你所目睹的悲剧，其主人公往往是没有经验的年轻人。听过《莱伊拉的痴情人》[①]的故事吧！在这些悲剧中，也有类似的人。痴情人没有与莱伊拉结成眷属。你能说出一位爱妻若狂的男子吗？唉……真叫人难过！男人们即使牢骚满腹，但也是理智的，非常有理智；至于女人，刚刚结婚时，若痴若狂，对丈夫亲爱备至。我认为，这像疯子变成了情人，而不是情人变成了疯子。你听听男人们谈起女人时，就像议论天使、天神。女人，女人就是女人，是美味佳肴，吃起来，顷刻之间便会感到肚饱。因此，儿女、彩礼、生活费用才是结婚力量的秘密所在，并不在于俊美、娇艳。"

"假如他能见到阿伊黛，那么，他多么应该改变自己的看法呀！但他应该重新思考爱情问题。你本将爱情看作天使的默示，可是天使已经不复存在了。你研究一下人的本体吧，将之带入你想开拓的哲学、科学天地中去，以便弄清你的悲剧的秘密，揭开阿伊黛心中的隐秘。你会发现，她并不是天使，神门也将向你敞开。

凯马勒说话了，语调之悲凉是亚辛未曾听到过的。他说：

"人是肮脏的，难道不能生得更高尚、更圣洁一些吗？"

亚辛抬起头，但什么也没看见，格外高兴地说：

"安拉啊……安拉！灵魂闪烁光芒，化成悠扬的歌曲；人的各个肢

[①]《莱伊拉的痴情人》，阿拉伯古代民间故事。它歌颂男女青年纯真的爱情，谴责封建礼教对爱情的摧残。

体，变成各种乐器。人间美好，万物生辉，空气清新。真理是幻想，幻想乃真理。什么忧愁、示意，那都是神话、呓语。安拉啊，安拉！凯马勒，这酒是何等甜美！愿安拉使它常在，以供我们常饮，赐予我们以健康和快乐，直到我们生命的最后时刻。让那些亵渎酒神的污秽词语见鬼去吧！喂，凯马勒，你仔细体会一下这香甜的醉意！闭上眼睛，深思熟虑，你在何处尝过这种滋味呢？人脏吗？我对这个女人的评论，伤害到你的心了吗？我本无意让你憎恶这个女人。其实，我很喜欢她，喜欢她的一切。但是，我想向你证明，天使般的女人是不存在的；倘若真有这样的女人，我还不知道自己是否爱她。你要很好地理解我，不要产生误会，不要错误理解我们的父亲艾哈迈德先生的生活！"

没喝多久，凯马勒也加入了醉汉的行列。他说：

"酒入灵魂，世间显得更加可爱。"

"说得对！这个时候，就连街上乞丐哼的俗曲也格外悦耳勾心……"

"仿佛我们的苦恼也转嫁给别人了。"

"好像别人的女人也变成了我们的了！"

"弄清了酒的秘密，也便明白了幸福的秘密。"

"酒和幸福是一回事，兄弟！"

"安拉啊，安拉，但愿常醉不愿醒……"

"生活是无情的！我们不能任性久醉不醒。"

"你要知道，我感觉不出醉酒有什么趣味，它像知识、理想一样，那是我们的崇高目标。"

"照这么说，我是一位大哲学家了！"

"请相信你说的话，以前可并不这样。"

"爸爸呀，安拉让你益寿延年，因为你养育了像你一样的哲学家！"

"人只求喝一杯酒，要一个女人，并不求多喝，也不要更多的女人。虽然如此，但为什么如此命薄、不幸呢？"

"为什么？……为什么呢？……"

"再喝一杯，我就告诉你……"

"不！……"

亚辛神志突然清醒了，接着提醒似的说：

"不要喝得过多！今晚我和你做伴，我对你负责。现在几点啦？"说完，他掏出怀表，看了看，然后喊道：

"午夜一点。遭啦，英雄，我们都晚了！父亲等你，祖努白等着我，我们赶快回家去吧！"

没过几分钟，兄弟俩便离开酒馆，乘车去阿特拜了。路上漆黑一片。车子行至艾兹拜基公园围墙下，不时可以看到行人，有的急急忙忙，有的步履蹒跚。车子每经过交叉路口，总有清脆的歌声伴着湿润的微风传入耳际。楼房和公园里的高大树木上空，闪烁着不眠的繁星。

亚辛笑着说：

"今夜，我可以面不改色地说，我没做坏事！"

凯马勒颇担心地说：

"我希望能赶在父亲之前到家。"

"害怕，害怕是最大的不幸。革命万岁！"

"正是！革命万岁！"

"打倒专横的妻子！"

"打倒暴虐的父亲！"

第三十七章

凯马勒轻轻敲门,来开门的是乌姆·哈奈菲。当她知道是凯马勒时,便低声说:

"老爷正上楼梯……"

凯马勒等在门后,估计父亲上了楼,方才朝里走去。不料却传来父亲的话音。只听他厉声问道:

"谁敲门?"

凯马勒心惊肉跳,无可奈何,只有走上前去,答道:

"是我,爸爸!"

他看到父亲站在楼梯转弯的地方,与此同时,母亲端着灯出现在二楼。父亲靠着扶手,惊异地问:

"凯马勒?怎么在外面待到这个时候?谁拖住你啦?"

凯马勒胆怯地说:

"我到剧场看今年规定看的剧目去了。"

父亲怒喝道:

"复习功课还要到剧场去?阅读、背诵那些空话还不够吗?为什么不经我许可就去?"

离父亲还有几个台阶之隔时,凯马勒停住脚步,求饶似的说:

"没想到会聊到这么晚。"

父亲十分生气：

"再找个复习功课的方法吧！丢掉你这些荒谬的理由！"

父亲怒气冲冲地上了楼，口中不住嘟囔着："在剧场复习功课到这么晚""都到午夜一点钟了""就连小孩子也不会这样""这样的决定真可恶！"

凯马勒上了楼，朝客厅走去，从桌子上端起一盏灯，然后愁眉苦脸地回到自己的房间。他将灯放在写字台上，背起双手，回忆着父亲最后一次骂他的日期，想了许久，没有想起确切的日期。但是，他相信自己大学生活的几年，已经平安、体面地过去了。父亲这次的骂声虽轻，而且不是冲着他的，却使他感到难过。他离开写字台，摘下红毡帽，开始脱衣服。突然，他感到头晕目眩、胃里翻腾，急忙向卫生间跑去，接着大口大口地呕吐起来。当他再回到房间时，已是筋疲力尽，痛苦难言了。他脱下衣服，熄了灯，倒在床上，呼吸也觉得有些困难。没过几分钟，便听到门轻轻地开了，继而传来母亲温柔的问话：

"睡啦？"

凯马勒声调如常，想用一句话将母亲支走：

"嗯……"

母亲的身影渐渐向床边移动，不多时，便站在了他的头前，安慰道：

"别在意！你最了解你爸爸。"

"我知道，我明白！"

母亲似乎想吐露自己的心事，于是说：

"你爸爸盼望你走正道，所以才责备你为什么回来得这么晚。"

凯马勒心中气恼难以平息，说：

"夜晚聊聊天，也值得他这么责备一顿？他为什么要这样做呢？"

屋里那么暗，难以看清母亲的惊愕神色，但却听到母亲从鼻子里发出的轻笑声，似乎根本不把他的话当回事。她说：

"所有的男子都有消夜的习惯。你很快就要长大成人了，但现在，你还是个学生。"

凯马勒趁母亲说话间歇的机会,开口说:

"我明白……明白!我的话没有别的意思,您何必来这儿呢?您放心睡觉去吧!"

母亲温情脉脉地说:

"我怕你难过。我现在就走,但你必须答应我好好睡觉。睡吧,快点儿睡吧!"

母亲离去了,伴着轻轻的关门声,她说了句"晚安"。凯马勒长长地吁了口气,凝神注视着黑洞洞的上方,用手慢慢地揉搓着自己的肚子和前胸……生活的滋味,全都是苦的。神奇的醉意何方而去了呢?取而代之的忧愁、痛苦又自何方而降?这多么像美梦之后的失恋之苦!假若不是遇上父亲,他也不会落到这个地步。这是一种强大的力量,秘密何在呢?父亲也是位男子汉,他的笑容只给予那些陌生人!为何怕他呢?他的这种恐惧心理会延续到何年何月?这像他经历的其他疑惧心情一样。在大游行中,当人们面对国王高呼"萨阿德"或"阿布丁"时,他曾双手敲击阿布丁的大门,于是国王退让了,萨阿德退出了内阁……如今,在父亲面前,他却哑口无言、束手无策。一切都变了……安拉……阿丹……侯赛因·夏达德……爱情……连同阿伊黛本人……永恒,你不是说过永恒吗?是的。爱情的永恒,法赫米的永恒。夭折的兄长,已一去不复返。你十二岁时,为了得知法赫米的命运,你进行过一次试验,还记得吗?多么令人难过的回忆!那时,你从窝巢中掏了一只小鸟,而后将它闷死,给它裹上殓衣,在院中那口旧井附近挖了一个小坟坑,然后将它埋葬了。过了几天或几周之后,你刨开了鸟的坟墓,取出鸟的尸体。那时候,你看到了何种景象?嗅到了什么气味?你哭泣着跑到母亲跟前,问死者的命运,问每一个下世者的命运,尤其是法赫米的命运,于是母亲一声不吭地抽泣起来了。七年之后,法赫米还会留下什么?爱情还会留下什么?尊严的父亲又会怎样呢?

在一片黑暗之中，他看到了写字台、衣帽架、椅子和柜子的黑影，听到一种莫名其妙的响声，只觉得头脑发热，睡也睡不着。生活的滋味实在苦涩至极。他问，亚辛沉睡时打呼噜吗？无论如何，他见到祖孥白了吧？侯赛因·夏达德是否已卧身于巴黎床头？阿伊黛究竟睡在哪一边？她的肚子已高高隆起了吗？他们在日悬中天的国度里，正在做什么呢？……繁星璀璨的天空，那里可有没有悲伤、痛苦的生活？在那广袤无垠宇宙的乐池里，可有人听到他的低声呻吟？

我的父亲哪，让我把自己的心事告诉您吧！您说我，我并不生气。您对我最亲，我心里明白。我欣赏您的温和、风趣、诙谐、幽默，喜欢争论和冒险精神；这是您的温柔的一面，也是熟悉您的人乐于称道的，这证明您精力充沛、热爱生活、热爱他人。但我想问，您为什么只把冷酷的一面留给我们呢？不要谈论什么教育的真谛！其实，您对此一无所知，亚辛和我的行为就是绝好的证明，虽然有的您已看到，但有的您并没有看到。面对我们的现实情况，您用了愚昧的伤害、呵斥折磨我们，一点儿也表现不出您的良好愿望。您莫着急，别生气，我仍然热爱您，敬佩您。我将永远尊敬您。但我的内心却强烈抱怨着您。我们不像别人那样将您当作朋友，而是把您看成凶暴、专横的统治者。仿佛著名谚语"聪明的敌人胜过愚昧的朋友"正是指您而言的。因此，我憎恶愚昧胜过憎恨生活中的任何恶习，因为它可以毁坏一切，包括神圣的父子关系。具有您的一半愚昧和对子女的一半怜爱之心，这样的父亲要胜过您。我总有一天要做父亲，在我做家长之前，我首先要做儿女的朋友。但是，父亲啊，我依旧敬佩您，即使您的身上已失去了昔日的神秘色彩。是的，您的力量不过是神话。您既不是赛里姆贝克那样的高级顾问，也不是夏达德贝克那样的富翁，更不是萨阿德·扎格鲁勒那样的领袖人物，或者是赛尔沃特那样的英雄豪杰，而是一位可敬的朋友，仅此而已。

对于我们，仅期望您不要吝啬您的友谊。思想发生变化了的不仅仅是您一个人，就连安拉也不是我昔日叩拜的安拉了。我正对安拉的属性进行筛选，以便剔除其强暴、专横、独裁及其他属于人类的天性。我不知道应从哪里约束自己的思想，也不知道如何进行约束。但我想，绝不能到此罢休，与思想的折磨斗争总比静止不动、安卧床头要好。我决计结束您的专横行为，这自然会引起您的注意。您的专横作风就像这四周的黑暗一样笼罩、覆盖着我，就像这可恶的失眠一样折磨着我。至于酒，则已把我弄得神魂颠倒，所以，我再也不去尝它了。唉！多么叫人难过啊！就连酒也如此叫人生畏，那么还有什么希望呢？我告诉您，我已决计结束您的专横、暴虐行径，当然不能采取对抗、背叛的手段，因为您是我心中最可敬的人，所以我不能那样，而要采取逃避、出走的办法。

是的！我一定要逃出您的家门，靠自己的双腿挺立起来，开罗区域广阔，到处都有被压迫者立足之地。尽管您对我暴虐、专横，但我依然尊敬您，您可知道后果如何吗？我崇拜另一个专制者，他表面和内心同时虐待我。他对我那样专横，不爱我，尽管如此，我过去敬仰他，至今仍然敬仰他。您是爱我、折磨我的第一位负责人。这种思想究竟在现实中间居于什么地位呢？我对这种思想不满意，同时对之缺乏热情。无论爱的现实如何，无疑它归于心灵中更加深刻的原因，且让它成为一个悬案吧，日后再着手进行研究。父亲呀，不管怎样，您对我如此专横，您自己也会感到不公平的。

母亲，您呢？您不要用斥责的目光盯着我的面孔，也不要问我有什么过错。我没有伤害过任何人。愚昧就是您的过错。愚昧……愚昧……我的父亲具有愚昧的粗鲁性格，而您，母亲，您的性格则是愚昧的温柔；只要我活着，我将永远是这两种对立性格的牺牲品。您的无知统一使我的灵魂里充满了神话，把我与洞穴世界连接在了一起。如今要摆脱您的愚昧，我要付出多少辛苦；同样，为了从父亲的愚昧之下解放出来，我也将受折磨。在这方面，你们最好不要花费多少力气，不必伤许多脑筋。房间里的黑暗之神做证，我建议废除这积满死水的坑壕——家庭，取消父权、母权，并且给我一个没有历史的祖国和一个没有过去的生命。

现在,让我们一起照照镜子,我们会看到什么呢?一副大鼻子、一个大脑袋。父亲,您把您的鼻子给了我,不同我商量,毫不客气,在我出生之前,您就对我如此蛮横。虽然您的面孔表情严肃、可畏,但移到了我这狭窄的脸上,却显得可笑、滑稽,宛如一个英国大兵站在诵经人的圈子中间。更奇怪的是我的脑袋,既不像您,也不像母亲,这究竟是从哪位远祖那里继承来的呢?就把这个罪过记在你俩的头上吧,直到我弄清原因为止。入睡之前,我们应该说一声"再见",也许明天再见到日出。父亲,我尊敬您,尽管您那样对待我。我热爱生活。生活之中,有许多值得热爱的东西;生活的面孔上,尽是些令人迷恋的问号。然而生活中有用的却无益,而无用的却伟大无比。我很可能再也不去吻酒杯。你说吧:"酒神,再见!"但是,且慢!记得吗?你离开"玫瑰花"阿尤莎家的那天夜里,曾下过决心:只要活着,再也不接近女人;但是,时隔不久,你又要成为她的常客。我认为,人类也像我一样,醉酒之后在呕吐、头疼、呻吟,但期望人类早日康复……

第三十八章

凯马勒走后，车子上只剩下亚辛，不觉兴致尽消。他尽管醉了，但却像在沉思着什么。时间已是午夜一点多了，亚辛早就深感不安，祖努白究竟是还没有上床，一直怒容满面地等着他呢，还是已经入睡？正当他进家时，突然醒来？不管哪种情况，这一夜是绝不会平平安安地过去的，至少不会完全平安地过去。

车到思宫街转弯处，亚辛下了车，摇晃着宽厚的肩膀，劈开漆黑的夜色朝前走去，自言自语道："亚辛不是那种专为女人打算的人！"他重复着这句话，在黑灯瞎火之中，摸着楼梯扶手，拾级而上。他虽然口中这样说，但心里仍然很不安稳。他推开门，借着前厅的灯光，朝卧室走去。他进门朝床上一看，发现祖努白睡着，随后将门带上，遮住了从前厅射进来的微弱灯光，开始从容不迫、轻手轻脚地脱衣服，相信祖努白深深进入了梦乡，打算悄悄爬上床去，不惊动她。

"点上灯吧！看到你，我感到高兴。"

亚辛回头朝床上一看，温和地微笑了，然后惊奇地问：

"你还醒着？我以为你睡熟了，不想打扰你了。"

"你的心真好！现在几点啦？"

"最晚十二点。我是十一点离开聚会的地方，一步步走回来的……"

"那么你一定是在拜乃哈！"

"为什么？难道我回来得太晚了？"

"等着吧，报晓的雄鸡将亲自回答你。"

"也许雄鸡还没睡呢！"

亚辛在沙发上脱鞋和袜子，身上只剩下了衬衫和衬裤。这时，床发出"咯咯吱吱"的响声，亚辛发现她坐了起来，并且生气地说：

"点着灯呀！"

"没必要了，我已经脱下了衣服。"

"我想在灯下和你算账！"

"摸着黑算账更有意思。"

只听她愤愤地呼出了一口气，然后下了床。亚辛一伸手，碰到了她的肩膀，接着把她拉到沙发上坐下。亚辛说：

"你别多此一举了！"

她从亚辛的手中挣脱出来，说：

"我们达成的协议到哪儿去了？你已经答应过，只在酒馆里喝酒，并且同意早早回家。在我的强制下，你接受了这几个条件。在家里喝，可以省下许多钱；总在外边喝，会把许多钱白白丢掉。虽然你口头上应了下来，可是根本不把这挂在心上，竟然快到东方亮时才回来！"

谁能骗得了这位乐队的乌德琴女呢？她一旦得知你背弃了她，难道你还想避免吵嘴、打架吗？可以想象，要抛掉她，可不是那么轻而易举的。她是最爱我的妻子，最晓得如何使我幸福，坚持她生活的权利。如果惹得她生厌的话，那么……

"我参加每夜都有的聚会去了，离开那里就回家了，有人为我做证，而且你认识他，你知道是谁吗？"

说完，亚辛朗声一笑，然后说：

"今夜和我一块儿坐的是我的弟弟凯马勒！"

祖努白没有像他预料的那种惊奇表示，而且再也忍耐不下去了，说：

"谁能为新娘新郎做证呢？"

"别争辩了！我清白无辜，就像太阳一样！"

亚辛烦躁不安地说：

"你真叫我为难。主啊！你竟怀疑起我来啦！我头晕得很，需要安静，别的不希望什么。至于酒馆里，则全是无辜的消遣，没有任何尘埃。人，只有和大伙儿在一起才有趣味。"

祖努白的声调显得有些激动：

"哦，原来如此！你要知道，我可不是个小孩子，不要以为那么容易就能骗过去。我们最好不相互猜疑！"

这究竟是规劝，还是威胁？父亲那种生活，我从何处才能够得到呢？我想成为一个为所欲为的人，并且回到家时，映入眼帘的是安定、爱情和驯服。这个美梦，在栽娜卜的手里没有变成现实，在玛丽娅手里也没有实现，很可能在祖努白手里也实现不了。亚辛坚决地说：

"假若我有更多的不法欲望，我是不会和你结婚的。"

祖努白愤怒地喊道：

"你已经结过两次婚，结婚并不妨碍你的非法行为！"

亚辛吐了一口气，酒味四溢，然后说：

"喂，傻瓜，你与前两次的情况不同：第一个妻子，是父亲为我选的，是强加给我的；第二个妻子，是我在无计可施时才同她结婚的；至于你，则没有任何强加的成分。结婚前，你的门就对我敞开着，你的情况我全了解。假如与你结婚不能满足我的要求，得不到安定的生活，那我为什么要和你结婚呢？假若你有半点儿思想，那你是绝不会对我产生任何怀疑的。"

"你就是拂晓回来，也不容怀疑？"

"哪怕是大天亮才回家！"

祖努白怒斥道：

"你说点儿别的吧，说点儿吉利话吧！"

亚辛生气了：

"好嘛！"

"我走！安拉的土地广阔无边。谋生之路，全靠安拉。"

亚辛故意满不在乎地说：

"随你的便吧！"

她的声音里充斥着威胁的口气：

"我是要走，但是，我像肉中刺一样，不是那么容易拔掉的！"

亚辛态度如故：

"笑话！你要走，那简直比脱鞋还方便！"

祖努白改变了挑衅、威胁的语调，转而发牢骚似的说：

"我干脆从窗子跳下去，也好一劳永逸！"

亚辛轻蔑地耸了耸肩膀，站起身来，语气温和地说：

"还有更妥当的办法呢，起来上床吧！我们睡觉，足以气死魔鬼。"

亚辛走到床前，叹息着躺到了床上，仿佛他早已想睡了。而她，祖努白，则像是自言自语：

"命中注定，谁跟你谁倒霉！"

我也是个命中注定受苦的人，责任在于你的情欲。任何一个女人也不能替代其他女人，克服厌烦情绪，是她们力不能及的。但是，我再不会过独身生活了，也不能因为再结婚而每年卖掉一个店铺。至于祖努白，她就这样生活吧，不要纠缠、打搅我。一个狂放的男人需要一个明智的妻子，祖努白明智吗？

"你要在沙发上坐到天明？"

"我合不上眼。你别管我了，睡你的舒适觉吧！"

不可避免的事情总是无法避免的。亚辛伸手抓住她的肩膀，将她拉过去，同时喃喃地说：

"上床吧！"

祖努白稍事反抗之后，随着他的手朝床靠去，叹着气说：

"我什么时候才能像其他女人那样心神安宁地生活呢？"

"放心吧！你应该完全相信我，我是值得信赖的。像我这样的人，只有去熬夜聊天，才感到幸福。假如我伤脑筋，你也是得不到幸福的。请你相信我，我熬夜都是清白无辜的，相信我，你是不会后悔的。我既不是胆小鬼，也不是骗子。啊，我头晕极了。在我生活中，也就只有你一个人了。"

祖努白的叹息声依稀可闻，仿佛想对亚辛说：但愿你像自己表白的那样诚实！亚辛舞动着手，说：

"哎呀呀！你这叹息声使我心如刀绞！安拉想结束我的性命啊！"

祖努白缓缓地摁住他的手，祈祷道：

"求安拉指导你走上正路！"

这种愿望出自一位乌德琴女的口中，谁会相信！

"不要见面就吵嘴了！争吵会带来不愉快。"

这是个有效的办法，但不适用于一切情况。假如你今夜私会了阿尤莎，情况可就不同了⋯⋯

"你发现自己慌张得不是地方了吗？"

第三十九章

艾哈迈德·阿卜杜·贾瓦德先生正埋头工作时,亚辛突然闯入店铺,来到父亲的桌前。父亲一看儿子的脸色,便知道他是来求救的。亚辛的两眼闪烁着狼狈、迷惘的神色;虽然他面带微笑。恭恭敬敬地屈身吻父亲的手,但看上去全是下意识的习惯动作,而心早已飞到那只有安拉知道的地方去了。父亲让他坐下,于是他把椅子往父亲的座位附近挪了挪,然后坐了下来。他望望父亲,然后垂下目光,微微一笑,仿佛父亲怕儿子不肯先开口,于是问道:

"好吗?怎么样?你与往常不大相同……"

亚辛久久地望着父亲,似乎想得到他的同情,然后垂下眼睛,说:

"他们把我调到上埃及①最远的地方去工作。"

"教育部?"

"是的。"

"为什么?"

亚辛不耐烦地说:

"我问过校长,他跟我谈了些与工作毫不相干的事情,真不公道!"

父亲不解地问:

---

① 上埃及,埃及南部地区,包括开罗南郊以南直到苏丹边境的尼罗河谷地。

"怎么回事？你说清楚些！"

"卑鄙的谣言！"亚辛犹豫片刻，"……关于我妻子的谣言……"

父亲更加留意了，怜惜似的问：

"他们说了些什么？"

亚辛的表情一时有些窘迫，然后答道：

"那些坏家伙说我娶了个……烟花女！"

艾哈迈德·阿卜杜·贾瓦德先生不安地朝整个店铺扫视了一眼，发现贾米勒·哈姆扎维旁边站着一个男人，另一侧坐着一个女人，离他仅有几腕尺①远，于是强压怒火，声音虽低，但却掩盖不住因气愤而颤抖：

"也许他们真是坏人。后果好坏，我早告诉过你了。你还是不谨慎，犯了个大错误。可怕的结局是不会饶恕你的。我还能说些什么呢？你是学监，应该珍惜自己的名声，免得叫别人生疑。我对你说过不止一次，如今毫无办法，无能为力，只有依靠安拉了。看来，我也应该从人世间的忧愁中解脱出来，以便专门为你操心！"

亚辛茫然失措、狼狈不堪地说：

"但她是我的合法妻子。在法律范围内，她是无可指责的，与教育部有什么关系？"

艾哈迈德·阿卜杜·贾瓦德先生压抑着心中的愤怒，说：

"作为一个部，理应珍惜它的职员的名誉！"

至于名誉，何不留给他人去谈论呢？

"对已婚男子来说，这不公正！"

先生摆动着手，生气地说：

"难道你想让我来为教育部制定政策?！"

亚辛颓丧、乞求地说：

"不是的！我只希望你运用自己的影响力来阻止这次调动。"

---

① 腕尺，指自肘至中指尖的长度。阿拉伯1腕尺等于0.5883米。

艾哈迈德·阿卜杜·贾瓦德先生用左手抚着胡须，凝视着，似乎并没有看亚辛，而是在深思。亚辛苦苦哀求，因为打搅了父亲而表示歉意，并且强调，除了依靠安拉，就全仗着父亲了。等到艾哈迈德·阿卜杜·贾瓦德答应出面阻拦这一调动，亚辛才离开了店铺。

同一天晚上，艾哈迈德·阿卜杜·贾瓦德来到歌剧院广场旁边的咖啡馆会见校长。他一看到校长，边急忙招呼他坐下，边说：

"我一直在等待着你。亚辛实在太过分了，为你带来了不少麻烦，十分对不起……"

两人面对面坐在濒临广场的阳台上。艾哈迈德·阿卜杜·贾瓦德先生说：

"不管怎样，亚辛也是你的孩子嘛！"

"当然喽！但我与整个事情都没有什么瓜葛。那是他与教育部之间的问题。"

艾哈迈德·阿卜杜·贾瓦德先生虽面带微笑，但却斥责似的说：

"因为一个职员与一个乌德琴女结婚而受到处罚，这不是怪事吗？这难道不是他的私事吗？再说，婚姻关系是合法的关系，不应该遭到任何非议！"

仿佛校长不明白艾哈迈德·阿卜杜·贾瓦德先生的意思，他沉思了片刻，然后说：

"他只是最后才偶然地提到了结婚的事。事情的全貌，我想您还不大了解，是吗？"

艾哈迈德·阿卜杜·贾瓦德忧心忡忡地问：

"还有什么要紧的事吗？"

校长稍稍靠近他一些，遗憾地说：

"艾哈迈德·阿卜杜·贾瓦德先生，问题在于亚辛去红巷与烟花女幽会，有人检举，并把照片送到了教育部。"

艾哈迈德·阿卜杜·贾瓦德先生不禁大吃一惊，两眼圆瞪，面色顿时变黄。校长遗憾地摇着头，说：

"事实俱在,铁证如山!为了减轻处罚,我已尽了最大努力,撤销了起诉的想法,仅仅把他调往上埃及去!"

艾哈迈德·阿卜杜·贾瓦德叹息道:

"这个狗东西!"

校长同情地望着他,说:

"艾哈迈德·阿卜杜·贾瓦德先生,我感到很对不起您,但是,这种行为是与职员的身份大不相称的。我不否认,亚辛是位好青年,非常忠于职守。我可以坦率地告诉您,我很喜欢他,这不仅仅因为他是您的儿子,而且因为他本人讨人喜欢。可是,人们对他的传言太多了!他应该痛改前非,端正自己的行为,不然他会贻误自己的前途!"

艾哈迈德·阿卜杜·贾瓦德先生怒气满面,好久没有说话。随后,他好像自言自语:

"与烟花女鬼混!那么,就让他往火坑里跳吧!"

但是,父亲没有把儿子往火坑里推,而是赶忙拜会议员、达官贵人,求朋友们阻止这种调动。他首先去找穆罕默德·伊法特,经过若干知名朋友的调解、说情,果然见效,终于废除了调令。但是,教育部坚持将亚辛调到部里工作。之后,档案处处长——穆罕默德·伊法特的女婿,或者说亚辛原配妻子的现任丈夫——宣布同意接纳亚辛来自己手下工作。在穆罕默德·伊法特的默示下,终于达成协议。1926年初冬,亚辛便来到了档案处上班了。但是,问题并未到此了结,亚辛不适于在学校工作这一事实已经记录在案,同时不再考虑他的晋升问题,尽管他在八级职员的位置上已度过了十多个年头。穆罕默德·伊法特安排亚辛在女婿的处里工作,目的在于使之不受外人气;虽然如此,但亚辛却因为处于前妻丈夫管辖下而感到不快。有一天,亚辛终于对凯马勒表露了这种情绪:

"也许栽娜卜看到我的遭遇感到高兴,她父亲拒绝让她与我复婚就是证明。我对女人的心颇为了解,她对我幸灾乐祸,这是毫无疑问的。不幸的是,除了甘受这位笨蛋的管辖之外,我再也找不到一个更好的地方！他已经是个中年人了，对女人说来，已经没有什么用途。他无法填补别人留下的空缺。就让那个傻女人幸灾乐祸吧！我也是个幸灾乐祸者。"

祖努白并不知道亚辛调动的秘密，充其量得知丈夫被安排到教育部里更好的部门去工作了。艾哈迈德·阿卜杜·贾瓦德先生与亚辛对话时，也竭力避开亚辛丑事的真实情况，只是说调令撤销了。

"瓦罐打水，总有一漏！你使我丢尽了脸。自此之后，我再也不管你的事，随你的便，想干什么，就干什么去吧！你是你，与我毫无关系！"

但是，亚辛总没有从父亲的心中消失。一天，父亲把他叫到店铺里，对他说：

"现在，你应该重新考虑一下你的生活，让自己回到尊严的道路上来，摆脱掉那种醉生梦死的生活。时间还允许我们开始一个新时期，我能为你准备适于你的生活的事情。你可要听话！"

然后，父亲建议：

"休掉那个女人，搬回家中来，我保证给你找一个合适的配偶，开始过体面的生活。"

亚辛满面飞红，低声说：

"您的好意值得称赞，我将尽最大的努力实现你的愿望，而不伤害任何人。"

父亲愤怒地喊道：

"现在是个新时代，就像英国人时代一样！看来你想坐监牢！好吧，下一次，我就会听到你在铁栅栏里求救。我再对你说一遍：赶快休掉那个女人，回到家里来！"

亚辛有意让父亲听到自己叹气的声音，然后说：

"……她已经怀孕了，爸爸！我不想罪上加罪了。"

安拉啊，保佑保佑我们吧！祖努白的腹中孕育着你的孙子。这位青年正在忍耐着各种痛苦，准备迎接婴儿呱呱落地……你知道吗？

"怀孕了？"

"是的。"

"你担心罪上加罪？"

未等亚辛开口，父亲已暴跳如雷：

"你玷污良女，难道你不受良心责备？你这个该死的东西……"

艾哈迈德·阿卜杜·贾瓦德先生用充满怜悯和蔑视的目光送走了亚辛。他感到奇怪：儿子的外貌像自己，而谈吐却完全像他的母亲！……他突然想起来，有一天，他几乎在同一个祖努白的手中跌入深渊。但是，他同时也想到自己如何在关键时刻克制住了自己。亚辛控制住自己了吗？他又气又恨，心神不安，不由自主地咒骂着亚辛，重重地诅咒着亚辛……

第四十章

　　12月20日到来了，凯马勒感到这是非同寻常的一天，至少对他自己来说是这样的。就在这一天的某一时辰，他来到了人间，这一切都清清楚楚地记录在了他的出生证上。他穿着大衣，在自己的房间里踱来踱去，然后朝桌子瞅了一眼，发现日记本上有一空白页，上方写着他的出生日期，于是想在生日里写点儿什么。之后，他又在房间里走动起来，借以抵御寒冷。玻璃窗外，晴天已经隐藏在阴云的背后，细雨开始淋漓。希望和梦想在他的心中翻滚，致使他一时沉默起来。庆祝生日，一定要庆祝一番，哪怕只有生日的主人参加，因为在这个旧式家庭中是没有过生日习惯的，就连母亲也没有记起这个难忘的日子。至于孩子们的生日，留在母亲心中的只有神秘的记忆；她只记得生凯马勒时的经历：那是冬天，遇上了难产，我痛苦，我呼喊，一直持续了两天。

　　过去，凯马勒听说过自己出生时的情况，他由衷地同情母亲，尤其是看到阿伊莎生努埃麦的情景，他的心剧烈地跳动，更加怜悯母亲了。今天，他则以新的思想来考虑他的生日。他从唯物主义哲学源泉中吸收了营养，仅仅在两个月之内，便尝到了人类在一百年世界内所经历的思想痛苦。难道因为粗心或愚昧造成了自己的难产？他这样问，仿佛自己是被告，正站在那里受审。他思考着难产可能给大脑、神经系统造成不良影响，担心这会在人的生活、命运中起重要作用。

如今，他拼命地追求着爱情，难道这可能是因为十九年前，还在母体里时，他的头顶、脑壁受到了挤压和撞击？唯心主义哲学使他在空想的荒野上迷惘漫游，尽受折磨，泪水横流，这难道不是愚昧产婆所造成的痛苦恶果吗？他思考着出生之前，乃至母亲怀孕之前的事情，思考着生命的源泉，考虑着生命的化学方程式……于是，他开始蔑视生命的根源了，转而翘首仰望天空繁星，期望着与辰星结为眷属。但是，他知道自己最近的起源，被他称为精液。十九年零九个月之前，他不过是一滴精液，一种无辜的追求愉快的愿望，或一种贪求安慰的强烈需要，或者说是性欲，将之喷射出来，企图取得一种无意识的酣醉，或为对留守在家中的妻子尽自己作为丈夫的责任感而来到了人间的。责任感这个问题缠绕着他的心，揣摩不出一种可信的道理，得不到一种可以服人的见解，他的心是无法宁静，也是无意去享受快乐的，何况他的生活并不轻松，而是充满了斗争和痛苦。精虫与卵子相遇，变成了人的胚胎，发育为婴儿，呱呱落地，未看到世界而先发出哭声，温和的天性从此开始成长，随日月推移，有了信仰、见解，渐而长大成人，继而产生热恋行为，并将之称为一种神圣，转而发生动摇，于是信仰消失，思想颓废，心神受损，不久便倒退到比起点更加低劣的地位！凯马勒已经度过了十九个春秋，多么漫长的岁月啊！青春闪电般地迅速过去，夕阳西下，乌鸦啼哭，难道这就是人生的享受？除此一无所有？牙牙学语、天真无邪的孩提时代已经过去，爱情生活已经到来。如今，他的思想十分开阔，然而在他所喜欢的范围内只找到了若干美名，这就是真理、生活的乐趣和知识的光辉。旅途显得漫长，仿佛心爱的人已经坐上奥古斯特·孔德①的列车，通过神学车站，那里张贴的标语是"是，妈妈！"看吧，那列车正行驶在形而上学的大地上，那里张贴的标语是"不，妈妈！"从望远镜中看到，在不远的地方，出现了"现实主义"，它的顶峰上张贴的标语是"睁开你的双眼，要做勇敢

---

① 奥古斯特·孔德（1798—1857），法国哲学家、社会学家。

的人!"

凯马勒走到写字台前,目光落到了日记本上,他自问:是坐下来,在生日的空白页上信笔写下点儿什么,还是推迟一些时间,让思想凝聚在头脑之中呢?这时,雨打墙壁的"吧嗒"声传入他的耳际,他转眼朝濒临宫间街的玻璃窗望去,只见薄雾弥漫的窗玻璃上镶嵌着一颗颗明亮的珍珠,又像流星一样滑向窗棂,玻璃上留下一道道弯曲、晶莹的光痕。他走到窗前,抬眼遥望那冲破乌云、飘飞而下的雨点,像一串串珍珠,将天空与大地连接在一起。高大的宣礼塔、圆屋顶依旧昂着头,巍然屹立在霏霏阴雨之中;远方的天空中出现了一个银白色圆圈,整个画面浸染着暗褐色,显得庄重、素雅……孩子们的呼喊声不时从大街上传来……凯马勒朝窗下看了一眼,发现雨水成河,泥泞遍地,车辆摇摇晃晃,车轮扬起串串水花,行人们纷纷躲进酒吧间、咖啡馆及墙根下。这天的景色仿佛用深情的语气对凯马勒说:向苍天之主乞求默示吧,以便展望一下新岁月的生活!

自从侯赛因·夏达德离开祖国,凯马勒再也找不到能与他推心置腹交谈的朋友了。自那时起,每当感到自己想说话时,他总是自言自语,自问自答。知心朋友离去了,他只有把自己的心灵当作挚友。凯马勒自问:"你相信安拉存在吗?"他的心灵又问他:"你为什么不能像上楼梯那样,从一个星球跳到另一个星球上去呢?"天之骄子把地球推举为宇宙的中心,使得天神也崇拜起泥土来了,直到他们的兄弟哥白尼来了,才将地球降为太阳的小小仆从。随后,他的兄弟达尔文揭穿了假王子的秘密,并且公开宣布,其祖先就是今日的"笼中之客";朋友们都这样称呼它,只有在节假日或某些季节里,才得到观赏的机会。原来有一片星云,就像车轮溅出的水花;星云旋转而形成了群星;群星在永恒的运动中相互吸引,于是产生了星球,地球出现了,月球随之诞生。地球的一面冲着月球发怒,另一面却朝着月球微笑,及怒气和热情均平息下来时,地球的表面也稳定下来了,于是出现了高山、大川、巨石、盆地,然后出现了生命。起初,地球之子用四肢行走,不断地在理想道路上进行探讨。不瞒你说,在种种神话面前,我简直束手无策。但是,在波涛汹涌的大海之中,我找到了一块三棱岩石;从现在起,我将它称为科学、哲学、理想之后。莫把哲学说成宗教似的神话,其实,哲学建立在稳固的科学支柱之上,并且把科学送到它的目的地。

至于艺术,则是对真理高尚的追求,生命的延续;但我所贪恋的东西却离艺术甚远,因为我只追求真理,与真理相比,艺术仅仅是女性的游戏而已。为了实现这一目标,除了生命以外,我准备做出任何牺牲。至于我扮演这个角色的资格,则是大脑袋、高鼻子、失却的爱情、病中的希望。你不要嘲笑青年的梦想!病人们将这种嘲笑称为一种老年疯狂症。你称赞萨阿德·扎格鲁勒,赞美哥白尼、亚里士多德、马赫[①],与此并没有什么矛盾。为改变落后的埃及同全人类联结起来的努力是高尚的,同时也是人道主义的伟大事业。而爱国主义,只要不被极不公道的怨恨情绪所玷污,则总是美德。厌恶英国佬,是一种自卫;建立在此基础之上的爱国主义,则不过是地方人道主义而已。你会问我是否相信爱情?我要告诉你:"爱情尚未离开我的心坎。"我不得不承认人类的现实。虽然爱情之根与宗教、神话之根交织在一起,然而神圣宇宙的倒塌却并没有动摇宗教的支柱或削弱其重要性。同样,对之进行研究、分析,并且将之分为生物学、心理学、社会学,也没有动摇它的支柱或减弱它的重要性。

所有这些,都未能减轻你心脏的剧烈跳动,虽然记忆消逝了,形象也模糊了。难道你仍然相信爱情的永恒吗?……永恒之说不过是神话而已,爱情也像世界上的一切那样,都是会被遗忘的。阿伊黛——提到她的名字,你为什么犹豫呢?——她结婚整整一年了。我已在遗忘的道路上走了一程,经历过几个阶段:疯疯癫癫,茫然失措,痛苦难熬,之后便是断断续续的难过了。如今,也许一整天里,她的影子也不会出现在我的脑海里;只有醒来或入睡时,才想起她一次或两次。想起她

[①] 马赫(1838—1916),奥地利物理学家、哲学家。

时，我的情感随时间不同而发生变化：有时思念之情强烈，有时痛苦似乌云掠过，有时忧愁如蝎蜇心，有时愤怒若火山喷发，致使我感到天旋地转，头晕目眩。无论如何，我已经自信：没有阿伊黛，我也将继续活下去。那么，你靠什么来实现遗忘之梦想呢？……将像过去一样，靠对爱情的研究和分析，用宇宙客观来减轻个人的痛苦，因为在宇宙之中，人类世界只是一粒尘埃。此外，还要借酒色宽心宁神，并且从主张忍耐的哲学家那里寻求安慰，如斯宾诺莎①，他认为时间是不真实的东西，过去或将来的某种事件所激起的愤怒是与智慧相矛盾的。假如我们对此有明确的认识，那么，我们就应该抑制这种愤怒。假若你发现爱情已被遗忘，那么，你会高兴吗？……我高兴，因为那使我摆脱了被俘虏的命运；我难过，因为那是一次尝试，在它到来之前，我曾结识过死神。不管怎样，只要我活着，我将厌弃被束缚，向往完全自由。

不想自尽或寻死的人是幸福的。心中点燃着热诚火炬的人是幸福的。勤恳工作或准备尽职的人是不朽的。贪恋书本、酒色、恋爱的人是有生气的。闪烁着希望之光的心灵忘记或故作忘记结婚，就像盛满威士忌的杯子再也容纳不下苏打水一样。你喜欢酒，应该说是美行；你贪恋色，亦无可指责。但是，你不时地思念圣洁、节制，也许那是你的旧信仰的残余。

雨，一刻也没有中断，伴着雷鸣电闪。路上已看不见行人，喧闹声亦平息下来。凯马勒想看看院子里的情况，于是离开房间，来到前厅，然后走近窗子。他隔窗望去，只见院里水流成河，打着漩涡，直朝那口井灌去，还有一部分水则流入厨房与库房之间的低洼处。往年，这里的水渗下去之后，乌姆·哈奈菲无意之中丢下的那些小麦粒、大麦粒或葫芦籽，数日过去，便生根发芽，破土而出，低洼处渐渐绿草如茵，但过不久又被孩子们踩死。那是凯马勒童年时代玩耍的地方。回想起孩提时期的欢乐，他的心里充满眷恋、思念之情，但欢乐之上，却不免覆盖

---

① 斯宾诺莎（1632—1677），荷兰哲学家，唯物主义者和无神论者。

着一层愁绪,酷似薄云遮月。他离开窗子,朝自己的房间走去,历历往事一幕幕浮现在他的眼前。他想起人们坐在客厅里一起喝咖啡的情景:母亲盘坐在沙发上,伸出双臂,两手罩着火盆;乌姆·哈奈菲和她面对面盘腿而坐。他想起他小时候坐的位置,美好的回忆油然涌上心头。如今,那里只留下一个火盆,看上去,并没有发生什么变化……

第四十一章

夜色宁静，天空晴朗，繁星闪烁，凉风习习。艾哈迈德·阿卜杜·贾瓦德沿着尼罗河岸，悠然自得地朝穆罕默德·伊法特的水上酒家走去。他来到目的地，远远地望了望"祖努白酒家"——这是他的习惯叫法。痛苦的往事已经闪过周年，而愤懑和羞愧依旧盘踞在他的心中，因此，就像法赫米在世时那样，他远离了女人的圈子。他整整坚持了一年，已经感到烦闷，于是放弃了自己的决心，再次迈开双脚，踏入了禁地。

片刻过后，艾哈迈德·阿卜杜·贾瓦德先生来到了聚会的地方，只见那里坐着三位男友和两个女人。那三位朋友，他熟悉，昨晚还见过他们；至于那两个女人，一年半以来，更贴切地说，自打他把祖努白拉入自己的生活里以来，他还一直没有看见过她俩。活动尚未开始，酒瓶还没有打开，秩序井然。贾丽莱坐在中间的一张沙发上，摆弄着金镯子，仿佛在静听着那铿锵的悦耳响声。祖贝黛站在电灯下，正在照镜子，端详自己的容貌，背后便是摆满了威士忌和各种菜肴的餐桌。三位男友则分散坐着，一个个摘去帽子，脱掉了长袍。艾哈迈德·阿卜杜·贾瓦德和男友们一一握手后，又与两个女人握手。贾丽莱欢迎艾哈迈德·阿卜杜·贾瓦德，说：

"你好，亲爱的兄弟！"

而祖贝黛却微笑着,责备说:

"欢迎,欢迎!如果不是出于礼貌,恐怕你就不该得到我们的问候!"

艾哈迈德·阿卜杜·贾瓦德摘下红毡帽,脱去外袍,抬眼找座位,发现祖贝黛坐到了贾丽莱旁边,于是犹豫片刻,便朝她俩坐的沙发走去,找了个空位子坐了下来。艾哈迈德·阿卜杜·贾瓦德的片刻迟疑表情并未能瞒过阿里·阿卜杜·拉希姆。

"原来如此!看上去,你像个小学生!"

贾丽莱似乎在鼓励他:

"与你无关!我们之间没有隔着一层板。"

祖贝黛立刻笑了起来,嘲弄道:

"我是最有权利说这个话的。他不是我的亲家吗?"

艾哈迈德·阿卜杜·贾瓦德先生明白其中奥秘,但不知她对此事究竟了解得深度如何,于是和气地说:

"万分荣幸,我的素丹王后!"

祖贝黛用疑惑的目光望着他,问:

"你真为此感到高兴吗?"

艾哈迈德·阿卜杜·贾瓦德诙谐、风趣、幽默地说:

"你是她的姨母嘛!"

她摆动着手,显得有些不悦:

"我的心里是不高兴的。"

未等艾哈迈德·阿卜杜·贾瓦德问及原因,阿里·阿卜杜·拉希姆揉搓着手,喊道:

"谈点儿别的,让我们多活些时候吧!"

他马上走到桌前,打开酒瓶盖子,接着酌满酒杯,分别递到每个人的手中。他动作敏捷轻快,大家都知道他喜欢扮演这种招待员的角色。当大家准备开始喝时,他举起杯子说:

"为诸位亲朋身体健康,为大家欢乐愉快,干杯!"

于是，大家微笑着将酒杯举到了唇边。艾哈迈德·阿卜杜·贾瓦德的目光掠过酒杯口，扫视过朋友们的笑脸……他与他们交往近四十年了，打心眼里把他们视为良朋挚友，不由得胸中热潮澎湃。他望着祖贝黛，问道：

"你为什么不喜欢她？"

祖贝黛把目光转向艾哈迈德·阿卜杜·贾瓦德；从这目光中，他感到祖贝黛乐意与他交谈。她回答说：

"因为她是个不信守诺言的逆女。一年多之前，她就背弃了我，未经许可，便离开了我的家。至于现在她究竟到哪里去了，我也不知道。"

难道她真不知道祖努白到哪儿去了？艾哈迈德·阿卜杜·贾瓦德不想逐字逐句地评论她的话，只听她又问道：

"你还不知道吗？"

艾哈迈德·阿卜杜·贾瓦德从容地说：

"当时我就知道了。"

"是我把她从小养大成人，是我用母亲般的心关怀着她。你看看，我得到了什么报应？安拉诅咒她那肮脏的血！"

阿里·阿卜杜·拉希姆故作抗议，开玩笑说：

"你别诅咒她的血呀！她的血与你的血一脉相通！"

祖贝黛认真、严肃地说：

"我的血是清白无辜的！"

说到这里，艾哈迈德·阿卜杜·贾瓦德先生问她：

"她的父亲究竟是谁？"

"她父亲？"

易卜拉欣·法尔低声问，但问话中颇具讽刺意味。穆罕默德·伊法特抢白说：

"你俩说的是亚辛的太太！"

易卜拉欣·法尔脸上开玩笑的痕迹消失了，继之有些不安地沉默不语了。祖贝黛又说：

"我不是说笑话。她常常用忌妒的目光盯着我。她在我的抚养下，还想和我争呢！我总是迁就她，不把她的恶行放在心上。"

她笑了笑，继续说：

"她还梦想当歌女呢！"

她朝在座的人扫视了一眼，然后用嘲弄的口吻说：

"但她的梦想破产了，于是就结了婚。"

阿里·阿卜杜·拉希姆不解地问：

"她结了婚，你认为这是破产？"

祖贝黛眯起一只眼，另一侧眉毛一翘，说：

"是的，欧麦尔！歌女离开乐队就是破产！"

贾丽莱唱道：

"我的灵魂呀，你是太太，我是小姐……"

艾哈迈德·阿卜杜·贾瓦德微笑着，用温柔的叹息向她致意，满含喜悦之情。阿里·阿卜杜·拉希姆又站起来，说：

"安静一会儿吧，让我们喝完这杯酒！"

他斟满几杯酒，分送给大家，然后自己端了一杯，回到了自己的座位上。艾哈迈德·阿卜杜·贾瓦德端起一杯酒，望着祖贝黛，祖贝黛也微笑地望着他，举起杯子，仿佛在对他说：为你的健康干杯！艾哈迈德·阿卜杜·贾瓦德把杯子举起，两人对饮起来。祖贝黛面带微笑，眷恋地凝视着艾哈迈德·阿卜杜·贾瓦德。一年来，艾哈迈德·阿卜杜·贾瓦德无心追逐女人，仿佛那次的惨痛教训已将他的欲火完全熄灭了，也许那是一种自尊或病态。然而微微的醉意和热情的目光拨动了他的心弦，经历了自我克制的痛苦之后，他又想品尝纵欲的甜头了，于是将祖贝黛的微笑目光看作来自贪恋他的女性的良好问候，但期以此包扎一下因遭遗弃和年龄增长而造成的尊严上的创伤。祖贝黛的笑容似乎在对他说：你年华尚在嘛！艾哈迈德·阿卜杜·贾瓦德目不转睛地望着她，不时地微笑着。

穆罕默德·伊法特拿来乌德琴，放在两位女人中间。贾丽莱顺手拿起琴，开始拨动琴弦，等大家注意力集中时，她边弹边唱道：

"亲爱的，我对你许下的诺言，我爱你……"

每逢贾丽莱或祖贝黛演唱，艾哈迈德·阿卜杜·贾瓦德便装出特别留心的样子。他随着节拍摇头晃脑，似乎想借助自己的动作创造出一种欢乐气氛。其实，对他来说，歌声世界已成了记忆中的事情了。哈姆里、奥斯曼、迈尼拉维、阿卜杜·哈伊，都像他的青年年华、得意岁月那样，一去不复返了。但是，他应该培养自己热爱周围环境的习惯，激发自己的兴致，哪怕借助自己的动作、表演。他非常喜欢音乐，故而常想到穆妮莱·马赫迪娅剧院去做客，但他不大喜欢剧院里的歌声，也讨厌像学校一样的剧场。一次，他在穆罕默德·伊法特家里听新歌星乌姆·库勒苏姆的唱片，他竭力掩盖着自己的厌恶情感，静耳聆听，虽然听说萨阿德·扎格鲁勒盛赞过她的歌喉，然而他始终未听出什么高妙之处。今天，从外表上看不出他对歌声的真实情感，只见他依旧面带笑容望着贾丽莱，和大伙一道哼着"我对你许下诺言……"，声音柔和悦耳。易卜拉欣·法尔忧伤地喊道：

"铃鼓呢？铃鼓在哪里？让我们听听艾哈迈德·阿卜杜·贾瓦德打打铃鼓吧！"

你问铃鼓手艾哈迈德·阿卜杜·贾瓦德在哪里吗？啊，为什么时光对我们如此刻薄？

贾丽莱在一片喝彩声中停止了歌唱，歉意地说：

"我累啦！"

祖贝黛热情地赞扬她，她俩之间相互问候、客气了一番。

大家都知道，作为歌女的贾丽莱是很不走运的，最明显的标志便是铃鼓手菲诺离开了她那个乐队，加入了另一个乐队。

当然，这是一种必然的衰弱现象，因为她那动人的容貌、甜美的音色等特点相继凋零、消失了。在她的身上，祖贝黛再也找不到一点儿可以忌妒的东西了，相反可以毫不勉强地恭维她了，尤其是她已经达到盛极而衰之际。朋友们经常发出疑问，面对这样的危险生活阶段，贾丽莱是否已经做好了思想准备。艾哈迈德·阿卜杜·贾瓦德认为她根本没有什么准备,并且责备朋友们挥霍她的钱财。同时,他公开地说贾丽莱是一位知道如何千方百计捞钱的女人。阿里·阿卜杜·拉希姆证实艾哈迈德·阿卜杜·贾瓦德的看法:

"她呀,她正借用她那个乐队女色的美做生意。她的家里渐渐变成了另外一种地方啦!"

至于祖贝黛,尽管她很善于聚积钱财,而且喜欢饮酒、吸毒,尤其喜欢可卡因,但大家一致认为她是位姿色诱人的美女,足以招财进宝。穆罕默德·伊法特对祖贝黛说:

"你的目光甜美,我谨表示敬佩!"

贾丽莱笑了,声音低微地说:

"钟爱之情,见于眼神嘛!"

易卜拉欣·法尔不解地问:

"难道你不认为自己生活在盲人群中吗?"

艾哈迈德·阿卜杜·贾瓦德故作遗憾地说:

"如此坦率,看来你们都成了情欲的奴隶!"

祖贝黛回答穆罕默德·伊法特的问话,说:

"我看他没有什么别的意思,而是忌妒艾哈迈德·阿卜杜·贾瓦德先生的英俊年轻。你们看哪,你们都已鬓挂白霜,而他却依旧满头黑发。请你们告诉我,他什么时候才过四十岁呢?"

"我说得一个世纪。"

艾哈迈德·阿卜杜·贾瓦德连忙说:

"你们长一岁,我也长一岁嘛!"

这时,贾丽莱唱起来:

"啊,贾丽莱,忌妒的眼中有一把乌德琴……"

祖贝黛说:

"忌妒并没有什么可怕。我的眼神不会伤害他的。"

穆罕默德·伊法特别有用意地摇了摇头,说:

"伤人的根源全在你的眼中！"

艾哈迈德·阿卜杜·贾瓦德对祖贝黛说：

"你说我年轻？难道你没听到医生说什么吗？"

祖贝黛好像不知道，说：

"穆罕默德·伊法特告诉过我。医生说你是什么血压高，是什么意思？"

"医生把一个奇怪的皮袋裹在我的胳膊上，接着用皮气筒打气，然后对我说：'你血压高！'"

"血压高从哪儿来的？"

艾哈迈德·阿卜杜·贾瓦德先生笑着说：

"我猜是因为充气引起的。"

易卜拉欣一拍巴掌，说：

"兴许是种传染病。马哈鲁斯患病一个月了，我们都去看过他，病情不同，但检查结果一个样，都是血压高！"

阿里·阿卜杜·拉希姆说：

"关于这种病的秘密，我来向你们透露一下吧：那是革命来的一种病症；革命爆发之前，谁也没听说过这种病。"

贾丽莱问艾哈迈德·阿卜杜·贾瓦德：

"血压高的特征是什么呢？"

"头晕难受，行走时呼吸困难……"

祖贝黛微笑之中不免夹杂着不安的成分，喃喃地说：

"谁能免除这种病呢？哪怕只有那么一次。你们看我也有高血压吧？"

艾哈迈德·阿卜杜·贾瓦德问她：

"从上看，还是从下看？"

除祖贝黛外，大家都笑了。贾丽莱说：

"既然你已经查过，那么你应该知道如何为她做检查了吧？"

艾哈迈德·阿卜杜·贾瓦德说：

"她应该搞个皮袋子来，我准备个气筒。"

大家又是一阵哄笑。之后，穆罕默德·伊法特责怪似的说：

"血压高……血压高，现在我们只听到医生像命令他的奴隶似的说：不要喝酒，不要吃肉，少吃鸡蛋……"

艾哈迈德·阿卜杜·贾瓦德开玩笑道：

"像我这样非肉、鸡蛋不吃，非酒不喝的人怎么办呢？"

祖贝黛立刻说：

"吃喝随自己的便，人就是自己心灵的医生，安拉也是医治者。"

虽然如此，但艾哈迈德·阿卜杜·贾瓦德先生在某个时期内，还是遵照医嘱强迫自己卧床的。离开床之后，他便把医嘱忘得一干二净了。

贾丽莱又说：

"我是不相信医生的，但我认为他们的话还是有道理、有价值的。他们依靠别人的病来生活，就像我们这些歌女靠演唱谋生；他们不可没有皮袋、气筒、药方、医嘱，如同我们不可缺少铃鼓、乌德琴和歌喉……"

艾哈迈德·阿卜杜·贾瓦德高兴、热情地说：

"说得好！人们患病或健康，生存或死亡，权利都操在安拉手中，托靠安拉的人是不会苦恼的。"

易卜拉欣笑道：

"大家瞧，这是位以口饮酒、以眼贪色、以舌说教的男子汉。"

艾哈迈德·阿卜杜·贾瓦德哈哈大笑：

"既然是在红巷里说教，那就没有什么可怕的了。"

穆罕默德·伊法特打量着艾哈迈德·阿卜杜·贾瓦德，诧异地摇着头说：

"我想，假若凯马勒也坐在这里，他定会从你的说教中获得益处的！"

阿里·阿卜杜·拉希姆问道：

"我有个问题：难道他现在仍然坚持说人类的祖先是猴子？"

贾丽莱拍着胸脯喊道：

"我的妈呀！"

祖贝黛一惊：

"猴子？"然后她又补充说：

"也许他指的是他的祖先。"

艾哈迈德·阿卜杜·贾瓦德说：

"他还说女人是母猴子呢！"

祖贝黛叹息道：

"但愿我能看到猴子、狮子的后代！"

易卜拉欣·法尔说：

"他终有一天会长大成人，走出家庭，相信人类是阿丹、哈娃的子孙！"

艾哈迈德·阿卜杜·贾瓦德抢着说：

"或许有一天，我把他带到这里来，让他相信人的祖先是狗！"

阿里·阿卜杜·拉希姆走到桌前酌酒，并且问祖贝黛：

"你最了解艾哈迈德·阿卜杜·贾瓦德先生，他是哪种动物呢？"

祖贝黛思考片刻，和阿里·阿卜杜·拉希姆一起往杯中倒威士忌，然后微笑着说：

"驴子！"

"这是贬，还是褒呢？"

艾哈迈德·阿卜杜·贾瓦德说：

"说话人自己心里明白！"

大家愉快地喝着酒，祖贝黛边弹边唱《放下面前的窗帘》。

在醉意之中，艾哈迈德·阿卜杜·贾瓦德的身躯随着节拍晃动起来，举着只剩下一点儿酒根的杯子，透过玻璃，贪恋地望着祖贝黛。如果说艾哈迈德·阿卜杜·贾瓦德的心中还有什么隐秘的话，那么现在已经全部暴露出来了。艾哈迈德·阿卜杜·贾瓦德与祖贝黛的关系恢复了。大家随着祖贝黛唱起来，艾哈迈德·阿卜杜·贾瓦德声音渐高，兴奋异常。

歌声在大家一齐欢呼、鼓掌声中结束了。穆罕默德·伊法特对贾丽莱说：

"既言'钟爱之情，见于眼神'，那么，你对乌姆·库勒苏姆有什么看法？"

贾丽莱答道：

"安拉做证，她的歌喉是很甜美的。但是，她常常像小孩子那样乱叫。"

"有人说，她将成为穆妮莱·马赫迪娅的接班人。还有的说，她的音色比穆妮莱·马赫迪娅的音色还纯美。"

贾丽莱喊道：

"瞎说！穆妮莱·马赫迪娅唱歌时哪有那种声音？"

祖贝黛轻蔑地说：

"她的声音里有那么一股味儿，使人想起朗诵《古兰经》的人。她像一位缠头巾的歌手。"

艾哈迈德·阿卜杜·贾瓦德说：

"我倒听不出来，可是有那么多人迷上了她的歌声。其实，由于阿卜杜先生的逝世，歌声之国衰败了。"

穆罕默德·伊法特开玩笑地说：

"你是个倒退派，常常厚古薄今。"

然后，他挤了挤眼说：

"你不是仍在坚持用铁和火统治你的家庭吗？要知道，如今已是民主、议会时代！"

艾哈迈德·阿卜杜·贾瓦德笑着说：

"民主适用于人民，而不适用于家庭！"

阿里·阿卜杜·拉希姆严肃地说：

"难道你认为能采用老办法教育今日的青年吗？要知道，这些青年动辄举行游行示威，敢于公开对抗军队了。"

易卜拉欣·法尔说：

"你说的这些，我还不大了解。但是，我同意艾哈迈德·阿卜杜·贾瓦德的看法。我俩都各有几个儿子，几乎全部托付给安拉了。"

穆罕默德·伊法特开玩笑道：

"你们俩在口头上都是民主政权的支持者；但是，你俩在家里，却都实行独裁！"

艾哈迈德·阿卜杜·贾瓦德辩驳似的说：

"难道你认为我不应该独自决定问题，把凯马勒、亚辛及凯马勒妈召集在一起，然后进行公民投票？"

祖贝黛哈哈大笑：

"请不要忘掉祖努白！"

易卜拉欣·法尔说：

"假如说革命是使我们受孩子气的根本原因，支持孩子的便是萨阿德，那么，我们求安拉宽恕萨阿德帕夏！……"

大家继续痛饮畅谈，唱歌逗乐，喧嚷阵阵，嘈杂一片，夜幕不期而至。艾哈迈德·阿卜杜·贾瓦德望着祖贝黛，发现她正看着自己；祖贝黛望着艾哈迈德·阿卜杜·贾瓦德，发觉他正在注视着自己。艾哈迈德·阿卜杜·贾瓦德对自己说：世上只有一种欢乐。他想谈出自己的想法，但没有开口。他说实话的热情消失了，还是不能照实说呢？这种情绪从何而来呢？他又自问：那是一时的愉快，还是长久的欢乐？他想寻觅消遣和安慰，但是，突然有一种奇怪的声音传入他的耳际，如尼罗河的波涛正对着他的耳朵窃窃私语。不管怎样，艾哈迈德·阿卜杜·贾瓦德已五十有五了，请问智者：青春年华为什么在不知不觉的情况下就闪过去了呢？

"安拉保佑。你怎会不吭声呢？"

"我？我稍稍休息一下。"

是啊，休息是何等甜美！睡足起床，会增进健康。健康多么宝贵！但是，他们追逐着你，不让你享受片刻的平安！这一眼多么富有魅力！

但是，波涛响声阵阵高，你如何聆听歌声呢？

"不！在他结婚之前，我们是不能丢下他不管的。你们意见如何？送亲……迎亲……"

"喂，骆驼，站起来！"

"哦！我休息片刻……"

"送亲……迎亲……就像在奥利亚住宅那里一样。"

"那是过去的事了。"

"我们重新来一次，送亲……迎亲……"

他们毫无同情之心。那样的岁月过去了！黑暗遮住了你的眼睛，黑幕多么厚实，声音何其嘈杂，遗忘何其无情……

"你们看！"

"怎么啦？"

"水，打开窗子。"

"真有意思……啊，安拉！"

"好哇！好哇！用冷水将手帕打湿……"

第四十二章

父亲出"事"一个星期过去了,医生每天都来看他。艾哈迈德·阿卜杜·贾瓦德先生病情很重,不能会见任何客人了,就连儿女们也是踮着脚尖,悄悄地走进他的房间看一眼,见他静卧床头,面色枯黄,不由得立即缩回身来。他们脸上无精打采,心中痛感压抑,相互交换眼色,继之纷纷离去。医生诊断为高血压,于是给病人拔火罐,拔出了一盅血,赫蒂彻看过,周身战栗地说:

"拔出的全是黑血!"

阿米娜不时地出入房间,仿佛脸上罩着一层阴云。凯马勒惊慌失措,疑惑不解:怎么会发生这么严重的事情?一个壮汉子,怎么会在顷刻之间变得那样服服帖帖,默不作声了?他不时地偷看家人,或见母亲愁容满面,或见赫蒂彻双眼垂泪,或见阿伊莎面容憔悴。他再次自问:这一切究竟意味着什么呢?想到可怕的结局,想到没有父亲的世界,他禁不住闷闷不乐,心急如焚。他忧心忡忡地问:母亲怎么能够忍受得住这种结局的打击呢?现在,什么事情也没有发生,她已惆怅不堪了。之后,凯马勒又想起了法赫米,于是自问:自己能像忘掉法赫米那样忘掉父亲吗?此时此刻,在他的面前,整个世界显得一片黑暗。

事情发生的第二天,亚辛便得到了消息,于是急忙赶到家里。自从他与玛丽娅结婚以来,还是第一次回家。他径直走进父亲的房间,一声不响，望了父亲一眼，便茫然失措地退回到客厅。他见到阿米娜，两人相互握手，因分别许久，亚辛一时激动异常，眼中噙着泪花，紧紧地握着阿米娜的手。

艾哈迈德·阿卜杜·贾瓦德先生身卧病榻，既不说话，也不能动。拔过罐子，他复现出一点儿生气，可以说一言半语来表达自己的意愿了，但同时也感到难受，不时发出呻吟和叹息。当病痛稍稍减轻时，他便厌恶了卧床，因为总是躺着，吃、喝只能在一个固定的地方，那就是病榻，使他失去了活动、洁身的乐趣。他的睡眠断断续续，然而他的烦恼却无休无止。他苏醒过来时，首先问他昏迷之后，怎样把他接回家的，于是阿米娜回答说，是用轻便马车，由穆罕默德·伊法特、阿里·阿卜杜·拉希姆和易卜拉欣·法尔护送回来的，并且轻轻地将他抬到床上，然后请来了医生，虽然稍微迟了一些时候。他又问谁来看过他。阿米娜说：探访者络绎不绝，但医生有时不让他们见你。他低声念叨着"万事全靠安拉""求安拉给我以最好结果"。其实，艾哈迈德·阿卜杜·贾瓦德先生并未感到失望，也未觉得垂暮之年已经临近。尽管他心中充满痛苦和恐惧，但他对生活的信心并未削弱。他渴望着恢复理智，没有对任何人说什么即将告辞人间的话语，也没有将工作、财产托付给与他有关的人，恰恰相反，而是把贾米勒·哈姆扎维叫到他跟前，把一些买卖事宜责成他去办理。他还让凯马勒到贾法尔裁缝铺去取衣服，这是他答应给凯马勒做的，费用当然由他支付。艾哈迈德·阿卜杜·贾瓦德先生从未提到"死亡"这个字眼，他所重复的那几句话，仿佛有意掩盖着天命的无情。第一周过去时，医生说他的病情已经脱离了危险期，只需要稍稍休息一个阶段，便可完全恢复健康、重新开始活动了。当他第一次患高血压时，医生曾告诫过他，他当即答应一定遵从医嘱；医生给他讲明了淫荡行为的可怕后果，他表示诚信，并决心改邪归正。他自我安慰说："平安的生活加上某些禁忌，总比得病好。"

就这样，危机总算平安地过去了，全家松了一口气，个个沉浸在深深的感激之中。第二周来，艾哈迈德·阿卜杜·贾瓦德或许会见前来探访的朋友。那是幸福欢乐的日子，全家庆祝这一天的到来。儿子、女儿和女婿都来看望他，在他卧床许久之后，第一次和他交谈。艾哈迈德·阿卜杜·贾瓦德先生一一打量亚辛、赫蒂彻、阿伊莎、易卜拉欣·肖凯特、哈利勒·肖凯特的面孔，言谈风趣，诙谐不减病前，并且一一询问里德旺、阿卜杜·蒙伊姆、艾哈迈德、努埃麦、奥斯曼、穆罕默德等孩子们。他们对他说，为了照顾他的休息，没有让孩子们来，但孩子们祝他健康、长寿。他们还告诉他，孩子们因他身遭痛苦而哀痛悲伤，为他平安无恙而欢欣快乐。赫蒂彻说话时声音颤抖。阿伊莎屈身吻父亲的手，眼泪夺眶而出，无须开口，足以道出她的心情。至于亚辛，则顺口说，人有时会染上这种病的，但不久就会得到安拉的保佑而渐渐痊愈。听到这话，艾哈迈德·阿卜杜·贾瓦德那苍白的脸上浮现出喜悦神采，和他们谈了许久，讲安拉至睿、至恕、至慈，因此，面对天命，相信应该忍耐，诚心依靠安拉。为了腾出客厅迎接探访艾哈迈德·阿卜杜·贾瓦德先生的宾客，家人们离开那里朝凯马勒的房间走去。

亚辛走到阿米娜跟前，紧紧握住她的手，说：

"在过去的两周里，我没能向您谈谈我的心事，因为父亲生病，我无心思考那些事情。现在，安拉已让父亲痊愈了，未经您的允许，我就回家了，谨表示歉意。您像往常一样，热情地接待我，我应该向您赔礼道歉。"

阿米娜面色霎时飞红，激动地说：

"亚辛，过去的事情就过去了。这是你的家，你想什么时候回来，就什么时候回来，欢迎你！"

亚辛难过地说：

"我不愿意回顾往事。但是，我凭我的父亲和我的儿子里德旺起誓，我的心对这个家庭的任何成员都不怀恶意，我就像爱自己那样爱大家。也许是魔鬼把我推上了错误的道路。每个人都会遇上不测，但我的心仍然是纯洁的。"

阿米娜抚摩着亚辛的肩膀,诚恳地说:

"你永远是我的孩子。我不否认,我发过一次脾气;但是赞美安拉,我的怒气已经消了,留下的只有爱。亚辛,这是你的家,欢迎你,欢迎你!"

亚辛感激地坐了下来。阿米娜离开房间后,亚辛用演说的语调对大家说:

"这位女性多么善良!谁对她不好,安拉就不会宽恕他。魔鬼使我陷入了泥潭,伤了她的感情,安拉诅咒那可恶的魔鬼!"

赫蒂彻凝视着亚辛,目光中似乎包含着什么意思,说:

"刚刚一年,你便被魔鬼推入了深渊,变成了魔鬼手中的一个玩具?"

亚辛望着赫蒂彻,仿佛在求她口下留情。阿伊莎为亚辛辩护说:

"算了吧,那都是过去的事情了。"

赫蒂彻嘲笑道:

"今天是吉庆的日子,你为什么不把你的夫人带来给我们问安?"

亚辛故作高傲地回答:

"我妻子再也不去唱堂会了。如今,她是名副其实的家庭主妇了!"

赫蒂彻语气严肃,毫无开玩笑的意思,说:

"亚辛,你的损失太大了!安拉准许你忏悔,并且把你引向正路。"

易卜拉欣开口了:

"亚辛先生,别见怪!她是你的亲妹妹,我有什么办法呢?!"

亚辛笑着说:

"易卜拉欣先生,安拉默助你!"

阿伊莎叹了口气:

"现在,安拉已经拉住了父亲的手。我坦率地告诉你们,第一次看到父亲病中的情景,我一辈子也忘不了。安拉是不会用疾病控制任何人的。"

赫蒂彻诚恳、热情地说：

"没有父亲，我们的生活将失去光彩。"

亚辛异常激动地说：

"父亲是使我们挣脱一切灾难的救星，是顶天立地的人！"

我呢？你还记得你十分失望、躲在房间的一个角落里的情形吗？看到母亲精疲力竭，我的心是多么难过！我们都明白死亡的意思。地球载着我们转动，难道死亡的阴影已经离我们不远了？痛苦仍将刺扎着一些人的心。你也将要死去，而把希望留在人间。即使是在爱情上遭到了挫折，生命仍然是可贵、可爱的。

轻便马车的铃声从大路上传来，阿伊莎立即走到窗前朝外看，突然回头喊道：

"要人们探望父亲来了！"

前来探访艾哈迈德·阿卜杜·贾瓦德先生的诸人中有官员、律师、名流、巨商，他们无不对先生的健康表示极大的关注。他们中间少数人以前没到这家来过；另一些人，也只是在某些吉庆的日子应邀赴过家宴；还有的人，可以在银匠铺里看到他们的面孔。大家都是朋友，但他们与穆罕默德·伊法特及其同伴们不属于一个阶层，鉴于访问的种种条件所限，宾客们停留的时间都不长。但是先生的女儿们发现他们个个冠冕堂皇，华车宝马，傲气十足。

阿伊莎边观察着边说：

"瞧，他们来啦……"

穆罕默德·伊法特、阿里·阿卜杜·拉希姆、易卜拉欣·法尔笑声朗朗，感谢、赞扬之词不绝于口。亚辛说：

"世界上再没有这样的朋友了。"

易卜拉欣·肖凯特、哈利勒·肖凯特完全同意亚辛的看法，然而凯马勒却难过地说：

"人生难得这样的朋友久久聚会的时辰！"

亚辛诧异地说：

"父亲病重的日子里,天天都有这么多朋友登门探访;离去时,个个眼中都噙着泪花。"

易卜拉欣·肖凯特说:

"没有什么奇怪的,他们与先生素来交往甚深,关系密切!"

这时,赫蒂彻到厨房帮忙去了。探访的人流始终没有中断。贾米勒·哈姆扎维关上店铺门就赶到了这里,随之而来的是加马利亚榨汁厂主埃尼姆·哈米杜,接着是萨里希亚卖麦片粥的穆罕默德·阿基米。

阿伊莎站在窗前指着马路突然喊道:

"穆泰沃里·阿卜杜·萨姆德谢赫来啦!他还上得动楼梯吗?"

谢赫拄着拐杖穿过庭院,不时发出咳嗽声,凭以提醒人们,让大家知道他来到了。亚辛回答说:

"他还能登宣礼塔呢!"

这时,哈利勒·肖凯特眨着眼睛,伸出手指,询问老人的年龄,亚辛回答道:

"八十、九十之间,但无须问他的健康状况。"

凯马勒问:

"他一生没结过婚?"

亚辛说:

"听说他既是丈夫,也是父亲,但妻室儿女都先后归主了。"

阿伊莎一直没有离开窗前,她又喊了一声:

"你们看,这位先生究竟是谁?"

那位先生来到庭院中,用征询的目光,不时地扫视着周围的一切。他头戴枣椰树叶编制的圆帽,帽檐下露出鹰钩鼻子和散乱的胡须。

易卜拉欣·肖凯特说:

"他兴许是个珠宝商。"

亚辛疑惑地说:

"看相貌,他像个希腊人,我似乎在什么地方看见过这张面孔。"

一个戴着墨镜的盲人青年由本区一个人带领着走了进来,他缠着头巾，身穿黑大衣，下露着有条纹的长袍边。亚辛一眼便认出了这两个人，心里不禁一惊。那青年盲人名叫阿卜杜，是祖贝黛乐队的竖琴手；另一个人则是吉祥路的一家咖啡馆老板，名叫海马尤尼，一个不折不扣的歹徒、恶棍和无赖。哈利勒·肖凯特说：

"那是歌女祖贝黛的竖琴手！"

亚辛故作惊异地问：

"他怎么和父亲认识的？"

易卜拉欣·肖凯特笑着说：

"先生名声在外，所有艺苑子弟都认识他，这不足为怪。"

阿伊莎笑了，但并没有借转脸来掩饰自己的笑容。看到易卜拉欣·肖凯特的表情，亚辛、凯马勒立即悟出了笑貌背后隐藏的秘密。

这时，肖凯特家仆苏维丹跌跌撞撞地走进来。哈利勒指着她说：

"母亲的特使来了，特意来向先生问安！"

已故肖凯特的遗孀已经看望过艾哈迈德·阿卜杜·贾瓦德先生一次。几天来，她由于正经受着风湿病的折磨，故不能再次前来。

赫蒂彻从厨房一出来，便说：

"咖啡老行家在这里，让他亲自为我们送咖啡吧！"

艾哈迈德·阿卜杜·贾瓦德坐在床头，背靠枕头，脖子上缠着围巾。探望的人们坐在床周围的沙发、长椅上。先生尽管虚弱，但精神相当好。先生认为，群朋众友相聚，争相问候致安，这是再幸福不过的了。如果说病魔已经为他带来了巨大痛苦，那么，他此时此刻已无法掩饰自己的由衷喜悦，因为他看到了朋友们对他的深情厚谊。因为他身卧病榻，朋友们忧心忡忡，坐立不安；因为他不能出门，没有机会和他谈天消夜，朋友们感到寂寞，不胜难耐。仿佛艾哈迈德·阿卜杜·贾瓦德先生想得到更多的同情、怜悯，于是向他们讲起病中的疾苦、烦乱，甚至不惜夸大其词，耸人听闻。先生叹了口气，说：

"病倒的头几天，我想，恐怕这次要见安拉了，于是开始念做证词，反复默诵着《忠诚章》……我不时地想起你们来，与你们分离实在太难熬了……"

客人们异口同声地说：

"艾哈迈德先生，世间不能没有你……"

阿里·阿卜杜·拉希姆激动地说：

"你的病在我心中留下了难以忘怀的印象！"

穆罕默德·伊法特低声地说：

"那天晚上的事，你还记得吗？安拉啊，那一夜，把我们的头发都愁白了……"

埃尼姆·哈米杜稍稍靠近艾哈迈德·阿卜杜·贾瓦德的床头，说：

"凯旋门之夜，把我们从英国佬手中拯救出来的那个人救了你！"

那是幸福的岁月、美好的日子。法赫米是人群中出类拔萃的人才，是希望的寄托。

"埃尼姆·哈米杜，赞美安拉……"

穆泰沃里·阿卜杜·萨姆德谢赫说：

"我问问你，你无缘无故地给医生送了多少礼物？这倒不必回答。但我提醒你，你该给侯赛因的门徒施舍点儿吃的了……"

穆罕默德·伊法特打断了他的话，问道：

"喂，穆泰沃里谢赫，难道你不是侯赛因的门徒？你说说吧！"

话音刚落，谢赫用手杖敲打着地面，满不在乎地说：

"请侯赛因门徒吃饭，我当站在排头。不管穆罕默德·伊法特同意与否，看在你的面上，他也应该款待人们一顿，我也要站在前头。艾哈迈德·阿卜杜·贾瓦德先生，你今年应该完成你的朝觐①；假若你能带我一同去朝觐，那该多好啊！那样的话，安拉定会加倍奖励你的！"

啊，穆泰沃里，你对我太好啦！你的心与我的心贴得多近！你是时光的里程碑。

"穆泰沃里，我答应你，我将带你去希贾兹②，如蒙安拉默许……"

---

① 朝觐，即穆斯林到伊斯兰教圣地麦加去朝觐。
② 希贾兹，一译"汉志"，即麦加城所在地，位于沙特阿拉伯境内。

这时，那位洋人先生摘下了枣椰树叶帽，露出稀疏的银发，说：

"烦恼乃万恶之源，丢掉烦恼，愉快些吧！"

马努里先生既经营酒，又是个墓地经纪人，三十五年以来，他一直卖给你酒喝。

"喂，马努里先生，这就是你的货色造成的结果！"

马努里看看客人们的面孔，然后说：

"谁也没说过酒会带来什么疾病。废话！难道欢乐、嬉笑会成为患病的原因吗？"

穆泰沃里·阿卜杜·萨姆德回头望了望马努里，说：

"掌管灾难的主啊，现在我才认识了你。第一次听到你的声音时，我就自问：我在什么地方听到过这个魔鬼的声音？"

马努里眯缝着眼瞧瞧穆泰沃里谢赫。卖麦片粥的穆罕默德·阿基米问：

"马努里先生，难道穆泰沃里谢赫不是你的顾主吗？"

马努里微笑着说：

"他的嘴里满是饭菜，亲爱的，哪里能容得下酒呢？"

穆泰沃里·阿卜杜·萨姆德紧握着拐杖，喊道：

"马努里，你礼貌一些！"

阿基米喊道：

"穆泰沃里谢赫先生，在你见安拉之前，你能否认自己是最大的吸大麻烟的人吗？"

艾哈迈德·阿卜杜·贾瓦德发觉海马尤尼一言未发，于是回头望了望他，微笑着客气地说：

"师傅，你好哇！凭安拉起誓，我们好久未见面了！"

海马尤尼吵嚷似的说：

"是啊！凭安拉起誓，我们好久好久没有见面了，原因在你的身上，艾哈迈德先生，是你丢下了我们。但是，当阿里·阿卜杜·拉希姆先生对我说你的敌人已经睡着了时，我就想到你青春岁月尚在。我对自己说：你是位豁达、乐观、温和的人；我不来亲自看你，算不上什么忠实朋友。如果不是怕责备，我就把富图迈、泰姆丽、道来特、尼哈汶德都带来了，因为她们都想看看你。艾哈迈德先生，不管什么时候，我们总是思念着你。"

海马尤尼朝四周环视了一下，又说：

"你们全都抛弃了我们。阿里先生值得祝贺；安拉为我们留下了赛妮娅·盖莉，是她把他拉到我们这里来了。谁抛弃老朋友，谁就会迷失方向。我们有快乐源泉，你们离开我们，又有何妨？倘若可以忏悔，我就向你们表示歉意；但是，现在忏悔还不是时候。安拉保佑我们长寿欢乐！"

艾哈迈德·阿卜杜·贾瓦德指着自己说：

"你看哪，我们已临垂暮之年了。"

海马尤尼热情洋溢地说：

"可别这么说，我的先生！病魔已一去不复返了！安拉携起你的手，你站了起来。我期望你来吉祥路做客，哪怕只有一次；你不答应下来，我是不会离去的。"

穆罕默德·伊法特说：

"海马尤尼师傅：时间不同了。我以前所认识的吉祥路，如今到哪里去了呢？只能到历史中去寻找了！那里是青年的乐园，是我们的儿子们尽情玩耍的地方，我们怎好和他们并肩行走呢？"

易卜拉欣·法尔说：

"不能忘记，在年龄和健康上，我们是不能违背安拉意愿的，正如艾哈迈德·阿卜杜·贾瓦德先生所说，我们已临垂暮之年了，只有被迫访医求药，听凭医生摆布，诸如：'不要喝……''不要吃……''不要吸……''你有这病或那病'等。海马尤尼师傅，难道你没听说过高血压病吗？"

海马尤尼凝视着他，说：

"醉酒、嬉笑、玩耍，可以包治百病。如果还有什么后遗症，那就贴到我的肝上！"

马努里喊道：

"你是根据自己的生活说的！"

穆罕默德·阿基米仿佛要把朋友的话讲完，说：

"师傅，可别忘记那纯正的麻醉性药剂。"

穆泰沃里·阿卜杜·萨姆德惊讶地摇着头，不解地问道：

"善良的人们，请你们告诉我：我现在究竟在何处？是在艾哈迈德·阿卜杜·贾瓦德家里，还是在烟馆或酒店里呢？请你们告诉我！"

海马尤尼瞟着穆泰沃里谢赫，问道：

"谁陪伴你？"

"是圣徒都可以！"

海马尤尼嘲笑道：

"如果你是圣徒，请给我相相面。"

穆泰沃里·阿卜杜·萨姆德喊道：

"不是坐牢，就是上绞刑架！"

海马尤尼禁不住高声大笑，然后说：

"如果他真是圣徒，这倒是意料中的结局。"

海马尤尼又对穆泰沃里谢赫说：

"不过，请你控制一下自己的口舌！不然你会自己实现自己的预言的。"

阿里·阿卜杜·拉希姆的头靠近艾哈迈德·阿卜杜·贾瓦德的面孔，说：

"亲爱的，你一定要站起来。没有你，世界连一层葱皮都不如。艾哈迈德，从今以后，我们最好不要小看病灾，好吗？我们的父辈年过古稀还要结婚呢，这又怎么说？"

穆泰沃里口溅唾沫星，说：

"你们的父辈本是纯洁的信士，他们既不喝酒，也不淫荡。这样回答你的问题,你看如何?"

艾哈迈德·阿卜杜·贾瓦德说:

"医生告诉我:粗心大意,加上高血压,其结果必然是瘫痪、归主。我们的老朋友沃迪尼就是这样,愿安拉赐予他好的结局。如果命该如此,但求安拉赐我一死,完全不要让我常年卧床不起!求安拉怜悯!"

这时候,阿基米、哈米杜、马努里站起来,祝福艾哈迈德·阿卜杜·贾瓦德健康长寿,然后告辞而去。

穆罕默德·伊法特靠近先生,低声说:

"贾丽莱问你好,她很想亲自来看望你。"

盲人竖琴手阿卜杜听见这句话,打了个榧子,说:

"我就是皇后派来的。如果不是她担心先生发生什么意外,她定会女扮男装,亲自登门看望先生来的。最后,她还是派我来了。让我告诉您……"

他咳嗽了一声,而后低声唱道:

> 返回故里的人啊,
> 请把这些带给我那亲爱的;
> 好好亲亲他,并告诉他,
> 你的奴隶永远爱着你……

海马尤尼微微一笑,露出了金牙,然后说:

"良药,良药!不要思考安拉、圣徒与绞刑架了!"

"祖贝黛?我什么也不去想。疾病是令人生厌的东西。假若灾难临头,我会醉酒而死。难道这不意味着将揭开新的一页吗?"

易卜拉欣·法尔低声说:

"我们已经协议好,只要你还躺在床上,我们就不尝酒味。"

"我免除你们的协议,请原谅我的过去吧!"

阿里·阿卜杜·拉希姆微笑着说:

"假如今夜就在这里庆祝你的康复,那该多好!"

穆泰沃里·阿卜杜·萨姆德对大家说:

"我号召你们忏悔、朝觐!"

海马尤尼愤怒地说:

"你好像是大麻烟馆里的军人!"

按照易卜拉欣·法尔约定的暗号,穆罕默德·伊法特、阿里·阿卜杜·拉希姆、易卜拉欣·法尔的头相互靠近在艾哈迈德·阿卜杜·贾瓦德的头前,按照"你既然难耐热恋之苦,为何还要求爱"的曲调唱道:

你既然沾酒即醉,

为何还要饮酒?

……

这时候,阿卜杜·萨姆德谢赫开始朗诵《忏悔章》①。艾哈迈德·阿卜杜·贾瓦德则大笑不止,直至热泪盈眶。时间不觉间划过,穆泰沃里的脸上终于显现出急躁的表情。他说:

"我告诉大家,我将最后离去,想单独与艾哈迈德·阿卜杜·贾瓦德谈谈。"

---

① 《忏悔章》,《古兰经》第九章。

第四十三章

两个星期之后,艾哈迈德·阿卜杜·贾瓦德能出门了,他首先由亚辛和凯马勒陪同拜谒侯赛因陵墓,并在侯赛因清真寺做礼拜,以此感赞安拉。阿里·法赫米·卡米勒逝世的消息已见报,艾哈迈德·阿卜杜·贾瓦德先生细看很久之后,出门时,对两个儿子说:

"他是在群众集会上发表演说时倒下去了。你们看我,卧床许久,差点儿亲眼看到死神,如今又可以站起来走路了。幽冥世界的事,谁能知道呢?是啊,寿数握在安拉手里!"

艾哈迈德·阿卜杜·贾瓦德本应该静静休息几个星期,以便恢复元气;尽管他没那样做,但却显得很有精神。他走在前面,亚辛、凯马勒随后紧跟。这是自法赫米夭折以来,未曾有过的景象。从宫间街来到清真寺,两个青年人方才真切地感觉到了父亲在本区内所享有的崇高地位,亲眼看到街两旁的店铺主无不争先恐后和艾哈迈德·阿卜杜·贾瓦德握手、拥抱,祝贺他安然无恙。亚辛和凯马勒深深为这种热烈场面所感动,不胜欢乐、自豪,脸上挂着笑意,一路都不曾消失。亚辛天真地自问:自己和父亲一样庄重、英俊,也有同样的缺陷,可为什么享受不到父亲那种地位呢?至于凯马勒,尽管他激动一时,但他收回了关于显赫地位的旧看法,如今要用新的眼光来进行观察了。过去,在凯马勒那两只小小的眼睛里,严肃、庄重就是地位的标志;至于现在,与他的崇高理想相比，地位就算不上什么了，只不过是一个心地善良、性情温和、气宇轩昂的男子所享有的威信而已。而庄重、严肃则不同，它是震撼懒惰人心灵的巨响，驱赶沉睡者眼中困倦的惊雷；它所希望激起的是憎恶而不是爱慕，是愤怒而不是欢乐，是敌对而不是友好。它就是暴露，是摧毁，是建设。一个人享受到这样的爱戴，岂不是很幸福吗？是的！伟大人物为了实现其崇高目标，他们付出的牺牲往往与获得的尊严相等。

不管怎样，艾哈迈德·阿卜杜·贾瓦德先生是位幸福的人。请祝贺他吧！你看他，多么英俊！亚辛多么高雅！在父亲和长兄之间，我的相貌显得离奇古怪，仿佛戴着晚会上用的假面具。你可以说：美是属于女人的，与男子没多大关系。但是，你绝不能从自己的记忆中抹掉凉亭相会的恐怖场面。我父亲已经摆脱了高血压的侵扰，我何时方能甩掉爱情的苦楚！爱情是一种病，如同癌症，其病毒至今未被发现。侯赛因·夏达德在最近一封信中说："巴黎是爱和美的都市。"难道巴黎也是灾难的首都吗？可爱的侯赛因·夏达德惜墨如金，仿佛这封信是用宝贵的鲜血写成的。我梦想着一个心灵不受欺骗的世界。

行至贾法尔市场大街转弯处，大清真寺出现在他们面前。凯马勒听父亲喊了声："啊，侯赛因……"声调介于温柔的问候与热切的求援之间，然后加快了脚步。亚辛边望着清真寺，边紧紧跟在父亲身后，嘴角上挂着神秘的微笑。艾哈迈德·阿卜杜·贾瓦德先生可曾想到，凯马勒陪他走访，完全是为了迎合父亲的心愿，而与他的信仰毫无关系吗？高大的清真寺，在凯马勒看来，是使他的心饱受折磨的象征之一。过去，他站在宣礼塔下，心猛烈跳动，热泪盈眶，胸中激荡着钟爱、信服与希望的波涛；如今，他再靠近清真寺一看，映入眼帘的只是一堆石头、钢铁、木料，而且毫无道理地占了那么一大块地皮！但是，为了照顾父权，同时也出于对人们的尊重，或者免遭人们的欺凌，无可奈何，在结束这场访问之前，他必须扮演信士的角色。这是维护体面和忠诚所必须采取的措施，我希望有这么一个世界：人们可以在那里自由自在、毫无畏惧、不受压抑地生活!

脱下鞋子,父子三人相继步入清真寺大殿。父亲朝凹璧走去,并且招呼两个儿子做礼拜。之后,父亲双手高举过头祈祷,亚辛和凯马勒随之动作起来。艾哈迈德·阿卜杜·贾瓦德先生像往常一样,闭着眼睛,毕恭毕敬,完全沉湎于礼拜的肃静之中。亚辛则把一切忘到脑后去了,自觉身在至仁至慈的安拉面前,双唇嚅动,但没说什么,先低头,后弯腰,接着跪下、叩首,如同做某些缓慢的体育活动。凯马勒想:地下或地上最古老的遗迹就是寺院,直到今天还占着重要地位。人何时才能长大,并且自力更生呢?一种洪亮的声音,从远处清真寺传入他的耳际,向人们预言着后世;但是,今世何时方能终结呢?当你看到一个人与幻想拼搏,并且取得胜利时,那该多么高兴!斗争何时结束?斗士何时宣布自己是幸福的人呢?在我看来,世界是奇妙的。这两个人,一位是我的父亲,一位是我的长兄,为什么所有的人不能成为我的父兄?我胸中有颗跳动着的心,怎能甘愿受种种折磨?我所不喜欢的人,每时每刻都会遇到,而我所敬仰的人,为何都奔向天涯海角?

做完礼拜,父亲说:

"我们绕行清真寺之前,先在这里停留片刻。"

父子三人席地而坐,默默无语。片刻过后,父亲声音温柔地说:

"自打那天起,我们还没有在这里相聚过呢!"

亚辛十分激动:

"我们朗诵《开端章》,纪念法赫米的在天之灵吧!"

大家念完《开端章》,父亲疑惑地问亚辛:

"有些什么事情妨碍你拜谒侯赛因清真寺呢?"

数年之间,亚辛访问清真寺的次数屈指可数。他回答说:

"隔不上一个星期,我就来拜谒我们的先贤一次。"

父亲回头望望凯马勒,似乎在问:"你呢?"凯马勒含羞地说:

"我也是这样!"

父亲郑重地说:

"我们敬仰侯赛因，他是我们的守护者。在父母亲没有指望时，我们就盼他给我们带来运气。"

从这次病中，艾哈迈德·阿卜杜·贾瓦德得到了一次难忘的教训，开始感到自己暴虐，担心会有不良结果，于是有了忏悔的诚心。他相信，无论等多久，一定要忏悔；而态度迟疑，则是对伟大安拉恩泽的背弃。每当想消遣时，他总觉得生活中有友谊、歌声、玩笑带来快乐在等待着他。他祈祷安拉保佑他免受魔鬼的打扰，决心忏悔，于是开始朗诵他能背下来的《古兰经》中的简短篇章。

艾哈迈德·阿卜杜·贾瓦德先生站起来，亚辛、凯马勒随之站起，然后朝侯赛因陵墓走去；迎接他们的是扑鼻的芳香、低声的吟诵。他们随着人流绕墓一周。凯马勒翘首仰望巨大的绿色帷幔，然后，目光落在了他常常亲吻的木门上，于是将各个时期的情况进行了回忆、比较。他想到这座墓的秘密怎样在他生活中的第一个悲剧里消失了，继之爱情、信仰、友谊的悲剧接踵而至；尽管如此，他却仍然挺立着，像崇拜者那样，全神贯注地凝视着现实，根本不把痛苦的打击放在心上，纵然苦药落在唇上，他依然坦然微笑。至于照在绕墓人脸上的幸福之光，他则毫不惋惜地放弃了。凯马勒决计睁着眼生活，宁可要充满生机的忧虑烦乱，也不要死气沉沉的安乐悠闲；宁要失眠的痛苦，也不要熟睡的舒适。

绕墓一周结束，父亲招呼儿子在墓旁歇息歇息，于是，他们走到一个角落里，彼此挨身擦肩坐了下来。一些熟人走来和艾哈迈德·阿卜杜·贾瓦德先生握手，并向他表示祝贺。有的人和他坐在一起谈起来，其中大都认识亚辛。他们大抵都是亚辛在艾哈迈德·阿卜杜·贾瓦德店铺里或去奈哈辛学校的路上与他相识的。而凯马勒，几乎没有一个人认识他。但是，他那消瘦的体形引起一些人的注意。他们和艾哈迈德·阿卜杜·贾瓦德先生开玩笑说：

"你这位儿子瘦削得不像只壁虎吗？"

先生当即抢答，回敬道：

"那么,你是老壁虎?"

亚辛笑了。凯马勒也笑了,第一次发现许多人说过的有关父亲的"秘密"个性。父亲原来是个这样的人,就是在侯赛因陵墓前,在赞颂和忏悔的时候,也忘不掉说俏皮话。亚辛思考起父亲的来日,自问道:难道父亲摆脱病魔之后,还要去寻求原先那种欢乐吗?……他对自己说:"了解那些,对我来说具有头等重要的意义。"

第四十四章

乌姆·哈奈菲盘着腿坐在客厅的席子上。阿伊莎的女儿努埃麦，赫蒂彻的两个儿子阿卜杜·蒙伊姆、艾哈迈德坐在沙发上。临庭院的两面大窗子敞开着，以调节八月湿热的气温，不时有阵阵凉风吹入客厅。从天花板上垂下的大吊灯亮了，将整个大厅照得通明。相比之下，其余房间显得漆黑寂静。乌姆·哈奈菲低着头，双臂交叉在胸前，然后抬起头来望了望沙发上的几位小客人，又闭上了眼睛。她没有说话，但嘴唇却不停地动着。阿卜杜·蒙伊姆问：

"凯马勒舅舅要在房顶上玩到什么时候？"

乌姆·哈奈菲喃喃地回答道：

"这里多热呀，你们为什么不跟他在一块儿乘凉？"

"天都黑了，努埃麦怕虫子。"

艾哈迈德不耐烦地说：

"我们在这儿待到什么时候呢？这是第二个星期了，我都是一天一天数着过来的。我想回爸爸、妈妈那里去。"

乌姆·哈奈菲乞求地说：

"愿安拉保佑你们高高兴兴地回去。我求安拉答应宝贝们的要求。"

阿卜杜·蒙伊姆说：

"照嘱咐,睡觉之前我们才祈祷呢。"

乌姆·哈奈菲说:

"什么时候都可以祈祷。现在就祈祷吧!只有安拉才能为我们消忧解愁。"

阿卜杜·蒙伊姆张开小手,看了看艾哈迈德,示意他和自己一道祈祷。艾哈迈德立刻效仿,但脸上依然罩着愁云,然后,两个孩子就像几天以来习惯说的那样祷告道:

"安拉啊,让我们的叔叔哈利勒的病好了吧!奥斯曼、穆罕默德是我们的叔叔的儿子,让他们平安地回到家里去吧!"

努埃麦脸上浮现出激动的神情,两只蓝眼睛里噙着泪花,难过地喊道:

"爸爸、奥斯曼、穆罕默德,他们怎么样啦?我想见妈妈,我想见到他们!"

阿卜杜·蒙伊姆安慰她说:

"别哭!我给你说过好多次,你不要哭嘛!叔叔很好,奥斯曼很好,穆罕默德也很好。我们很快就要回家了。外婆说过,刚才凯马勒舅舅也说过啦!"

努埃麦哭出了声:

"我天天听他们这么说,可是就不让我们回家。我想见爸爸、奥斯曼和穆罕默德,我想妈妈!"

艾哈迈德不高兴地说:

"我也想爸爸、妈妈。"

阿卜杜·蒙伊姆说:

"等他们病好了,我们就回去!"

努埃麦急忙喊道:

"现在就回去!我想回家!他们为什么把我们送到这么远的地方来?"

阿卜杜·蒙伊姆回答道:

"怕我们也染上病。"

努埃麦固执地说：

"妈妈在那里，赫蒂彻大姨在那里，伯伯易卜拉欣在那里，奶奶也在那里，为什么他们染不上病？"

"因为他们是大人！"

"爸爸也是大人，他为什么就得病？"

乌姆·哈奈菲叹了口气，温情地说：

"在这里，有什么使你不高兴的吗？这里也是你的家。阿卜杜·蒙伊姆、艾哈迈德都和你在一起玩，你舅舅凯马勒特别喜欢你。不久你就能见到妈妈、爸爸、奥斯曼和穆罕默德了。小姐，你别哭，为爸爸和两个弟弟早日恢复健康祈祷吧！"

艾哈迈德烦躁不安地说：

"两个星期啦，我是数着指头过来的。我们住在三楼，病人在二楼，为什么不能把努埃麦带回我们家去住呢？"

乌姆·哈奈菲把手放在嘴唇上，告诫似的说：

"你舅舅凯马勒要是听到你说这个话，他会发脾气的。他给你们买巧克力、甜杏仁，你怎么还说不愿意和他在一起呢？你们不是小孩子了！阿卜杜·蒙伊姆先生，再过一个月，你就是小学生了。努埃麦，你也是一样！"

艾哈迈德有些回心转意，说：

"至少要让我们到街上去玩儿！"

阿卜杜·蒙伊姆支持这个建议：

"乌姆·哈奈菲，他说得对。为什么不让我们到街上去呢？"

乌姆·哈奈菲坚决地说：

"家里有个大院子，足能容下你们，而且还有个屋顶平台，你们还想要什么？凯马勒先生小时候，只在家里玩儿。孩子们，等我做完活，我给你们讲故事，你们喜欢听吗？"

艾哈迈德反驳说：

"你昨天对我们说过,你的故事已经讲完啦!"

努埃麦擦干眼泪,说:

"我大姨赫蒂彻的故事可多啦!和我们一起唱歌的妈妈在哪里呢?"

乌姆·哈奈菲安慰她说:

"我多次求你给我们唱歌,你就是不唱嘛!"

"在这里,我不唱!爸爸、奥斯曼、穆罕默德病着,我不唱!"

乌姆·哈奈菲站起身来,说:

"我先给你们做晚饭,吃罢晚饭睡觉。我们吃奶酪、西瓜、香瓜,好吗?"

凯马勒坐在屋顶平台上,椅子紧挨着茉莉花和藤萝架;周围一片漆黑,幸而他穿着银白色长袍,不然,人们是很难发现他的。他舒展地伸着双腿,仰望着满挂星斗的夜空,苦思冥想。四周寂静,只是偶尔从马路上传来阵阵吵嚷,或从鸡舍里传出母鸡"咯哒"的叫声。近两个星期里,家庭中发生的变化在他的脸上留下了明显的痕迹,家中原有的秩序被打乱了,他很少和母亲待在一起;此外,家里充斥着三个"小囚犯"的牢骚、抱怨声,不时地问起"爸爸""妈妈",使凯马勒手足无措,不知怎样抚慰、安顿他们。

甘露街里,阿伊莎再也不像传闻的那样爱唱爱笑,而是愁眉苦脸,在丈夫和儿子病倒了的家庭中度过许多不眠的长夜。凯马勒多么希望阿伊莎回来一趟呀!如今,他真担心她。母亲对着他的耳朵,低声说:

"你不要到甘露街去!即使去了,也不要在那里停留太长时间!"

尽管如此,凯马勒仍然不时地到那里去看看。但离开那里时,他手上往往散发着奇异的消毒剂气味,心中总是忧虑重重,忐忑不安。更为奇怪的是,伤寒肉眼看不见,但却能杀生害命,扼制人类的命运,可怜的穆罕默德第一个病倒,接着是奥斯曼,最后完全出乎意料,爸爸也染上了这个病。晚上,女仆苏维丹跑来告诉凯马勒,说他母亲将在甘露街过夜，又嘱咐他不要担心。母亲为什么要在甘露街过夜呢？为什么他听到这个消息而感到不愉快呢？不管怎样，天总会晴的，哈利勒·肖凯特和两个可爱的孩子总会恢复健康的，阿伊莎的脸上也会重放光芒。八个月前，他的家庭也被这么一场病灾折腾得七零八落，难道他忘记啦？他父亲正在为完全恢复健康而努力。如今，他的肌肉力量恢复正常了，双目也显得炯炯有神，像归林的鸟儿一样，回到了朋友们中间——一切事情都会发生变化，谁能反对、阻止呢？

"你一个人待在这儿？"

凯马勒熟悉这声音，当即站起来朝平台门口望去，并且伸出手，说：

"哥哥，你好！请……"

他递给哥哥一把椅子。亚辛深深地吸了一口气，只觉茉莉花的浓郁芳香扑鼻而来。之后，亚辛坐了下来，说：

"孩子们都睡熟了。乌姆·哈奈菲也睡了。"

凯马勒也坐了下来，遂问道：

"可怜的孩子们，休息不好也玩不好。现在几点钟啦？"

"十一点。这里比马路上凉快多了！"

"你到哪儿去了？"

"到宫间街、甘露街转了一圈。我想，今晚，你母亲是不会回来了。"

"苏维丹告诉过我，有什么事吗？我真有些担心！"

亚辛叹了口气，说：

"我同样担心，但安拉的恩泽是无边的。父亲也在那里。"

"到现在还在那里？"

"我把他留住的。"

亚辛稍稍停顿，又说：

"我在甘露街一直待到八点钟，思宫街来人告诉我，说祖努白已开始阵痛，我便立刻去找产婆乌姆·阿里！等把她叫到家里时，发现一些邻居已在照顾祖努白。我在家里停留了一个小时,实在不忍心听那种呻吟和叫喊,于是又到了甘露街,见父亲正与易卜拉欣·肖凯特在一起坐着说话。"

"这是怎么回事,请你告诉我!"

亚辛低声说:

"情况很危险!"

"危险?"

"是的。正因为如此,所以我才到这里来放松一下神经。祖努白今夜就要生产,实在太累了,情况确实危险。肖凯特夫人望着儿子的面孔,悲伤地喊道:'主啊……安拉啊,你应该先把我叫走!'你母亲十分伤心,她声音沙哑地说:'肖凯特家里的人临终时,都是这种相貌;以前,我看到过他的父亲、叔伯和祖父的生命最后时刻的情况。'哈利勒只是个幻象了,而今孩子也如此,无能为力,只有依靠伟大的安拉了。"

凯马勒咽了口唾沫,然后说:

"愿安拉打破我们的猜测!"

"但愿如此!凯马勒……你不小了,至少应该懂得我所知道的一切。医生说,十分危险!"

"都不行啦?"

"全无希望了!哈利勒……奥斯曼……穆罕默德……安拉啊!阿伊莎,你真是个苦命的人!"

在一片黑暗之中,就像往常一样,爱笑的阿伊莎的一家人浮现在凯马勒的眼前,他们个个欢歌笑语,幸福快乐、无拘无束、自由自在地生活着。啊,阿伊莎,何时才能从心底发出甜美的笑声呢?英国人,或者说伤寒,或其他原因,夺去了法赫米的生命。相信安拉吧!安拉将死亡化为令人难以解释的天命和哲理。其实呢,死亡不过是一种恶作剧。

"是啊!可是,有什么办法呢?阿伊莎有什么罪过,让她命运如此悲惨?安拉啊,求你怜悯、宽恕!"

世间有那么一条能一语道破死亡的格言吗?死神是严格地遵循着

"嘲弄"的规律活动的。我们正是被嘲弄的目标,怎么能笑得出来呢?假如你常对死神进行细心观察、正确理解、公正对待,那么,也许你会笑而迎之,也就意味着同时战胜了生与死,但是,阿伊莎从何处领悟这些道理呢?

"哥哥,我有些头晕……"

亚辛的腔调颇似哲学家,凯马勒还是第一次听到:

"这就是世界。你应该认清它的真面目!"

亚辛突然站起来,接着说:

"我现在该走了!"

凯马勒求救似的说:

"和我多待些时候吧!"

亚辛抱歉似的说:

"十一点啦,我该回思宫街去看看祖努白,然后再回甘露街,和他们一起坐坐。今夜,我一个小时都睡不成;明天又有什么等待着我们,那只有万能的安拉知道。"

凯马勒站起身来,忧心忡忡地说:

"听你这么一说,似乎一切都没有希望了。我马上到甘露街去一趟!"

"你应该陪伴着孩子们睡到天明。不然,你会后悔的,因为我把事情的真相都告诉你了。"

亚辛离开屋顶平台,凯马勒跟着送出去。当兄弟两人经过孩子们睡觉的二楼时,凯马勒感伤地说:

"这些孩子多么可怜啊!几天以来,努埃麦哭得厉害,好像她的心已揣测出那里发生的一切。"

亚辛满不在乎地说:

"孩子们很快会忘掉的!还是为大人祈祷吧!"

两人来到庭院中,便听到从大街上传来的高声呼喊:

"《穆盖塔姆报》号外!"

凯马勒喃喃地说：

"《穆盖塔姆报》号外？"

亚辛伤心地说：

"啊，我晓得他们喊声的含义。我来你这里时，已经听到人们街谈巷议、窃窃私语了：萨阿德逝世了。"

凯马勒内心一惊：

"萨阿德？"

亚辛停下脚步，回头望着凯马勒，说：

"别难过！我们的灾难已经够我们承受的了！"

夜色漆黑，凯马勒凝视着天空，一言不发，纹丝不动，似乎忘记了哈利勒、奥斯曼、穆罕默德、阿伊莎——宛如把一切都抛到了脑后，他耳际回荡着那一句话："萨阿德·扎格鲁勒逝世了。"

亚辛继续朝前走去，说：

"他已经享尽天年，尊严、富贵俱在，你还想让他得到什么呢？愿安拉怜悯他。"

凯马勒默不作声，依旧茫然不知所措，如果不是在这种难耐的时刻，他真不知道能否经得起这个沉重的打击。然而祸不单行，就像那时一样，法赫米去世不久，祖母去世了，连一个哭者都找不到。萨阿德死了，代表革命、自由、宪法的领袖死了。凯马勒因之失去了精神寄托、智慧的源泉，怎么能不悲伤？

亚辛站住了，打开门，伸出手与凯马勒握别。这时，凯马勒突然想起一件久已遗忘的事情，于是颇不好意思地对哥哥说：

"我向安拉祈祷，但愿你见到嫂子时，她已平安生产了。"

亚辛迈步告别：

"愿安拉保佑！祝你睡得香甜。"

图书在版编目（CIP）数据

思宫街/（埃及）纳吉布·马哈福兹著；李唯中译. -- 北京：华文出版社，2019.3
ISBN 978-7-5075-5069-6

Ⅰ.①思… Ⅱ.①纳… ②李… Ⅲ.①长篇小说 - 埃及 - 现代 Ⅳ.①I411.45

中国版本图书馆CIP数据核字（2019）第301519号

思宫街
SI GONG JIE

作　　者：	〔埃及〕纳吉布·马哈福兹	
译　　者：	李唯中	
策　　划：	杨　平	
责任编辑：	杨　宁　郭俊萍	
特邀编辑：	王　芳　田亚慧	
出版发行：	华文出版社	
社　　址：	北京市西城区广外大街305号8区2号楼	
邮政编码：	100055	
网　　址：	http://www.hwcbs.com.cn	
电子信箱：	silkroadlibrary@qq.com	
电　　话：	总编室 010-58336239　发行部 010-58336267	
	责任编辑 010-58336258	
经　　销：	新华书店	
印　　刷：	北京画中画印刷有限公司	
开　　本：	710×1000　1/16	
印　　张：	31.25	
字　　数：	450 千字	
版　　次：	2019 年 3 月第 1 版	
印　　次：	2019 年 3 月第 1 次印刷	
标准书号：	ISBN 978-7-5075-5069-6	
定　　价：	68.00 元	

版权所有，侵权必究